LA COUSINE BETTE

HONORÉ DE BALZAC

La Cousine Bette

HONORÉ DE BALZAC
(1799-1850)

Le 20 mai 1799 naît à Tours Honoré Balzac, fils d'un
fournisseur aux armées. L'enfant, mélancolique, n'a pour
seul refuge que la lecture. Employé, pendant ses études,
chez un notaire parisien, il s'amuse et s'imprègne des
drames familiaux et financiers qui trouvent leur abou-
tissement dans l'étude de son employeur. A 20 ans, il
passe le baccalauréat de droit et, avec l'accord de sa
famille, décide de se consacrer à la littérature. Il écrit un
drame, *Cromwell* ; un académicien le lit et lui conseille
d'abandonner la littérature...

Puisqu'il ne semble pas doué pour le théâtre (parmi ses
pièces, une seule, *La Marâtre*, en 1848, aura du succès de
son vivant), Balzac se lance alors dans le roman-feuille-
ton, signant Horace de Saint-Aubin ou Lord R'Hoone. Ce
roturier a hérité de son père le goût de la noblesse, et sera
souvent critiqué pour avoir rajouté une particule à son
patronyme.

En 1823, il rencontre Laure de Berny, voisine de ses
parents. Elle a quinze ans de plus que lui. Ils s'aimeront
pendant plus de dix années. De cet amour naîtra *Le Lys
dans la vallée*, mais aussi le romancier de la *Comédie
humaine*. Laure de Berny initie le jeune provincial aux
milieux aristocratiques de la capitale, et l'aide financière-
ment dans ses entreprises : maison d'édition, imprime-
rie... Balzac fait, chaque fois, rapidement faillite. Il n'aura
jamais le sens des affaires, et toutes ses entreprises financières seront des échecs.

Tout en fréquentant les salons, où son élégance tapa-
geuse ne passe pas inaperçue et en s'éprenant de femmes
de la haute société, il se documente, curieux de tout, fait
aussi du journalisme.

En 1829, il publie *Les Chouans*, première pièce de sa

Comédie humaine, qui comptera 31 romans et nouvelles (sur 137 projetés). Renonçant aux aventures mondaines pour se consacrer à son œuvre, il va désormais publier en moyenne trois romans par an. Cet homme débonnaire et généreux, au physique comme au moral, qui aime le luxe, gaspille fastueusement l'argent que lui rapporte ses livres. Pour payer ses dettes, il travaille la nuit, écrit quinze heures de suite en buvant des litres de café, se nourrissant de tartines de sardines et de beurre mélangés, réinventant ses romans sur les épreuves que lui envoient les imprimeurs. Pour échapper à ses créanciers, il se cache, déménage, se déguise... et commence à ressentir des douleurs cardiaques.

A 32 ans, il est célèbre dans toute l'Europe, et s'éprend de la comtesse Hanska, l'une de ses admiratrices. Elle est l'épouse d'un comte russe, vieux et très riche, ce qui, aux yeux du perpétuel désargenté qu'est Balzac, lui donne un charme supplémentaire. La comtesse étant rarement à Paris, leur passion mutuelle s'exprime surtout de façon épistolaire.

La comtesse est enfin veuve en 1841. Pour l'épouser, — mais le mariage se trouve sans cesse retardé, Mme Hanska étant moins pressée que son soupirant — Balzac est prêt à prendre la nationalité russe (le tsar l'en dispensera.), et ne cessera de parcourir l'Europe pour la retrouver. Le 14 mars 1850, en Ukraine, il se marie enfin.

Entre-temps, l'Académie française a refusé de l'accueillir. Son génie s'est tari. Il souffre du cœur et ne parvient plus, malgré le café, à « produire » pour calmer ses créanciers et les directeurs de journaux, qui lui réclament des chapitres payés d'avance. Son mariage le comble mais c'est un homme usé, épuisé, qui revient à Paris. Il doit s'aliter.

Son ami Victor Hugo lui rend une dernière visite le 18 août 1850. Quelques heures plus tard, à 51 ans, meurt Honoré de Balzac. Il n'a pas achevé l'œuvre gigantesque qu'il s'était fixée. Mais il a inventé, en moins de vingt années, deux mille cinq cents personnages, parmi lesquels certains sont devenus universels.

Il a révolutionné le roman français, lui apportant une dimension que l'on ne retrouve que chez les grands romanciers russes et anglo-saxons : une façon de préparer lentement le lecteur puis d'accélérer les scènes jusqu'à leur fin rapide, une grande maîtrise dans les découpages de l'intrigue, et la mise en avant de détails symboliques... Avant Zola, il a décrit une société hantée par l'argent, avant Freud il a démonté le mécanisme des passions, mêlant dans son univers romanesque tous les genres, poésie, drame, comédie, et panorama social.

A DON MICHELE ANGELO CAJETANI,
PRINCE DE TÉANO

Ce n'est ni au prince romain, ni à l'héritier de l'illustre maison de Cajetani qui a fourni des papes à la Chrétienté, c'est au savant commentateur de Dante que je dédie ce petit fragment d'une longue histoire.

Vous m'avez fait apercevoir la merveilleuse charpente d'idées sur laquelle le plus grand poète italien a construit son poème, le seul que les modernes puissent opposer à celui d'Homère. Jusqu'à ce que je vous eusse entendu, la DIVINE COMÉDIE me semblait une immense énigme, dont le mot n'avait été trouvé par personne, et moins par les commentateurs que par qui que ce soit. Comprendre ainsi Dante, c'est être grand comme lui ; mais toutes les grandeurs vous sont familières.

Un savant français se ferait une réputation, gagnerait une chaire et beaucoup de croix, à publier, en un volume dogmatique, l'improvisation par laquelle vous avez charmé l'une de ces soirées où l'on se repose d'avoir vu Rome. Vous ne savez peut-être pas que la plupart de nos professeurs vivent sur l'Allemagne, sur l'Angleterre, sur l'Orient ou sur le Nord, comme des insectes sur un arbre ; et, comme l'insecte, ils en deviennent partie intégrante, empruntant leur valeur de celle du sujet. Or, l'Italie n'a pas encore été exploitée à chaire ouverte. On ne me tiendra jamais compte de ma discrétion littéraire. J'aurais pu, vous dépouillant, devenir un homme docte de la force de trois Schlegel ; tandis que je vais rester simple docteur en médecine sociale, le vétérinaire des maux incurables ne fût-ce que pour offrir un témoignage de reconnaissance à mon cicerone, et joindre votre illustre nom à ceux des Porcia, des San Severino, des Pareto, des di Negro, des Belgiojoso, qui représenteront dans la COMÉDIE HUMAINE cette alliance intime et continue de l'Italie et de la France que déjà le Bandello, cet évêque, auteur de contes

très-drolatiques, consacrait de la même manière, au sei-
zième siècle, dans ce magnifique recueil de nouvelles d'où
sont issues plusieurs pièces de Shakespeare, quelquefois
même des rôles entiers, et textuellement.

   Les deux esquisses que je vous dédie constituent les deux
éternelles faces d'un même fait. HOMO DUPLEX, *a dit notre*
grand Buffon, pourquoi ne pas ajouter : Res duplex ? *Tout*
est double, même la vertu. Aussi Molière présente-t-il tou-
jours les deux côtés de tout problème humain ; à son imita-
tion, Diderot écrivit un jour : CECI N'EST PAS UN CONTE, *le*
chef-d'œuvre de Diderot peut-être, où il offre la sublime
figure de mademoiselle de Lachaux immolée par Gardanne,
en regard de celle d'un parfait amant tué par sa maîtresse.
Mes deux nouvelles sont donc mises en pendant, comme
deux jumeaux de sexe différent. C'est une fantaisie littéraire
à laquelle on peut sacrifier une fois, surtout dans un ouvrage
où l'on essaie de représenter toutes les formes qui servent de
vêtement à la pensée. La plupart des disputes humaines
viennent de ce qu'il existe à la fois des savants et des
ignorants, constitués de manière à ne jamais voir qu'un seul
côté des faits ou des idées ; et chacun de prétendre que la face
qu'il a vue est la seule vraie, la seule bonne. Aussi le Livre
Saint a-t-il jeté cette prophétique parole : Dieu livra le
monde aux discussions. *J'avoue que ce seul passage de*
l'Écriture devrait engager le Saint-Siège à vous donner le
gouvernement des deux Chambres pour obéir à cette sen-
tence commentée, en 1814, par l'ordonnance de
Louis XVIII.

   Que votre esprit, que la poésie qui est en vous protègent les
deux épisodes des PARENTS PAUVRES.

   De votre affectionné serviteur,

                                        DE BALZAC.

Paris, août-septembre 1846.

PREMIÈRE PARTIE

LE PÈRE PRODIGUE

Vers le milieu du mois de juillet de l'année 1838, une de ces voitures nouvellement mises en circulation sur les places de Paris et nommées des *milords*, cheminait, rue de l'Université, portant un gros homme de taille moyenne, en uniforme de capitaine de la garde nationale.

Dans le nombre de ces Parisiens accusés d'être si spirituels, il s'en trouve qui se croient infiniment mieux en uniforme que dans leurs habits ordinaires, et qui supposent chez les femmes des goûts assez dépravés pour imaginer qu'elles seront favorablement impressionnées à l'aspect d'un bonnet à poil et par le harnais militaire.

La physionomie de ce capitaine appartenant à la deuxième légion respirait un contentement de lui-même qui faisait resplendir son teint rougeaud et sa figure passablement joufflue. A cette auréole que la richesse acquise dans le commerce met au front des boutiquiers retirés, on devinait l'un des élus de Paris, au moins ancien adjoint de son arrondissement. Aussi, croyez que le ruban de la Légion-d'Honneur ne manquait pas sur la poitrine, crânement bombée à la prussienne. Campé fièrement dans le coin du milord, cet homme décoré laissait errer son regard sur les passants qui souvent, à Paris, recueillent ainsi d'agréables sourires adressés à de beaux yeux absents.

Le milord arrêta dans la partie de la rue comprise entre la rue de Bellechasse et la rue de Bourgogne, à la porte d'une grande maison nouvellement bâtie sur une portion de la cour d'un vieil hôtel à jardin. On avait respecté l'hôtel qui demeurait dans sa forme primitive au fond de la cour diminuée de moitié.

A la manière seulement dont le capitaine accepta les services du cocher pour descendre du milord, on eût reconnu le quinquagénaire. Il y a des gestes dont la franche lourdeur a toute l'indiscrétion d'un acte de naissance. Le capitaine remit son gant jaune à sa main droite, et, sans rien demander au concierge, se dirigea vers le perron du rez-de-chaussée de l'hôtel d'un air qui disait : « Elle est à moi ! » Les portiers de Paris ont le coup d'œil savant, ils n'arrêtent point les gens décorés, vêtus de bleu, à démarche pesante ; enfin ils connaissent les riches.

Ce rez-de-chaussée était occupé tout entier par monsieur le baron Hulot d'Ervy, commissaire ordonnateur sous la République, ancien intendant-général d'armée, et alors directeur d'une des plus importantes administrations du Ministère de la Guerre, Conseiller-d'État, grand-officier de la Légion-d'Honneur, etc., etc.

Ce baron Hulot s'était nommé lui-même d'Ervy, lieu de sa naissance, pour se distinguer de son frère, le célèbre général Hulot, colonel des grenadiers de la garde impériale, que l'Empereur avait créé comte de Forzheim, après la campagne de 1809. Le frère aîné, le comte, chargé de prendre soin de son frère cadet, l'avait, par prudence paternelle, placé dans l'administration militaire où, grâce à leurs doubles services, le baron obtint et mérita la faveur de Napoléon. Dès 1807, le baron Hulot était intendant-général des armées en Espagne.

Après avoir sonné, le capitaine bourgeois fit de grands efforts pour remettre en place son habit, qui s'était autant retroussé par derrière que par devant, poussé par l'action d'un ventre pyriforme. Admis aussitôt qu'un domestique en livrée l'eut aperçu, cet homme important et imposant suivit le domestique, qui dit en ouvrant la porte du salon :
— Monsieur Crevel !

En entendant ce nom, admirablement approprié à la tournure de celui qui le portait, une grande femme blonde, très-bien conservée, parut avoir reçu comme une commotion électrique et se leva.

— Hortense, mon ange, va dans le jardin avec ta cousine Bette, dit-elle vivement à sa fille qui brodait à quelques pas d'elle.

Après avoir gracieusement salué le capitaine, mademoiselle Hortense Hulot sortit par une porte-fenêtre, en emmenant avec elle une vieille fille sèche qui paraissait plus âgée que la baronne, quoiqu'elle eût cinq ans de moins.

— Il s'agit de ton mariage, dit la cousine Bette à l'oreille de sa petite cousine Hortense sans paraître offensée de la façon dont la baronne s'y prenait pour les renvoyer, en la comptant pour presque rien.

La mise de cette cousine eût au besoin expliqué ce sans-gêne.

Cette vieille fille portait une robe de mérinos, couleur raisin de Corinthe, dont la coupe et les lisérés dataient de la Restauration, une collerette brodée qui pouvait valoir trois francs, un chapeau de paille cousue à coques de satin bleu bordées de paille comme on en voit aux revendeuses de la halle. A l'aspect de souliers en peau de chèvre dont la façon annonçait un cordonnier du dernier ordre, un étranger aurait hésité à saluer la cousine Bette comme une parente de la maison, car elle ressemblait tout à fait à une couturière en journée. Néanmoins la vieille fille ne sortit pas sans faire un petit salut affectueux à monsieur Crevel, auquel ce personnage répondit par un signe d'intelligence.

— Vous viendrez demain, n'est-ce pas, mademoiselle Fischer ? dit-il.

— Vous n'avez pas de monde ? demanda la cousine Bette.

— Mes enfants et vous, voilà tout, répliqua le visiteur.

— Bien, répondit-elle, comptez alors sur moi.

— Me voici, madame, à vos ordres, dit le capitaine de la milice bourgeoise en saluant de nouveau la baronne Hulot.

Et il jeta sur madame Hulot un regard comme Tartuffe en jette à Elmire, quand un acteur de province croit nécessaire de marquer les intentions de ce rôle, à Poitiers ou à Coutances.

— Si vous voulez me suivre par ici, monsieur, nous serons beaucoup mieux que dans ce salon pour causer affaires, dit madame Hulot en désignant une pièce voisine qui, dans l'ordonnance de l'appartement, formait un salon de jeu.

Cette pièce n'était séparée que par une légère cloison du boudoir dont la croisée donnait sur le jardin, et madame Hulot laissa monsieur Crevel seul pendant un moment, car elle jugea nécessaire de fermer la croisée et la porte du boudoir, afin que personne ne pût y venir écouter. Elle eut même la précaution de fermer également la porte-fenêtre du grand salon, en souriant à sa fille et à sa cousine qu'elle vit établies dans un vieux kiosque au fond du jardin. Elle revint en laissant ouverte la porte du salon de jeu, afin d'entendre ouvrir celle du grand salon, si quelqu'un y entrait. En allant et venant ainsi, la baronne, n'étant observée par personne, laissait dire à sa physionomie toute sa pensée ; et qui l'aurait vue, eût été presque épouvanté de son agitation. Mais en revenant de la porte d'entrée du grand salon au salon de jeu, sa figure se voila sous cette réserve impénétrable que toutes les femmes, même les plus franches, semblent avoir à commandement.

Pendant ces préparatifs au moins singuliers, le garde national examinait l'ameublement du salon où il se trouvait. En voyant les rideaux de soie, anciennement rouges, déteints en violet par l'action du soleil, et limés sur les plis par un long usage, un tapis d'où les couleurs avaient disparu, des meubles dédorés et dont la soie marbrée de taches était usée par bandes, des expressions de dédain, de contentement et d'espérance se succédèrent naïvement sur sa plate figure de commerçant parvenu. Il se regardait dans la glace, par-dessus une vieille pendule-Empire, en se passant lui-même en revue, quand le froufrou de la robe de soie lui annonça la baronne. Et il se remit aussitôt en position.

Après s'être jetée sur un petit canapé, qui certes avait été fort beau vers 1809, la baronne indiquant à Crevel un fauteuil dont les bras étaient terminés par des têtes de sphinx bronzées dont la peinture s'en allait par écailles en laissant voir le bois par places, lui fit signe de s'asseoir.

— Ces précautions que vous prenez, madame, seraient d'un charmant augure pour un...

— Un amant, répliqua-t-elle en interrompant le garde national.

— Le mot est faible, dit-il en plaçant sa main droite sur son cœur et roulant des yeux qui font presque toujours rire une femme quand elle leur voit froidement une pareille expression, amant ! amant ! dites ensorcelé ?

— Écoutez, monsieur Crevel, reprit la baronne trop sérieuse pour pouvoir rire, vous avez cinquante ans, c'est dix ans de moins que monsieur Hulot, je le sais ; mais, à mon âge, les folies d'une femme doivent être justifiées par la beauté, par la jeunesse, par la célébrité, par le mérite, par quelques-unes des splendeurs qui nous éblouissent au point de nous faire tout oublier, même notre âge. Si vous avez cinquante mille livres de rente, votre âge contrebalance bien votre fortune ; ainsi de tout ce qu'une femme exige, vous ne possédez rien...

— Et l'amour ? dit le garde national en se levant et s'avançant, un amour qui...

— Non, monsieur, de l'entêtement ! dit la baronne en l'interrompant pour en finir avec cette ridiculité.

— Oui, de l'entêtement et de l'amour, reprit-il, mais aussi quelque chose de mieux, des droits...

— Des droits ? s'écria madame Hulot qui devint sublime de mépris, de défi, d'indignation. Mais, reprit-elle, sur ce ton, nous ne finirons jamais, et je ne vous ai pas demandé de venir ici pour causer de ce qui vous en a fait bannir malgré l'alliance de nos deux familles...

— Je l'ai cru...

— Encore ! reprit-elle. Ne voyez-vous pas monsieur, à la manière leste et dégagée dont je parle d'amant, d'amour, de tout ce qu'il y a de plus scabreux pour une femme, que je suis parfaitement sûre de rester vertueuse ? Je ne crains rien, pas même d'être soupçonnée en m'enfermant avec vous. Est-ce là la conduite d'une femme faible ? Vous savez bien pourquoi je vous ai prié de venir !...

— Non, madame, répliqua Crevel en prenant un air froid.

Il se pinça les lèvres et se remit en position.

— Eh bien ! je serai brève pour abréger notre mutuel supplice, dit la baronne Hulot en regardant Crevel.

Crevel fit un salut ironique dans lequel un homme du métier eût reconnu les grâces d'un ancien commis-voyageur.

— Notre fils a épousé votre fille...

— Et si c'était à refaire !... dit Crevel.

— Ce mariage ne se ferait pas, répondit vivement la baronne, je m'en doute. Néanmoins, vous n'avez pas à vous plaindre. Mon fils est non-seulement un des premiers avocats de Paris, mais encore le voici député depuis un an, et son début à la chambre est assez éclatant pour faire supposer qu'avant peu de temps il sera ministre.

Victorin a été nommé deux fois rapporteur de lois importantes, et il pourrait déjà devenir, s'il le voulait, avocat-général à la Cour de Cassation. Si donc vous me donnez à entendre que vous avez un gendre sans fortune...

— Un gendre que je suis obligé de soutenir, reprit Crevel, ce qui me semble pis, madame. Des cinq cent mille francs constitués en dot à ma fille, deux cents ont passé, Dieu sait à quoi !... à payer les dettes de monsieur votre fils, à meubler *mirobolamment* sa maison, une maison de cinq cent mille francs qui rapporte à peine quinze mille francs, puisqu'il en occupe la plus belle partie, et sur laquelle il redoit deux cent soixante mille francs... Le produit couvre à peine les intérêts de la dette. Cette année, je donne à ma fille une vingtaine de mille francs pour qu'elle puisse nouer les deux bouts. Et mon gendre, qui gagnait trente mille francs au Palais, disait-on, va négliger le Palais pour la Chambre...

— Ceci, monsieur Crevel, est encore un hors-d'œuvre, et nous éloigne du sujet. Mais, pour en finir là-dessus, si mon fils devient ministre, s'il vous fait nommer officier de la Légion-d'Honneur, et conseiller de Préfecture à Paris, pour un ancien parfumeur, vous n'aurez pas à vous plaindre ?...

— Ah ! nous y voici, madame. Je suis un épicier, un boutiquier, un ancien débitant de pâte d'amande, d'eau de Portugal, d'huile céphalique, on doit me trouver bien honoré d'avoir marié ma fille unique au fils de monsieur le baron Hulot d'Ervy, ma fille sera baronne. C'est Régence, c'est Louis XV, Œil-de-Bœuf ! c'est très-bien... J'aime Célestine comme on aime une fille unique, je l'aime tant que, pour ne lui donner ni frère ni sœur, j'ai accepté tous les inconvénients du veuvage à Paris (et dans la force de l'âge, madame !), mais sachez bien que, malgré cet amour insensé pour ma fille, je n'entamerai pas ma fortune pour votre fils dont les dépenses ne me paraissent pas claires, à moi, ancien négociant...

— Monsieur, vous voyez en ce moment même au Ministère du Commerce, monsieur Popinot, un ancien droguiste de la rue des Lombards.

— Mon ami, madame !... dit le parfumeur retiré ; car moi, Célestin Crevel, ancien premier commis du père César Birotteau, j'ai acheté le fonds dudit Birotteau, beau-père de Popinot, lequel Popinot était simple commis dans cet établissement, et c'est lui qui me le rappelle, car il n'est pas fier (c'est une justice à lui rendre) avec les gens bien posés et qui possèdent soixante mille francs de rente.

— Eh bien ! monsieur, les idées que vous qualifiez par le mot Régence ne sont donc plus de mise à une époque où l'on accepte les hommes pour leur valeur personnelle ? et c'est ce que vous avez fait en mariant votre fille à mon fils...

— Vous ne savez pas comment s'est conclu ce mariage !... s'écria Crevel. Ah ! maudite vie de garçon ! Sans mes déportements, ma Célestine serait aujourd'hui la vicomtesse Popinot !

— Mais, encore une fois, ne récriminons pas sur des faits accomplis, reprit énergiquement la baronne. Parlons du sujet de plainte que me donne votre étrange conduite. Ma fille Hortense a pu se marier, le mariage dépendait entièrement de vous, j'ai cru à des sentiments généreux chez vous, j'ai pensé que vous auriez rendu justice à une femme qui n'a jamais eu dans le cœur d'autre image que celle de son mari, que vous auriez reconnu la nécessité pour elle de ne pas recevoir un homme capable de la compromettre, et que vous vous seriez empressé, par honneur pour la famille à laquelle vous vous êtes allié, de favoriser l'établissement d'Hortense avec monsieur le conseiller Lebas... Et vous, monsieur, vous avez fait manquer ce mariage...

— Madame, répondit l'ancien parfumeur, j'ai agi en honnête homme. On est venu me demander si les deux cent mille francs de dot attribués à mademoiselle Hortense seraient payés. J'ai répondu textuellement ceci : « — Je ne le garantirais pas. Mon gendre, à qui la famille Hulot a constitué cette somme en dot, avait des dettes, et je crois que si monsieur Hulot d'Ervy mourait demain, sa veuve serait sans pain. » Voilà, belle dame.

— Auriez-vous tenu ce langage, monsieur, demanda madame Hulot en regardant fixement Crevel, si pour vous j'eusse manqué à mes devoirs ?...

— Je n'aurais pas eu le droit de le dire, chère Adeline, s'écria ce singulier amant en coupant la parole à la baronne, car vous trouveriez la dot dans mon porte-feuille...

Et joignant la preuve à la parole, le gros Crevel mit un genou en terre et baisa la main de madame Hulot, en la voyant plongée par ces paroles dans une muette horreur qu'il prit pour de l'hésitation.

— Acheter le bonheur de ma fille au prix de... Oh ! levez-vous, monsieur, ou je sonne.

L'ancien parfumeur se releva très-difficilement. Cette circonstance le rendit si furieux, qu'il se remit en position. Presque tous les hommes affectionnent une posture par laquelle ils croient faire ressortir tous les avantages dont les a doués la nature. Cette attitude, chez Crevel, consistait à se croiser les bras à la Napoléon, en mettant sa tête de trois quarts, et jetant son regard comme le peintre le lui faisait lancer dans son portrait, c'est-à-dire à l'horizon.

— Conserver, dit-il avec une fureur bien jouée, conserver sa foi à un libert...

— A un mari, monsieur, qui en est digne, reprit madame Hulot en interrompant Crevel pour ne pas lui laisser prononcer un mot qu'elle ne voulait pas entendre.

— Tenez, madame, vous m'avez écrit de venir, vous voulez savoir les raisons de ma conduite, vous me poussez à bout avec vos airs d'impératrice, avec votre dédain, et votre... mépris ! Ne dirait-on pas que je suis un nègre ? Je vous le répète, croyez-moi ! j'ai le droit de vous... de vous faire la cour... car... Mais, non, je vous aime assez pour me taire...

— Parlez, monsieur, j'ai dans quelques jours quarante-huit ans, je ne suis pas sottement prude, je puis tout écouter...

— Voyons, me donnez-vous votre parole d'honnête femme, car vous êtes, malheureusement pour moi, une honnête femme, de ne jamais me nommer, de ne pas dire que je vous livre ce secret ?...

— Si c'est la condition de la révélation, je jure de ne nommer à personne, pas même à mon mari, la personne de qui j'aurai su les énormités que vous allez me confier.

— Je le crois bien, car il ne s'agit que de vous et de lui...

Madame Hulot pâlit.

— Ah ! si vous aimez encore Hulot, vous allez souffrir ! Voulez-vous que je me taise ?...

— Parlez, monsieur, car il s'agit, selon vous, de justifier

à mes yeux les étranges déclarations que vous m'avez faites, et votre persistance à tourmenter une femme de mon âge, qui voudrait marier sa fille et puis... mourir en paix !

— Vous le voyez, vous êtes malheureuse...

— Moi, monsieur ?

— Oui, belle et noble créature ! s'écria Crevel, tu n'as que trop souffert...

— Monsieur, taisez-vous et sortez ! ou parlez-moi convenablement.

— Savez-vous, madame, comment le sieur Hulot et moi, nous nous sommes connus ?... chez nos maîtresses, madame.

— Oh ! monsieur...

— Chez nos maîtresses, madame, répéta Crevel d'un ton mélodramatique et en rompant sa position pour faire un geste de la main droite.

— Eh bien ! après, monsieur ?... dit tranquillement la baronne au grand ébahissement de Crevel.

Les séducteurs à petits motifs ne comprennent jamais les grandes âmes.

— Moi, veuf depuis cinq ans, reprit Crevel en parlant comme un homme qui va raconter une histoire, ne voulant pas me remarier, dans l'intérêt de ma fille que j'idolâtre, ne voulant pas non plus avoir d'accointances chez moi, quoique j'eusse alors une très-jolie dame de comptoir, j'ai mis, comme on dit, dans ses meubles une petite ouvrière de quinze ans, d'une beauté miraculeuse et de qui, je l'avoue, je devins amoureux à en perdre la tête. Aussi, madame, ai-je prié ma propre tante, que j'ai fait venir de mon pays (la sœur de ma mère !) de vivre avec cette charmante créature et de la surveiller pour qu'elle restât aussi sage que possible dans cette situation, comment dire ?... *chocnoso*... non, illicite !... La petite, dont la vocation pour la musique était visible, a eu des maîtres, elle a reçu de l'éducation (il fallait bien l'occuper !). Et d'ailleurs, je voulais être à la fois son père, son bienfaiteur, et, lâchons le mot, son amant ; faire d'une pierre deux coups, une bonne action et une bonne amie. J'ai été heureux cinq ans. La petite a l'une de ces voix qui sont la fortune d'un théâtre, et je ne peux la qualifier autrement qu'en disant que c'est Duprez en jupon. Elle m'a coûté deux mille francs par an, uniquement pour lui donner son talent de cantatrice. Elle m'a rendu fou de la musique, j'ai eu pour elle et pour ma fille une loge aux Italiens. J'y allais alternativement un jour avec Célestine, un jour avec Josépha...

— Comment, cette illustre cantatrice?...

— Oui, madame, reprit Crevel avec orgueil, cette fameuse Josépha me doit tout... Enfin, quand la petite eut vingt ans, en 1834, croyant l'avoir attachée à moi pour toujours, et devenu très-faible avec elle, je voulus lui donner quelques distractions, je lui laissai voir une jolie petite actrice, Jenny Cadine, dont la destinée avait quelque similitude avec la sienne. Cette actrice devait aussi tout à un protecteur, qui l'avait élevée à la brochette. Ce protecteur était le baron Hulot...

— Je le sais, monsieur, dit la baronne d'une voix calme et sans la moindre altération.

— Ah! bah! s'écria Crevel de plus en plus ébahi. Bien! Mais savez-vous que votre monstre d'homme a *protégé* Jenny Cadine, à l'âge de treize ans?

— Eh bien! monsieur, après? dit la baronne.

— Comme Jenny Cadine, reprit l'ancien négociant, en avait vingt, ainsi que Josépha, lorsqu'elles se sont connues, le baron Hulot jouait le rôle de Louis XV vis-à-vis de mademoiselle de Romans, dès 1826, et vous aviez alors douze ans de moins...

— Monsieur, j'ai eu des raisons pour laisser à monsieur Hulot sa liberté.

— Ce mensonge-là, madame, suffira sans doute à effacer tous les péchés que vous avez commis, et vous ouvrira la porte du paradis, répliqua Crevel d'un air fin qui fit rougir la baronne. Dites cela, femme sublime et adorée, à d'autres; mais pas au père Crevel, qui, sachez-le bien, a trop souvent banqueté dans des parties carrées avec votre scélérat de mari, pour ne pas savoir tout ce que vous valez! Il s'adressait parfois des reproches, entre deux vins, en me détaillant vos perfections. Oh! je vous connais bien: vous êtes un ange. Entre une jeune fille de vingt ans et vous, un libertin hésiterait, moi je n'hésite pas.

— Monsieur!...

— Bien, je m'arrête... Mais apprenez, sainte et digne femme, que les maris, une fois gris, racontent bien des choses de leurs épouses chez leurs maîtresses qui en rient, comme des crevées.

Des larmes de pudeur, qui roulèrent entre les beaux cils de madame Hulot, arrêtèrent net le garde national et il en pensa plus à se remettre en position.

— Je reprends, dit-il. Nous nous sommes liés, le baron et moi, par nos coquines. Le baron, comme tous les gens vicieux, est très-aimable, et vraiment bon enfant. Oh ! m'a-t-il plu, ce drôle-là ! Non, il avait des inventions... enfin laissons là ces souvenirs... Nous sommes devenus comme deux frères... Le scélérat, tout à fait Régence, essayait bien de me dépraver, de me prêcher le saint-simonisme en fait de femmes, de me donner des idées de grand seigneur, de justaucorps bleu ; mais, voyez-vous, j'aimais ma petite à l'épouser, si je n'avais pas craint d'avoir des enfants. Entre deux vieux papas, amis comme... comme nous l'étions, comment voulez-vous que nous n'ayons pas pensé à marier nos enfants ? Trois mois après le mariage de son fils avec ma Célestine, Hulot, (je ne sais pas comment je prononce son nom, l'infâme ! car il nous a trompés tous les deux, madame !...) eh bien ! l'infâme m'a soufflé ma petite Josépha. Ce scélérat se savait supplanté par un jeune Conseiller-d'État et par un artiste (excusez du peu !) dans le cœur de Jenny Cadine, dont les succès étaient de plus en plus *esbrouffants,* et il m'a pris ma pauvre petite maîtresse, un amour de femme ; mais vous l'avez vue assurément aux Italiens où il l'a fait entrer par son crédit. Votre homme n'est pas aussi sage que moi, qui suis réglé comme un papier de musique, (il avait été déjà pas mal entamé par Jenny Cadine qui lui coûtait bien près de trente mille francs par an). Eh bien ! sachez-le, il achève de se ruiner pour Josépha. Josépha, madame, est juive, elle se nomme Mirah (c'est l'anagramme de Hiram), un chiffre israélite pour pouvoir la reconnaître, car c'est une enfant abandonnée en Allemagne (les recherches que j'ai faites prouvent qu'elle est la fille naturelle d'un riche banquier juif). Le théâtre, et surtout les instructions que Jenny Cadine, madame Schontz, Malaga, Carabine ont données sur la manière de traiter les vieillards, à cette petite que je tenais dans une voie honnête et peu coûteuse, ont développé chez elle l'instinct des premiers Hébreux pour l'or et les bijoux, pour le Veau d'or ! La cantatrice célèbre, devenue âpre à la curée, veut être riche, très-riche. Aussi ne dissipe-t-elle rien de ce qu'on dissipe pour elle. Elle s'est essayée sur le sieur Hulot, qu'elle a plumé net, oh ! plumé, ce qui s'appelle *rasé* ! Ce malheureux, après avoir lutté contre un des Keller et le marquis d'Esgrignon, fous tous deux de Josépha, sans compter les idolâtres inconnus, va se la voir enlever par ce duc si puissamment riche qui protège les arts. Comment l'appelez-vous ?... un nain ?... ah ! le duc d'Hérouville. Ce grand seigneur a la prétention d'avoir à lui seul Josépha, tout le monde courtisanesque en parle, et le baron n'en sait rien ; car il en est au treizième arrondissement comme dans tous les autres : l'amant est, comme les maris, le dernier instruit. Comprenez-vous mes droits, maintenant ? Votre époux, belle dame, m'a privé de mon bonheur, de la seule joie que j'ai eue depuis mon veuvage. Oui, si je n'avais pas eu le malheur de rencontrer ce vieux roquentin, je posséderais encore Josépha, car, moi, voyez-vous, je ne l'aurais jamais mise au théâtre, elle serait restée obscure, sage, et à moi. Oh ! si vous l'aviez vue, il y a huit ans : mince et nerveuse, le teint doré d'une andalouse, comme on dit, les cheveux noirs et luisants comme du satin, un œil à longs cils bruns qui jetait des éclairs, une distinction de duchesse dans les gestes, la modestie de la pauvreté, de la grâce honnête, de la gentillesse comme une biche sauvage. Par la faute du sieur Hulot, ces charmes, cette pureté, tout est devenu piège à loup, chatière à pièces de cent sous. La petite est la reine des impures, comme on dit. Enfin elle *blague*, aujourd'hui, elle qui ne connaissait rien de rien, pas même ce mot-là !

En ce moment, l'ancien parfumeur s'essuya les yeux où roulaient quelques larmes. La sincérité de cette douleur agit sur madame Hulot qui sortit de la rêverie où elle était tombée.

— Eh bien ! madame, est-ce à cinquante-deux ans qu'on retrouve un pareil trésor ? A cet âge, l'amour coûte trente mille francs par an, j'en ai su le chiffre par votre mari, et moi, j'aime trop Célestine pour la ruiner. Quand je vous ai vue, à la première soirée que vous nous avez donnée, je n'ai pas compris que ce scélérat de Hulot entretînt une Jenny Cadine... Vous aviez l'air d'une impératrice. Vous n'avez pas trente ans, madame, reprit-il, vous me paraissez jeune, vous êtes belle. Ma parole d'honneur, ce jour-là j'ai été touché à fond, je me disais : « Si je n'avais pas ma Josépha, puisque le père Hulot délaisse sa femme, elle m'irait comme un gant. » Ah ! pardon ! c'est un mot de mon ancien état. (Le parfumeur revient de temps en temps, c'est ce qui m'empêche d'aspirer à la députation.) Aussi, lorsque j'ai été si lâchement trompé par le baron, car entre vieux drôles comme nous, les maîtresses de nos amis devraient être sacrées, me suis-je juré de lui prendre sa femme. C'est justice. Le baron n'aurait rien à dire, et l'impunité nous est acquise. Vous m'avez mis à la porte comme un chien galeux aux premiers mots que je vous ai touchés de l'état de mon cœur ; vous avez redoublé par là mon amour, mon entêtement, si vous voulez, et vous serez à moi.

— Et comment ?

— Je ne sais pas, mais ce sera. Voyez-vous, madame, un imbécile de parfumeur (retiré !) qui n'a qu'une idée en tête, est plus fort qu'un homme d'esprit qui en a des milliers. Je suis *toqué* de vous, et vous êtes ma vengeance ! c'est comme si j'aimais deux fois. Je vous parle à cœur ouvert, en homme résolu. De même que vous me dites : « je ne serai pas à vous », je cause froidement avec vous. Enfin, selon le proverbe, je joue cartes sur table. Oui, vous serez à moi, dans un temps donné... Oh ! vous auriez cinquante ans, vous seriez encore ma maîtresse. Et ce sera, car moi j'attends tout de votre mari...

Madame Hulot jeta sur ce bourgeois calculateur un regard si fixe de terreur, qu'il la crut devenue folle, et il s'arrêta.

— Vous l'avez voulu, vous m'avez couvert de votre mépris, vous m'avez défié, j'ai parlé ! dit-il en éprouvant le besoin de justifier la sauvagerie de ses dernières paroles.

— Oh ! ma fille, ma fille ! s'écria la baronne d'une voix de mourante.

— Ah ! je ne connais rien ! reprit Crevel. Le jour où Josépha m'a été prise, j'étais comme une tigresse à qui l'on a enlevé ses petits... Enfin, j'étais comme je vous vois en ce moment. Votre fille ! c'est, pour moi, le moyen de vous obtenir. Oui, j'ai fait manquer le mariage de votre fille !... et vous ne la marierez point sans mon secours ! Quelque belle que soit mademoiselle Hortense, il lui faut une dot...

— Hélas ! oui ! dit la baronne en s'essuyant les yeux.

— Eh bien ! essayez de demander dix mille francs au baron, reprit Crevel qui se remit en position.

Il attendit pendant un moment, comme un acteur qui *marque un temps.*

— S'il les avait, il les donnerait à celle qui remplacera Josépha ! dit-il en forçant son *medium*. Dans la voie où il est, s'arrête-t-on ? Il aime d'abord trop les femmes ! (Il y a en tout un juste milieu, comme a dit notre Roi.) Et puis la vanité s'en mêle ! C'est un bel homme ! Il vous mettra tous sur la paille pour son plaisir. Vous êtes déjà d'ailleurs sur le chemin de l'hôpital. Tenez, depuis que je n'ai mis les pieds chez vous, vous n'avez pas pu renouveler le meuble de votre salon. Le mot GÊNE est vomi par toutes les lézardes de ces étoffes. Quel est le gendre qui ne sortira pas épouvanté des preuves mal déguisées de la plus horrible des misères, celle des gens comme il faut ? J'ai été boutiquier, je m'y connais. Il n'y a rien de tel que le coup d'œil du marchand de Paris pour savoir découvrir la richesse réelle et la richesse apparente... Vous êtes sans le sou, dit-il à voix basse. Cela se voit en tout, même sur l'habit de votre domestique. Voulez-vous que je vous révèle d'affreux mystères qui vous sont cachés ?...

— Monsieur, dit madame Hulot qui pleurait à mouiller son mouchoir, assez ! assez !

— Eh bien ! mon gendre donne de l'argent à son père, et voilà ce que je voulais vous dire, en débutant, sur le train de votre fils. Mais je veille aux intérêts de ma fille... soyez tranquille.

— Oh ! marier ma fille et mourir !... dit la malheureuse femme qui perdit la tête.

— Eh bien ! en voici le moyen ? reprit Crevel.

Madame Hulot regarda Crevel avec un air d'espérance qui changea si rapidement sa physionomie, que ce seul mouvement aurait dû attendrir Crevel et lui faire abandonner son projet ridicule.

— Vous serez belle encore dix ans, reprit Crevel en position, ayez des bontés pour moi, et mademoiselle Hortense est mariée. Hulot m'a donné le droit, comme je vous disais, de poser le marché, tout crûment, et il ne se fâchera pas. Depuis trois ans, j'ai fait valoir mes capitaux, car mes fredaines ont été restreintes. J'ai trois cent mille francs de gain en dehors de ma fortune, ils sont à vous...

— Sortez, monsieur, dit madame Hulot, sortez, et ne reparaissez jamais devant moi. Sans la nécessité où vous m'avez mise de savoir le secret de votre lâche conduite dans l'affaire du mariage projeté pour Hortense... Oui, lâche... reprit-elle à un geste de Crevel. Comment faire peser de pareilles inimitiés sur une pauvre fille, sur une belle et innocente créature?... Sans cette nécessité qui poignait mon cœur de mère, vous ne m'auriez jamais reparlé, vous ne seriez plus rentré chez moi. Trente-deux ans d'honneur, de loyauté de femme ne périront pas sous les coups de monsieur Crevel...

— Ancien parfumeur, successeur de César Birotteau, à la Reine des Roses, rue Saint-Honoré, dit railleusement Crevel, ancien adjoint au maire, capitaine de la garde nationale, chevalier de la Légion-d'Honneur, absolument comme mon prédécesseur...

— Monsieur, reprit la baronne, monsieur Hulot, après vingt ans de constance, a pu se lasser de sa femme, ceci ne regarde que moi ; mais vous voyez, monsieur, qu'il a mis bien du mystère à ses infidélités, car j'ignorais qu'il vous eût succédé dans le cœur de mademoiselle Josépha...

— Oh ! s'écria Crevel, à prix d'or, madame... Cette fauvette lui coûte plus de cent mille francs depuis deux ans. Ah ! ah ! vous n'êtes pas au bout...

— Trêve à tout ceci, monsieur Crevel. Je ne renoncerai pas pour vous au bonheur qu'une mère éprouve à pouvoir embrasser ses enfants sans se sentir un remords au cœur, à se voir respectée, aimée par sa famille, et je rendrai mon âme à Dieu sans souillure...

— *Amen !* dit Crevel avec cette amertume diabolique qui se répand sur la figure des gens à prétention quand ils ont échoué de nouveau dans de pareilles entreprises. Vous ne connaissez pas la misère à son dernier période, la honte... le déshonneur... J'ai tenté de vous éclairer, je voulais vous sauver, vous et votre fille !... eh bien ! vous épellerez la parabole moderne du *père prodigue*, depuis la première jusqu'à la dernière lettre. Vos larmes et votre fierté me touchent, car voir pleurer une femme qu'on aime, c'est affreux !... dit Crevel en s'asseyant. Tout ce que je puis vous promettre, chère Adeline, c'est de ne rien faire contre vous, ni contre votre mari ; mais n'envoyez jamais aux renseignements chez moi. Voilà tout !

— Que faire, donc ? s'écria madame Hulot.

Jusque-là, la baronne avait soutenu courageusement les triples tortures que cette explication imposait à son cœur, car elle souffrait comme femme, comme mère et comme épouse. En effet, tant que le beau-père de son fils s'était montré rogue et agressif, elle avait trouvé de la force dans la résistance qu'elle opposait à la brutalité du boutiquier ; mais la bonhomie qu'il manifestait au milieu de son exaspération d'amant rebuté, de beau garde national humilié, détendit ses fibres montées à se briser ; elle se tordit les mains, elle fondit en larmes, et elle était dans un tel état d'abattement stupide, qu'elle se laissa baiser les mains par Crevel à genoux.

— Mon Dieu ! que devenir ? reprit-elle en s'essuyant les yeux. Une mère peut-elle voir froidement sa fille dépérir sous ses yeux ? Quel sera le sort d'une si magnifique créature, aussi forte de sa vie chaste auprès de sa mère, que de sa nature privilégiée ! Par certains jours, elle se promène dans le jardin, triste, sans savoir pourquoi ; je la trouve avec des larmes dans les yeux...

— Elle a vingt et un ans, dit Crevel.

— Faut-il la mettre au couvent ? demanda la baronne, car dans de pareilles crises, la religion est souvent impuissante contre la nature, et les filles les plus pieusement élevées perdent la tête !... Mais levez-vous donc, monsieur, ne voyez-vous pas que, maintenant, tout est fini entre nous, que vous me faites horreur, que vous avez renversé la dernière espérance d'une mère !...

— Et si je la relevais ?... dit-il.

Madame Hulot regarda Crevel avec une expression délirante qui le toucha ; mais il refoula la pitié dans son cœur, à cause de ce mot : *Vous me faites horreur !* La Vertu est toujours un peu trop tout d'une pièce, elle ignore les nuances et les tempéraments à l'aide desquels on louvoie dans une fausse position.

— On ne marie pas aujourd'hui, sans dot, une fille aussi belle que l'est mademoiselle Hortense, reprit Crevel en reprenant son air pincé. Votre fille est une de ces beautés effrayantes pour les maris ; c'est comme un cheval de luxe qui exige trop de soins coûteux pour avoir beaucoup d'acquéreurs. Allez donc à pied avec une pareille femme au bras ? tout le monde vous regardera, vous suivra, désirera votre épouse. Ce succès inquiète beaucoup de gens qui ne veulent pas avoir des amants à tuer ; car, après tout, on n'en tue jamais qu'un. Vous ne pouvez, dans la situation où vous êtes, marier votre fille que de trois manières ; par mon secours, vous n'en voulez pas ! et d'un ; en trouvant un vieillard de soixante ans, très-riche, sans enfants, et qui voudrait en avoir, c'est difficile, mais cela se rencontre, il y a tant de vieux qui prennent des Josépha, des Jenny Cadine, pourquoi n'en rencontrerait-on pas un qui ferait la même bêtise légitimement ?... Si je n'avais pas ma Célestine et nos deux petits-enfants, j'épouserais Hortense. Et de deux ! La dernière manière est la plus facile...

Madame Hulot leva la tête, et regarda l'ancien parfumeur avec anxiété.

— Paris est une ville où tous les gens d'énergie qui poussent comme des sauvageons sur le territoire français, se donnent rendez-vous, et il y grouille bien des talents, sans feu ni lieu, des courages capables de tout, même de faire fortune... Eh bien ! ces garçons-là... (Votre serviteur en était dans son temps, et il en a connu !... Qu'avait du Tillet ? Qu'avait Popinot, il y a vingt ans ?... ils pataugeaient tous les deux dans la boutique du papa Birotteau, sans autre capital que l'envie de parvenir, qui, selon moi, vaut le plus beau capital !... On mange des capitaux, et l'on ne se mange pas le moral !... Qu'avais-je, moi ? l'envie de parvenir, du courage. Du Tillet est l'égal aujourd'hui des plus grands personnages. Le petit Popinot, le plus riche droguiste de la rue des Lombards, est devenu député, le voilà ministre...) Eh bien ! l'un de ces *condottierri*, comme on dit, de la commandite, de la plume ou de la brosse, est le seul être, à Paris, capable d'épouser une belle fille sans le sou, car ils ont tous les genres de courage. Monsieur Popinot a épousé mademoiselle Birotteau sans espérer un liard de dot. Ces gens-là sont fous ! ils croient à l'amour, comme ils croient à leur fortune et à leurs facultés !... Cherchez un homme d'énergie qui devienne amoureux de votre fille et il l'épousera sans regarder au présent. Vous m'avouerez que, pour un ennemi, je ne manque pas de générosité, car ce conseil est contre moi.

— Ah ! monsieur Crevel, si vous vouliez être mon ami, quitter vos idées ridicules !...

— Ridicules ? madame, ne vous démolissez pas ainsi, regardez-vous... Je vous aime et vous viendrez à moi ! Je veux dire un jour à Hulot : « Tu m'as pris Josépha, j'ai ta femme !... » C'est la vieille loi du talion ! Et je poursuivrai l'accomplissement de mon projet, à moins que vous ne deveniez excessivement laide. Je réussirai, voici pourquoi, dit-il en se mettant en position et regardant madame Hulot.

— Vous ne rencontrerez ni un vieillard, ni un jeune homme amoureux, reprit-il après une pause, parce que vous aimez trop votre fille pour la livrer aux manœuvres d'un vieux libertin, et que vous ne vous résignerez pas, vous, baronne Hulot, sœur du vieux lieutenant-général qui commandait les vieux grenadiers de la vieille garde, à prendre l'homme d'énergie là où il sera ; car il peut se trouver simple ouvrier, comme tel millionnaire d'aujourd'hui se trouvait simple mécanicien il y a dix ans, simple conducteur de travaux, simple contre-maître de fabrique. Et alors, en voyant votre fille, poussée par ses vingt ans, capable de vous déshonorer, vous vous direz : « Il vaut mieux que ce soit moi qui me déshonore ; et si monsieur Crevel veut me garder le secret, je vais gagner la dot de ma fille, deux cent mille francs, pour dix ans d'attachement à cet ancien marchand de gants... le père Crevel !... » Je vous ennuie, et ce que je dis est profondément immoral, n'est-ce pas ? Mais si vous étiez mordue par une passion irrésistible, vous vous feriez, pour me céder, des raisonnements comme s'en font les femmes qui aiment... Eh bien ! l'intérêt d'Hortense vous les mettra dans le cœur, ces capitulations de conscience...

— Il reste à Hortense un oncle.

— Qui, le père Fischer ?... il arrange ses affaires, et par la faute du baron encore, dont le râteau passe sur toutes les caisses qui sont à sa portée.

— Le comte Hulot...

— Oh ! votre mari, madame, a déjà fricassé les économies du vieux lieutenant-général, il en a meublé la maison de sa cantatrice. Voyons, me laisserez-vous partir sans espérance ?

— Adieu, monsieur. On guérit facilement d'une passion pour une femme de mon âge, et vous prendrez des idées chrétiennes. Dieu protège les malheureux...

La baronne se leva pour forcer le capitaine à la retraite, et elle le repoussa dans le grand salon.

— Est-ce au milieu de pareilles guenilles que devrait vivre la belle madame Hulot ? dit-il.

Et il montrait une vieille lampe, un lustre dédoré, les cordes du tapis, enfin les haillons de l'opulence qui faisaient de ce grand salon blanc, rouge et or, un cadavre des fêtes impériales.

— La vertu, monsieur, reluit sur tout cela. Je n'ai pas envie de devoir un magnifique mobilier en faisant de cette beauté, que vous me prêtez, *des pièges à loups, des chatières à pièces de cent sous !*

Le capitaine se mordit les lèvres en reconnaissant les expressions par lesquelles il venait de flétrir l'avidité de Josépha.

— Et pour qui cette persévérance ? demanda-t-il.

En ce moment la baronne avait éconduit l'ancien parfumeur jusqu'à la porte.

— Pour un libertin !... ajouta-t-il en faisant une moue d'homme vertueux et millionnaire.

— Si vous aviez raison, monsieur, ma constance aurait alors quelque mérite, voilà tout.

Elle laissa le capitaine après l'avoir salué comme on salue pour se débarrasser d'un importun, et se retourna trop lestement pour le voir une dernière fois en position. Elle alla rouvrir les portes qu'elle avait fermées, et ne put remarquer le geste menaçant par lequel Crevel lui dit adieu. Elle marchait fièrement, noblement, comme une martyre au Colysée. Elle avait néanmoins épuisé ses forces, car elle se laissa tomber sur le divan de son boudoir bleu, comme une femme près de se trouver mal, et elle resta les yeux attachés sur le kiosque en ruines où sa fille babillait avec la cousine Bette.

Depuis les premiers jours de son mariage jusqu'en ce moment, la baronne avait aimé son mari, comme Joséphine a fini par aimer Napoléon, d'un amour admiratif, d'un amour maternel, d'un amour lâche. Si elle ignorait les détails que Crevel venait de lui donner, elle savait cependant fort bien que, depuis vingt ans le baron Hulot lui faisait des infidélités ; mais elle s'était mis sur les yeux un voile de plomb, elle avait pleuré silencieusement, et jamais une parole de reproche ne lui était échappée. En retour de cette angélique douceur, elle avait obtenu la vénération de son mari, et comme un culte divin autour d'elle. L'affection qu'une femme porte à son mari, le respect dont elle l'entoure, sont contagieux dans la famille. Hortense croyait son père un modèle accompli d'amour conjugal. Quant à Hulot fils, élevé dans l'admiration du baron, en qui chacun voyait un des géants qui secondèrent Napoléon, il savait devoir sa position au nom, à la place et à la considération paternelle ; d'ailleurs, les impressions de l'enfance exercent une longue influence, et il craignait encore son père ; aussi eût-il soupçonné les irrégularités révélées par Crevel, déjà trop respectueux pour s'en plaindre, il les aurait excusées par des raisons tirées de la manière de voir des hommes à ce sujet.

Maintenant il est nécessaire d'expliquer le dévouement extraordinaire de cette belle et noble femme ; et voici l'histoire de sa vie en peu de mots.

Dans un village situé sur les extrêmes frontières de la Lorraine, au pied des Vosges, trois frères, du nom de Fischer, simples laboureurs, partirent, par suite des réquisitions républicaines, à l'armée dite du Rhin.

En 1799, le second des frères, André, veuf et père de madame Hulot, laissa sa fille aux soins de son frère aîné, Pierre Fischer, qu'une blessure reçue en 1797 avait rendu incapable de servir, et fit quelques entreprises partielles dans les Transports Militaires, service qu'il dut à la protection de l'ordonnateur Hulot d'Ervy. Par un hasard assez naturel, Hulot, qui vint à Strasbourg, vit la famille Fischer. Le père d'Adeline et son jeune frère étaient alors soumissionnaires des fourrages en Alsace.

Adeline, alors âgée de seize ans, pouvait être comparée à la fameuse madame du Barry, comme elle, fille de la Lorraine. C'était une de ces beautés complètes, foudroyantes, une de ces femmes semblables à madame Tallien, que la Nature fabrique avec un soin particulier ; elle leur dispense ses plus précieux dons : la distinction, la noblesse, la grâce, la finesse, l'élégance, une chair à part, un teint broyé dans cet atelier inconnu où travaille le hasard. Ces belles femmes-là se ressemblent toutes entre elles. Bianca Capello dont le portrait est un des chefs-d'œuvre de Bronzino, la Vénus de Jean Goujon dont l'original est la fameuse Diane de Poitiers, la signora Olympia dont le portrait est à la galerie Doria, enfin Ninon, madame du Barry, madame Tallien, mademoiselle George, madame Récamier, toutes ces femmes, restées belles en dépit des années, de leurs passions ou de leur vie à plaisirs excessifs, ont dans la taille, dans la charpente, dans le caractère de la beauté des similitudes frappantes, et à faire croire qu'il existe dans l'océan des générations un courant aphrodisien d'où sortent toutes ces Vénus, filles de la même onde salée !

Adeline Fischer, une des plus belles de cette tribu divine, possédait les caractères sublimes, les lignes serpentines, le tissu vénéneux de ces femmes nées reines. La chevelure blonde que notre mère Ève a tenue de la main de Dieu, une taille d'impératrice, un air de grandeur, des contours augustes dans le profil, une modestie villageoise arrêtaient sur son passage tous les hommes, charmés comme le sont les amateurs devant un Raphaël ; aussi, la voyant, l'ordonnateur fit-il, de mademoiselle Adeline Fischer, sa femme dans le temps légal, au grand étonnement des Fischer, tous nourris dans l'admiration de leurs supérieurs.

L'aîné, soldat de 1792, blessé grièvement à l'attaque des lignes de Wissembourg, adorait l'empereur Napoléon et tout ce qui tenait à la Grande-Armée. André et Johann parlaient avec respect de l'ordonnateur Hulot, ce protégé de l'Empereur à qui, d'ailleurs, ils devaient leur sort, car Hulot d'Ervy, leur trouvant de l'intelligence et de la probité, les avait tirés des charrois de l'armée pour les mettre à la tête d'une Régie d'urgence. Les frères Fischer avaient rendu des services pendant la campagne de 1804. Hulot, à la paix, leur avait obtenu cette fourniture des fourrages en Alsace, sans savoir qu'il serait envoyé plus tard à Strasbourg pour y préparer la campagne de 1806.

Ce mariage fut, pour la jeune paysanne, comme une Assomption. La belle Adeline passa sans transition des boues de son village dans le paradis de la cour impériale.

En effet, dans ce temps-là, l'ordonnateur, l'un des travailleurs les plus probes, les plus actifs de son corps, fut nommé baron, appelé près de l'Empereur, et attaché à la garde impériale. Cette belle villageoise eut le courage de faire son éducation par amour pour son mari, de qui elle fut exactement folle. L'ordonnateur en chef était d'ailleurs en homme, une réplique d'Adeline en femme. Il appartenait au corps d'élite des beaux hommes. Grand, bien fait, blond, l'œil bleu et d'un feu, d'un jeu, d'une nuance irrésistibles, la taille élégante, il était remarqué parmi les d'Orsay, les Forbin, les Ouvrard, enfin dans le bataillon des beaux de l'Empire. Homme à conquêtes et imbu des idées du Directoire en fait de femmes, sa carrière galante fut alors interrompue pendant assez longtemps par son attachement conjugal.

Pour Adeline, le baron fut donc, dès l'origine, une espèce de Dieu qui ne pouvait faillir ; elle lui devait tout : la fortune, elle eut voiture, hôtel, et tout le luxe du temps ; le bonheur, elle était aimée publiquement ; un titre, elle était baronne ; enfin la célébrité, on l'appela la belle madame Hulot, à Paris ; enfin, elle eut l'honneur de refuser les hommages de l'Empereur qui lui fit présent d'une rivière en diamants, et qui la distingua toujours, car il demandait de temps en temps : « Et la belle madame Hulot, est-elle toujours sage ? » en homme capable de se venger de celui qui aurait triomphé là où il avait échoué.

Il n'est donc pas besoin de beaucoup d'intelligence pour reconnaître, dans une âme simple, naïve et belle, les motifs du fanatisme que madame Hulot mêlait à son amour. Après s'être bien dit que son mari ne saurait jamais avoir de torts envers elle, elle se fit, dans son for intérieur, la servante humble, dévouée et aveugle de son créateur. Remarquez d'ailleurs qu'elle était douée d'un grand bon sens, de ce bon sens du peuple qui rendit son éducation solide. Dans le monde, elle parlait peu, ne disait de mal de personne, ne cherchait pas à briller ; elle réfléchissait sur toute chose, elle écoutait, et se modelait sur les plus honnêtes femmes, sur les mieux nées.

En 1815, Hulot suivit la ligne de conduite du prince de Wissembourg, l'un de ses amis intimes, et fut l'un des organisateurs de cette armée improvisée dont la déroute termina le cycle napoléonien à Waterloo. En 1816, le baron devint une des bêtes noires du ministère Feltre, et ne fut réintégré dans le corps de l'intendance qu'en 1823, car on eut besoin de lui pour la guerre d'Espagne. En 1830, il reparut dans l'administration comme quart de ministre, lors de cette espèce de conscription levée par Louis-Philippe dans les vieilles bandes napoléoniennes. Depuis l'avènement au trône de la branche cadette, dont il fut un actif coopérateur, il restait directement indispensable au ministère de la guerre. Il avait d'ailleurs obtenu son bâton de maréchal, et le roi ne pouvait rien de plus pour lui, à moins de le faire ou ministre ou pair de France.

Inoccupé de 1818 à 1823, le baron Hulot s'était mis en service actif auprès des femmes. Madame Hulot faisait remonter les premières infidélités de son Hector au grand *finale* de l'Empire. La baronne avait donc tenu, pendant douze ans, dans son ménage, le rôle de *prima donna assoluta,* sans partage. Elle jouissait toujours de cette vieille affection invétérée que les maris portent à leurs femmes quand elles se sont résignées au rôle de douces et vertueuses compagnes, elle savait qu'aucune rivale ne tiendrait deux heures contre un mot de reproche, mais elle fermait les yeux, elle se bouchait les oreilles, elle voulait ignorer la conduite de son mari au dehors. Elle traitait enfin son Hector comme une mère traite un enfant gâté. Trois ans avant la conversation qui venait d'avoir lieu, Hortense reconnut son père aux Variétés, dans une loge d'avant-scène du rez-de-chaussée, en compagnie de Jenny Cadine, et s'écria : « — Voilà papa. — Tu te trompes, mon ange, il est chez le maréchal, répondit la baronne. » La baronne avait bien vu Jenny Cadine ; mais au lieu d'éprouver un serrement au cœur en la voyant si jolie, elle se dit en elle-même : — Ce mauvais sujet d'Hector doit être bien heureux. Elle souffrait néanmoins, elle s'abandonnait secrètement à des rages affreuses ; mais, en revoyant son Hector, elle revoyait toujours ses douze années de bonheur pur, et perdait la force d'articuler une seule plainte. Elle aurait bien voulu que le baron la prît pour sa confidente ; mais elle n'avait jamais osé lui donner à entendre qu'elle connaissait ses fredaines, par respect pour lui. Ces excès de délicatesse ne se rencontrent que chez ces belles filles du peuple qui savent recevoir des coups sans en rendre ; elles ont dans les veines les restes du sang des premiers martyrs. Les filles bien nées, étant les égales de leurs maris, éprouvent le besoin de les tourmenter, et de marquer, comme on marque les points au billard, leurs tolérances par des mots piquants, dans un esprit de vengeance diabolique, et pour s'assurer, soit une supériorité, soit un droit de revanche.

La baronne avait un admirateur passionné dans son beau-frère, le lieutenant-général Hulot, le vénérable commandant des grenadiers à pied de la garde impériale, à qui l'on devait donner le bâton de maréchal pour ses derniers jours. Ce vieillard après avoir, de 1830 à 1834, commandé la division militaire où se trouvaient les départements bretons, théâtre de ses exploits en 1799 et 1800, était venu fixer ses jours à Paris, près de son frère, auquel il portait toujours une affection de père. Ce cœur de vieux soldat sympathisait avec celui de sa belle-sœur ; il l'admirait, comme la plus noble, la plus sainte créature de son sexe. Il ne s'était pas marié, parce qu'il avait voulu rencontrer une seconde Adeline, inutilement cherchée à travers vingt pays et vingt campagnes. Pour ne pas déchoir dans cette âme de vieux républicain sans reproche et sans tache, de qui Napoléon disait : « Ce brave Hulot est le plus entêté des républicains, mais il ne me trahira jamais », Adeline eût supporté des souffrances encore plus cruelles que celles qui venaient de l'assaillir. Mais ce vieillard, âgé de soixante-douze ans, brisé par trente campagnes, blessé pour la vingt-septième fois à Waterloo, était pour Adeline une admiration et non une protection. Le pauvre comte, entre autres infirmités, n'entendait qu'à l'aide d'un cornet !

Tant que le baron Hulot d'Ervy fut bel homme, les amourettes n'eurent aucune influence sur sa fortune ; mais, à cinquante ans, il fallut compter avec les grâces. A cet âge, l'amour, chez les vieux hommes, se change en vice ; il s'y mêle des vanités insensées. Aussi, vers ce temps, Adeline vit-elle son mari devenu d'une exigence incroyable pour sa toilette, se teignant les cheveux et les favoris, portant des ceintures et des corsets. Il voulut rester beau à tout prix. Ce culte pour sa personne, défaut qu'il poursuivait jadis de ses railleries, il le poussa jusqu'à la minutie. Enfin, Adeline s'aperçut que le Pactole qui coulait chez les maîtresses du baron prenait sa source chez elle. Depuis huit ans, une fortune considérable avait été dissipée, et si radicalement, que, lors de l'établissement du jeune Hulot, deux ans auparavant, le baron avait été forcé d'avouer à sa femme que ses traitements constituaient toute leur fortune. « — Où cela nous mènera-t-il ? fut la réponse d'Adeline. — Sois tranquille, répondit le Conseiller-d'État, je vous laisse les émoluments de ma place, et je pourvoirai à l'établissement d'Hortense et à notre avenir en faisant des affaires. » La foi profonde de cette femme dans la puissance et la haute valeur, dans les capacités et le caractère de son mari, avait calmé cette inquiétude momentanée.

Maintenant la nature des réflexions de la baronne et ses pleurs, après le départ de Crevel, doivent se concevoir parfaitement. La pauvre femme se savait depuis deux ans au fond d'un abîme, mais elle s'y croyait seule. Elle ignorait comment le mariage de son fils s'était fait, elle ignorait la liaison d'Hector avec l'avide Josépha ; enfin, elle espérait que personne au monde ne connaissait ses douleurs. Or, si Crevel parlait si lestement des dissipations du baron, Hector allait perdre sa considération. Elle entrevoyait dans les grossiers discours de l'ancien parfumeur irrité, le compérage odieux auquel était dû le mariage du jeune avocat. Deux filles perdues avaient été les prêtresses de cet hymen, proposé dans quelque orgie, au milieu des dégradantes familiarités de deux vieillards ivres ! « — Il oublie donc Hortense ! se dit-elle, il la voit cependant tous les jours, lui cherchera-t-il donc un mari chez ses vauriennes ? » La mère, plus forte que la femme, parlait en ce moment toute seule, car elle voyait Hortense riant, avec sa cousine Bette, de ce fou rire de la jeunesse insouciante, et elle savait que ces rires nerveux étaient des indices tout aussi terribles que les rêveries larmoyantes d'une promenade solitaire dans le jardin.

Hortense ressemblait à sa mère, mais elle avait des cheveux d'or, ondés naturellement et abondants à étonner. Son éclat tenait de celui de la nacre. On voyait bien en elle le fruit d'un honnête mariage, d'un amour noble et pur dans toute sa force. C'était un mouvement passionné dans la physionomie, une gaieté dans les traits, un entrain de jeunesse, une fraîcheur de vie, une richesse de santé qui vibraient en dehors d'elle et produisaient des rayons électriques. Hortense appelait le regard. Quand ses yeux d'un bleu d'outremer, nageant dans ce fluide qu'y verse l'innocence, s'arrêtaient sur un passant, il tressaillait involontairement. D'ailleurs pas une seule de ces taches de rousseur, qui font payer à ces blondes dorées leur blancheur lactée, n'altérait son teint. Grande, potelée sans être grasse, d'une taille svelte dont la noblesse égalait celle de sa mère, elle méritait ce titre de déesse si prodigué dans les anciens auteurs. Aussi, quiconque voyait Hortense dans la rue, ne pouvait-il retenir cette exclamation : — Mon Dieu ! la belle fille ! Elle était si vraiment innocente, qu'elle disait en rentrant : — Mais qu'ont-ils donc tous, maman, à crier : la belle fille ! quand tu es avec moi ? n'es-tu pas plus belle que moi ?... Et, en effet, à quarante-sept ans passés, la baronne pouvait être préférée à sa fille par les amateurs de couchers de soleil ; car elle n'avait encore, comme disent les femmes, rien perdu *de ses avantages*, par un de ces phénomènes rares, à Paris surtout, où dans ce genre, Ninon a fait scandale, tant elle a paru voler la part des laides au dix-septième siècle.

En pensant à sa fille, la baronne revint au père, elle le vit, tombant de jour en jour par degrés jusque dans la boue sociale, et renvoyé peut-être un jour du ministère. L'idée de la chute de son idole, accompagnée d'une vision indistincte des malheurs que Crevel avait prophétisés, fut si cruelle pour la pauvre femme, qu'elle perdit connaissance à la façon des extatiques.

La cousine Bette, avec qui causait Hortense, regardait de temps en temps pour savoir quand elles pourraient rentrer au salon ; mais sa jeune cousine la lutinait si bien de ses questions au moment où la baronne rouvrit la porte-fenêtre, qu'elle ne s'en aperçut pas.

Lisbeth Fischer, de cinq ans moins âgée que madame Hulot, et néanmoins fille de l'aîné des Fischer, était loin d'être belle comme sa cousine ; aussi avait-elle été prodigieusement jalouse d'Adeline. La jalousie formait la base de ce caractère plein d'*excentricités*, mot trouvé par les Anglais pour les folies non pas des petites mais des grandes maisons. Paysanne des Vosges, dans toute l'extension du mot, maigre, brune, les cheveux d'un noir luisant, les sourcils épais et réunis par un bouquet, les bras longs et forts, les pieds épais, quelques verrues dans sa face longue et *simiesque*, tel est le portrait concis de cette vierge.

La famille qui vivait en commun, avait immolé la fille vulgaire à la jolie fille, le fruit âpre, à la fleur éclatante. Lisbeth travaillait à la terre, quand sa cousine était dorlotée ; aussi lui arriva-t-il un jour, trouvant Adeline seule, de vouloir lui arracher le nez, un vrai nez grec que les vieilles femmes admiraient. Quoique battue pour ce méfait, elle n'en continua pas moins à déchirer les robes et à gâter les collerettes de la privilégiée.

Lors du mariage fantastique de sa cousine, Lisbeth avait plié devant cette destinée, comme les frères et les sœurs de Napoléon plièrent devant l'éclat du trône et la puissance du commandement. Adeline, excessivement bonne et douce, se souvint à Paris de Lisbeth, et l'y fit venir, vers 1809, dans l'intention de l'arracher à la misère en l'établissant. Dans l'impossibilité de marier aussitôt qu'Adeline le voulait, cette fille aux yeux noirs, aux sourcils charbonnés, et qui ne savait ni lire ni écrire, le baron commença par lui donner un état ; il mit Lisbeth en apprentissage chez les brodeurs de la cour impériale, les fameux Pons frères.

La cousine, nommée Bette par abréviation, devenue ouvrière en passementerie d'or et d'argent, énergique à la manière des montagnards, eut le courage d'apprendre à lire, à compter et à écrire ; car son cousin, le baron, lui avait démontré la nécessité de posséder ces connaissances pour tenir un établissement de broderie. Elle voulait faire fortune : en deux ans, elle se métamorphosa. En 1811, la paysanne fut une assez gentille, une assez adroite et intelligente première demoiselle.

Cette partie, appelée passementerie d'or et d'argent, comprenait les épaulettes, les dragonnes, les aiguillettes, enfin cette immense quantité de choses brillantes qui scintillaient sur les riches uniformes de l'armée française et sur les habits civils. L'Empereur, en Italien très ami du costume, avait brodé de l'or et de l'argent sur toutes les coutures de ses serviteurs, et son empire comprenait cent trente-trois départements. Ces fournitures assez habituellement faites aux tailleurs, gens riches et solides, ou directement aux grands dignitaires, constituaient un commerce sûr.

Au moment où la cousine Bette, la plus habile ouvrière de la maison Pons où elle dirigeait la fabrication, aurait pu s'établir, la déroute de l'Empire éclata. L'olivier de la paix que tenaient à la main les Bourbons effraya Lisbeth, elle eut peur d'une baisse dans ce commerce, qui n'allait plus avoir que quatre-vingt-six au lieu de cent trente-trois départements à exploiter, sans compter l'énorme réduction de l'armée. Épouvantée enfin par les diverses chances de l'industrie, elle refusa les offres du baron qui la crut folle. Elle justifia cette opinion en se brouillant avec monsieur Rivet, acquéreur de la maison Pons, à qui le baron voulait l'associer, et elle redevint simple ouvrière.

La famille Fischer était alors retombée dans la situation précaire d'où le baron Hulot l'avait tirée.

Ruinés par la catastrophe de Fontainebleau, les trois frères Fischer servirent en désespérés dans les corps francs de 1815. L'aîné, père de Lisbeth, fut tué. Le père d'Adeline, condamné à mort par un conseil de guerre, s'enfuit en Allemagne, et mourut à Trèves, en 1820. Le cadet Johann vint à Paris implorer la reine de la famille, qui, disait-on, mangeait dans l'or et l'argent, qui ne paraissait jamais aux réunions qu'avec des diamants sur la tête et au cou, gros comme des noisettes et donnés par l'Empereur. Johann Fischer, alors âgé de quarante-trois ans, reçut du baron Hulot une somme de dix mille francs pour commencer une petite entreprise de fourrages à Versailles, obtenue au ministère de la guerre par l'influence secrète des amis que l'ancien intendant-général y conservait.

Ces malheurs de famille, la disgrâce du baron Hulot, une certitude d'être peu de chose dans cet immense mouvement d'hommes, d'intérêts et d'affaires, qui fait de Paris un enfer et un paradis, domptèrent la Bette. Cette fille perdit alors toute idée de lutte et de comparaison avec sa cousine, après en avoir senti les diverses supériorités ; mais l'envie resta cachée dans le fond du cœur, comme un germe de peste qui peut éclore et ravager une ville, si l'on ouvre le fatal ballot de laine où il est comprimé. De temps en temps elle se disait bien : —

« Adeline et moi, nous sommes du même sang, nos pères étaient frères, elle est dans un hôtel et je suis dans une mansarde. » Mais, tous les ans, à sa fête et au jour de l'an, Lisbeth recevait des cadeaux de la baronne et du baron ; le baron, excellent pour elle, lui payait son bois pour l'hiver ; le vieux général Hulot la recevait un jour à dîner, son couvert était toujours mis chez sa cousine. On se moquait bien d'elle, mais on n'en rougissait jamais. On lui avait enfin procuré son indépendance à Paris, où elle vivait à sa guise.

Cette fille avait en effet peur de toute espèce de joug. Sa cousine lui offrait-elle de la loger chez elle ?... Bette apercevait le licou de la domesticité ; maintes fois le baron avait résolu le difficile problème de la marier ; mais séduite au premier abord, elle refusait bientôt en tremblant de se voir reprocher son manque d'éducation, son ignorance et son défaut de fortune ; enfin, si la baronne lui parlait de vivre avec leur oncle et d'en tenir la maison à la place d'une servante-maîtresse qui devait coûter cher, elle répondait qu'elle se marierait encore bien moins de cette façon-là.

La cousine Bette présentait dans les idées cette singularité qu'on remarque chez les natures qui se sont développées fort tard, chez les Sauvages qui pensent beaucoup et parlent peu. Son intelligence paysanne avait d'ailleurs acquis, dans les causeries de l'atelier, par la fréquentation des ouvriers et des ouvrières, une dose du mordant parisien. Cette fille, dont le caractère ressemblait prodigieusement à celui des Corses, travaillée inutilement par les instincts des natures fortes, eût aimé à protéger un homme faible ; mais à force de vivre dans la capitale, la capitale l'avait changée à la surface. Le poli parisien faisait rouille sur cette âme vigoureusement trempée. Douée d'une finesse devenue profonde, comme chez tous les gens voués à un célibat réel, avec le tour piquant qu'elle imprimait à ses idées, elle eût paru redoutable dans toute autre situation. Méchante, elle eût brouillé la famille la plus unie.

Pendant les premiers temps, quand elle eut quelques espérances dans le secret desquelles elle ne mit personne, elle s'était décidée à porter des corsets, à suivre les modes, et obtint alors un moment de splendeur pendant lequel le baron la trouva mariable. Lisbeth fut alors la brune piquante de l'ancien roman français. Son regard perçant, son teint olivâtre, sa taille de roseau pouvaient tenter un major en demi-solde ; mais elle se contenta, disait-elle en riant, de sa propre admiration. Elle finit d'ailleurs par trouver sa vie heureuse, après en avoir élagué les soucis matériels, car elle allait dîner tous les jours en ville, après avoir travaillé depuis le lever du soleil. Elle n'avait donc qu'à pourvoir à son déjeuner et à son loyer ; puis on l'habillait et on lui donnait beaucoup de ces provisions acceptables, comme le sucre, le café, le vin, etc.

En 1837, après vingt-sept ans de vie, à moitié payée par la famille Hulot et par son oncle Fischer, la cousine Bette résignée à ne rien être, se laissait traiter sans façon ; elle se refusait elle-même à venir aux grands dîners en préférant l'intimité qui lui permettait d'avoir sa valeur, et d'éviter des souffrances d'amour-propre. Partout, chez le général Hulot, chez Crevel, chez le jeune Hulot, chez Rivet, successeur des Pons avec qui elle s'était raccommodée et qui la fêtait, chez la baronne, elle semblait être de la maison. Enfin partout elle savait amadouer les domestiques en leur payant de petits pour-boire de temps en temps, en causant toujours avec eux pendant quelques instants avant d'entrer au salon. Cette familiarité par laquelle elle se mettait franchement au niveau des gens, lui conciliait leur bienveillance subalterne, très-essentielle aux parasites. — C'est une bonne et brave fille ! était le mot de tout le monde sur elle. Sa complaisance, sans bornes quand on ne l'exigeait pas, était d'ailleurs, ainsi que sa fausse bonhomie, une nécessité de sa position. Elle avait fini par comprendre la vie en se voyant à la merci de tout le monde ; et voulant plaire à tout le monde, elle riait avec les jeunes gens à qui elle était sympathique par une espèce de patelinage qui les séduit toujours, elle devinait et épousait leurs désirs, elle se rendait leur interprète, elle leur paraissait être une bonne confidente, car elle n'avait pas le droit de les gronder. Sa discrétion absolue lui méritait la confiance des gens d'un âge mûr, car elle possédait, comme Ninon, des qualités d'homme. En général, les confidences vont plutôt en bas qu'en haut. On emploie beaucoup plus ses inférieurs que ses supérieurs dans les affaires secrètes ; ils deviennent donc les complices de nos pensées réservées, ils assistent aux délibérations ; or, Richelieu se regarda comme arrivé quand il eut le droit d'assistance au conseil. On croyait cette pauvre fille dans une telle dépendance de tout le monde, qu'elle semblait condamnée à un mutisme absolu. La cousine se surnommait elle-même le confessionnal de la famille. La baronne seule, à qui les mauvais traitements qu'elle avait reçus pendant son enfance, de sa cousine plus forte qu'elle quoique moins âgée, gardait une espèce de défiance. Puis, par pudeur, elle n'eût confié qu'à Dieu ses chagrins domestiques.

Ici peut-être est-il nécessaire de faire observer que la maison de la baronne conservait toute sa splendeur aux yeux de la cousine Bette, qui n'était pas frappée, comme le marchand parfumeur parvenu, de la détresse écrite sur les fauteuils rongés, sur les draperies noircies et sur la soie balafrée. Il en est du mobilier avec lequel on vit comme de nous-mêmes. En s'examinant tous les jours, on finit, à l'exemple du baron, par se croire peu changé, jeune, alors que les autres voient sur nos têtes une chevelure tournant au chinchilla, des accents circonflexes à notre front, et de grosses citrouilles dans notre abdomen. Cet appartement, toujours éclairé pour la cousine Bette par les feux du Bengale des victoires impériales, resplendissait donc toujours.

Avec le temps, la cousine Bette avait contracté des manies de vieille fille, assez singulières. Ainsi, par exemple, elle voulait, au lieu d'obéir à la mode, que la mode s'appliquât à ses habitudes, et se pliât à ses fantaisies toujours arriérées. Si la baronne lui donnait un joli chapeau nouveau, quelque robe taillée au goût du jour, aussitôt la cousine Bette retravaillait chez elle, à sa façon, chaque chose, et la gâtait en s'en faisant un costume qui tenait des modes impériales et de ses anciens costumes lorrains. Le chapeau de trente francs devenait une loque, et la robe un haillon. La Bette était, à cet égard, d'un entêtement de mule ; elle voulait se plaire à elle seule et se croyait charmante ainsi ; tandis que cette assimilation, harmonieuse en ce qu'elle la faisait vieille fille de la tête aux pieds, la rendait si ridicule, qu'avec le meilleur vouloir, personne ne pouvait l'admettre chez soi les jours de gala.

Cet esprit rétif, capricieux, indépendant, l'inexplicable sauvagerie de cette fille, à qui le baron avait par quatre fois trouvé des partis (un employé de son administration, un major, un entrepreneur des vivres, un capitaine en retraite), et qui s'était refusée à un passementier, devenu riche depuis, lui méritait le surnom de Chèvre que le baron lui donnait en riant. Mais ce surnom ne répondait qu'aux bizarreries de la surface, à ces variations que nous nous offrons tous les uns aux autres en état de société. Cette fille qui, bien observée, eût présenté le côté féroce de la classe paysanne, était toujours l'enfant qui voulait arracher le nez de sa cousine, et qui peut-être, si elle n'était devenue raisonnable, l'aurait tuée en un paroxysme de jalousie. Elle ne domptait que par la connaissance des lois et du monde, cette rapidité naturelle avec laquelle les gens de la campagne, de même que les Sauvages, passent du sentiment à l'action. En ceci peut-être consiste toute la différence qui sépare l'homme naturel de l'homme civilisé. Le Sauvage n'a que des sentiments, l'homme civilisé a des sentiments et des idées. Aussi, chez les Sauvages, le cerveau reçoit-il pour ainsi dire peu d'empreintes, il appartient alors tout entier au sentiment qui l'envahit, tandis que chez l'homme civilisé, les idées descendent sur le cœur qu'elles transforment ; celui-ci est à mille intérêts, à plusieurs sentiments, tandis que le Sauvage n'admet qu'une idée à la fois. C'est la cause de la supériorité momentanée de l'enfant sur les parents et qui cesse avec le désir satisfait ; tandis que, chez l'homme voisin de la Nature, cette cause est continue. La cousine Bette, la sauvage Lorraine, quelque peu traîtresse, appartenait à cette catégorie de caractères plus communs chez le peuple qu'on ne pense, et qui peut en expliquer la conduite pendant les révolutions.

Au moment où cette Scène commence, si la cousine Bette avait voulu se laisser habiller à la mode ; si elle s'était, comme les Parisiennes, habituée à porter chaque nouvelle mode, elle eût été présentable et acceptable ; mais elle gardait la raideur d'un bâton. Or, sans grâces, la femme n'existe point à Paris. Ainsi, la chevelure noire, les beaux yeux durs, la rigidité des lignes du visage, la sécheresse calabraise du teint qui faisaient de la cousine Bette une figure du Giotto, et desquels une vraie Parisienne eût tiré parti, sa mise étrange surtout, lui donnaient une si bizarre apparence, que parfois elle ressemblait aux singes habillés en femmes, promenés par les petits Savoyards. Comme elle était bien connue dans les maisons unies par les liens de famille où elle vivait, qu'elle restreignait ses évolutions sociales à ce cercle, qu'elle aimait son chez soi, ses singularités n'étonnaient plus personne, et disparaissaient au dehors dans l'immense mouvement parisien de la rue, où l'on ne regarde que les jolies femmes.

Les rires d'Hortense étaient en ce moment causés par un triomphe remporté sur l'obstination de la cousine Bette, elle venait de lui surprendre un aveu demandé depuis trois ans. Quelque dissimulée que soit une vieille fille, il est un sentiment qui lui fera toujours rompre le jeûne de la parole, c'est la vanité ! Depuis trois ans, Hortense, devenue excessivement curieuse en certaine matière, assaillait sa cousine de questions où respirait d'ailleurs une innocence parfaite : elle voulait savoir pourquoi sa cousine ne s'était pas mariée. Hortense, qui connaissait l'histoire des cinq prétendus refusés, avait bâti son petit roman, elle croyait à la cousine Bette, une passion au cœur, et il en résultait une guerre de plaisanteries. Hortense disait : « Nous autres jeunes filles ! » en parlant d'elle et de sa cousine. La cousine Bette avait, à plusieurs reprises, répondu d'un ton plaisant : — « Qui vous dit que je n'ai pas un amoureux ? » L'amoureux de la cousine Bette, faux ou vrai, devint alors un sujet de douces railleries. Enfin, après deux ans de cette petite guerre, la dernière fois que la cousine Bette était venue, le premier mot d'Hortense avait été : « Comment va ton amoureux ? — Mais bien, avait-elle répondu, il souffre un peu, ce pauvre jeune homme. — Ah ! il est délicat ? avait demandé la baronne en riant. — Je crois bien, il est blond... Une fille charbonnée comme je le suis ne peut aimer qu'un blondin, couleur de la lune. — Mais qu'est-il ? que fait-il ? dit Hortense. Est-ce un prince ? — Prince de l'outil, comme je suis reine de la bobine. Une pauvre fille comme moi peut-elle être aimée d'un propriétaire ayant pignon sur la rue et des rentes sur l'État, ou d'un duc et pair, ou de quelque Prince Charmant de tes contes de fées ? — Oh ! je voudrais bien le voir... s'était écriée

Hortense en souriant. — Pour savoir comment est tourné celui qui peut aimer une vieille chèvre ? avait répondu la cousine Bette. — Ce doit être un monstre de vieil employé à barbe de bouc ? avait dit Hortense en regardant sa mère. — Eh bien, c'est ce qui vous trompe, mademoiselle. — Mais tu as donc un amoureux ? avait demandé Hortense d'un air de triomphe. — Aussi vrai que tu n'en as pas ! avait répondu la cousine d'un air piqué. — Eh bien ! si tu as un amoureux, Bette, pourquoi ne l'épouses-tu pas ?... avait dit la baronne en faisant un signe à sa fille. Voilà trois ans qu'il est question de lui, tu as eu le temps de l'étudier, et s'il t'est resté fidèle, tu ne devrais pas prolonger une situation fatigante pour lui. C'est d'ailleurs une affaire de conscience ; et puis, s'il est jeune, il est temps de prendre un bâton de vieillesse. La cousine Bette avait regardé fixement la baronne, et voyant qu'elle riait, elle avait répondu : — « Ce serait marier la faim et la soif ; il est ouvrier, je suis ouvrière, si nous avions des enfants, ils seraient des ouvriers... Non, non, nous nous aimons d'âme... C'est moins cher ! — Pourquoi le caches-tu ? avait demandé Hortense. — Il est en veste, avait répliqué la vieille fille en riant. — L'aimes-tu ? avait demandé la baronne. — Ah ! je crois bien ! je l'aime pour lui-même, ce chérubin. Voilà quatre ans que je le porte dans mon cœur. — Eh bien ! si tu l'aimes pour lui-même, avait dit gravement la baronne, et s'il existe, tu serais bien criminelle envers lui. Tu ne sais pas ce que c'est que d'aimer. — Nous savons toutes ce métier-là en naissant !... dit la cousine. — Non, il y a des femmes qui aiment et qui restent égoïstes, et c'est ton cas !... » La cousine avait baissé la tête, et son regard eût fait frémir celui qui l'aurait reçu, mais elle avait regardé sa bobine. — « En nous présentant ton amoureux prétendu, Hector pourrait le placer, et le mettre dans une situation à faire fortune. — Ça ne se peut pas, avait dit la cousine Bette. — Et pourquoi ? — C'est une manière de Polonais, un réfugié... — Un conspirateur... s'était écriée Hortense. Es-tu heureuse !... A-t-il eu des aventures ?... — Mais il s'est battu pour la Pologne. Il était professeur dans le gymnase dont les élèves ont commencé la révolte, et comme il était placé là par le grand-duc Constantin, il n'a pas de grâce à espérer... — Professeur de quoi ?... — De beaux-arts !... — Et il est

46

arrivé à Paris après la déroute ?... — En 1833, il avait fait l'Allemagne à pied... — Pauvre jeune homme ! Et il a ?... — Il avait à peine vingt-quatre ans lors de l'insurrection, il a vingt-neuf ans aujourd'hui... — Quinze ans de moins que toi, avait dit alors la baronne. — De quoi vit-il ?... avait demandé Hortense. — De son talent... — Ah ! il donne des leçons ?... — Non, avait dit la cousine Bette, il en reçoit, et de dures !... — Et son petit nom, est-il joli ?... — Wenceslas ! — Quelle imagination ont les vieilles filles ! s'était écriée la baronne. A la manière dont tu parles, on te croirait, Lisbeth. — Ne vois-tu pas, maman, que c'est un Polonais tellement fait au knout, que Bette lui rappelle cette petite douceur de sa patrie. »

Toutes trois elles s'étaient mises à rire, et Hortense avait chanté : *Wenceslas ! idole de mon âme !* au lieu de : *O Mathilde*... Et il y avait eu comme un armistice pendant quelques instants. — « Ces petites filles, avait dit la cousine Bette en regardant Hortense quand elle était revenue près d'elle, ça croit qu'on ne peut aimer qu'elles. — Tiens, avait répondu Hortense en se trouvant seule avec sa cousine, prouve-moi que Wenceslas n'est pas un conte, et je te donne mon châle de cachemire jaune. — Mais il est comte !... — Tous les Polonais sont comtes ! — Mais il n'est pas Polonais, il est de Li... va... Lith... — Lithuanie ?... — Non... — Livonie ?... — C'est cela ! — Mais comment se nomme-t-il ? — Voyons, je veux savoir si tu es capable de garder un secret... — Oh ! cousine, je serai muette... — Comme un poisson ? — Comme un poisson !... — Par ta vie éternelle ? — Par ma vie éternelle ! — Non, par ton bonheur sur cette terre ? — Oui. — Eh bien ! il se nomme le comte Wenceslas Steinbock ! — Il y avait un des généraux de Charles XII qui portait ce nom-là. — C'était son grand-oncle ! Son père à lui s'est établi en Livonie après la mort du roi de Suède ; mais il a perdu sa fortune lors de la campagne de 1812, et il est mort, laissant le pauvre enfant, à l'âge de huit ans, sans ressources. Le grand-duc Constantin, à cause du nom de Steinbock, l'a pris sous sa protection, et l'a mis dans une école... — Je ne me dédis pas, avait répondu Hortense, donne-moi une preuve de son existence, et tu as mon châle jaune ! Ah ! cette couleur est le fard des brunes. — Tu me garderas le secret ? — Tu auras les miens. — Eh bien ! la prochaine fois que je viendrai, j'aurai la preuve.

— Mais la preuve, c'est l'amoureux, avait dit Hortense.

La cousine Bette, en proie depuis son arrivée à Paris à l'admiration des cachemires, avait été fascinée par l'idée de posséder ce cachemire jaune donné par le baron à sa femme, en 1808, et qui, selon l'usage de quelques familles, avait passé de la mère à la fille en 1830. Depuis dix ans, le châle s'était bien usé ; mais ce précieux tissu, toujours serré dans une boîte en bois de santal, semblait, comme le mobilier de la baronne, toujours neuf à la vieille fille. Donc, elle avait apporté dans son réticule un cadeau qu'elle comptait faire à la baronne pour le jour de sa naissance, et qui, selon elle, devait prouver l'existence du fantastique amoureux.

Ce cadeau consistait en un cachet d'argent, composé de trois figurines adossées, enveloppées de feuillages et soutenant le globe. Ces trois personnages représentaient la Foi, l'Espérance et la Charité. Les pieds reposaient sur des monstres qui s'entredéchiraient, et parmi lesquels s'agitait le serpent symbolique. En 1846, après le pas immense que mademoiselle de Fauveau, les Wagner, les Jeanest, les Froment-Meurice, et des sculpteurs en bois comme Liénard, ont fait faire à l'art de Benvenuto-Cellini, ce chef-d'œuvre ne surprendrait personne ; mais en ce moment, une jeune fille experte en bijouterie, dut rester ébahie en maniant ce cachet, quand la cousine Bette le lui eut présenté, en lui disant : « — Tiens, comment trouves-tu cela ? » Les figures, par leur dessin, par leurs draperies et par leur mouvement, appartenaient à l'école de Raphaël ; par l'exécution elles rappelaient l'école des bronziers florentins que créèrent les Donatello, Brunnelleschi, Ghiberti, Benvenuto-Cellini, Jean de Bologne, etc. La Renaissance, en France, n'avait pas tordu de monstres plus capricieux que ceux qui symbolisaient les mauvaises passions. Les palmes, les fougères, les joncs, les roseaux qui enveloppaient les Vertus étaient d'un effet, d'un goût, d'un agencement à désespérer les gens du métier. Un ruban reliait les trois têtes entre elles, et sur les champs qu'il présentait dans chaque entre-deux des têtes, on voyait un W, un chamois et le mot *fecit*.

— Qui donc a sculpté cela ? demanda Hortense.

— Eh bien ! mon amoureux, répondit la cousine Bette.

Il y a là dix mois de travail ; aussi gagné-je davantage à faire des dragonnes... Il m'a dit que Steinbock signifiait en allemand *animal des rochers* ou chamois. Il compte signer ainsi ses ouvrages... Ah ! j'aurai ton châle...

— Et pourquoi ?

— Puis-je acheter un pareil bijou ? le commander ? c'est impossible ; donc il m'est donné. Qui peut faire de pareils cadeaux ? un amoureux !

Hortense, par une dissimulation dont se serait effrayée Lisbeth Fischer, si elle s'en était aperçue, se garda bien d'exprimer toute son admiration, quoiqu'elle éprouvât ce saisissement que ressentent les gens dont l'âme est ouverte au beau, quand ils voient un chef-d'œuvre sans défaut, complet, inattendu.

— Ma foi, dit-elle, c'est bien gentil.

— Oui, c'est gentil, reprit la vieille fille ; mais j'aime mieux un cachemire orange. Eh bien ! ma petite, mon amoureux passe son temps à travailler dans ce goût-là. Depuis son arrivée à Paris, il a fait trois ou quatre petites bêtises de ce genre, et voilà le fruit de quatre ans d'études et de travaux. Il s'est mis apprenti chez les fondeurs, les mouleurs, les bijoutiers... bah ! des mille et des cents y ont passé. Monsieur me dit qu'en quelques mois, maintenant, il deviendra célèbre et riche...

— Mais tu le vois donc ?

— Tiens ! crois-tu que ce soit une fable ? Je t'ai dit la vérité en riant.

— Et il t'aime ? demanda vivement Hortense.

— Il m'adore ! répondit la cousine en prenant un air sérieux. Vois-tu, ma petite, il n'a connu que des femmes pâles, fadasses, comme elles sont toutes dans le Nord ; une fille brune, svelte, jeune comme moi, ça lui a réchauffé le cœur. Mais, *motus !* tu me l'as promis.

— Il en sera de celui-là comme des cinq autres, dit d'un air railleur la jeune fille en regardant le cachet.

— Six, mademoiselle, j'en ai laissé un en Lorraine qui, pour moi, décrocherait la lune, encore aujourd'hui.

— Celui-là fait mieux, répondit Hortense, il t'apporte le soleil.

— Où ça peut-il se monnayer ? demanda la cousine Bette. Il faut beaucoup de terre pour profiter du soleil.

Ces plaisanteries dites coup sur coup, et suivies de folies

qu'on peut deviner, engendraient ces rires qui avaient redoublé les angoisses de la baronne en lui faisant comparer l'avenir de sa fille au présent, où elle la voyait s'abandonnant à toute la gaieté de son âge.

— Mais pour t'offrir des bijoux qui veulent six mois de travail, il doit t'avoir de bien grandes obligations ? demanda Hortense que ce bijou faisait réfléchir profondément.

— Ah ! tu veux en savoir trop d'une seule fois ! répondit la cousine Bette. Mais écoute... tiens, je vais te mettre dans un complot.

— Y serai-je avec ton amoureux ?

— Ah ! tu voudrais bien le voir ! Mais, tu comprends, une vieille fille comme votre Bette qui a su garder pendant cinq ans un amoureux, le cache bien... Ainsi, laisse-nous tranquilles. Moi, vois-tu, je n'ai ni chat, ni serin, ni chien, ni perroquet ; il faut qu'une vieille bique comme moi ait quelque petite chose à aimer, à tracasser ; eh ! bien... je me donne un Polonais.

— A-t-il des moustaches ?

— Longues comme cela, dit la Bette en lui montrant une navette chargée de fils d'or.

Elle emportait toujours son ouvrage en ville, et travaillait en attendant le dîner.

— Si tu me fais toujours des questions, tu ne sauras rien, reprit-elle. Tu n'as que vingt-deux ans, et tu es plus bavarde que moi qui en ai quarante-deux, et même quarante-trois.

— J'écoute, je suis de bois, dit Hortense.

— Mon amoureux a fait un groupe en bronze de dix pouces de hauteur, reprit la cousine Bette. Ça représente Samson déchirant un lion, et il l'a enterré, rouillé, de manière à faire croire maintenant qu'il est aussi vieux que Samson. Ce chef-d'œuvre est exposé chez un des marchands de bric-à-brac dont les boutiques sont sur la place du Carrousel, près de ma maison. Si ton père qui connaît monsieur Popinot, le ministre du commerce et de l'agriculture, ou le comte de Rastignac, pouvait leur parler de ce groupe comme d'une belle œuvre ancienne qu'il aurait vue en passant ; il paraît que ces grands personnages donnent dans cet article au lieu de s'occuper de nos dragonnes, et que la fortune de mon amoureux serait faite, s'ils achetaient ou même venaient examiner ce méchant morceau de cuivre. Ce pauvre garçon prétend qu'on prendrait cette bêtise-là pour de l'antique, et qu'on la payerait bien cher. Pour lors, si c'est un des ministres qui prend le groupe, il ira s'y présenter, prouver qu'il est l'auteur, et il sera porté en triomphe ! Oh ! il se croit sur le pinacle, il a de l'orgueil, le jeune homme, autant que deux comtes nouveaux.

— C'est renouvelé de Michel-Ange ; mais, pour un amoureux, il n'a pas perdu l'esprit... dit Hortense. Et combien en veut-il ?

— Quinze cents francs ?... Le marchand ne doit pas donner le bronze à moins, car il lui faut une commission.

— Papa, dit Hortense, est commissaire du Roi pour le moment ; il voit tous les jours les deux ministres à la chambre, et il fera ton affaire, je m'en charge. Vous deviendrez riche, madame la comtesse Steinbock !

— Non, mon homme est trop paresseux, il reste des semaines entières à tracasser de la cire rouge, et rien n'avance. Ah bah ! il passe sa vie au Louvre, à la Bibliothèque à regarder des estampes et à les dessiner. C'est un flâneur.

Et les deux cousines continuèrent à plaisanter. Hortense riait comme lorsqu'on s'efforce de rire, car elle était envahie par un amour que toutes les jeunes filles ont subi, l'amour de l'inconnu, l'amour à l'état vague et dont les pensées se concrètent autour d'une figure qui lui est jetée par hasard, comme les floraisons de la gelée se prennent à des brins de paille suspendus par le vent à la marge d'une fenêtre. Depuis dix mois, elle avait fait un être réel du fantastique amoureux de sa cousine par la raison qu'elle croyait, comme sa mère, au célibat perpétuel de sa cousine ; et depuis huit jours, ce fantôme était devenu le comte Wenceslas Steinbock, le rêve avait un acte de naissance, la vapeur se solidifiait en un jeune homme de trente ans. Le cachet qu'elle tenait à la main, espèce d'Annonciation où le génie éclatait comme une lumière, eut la puissance d'un talisman. Hortense se sentait si heureuse, qu'elle se prit à douter que ce conte fût de l'histoire ; son sang fermentait, elle riait comme une folle pour donner le change à sa cousine.

— Mais il me semble que la porte du salon est ouverte,

dit la cousine Bette, allons donc voir si monsieur Crevel est parti...

— Maman est bien triste depuis deux jours, le mariage dont il était question est sans doute rompu...

— Bah ! ça peut se raccommoder, il s'agit (je puis te dire cela) d'un conseiller à la Cour Royale. Aimerais-tu être madame la présidente ? Va, si cela dépend de monsieur Crevel, il me dira bien quelque chose, et je saurai demain s'il y a de l'espoir !...

— Cousine, laisse-moi le cachet, demanda Hortense, je ne le montrerai pas... La fête de maman est dans un mois, je te le remettrai, le matin...

— Non, rends-le-moi... il y a un écrin.

— Mais je le ferai voir à papa, pour qu'il puisse parler au ministre en connaissance de cause, car les autorités ne doivent pas se compromettre, dit-elle.

— Eh ! bien, ne le montre pas à ta mère, voilà tout ce que je te demande ; car si elle me connaissait un amoureux, elle se moquerait de moi...

— Je te le promets.

Les deux cousines arrivèrent sur la porte du boudoir au moment où la baronne venait de s'évanouir, et le cri poussé par Hortense suffit à la ranimer. La Bette alla chercher des sels. Quand elle revint, elle trouva la fille et la mère dans les bras l'une de l'autre, la mère apaisant les craintes de sa fille, et lui disant : — Ce n'est rien, c'est une crise nerveuse. — Voici ton père, ajouta-t-elle en reconnaissant la manière de sonner du baron, surtout ne lui parle pas de ceci...

Adeline se leva pour aller au-devant de son mari, dans l'intention de l'emmener au jardin, en attendant le dîner, de lui parler du mariage rompu, de le faire expliquer sur l'avenir, et d'essayer de lui donner quelques avis.

Le baron Hector Hulot se montra dans une tenue parlementaire et napoléonienne, car on distingue facilement les Impériaux (gens attachés à l'empire) à leur cambrure militaire, à leurs habits bleus à boutons d'or, boutonnés jusqu'en haut, à leurs cravates en taffetas noir, à la démarche pleine d'autorité qu'ils ont contractée dans l'habitude de commandement despotique exigé par les rapides circonstances où ils se sont trouvés. Chez le baron rien, il faut en convenir, ne sentait le vieillard : sa vue était encore si bonne qu'il lisait sans lunettes ; sa belle figure oblongue, encadrée de favoris trop noirs, hélas ! offrait une carnation animée par les marbrures qui signalent les tempéraments sanguins ; et son ventre, contenu par une ceinture, se maintenait, comme dit Brillat-Savarin, au majestueux. Un grand air d'aristocratie et beaucoup d'affabilité servaient d'enveloppe au libertin avec qui Crevel avait fait tant de parties fines. C'était bien là un de ces hommes dont les yeux s'animent à la vue d'une jolie femme, et qui sourient à toutes les belles, même à celles qui passent et qu'ils ne reverront plus.

— As-tu parlé, mon ami ? dit Adeline en lui voyant un front soucieux.

— Non, répondit Hector ; mais je suis assommé d'avoir entendu parler pendant deux heures sans arriver à un vote... Ils font des combats de paroles où les discours sont comme des charges de cavalerie qui ne dissipent point l'ennemi ! On a substitué la parole à l'action, ce qui réjouit peu les gens habitués à marcher, comme je le disais au maréchal en le quittant. Mais c'est bien assez de s'être ennuyé sur les bancs des ministres, amusons-nous ici... Bonjour la Chèvre, bonjour Chevrette !

Et il prit sa fille par le cou, l'embrassa, la lutina, l'assit sur ses genoux, et lui mit la tête sur son épaule pour sentir cette belle chevelure d'or sur son visage.

— Il est ennuyé, fatigué, se dit madame Hulot, je vais l'ennuyer encore, attendons. — Nous restes-tu ce soir ?... demanda-t-elle à haute voix.

— Non, mes enfants. Après le dîner je vous quitte, et si ce n'était pas le jour de la Chèvre, de mes enfants et de mon frère, vous ne m'auriez pas vu...

La baronne prit le journal, regarda les théâtres, et posa la feuille où elle avait lu *Robert-le-Diable* à la rubrique de l'Opéra. Joséplia, que l'Opéra italien avait cédée depuis six mois à l'Opéra français, chantait le rôle d'Alice. Cette pantomime n'échappa point au baron qui regarda fixement sa femme. Adeline baissa les yeux, sortit dans le jardin, et il l'y suivit.

— Voyons, qu'y a-t-il, Adeline ? dit-il en la prenant par la taille, l'attirant à lui et la pressant. Ne sais-tu pas que je t'aime plus que...

— Plus que Jenny Cadine et que Josépha ? répondit-elle avec hardiesse et en l'interrompant.

— Et qui t'a dit cela ? demanda le baron qui lâchant sa femme recula de deux pas.

— On m'a écrit une lettre anonyme que j'ai brûlée, et où l'on me disait, mon ami, que le mariage d'Hortense a manqué par suite de la gêne où nous sommes. Ta femme, mon cher Hector, n'aurait jamais dit une parole, elle a su tes liaisons avec Jenny Cadine, s'est-elle jamais plainte ? Mais la mère d'Hortense te doit la vérité...

Hulot, après un moment de silence terrible pour sa femme dont les battements de cœur s'entendaient, se décroisa les bras, la saisit, la pressa sur son cœur, l'embrassa sur le front et lui dit avec cette force exaltée que prête l'enthousiasme :

— Adeline, tu es un ange, et je suis un misérable...

— Non ! non, répondit la baronne en lui mettant brusquement sa main sur les lèvres pour l'empêcher de dire du mal de lui-même.

— Oui, je n'ai pas un sou dans ce moment à donner à Hortense, et je suis bien malheureux ; mais puisque tu m'ouvres ainsi ton cœur, j'y puis verser des chagrins qui m'étouffaient... Si ton oncle Fischer est dans l'embarras, c'est moi qui l'y ai mis, il m'a souscrit pour vingt-cinq mille francs de lettre de change ! Et tout cela pour une femme qui me trompe, qui se moque de moi quand je ne suis pas là, qui m'appelle un vieux *chat teint !* Oh !... c'est affreux qu'un vice coûte plus cher à satisfaire qu'une famille à nourrir !... Et c'est irrésistible... Je te promettrais à l'instant de ne jamais retourner chez cette abominable israélite, si elle m'écrit deux lignes, j'irais, comme on allait au feu sous l'Empereur.

— Ne te tourmente pas, Hector, dit la pauvre femme au désespoir et oubliant sa fille à la vue des larmes qui roulaient dans les yeux de son mari. Tiens ! j'ai mes diamants, sauve avant tout mon oncle !

— Tes diamants valent à peine vingt mille francs, aujourd'hui. Cela ne suffirait pas au père Fischer ; ainsi garde-les pour Hortense, je verrai demain le maréchal.

— Pauvre ami ! s'écria la baronne en prenant les mains de son Hector et les lui baisant.

Ce fut toute la mercuriale. Adeline offrait ses diamants, le père les donnait à Hortense, elle regarda cet effort comme sublime, et elle fut sans force.

— Il est le maître, il peut tout prendre ici, il me laisse mes diamants, c'est un dieu.

Telle fut la pensée de cette femme, qui certes avait plus obtenu par sa douceur qu'une autre par quelque colère jalouse.

Le moraliste ne saurait nier que généralement les gens bien élevés et très-vicieux ne soient beaucoup plus aimables que les gens vertueux ; ayant des crimes à racheter, ils sollicitent par provision l'indulgence en se montrant faciles avec les défauts de leurs juges, et ils passent pour être excellents. Quoiqu'il y ait des gens charmants parmi les gens vertueux, la vertu se croit assez belle par elle-même pour se dispenser de faire des frais ; puis les gens réellement vertueux, car il faut retrancher les hypocrites, ont presque tous de légers soupçons sur leur situation ; ils se croient dupés au grand marché de la vie, et ils ont des paroles aigrelettes à la façon des gens qui se prétendent méconnus. Ainsi le baron, qui se reprochait la ruine de sa famille, déploya toutes les ressources de son esprit et de ses grâces de séducteur pour sa femme, pour ses enfants et sa cousine Bette. En voyant venir son fils et Célestine Crevel qui nourrissait un petit Hulot, il fut charmant pour sa belle-fille, il l'accabla de compliments, nourriture à laquelle la vanité de Célestine n'était pas accoutumée, car jamais fille d'argent ne fut si vulgaire ni si parfaitement insignifiante. Le grand-père prit le marmot, il le baisa, le trouva délicieux et ravissant ; il lui parla le parler des nourrices, prophétisa que ce poupard deviendrait plus grand que lui, glissa des flatteries à l'adresse de son fils Hulot, et rendit l'enfant à la grosse Normande chargée de le tenir. Aussi Célestine échangea-t-elle avec la baronne un regard qui voulait dire : « Quel homme charmant ! » Naturellement, elle défendait son beau-père contre les attaques de son propre père.

Après s'être montré beau-père agréable et grand-père *gâteau*, le baron emmena son fils dans le jardin pour lui présenter des observations pleines de sens sur l'attitude à prendre à la Chambre sur une circonstance délicate, surgie le matin. Il pénétra le jeune avocat d'admiration par la profondeur de ses vues, il l'attendrit par son ton amical, et surtout par l'espèce de déférence avec laquelle il paraissait désormais vouloir le mettre à son niveau.

Monsieur Hulot fils était bien le jeune homme tel que l'a fabriqué la Révolution de 1830 : l'esprit infatué de politique, respectueux envers ses espérances, les contenant sous une fausse gravité, très-envieux des réputations faites, lâchant des phrases au lieu de ces mots incisifs, les diamants de la conversation française, mais plein de tenue et prenant la morgue pour la dignité. Ces gens sont des cercueils ambulants qui contiennent un Français d'autrefois ; le Français s'agite par moments, et donne des coups contre son enveloppe anglaise ; mais l'ambition le retient, et il consent à y étouffer. Ce cercueil est toujours vêtu de drap noir.

— Ah ! voici mon frère ! dit le baron Hulot en allant recevoir le comte à la porte du salon.

Après avoir embrassé le successeur probable du feu maréchal Montcornet, il l'amena en lui prenant le bras avec des démonstrations d'affection et de respect.

Ce pair de France, dispensé d'aller aux séances à cause de sa surdité, montrait une belle tête froidie par les années, à cheveux gris encore assez abondants pour être comme collés par la pression du chapeau. Petit, trapu, devenu sec, il portait sa verte vieillesse d'un air guilleret ; et comme il conservait une excessive activité condamnée au repos, il partageait son temps entre la lecture et la promenade. Ses mœurs douces se voyaient sur sa figure blanche, dans son maintien, dans son honnête discours plein de choses sensées. Il ne parlait jamais guerre ni campagne ; il savait être trop grand pour avoir besoin de faire de la grandeur. Dans un salon, il bornait son rôle à une observation continuelle des désirs des femmes.

— Vous êtes tous gais, dit-il en voyant l'animation que le baron répandait dans cette petite réunion de famille. Hortense n'est cependant pas mariée, ajouta-t-il en reconnaissant sur le visage de sa belle-sœur des traces de mélancolie.

— Ça viendra toujours assez tôt, lui cria dans l'oreille la Bette d'une voix formidable.

— Vous voilà bien, mauvaise graine qui n'a pas voulu fleurir ! répondit-il en riant.

Le héros de Forzheim aimait assez la cousine Bette, car il se trouvait entre eux des ressemblances. Sans éducation, sorti du peuple, son courage avait été l'unique artisan de sa fortune militaire, et son bon sens lui tenait lieu d'esprit. Plein d'honneur, les mains pures, il finissait radieusement sa belle vie, au milieu de cette famille où se trouvaient toutes ses affections, sans soupçonner les égarements encore secrets de son frère. Nul plus que lui ne jouissait du beau spectacle de cette réunion, où jamais il ne s'élevait le moindre sujet de discorde, où frères et sœurs s'aimaient également, car Célestine avait été considérée aussitôt comme de la famille. Aussi le brave petit comte Hulot demandait-il de temps en temps pourquoi le père Crevel ne venait pas. — Mon père est à la campagne ! lui criait Célestine. Cette fois on lui dit que l'ancien parfumeur voyageait.

Cette union si vraie de sa famille fit penser à madame Hulot : — Voilà le plus sûr des bonheurs, et celui-là, qui pourrait nous l'ôter ?

En voyant sa favorite Adeline l'objet des attentions du baron, le général en plaisanta si bien, que le baron, craignant le ridicule, reporta sa galanterie sur sa belle-fille qui, dans ces dîners de famille, était toujours l'objet de ses flatteries et de ses soins, car il espérait par elle ramener le père Crevel et lui faire abjurer tout ressentiment. Quiconque eût vu cet intérieur de famille aurait eu de la peine à croire que le père était aux abois, la mère au désespoir, le fils au dernier degré de l'inquiétude sur l'avenir de son père, et la fille occupée à voler un amoureux à sa cousine.

A sept heures, le baron voyant son frère, son fils, la baronne et Hortense occupés tous à faire le whist, partit pour aller applaudir sa maîtresse à l'Opéra en emmenant la cousine Bette, qui demeurait rue du Doyenné, et qui prétextait de la solitude de ce quartier désert, pour toujours s'en aller après le dîner. Les Parisiens avoueront tous que la prudence de la vieille fille était rationnelle.

L'existence du pâté de maisons qui se trouve le long du vieux Louvre, est une de ces protestations que les Français aiment à faire contre le bon sens, pour que l'Europe se rassure sur la dose d'esprit qu'on leur accorde et ne les craigne plus. Peut-être avons-nous là, sans le savoir, quelque grande pensée politique. Ce ne sera certes pas un hors-d'œuvre que de décrire ce coin de Paris actuel, plus tard on ne pourrait pas l'imaginer ; et nos neveux, qui verront sans doute le Louvre achevé, se refuseraient à croire qu'une pareille barbarie ait subsisté pendant trente-six ans, au cœur de Paris, en face du palais où trois dynasties ont reçu pendant ces dernières trente-six années, l'élite de la France et celle de l'Europe.

Depuis le guichet qui mène au pont du Carrousel, jusqu'à la rue du Musée, tout homme venu, ne fût-ce que pour quelques jours, à Paris, remarque une dizaine de maisons à façades ruinées, où les propriétaires découragés ne font aucune réparation, et qui sont le résidu d'un ancien quartier en démolition depuis le jour où Napoléon résolut de terminer le Louvre. La rue et l'impasse du Doyenné, voilà les seules voies intérieures de ce pâté sombre et désert où les habitants sont probablement des fantômes, car on n'y voit jamais personne. Le pavé, beaucoup plus bas que celui de la chaussée de la rue du Musée, se trouve au milieu de celle de la rue Froidmanteau. Enterrées déjà par l'exhaussement de la place, ces maisons sont enveloppées de l'ombre éternelle que projettent les hautes galeries du Louvre, noircies de ce côté par le souffle du Nord. Les ténèbres, le silence, l'air glacial, la profondeur caverneuse du sol concourent à faire de ces maisons des espèces de cryptes, des tombeaux vivants. Lorsqu'on passe en cabriolet le long de ce demi-quartier mort, et que le regard s'engage dans la ruelle du Doyenné, l'âme a froid, l'on se demande qui peut demeurer là, ce qui doit s'y passer le soir, à l'heure où cette ruelle se change en coupe-gorge, et où les vices de Paris, enveloppés du manteau de la nuit, se donnent pleine carrière. Ce problème, effrayant par lui-même, devient horrible quand on voit que ces prétendues maisons ont pour ceinture un marais du côté de la rue de Richelieu, un océan de pavés moutonnants du côté des Tuileries, de petits jardins, des baraques sinistres du côté des galeries, et des steppes de pierre de taille et de démolitions du côté du vieux Louvre. Henri III et ses mignons qui cherchent leurs chausses, les amants de Marguerite qui cherchent leurs têtes, doivent danser des sarabandes au clair de la lune dans ces déserts dominés par la voûte d'une chapelle encore debout, comme pour prouver que la religion catholique si vivace en France, survit à tout. Voici bientôt quarante ans que le Louvre crie par toutes les gueules de ces murs éventrés, de ces fenêtres béantes : Extirpez ces verrues de ma face ! On a sans doute reconnu l'utilité de ce coupe-gorge, et la nécessité de symboliser au cœur de Paris l'alliance intime de la misère et de la splendeur qui caractérise la reine des capitales. Aussi ces ruines froides, au sein desquelles le journal des légitimistes a commencé la maladie dont il meurt, les infâmes baraques de la rue du Musée, l'enceinte en planches des étalagistes qui la garnissent, auront-elles la vie plus longue et plus prospère que celles de trois dynasties peut-être !

Dès 1823, la modicité du loyer dans les maisons condamnées à disparaître, avait engagé la cousine Bette à se loger là, malgré l'obligation que l'état du quartier lui faisait de se retirer avant la nuit close. Cette nécessité s'accordait d'ailleurs avec l'habitude villageoise qu'elle avait conservée de se coucher et de se lever avec le soleil, ce qui procure aux gens de la campagne de notables économies sur l'éclairage et le chauffage. Elle demeurait donc dans une des maisons auxquelles la démolition du fameux hôtel occupé par Cambacérès, a rendu la vue de la place.

Au moment où le baron Hulot mit la cousine de sa femme à la porte de cette maison, en lui disant : « Adieu, cousine ! » une jeune femme, petite, svelte, jolie, mise avec une grande élégance, exhalant un parfum choisi, passait entre la voiture et la muraille pour entrer aussi dans la maison. Cette dame échangea, sans aucune espèce de préméditation, un regard avec le baron, uniquement pour voir le cousin de la locataire ; mais le libertin ressentit cette vive impression, passagère chez tous les Parisiens, quand ils rencontrent une jolie femme qui réalise, comme disent les entomologistes, leur *desiderata*, et il mit avec une sage lenteur un de ses gants avant de remonter en voiture, pour se donner une contenance et pouvoir suivre de l'œil la jeune femme dont la robe était agréablement balancée par autre chose que par ces affreuses et frauduleuses sous-jupes en crinoline.

— Voilà, se disait-il, une gentille petite femme de qui je ferais volontiers le bonheur, car elle ferait le mien.

Quand l'inconnue eut atteint le palier de l'escalier qui desservait le corps de logis situé sur la rue, elle regarda la porte-cochère du coin de l'œil, sans se retourner positivement, et vit le baron cloué sur place par l'admiration, dévoré de désir et de curiosité. C'est comme une fleur que toutes les Parisiennes respirent avec plaisir, en la trouvant sur leur passage. Certaines femmes attachées à leurs devoirs, vertueuses et jolies, reviennent au logis assez maussades, lorsqu'elles n'ont pas fait leur petit bouquet pendant la promenade.

La jeune femme monta rapidement l'escalier. Bientôt une fenêtre de l'appartement du deuxième étage s'ouvrit, et la jeune femme s'y montra, mais en compagnie d'un monsieur dont le crâne pelé, dont l'œil peu courroucé révélaient un mari.

— Sont-elles fines et spirituelles ces créatures-là !... se dit le baron, elle m'indique ainsi sa demeure. C'est un peu trop vif, surtout dans ce quartier-ci. Prenons garde. Le directeur leva la tête quand il fut monté dans le milord, et alors la femme et le mari se retirèrent vivement, comme si la figure du baron eût produit sur eux l'effet mythologique de la tête de Méduse. — On dirait qu'ils me connaissent, pensa le baron. Alors, tout s'expliquerait. En effet, quand la voiture eut remonté la chaussée de la rue du Musée, il se pencha pour revoir l'inconnue et il la trouva revenue à la fenêtre. Honteuse d'être prise à contempler la capote sous laquelle était son admirateur, la jeune femme se rejeta vivement en arrière.

— Je saurai qui c'est par la Chèvre, se dit le baron.

L'aspect du Conseiller-d'État avait produit, comme on va le voir, une sensation profonde sur le couple.

— Mais c'est le baron Hulot, dans la direction de qui se trouve mon bureau ! s'écria le mari en quittant le balcon de la fenêtre.

— Eh ! bien, Marneffe, la vieille fille du troisième au fond de la cour qui vit avec ce jeune homme, est sa cousine ? Est-ce drôle que nous n'apprenions cela qu'aujourd'hui, et par hasard !

— Mademoiselle Fischer vivre avec un jeune homme !... répéta l'employé. C'est des cancans de portière, ne parlons pas si légèrement de la cousine d'un Conseiller-d'État qui fait la pluie et le beau temps au Ministère. Tiens, viens dîner, je t'attends depuis quatre heures !

La très-jolie madame Marneffe, fille naturelle du comte

de Montcornet, l'un des plus célèbres lieutenants de Napoléon, avait été mariée au moyen d'une dot de vingt mille francs à un employé subalterne du Ministère de la Guerre. Par le crédit de l'illustre lieutenant-général, maréchal de France dans les six derniers mois de sa vie, ce plumigère était arrivé à la place inespérée de premier commis dans son bureau ; mais, au moment d'être nommé sous-chef, la mort du maréchal avait coupé par le pied les espérances de Marneffe et de sa femme. L'exiguïté de la fortune du sieur Marneffe chez qui s'était déjà fondue la dot de mademoiselle Valérie Fortin, soit au payement des dettes de l'employé, soit en acquisitions nécessaires à un garçon qui se monte une maison, mais surtout les exigences d'une jolie femme habituée chez sa mère à des jouissances auxquelles elle ne voulut pas renoncer, avaient obligé le ménage à réaliser des économies sur le loyer. La position de la rue du Doyenné, peu éloignée du Ministère de la Guerre et du centre parisien, sourit à monsieur et à madame Marneffe qui, depuis environ quatre ans, habitaient la maison de mademoiselle Fischer.

Le sieur Jean-Paul-Stanislas Marneffe appartenait à cette nature d'employés qui résiste à l'abrutissement par l'espèce de puissance que donne la dépravation. Ce petit homme maigre, à cheveux et à barbe grêles, à figure étiolée, pâlotte, plus fatiguée que ridée, les yeux à paupières légèrement rougies et harnachées de lunettes, de piètre allure et de plus piètre maintien, réalisait le type que chacun se dessine d'un homme traduit aux assises pour attentat aux mœurs.

L'appartement occupé par ce ménage, type de beaucoup de ménages parisiens, offrait les trompeuses apparences de ce faux luxe qui règne dans tant d'intérieurs. Dans le salon, les meubles recouverts en velours de coton passé, les statuettes de plâtre jouant le bronze florentin, le lustre mal ciselé, simplement mis en couleur, à bobèches en cristal fondu ; le tapis dont le bon marché s'expliquait tardivement par la quantité de coton introduite par le fabricant, et devenue visible à l'œil nu, tout jusqu'aux rideaux qui vous eussent appris que le damas de laine n'a pas trois ans de splendeur, tout chantait misère comme un pauvre en haillons à la porte d'une église.

La salle à manger, mal soignée par une seule servante, présentait l'aspect nauséabond des salles à manger d'hôtel de province : tout y était encrassé, mal entretenu.

La chambre de monsieur, assez semblable à la chambre d'un étudiant, meublée de son lit de garçon, de son mobilier de garçon, flétri, usé comme lui-même, et faite une fois par semaine ; cette horrible chambre où tout traînait, où de vieilles chaussettes pendaient sur des chaises foncées de crin dont les fleurs reparaissaient dessinées par la poussière, annonçait bien l'homme à qui son ménage est indifférent, qui vit au-dehors, au jeu, dans les cafés ou ailleurs.

La chambre de madame faisait exception à la dégradante incurie qui déshonorait l'appartement officiel où les rideaux étaient partout jaunes de fumée et de poussière, où l'enfant évidemment abandonné à lui-même, laissait traîné ses joujoux partout. Situés dans l'aile qui réunissait, d'un seul côté seulement, la maison bâtie sur le devant de la rue, au corps-de-logis adossé au fond de la cour à la propriété voisine, la chambre et le cabinet de toilette de Valérie, élégamment tendus en perse, à meubles en bois de palissandre, à tapis en moquette, sentaient la jolie femme, et, disons-le, presque la femme entretenue. Sur le manteau de velours de la cheminée s'élevait la pendule alors à la mode. On voyait un petit Dunkerque assez bien garni, des jardinières en porcelaine chinoise luxueusement montées. Le lit, la toilette l'armoire à glace, le tête-à-tête, les colifichets obligés signalaient les recherches ou les fantaisies du jour.

Quoique ce fût du troisième ordre en fait de richesse et d'élégance, que tout y datât de trois ans, un dandy n'eût rien trouvé à redire, sinon que ce luxe était entaché de bourgeoisie. L'art, la distinction, qui résulte des choses que le goût sait s'approprier, manquaient là totalement. Un docteur ès sciences sociales eût reconnu l'amant à quelques-unes de ces futilités de riche bijouterie qui ne peuvent venir que de ce demi-dieu, toujours absent, toujours présent chez une femme mariée.

Le dîner que firent le mari, la femme et l'enfant, ce dîner retardé de quatre heures, eût expliqué la crise financière que subissait cette famille, car la table est le plus sûr thermomètre de la fortune dans les ménages parisiens. Une soupe aux herbes et à l'eau de haricots, un morceau de veau aux pommes de terre, inondé d'eau rousse en guise de jus, un plat de haricots et des cerises d'une qualité inférieure le tout servi et mangé dans des assiettes et des plats écornés avec l'argenterie peu sonore et triste du maillechort, était-ce un menu digne de cette jolie femme ? Le baron en eût pleuré, s'il en avait été témoin. Les carafes ternies ne sauvaient pas la vilaine couleur du vin pris au litre chez le marchand de vin du coin. Les serviettes servaient depuis une semaine. Enfin tout trahissait une misère sans dignité, l'insouciance de la femme et celle du mari pour la famille. L'observateur le plus vulgaire se serait dit, en les voyant, que ces deux êtres étaient arrivés à ce funeste moment où la nécessité de vivre fait chercher une friponnerie heureuse.

La première phrase dite par Valérie à son mari, va d'ailleurs expliquer le retard qu'avait éprouvé le dîner, dû probablement au dévouement intéressé de la cuisinière.

— Samanon ne veut prendre tes lettres de change qu'à cinquante pour cent, et demande en garantie une délégation sur tes appointements.

La misère, secrète encore chez le directeur de la Guerre, et qui avait pour paravent un traitement de vingt-quatre mille francs, sans compter les gratifications, était donc arrivée à son dernier période chez l'employé.

— Tu as *fait* mon directeur, dit le mari en regardant sa femme.

— Je le crois, répondit-elle sans s'épouvanter de ce mot pris à l'argot des coulisses.

— Qu'allons-nous devenir ? reprit Marneffe, le propriétaire nous saisira demain. Et ton père, qui s'avise de mourir sans faire de testament ! Ma parole d'honneur, ces gens de l'Empire se croient tous immortels comme leur Empereur.

— Pauvre père, dit-elle, il n'a eu que moi d'enfant, il m'aimait bien ! La comtesse aura brûlé le testament. Comment m'aurait-il oubliée, lui qui nous donnait de temps en temps des trois ou quatre billets de mille francs à la fois ?

— Nous devons quatre termes, quinze cents francs ! notre mobilier les vaut-il ? *That is the question !* a dit Shakspeare.

— Tiens, adieu, mon chat, dit Valérie qui n'avait pris que quelques bouchées de veau d'où la domestique avait extrait le jus pour un brave soldat revenu d'Alger. Aux grands maux, les grands remèdes !

— Valérie ! où vas-tu ? s'écria Marneffe en coupant à sa femme le chemin de la porte.

— Je vais voir notre propriétaire, répondit-elle en arrangeant ses anglaises sous son joli chapeau. Toi, tu devrais tâcher de te bien mettre avec cette vieille fille, si toutefois elle est cousine du directeur.

L'ignorance où sont les locataires d'une même maison de leurs situations sociales réciproques est un des faits constants qui peuvent le plus peindre l'entraînement de la vie parisienne ; mais il est facile de comprendre qu'un employé qui va tous les jours de grand matin à son bureau, qui revient chez lui pour dîner, qui sort tous les soirs, et qu'une femme adonnée aux plaisirs de Paris, puissent ne rien savoir de l'existence d'une vieille fille logée au troisième étage au fond de la cour de leur maison, surtout quand cette fille a les habitudes de mademoiselle Fischer.

La première de la maison, Lisbeth allait chercher son lait, son pain, sa braise, sans parler à personne, et se couchait avec le soleil ; elle ne recevait jamais de lettres, ni de visites, elle ne voisinait point. C'était une de ces existences anonymes, entomologiques, comme il y en a dans certaines maisons, où l'on apprend au bout de quatre ans qu'il existe un vieux monsieur au quatrième qui a connu Voltaire, Pilastre du Rosier, Beaujon, Marcel, Molé, Sophie Arnoult, Franklin et Robespierre. Ce que monsieur et madame Marneffe venaient de dire sur Lisbeth Fischer, ils l'avaient appris à cause de l'isolement du quartier et des rapports que leur détresse avait établis entre eux et les portiers dont la bienveillance leur était trop nécessaire pour ne pas avoir été soigneusement entretenue. Or, la fierté, le mutisme, la réserve de la vieille fille avaient engendré chez les portiers ce respect exagéré, ces rapports froids qui dénotent le mécontentement inavoué de l'inférieur. Les portiers se croyaient d'ailleurs dans l'espèce, comme on dit au Palais, les égaux d'un locataire dont le loyer était de deux cent cinquante francs. Les confidences de la cousine Bette à sa petite cousine Hortense étant vraies, chacun comprendra que la portière avait pu, dans quelque conversation intime avec les Marneffe, calomnier mademoiselle Fischer en croyant simplement médire d'elle.

Lorsque la vieille fille reçut son bougeoir des mains de la respectable madame Olivier, la portière, elle s'avança pour voir si les fenêtres de la mansarde au-dessus de son appartement étaient éclairées. A cette heure, en juillet, il faisait si sombre au fond de la cour, que la vieille fille ne pouvait pas se coucher sans lumière.

— Oh ! soyez tranquille, monsieur Steinbock est chez lui, il n'est même pas sorti, dit malicieusement madame Olivier à mademoiselle Fischer.

La vieille fille ne répondit rien. Elle était encore restée paysanne en ceci, qu'elle se moquait du qu'en dira-t-on des gens placés loin d'elle ; et, de même que les paysans ne voient que leur village, elle ne tenait qu'à l'opinion du petit cercle au milieu duquel elle vivait. Elle monta donc résolument, non pas chez elle, mais à cette mansarde. Voici pourquoi. Au dessert, elle avait mis dans son sac des fruits et des sucreries pour son amoureux, et elle venait les lui donner, absolument comme une vieille fille rapporte une friandise à son chien.

Elle trouva, travaillant à la lueur d'une petite lampe, dont la clarté s'augmentait en passant à travers un globe plein d'eau, le héros des rêves d'Hortense, un pâle jeune homme blond, assis à une espèce d'établi couvert des outils du ciseleur, de cire rouge, d'ébauchoirs, de socles dégrossis, de cuivres fondus sur modèle, vêtu d'une blouse, et tenant un petit groupe en cire à modeler qu'il contemplait avec l'attention d'un poète au travail.

— Tenez, Wenceslas, voilà ce que je vous apporte, dit-elle en plaçant son mouchoir sur un coin de l'établi.

Puis elle tira de son cabas avec précaution les friandises et les fruits.

— Vous êtes bien bonne, mademoiselle, répondit le pauvre exilé d'une voix triste.

— Ça vous rafraîchira, mon pauvre enfant. Vous vous échauffez le sang à travailler ainsi, vous n'étiez pas né pour un si rude métier...

Wenceslas Steinbock regarda la vieille fille d'un air étonné.

— Mangez donc, reprit-elle brusquement, au lieu de me contempler comme une de vos figures quand elles vous plaisent.

En recevant cette espèce de gourmade en paroles, l'étonnement du jeune homme cessa, car il reconnut alors son Mentor femelle dont la tendresse le surprenait toujours, tant il avait l'habitude d'être rudoyé. Quoique Steinbock eût vingt-neuf ans, il paraissait, comme certains blonds, avoir cinq ou six ans de moins, et à voir cette jeunesse, dont la fraîcheur avait cédé sous les fatigues et les misères de l'exil, unie à cette figure sèche et dure, on aurait pensé que la nature s'était trompée en leur donnant leurs sexes. Il se leva, s'alla jeter dans une vieille bergère Louis XV, couverte en velours d'Utrecht jaune, et parut vouloir s'y reposer. La vieille fille prit alors une prune de reine claude, et la présenta doucement à son ami.

— Merci, dit-il en prenant le fruit.

— Êtes-vous fatigué ? demanda-t-elle en lui donnant un autre fruit.

— Je ne suis pas fatigué par le travail, mais fatigué de la vie, répondit-il.

— En voilà des idées ! reprit-elle avec une sorte d'aigreur. N'avez-vous pas un bon génie. qui veille sur vous ? dit-elle en lui présentant les sucreries et lui voyant manger tout avec plaisir. Voyez, en dînant chez ma cousine, j'ai pensé à vous...

— Je sais, dit-il en lançant sur Lisbeth un regard à la fois caressant et plaintif, que, sans vous, je ne vivrais plus depuis longtemps ; mais, ma chère demoiselle, les artistes ont besoin de distractions...

— Ah ! nous y voilà !... s'écria-t-elle en l'interrompant, en se mettant les poings sur les hanches et arrêtant sur lui des yeux flamboyants. Vous voulez aller perdre votre santé dans les infamies de Paris, comme tant d'ouvriers qui finissent par aller mourir à l'hôpital ! Non, non, faites-vous une fortune, et quand vous aurez des rentes, vous vous amuserez, mon enfant vous aurez alors de quoi payer les médecins et les plaisirs, libertin que vous êtes.

Wenceslas Steinbock, en recevant cette bordée accompagnée de regards qui le pénétraient d'une flamme magnétique, baissa la tête. Si le médisant le plus mordant eût pu voir le début de cette scène, il aurait déjà reconnu la fausseté des calomnies lancées par les époux Olivier sur la demoiselle Fischer. Tout, dans l'accent, dans les gestes et dans les regards de ces deux êtres, accusait la pureté de leur vie secrète. La vieille fille déployait la tendresse d'une brutale, mais réelle maternité. Le jeune homme subissait comme un fils respectueux la tyrannie d'une mère. Cette alliance bizarre paraissait être le résultat d'une volonté puissante agissant incessamment sur un caractère faible, sur cette inconsistance particulière aux Slaves qui, tout en leur laissant un courage héroïque sur les champs de bataille, leur donne un incroyable décousu dans la conduite, une mollesse morale dont les causes devraient occuper les physiologistes, car les physiologistes sont à la politique ce que les entomologistes sont à l'agriculture.

— Et si je meurs avant d'être riche ? demanda mélancoliquement Wenceslas.

— Mourir ?... s'écria la vieille fille. Oh ! je ne vous laisserai point mourir. J'ai de la vie pour deux, et je vous infuserais mon sang, s'il le fallait.

En entendant cette exclamation violente et naïve, les larmes mouillèrent les paupières de Steinbock.

— Ne vous attristez pas, mon petit Wenceslas, reprit Lisbeth émue. Tenez, ma cousine Hortense a trouvé, je crois, votre cachet assez gentil. Allez, je vous ferai bien vendre votre groupe en bronze, vous serez quitte avec moi, vous ferez ce que vous voudrez, vous deviendrez libre ! Allons, riez donc !...

— Je ne serai jamais quitte avec vous, mademoiselle, répondit le pauvre exilé.

— Et pourquoi donc ?... demanda la paysanne des Vosges en prenant le parti du Livonien contre elle-même.

— Parce que vous ne m'avez pas seulement nourri, logé, soigné dans la misère ; mais encore vous m'avez donné de la force ! vous m'avez créé ce que je suis, vous avez été souvent dure, vous m'avez fait souffrir...

— Moi ? dit la vieille fille. Allez-vous recommencer vos bêtises sur la poésie, sur les arts, et faire craquer vos doigts, vous détirer les bras en parlant du beau idéal, de vos folies du Nord. Le beau ne vaut pas le solide, et le solide, c'est moi ! Vous avez des idées dans la cervelle ? la belle affaire ! et moi aussi, j'ai des idées... A quoi sert ce qu'on a dans l'âme, si l'on n'en tire aucun parti ? ceux qui ont des idées ne sont pas alors si avancés que ceux qui n'en ont pas, si ceux-là savent se remuer... Au lieu de penser à vos rêveries, il faut travailler. Qu'avez-vous fait depuis que je suis partie ?...

— Qu'a dit votre jolie cousine ?

— Qui vous a dit qu'elle était jolie ? demanda vivement Lisbeth avec un accent où rugissait une jalousie de tigre.

— Mais, vous-même.

— C'était pour voir la grimace que vous feriez ! Avez-vous envie de courir après les jupes ? Vous aimez les femmes, eh bien ! fondez-en, mettez vos désirs en bronze ; car vous vous en passerez encore pendant quelque temps, d'amourettes, et surtout de ma cousine, cher ami. Ce n'est pas du gibier pour votre nez ; il faut à cette fille-là un homme de soixante mille francs de rente... et il est trouvé. Tiens ! le lit n'est pas fait ! dit-elle en regardant à travers l'autre chambre, oh ! pauvre chat ! je vous ai oublié...

Aussitôt la vigoureuse fille se débarrassa de son mantelet, de son chapeau, de ses gants ; et, comme une servante, elle arrangea lestement le petit lit de pensionnaire où couchait l'artiste. Ce mélange de brusquerie, de rudesse même et de bonté, peut expliquer l'empire que Lisbeth avait acquis sur cet homme de qui elle faisait une chose à elle. La vie ne nous attache-t-elle pas par ses alternatives de bon et de mauvais ? Si le Livonien avait rencontré madame Marneffe, au lieu de rencontrer Lisbeth Fischer, il aurait trouvé, dans sa protectrice, une complaisance qui l'eût conduit à quelque route bourbeuse et déshonorante où il se serait perdu. Il n'aurait certes pas travaillé, l'artiste ne serait pas éclos. Aussi, tout en déplorant l'âpre cupidité de la vieille fille, sa raison lui disait-elle de préférer ce bras de fer à la paresseuse et périlleuse existence que menaient quelques-uns de ses compatriotes.

Voici l'événement auquel était dû le mariage de cette énergie femelle et de cette faiblesse masculine, espèce de contre-sens assez fréquent, dit-on, en Pologne.

En 1833, mademoiselle Fischer, qui travaillait parfois la nuit quand elle avait beaucoup d'ouvrage, sentit, vers une heure du matin, une forte odeur d'acide carbonique, et entendit les plaintes d'un mourant. L'odeur du charbon et le râle provenaient d'une mansarde située au-dessus des deux pièces dont se composait son appartement ; elle supposa qu'un jeune homme nouvellement venu dans la maison, et logé dans cette mansarde à louer depuis trois ans, se suicidait. Elle monta rapidement, enfonça la porte avec sa force de Lorraine en y pratiquant une pesée, et trouva le locataire se roulant sur un lit de sangle dans les convulsions de l'agonie. Elle éteignit le réchaud. La porte ouverte, l'air afflua, l'exilé fut sauvé ; puis, quand Lisbeth l'eut couché comme un malade, qu'il fut endormi, elle put reconnaître les causes du suicide dans le dénûment absolu des deux chambres de cette mansarde où il n'existait qu'une méchante table, le lit de sangle et deux chaises.

Sur la table était cet écrit qu'elle lut :

« Je suis le comte Wenceslas Steinbock, né à Prelie, en
« Livonie.

« Qu'on n'accuse personne de ma mort, les raisons de
« mon suicide sont dans ces mots de Kosciusko : *Finis*
« *Poloniae !*

« Le petit-neveu d'un valeureux général de Charles XII
« n'a pas voulu mendier. Ma faible constitution m'inter-
« disait le service militaire, et j'ai vu hier la fin des cent
« thalers avec lesquels je suis venu de Dresde à Paris. Je
« laisse vingt-cinq francs dans le tiroir de cette table pour
« payer le terme que je dois au propriétaire.

« N'ayant plus de parents, ma mort n'intéresse per-
« sonne. Je prie mes compatriotes de ne pas accuser le
« gouvernement français. Je ne me suis pas fait connaître
« comme réfugié, je n'ai rien demandé, je n'ai rencontré
« aucun exilé, personne ne sait à Paris que j'existe.

« Je serai mort dans des pensées chrétiennes. Que Dieu
« pardonne au dernier des Steinbock !

« WENCESLAS ! »

Mademoiselle Fischer, excessivement touchée de la probité du moribond, qui payait son terme, ouvrit le tiroir, et vit en effet cinq pièces de cent sous.

— Pauvre jeune homme ! s'écria-t-elle. Et personne au monde pour s'intéresser à lui !

Elle descendit chez elle, y prit son ouvrage, et vint travailler dans cette mansarde, en veillant le gentilhomme livonien. A son réveil, on peut juger de l'étonnement de l'exilé, quand il vit une femme à son chevet ; il crut continuer un rêve. Tout en faisant des aiguillettes en or pour un uniforme, la vieille fille s'était promis de protéger ce pauvre enfant, qu'elle avait admiré dormant. Lorsque le jeune comte fut tout à fait éveillé, Lisbeth lui donna du courage, et le questionna pour savoir comment lui faire gagner sa vie. Wenceslas, après avoir raconté son histoire, ajouta qu'il avait dû sa place à sa vocation reconnue pour les arts ; il s'était toujours senti des dispositions pour la sculpture ; mais le temps nécessaire aux études lui paraissait trop long pour un homme sans argent, et il se sentait beaucoup trop faible en ce moment pour s'adonner à un état manuel ou entreprendre la grande sculpture. Ces paroles furent du grec pour Lisbeth Fischer. Elle répondit à ce malheureux que Paris offrait tant de ressources, qu'un homme de bonne volonté devait y vivre. Jamais les gens de cœur n'y périssaient quand ils apportaient un certain fonds de patience.

— Je ne suis qu'une pauvre fille, moi, une paysanne, et j'ai bien su m'y créer une indépendance, ajouta-t-elle en terminant. Écoutez-moi. Si vous voulez bien sérieusement travailler, j'ai quelques économies, je vous prêterai mois par mois l'argent nécessaire pour vivre ; mais pour vivre strictement et non pour bambocher, pour courailler ! On peut dîner à Paris à vingt-cinq sous par jour, et je vous ferai votre déjeuner avec le mien tous les matins. Enfin je meublerai votre chambre, et je payerai les apprentissages qui vous sembleront nécessaires. Vous me donnerez des reconnaissances en bonne forme de l'argent que je dépenserai pour vous ; et, quand vous serez riche, vous me rendrez le tout. Mais, si vous ne travaillez pas, je ne me regarderai plus comme engagée à rien, et je vous abandonnerai.

— Ah ! s'écria le malheureux qui sentait encore l'amertume de sa première étreinte avec la Mort, les exilés de tous les pays ont bien raison de tendre vers la France, comme font les âmes du purgatoire vers le paradis. Quelle nation que celle où il se trouve des secours, des cœurs généreux partout, même dans une mansarde comme celle-ci ! Vous serez tout pour moi, ma chère bienfaitrice, je serai votre esclave ! Soyez mon amie, dit-il avec une de ces démonstrations caressantes, si familières aux Polonais, et qui les fait accuser assez injustement de servilité.

— Oh ! non, je suis trop jalouse, je vous rendrais malheureux ; mais je serai volontiers quelque chose comme votre camarade, reprit Lisbeth.

— Oh ! si vous saviez avec quelle ardeur j'appelais une créature, fût-ce un tyran, qui voulût de moi, quand je me débattais dans le vide de Paris ! reprit Wenceslas. Je regrettais la Sibérie où l'empereur m'enverrait, si je rentrais !... Devenez ma providence... Je travaillerai, je deviendrai meilleur que je ne suis, quoique je ne sois pas un mauvais garçon.

— Ferez-vous tout ce que je vous dirai de faire ? demanda-t-elle.

— Oui !...

— Eh bien ! je vous prends pour mon enfant, dit-elle gaîment. Me voilà avec un garçon qui se relève du cercueil. Allons ! nous commençons. Je vais descendre faire mes provisions, habillez-vous, vous viendrez partager mon déjeuner quand j'aurai cogné au plafond avec le manche de mon balai.

Le lendemain, chez les fabricants où mademoiselle Fischer porta son ouvrage, elle prit des renseignements sur l'état de sculpteur. A force de demander, elle réussit à découvrir l'atelier des Florent et Chanor, maison spéciale où l'on fondait, où l'on ciselait les bronzes riches et les services d'argenterie luxueux. Elle y conduisit Steinbock en qualité d'apprenti sculpteur, proposition qui parut bizarre. On exécutait là les modèles des plus fameux artistes, on n'y montrait pas à sculpter. La persistance et l'entêtement de la vieille fille arrivèrent à placer son protégé comme dessinateur d'ornements. Steinbock sut promptement modeler les ornements, il en inventa de nouveaux, il avait la vocation. Cinq mois après avoir achevé son apprentissage de ciseleur, il fit la connaissance du fameux Stidmann, le principal sculpteur de la maison Florent. Au bout de vingt mois, Wenceslas en savait plus que son maître ; mais, en trente mois, les économies amassées par la vieille fille pendant seize ans, pièce à pièce, furent entièrement dissipées. Deux mille cinq cents francs en or ! une somme qu'elle comptait placer en viager, et représentée par quoi ? par la lettre de change d'un Polonais. Aussi Lisbeth travaillait-elle en ce moment comme dans sa jeunesse, afin de subvenir aux dépenses du Livonien. Quand elle se vit entre les mains un papier au lieu d'avoir ses pièces d'or, elle perdit la tête, et alla consulter monsieur Rivet, devenu depuis quinze ans le conseil, l'ami de sa première et plus habile ouvrière. En apprenant cette aventure, monsieur et madame Rivet grondèrent Lisbeth, la traitèrent de folle, honnirent les réfugiés dont les menées pour redevenir une nation compromettaient la prospérité du commerce, la paix à tout prix, et ils poussèrent la vieille fille à prendre, ce qu'on appelle en commerce, des sûretés.

— La seule sûreté que ce gaillard-là peut vous offrir, c'est sa liberté, dit alors monsieur Rivet.

Monsieur Achille Rivet était juge au tribunal de commerce.

— Et ce n'est pas une plaisanterie pour les étrangers, reprit-il. Un Français reste cinq ans en prison, et après il en sort sans avoir payé ses dettes, il est vrai, car il n'est plus contraignable que par sa conscience qui le laisse toujours en repos ; mais un étranger ne sort jamais de prison. Donnez-moi votre lettre de change, vous allez la passer au nom de mon teneur de livres, il la fera protester, vous poursuivra tous les deux, obtiendra contradictoirement un jugement qui prononcera la contrainte par corps, et quand tout sera bien en règle, il vous signera une contre-lettre. En agissant ainsi, vos intérêts courront, et vous aurez un pistolet toujours chargé contre votre Polonais !

La vieille fille se laissa mettre en règle, et dit à son protégé de ne pas s'inquiéter de cette procédure, uniquement faite pour donner des garanties à un usurier qui consentait à leur avancer quelque argent. Cette défaite était due au génie inventif du juge au tribunal de commerce. L'innocent artiste, aveugle dans sa confiance en sa bienfaitrice, alluma sa pipe avec les papiers timbrés, car il fumait comme tous les gens qui ont ou des chagrins ou de l'énergie à endormir. Un beau jour, monsieur Rivet fit voir à mademoiselle Fischer un dossier et lui dit : — Vous avez à vous Wenceslas Steinbock, pieds et poings liés, et si bien, qu'en vingt-quatre heures vous pouvez le loger à Clichy pour le reste de ses jours.

Ce digne et honnête juge au tribunal de commerce éprouva ce jour-là la satisfaction que doit causer la certitude d'avoir commis une mauvaise bonne action. La bienfaisance a tant de manières d'être à Paris, que cette expression singulière répond à l'une de ses variations. Une fois le Livonien entortillé dans les cordes de la procédure commerciale, il s'agissait d'arriver au payement, car le notable commerçant regardait Wenceslas Steinbock comme un escroc. Le cœur, la probité, la poésie étaient à ses yeux, en affaires, des *sinistres*. Rivet alla voir, dans l'intérêt de cette pauvre mademoiselle Fischer qui, selon son expression, avait été *dindonnée* par un Polonais, les riches fabricants de chez qui Steinbock sortait. Or, secondé par les remarquables artistes de l'orfèvrerie parisienne déjà cités, Stidmann, qui faisait arriver l'art français à la perfection où il est maintenant et qui permet de lutter avec les Florentins et la Renaissance, se trouvait dans le cabinet de Chanor, lorsque le brodeur y vint prendre des renseignements sur le nommé Steinbock, un réfugié polonais.

— Qu'appelez-vous le nommé Steinbock ? s'écria railleusement Stidmann. Serait-ce par hasard un jeune Livonien que j'ai eu pour élève ? Apprenez, monsieur, que c'est un grand artiste. On dit que je me crois le diable ; eh bien, ce pauvre garçon ne sait pas, lui, qu'il peut devenir un dieu...

— Ah ! quoique vous parliez bien cavalièrement à un homme qui a l'honneur d'être juge au tribunal de la Seine...

— Excusez, consul !... répliqua Stidmann en se mettant le revers de la main au front.

— Je suis bien heureux de ce que vous venez de dire. Ainsi, ce jeune homme pourra gagner de l'argent...

— Certes, dit le vieux Chanor, mais il lui faut travailler ; il en aurait déjà bien amassé, s'il était resté chez nous. Que voulez-vous ? les artistes ont horreur de la dépendance.

— Ils ont la conscience de leur valeur et de leur dignité, répondit Stidmann. Je ne blâme pas Wenceslas d'aller seul, de tâcher de se faire un nom et de devenir un grand homme, c'est son droit ! Et j'ai cependant bien perdu quand il m'a quitté !

— Voilà ! s'écria Rivet, voilà les prétentions des jeunes gens, au sortir de leur œuf universitaire... Mais commencez donc par vous faire des rentes, et cherchez la gloire après !

— On se gâte la main à ramasser des écus ! répondit Stidmann. C'est à la gloire à nous apporter la fortune.

— Que voulez-vous ? dit Chanor à Rivet, on ne peut pas les attacher...

— Ils mangeraient le licou ! répliqua Stidmann.

— Tous ces messieurs, dit Chanor en regardant Stidmann, ont autant de fantaisie que de talent. Ils dépensent énormément, ils ont des lorettes, ils jettent l'argent par les fenêtres, ils ne trouvent plus le temps de faire leurs travaux ; ils négligent alors leurs commandes ; nous allons chez des ouvriers qui ne les valent pas et qui s'enrichissent ; puis ils se plaignent de la dureté des temps, tandis que, s'ils s'étaient appliqués, ils auraient des monts d'or.

— Vous me faites l'effet, vieux Père Lumignon, dit Stidmann, de ce libraire d'avant la révolution qui disait : — Ah ! si je pouvais tenir Montesquieu, Voltaire et Rousseau, bien gueux, dans ma soupente et garder leurs culottes dans une commode, comme ils m'écriraient de bons petits livres avec lesquels je me ferais une fortune ! Si l'on pouvait forger de belles œuvres comme des clous, les commissionnaires en feraient... Donnez-moi mille francs, et taisez-vous !

Le bonhomme Rivet revint enchanté pour la pauvre demoiselle Fischer qui dînait chez lui tous les lundis et qu'il allait y trouver.

— Si vous pouvez le faire bien travailler, dit-il, vous serez plus heureuse que sage, vous serez remboursée, intérêts, frais et capital. Ce Polonais a du talent, il peut gagner sa vie ; mais enfermez ses pantalons et ses souliers, empêchez-le d'aller à la Chaumière et dans le quartier Notre-Dame-de-Lorette, tenez-le en laisse. Sans ces précautions, votre sculpteur flânera, et si vous saviez ce que les artistes appellent *flâner* ! des horreurs, quoi ! je viens d'apprendre qu'un billet de mille francs y passe dans une journée.

Cet épisode eut une influence terrible sur la vie intérieure de Wenceslas et de Lisbeth. La bienfaitrice trempa le pain de l'exilé dans l'absinthe des reproches, lorsqu'elle crut ses fonds compromis, et elle les crut bien souvent perdus. La bonne mère devint une marâtre, elle morigéna ce pauvre enfant, elle le tracassa, lui reprocha de ne pas travailler assez promptement, et d'avoir pris un état difficile. Elle ne pouvait pas croire que des modèles en cire rouge, des figurines, des projets d'ornements, des essais pussent avoir du prix. Bientôt, fâchée de ses duretés, elle essayait d'en effacer les traces par des soins, par des douceurs et par des attentions. Le pauvre jeune homme, après avoir gémi de se trouver dans la dépendance de cette mégère et sous la domination d'une paysanne des Vosges, était ravi des câlineries et de cette sollicitude maternelle éprise seulement du physique, du matériel de la vie. Il fut comme une femme qui pardonne les mauvais traitements d'une semaine à cause des caresses d'un fugitif raccommodement. Mademoiselle Fischer prit ainsi sur cette âme un empire absolu. L'amour de la domination resté dans ce cœur de vieille fille, à l'état de germe, se développa rapidement. Elle put satisfaire son orgueil et son besoin d'action : n'avait-elle pas une créature à elle, à gronder, à diriger, à flatter, à rendre heureuse, sans avoir à craindre aucune rivalité ? Le bon et le mauvais de son caractère s'exercèrent donc également. Si parfois elle martyrisait le pauvre artiste, elle avait en revanche des délicatesses, semblables à la grâce des fleurs champêtres ; elle jouissait de le voir ne manquant de rien, elle eût donné sa vie pour lui ; Wenceslas en avait la certitude. Comme toutes les belles âmes, le pauvre garçon oubliait le mal, les défauts de cette fille qui, d'ailleurs, lui avait raconté sa vie comme excuse de sa sauvagerie, et il ne se souvenait jamais que des bienfaits. Un jour, la vieille fille, exaspérée de ce que Wenceslas était allé flâner au lieu de travailler, lui fit une scène.

— Vous m'appartenez ! lui dit-elle. Si vous êtes honnête homme, vous devriez tâcher de me rendre le plus tôt possible ce que vous me devez...

Le gentilhomme, en qui le sang des Steinbock s'alluma, devint pâle.

— Mon Dieu ! dit-elle, bientôt nous n'aurons plus pour vivre que les trente sous que je gagne, moi, pauvre fille...

Les deux indigents, irrités dans le duel de la parole,

s'animèrent l'un contre l'autre ; et alors le pauvre artiste reprocha pour la première fois à sa bienfaitrice de l'avoir arraché à la mort, pour lui faire une vie de forçat pire que le néant où du moins on se reposait, dit-il, et il parla de fuir.

— Fuir !... s'écria la vieille fille !... Ah ! monsieur Rivet avait raison !

Et elle expliqua catégoriquement au Polonais, comment on pouvait en vingt-quatre heures le mettre pour le reste de ses jours en prison. Ce fut un coup de massue. Steinbock tomba dans une mélancolie noire et dans un mutisme absolu. Le lendemain, dans la nuit, Lisbeth ayant entendu des préparatifs de suicide, monta chez son pensionnaire, lui présenta le dossier et une quittance en règle.

— Tenez, mon enfant, pardonnez-moi ! dit-elle les yeux humides. Soyez heureux, quittez-moi, je vous tourmente trop, mais, dites-moi que vous penserez quelquefois à la pauvre fille qui vous a mis à même de gagner votre vie. Que voulez-vous ? vous êtes la cause de mes méchancetés : je puis mourir, que deviendrez-vous sans moi ?... Voilà la raison de l'impatience que j'ai de vous voir en état de fabriquer des objets qui puissent se vendre. Je ne vous redemande pas mon argent pour moi, allez !... J'ai peur de votre paresse que vous nommez rêverie, de vos conceptions qui mangent tant d'heures pendant lesquelles vous regardez le ciel, et je voudrais que vous eussiez contracté l'habitude du travail.

Ce fut dit avec un accent, un regard, des larmes, une attitude qui pénétrèrent le noble artiste ; il saisit sa bienfaitrice, la pressa sur son cœur, et l'embrassa au front.

— Gardez ces pièces, répondit-il avec une sorte de gaieté. Pourquoi me mettriez-vous à Clichy ? ne suis-je pas emprisonné ici par la reconnaissance ?

Cet épisode de leur vie commune et secrète, arrivé six mois auparavant, avait fait produire à Wenceslas trois choses : le cachet que gardait Hortense, le groupe mis chez le marchand de curiosité, et une admirable pendule qu'il achevait en ce moment, car il vissait les derniers écrous du modèle.

Cette pendule représentait les douze Heures, admirablement caractérisées par douze figures de femmes entraînées dans une danse si folle et si rapide, que trois Amours, grimpés sur un tas de fleurs et de fruits, ne pouvaient arrêter au passage que l'Heure de minuit, dont la chlamyde déchirée restait aux mains de l'Amour le plus hardi. Ce sujet reposait sur un socle rond d'une admirable ornementation, où s'agitaient des animaux fantastiques. L'Heure était indiquée dans une bouche monstrueuse ouverte par un bâillement. Chaque Heure offrait des symboles heureusement imaginés qui en caractérisaient les occupations habituelles.

Il est facile maintenant de comprendre l'espèce d'attachement extraordinaire que mademoiselle Fischer avait conçu pour son Livonien ; elle le voulait heureux, et elle le voyait dépérissant, s'étiolant dans sa mansarde. On conçoit la raison de cette situation affreuse. La Lorraine surveillait cet enfant du Nord avec la tendresse d'une mère, avec la jalousie d'une femme et l'esprit d'un dragon ; ainsi elle s'arrangeait pour lui rendre toute folie, toute débauche impossible, en le laissant toujours sans argent. Elle aurait voulu garder sa victime et son compagnon pour elle, sage comme il était par force, et elle ne comprenait pas la barbarie de ce désir insensé, car elle avait pris, elle, l'habitude de toutes les privations. Elle aimait assez Steinbock pour ne pas l'épouser, et l'aimait trop pour le céder à une autre femme ; elle ne savait pas se résigner à n'en être que la mère, et se regardait comme une folle quand elle pensait à l'autre rôle. Ces contradictions, cette féroce jalousie, ce bonheur de posséder un homme à elle, tout agitait démesurément le cœur de cette fille. Éprise réellement depuis quatre ans, elle caressait le fol espoir de faire durer cette vie inconséquente et sans issue, où sa persistance devait causer la perte de celui qu'elle appelait son enfant. Ce combat de ses instincts et de sa raison la rendait injuste et tyrannique. Elle se vengeait sur ce jeune homme de ce qu'elle n'était ni jeune, ni riche, ni belle ; puis, après chaque vengeance, elle arrivait, en reconnaissant ses torts en elle-même, à des humilités, à des tendresses infinies. Elle ne concevait le sacrifice à faire à son idole qu'après y avoir écrit sa puissance à coups de hache. C'était enfin la *Tempête* de Shakspeare renversée, Caliban maître d'Ariel et de Prospero. Quant à ce malheureux jeune homme à pensées élevées, méditatif, enclin à la paresse, il offrait dans les yeux, comme ces lions encagés au Jardin des Plantes, le désert que sa protectrice faisait en son âme. Le travail forcé que Lisbeth exigeait de lui ne défrayait pas les besoins de son cœur. Son ennui devenait une maladie physique, et il mourait sans pouvoir demander, sans savoir se procurer l'argent d'une folie souvent nécessaire. Par certaines journées d'énergie, où le sentiment de son malheur accroissait son exaspération, il regardait Lisbeth comme un voyageur altéré, qui, traversant une côte aride, doit regarder une eau saumâtre. Ces fruits amers de l'indigence et de cette réclusion dans Paris, étaient savourés comme des plaisirs par Lisbeth. Aussi prévoyait-elle avec terreur que la moindre passion allait lui arracher son esclave. Parfois elle se reprochait, en contraignant par sa tyrannie et ses reproches ce poète à devenir un grand sculpteur de petites choses, de lui avoir donné les moyens de se passer d'elle.

Le lendemain, ces trois existences, si diversement et si réellement misérables, celle d'une mère au désespoir, celle du ménage Marneffe et celle du pauvre exilé, devaient toutes être affectées par la passion naïve d'Hortense et par le singulier dénoûment que le baron allait trouver à sa passion malheureuse pour Josépha.

Au moment d'entrer à l'Opéra, le Conseiller-d'État fut arrêté par l'aspect un peu sombre du temple de la rue Lepelletier, où il ne vit ni gendarmes, ni lumières, ni gens de service, ni barrières pour contenir la foule. Il regarda l'affiche, y vit une bande blanche au milieu de laquelle brillait ce mot sacramentel :

RELACHE PAR INDISPOSITION.

Aussitôt il s'élança chez Josépha qui demeurait dans les environs, comme tous les artistes attachés à l'Opéra, rue Chauchat.

— Monsieur ! que demandez-vous ? lui dit le portier, à son grand étonnement.

— Vous ne me connaissez donc plus ? répondit le baron avec inquiétude.

— Au contraire, monsieur ; c'est parce que j'ai l'honneur de remettre monsieur, que je lui dis : Où allez-vous !

Un frisson mortel glaça le baron.

— Qu'est-il arrivé ? demanda-t-il.

— Si monsieur le baron entrait dans l'appartement de mademoiselle Mirah, il y trouverait mademoiselle Héloïse Brisetout, monsieur Bixiou, monsieur Léon de Lora, monsieur Lousteau, monsieur de Vernisset, monsieur Stidmann, et des femmes pleines de patchouli qui pendent la crémaillère...

— Eh bien ! où donc est ?...

— Mademoiselle Mirah !... Je ne sais pas trop si je fais bien de vous le dire.

Le baron glissa deux pièces de cent sous dans la main du portier.

— Eh bien, elle reste maintenant rue de la Ville-l'Evêque, dans un hôtel que lui a donné, dit-on, le duc d'Hérouville, répondit à voix basse le portier.

Après avoir demandé le numéro de cet hôtel, le baron prit un milord et arriva devant une de ces jolies maisons modernes à doubles portes, où, dès la lanterne de gaz, le luxe se manifeste.

Le baron, vêtu de son habit de drap bleu, à cravate blanche, gilet blanc, pantalon de nankin, bottes vernies, beaucoup d'empois dans le jabot, passa pour un invité retardataire aux yeux du portier de ce nouvel Éden. Sa prestance, sa manière de marcher, tout en lui justifiait cette opinion.

Au coup de cloche sonné par le portier, un valet parut au péristyle. Ce valet, nouveau comme l'hôtel, laissa pénétrer le baron, qui lui dit d'un ton de voix accompagné d'un geste impérial : — Fais passer cette carte à mademoiselle Josépha...

Le *Patito* regarda machinalement la pièce où il se trouvait, et se vit dans un salon d'attente, plein de fleurs rares, dont l'ameublement devait coûter quatre mille écus de cent sous. Le valet, revenu, pria monsieur d'entrer au salon en attendant qu'on sortît de table pour prendre le café.

Quoique le baron eût connu le luxe de l'Empire, qui certes fut un des plus prodigieux et dont les créations, si elles ne furent pas durables, n'en coûtèrent pas moins des sommes folles, il resta comme ébloui, abasourdi, dans ce salon dont les trois fenêtres donnaient sur un jardin féerique, un de ces jardins fabriqués en un mois avec des terrains rapportés, avec des fleurs transplantées, et dont les gazons semblent obtenus par des procédés chimiques. Il admira non seulement les recherches, les dorures, les sculptures les plus coûteuses du style dit Pompadour, des étoffes merveilleuses que le premier épicier venu aurait pu commander et obtenir à flots d'or ; mais encore ce que des princes seuls ont la faculté de choisir, de trouver, de payer et d'offrir : deux tableaux de Greuze et deux de Watteau, deux têtes de Van-Dyck, deux paysages de Ruysdaël, deux du Guaspre, un Rembrandt et un Holbein, un Murillo et un Titien, deux Teniers et deux Metzu, un Van-Huysum et un Abraham Mignon, enfin deux cent mille francs de tableaux admirablement encadrés. Les bordures valaient presque les toiles.

— Ah ! tu comprends maintenant, mon bonhomme ? dit Josépha.

Venue sur la pointe du pied par une porte muette, sur des tapis de Perse, elle saisit son adorateur dans une de ces stupéfactions où les oreilles tintent si bien, qu'on n'entend rien que le glas du désastre.

Ce mot de *bonhomme*, dit à ce personnage si haut placé dans l'administration, et qui peint admirablement l'audace avec laquelle ces créatures ravalent les plus grandes existences, laissa le baron cloué par les pieds. Josépha, toute en blanc et jaune, était si bien parée pour cette fête, qu'elle pouvait encore briller au milieu de ce luxe insensé, comme le bijou le plus rare.

— N'est-ce pas que c'est beau ? reprit-elle. Le duc a mis là tous les bénéfices d'une affaire en commandite dont les actions ont été vendues en hausse. Pas bête, mon petit duc ? Il n'y a que les grands seigneurs d'autrefois pour savoir changer du charbon de terre en or. Le notaire, avant le dîner, m'a apporté le contrat d'acquisition à signer, et qui contient quittance du prix. Comme ils sont là tous grands seigneurs : d'Esgrignon, Rastignac, Maxime, Lenoncourt, Verneuil, Laginski, Rochefide, la Palférine, et en fait de banquiers, Nucingen et du Tillet, avec Antonia, Malaga, Carabine et la Schontz, ils ont tous compati à ton malheur. Oui, mon vieux, tu es invité, mais à la condition de boire tout de suite la valeur de deux bouteilles en vins de Hongrie, de Champagne et du Cap, pour te mettre à leur niveau. Nous sommes, mon cher, tous trop tendus ici pour qu'il n'y ait pas relâche à l'Opéra, mon directeur est saoûl comme un cornet à piston, il en est aux *couacs* !

— Oh ! Josépha ! s'écria le baron.

— Comme c'est bête, une explication, répondit-elle en souriant. Voyons, vaux-tu les six cent mille francs que coûte l'hôtel et le mobilier ? Peux-tu m'apporter une inscription de trente mille francs de rentes que le duc m'a donnée dans un cornet de papier blanc à dragées d'épicier ?... C'est là une jolie idée !

— Quelle perversité ! dit le Conseiller-d'État, qui dans ce moment de rage aurait troqué les diamants de sa femme pour remplacer le duc d'Hérouville pendant vingt-quatre heures.

— C'est mon état d'être perverse ! répliqua-t-elle. Ah ! voilà comment tu prends la chose ! Pourquoi n'as-tu pas inventé de commandite ? Mon Dieu mon pauvre *chat teint*, tu devrais me remercier : je te quitte au moment où tu pourrais manger avec moi l'avenir de ta femme, la dot de ta fille, et... Ah ! tu pleures. L'Empire s'en va !... je vais saluer l'Empire.

Elle se posa tragiquement et dit :

On vous appelle Hulot ! je ne vous connais plus !...

Et elle rentra.

La porte entr'ouverte laissa passer, comme un éclair, un jet de lumière accompagné d'un éclat du crescendo de l'orgie et chargé des odeurs d'un festin du premier ordre.

La cantatrice revint voir par la porte entrebâillée, et trouvant Hulot planté sur ses pieds comme s'il eût été de bronze, elle fit un pas en avant et reparut.

— Monsieur, dit-elle, j'ai cédé les guenilles de la rue Chauchat à la petite Héloïse Brisetout de Bixiou ; si vous voulez y réclamer votre bonnet de coton, votre tire-botte, votre ceinture et votre cire à favoris, j'ai stipulé qu'on vous les rendrait.

Cette horrible raillerie eut pour effet de faire sortir le baron comme Loth dut sortir de Gomorrhe, mais sans se retourner, comme madame.

Hulot revint chez lui, marchant en furieux, se parlant à lui-même, et trouva sa famille faisant avec calme le whist à deux sous la fiche qu'il avait vu commencer. En voyant son mari, la pauvre Adeline crut à quelque affreux désastre, à un déshonneur ; elle donna ses cartes à Hortense et entraîna Hector dans ce même petit salon, où cinq heures auparavant Crevel lui prédisait les plus honteuses agonies de la misère.

— Qu'as-tu ? dit-elle effrayée.

— Oh ! pardonne-moi ; mais laisse-moi te raconter ces infamies.

Il exhala sa rage pendant dix minutes.

— Mais, mon ami, répondit héroïquement cette pauvre femme, de pareilles créatures ne connaissent pas l'amour ! cet amour pur et dévoué que tu mérites ; comment pourrais-tu, toi si perspicace avoir la prétention de lutter avec un million ?

— Chère Adeline ! s'écria le baron en saisissant sa femme et la pressant sur son cœur.

La baronne venait de jeter du baume sur les plaies saignantes de l'amour-propre.

— Certes, ôtez la fortune au duc d'Hérouville, entre nous deux, *elle* n'hésiterait pas ! dit le baron.

— Mon ami, reprit Adeline en faisant un dernier effort, s'il te faut absolument des maîtresses, pourquoi ne prends-tu pas, comme Crevel, des femmes qui ne soient pas chères et dans une classe à se trouver longtemps heureuses de peu. Nous y gagnerions tous. Je conçois le besoin mais je ne comprends rien à la vanité...

— Oh ! quelle bonne et excellente femme tu es ! s'écriat-il. Je suis un vieux fou, je ne mérite pas d'avoir un ange comme toi pour compagne.

— Je suis tout bonnement la Joséphine de mon Napoléon, répondit-elle avec une teinte de mélancolie.

— Joséphine ne te valait pas, dit-il. Viens, je vais jouer le whist avec mon frère et mes enfants ; il faut que je me mette à mon métier de père de famille, que je marie mon Hortense et que j'enterre le libertin...

Cette bonhomie toucha si fort la pauvre Adeline, qu'elle dit : — Cette créature a bien mauvais goût de préférer qui que ce soit à mon Hector. Ah ! je ne te céderais pas pour tout l'or de la terre. Comment peut-on te laisser quand on a le bonheur d'être aimé par toi !...

Le regard par lequel le baron récompensa le fanatisme

de sa femme la confirma dans l'opinion que la douceur et la soumission étaient les plus puissantes armes de la femme. Elle se trompait en ceci. Les sentiments nobles poussés à l'absolu produisent des résultats semblables à ceux des plus grands vices. Bonaparte est devenu l'Empereur pour avoir mitraillé le peuple à deux pas de l'endroit où Louis XVI a perdu la monarchie et la tête pour n'avoir pas laissé verser le sang d'un monsieur Sauce.

Le lendemain, Hortense, qui mit le bracelet de Wenceslas sous son oreiller pour ne pas s'en séparer pendant son sommeil, fut habillée de bonne heure, et fit prier son père de venir au jardin dès qu'il serait levé.

Vers neuf heures et demie, le père, condescendant à une demande de sa fille, lui donnait le bras et ils allaient ensemble le long des quais, par le pont Royal, sur la place du Carrousel.

— Ayons l'air de flâner, papa, dit Hortense en débouchant par le guichet pour traverser cette immense place...

— Flâner ici ?... demanda railleusement le père.

— Nous sommes censés aller au Musée, et là-bas, dit-elle en montrant les baraques adossées aux murailles des maisons qui tombent à angle droit sur la rue du Doyenné, tiens, il y a des marchands de bric-à-brac, de tableaux...

— Ta cousine demeure là...

— Je le sais bien ; mais il ne faut pas qu'elle nous voie...

— Et que veux-tu faire ? dit le baron en se trouvant à trente pas environ des fenêtres de madame de Marneffe à laquelle il pensa soudain.

Hortense avait conduit son père devant le vitrage d'une des boutiques situées à l'angle du pâté de maisons qui longe les galeries du vieux Louvre et qui fait face à l'hôtel de Nantes. Elle entra dans cette boutique en laissant son père occupé à regarder les fenêtres de la jolie petite dame qui, la veille, avait laissé son image au cœur du vieux Beau, comme pour y calmer la blessure qu'il allait recevoir, et il ne put s'empêcher de mettre en pratique le conseil de sa femme.

— Rabattons-nous sur les petites bourgeoises, se dit-il en se rappelant les adorables perfections de madame Marneffe. Cette petite femme-là me fera promptement oublier l'avide Josépha.

Or, voici ce qui se passa simultanément dans la boutique et hors de la boutique.

En examinant les fenêtres de sa nouvelle *belle*, le baron aperçut le mari qui, tout en brossant sa redingote lui-même, faisait évidemment le guet et semblait attendre quelqu'un sur la place. Craignant d'être aperçu, puis reconnu plus tard, l'amoureux baron tourna le dos à la rue du Doyenné, mais en se mettant de trois-quarts afin de pouvoir y donner un coup d'œil de temps en temps. Ce mouvement le fit rencontrer presque face à face avec madame Marneffe, qui, venant des quais, doublait le promontoire des maisons pour retourner chez elle. Valérie éprouva comme une commotion en recevant le regard étonné du baron, et elle y répondit par une œillade de prude.

— Jolie femme ! s'écria le baron, et pour qui l'on ferait bien des folies !

— Eh ! monsieur, répondit-elle en se retournant comme une femme qui prend un parti violent, vous êtes monsieur le baron Hulot, n'est-ce pas ?

Le baron de plus en plus stupéfait fit un geste d'affirmation.

— Eh bien ! puisque le hasard a marié deux fois nos yeux, et que j'ai le bonheur de vous avoir intrigué ou intéressé, je vous dirai qu'au lieu de faire des folies, vous devriez bien faire justice... Le sort de mon mari dépend de vous.

— Comment l'entendez-vous ? demanda galamment le baron.

— C'est un employé de votre direction, à la Guerre, Division de monsieur Lebrun, bureau de monsieur Coquet, répondit-elle en souriant.

— Je me sens disposé, madame... madame ?

— Madame Marneffe.

— Ma petite Madame Marneffe, à faire des injustices pour vos beaux yeux... J'ai dans votre maison une cousine, et j'irai la voir un de ces jours, le plus tôt possible, venez m'y présenter votre requête.

— Excusez mon audace, monsieur le baron ; mais vous comprendrez comment j'ai pu oser parler ainsi, je suis sans protection.

— Ah ! ah !

— Oh ! monsieur, vous vous méprenez, dit-elle en baissant les yeux.

Le baron crut que le soleil venait de disparaître.

— Je suis au désespoir, mais je suis une honnête femme, reprit-elle. J'ai perdu, il y a six mois, mon seul protecteur, le maréchal Montcornet.

— Ah ! vous êtes sa fille.

— Oui, monsieur, mais il ne m'a jamais reconnue.

— Afin de pouvoir vous laisser une partie de sa fortune.

— Il ne m'a rien laissé, monsieur, car on n'a pas trouvé de testament.

— Oh ! pauvre petite, le maréchal a été surpris par l'apoplexie... Allons, espérez, madame, on doit quelque chose à la fille d'un des chevaliers Bayard de l'Empire.

Madame Marneffe salua gracieusement, et fut aussi fière de son succès que le baron l'était du sien.

— D'où diable vient-elle si matin ? se demanda-t-il en analysant le mouvement onduleux de la robe auquel elle imprimait une grâce peut-être exagérée. Elle a la figure trop fatiguée pour revenir du bain, et son mari l'attend. C'est inexplicable, et cela donne beaucoup à penser.

Madame Marneffe une fois rentrée, le baron voulut savoir ce que faisait sa fille dans la boutique. En y entrant, comme il regardait toujours les fenêtres de madame Marneffe, il faillit heurter un jeune homme au front pâle, aux yeux gris pétillants, vêtu d'un paletot d'été en mérinos noir, d'un pantalon de gros coutil et de souliers à guêtres en cuir jaune, qui sortait comme un braque ; et il le vit courir vers la maison de madame Marneffe où il entra. En glissant dans la boutique, Hortense y avait distingué tout aussitôt le fameux groupe mis en évidence sur une table placée au centre dans le champ de la porte.

Sans les circonstances auxquelles elle en devait la connaissance, ce chef-d'œuvre eût vraisemblablement frappé la jeune fille par ce qu'il faut appeler le *brio* des grandes choses, elle qui, certes, aurait pu poser en Italie pour la statue du *Brio*.

Toutes les œuvres des gens de génie n'ont pas au même degré ce brillant, cette splendeur visible à tous les yeux, même à ceux des ignorants. Ainsi, certains tableaux de Raphaël, tels que la célèbre Transfiguration, la Madone de Foligno, les fresques des Stanze au Vatican ne commanderont pas soudain l'admiration, comme le

Joueur de violon de la galerie Sciarra, les portraits des Doni et le vision d'Ézéchiel de la galerie de Pitti, le Portement de croix de la galerie Borghèse, le Mariage de la Vierge du musée Bréra à Milan. Le Saint Jean-Baptiste de la tribune, Saint Luc peignant la Vierge à l'Académie de Rome n'ont pas le charme du portrait de Léon X et de la Vierge de Dresde. Néanmoins, tout est de la même valeur. Il y a plus ! le Stanze, la Transfiguration, les Camaïeux et les trois tableaux de chevalet du Vatican sont le dernier degré du sublime et de la perfection. Mais ces chefs-d'œuvre exigent de l'admirateur le plus instruit une sorte de tension, une étude pour être compris dans toutes leurs parties ; tandis que le Violoniste, le Mariage de la Vierge, la Vision d'Ézéchiel entrent d'eux-mêmes dans votre cœur par la double porte des yeux, et s'y font leur place ; vous aimez à les recevoir ainsi sans aucune peine ; ce n'est pas le comble de l'art, c'en est le bonheur. Ce fait prouve qu'il se rencontre dans la génération des œuvres artistiques les mêmes hasards de naissance que dans les familles où il y a des enfants heureusement doués, qui viennent beaux et sans faire de mal à leurs mères, à qui tout sourit, à qui tout réussit ; il y a enfin les fleurs du génie comme les fleurs de l'amour.

Ce brio, mot italien intraduisible et que nous commençons à employer, est le caractère des premières œuvres. C'est le fruit de la pétulance et de la fougue intrépide du talent jeune, pétulance qui se retrouve plus tard dans certaines heures heureuses ; mais ce brio ne sort plus alors du cœur de l'artiste ; et, au lieu de le jeter dans ses œuvres comme un volcan lance ses feux, il le subit, il le doit à des circonstances, à l'amour, à la rivalité, souvent à la haine, et plus encore aux commandements d'une gloire à soutenir.

Le groupe de Wenceslas était à ses œuvres à venir ce qu'est le Mariage de la Vierge à l'œuvre total de Raphaël, le premier pas du talent fait dans une grâce inimitable, avec l'entrain de l'enfance et son aimable plénitude, avec sa force cachée sous des chairs roses et blanches trouées par des fossettes qui font comme des échos aux rires de la mère. Le prince Eugène a, dit-on, payé quatre cent mille francs ce tableau qui vaudrait un million pour un pays privé de tableaux de Raphaël, et l'on ne donnerait pas cette somme pour la plus belle des fresques, dont cependant la valeur est bien supérieure comme art.

Hortense contint son admiration en pensant à la somme de ses économies de jeune fille, elle prit un petit air indifférent et dit au marchand : — Quel est le prix de ça ?

— Quinze cents francs, répondit le marchand en jetant une œillade à un jeune homme assis sur un tabouret dans un coin.

Ce jeune homme devint stupide en voyant le vivant chef-d'œuvre du baron Hulot. Hortense ainsi prévenue, reconnut alors l'artiste à la rougeur qui nuança son visage pâli par la souffrance, elle vit reluire dans deux yeux gris une étincelle allumée par sa question : elle regarda cette figure maigre et tirée comme celle d'un moine plongé dans l'ascétisme ; elle adora cette bouche rosée et bien dessinée, un petit menton fin, et les cheveux châtains à filaments soyeux du Slave.

— Si c'était douze cents francs, répondit-elle, je vous dirais de me l'envoyer.

— C'est antique, mademoiselle, fit observer le marchand qui, semblable à tous ses confrères, croyait avoir tout dit avec ce *nec plus ultrà* du bric-à-brac.

— Excusez-moi, monsieur, c'est fait de cette année, répondit-elle tout doucement, et je viens précisément pour vous prier, si l'on consent à ce prix, de nous envoyer l'artiste, car on pourrait lui procurer des commandes assez importantes.

— Si les douze cents francs sont pour lui, qu'aurais-je pour moi ? Je suis marchand, dit le boutiquier avec bonhomie.

— Ah ! c'est vrai, répliqua la jeune fille en laissant échapper une expression de dédain.

— Ah ! mademoiselle, prenez ! je m'entendrai avec le marchand, s'écria le Livonien hors de lui.

Fasciné par la sublime beauté d'Hortense et par l'amour pour les arts qui se manifestait en elle, il ajouta :

— Je suis l'auteur de ce groupe, voici dix jours que je viens voir trois fois par jour si quelqu'un en connaîtra la valeur et le marchandera. Vous êtes ma première admiratrice, prenez !

— Venez, monsieur, avec le marchand dans une heure d'ici... voici la carte de mon père, répondit Hortense.

Puis, en voyant le marchand aller dans une pièce pour y envelopper le groupe dans du linge, elle ajouta tout bas au grand étonnement de l'artiste qui crut rêver :

— Dans l'intérêt de votre avenir, monsieur Wenceslas, ne montrez pas cette carte, ne dites pas le nom de votre acquéreur à mademoiselle Fischer, car c'est notre cousine.

Ce mot, notre cousine, produisit un éblouissement à l'artiste, il entrevit le paradis en en voyant une des Èves tombées. Il rêvait de la belle cousine dont lui avait parlé Lisbeth, autant qu'Hortense rêvait de l'amoureux de sa cousine, et quand elle était entrée : — Ah ! pensait-il, si elle pouvait être ainsi ! On comprendra le regard que les deux amants échangèrent, ce fut de la flamme, car les amoureux vertueux n'ont pas la moindre hypocrisie.

— Eh bien ! que diable fais-tu là-dedans ? demanda le père à la fille.

— J'ai dépensé mes douze cents francs d'économie, viens.

Elle reprit le bras de son père qui répéta : — Douze cents francs !

— Treize cents même... mais tu me prêteras bien la différence !

— Et à quoi... dans cette boutique... as-tu pu dépenser cette somme ?

— Ah ! voici ! répondit l'heureuse jeune fille, si j'ai trouvé un mari ce ne sera pas cher.

— Un mari, ma fille, dans cette boutique ?

— Écoute, mon petit père, me défendrais-tu d'épouser un grand artiste ?

— Non, mon enfant. Un grand artiste, aujourd'hui, c'est un prince qui n'est pas titré. C'est la gloire et la fortune, les deux plus grands avantages sociaux, après la vertu, ajouta-t-il d'un petit ton cafard.

— Bien entendu, répondit Hortense. Et que penses-tu de la sculpture ?

— C'est une bien mauvaise partie, dit Hulot en hochant la tête. Il faut de grandes protections outre un grand talent ; car le gouvernement est le seul consommateur. C'est un art sans débouchés aujourd'hui qu'il n'y a plus ni grandes existences, ni grandes fortunes, ni palais substitués, ni majorats. Nous ne pouvons loger que de petits tableaux, de petites figures, aussi les arts sont-ils menacés par le *petit.*

— Mais un grand artiste qui trouverait des débouchés... reprit Hortense.

— C'est la solution du problème.

— Et qui serait appuyé !

— Encore mieux !

— Et noble !

— Bah !

— Comte !

— Et il sculpte !

— Il est sans fortune.

— Et il compte sur celle de mademoiselle Hortense Hulot ? dit railleusement le baron en plongeant un regard d'inquisiteur dans les yeux de sa fille.

— Ce grand artiste, comte, et qui sculpte, vient de voir votre fille pour la première fois de sa vie, et pendant cinq minutes, monsieur le baron, répondit Hortense d'un air calme à son père. Hier, vois-tu, mon cher bon petit père, pendant que tu étais à la chambre, maman s'est évanouie. Cet évanouissement, qu'elle a mis sur le compte de ses nerfs, venait de quelque chagrin relatif à mon mariage manqué, car elle m'a dit que, pour vous débarrasser de moi...

— Elle t'aime trop pour avoir employé une expression...

— Peu parlementaire, reprit Hortense en riant ; non, elle ne s'est pas servie de ce mot-là, mais moi je sais qu'une fille à marier, qui ne se marie pas, est une croix très-lourde à porter pour des parents honnêtes. Eh bien ! elle pense que s'il se présentait un homme d'énergie et de talent, à qui une dot de trente mille francs suffirait, nous serions tous heureux ! Enfin elle jugeait convenable de me préparer à la modestie de mon futur sort, et de m'empêcher de m'abandonner à de trop beaux rêves... Ce qui signifiait la rupture de mon mariage, et pas de dot.

— Ta mère est une bien bonne, une bien noble et excellente femme, répondit le père profondément humilié, quoique assez heureux de cette confidence.

— Hier, elle m'a dit que vous l'autorisiez à vendre ses diamants pour me marier ; mais je voudrais qu'elle gardât ses diamants, et je voudrais trouver un mari. Je crois avoir trouvé l'homme, le prétendu qui répond au programme de maman...

— Là !... sur la place du Carrousel !... en une matinée.

— Oh ! papa, *le mal vient de plus loin*, répondit-elle malicieusement.

— Eh bien ! voyons, ma petite fille, disons tout à notre bon père, demanda-t-il d'un air câlin en cachant ses inquiétudes.

Sous la promesse d'un secret absolu, Hortense raconta le résumé de ses conversations avec la cousine Bette. Puis, en rentrant, elle montra le fameux cachet à son père comme preuve de la sagacité de ses conjectures. Le père admira, dans son for intérieur, la profonde adresse des jeunes filles agitées par l'instinct, en reconnaissant la simplicité du plan que cet amour idéal avait suggéré, dans une seule nuit, à cette innocente fille.

— Tu vas voir le chef-d'œuvre que je viens d'acheter, on va l'apporter, et le cher Wenceslas accompagnera le marchand... L'auteur d'un pareil groupe doit faire fortune ; mais obtiens-lui, par ton crédit, une statue, et puis un logement à l'Institut...

— Comme tu vas, s'écria le père. Mais si on vous laissait faire, vous seriez mariés dans les délais légaux, dans onze jours...

— On attend onze jours ? répondit-elle en riant. Mais, en cinq minutes, je l'ai aimé, comme tu as aimé maman en la voyant ! et il m'aime, comme si nous nous connaissions depuis deux ans. Oui, dit-elle à un geste que fit son père, j'ai lu dix volumes d'amour dans ses yeux. Et ne sera-t-il pas accepté par vous et par maman pour mon mari, quand il vous sera démontré que c'est un homme de génie ! La sculpture est le premier des arts ! s'écria-t-elle en battant des mains et sautant. Tiens ! je vais tout te dire...

— Il y a donc encore quelque chose ?... demanda le père en souriant.

Cette innocence complète et bavarde avait tout à fait rassuré le baron.

— Un aveu de la dernière importance, répondit-elle. Je l'aimais sans le connaître, mais j'en suis folle depuis une heure que je l'ai vu.

— Un peu trop folle, répondit le baron que le spectacle de cette naïve passion réjouissait.

— Ne me punis pas de ma confiance, reprit-elle. C'est si bon de crier dans le cœur de son père : « J'aime, je suis heureuse d'aimer ! » répliqua-t-elle. Tu vas voir mon Wenceslas ! Quel front plein de mélancolie !... des yeux gris où brille le soleil du génie !... et comme il est distingué ! Qu'en penses-tu ? Est-ce un beau pays, la Livonie ?... Ma cousine Bette épouser ce jeune homme-là, elle qui serait sa mère ?... Mais ce serait un meurtre ! Comme je suis jalouse de ce qu'elle a dû faire pour lui ! je me figure qu'elle ne verra pas mon mariage avec plaisir.

— Tiens, mon ange, ne cachons rien à ta mère, dit le baron.

— Il faudrait lui montrer ce cachet, et j'ai promis de ne pas trahir la cousine qui a, dit-elle, peur des plaisanteries de maman, répondit Hortense.

— Tu as de la délicatesse pour le cachet, et tu voles à la cousine Bette son amoureux.

— J'ai fait une promesse pour le cachet, et je n'ai rien promis pour l'auteur.

Cette aventure, d'une simplicité patriarcale, convenait singulièrement à la situation secrète de cette famille ; aussi le baron, en louant sa fille de sa confiance, lui dit-il que désormais elle devait s'en remettre à la prudence de ses parents.

— Tu comprends, ma petite fille, que ce n'est pas à toi à t'assurer si l'amoureux de ta cousine est comte, s'il a des papiers en règle, et si sa conduite offre des garanties... Quant à ta cousine, elle a refusé cinq partis quand elle avait vingt ans de moins, ce ne sera pas un obstacle, et je m'en charge.

— Écoutez ! mon père, si vous voulez me voir mariée, ne parlez à ma cousine de notre amoureux qu'au moment de signer mon contrat de mariage... Depuis six mois, je la questionne à ce sujet !... Eh bien ! il y a quelque chose d'inexplicable en elle...

— Quoi ? dit le père intrigué.

— Enfin, ses regards ne sont pas bons, quand je vais trop loin, fût-ce en riant, à propos de son amoureux. Prenez vos renseignements ; mais laissez-moi conduire ma barque. Ma confiance doit vous rassurer.

— Le Seigneur a dit : « Laissez venir les enfants à moi ! » tu es un de ceux qui reviennent, répondit le baron avec une légère teinte de raillerie.

Après le déjeuner, on annonça le marchand, l'artiste et le groupe. La rougeur subite qui colora sa fille rendit la baronne d'abord inquiète, puis attentive, et la confusion d'Hortense, le feu de son regard lui révélèrent bientôt le mystère, si peu contenu dans ce jeune cœur.

Le comte Steinbock, habillé tout en noir, parut au baron être un jeune homme fort distingué.

— Feriez-vous une statue en bronze ? lui demanda-t-il en tenant le groupe.

Après avoir admiré de confiance, il passa le bronze à sa femme qui ne se connaissait pas en sculpture.

— N'est-ce pas, maman, que c'est bien beau ? dit Hortense à l'oreille de sa mère.

— Une statue !... monsieur le baron, ce n'est pas si difficile à faire que d'agencer une pendule comme celle que voici, et que monsieur a eu la complaisance d'apporter, répondit l'artiste à la question du baron.

Le marchand était occupé à déposer sur le buffet de la salle à manger le modèle en cire des douze Heures que les Amours essayent d'arrêter.

— Laissez-moi cette pendule, dit le baron stupéfait de la beauté de cette œuvre, je veux la montrer aux ministres de l'Intérieur et du Commerce.

— Quel est ce jeune homme qui t'intéresse tant ? demanda la baronne à sa fille.

— Un artiste assez riche pour exploiter ce modèle pourrait y gagner cent mille francs, dit le marchand de curiosités qui prit un air capable et mystérieux en voyant l'accord des yeux entre la jeune fille et l'artiste. Il suffit de vendre vingt exemplaires à huit mille francs, car chaque exemplaire coûterait environ mille écus à établir ; mais, en numérotant chaque exemplaire et détruisant le modèle, on trouverait bien vingt amateurs, satisfaits d'être les seuls à posséder cette œuvre-là.

— Cent mille francs ! s'écria Steinbock en regardant tour à tour le marchand, Hortense, le baron et la baronne.

— Oui, cent mille francs ! répéta le marchand, et si j'étais assez riche, je vous l'achèterais, moi, vingt mille francs ; car, en détruisant le modèle, cela devient une propriété... Mais un des princes devrait payer ce chef-d'œuvre trente ou quarante mille francs, et en orner son salon. On n'a jamais fait, dans les arts, de pendule qui contente à la fois les bourgeois et les connaisseurs, et celle-là, monsieur, est la solution de cette difficulté...

— Voici pour vous, monsieur, dit Hortense en donnant six pièces d'or au marchand qui se retira.

— Ne parlez à personne au monde de cette visite, alla dire l'artiste au marchand sur le seuil de la porte. Si l'on vous demande où nous avons porté le groupe, nommez le duc d'Hérouville, le célèbre amateur qui demeure rue de Varennes.

Le marchand hocha la tête en signe d'assentiment.

— Vous vous nommez? demanda le baron à l'artiste quand il revint.

— Le comte Steinbock.

— Avez-vous des papiers qui prouvent ce que vous êtes?...

— Oui, monsieur le baron, ils sont en langue russe et en langue allemande, mais sans légalisation...

— Vous sentez-vous la force de faire une statue de neuf pieds?

— Oui, monsieur.

— Eh bien! si les personnes que je vais consulter sont contentes de vos ouvrages, je puis vous obtenir la statue du maréchal Montcornet, que l'on veut ériger au Père-Lachaise, sur son tombeau. Le Ministère de la guerre et les anciens officiers de la garde impériale donnent une somme assez importante pour que nous ayons le droit de choisir l'artiste.

— Oh! monsieur, ce serait ma fortune!... dit Steinbock qui resta stupéfait de tant de bonheurs à la fois.

— Soyez tranquille, répondit gracieusement le baron, si les deux ministres, à qui je vais montrer votre groupe et ce modèle, sont émerveillés de ces deux œuvres, votre fortune est en bon chemin...

Hortense serrait le bras de son père à lui faire mal.

— Apportez-moi vos papiers, et ne dites rien de vos espérances à personne, pas même à notre vieille cousine Bette.

— Lisbeth? s'écria madame Hulot achevant de comprendre la fin sans deviner les moyens.

— Je puis vous donner des preuves de mon savoir en faisant le buste de madame... ajouta Wenceslas.

Frappé de la beauté de madame Hulot, depuis un moment l'artiste comparait la mère et la fille.

— Allons, monsieur, la vie peut devenir belle pour vous, dit le baron tout à fait séduit par l'extérieur fin et distingué du comte Steinbock. Vous saurez bientôt que personne, à Paris, n'a longtemps impunément du talent, et que tout travail constant y trouve sa récompense.

Hortense tendit au jeune homme en rougissant une jolie bourse algérienne qui contenait soixante pièces d'or. L'artiste, toujours un peu gentilhomme, répondit à la rougeur d'Hortense par un coloris de pudeur assez facile à interpréter.

— Serait-ce, par hasard, le premier argent que vous recevez de vos travaux? demanda la baronne.

— Oui, madame, de mes travaux d'art, mais non de mes peines, car j'ai travaillé comme ouvrier...

— Eh bien! espérons que l'argent de ma fille vous portera bonheur! répondit madame Hulot.

— Et prenez-le sans scrupules, ajouta le baron en voyant Wenceslas qui tenait la bourse à la main sans la serrer. Cette somme sera remboursée par quelque grand seigneur, par un prince peut-être qui nous la rendra certes avec usure pour posséder cette belle œuvre.

— Oh! j'y tiens trop, papa, pour la céder à qui que ce soit, même au prince royal!

— Je puis faire pour mademoiselle un autre groupe plus joli que ce...

— Ce ne serait pas celui-là, répondit-elle.

Et comme honteuse d'en avoir trop dit, elle alla dans le jardin.

— Je vais donc briser le moule et le modèle en rentrant! dit Steinbock.

— Allons! apportez-moi vos papiers, et vous entendrez bientôt parler de moi, si vous répondez à tout ce que je conçois de vous, monsieur.

En entendant cette phrase, l'artiste fut obligé de sortir. Après avoir salué madame Hulot et Hortense, qui revint du jardin exprès pour recevoir ce salut, il alla se promener dans les Tuileries sans pouvoir, sans oser rentrer dans sa mansarde, où son tyran l'allait assommer de questions et lui arracher son secret.

L'amoureux d'Hortense imaginait des groupes et des statues par centaines; il se sentait une puissance à tailler lui-même le marbre, comme Canova, qui, faible comme lui, faillit en périr. Il était transfiguré par Hortense, devenue pour lui l'inspiration visible.

— Ah çà ! dit la baronne à sa fille, qu'est-ce que cela signifie ?

— Eh bien ! chère maman, tu viens de voir l'amoureux de notre cousine Bette qui, j'espère, est maintenant le mien... Mais ferme les yeux, fais l'ignorante. Mon Dieu ! moi qui voulais tout te cacher, je vais tout te dire...

— Allons, adieu mes enfants, s'écria le baron en embrassant sa fille et sa femme, je vais aller peut-être voir la Chèvre, et je saurai d'elle bien des choses sur le jeune homme.

— Papa, sois prudent, répéta Hortense.

— Oh ! petite fille ! s'écria la baronne quand Hortense eut fini de lui raconter son poème dont le dernier chant était l'aventure de cette matinée, chère petite fille, la plus grande rouée de la terre sera toujours la Naïveté !

Les passions vraies ont leur instinct. Mettez un gourmand à même de prendre un fruit dans un plat, il ne se trompera pas et saisira, même sans voir, le meilleur. De même, laissez aux jeunes filles bien élevées le choix absolu de leurs maris, si elles sont en position d'avoir ceux qu'elles désigneront, elles se tromperont rarement. La nature est infaillible. L'œuvre de la nature, en ce genre s'appelle : aimer à première vue. En amour, la première vue est tout bonnement la seconde vue.

Le contentement de la baronne, quoique caché sous la dignité maternelle, égalait celui de sa fille ; car des trois manières de marier Hortense dont avait parlé Crevel, la meilleure, à son gré, paraissait devoir réussir. Elle vit dans cette aventure une réponse de la Providence à ses ferventes prières.

Le forçat de mademoiselle Fischer, obligé néanmoins de rentrer au logis, eut l'idée de cacher la joie de l'amoureux sous la joie de l'artiste, heureux de son premier succès.

— Victoire ! mon groupe est vendu au duc d'Hérouville qui va me donner des travaux, dit-il en jetant les douze cents francs en or sur la table de la vieille fille.

Il avait, comme on le pense bien, serré la bourse d'Hortense, il la tenait sur son cœur.

— Eh bien ! répondit Lisbeth, c'est heureux, car je

m'exterminais à travailler. Vous voyez, mon enfant, que l'argent vient bien lentement dans le métier que vous avez pris, car voici le premier que vous recevez, et voilà bientôt cinq ans que vous piochez ! Cette somme suffit à peine à rembourser ce que vous m'avez coûté depuis la lettre de change qui me tient lieu de mes économies. Mais soyez tranquille, ajouta-t-elle après avoir compté, cet argent sera tout employé pour vous. Nous avons là de la sécurité pour un an. En un an, vous pouvez maintenant vous acquitter et avoir une bonne somme à vous, si vous allez toujours de ce train-là.

En voyant le succès de sa ruse, Wenceslas fit des contes à la vieille fille sur le duc d'Hérouville.

— Je veux vous faire habiller tout en noir, à la mode, et renouveler votre linge, car vous devez vous présenter bien mis chez vos protecteurs, répondit Bette. Et puis, il vous faudra maintenant un appartement plus grand et plus convenable que votre horrible mansarde, et le bien meubler. Comme vous voilà gai ! Vous n'êtes plus le même, ajouta-t-elle en examinant Wenceslas.

— Mais on a dit que mon groupe était un chef-d'œuvre.

— Eh bien ! tant mieux ! Faites-en d'autres, répliqua cette sèche fille toute positive et incapable de comprendre la joie du triomphe ou la beauté dans les arts. Ne vous occupez plus de ce qui est vendu, fabriquez quelque autre chose à vendre. Vous avez dépensé deux cents francs d'argent, sans compter votre travail et votre temps, à ce diable de Samson. Votre pendule vous coûtera plus de deux mille francs à faire exécuter. Tenez, si vous m'en croyez, vous devriez achever ces deux petits garçons couronnant la petite fille avec des bluets, ça séduira les Parisiens ! Moi, je vais passer chez monsieur Graff, le tailleur, avant d'aller chez monsieur Crevel... Remontez chez vous, et laissez-moi m'habiller.

Le lendemain, le baron, devenu fou de madame Marneffe, alla voir la cousine Bette, assez stupéfaite en ouvrant la porte de le trouver devant elle, car il n'était jamais venu lui faire une visite. Aussi se dit-elle en elle-même : — Hortense aurait-elle envie de mon amoureux ?... car la veille, elle avait appris chez monsieur Crevel, la rupture du mariage avec le conseiller à la cour royale.

— Comment, mon cousin, vous ici ? Vous me venez voir pour la première fois de votre vie, assurément ce n'est pas pour mes beaux yeux ?

— Beaux ! c'est vrai, reprit le baron, tu as les plus beaux yeux que j'aie vus...

— Pourquoi venez-vous ? Tenez, me voilà honteuse de vous recevoir dans un pareil taudis.

La première des deux pièces dont se composait l'appartement de la cousine Bette, lui servait à la fois de salon, de salle à manger, de cuisine et d'atelier. Les meubles étaient ceux des ménages d'ouvriers aisés : chaises en noyer foncées de paille, une petite table à manger en noyer, une table à travailler, des gravures enluminées dans des cadres en bois noirci, de petits rideaux de mousseline aux fenêtres, une grande armoire en noyer, le carreau bien frotté, bien reluisant de propreté, tout cela sans un grain de poussière, mais plein de tons froids, un vrai tableau de Terburg où rien ne manquait, pas même sa teinte grise, représentée par un papier jadis bleuâtre et passé au ton de lin. Quant à la chambre, personne n'y avait jamais pénétré.

Le baron embrassa tout, d'un coup d'œil, vit la signature de la médiocrité dans chaque chose, depuis le poêle en fonte jusqu'aux ustensiles de ménage, et il fut pris d'une nausée en se disant à lui-même : — Voilà donc la vertu !

— Pourquoi je viens ? répondit-il à haute voix. Tu es une fille trop rusée pour ne pas finir par le deviner, et il vaut mieux te le dire, s'écria-t-il en s'asseyant et regardant à travers la cour en entr'ouvrant le rideau de mousseline plissée. Il y a dans la maison une très jolie femme...

— Madame Marneffe ! Oh ! j'y suis ! dit-elle en comprenant tout. Et Josépha ?

— Hélas ! cousine, il n'y a plus de Josépha... J'ai été mis à la porte comme un laquais.

— Et vous voudriez ?... demanda la cousine en regardant le baron avec la dignité d'une prude qui s'offense un quart d'heure trop tôt.

— Comme madame Marneffe est une femme très comme il faut, la femme d'un employé, que tu peux la voir sans te compromettre, reprit le baron, je voudrais te voir voisiner avec elle. Oh ! sois tranquille, elle aura les plus grands égards pour la cousine de monsieur le directeur.

En ce moment, on entendit le frôlement d'une robe dans l'escalier, accompagné par le bruit des pas d'une femme à brodequins superfins. Le bruit cessa sur le palier. Après deux coups frappés à la porte, madame Marneffe se montra.

— Pardonnez-moi, mademoiselle, cette irruption chez vous ; mais je ne vous ai point trouvée hier quand je suis venue vous faire une visite ; nous sommes voisines, et si j'avais su que vous étiez la cousine de monsieur le Conseiller-d'État, il y a longtemps que je vous aurais demandé votre protection auprès de lui. J'ai vu entrer monsieur le directeur, et alors j'ai pris la liberté de venir, car mon mari, monsieur le baron, m'a parlé d'un travail sur le personnel qui sera soumis demain au ministre.

Elle avait l'air d'être émue, de palpiter ; mais elle avait tout bonnement monté l'escalier en courant.

— Vous n'avez pas besoin de faire la solliciteuse, belle dame, répondit le baron, c'est à moi de vous demander la grâce de vous voir.

— Eh ! bien, si mademoiselle le trouve bon, venez ? dit madame Marneffe.

— Allez, mon cousin, je vais vous rejoindre, dit prudemment la cousine Bette.

La Parisienne comptait tellement sur la visite et sur l'intelligence de monsieur le directeur, qu'elle avait fait, non-seulement une toilette appropriée à une pareille entrevue, mais encore une toilette à son appartement. Dès le matin, on y avait mis des fleurs achetées à crédit. Marneffe avait aidé sa femme à nettoyer les meubles, à rendre du lustre aux plus petits objets, en savonnant, en brossant, en époussetant tout. Valérie voulait se trouver dans un milieu plein de fraîcheur afin de plaire à monsieur le directeur, et plaire assez pour avoir le droit d'être cruelle, de lui tenir la dragée haute, comme à un enfant, en employant les ressources de la tactique moderne. Elle avait jugé Hulot. Laissez vingt-quatre heures à une parisienne aux abois, elle bouleverserait un ministère.

Cet homme de l'Empire, habitué au genre Empire, devait ignorer absolument les façons de l'amour moderne. Les nouveaux scrupules, les différentes conversations inventées depuis 1830, et où la *pauvre faible femme* finit par se faire considérer comme la victime des désirs de son amant, comme une sœur de charité qui panse des blessures, comme un ange qui se dévoue. Ce *nouvel art d'aimer* consomme énormément de paroles évangéliques à l'œuvre du diable. La passion est un martyre. On aspire à l'idéal, à l'infini, de part et d'autre l'on veut devenir meilleurs par l'amour. Toutes ces belles phrases sont un prétexte à mettre encore plus d'ardeur dans la pratique, plus de rage dans les chutes que par le passé. Cette hypocrisie, le caractère de notre temps, a gangrené la galanterie. On est deux anges, et l'on se comporte comme deux démons, si l'on peut. L'amour n'avait pas le temps de s'analyser ainsi lui-même entre deux campagnes, et, en 1809, il allait aussi vite que l'Empire, en succès. Or, sous la Restauration, le bel Hulot, en redevenant homme à femmes, avait d'abord consolé quelques anciennes amies alors tombées, comme des astres éteints du firmament politique, et de là, vieillard, il s'était laissé capturer par les Jenny Cadine et les Josépha.

Madame Marneffe avait dressé ses batteries en apprenant les antécédents du directeur, que son mari lui raconta longuement, après quelques renseignements pris dans les bureaux. La comédie du sentiment moderne pouvant avoir pour le baron le charme de la nouveauté, le parti de Valérie était pris, et, disons-le, l'essai qu'elle fit de sa puissance pendant cette matinée répondit à toutes ses espérances. Grâce à ces manœuvres sentimentales, romanesques et romantiques, Valérie obtint, sans avoir rien promis, la place de sous-chef et la croix de la Légion-d'Honneur pour son mari.

Cette petite guerre n'alla pas sans des dîners au Rocher de Cancale, sans des parties de spectacle, sans beaucoup de cadeaux en mantilles, en écharpes, en robes, en bijoux. L'appartement de la rue du Doyenné déplaisait, le baron complota d'en meubler un magnifiquement, rue Vanneau, dans une charmante maison moderne.

Monsieur Marneffe obtint un congé de quinze jours, à prendre dans un mois, pour aller régler des affaires d'intérêt dans son pays, et une gratification. Il se promit de faire un petit voyage en Suisse pour y étudier le beau sexe.

Si le baron Hulot s'occupa de sa protégée, il n'oublia pas son protégé. Le ministre du commerce, le comte

Popinot, aimait les arts : il donna deux mille francs d'un exemplaire du groupe de Samson, à la condition que le moule serait brisé, pour qu'il n'existât que son Samson et celui de mademoiselle Hulot. Ce groupe excita l'admiration d'un prince à qui l'on porta le modèle de la pendule et qui la commanda ; mais elle devait être unique, et il en offrit trente mille francs. Les artistes consultés, au nombre desquels fut Stidmann, déclarèrent que l'auteur de ces deux œuvres pouvait faire une statue. Aussitôt, le maréchal prince de Wissembourg, ministre de la guerre et président du comité de souscription pour le monument du maréchal Montcornet, fit prendre une délibération par laquelle l'exécution en était confiée à Steinbock. Le comte de Rastignac, alors sous-secrétaire d'État, voulut une œuvre de l'artiste dont la gloire surgissait aux acclamations de ses rivaux. Il obtint de Steinbock le délicieux groupe des deux petits garçons couronnant une petite fille, et il lui promit un atelier au Dépôt des marbres du gouvernement, situé, comme on sait, au Gros-Caillou.

Ce fut le succès, mais le succès comme il vient à Paris, c'est-à-dire fou, le succès à écraser les gens qui n'ont pas des épaules et des reins à le porter, ce qui, par parenthèse, arrive souvent. On parlait dans les journaux et dans les revues du comte Wenceslas Steinbock, sans que lui ni mademoiselle Fischer en eussent le moindre soupçon. Tous les jours, dès que mademoiselle Fischer sortait pour dîner, Wenceslas allait chez la baronne. Il y passait une ou deux heures, excepté le jour où la Bette venait chez sa cousine Hulot. Cet état de choses dura pendant quelques jours.

Le baron sûr des qualités et de l'état civil du comte Steinbock, la baronne heureuse de son caractère et de ses mœurs, Hortense fière de son amour approuvé, de la gloire de son prétendu, n'hésitaient plus à parler de ce mariage ; enfin, l'artiste était au comble du bonheur, quand une indiscrétion de madame Marneffe mit tout en péril. Voici comment.

Lisbeth, que le baron Hulot désirait lier avec madame Marneffe pour avoir un œil dans ce ménage, avait déjà dîné chez Valérie, qui, de son côté, voulant avoir une oreille dans la famille Hulot, caressait beaucoup la vieille fille. Valérie eut donc l'idée d'engager mademoiselle Fischer à pendre la crémaillère du nouvel appartement où elle devait s'installer. La vieille fille, heureuse de trouver une maison de plus où aller dîner et captée par madame Marneffe, l'avait prise en affection. De toutes les personnes avec lesquelles elle s'était liée, aucune n'avait fait autant de frais pour elle. En effet, madame Marneffe, toute aux petits soins pour mademoiselle Fischer, se trouvait, pour ainsi dire, vis-à-vis d'elle ce qu'était la cousine Bette vis-à-vis de la baronne, de monsieur Rivet, de Crevel, de tous ceux enfin qui la recevaient à dîner. Les Marneffe avaient surtout excité la commisération de la cousine Bette en lui laissant voir la profonde détresse de leur ménage, et la vernissant, comme toujours, des plus belles couleurs : des amis obligés et ingrats, des maladies, une mère, madame Fortin, à qui l'on avait caché sa détresse, et morte en se croyant toujours dans l'opulence, grâce à des sacrifices plus qu'humains, etc.

— Pauvres gens ! disait-elle à son cousin Hulot, vous avez bien raison de vous intéresser à eux, ils le méritent bien, car ils sont si courageux, si bons ! Ils peuvent à peine vivre avec mille écus de leur place de sous-chef, car ils ont fait des dettes depuis la mort du maréchal Montcornet ! C'est barbarie au gouvernement de vouloir qu'un employé, qui a femme et enfants, vive dans Paris avec deux mille quatre cents francs d'appointements.

Une jeune femme qui, pour elle, avait des semblants d'amitié, qui lui disait tout en la consolant, la flattant et paraissant vouloir se laisser conduire par elle, devint donc en peu de temps plus chère à l'excentrique cousine Bette que tous ses parents.

De son côté, le baron, admirant dans madame Marneffe une décence, une éducation, des manières, que ni Jenny Cadine, ni Josépha, ni leurs amies ne lui avaient offertes, s'était épris pour elle, en un mois, d'une passion de vieillard, passion insensée qui semblait raisonnable. En effet, il n'apercevait là ni moquerie, ni orgies, ni dépenses folles, ni dépravation, ni mépris des choses sociales, ni cette indépendance absolue qui, chez l'actrice et chez la cantatrice, avaient causé tous ses malheurs. Il échappait également à cette rapacité de courtisane, comparable à la soif du sable.

Madame Marneffe, devenue son amie et sa confidente,

faisait d'étranges façons pour accepter la moindre chose de lui. — Bon pour les places, les gratifications, tout ce que vous pouvez nous obtenir du gouvernement ; mais ne commencez pas par déshonorer la femme que vous dites aimer, disait Valérie, autrement je ne vous croirai pas... Et j'aime à vous croire, ajoutait-elle avec une œillade à la sainte Thérèse guignant le ciel.

A chaque présent, c'était un fort à emporter, une conscience à violer. Le pauvre baron employait des stratagèmes pour offrir une bagatelle, fort chère d'ailleurs, en s'applaudissant de rencontrer enfin une vertu, de trouver la réalisation de ses rêves. Dans ce ménage, primitif (disait-il), le baron était aussi dieu que chez lui. Monsieur Marneffe paraissait être à mille lieues de croire que le Jupiter de son ministère eût l'intention de descendre en pluie d'or chez sa femme, et il se faisait le valet de son auguste chef.

Madame Marneffe, âgée de vingt-trois ans, bourgeoise pure et timorée, fleur cachée dans la rue du Doyenné, devait ignorer les dépravations et la démoralisation courtisanesques qui maintenant causaient d'affreux dégoûts au baron, car il n'avait pas encore connu les charmes de la vertu qui combat, et la craintive Valérie les lui faisait savourer, comme dit la chanson, *tout le long de la rivière*.

Une fois la question ainsi posée entre Hector et Valérie, personne ne s'étonnera d'apprendre que Valérie ait su d'Hector le secret du prochain mariage du grand artiste Steinbock avec Hortense. Entre un amant sans droits et une femme qui ne se décide pas facilement à devenir une maîtresse, il se passe des luttes orales et morales où la parole trahit souvent la pensée, de même que dans un assaut le fleuret prend l'animation de l'épée du duel. L'homme le plus prudent imite alors monsieur de Turenne. Le baron avait donc laissé entrevoir toute la liberté d'action que le mariage de sa fille lui donnerait, pour répondre à l'aimante Valérie, qui s'était plus d'une fois écriée : — Je ne conçois pas qu'on fasse une faute pour un homme qui ne serait pas tout à nous ! Déjà le baron avait mille fois juré que, *depuis vingt-cinq ans*, tout était fini entre madame Hulot et lui. — On la dit si belle ! répliquait madame Marneffe, je veux des preuves. — Vous en aurez, dit le baron, heureux de ce vouloir par lequel sa Valérie se compromettait. — Et comment ? Il faudrait ne jamais me quitter, avait répondu Valérie. Hector avait alors été forcé de révéler ses projets en exécution rue Vanneau pour démontrer à sa Valérie qu'il songeait à lui donner cette moitié de la vie qui appartient à une femme légitime, en supposant que le jour et la nuit partagent également l'existence des gens civilisés. Il parla de quitter décemment sa femme en la laissant seule, une fois que sa fille serait mariée. La baronne passerait alors tout son temps chez Hortense et chez les jeunes Hulot, il était sûr de l'obéissance de sa femme. — Dès lors, mon petit ange, ma véritable vie, mon vrai ménage sera rue Vanneau. — Mon Dieu, comme vous disposez de moi !... dit alors madame Marneffe. Et mon mari ?... — Cette guenille ? — Le fait est qu'auprès de vous, c'est cela... répondit-elle en riant.

Madame Marneffe eut une furieuse envie de voir le jeune comte de Steinbock après en avoir appris l'histoire, peut-être en voulait-elle obtenir quelque bijou, pendant qu'elle vivait encore sous le même toit. Cette curiosité déplut tant au baron, que Valérie jura de ne jamais regarder Wenceslas. Mais, après avoir fait récompenser l'abandon de cette fantaisie par un petit service de thé complet en vieux Sèvres, pâte tendre, elle garda son désir au fond de son cœur, écrit comme sur un agenda. Donc, un jour qu'elle avait prié *sa* cousine Bette de venir prendre ensemble leur café dans sa chambre, elle la mit sur le chapitre de son amoureux, afin de savoir si elle pourrait le voir sans danger.

— Ma petite, dit-elle, car elles se traitaient mutuellement de *ma petite*, pourquoi ne m'avez-vous pas encore présenté votre amoureux ?... Savez-vous qu'il est en peu de temps devenu célèbre ?

— Lui ! célèbre ?

— Mais on ne parle que de lui !...

— Ah ! bah ! s'écria Lisbeth.

— Il va faire la statue de mon père, et je lui serai bien utile pour la réussite de son œuvre, car madame Montcornet ne peut pas, comme moi, lui prêter une miniature de Sain, un chef-d'œuvre fait en 1809, avant la campagne de Wagram, et donné à ma pauvre mère, enfin un Montcornet jeune et beau...

Sain et Augustin tenaient à eux deux le sceptre de la peinture en miniature sous l'Empire.

— Il va, dites-vous, ma petite, faire une statue ?... demanda Lisbeth.

— De neuf pieds, commandée par le Ministère de la Guerre. Ah çà ! d'où sortez-vous ? je vous apprends ces nouvelles-là. Mais le gouvernement va donner au comte de Steinbock un atelier et un logement au Gros-Caillou, au Dépôt des marbres, votre Polonais en sera peut-être le directeur, une place de deux mille francs, une bague au doigt...

— Comment savez-vous tout cela, quand moi je ne le sais pas ? dit enfin Lisbeth en sortant de sa stupeur.

— Voyons, ma chère petite cousine Bette, dit gracieusement madame Marneffe, êtes-vous susceptible d'une amitié dévouée, à toute épreuve ? Voulez-vous que nous soyons comme deux sœurs ? Voulez-vous me jurer de n'avoir pas plus de secrets pour moi que je n'en aurai pour vous, d'être mon espion comme je serai le vôtre ?... Voulez-vous surtout me jurer que vous ne me vendrez jamais, ni à mon mari, ni à monsieur Hulot, et que vous n'avouerez jamais que c'est moi qui vous ai dit...

Madame Marneffe s'arrêta dans cette œuvre de *picador*, la cousine Bette l'effraya. La physionomie de la Lorraine était devenue terrible. Ses yeux noirs et pénétrants avaient la fixité de ceux des tigres. Sa figure ressemblait à celles que nous supposons aux pythonisses, elle serrait ses dents pour les empêcher de claquer, et une affreuse convulsion faisait trembler ses membres. Elle avait glissé sa main crochue entre son bonnet et ses cheveux pour les empoigner et soutenir sa tête, devenue trop lourde ; elle brûlait ! La fumée de l'incendie qui la ravageait semblait passer par ses rides comme par autant de crevasses labourées par une éruption volcanique. Ce fut un spectacle sublime.

— Eh bien ! pourquoi vous arrêtez-vous ? dit-elle d'une voix creuse, je serai pour vous tout ce que j'étais pour lui. Oh ! je lui aurais donné tout mon sang...

— Vous l'aimez donc ?...

— Comme s'il était mon enfant !...

— Eh bien ! reprit madame Marneffe en respirant à l'aise, puisque vous ne l'aimez que comme ça, vous allez être bien heureuse, car vous le voulez heureux ?

Lisbeth répondit par un signe de tête rapide comme celui d'une folle.

— Il épouse dans un mois votre petite cousine.

— Hortense? cria la vieille fille en se frappant le front et en se levant.

— Ah çà! vous l'aimez donc ce jeune homme? demanda madame Marneffe.

— Ma petite, c'est entre nous à la vie à la mort, dit mademoiselle Fischer. Oui, si vous avez des attachements, ils me seront sacrés. Enfin, vos vices deviendront pour moi des vertus, car j'en aurai besoin, moi, de vos vices!

— Vous viviez donc avec lui? s'écria Valérie.

— Non, je voulais être sa mère...

— Ah! je n'y comprends plus rien, reprit Valérie, car alors vous n'êtes pas jouée ni trompée, et vous devez être bien heureuse de lui voir faire un beau mariage, le voilà lancé. D'ailleurs, tout est bien fini pour vous, allez. Notre artiste va tous les jours chez madame Hulot, dès que vous sortez pour dîner...

— Adeline! se dit Lisbeth. Oh! Adeline, tu me le payeras, je te rendrai plus laide que moi!...

— Mais vous voilà pâle comme une morte! reprit Valérie. Il y a donc quelque chose?... Oh! suis-je bête! la mère et la fille doivent se douter que vous mettriez des obstacles à cet amour, puisqu'ils se cachent de vous, s'écria madame Marneffe; mais, si vous ne viviez pas avec le jeune homme, tout cela, ma petite, est pour moi plus obscur que le cœur de mon mari...

— Oh! vous ne savez pas, vous, reprit Lisbeth, vous ne savez pas ce que c'est que cette manigance-là! c'est le dernier coup qui tue! En ai-je reçu des meurtrissures à l'âme! Vous ignorez que depuis l'âge où l'on sent, j'ai été immolée à Adeline! On me donnait des coups, et on lui faisait des caresses! J'allais mise comme un souillon, et elle était vêtue comme une dame. Je piochais le jardin, j'épluchais les légumes, et elle ses dix doigts ne se remuaient que pour arranger des chiffons!... Elle a épousé le baron, elle est venue briller à la cour de l'Empereur, et je suis restée jusqu'en 1809 dans mon village, attendant un parti sortable, pendant quatre ans; ils m'en ont tirée, mais pour me faire ouvrière et pour me proposer des employés, des capitaines qui ressemblaient à des portiers !... J'ai eu pendant vingt-six ans tous leurs restes... Et voilà que, comme dans l'Ancien Testament, le pauvre possède un seul agneau qui fait son bonheur, et le riche qui a des troupeaux envie la brebis du pauvre et la lui dérobe !... sans le prévenir, sans la lui demander. Adeline me filoute mon bonheur ! Adeline !... Adeline, je te verrai dans la boue et plus bas que moi ! Hortense, que j'aimais, m'a trompée... Le baron... non, cela n'est pas possible. Voyons, redites-moi les choses qui là-dedans peuvent être vraies ?

— Calmez-vous, ma petite...

— Valérie, mon cher ange, je vais me calmer, répondit cette fille bizarre en s'asseyant. Une seule chose peut me rendre la raison : donnez-moi une preuve !...

— Mais votre cousine Hortense possède le groupe de Samson dont voici la lithographie publiée par une Revue ; elle l'a payé de ses économies, et c'est le baron qui, dans l'intérêt de son futur gendre, le lance et obtient tout.

— De l'eau !... de l'eau ! demanda Lisbeth après avoir jeté les yeux sur la lithographie au bas de laquelle elle lut : *groupe appartenant à mademoiselle Hulot d'Ervy*. De l'eau ! ma tête brûle, je deviens folle !...

Madame Marneffe apporta de l'eau, la vieille fille ôta son bonnet, défit ses cheveux noirs, et se mit la tête dans la cuvette que lui tint sa nouvelle amie ; elle s'y trempa le front à plusieurs reprises, et arrêta l'inflammation commencée. Après cette immersion, elle retrouva tout son empire sur elle-même.

— Pas un mot, dit-elle à madame Marneffe en s'essuyant, pas un mot de tout ceci... Voyez !... je suis tranquille, et tout est oublié, je pense à bien autre chose !

— Elle sera demain à Charenton, c'est sûr, se dit madame Marneffe en regardant la Lorraine.

— Que faire ? reprit Lisbeth. Voyez-vous, mon petit ange, il faut se taire, courber la tête, et aller à la tombe, comme l'eau va droit à la rivière. Que tenterais-je ? Je voudrais réduire tout ce monde, Adeline, sa fille, le baron en poussière. Mais que peut une parente pauvre contre toute une famille riche ?... Ce serait l'histoire du pot de terre contre le pot de fer.

— Oui, vous avez raison, répondit Valérie, il faut seulement s'occuper de tirer le plus de foin à soi du râtelier. Voilà la vie à Paris.

— Et, dit Lisbeth, je mourrai promptement, allez, si je perds cet enfant à qui je croyais toujours servir de mère, avec qui je comptais vivre toute ma vie...

Elle eut des larmes dans les yeux, et s'arrêta. Cette sensibilité chez cette fille de soufre et de feu fit frissonner madame Marneffe.

— Eh bien ! je vous trouve, dit-elle en prenant la main de Valérie, c'est une consolation dans ce grand malheur... Nous nous aimerons bien, et pourquoi nous quitterions-nous ? je n'irai jamais sur vos brisées. On ne m'aimera jamais, moi !... tous ceux qui voulaient de moi, m'épousaient à cause de la protection de mon cousin... Avoir de l'énergie à escalader le Paradis, et l'employer à se procurer du pain, de l'eau, des guenilles et une mansarde ! Ah ! c'est là, ma petite, un martyre ! J'y ai séché.

Elle s'arrêta brusquement et plongea dans les yeux bleus de madame Marneffe un regard noir qui traversa l'âme de cette jolie femme, comme la lame d'un poignard lui eût traversé le cœur.

— Et pourquoi parler ? s'écria-t-elle en s'adressant un reproche à elle-même. Ah ! je n'en ai jamais tant dit, allez !... *La triche en reviendra à son maître !*... ajouta-t-elle après une pause, en employant une expression du langage enfantin. Comme vous dites sagement : aiguisons nos dents et tirons du râtelier le plus de foin possible.

— Vous avez raison, dit madame Marneffe que cette crise effrayait et qui ne se souvenait plus d'avoir émis cet apophtegme. Je vous crois dans le vrai, ma petite. Allez, la vie n'est déjà pas si longue, il faut en tirer parti tant qu'on peut, et employer les autres à son plaisir... J'en suis arrivée là, moi, si jeune ! J'ai été élevée en enfant gâté, mon père s'est marié par ambition et m'a presque oubliée, après avoir fait de moi son idole, après m'avoir élevée comme la fille d'une reine ! Ma pauvre mère, qui me berçait des plus beaux rêves, est morte de chagrin en me voyant épouser un petit employé à douze cents francs, vieux et froid libertin à trente-neuf ans, corrompu comme un bagne, et qui ne voyait en moi que ce qu'on voyait en vous, un instrument de fortune !... Eh bien ! j'ai fini par trouver que cet homme infâme est le meilleur des maris. En me préférant les sales guenons du coin de la rue, il me laisse libre. S'il prend tous ses appointements pour lui, jamais il ne me demande compte de la manière dont je me fais des revenus...

A son tour elle s'arrêta, comme une femme qui se sent entraînée par le torrent de la confidence, et frappée de l'attention que lui prêtait Lisbeth, elle jugea nécessaire de s'assurer d'elle avant de lui livrer ses derniers secrets.

— Voyez, ma petite, quelle est ma confiance en vous !... reprit madame Marneffe à qui Lisbeth répondit par un signe excessivement rassurant.

On jure souvent par les yeux et par un mouvement de tête plus solennellement qu'à la cour d'assises.

— J'ai tous les dehors de l'honnêteté, reprit madame Marneffe en posant sa main sur la main de Lisbeth comme pour en accepter la foi, je suis une femme mariée et je suis ma maîtresse, à tel point que le matin, en partant au Ministère, s'il prend fantaisie à Marneffe de me dire adieu et qu'il trouve la porte de ma chambre fermée, il s'en va tout tranquillement. Il aime son enfant moins que je n'aime un des enfants en marbre qui jouent au pied d'un des deux fleuves aux Tuileries. Si je ne viens pas dîner, il dîne très-bien avec la bonne, car la bonne est toute à monsieur, et, tous les soirs, après le dîner, il sort pour ne rentrer qu'à minuit ou une heure. Malheureusement, depuis un an, me voilà sans femme de chambre, ce qui veut dire que, depuis un an, je suis veuve... Je n'ai eu qu'une passion, un bonheur... c'était un riche Brésilien parti depuis un an, ma seule faute ! Il est allé vendre ses biens, tout réaliser pour pouvoir s'établir en France. Que trouvera-t-il de sa Valérie ? un fumier. Bah ! ce sera sa faute et non la mienne, pourquoi tarde-t-il tant à revenir ? Peut-être aussi aura-t-il fait naufrage, comme ma vertu.

— Adieu, ma petite, dit brusquement Lisbeth, nous ne nous quitterons plus jamais. Je vous aime, je vous estime, je suis à vous ! Mon cousin me tourmente pour que j'aille loger dans votre future maison, rue Vanneau, je ne le voulais pas, car j'ai bien deviné la raison de cette nouvelle bonté...

— Tiens, vous m'auriez surveillée, je le sais bien, dit madame Marneffe.

— C'est bien là la raison de sa générosité, répliqua Lisbeth. A Paris, la moitié des bienfaits sont des spéculations, comme la moitié des ingratitudes sont des vengeances !... Avec une parente pauvre, on agit comme avec les rats à qui l'on présente un morceau de lard. J'accepterai l'offre du baron, car cette maison m'est devenue odieuse. Ah ! çà, nous avons assez d'esprit toutes les deux pour savoir taire ce qui nous nuirait, et dire ce qui doit être dit ; ainsi, pas d'indiscrétion, et une amitié...

— A toute épreuve... s'écria joyeusement madame Marneffe, heureuse d'avoir un porte-respect, un confident, une espèce de tante honnête. Écoutez ! le baron fait bien les choses, rue Vanneau...

— Je crois bien, reprit Lisbeth, il en est à trente mille francs ! je ne sais où il les a pris, par exemple, car Josépha, la cantatrice, l'avait saigné à blanc. Oh ! vous êtes bien tombée, ajouta-t-elle. Le baron volerait pour celle qui tient son cœur entre deux petites mains blanches et satinées comme les vôtres.

— Eh bien ! reprit madame Marneffe avec la sécurité des filles qui n'est que l'insouciance, ma petite, dites donc, prenez de ce ménage-ci tout ce qui pourra vous aller pour votre nouveau logement... cette commode, cette armoire à glaces, ce tapis, la tenture...

Les yeux de Lisbeth se dilatèrent par l'effet d'une joie insensée, elle n'osait croire à un pareil cadeau.

— Vous faites plus pour moi dans un moment que mes parents riches en trente ans !... s'écria-t-elle. Ils ne se sont jamais demandé si j'avais des meubles ! A sa première visite, il y a quelques semaines, le baron a fait une grimace de riche à l'aspect de ma misère... Eh bien ! merci, ma petite, je vous revaudrai cela, vous verrez plus tard comment !

Valérie accompagna sa cousine Bette jusque sur le palier, où les deux femmes s'embrassèrent.

— Comme elle pue la fourmi !... se dit la jolie femme quand elle fut seule, je ne l'embrasserai pas souvent, ma cousine ! Cependant, prenons garde, il faut la ménager, elle me sera bien utile, elle me fera faire fortune.

En vraie créole de Paris, madame Marneffe abhorrait la peine, elle avait la nonchalance des chattes qui ne courent et ne s'élancent que forcées par la nécessité. Pour elle, la vie devait être tout plaisir, et le plaisir devait être sans difficultés. Elle aimait les fleurs, pourvu qu'on les lui fît venir chez elle. Elle ne concevait pas une partie de spectacle, sans une bonne loge toute à elle, et une voiture pour s'y rendre. Ces goûts de courtisane, Valérie les tenait de sa mère, comblée par le général Montcornet pendant les séjours qu'il faisait à Paris, et qui, pendant vingt ans, avait vu tout le monde à ses pieds ; qui, gaspilleuse, avait tout dissipé, tout mangé dans cette vie luxueuse dont le programme est perdu depuis la chute de Napoléon. Les grands de l'Empire ont égalé, dans leurs folies, les grands seigneurs d'autrefois. Sous la Restauration, la noblesse s'est toujours souvenue d'avoir été battue et volée ; aussi, mettant à part deux ou trois exceptions, est-elle devenue économe, sage, prévoyante, enfin bourgeoise et sans grandeur. Depuis, 1830 a consommé l'œuvre de 1793. En France, désormais, on aura de grands noms, mais plus de grandes maisons, à moins de changements politiques, difficiles à prévoir. Tout y prend le cachet de la personnalité. La fortune des plus sages est viagère. On y a détruit la Famille.

La puissante étreinte de la Misère qui mordait au sang Valérie le jour où, selon l'expression de Marneffe, elle avait *fait* Hulot, avait décidé cette jeune femme à prendre sa beauté pour moyen de fortune. Aussi, depuis quelques jours éprouvait-elle le besoin d'avoir auprès d'elle, à l'instar de sa mère, une amie dévouée à qui l'on confie ce qu'on doit cacher à une femme de chambre, et qui peut agir, aller, venir, penser pour nous, une âme damnée enfin, consentant à un partage inégal de la vie. Or, elle avait deviné, tout aussi bien que Lisbeth, les intentions dans lesquelles le baron voulait la lier avec la cousine Bette. Conseillée par la redoutable intelligence de la créole parisienne qui passe ses heures étendue sur un divan, à promener la lanterne de son observation dans tous les coins obscurs des âmes, des sentiments et des intrigues, elle avait inventé de se faire un complice de l'espion. Probablement cette terrible indiscrétion était préméditée ; elle avait reconnu le vrai caractère de cette ardente fille, passionnée à vide, et voulait se l'attacher. Aussi cette conversation ressemblait-elle à la pierre que le voyageur jette dans un gouffre pour s'en démontrer physiquement la profondeur. Et madame Marneffe avait eu peur en trouvant tout à la fois un Iago et un Richard III, dans cette fille en apparence si faible, si humble et si peu redoutable.

En un instant, la cousine Bette était redevenue elle-même. En un instant, ce caractère de Corse et de Sauvage, ayant brisé les faibles attaches qui le courbaient, avait repris sa menaçante hauteur, comme un arbre s'échappe des mains de l'enfant qui l'a plié jusqu'à lui pour y voler des fruits verts.

Pour quiconque observe le monde social, ce sera toujours un objet d'admiration que la plénitude, la perfection et la rapidité des conceptions chez les natures vierges.

La Virginité, comme toutes les monstruosités, a des richesses spéciales, des grandeurs absorbantes. La vie, dont les forces sont économisées, a pris chez l'individu vierge une qualité de résistance et de durée incalculable. Le cerveau s'est enrichi dans l'ensemble de ses facultés réservées. Lorsque les gens chastes ont besoin de leur corps ou de leur âme, qu'ils recourent à l'action ou à la pensée, ils trouvent alors de l'acier dans leurs muscles ou de la science infuse dans leur intelligence, une force diabolique ou la magie noire de la Volonté.

Sous ce rapport, la vierge Marie, en ne la considérant pour un moment que comme un symbole, efface par sa grandeur tous les types indous, égyptiens et grecs. La Virginité, mère des grandes choses, *magna parens rerum*, tient dans ses belles mains blanches la clef des mondes supérieurs. Enfin, cette grandiose et terrible exception mérite tous les honneurs que lui décerne l'église catholique.

En un moment donc la cousine Bette devint le Mohican dont les pièges sont inévitables, dont la dissimulation est impénétrable, dont la décision rapide est fondée sur la perfection inouïe des organes. Elle fut la Haine et la Vengeance sans transaction, comme elles sont en Italie, en Espagne et en Orient. Ces deux sentiments, qui sont doublés de l'Amitié, de l'Amour poussés jusqu'à l'absolu, ne sont connus que dans les pays baignés de soleil. Mais Lisbeth fut surtout fille de la Lorraine, c'est-à-dire résolue à tromper.

Elle ne prit pas volontiers cette dernière partie de son rôle ; elle fit une singulière tentative, due à son ignorance profonde. Elle imagina que la prison était ce que les enfants l'imaginent tous, elle confondit la *mise au secret* avec l'emprisonnement. La mise au secret est le superlatif de l'emprisonnement, et ce superlatif est le privilège de la justice criminelle.

En sortant de chez madame Marneffe, Lisbeth courut chez monsieur Rivet, et le trouva dans son cabinet.

— Eh bien ! mon bon monsieur Rivet, lui dit-elle après avoir mis le verrou à la porte du cabinet, vous aviez raison, les Polonais !... c'est de la canaille... tous gens sans foi ni loi.

— Des gens qui veulent mettre l'Europe en feu, dit le pacifique Rivet, ruiner tous les commerces et les commerçants pour une patrie qui, dit-on, est tout marais, pleine d'affreux Juifs, sans compter les Cosaques et les Paysans, espèces de bêtes féroces classées à tort dans le genre humain. Ces Polonais méconnaissent le temps actuel. Nous ne sommes plus des Barbares ! La guerre s'en va, ma chère demoiselle, elle s'en est allée avec les Rois. Notre temps est le triomphe du commerce, de l'industrie et de la sagesse bourgeoise qui ont créé la Hollande. Oui, dit-il en s'animant, nous sommes dans une époque où les peuples doivent tout obtenir par le développement légal de leurs libertés, et par le jeu *pacifique* des institutions constitutionnelles ; voilà ce que les Polonais ignorent, et j'espère... Vous dites, ma belle ? ajouta-t-il en s'interrompant et voyant, à l'air de son ouvrière, que la haute politique était hors de sa compréhension.

— Voici le dossier, répliqua Bette ; si je ne veux pas perdre mes trois mille deux cent dix francs, il faut mettre ce scélérat en prison...

— Ah ! je vous l'avais bien dit ! s'écria l'oracle du quartier Saint-Denis.

La maison Rivet, successeur de Pons frères, était toujours restée rue des Mauvaises-Paroles, dans l'ancien hôtel de Langeais, bâti par cette illustre maison au temps où les grands seigneurs se groupaient autour du Louvre.

— Aussi, vous ai-je donné des bénédictions en venant ici !... répondit Lisbeth.

— S'il peut ne se douter de rien, il sera coffré dès quatre

heures du matin, dit le juge en consultant son Almanach pour vérifier le lever du soleil ; mais après-demain seulement, car on ne peut pas l'emprisonner sans l'avoir prévenu qu'on veut l'arrêter par un commandement avec dénonciation de la contrainte par corps. Ainsi...

— Quelle bête de loi, dit la cousine Bette, car le débiteur se sauve.

— Il en a bien le droit, répliqua le juge en souriant. Aussi, tenez, voici comment...

— Quant à cela, je prendrai le papier, dit la Bette en interrompant le Consul, je le lui remettrai en lui disant que j'ai été forcée de faire de l'argent et que mon prêteur a exigé cette formalité. Je connais mon Polonais, il ne dépliera seulement pas le papier, il en allumera sa pipe !

— Ah ! pas mal ! pas mal ! mademoiselle Fischer. Eh bien ! soyez tranquille, l'affaire sera bâclée. Mais, un instant ! ce n'est pas le tout que de coffrer un homme, on ne se passe ce luxe judiciaire que pour toucher son argent. Par qui serez-vous payée ?

— Par ceux qui lui donnent de l'argent.

— Ah ! oui, j'oubliais que le ministre de la Guerre l'a chargé du monument érigé à l'un de nos clients. Ah ! la maison a fourni bien des uniformes au général Montcornet, il les noircissait promptement à la fumée des canons, celui-là ! Quel brave ! et il payait *recta* !

Un maréchal de France a pu sauver l'Empereur ou son pays, *il payait recta* sera toujours son plus bel éloge dans la bouche d'un commerçant.

— Eh bien ! à samedi, monsieur Rivet, vous aurez vos glands plats. A propos, je quitte la rue du Doyenné, je vais demeurer rue Vanneau.

— Vous faites bien, je vous voyais avec peine dans ce trou qui, malgré ma répugnance pour tout ce qui ressemble à de l'Opposition, déshonore, j'ose le dire, oui ! déshonore le Louvre et la place du Carrousel. J'adore Louis-Philippe, c'est mon idole, il est la représentation auguste, exacte de la classe sur laquelle il a fondé sa dynastie, et je n'oublierai jamais ce qu'il a fait pour la passementerie en rétablissant la garde nationale...

— Quand je vous entends parler ainsi, dit Lisbeth, je me demande pourquoi vous n'êtes pas député.

— On craint mon attachement à la dynastie, répondit

Rivet, mes ennemis politiques sont ceux du roi, ah ! c'est un noble caractère, une belle famille ; enfin, reprit-il en continuant son argumentation, c'est notre idéal : des mœurs, de l'économie, tout ! Mais la *finition* du Louvre est une des conditions auxquelles nous avons donné la couronne, et la liste civile, à qui l'on n'a pas fixé de terme, j'en conviens, nous laisse le cœur de Paris dans un état navrant... C'est parce que je suis *juste-milieu* que je voudrais voir le juste-milieu de Paris dans un autre état. Votre quartier fait frémir. On vous y aurait assassinée un jour ou l'autre... Eh bien ! voilà votre monsieur Crevel nommé chef de bataillon de sa légion, j'espère que c'est nous qui lui fournirons sa grosse épaulette.

— J'y dîne aujourd'hui, je vous l'enverrai.

Lisbeth crut avoir à elle son Livonien en se flattant de couper toutes les communications entre le monde et lui. Ne travaillant plus, l'artiste serait oublié comme un homme enterré dans un caveau, où seule elle irait le voir. Elle eut ainsi deux jours de bonheur, car elle espéra donner des coups mortels à la baronne et à sa fille.

Pour se rendre chez monsieur Crevel, qui demeurait rue des Saussayes, elle prit par le pont du Carrousel, le quai Voltaire, le quai d'Orsay, la rue Belle-Chasse, la rue de l'Université, le pont de la Concorde et l'avenue de Marigny. Cette route illogique était tracée par la logique des passions, toujours excessivement ennemie des jambes. La cousine Bette, tant qu'elle fut sur les quais, regarda la rive droite de la Seine en allant avec une grande lenteur. Son calcul était juste. Elle avait laissé Wenceslas s'habillant, elle pensait qu'aussitôt délivré d'elle, l'amoureux irait chez la baronne par le chemin le plus court. En effet, au moment où elle longeait le parapet du quai Voltaire en dévorant la rivière, et marchant en idée sur l'autre rive, elle reconnut l'artiste dès qu'il déboucha par le guichet des Tuileries pour gagner le pont Royal. Elle rejoignit là son infidèle et put le suivre sans être vue par lui, car les amoureux se retournent rarement ; elle l'accompagna jusqu'à la maison de madame Hulot, où elle le vit entrer comme un homme habitué d'y venir.

Cette dernière preuve qui confirmait les confidences de madame Marneffe, mit Lisbeth hors d'elle. Elle arriva chez le chef de bataillon nouvellement élu dans cet état d'irritation mentale qui fait commettre les meurtres, et trouva le père Crevel attendant ses enfants, monsieur et madame Hulot jeunes, dans son salon.

Mais Célestin Crevel est le représentant si naïf et si vrai du parvenu parisien, qu'il est difficile d'entrer sans cérémonie chez cet heureux successeur de César Birotteau. Célestin Crevel est à lui seul tout un monde, aussi mérite-t-il, plus que Rivet, les honneurs de la palette, à cause de son importance dans ce drame domestique.

Avez-vous remarqué comme, dans l'enfance, ou dans les commencements de la vie sociale, nous nous créons de nos propres mains un modèle à notre insu, souvent ? Ainsi le commis d'une maison de banque rêve, en entrant dans le salon de son patron, de posséder un salon pareil. S'il fait fortune, ce ne sera pas, vingt ans plus tard, le luxe alors à la mode qu'il intronisera chez lui, mais le luxe arriéré qui le fascinait jadis. On ne sait pas toutes les sottises qui sont dues à cette jalousie rétrospective, de même qu'on ignore toutes les folies dues à ces rivalités secrètes qui poussent les hommes à imiter le type qu'ils se sont donné, à consumer leurs forces pour être un clair de lune. Crevel fut adjoint parce que son patron avait été adjoint, il était chef de bataillon parce qu'il avait eu envie des épaulettes de César Birotteau. Aussi, frappé des merveilles réalisées par l'architecte Grindot, au moment où la fortune avait mis son patron en haut de la roue, Crevel, comme il le disait dans son langage, *n'en avait fait ni eune ni deusse*, quand il s'était agi de décorer son appartement : il s'était adressé, les yeux fermés et la bourse ouverte, à Grindot, architecte alors tout à fait oublié. On ne sait pas combien de temps vont encore les gloires éteintes, soutenues par les admirations arriérées.

Grindot avait recommencé là pour la millième fois son salon blanc et or, tendu de damas rouge. Le meuble en bois de palissandre sculpté comme on sculpte les ouvrages courants, sans finesse, avait donné pour la fabrication parisienne un juste orgueil à la province, lors de l'Exposition des produits de l'Industrie. Les flambeaux, les bras, le garde-cendre, le lustre, la pendule appartenaient au genre rocaille. La table ronde, immobile au milieu du salon, offrait un marbre incrusté de tous les marbres italiens et antiques venus de Rome, où se

fabriquent ces espèces de cartes minéralogiques semblables à des échantillons de tailleurs, qui faisait pério-
diquement l'admiration de tous les bourgeois que recevait Crevel. Les portraits de feu madame Crevel, de
Crevel, de sa fille et de son gendre, dus au pinceau de
Pierre Grassou, le peintre en renom dans la bourgeoisie, à
qui Crevel devait le ridicule de son attitude byronienne,
garnissaient les parois, mis tous les quatre en pendants.
Les bordures, payées mille francs pièce, s'harmoniaient
bien à toute cette richesse de café qui, certes, eût fait
hausser les épaules à un véritable artiste.

Jamais l'or n'a perdu la plus petite occasion de se
montrer stupide. On compterait aujourd'hui dix Venise
dans Paris, si les commerçants retirés avaient eu cet
instinct des grandes choses qui distingue les Italiens. De
nos jours encore, un négociant milanais lègue très-bien
cinq cent mille francs au *Duomo* pour la dorure de la
Vierge colossale qui en couronne la coupole. Canova
ordonne, dans son testament, à son frère, de bâtir une
église de quatre millions, et le frère y ajoute quelque
chose du sien. Un bourgeois de Paris (et tous ont, comme
Rivet, un amour au cœur pour leur Paris) penserait-il
jamais à faire élever les clochers qui manquent aux tours
de Notre-Dame ? or, comptez les sommes recueillies par
l'État en successions sans héritiers. On aurait achevé tous
les embellissements de Paris avec le prix des sottises en
carton-pierre, en pâtes dorées, en fausses sculptures
consommées depuis quinze ans par les individus du genre
Crevel.

Au bout de ce salon se trouvait un magnifique cabinet
meublé de tables et d'armoires en imitation de Boule.

La chambre à coucher, tout en perse, donnait également dans le salon. L'acajou dans toute sa gloire infestait
la salle à manger, où des vues de Suisse, richement
encadrées, ornaient des panneaux. Le père Crevel, qui
rêvait un voyage en Suisse, tenait à posséder ce pays en
peinture, jusqu'au moment où il irait le voir en réalité.

Crevel, ancien adjoint, décoré, garde national avait,
comme on le voit, reproduit fidèlement toutes les grandeurs, même mobilières, de son infortuné prédécesseur.
Là où, sous la Restauration, l'un était tombé, celui-ci tout
à fait oublié s'était élevé, non par un singulier jeu de

fortune, mais par la force des choses. Dans les révolutions comme dans les tempêtes maritimes, les valeurs solides vont à fond, le flot met les choses légères à fleur d'eau. César Birotteau, royaliste et en faveur, envié, devint le point de mire de l'Opposition bourgeoise tandis que la triomphante bourgeoisie se représentait elle-même dans Crevel.

Cet appartement, de mille écus de loyer, qui regorgeait de toutes les belles choses vulgaires que procure l'argent, prenait le premier étage d'un ancien hôtel, entre cour et jardin. Tout s'y trouvait conservé comme des coléoptères chez un entomologiste, car Crevel y demeurait très-peu.

Ce *local* somptueux constituait le domicile légal de l'ambitieux bourgeois. Servi là par une cuisinière et par un valet de chambre, il louait deux domestiques de supplément et faisait venir son dîner d'apparat de chez Chevet, quand il festoyait des amis politiques, des gens à éblouir, ou quand il recevait sa famille. Le siège de la véritable existence de Crevel, autrefois rue Notre-Dame-de-Lorette, chez mademoiselle Héloïse Brisetout, était transféré, comme on l'a vu, rue Chauchat. Tous les matins, l'*ancien négociant* (tous les bourgeois retirés s'intitulent *ancien négociant*) passait deux heures rue des Saussayes pour y vaquer à ses affaires, et donnait le reste du temps à Zaïre, ce qui tourmentait beaucoup Zaïre. Orosmane-Crevel avait un marché *ferme* avec mademoiselle Héloïse ; elle lui devait pour cinq cents francs de bonheur, tous les mois, sans reports. Crevel payait d'ailleurs son dîner et tous les *extra*. Ce contrat à primes, car il faisait beaucoup de présents, paraissait économique à l'ex-amant de la célèbre cantatrice. Il disait à ce sujet aux négociants veufs, aimant trop leurs filles, qu'il valait mieux avoir des chevaux loués au mois qu'une écurie à soi. Néanmoins, si l'on se rappelle la confidence du portier de la rue Chauchat au baron, Crevel n'évitait ni le cocher ni le groom.

Crevel avait, comme on le voit, fait tourner son amour excessif pour sa fille au profit de ses plaisirs. L'immoralité de sa situation était justifiée par des raisons de haute morale. Puis l'ancien parfumeur tirait de cette vie (vie nécessaire, vie débraillée, Régence, Pompadour, maréchal de Richelieu, etc.), un vernis de supériorité. Crevel se posait en homme à vues larges, en grand seigneur au petit pied, en homme généreux, sans étroitesse dans les idées, le tout à raison d'environ douze à quinze cents francs par mois. Ce n'était pas l'effet d'une hypocrisie politique, mais un effet de vanité bourgeoise qui néanmoins arrivait au même résultat. A la Bourse, Crevel passait pour être supérieur à son époque et surtout pour un bon vivant.

En ceci, Crevel croyait avoir dépassé son bonhomme Birotteau de cent coudées.

— Eh bien ! s'écria Crevel en entrant en colère à l'aspect de la cousine Bette, c'est donc vous qui mariez mademoiselle Hulot avec un jeune comte que vous avez élevé pour elle à la brochette ?...

— On dirait que cela vous contrarie ? répondit Lisbeth en arrêtant sur Crevel un œil pénétrant. Quel intérêt avez-vous donc à empêcher ma cousine de se marier ? car vous avez fait manquer, m'a-t-on dit, son mariage avec le fils de monsieur Lebas...

— Vous êtes une bonne fille, bien discrète, reprit le père Crevel. Eh bien ! croyez-vous que je pardonnerai jamais à *monsieur* Hulot le crime de m'avoir enlevé Josépha ?... surtout pour faire d'une honnête créature, que j'aurais fini par épouser dans mes vieux jours, une vaurienne, une saltimbanque, une fille d'Opéra... Non, non ! jamais.

— C'est un bonhomme cependant monsieur Hulot, dit la cousine Bette.

— Aimable !... très-aimable, trop aimable, reprit Crevel, je ne lui veux pas de mal ; mais je désire prendre ma revanche, et je la prendrai. C'est mon idée fixe !

— Serait-ce à cause de cette envie-là que vous ne venez plus chez madame Hulot ?

— Peut-être...

— Ah ! vous faisiez donc la cour à ma cousine ? dit Lisbeth en souriant, je m'en doutais.

— Et elle m'a traité comme un chien, pis que cela, comme un laquais ; je dirai mieux : comme un détenu politique. Mais je réussirai, dit-il en fermant le poing et en s'en frappant le front.

— Pauvre homme, ce serait affreux de trouver sa femme en fraude, après avoir été renvoyé par sa maîtresse !...

— Josépha ! s'écria Crevel, Josépha l'aurait quitté, renvoyé, chassé ! Bravo ! Josépha. Josépha ! tu m'as vengé ! je t'enverrai deux perles pour mettre à tes oreilles, mon ex-biche !... Je ne sais rien de cela, car, après vous avoir vue le lendemain du jour où la belle Adeline m'a prié encore une fois de passer la porte, je suis allé chez les Lebas, à Corbeil, d'où je reviens. Héloïse a fait le diable pour m'envoyer à la campagne, et j'ai su la raison de ses menées : elle voulait pendre, et sans moi, la crémaillère rue Chauchat, avec des artistes, des cabotins, des gens de lettres... J'ai été joué ! Je pardonnerai, car Héloïse m'amuse. C'est une Déjazet inédite. Comme elle est drôle, cette fille-là ! voici le billet que j'ai trouvé hier au soir :

« *Mon bon vieux, j'ai dressé ma tente rue Chauchat. J'ai* « *pris la précaution de faire essuyer les plâtres par des amis.* « *Tout va bien. Venez quand vous voudrez, monsieur. Agar* « *attend son Abraham.* »

Héloïse me dira des nouvelles, car elle sait sa Bohême sur le bout du doigt.

— Mais mon cousin a très-bien pris ce désagrément, répondit la cousine.

— Pas possible, dit Crevel en s'arrêtant dans sa marche semblable à celle d'un balancier de pendule.

— Monsieur Hulot est d'un certain âge, fit malicieusement observer Lisbeth.

— Je le connais, reprit Crevel ; mais nous nous ressemblons sous un certain rapport : Hulot ne pourra pas se passer d'un attachement. Il est capable de revenir à sa femme, se dit-il. Ce serait de la nouveauté pour lui, mais adieu ma vengeance. Vous souriez, mademoiselle Fischer ?... ah ! vous savez quelque chose ?...

— Je ris de vos idées, répondit Lisbeth. Oui, ma cousine est encore assez belle pour inspirer des passions ; moi, je l'aimerais, si j'étais homme.

— Qui a bu, boira ! s'écria Crevel, vous vous moquez de moi ! Le baron aura trouvé quelque consolation.

Lisbeth inclina la tête par un geste affirmatif.

— Ah ! il est bien heureux de remplacer du jour au lendemain Josépha ! dit Crevel en continuant. Mais je n'en suis pas étonné, car il me disait, un soir à souper, que, dans sa jeunesse, pour n'être pas au dépourvu, il avait toujours trois maîtresses, celle qu'il était en train de quitter, la régnante et celle à laquelle il faisait la cour pour l'avenir. Il devait tenir en réserve quelque grisette dans son vivier ! dans son parc aux cerfs ! Il est très Louis XV, le gaillard ! oh ! est-il heureux d'être bel homme ! Néanmoins, il vieillit, il est *marqué*... il aura donné dans quelque petite ouvrière.

— Oh ! non, répondit Lisbeth.

— Ah ! dit Crevel, que ne ferais-je pas pour l'empêcher de pouvoir mettre son chapeau ! Il m'était impossible de lui prendre Josépha, les femmes de cette espèce ne reviennent jamais à leur premier amour. D'ailleurs, comme on dit, un retour n'est jamais de l'amour. Mais, cousine Bette, je donnerais bien, c'est-à-dire je dépenserais bien cinquante mille francs pour enlever à ce grand bel homme sa maîtresse et lui prouver qu'un gros père à ventre de chef de bataillon et à crâne de futur maire de Paris ne se laisse pas souffler sa dame, sans damer le pion...

— Ma situation, répondit Bette, m'oblige à tout entendre et à ne rien savoir. Vous pouvez causer avec moi sans crainte, je ne répète jamais un mot de ce qu'on veut bien me confier. Pourquoi voulez-vous que je manque à cette loi de ma conduite ? personne n'aurait plus confiance en moi.

— Je le sais, répliqua Crevel, vous êtes la perle des vieilles filles... Voyons ! sacristi, il y a des exceptions. Tenez, ils ne vous ont jamais fait de rentes dans la famille...

— Mais j'ai ma fierté, je ne veux rien coûter à personne, dit Bette.

— Ah ! si vous vouliez m'aider à me venger, reprit l'ancien négociant, je placerais dix mille francs en viager sur votre tête. Dites-moi, belle cousine, dites-moi quelle est la remplaçante de Josépha, et vous aurez de quoi payer votre loyer, votre petit déjeuner le matin, ce bon café que vous aimez tant, vous pourrez vous donner du moka pur... hein ? Oh ! comme c'est bon du moka pur !

— Je ne tiens pas tant aux dix mille francs en viager qui feraient près de cinq cents francs de rente, qu'à la plus entière discrétion, dit Lisbeth ; car, voyez-vous, mon bon monsieur Crevel, il est bien excellent pour moi, le baron, il va me payer mon loyer...

— Oui, pendant longtemps ! comptez là-dessus ! s'écria Crevel. Où le baron prendrait-il de l'argent ?

— Ah ! je ne sais pas. Cependant il dépense plus de trente mille francs dans l'appartement qu'il destine à cette petite dame...

— Une dame ! Comment, ce serait une femme de la société ? Le scélérat, est-il heureux ! il n'y en a que pour lui !

— Une femme mariée, bien comme il faut, reprit la cousine.

— Vraiment ! s'écria Crevel ouvrant des yeux animés autant par le désir que par ce mot magique : *Une femme comme il faut.*

— Oui, reprit Bette, des talents, musicienne, vingt-trois ans, une jolie figure candide, une peau d'une blancheur éblouissante, des dents de jeune chien, des yeux comme des étoiles, un front superbe... et des petits pieds, je n'en ai jamais vu de pareils, ils ne sont pas plus larges que son busc.

— Et les oreilles ? demanda Crevel vivement émoustillé par ce signalement d'amour.

— Des oreilles à mouler, répondit-elle.

— De petites mains ?...

— Je vous dis, en un seul mot, que c'est un bijou de femme et d'une honnêteté, d'une pudeur, d'une délicatesse !... une belle âme, un ange, toutes les distinctions, car elle a pour père un maréchal de France...

— Un maréchal de France ! s'écria Crevel qui fit un bond prodigieux sur lui-même. Mon Dieu ! saperlotte ! cré nom ! nom d'un petit bonhomme !... Ah ! le gredin ! — Pardon, cousine, je deviens fou !... Je donnerais cent mille francs, je crois.

— Ah ! bien, oui, je vous dis que c'est une femme honnête, une femme vertueuse. Aussi le baron a-t-il bien fait les choses.

— Il est sans le sou... vous dis-je.

— Il y a un mari qu'il a poussé...

— Par où ? dit Crevel avec un rire amer.

— Déjà nommé sous-chef, ce mari, qui sera sans doute complaisant... est porté pour avoir la croix.

— Le gouvernement devrait prendre garde, et respecter ceux qu'il a décorés en ne prodiguant pas la croix, dit Crevel d'un air politiquement piqué. Mais qu'a-t-il donc tant pour lui, ce grand mâtin de vieux baron ? reprit-il. Il me semble que je le vaux bien, ajouta-t-il en se mirant dans une glace et se mettant en position. Héloïse m'a souvent dit, dans le moment où les femmes ne mentent pas, que j'étais étonnant.

— Oh ! répliqua la cousine, les femmes aiment les hommes gros, ils sont presque tous bons ; et, entre vous et le baron, moi je vous choisirais. Monsieur Hulot est spirituel, bel homme, il a de la tournure ; mais vous, vous êtes solide, et puis, tenez... vous paraissez encore plus mauvais sujet que lui !

— C'est incroyable comme toutes les femmes, même les dévotes, aiment les gens qui ont cet air-là ! s'écria Crevel en venant prendre Bette par la taille, tant il jubilait.

— La difficulté n'est pas là, dit la Bette en continuant. Vous comprenez qu'une femme qui trouve tant d'avantages ne fera pas d'infidélités à son protecteur pour des bagatelles, et *cela* coûterait plus de cent et quelques mille francs, car la petite dame voit son mari chef de bureau dans deux ans d'ici... C'est la misère qui pousse ce pauvre petit ange dans le gouffre.

Crevel se promenait de long en large, comme un furieux, dans son salon.

— Il doit tenir à cette femme-là ? demanda-t-il après un moment pendant lequel son désir ainsi fouetté par Lisbeth devint une espèce de rage.

— Jugez-en ! reprit Lisbeth. Je ne crois pas encore qu'il ait obtenu ça ! dit-elle en faisant claquer l'ongle de son pouce sous l'une de ses énormes palettes blanches, et il a déjà fait pour dix mille francs de cadeaux.

— Oh ! la bonne farce ! s'écria Crevel, si j'arrivais avant lui !

— Mon Dieu ! j'ai bien tort de vous faire ces cancans-là, reprit Lisbeth en paraissant éprouver un remords.

— Non. Je veux faire rougir votre famille. Demain je place en viager, sur votre tête, une somme en cinq pour cent, de manière à vous faire six cents francs de rente, mais vous me direz tout : le nom, la demeure de la

Dulcinée. Je puis vous l'avouer, je n'ai jamais eu de femme comme il faut, et la plus grande de mes ambitions, c'est d'en connaître une. Les houris de Mahomet ne sont rien en comparaison de ce que je me figure des femmes du monde. Enfin c'est mon idéal, c'est ma folie, et tellement que, voyez-vous, la baronne Hulot n'aura jamais cinquante ans pour moi, dit-il en se rencontrant sans le savoir avec un des esprits les plus fins du dernier siècle. Tenez, ma bonne Lisbeth, je suis décidé à sacrifier cent, deux cents... Chut ! voici mes enfants, je les vois qui traversent la cour. Je n'aurai jamais rien su par vous, je vous en donne ma parole d'honneur, car je ne veux pas que vous perdiez la confiance du baron, bien au contraire, il doit joliment aimer cette femme, mon compère !

— Oh ! il en est fou ! dit la cousine. Il n'a pas su trouver quarante mille francs pour établir sa fille, et il les a dénichés pour cette nouvelle passion.

— Et le croyez-vous aimé ? demanda Crevel.

— A son âge... répondit la vieille fille.

— Oh ! suis-je bête ! s'écria Crevel. Moi qui tolère un artiste à Héloïse, absolument comme Henri IV permettait Bellegarde à Gabrielle. Oh ! la vieillesse ! la vieillesse ! — Bonjour Célestine, bonjour, mon bijou, et ton moutard ! Ah ! le voilà ! Parole d'honneur, il commence à me ressembler. Bonjour, Hulot, mon ami, cela va bien ?... Nous aurons bientôt un mariage de plus dans la famille.

Célestine et son mari firent un signe en montrant Lisbeth et la fille répondit effrontément à son père : — Lequel donc ? Crevel prit un air fin qui voulait dire que son indiscrétion allait être réparée.

— Celui d'Hortense, reprit-il ; mais ce n'est pas encore tout à fait décidé. Je viens de chez Lebas, et l'on parlait de mademoiselle Popinot pour notre jeune conseiller à la Cour royale de Paris, qui voudrait bien devenir premier président en province... Allons dîner.

A sept heures, Lisbeth revenait déjà chez elle en omnibus, car il lui tardait de revoir Wenceslas de qui, depuis une vingtaine de jours, elle était la dupe, et à qui elle apportait son cabas plein de fruits empilés par Crevel lui-même, dont la tendresse avait redoublé pour *sa* cousine Bette. Elle monta dans la mansarde d'une vitesse à perdre la respiration, et trouva l'artiste occupé à terminer les ornements d'une boîte qu'il voulait offrir à sa chère Hortense. La bordure du couvercle représentait des hortensias dans lesquels se jouaient des amours. Le pauvre amant, pour subvenir aux frais de cette boîte qui devait être en malachite, avait fait pour Florent et Chanor deux torchères, en leur en abandonnant la propriété, deux chefs-d'œuvre.

— Vous travaillez trop depuis quelques jours, mon bon ami, dit Lisbeth en lui essuyant le front couvert de sueur et le baisant. Une pareille activité me paraît dangereuse au mois d'août. Vraiment votre santé peut en souffrir... Tenez, voici des pêches, des prunes de chez monsieur Crevel... Ne vous tracassez pas tant, j'ai emprunté deux mille francs, et, à moins de malheur, nous pourrons les rendre si vous vendez votre pendule !... Cependant j'ai quelques doutes sur mon prêteur, car il vient d'envoyer ce papier timbré.

Elle plaça la dénonciation de la contrainte par corps sous l'esquisse du maréchal de Montcornet.

— Pour qui faites-vous ces belles choses-là ? demanda-t-elle en prenant les branches d'hortensias en cire rouge que Wenceslas avait posées pour manger les fruits.

— Pour un bijoutier.

— Quel bijoutier ?

— Je ne sais pas, c'est Stidmann qui m'a prié de *tortiller* cela pour lui, car il est pressé.

— Mais voilà des hortensias, dit-elle d'une voix creuse. Comment se fait-il que vous n'ayez jamais manié la cire pour moi ? Était-ce donc si difficile d'inventer une bague, un coffret, n'importe quoi, un souvenir ! dit-elle en lançant un affreux regard sur l'artiste dont heureusement les yeux étaient baissés. Et vous dites que vous m'aimez !

— En doutez-vous... mademoiselle ?

— Oh ! que voilà un *mademoiselle* bien chaud !... Tenez, vous avez été mon unique pensée depuis que je vous ai vu mourant, là... Quand je vous ai sauvé vous vous êtes donné à moi, je ne vous ai jamais parlé de cet engagement, mais je me suis engagée envers moi-même, moi ! Je me suis dit : « Puisque ce garçon se donne à moi, je veux le rendre heureux et riche ! » Eh bien ! j'ai réussi à faire votre fortune !

— Et comment ? demanda le pauvre artiste au comble du bonheur et trop naïf pour soupçonner un piège.

— Voici comment, reprit la Lorraine.

Lisbeth ne put se refuser le plaisir sauvage de regarder Wenceslas qui la contemplait avec un amour filial où débordait son amour pour Hortense, ce qui trompa la vieille fille. En apercevant pour la première fois de sa vie les torches de la passion dans les yeux d'un homme, elle crut les y avoir allumées.

— Monsieur Crevel nous commandite de cent mille francs pour fonder une maison de commerce, si, dit-il, vous voulez m'épouser ; il a de singulières idées, ce gros bonhomme-là... Qu'en pensez-vous ? demanda-t-elle.

L'artiste, devenu pâle comme un mort, regarda sa bienfaitrice d'un œil sans lueur et qui laissait passer toute sa pensée. Il resta béant et hébété.

— On ne m'a jamais si bien dit, reprit-elle avec un rire amer, que j'étais affreusement laide !

— Mademoiselle, répondit Steinbock, ma bienfaitrice ne sera jamais laide pour moi ; j'ai pour vous une bien vive affection, mais je n'ai pas trente ans, et...

— Et j'en ai quarante-trois ! reprit-elle. Ma cousine Hulot, qui en a quarante-huit, fait encore des passions frénétiques ; mais elle est belle, elle !

— Quinze ans de différence entre nous, mademoiselle ! quel ménage ferions-nous ! Pour nous-mêmes, je crois que nous devons bien réfléchir. Ma reconnaissance sera certainement égale à vos bienfaits. D'ailleurs, votre argent vous sera rendu sous peu de jours.

— Mon argent ! cria-t-elle. Oh ! vous me traitez comme si j'étais un usurier sans cœur.

— Pardon, reprit Wenceslas, mais vous m'en parlez si souvent... Enfin, vous m'avez créé, ne me détruisez pas.

— Vous voulez me quitter, je le vois, dit-elle en hochant la tête. Qui donc vous a donné la force de l'ingratitude, vous qui êtes comme un homme de papier mâché ? Manqueriez-vous de confiance en moi, moi votre bon génie ?... moi qui si souvent ai passé la nuit à travailler pour vous ! moi qui vous ai livré les économies de toute ma vie ! moi qui, pendant quatre ans, ai partagé mon pain, le pain d'une pauvre ouvrière, avec vous, et qui vous prêtais tout, jusqu'à mon courage.

— Mademoiselle, assez ! assez ! dit-il en se mettant à ses genoux et lui tendant les mains. N'ajoutez pas un mot ! Dans trois jours je parlerai, je vous dirai tout ; laissez-moi, dit-il en lui baisant les mains, laissez-moi être heureux, j'aime et je suis aimé.

— Eh bien ! sois heureux, mon enfant, dit-elle en le relevant.

Puis elle l'embrassa sur le front et dans les cheveux avec la frénésie que doit avoir le condamné à mort en savourant sa dernière matinée.

— Ah ! vous êtes la plus noble et la meilleure des créatures, vous êtes l'égale de celle que j'aime, dit le pauvre artiste.

— Je vous aime assez encore pour trembler de votre avenir, reprit-elle d'un air sombre. Judas s'est pendu !... tous les ingrats finissent mal ! Vous me quittez, vous ne ferez plus rien qui vaille ! Songez que, sans nous marier, car je suis une vieille fille, je le sais, je ne veux pas étouffer la fleur de votre jeunesse, votre poésie, comme vous le dites, dans mes bras qui sont comme des sarments de vigne ; mais sans nous marier, ne pouvons-nous pas rester ensemble ? Écoutez, j'ai l'esprit du commerce, je puis vous amasser une fortune en dix ans de travail car je m'appelle l'Économie, moi ; tandis qu'avec une jeune femme, qui sera tout dépense, vous dissiperez tout, vous ne travaillerez qu'à la rendre heureuse. Le bonheur ne crée rien que des souvenirs. Quand je pense à vous, moi, je reste les bras ballants pendant des heures entières... Eh bien ! Wenceslas, reste avec moi... Tiens, je comprends tout : tu auras des maîtresses, de jolies femmes semblables à cette petite Marneffe qui veut te voir, et qui te donnera le bonheur que tu ne peux pas trouver avec moi. Puis tu te marieras quand je t'aurai fait trente mille francs de rente.

— Vous êtes un ange, mademoiselle, et je n'oublierai jamais ce moment-ci, répondit Wenceslas en essuyant ses larmes.

— Vous voilà comme je vous veux, mon enfant, dit-elle en le regardant avec ivresse.

La vanité chez nous tous est si forte, que Lisbeth crut à son triomphe. Elle avait fait une si grande concession en offrant madame Marneffe ! Elle éprouva la plus vive émotion de sa vie, elle sentit pour la première fois la joie inondant son cœur. Pour retrouver une seconde heure pareille, elle eût vendu son âme au diable.

— Je suis engagé, répondit-il, et j'aime une femme contre laquelle aucune autre ne peut prévaloir. Mais vous êtes et vous serez toujours la mère que j'ai perdue.

Ce mot versa comme une avalanche de neige sur ce cratère flamboyant. Lisbeth s'assit, contempla d'un air sombre cette jeunesse, cette beauté distinguée, ce front d'artiste, cette belle chevelure, tout ce qui sollicitait en elle les instincts comprimés de la femme, et de petites larmes aussitôt séchées mouillèrent pour un moment ses yeux. Elle ressemblait à ces grêles statues que les tailleurs d'images du moyen âge ont assises sur des tombeaux.

— Je ne te maudis pas, toi, dit-elle en se levant brusquement, tu n'es qu'un enfant. Que Dieu te protège !

Elle descendit et s'enferma dans son appartement.

— Elle m'aime, se dit Wenceslas, la pauvre créature. A-t-elle été chaudement éloquente ! Elle est folle.

Ce dernier effort de la nature sèche et positive, pour garder avec elle cette image de la beauté, de la poésie, avait eu tant de violence, qu'il ne peut se comparer qu'à la sauvage énergie du naufragé, essayant sa dernière tentative pour atteindre à la grève.

Le surlendemain, à quatre heures et demie du matin, au moment où le comte Steinbock dormait du plus profond sommeil, il entendit frapper à la porte de sa mansarde ; il alla ouvrir, et vit entrer deux hommes mal vêtus, accompagnés d'un troisième, dont l'habillement annonçait un huissier malheureux.

— Vous êtes monsieur Wenceslas, comte Steinbock ? lui dit ce dernier.

— Oui, monsieur.

— Je me nomme Grasset, monsieur, successeur de monsieur Louchard, garde du commerce...

— Hé bien ?

— Vous êtes arrêté, monsieur, il faut nous suivre à la prison de Clichy... Veuillez vous habiller... Nous y avons mis des formes, comme vous voyez... je n'ai point pris de garde municipal, il y a un fiacre en bas.

— Vous êtes emballé proprement... dit un des recors ; aussi comptons-nous sur votre générosité.

Steinbock s'habilla, descendit l'escalier, tenu sous chaque bras par un recors, il fut mis en fiacre, le cocher partit sans ordre, et en homme qui sait où aller ; en une demi-heure, le pauvre étranger se trouva bien et dûment écroué, sans avoir fait une réclamation, tant était grande sa surprise.

A dix heures, il fut demandé au greffe de la prison, et il y trouva Lisbeth qui, tout en pleurs, lui donna de l'argent afin de bien vivre et de se procurer une chambre assez vaste pour pouvoir y travailler.

— Mon enfant, lui dit-elle, ne parlez de votre arrestation à personne, n'écrivez à âme qui vive, cela tuerait votre avenir, il faut cacher cette flétrissure, je vous aurai bientôt délivré, je vais réunir la somme... soyez tranquille. Écrivez-moi ce que je dois vous apporter pour vos travaux. Je mourrai ou vous serez bientôt libre.

— Oh ! je vous devrai deux fois la vie ! s'écria-t-il, car je perdrais plus que la vie, si l'on me croyait un mauvais sujet.

Lisbeth sortit la joie dans le cœur ; elle espérait pouvoir, en tenant son artiste sous clef, faire manquer son mariage avec Hortense en le disant marié, gracié par les efforts de *sa* femme, et parti pour la Russie. Aussi, pour exécuter ce plan, se rendit-elle vers trois heures chez la baronne, quoique ce ne fût pas le jour où elle y dînait habituellement ; mais elle voulait jouir des tortures auxquelles sa petite cousine allait être en proie au moment où Wenceslas avait coutume de venir.

— Tu viens dîner, Bette ? demanda la baronne en cachant son désappointement.

— Mais oui.

— Bien ! répondit Hortense, je vais aller dire qu'on soit exact, car tu n'aimes pas à attendre.

Hortense fit un signe à sa mère pour la rassurer ; car elle se proposait de dire au valet de chambre de renvoyer monsieur Steinbock quand il se présenterait ; mais, le valet de chambre étant sorti, Hortense fut obligée de faire sa recommandation à la femme de chambre, et la femme de chambre monta chez elle pour y prendre son ouvrage afin de rester dans l'antichambre.

— Et mon amoureux ? dit la cousine Bette à Hortense quand elle fut revenue, vous ne m'en parlez plus.

— A propos, que devient-il ? dit Hortense, car il est célèbre. Tu dois être contente, ajouta-t-elle à l'oreille de sa cousine, on ne parle que de monsieur Wenceslas Steinbock.

— Beaucoup trop, répondit-elle à haute voix. Monsieur se dérange. S'il ne s'agissait que de le charmer au point de l'emporter sur les plaisirs de Paris, je connais mon pouvoir ; mais on dit que, pour s'attacher un pareil artiste, l'empereur Nicolas lui fait grâce...

— Ah ! bah ! répondit la baronne.

— Comment sais-tu cela ? demanda Hortense qui fut prise comme d'une crampe au cœur.

— Mais, reprit l'atroce Bette, une personne à qui il appartient par les liens les plus sacrés, sa femme le lui a écrit hier. Il veut partir ; ah ! il serait bien bête de quitter la France pour la Russie...

Hortense regarda sa mère en laissant sa tête aller de côté ; la baronne n'eut que le temps de prendre sa fille évanouie, blanche comme la dentelle de son fichu.

— Lisbeth ! tu m'as tué ma fille ! cria la baronne. Tu es née pour notre malheur.

— Ah çà ! quelle est ma faute en ceci, Adeline ? demanda la Lorraine en se levant et prenant une attitude menaçante à laquelle dans son trouble la baronne ne fit aucune attention.

— J'ai tort, répondit Adeline en soutenant Hortense. Sonne !

En ce moment, la porte s'ouvrit, les deux femmes tournèrent la tête ensemble et virent Wenceslas Steinbock à qui la cuisinière, en l'absence de la femme de chambre, avait ouvert la porte.

— Hortense ! cria l'artiste qui bondit jusqu'au groupe formé par les trois femmes.

Et il embrassa sa prétendue au front sous les yeux de la mère, mais si pieusement que la baronne ne s'en fâcha point. C'était contre l'évanouissement, un sel meilleur que tous les sels anglais. Hortense ouvrit les yeux, vit Wenceslas, et ses couleurs revinrent. Un instant après, elle se trouva tout à fait remise.

— Voilà donc ce que vous me cachiez ? dit la cousine Bette en souriant à Wenceslas et en paraissant deviner la vérité d'après la confusion des deux cousines. Comment m'as-tu volé mon amoureux ? dit-elle à Hortense en l'emmenant dans le jardin.

Hortense raconta naïvement le roman de son amour à sa cousine. Sa mère et son père, persuadés que la Bette ne se marierait jamais, avaient, dit-elle, autorisé les visites du comte Steinbock. Seulement Hortense, en Agnès de haute futaie, mit sur le compte du hasard l'acquisition du groupe et l'arrivée de l'auteur qui, selon elle, avait voulu savoir le nom de son premier acquéreur. Steinbock vint aussitôt retrouver les deux cousines pour remercier avec effusion la vieille fille de sa prompte délivrance. Lisbeth répondit jésuitiquement à Wenceslas que le créancier ne lui ayant fait que de vagues promesses, elle ne comptait l'aller délivrer que le lendemain, et que leur prêteur, honteux d'une ignoble persécution, avait sans doute pris les devants. La vieille fille d'ailleurs parut heureuse, et félicita Wenceslas sur son bonheur.

— Méchant enfant ! lui dit-elle devant Hortense et sa mère, si vous m'aviez, avant-hier, avoué que vous aimiez ma cousine Hortense et que vous en étiez aimé, vous m'auriez évité bien des larmes. Je croyais que vous abandonniez votre vieille amie, votre institutrice, tandis qu'au contraire vous allez être mon cousin ; désormais vous m'appartiendrez par les liens, faibles il est vrai, mais qui suffisent aux sentiments que je vous ai voués !...

Et elle embrassa Wenceslas au front. Hortense se jeta dans les bras de sa cousine et fondit en larmes.

— Je te dois mon bonheur, lui dit-elle, je ne l'oublierai jamais...

— Cousine Bette, reprit la baronne en embrassant Lisbeth pendant l'ivresse où elle était de voir les choses si bien arrangées, le baron et moi nous avons une dette envers toi, nous l'acquitterons ; viens causer d'affaires dans le jardin, dit-elle en l'emmenant.

Lisbeth joua donc en apparence le rôle du bon ange de la famille ; elle se voyait adorée de Crevel, de Hulot, d'Adeline et d'Hortense.

— Nous voulons que tu ne travailles plus, dit la baronne. En supposant que tu puisses gagner quarante sous par jour, les dimanches exceptés, cela fait six cents francs par an. Eh bien ! à quelle somme montent tes économies ?...

— Quatre mille cinq cents francs !...

— Pauvre cousine ! dit la baronne.

Elle leva les yeux au ciel, tant elle se sentait attendrie en pensant à toutes les peines et aux privations que supposait cette somme, amassée en trente ans. Lisbeth, qui se méprit au sens de cette exclamation, y vit le dédain moqueur de la parvenue, et sa haine acquit une dose formidable de fiel, au moment même où sa cousine abandonnait toutes ses défiances envers le tyran de son enfance.

— Nous augmenterons cette somme de dix mille cinq cents francs, reprit Adeline, nous placerons le tout en ton nom comme usufruitière, et au nom d'Hortense comme nue propriétaire ; tu posséderas ainsi six cents francs de rente...

Lisbeth parut être au comble du bonheur. Quand elle revint, son mouchoir sur les yeux, et occupée à étancher des larmes de joie, Hortense lui raconta toutes les faveurs qui pleuvaient sur Wenceslas, le bien-aimé de toute la famille.

Au moment où le baron rentra, il trouva donc sa famille au complet, car la baronne avait officiellement salué le comte de Steinbock du nom de fils, et fixé, sous la réserve de l'approbation de son mari, le mariage à quinzaine. Aussi, dès qu'il se montra dans le salon, le Conseiller-d'État fut-il entouré par sa femme et par sa fille, qui coururent au-devant de lui, l'une pour lui parler à l'oreille et l'autre pour l'embrasser.

— Vous êtes allée trop loin en m'engageant ainsi, madame, dit sévèrement le baron. Ce mariage n'est pas fait, dit-il en jetant un regard sur Steinbock qu'il vit pâlir.

Le malheureux artiste se dit : — Il connaît mon arrestation.

— Venez, enfants, ajouta le père en emmenant sa fille et le futur dans le jardin.

Et il alla s'asseoir avec eux sur un des bancs du kiosque, rongé de mousse.

— Monsieur le comte, aimez-vous ma fille autant que j'aimais sa mère ? demanda le baron à Wenceslas.

— Plus, monsieur, dit l'artiste.

— La mère était la fille d'un paysan et n'avait pas un liard de fortune.

— Donnez-moi mademoiselle Hortense telle que la voilà, sans trousseau même...

— Je vous crois bien ! dit le baron en souriant, Hortense est la fille du baron Hulot d'Ervy, Conseiller-d'État, directeur à la Guerre, grand-officier de la Légion-d'Honneur, frère du comte Hulot, dont la gloire est immortelle et qui sera sous peu maréchal de France. Et... elle a une dot !

— C'est vrai, dit l'amoureux artiste, je parais avoir de l'ambition, mais ma chère Hortense serait la fille d'un ouvrier que je l'épouserais...

— Voilà ce que je voulais savoir, reprit le baron. Va-t'en, Hortense, laisse-moi causer avec monsieur le comte, tu vois qu'il t'aime bien sincèrement.

— Oh, mon père, je savais bien que vous plaisantiez, répondit l'heureuse fille.

— Mon cher Steinbock, dit le baron avec une grâce infinie de diction et un grand charme de manières quand il fut seul avec l'artiste, j'ai constitué à mon fils deux cent mille francs de dot, desquels le pauvre garçon n'a pas touché deux liards ; il n'en aura jamais rien. La dot de ma fille sera de deux cent mille francs que vous reconnaîtrez avoir reçus...

— Oui, monsieur le baron...

— Comme vous y allez, dit le Conseiller-d'État. Veuillez m'écouter. On ne peut pas demander à un gendre le dévoûment qu'on est en droit d'attendre d'un fils. Mon fils savait tout ce que je pouvais faire et ce que je ferais pour son avenir : il sera ministre, il trouvera facilement ses deux cent mille francs. Quant à vous, jeune homme, c'est autre chose ! Vous recevrez soixante mille francs en une inscription cinq pour cent sur le Grand-Livre, au nom de votre femme. Cet avoir sera grevé d'une petite rente à faire à Lisbeth, mais elle ne vivra pas longtemps, elle est poitrinaire, je le sais. Ne dites ce secret à personne ; que la pauvre fille meure en paix. Ma fille aura un trousseau de vingt mille francs ; sa mère y met pour six mille francs de ses diamants...

— Monsieur, vous me comblez... dit Steinbock stupéfait.

— Quant aux cent vingt mille francs restants...

— Cessez, monsieur, dit l'artiste, je ne veux que ma chère Hortense...

— Voulez-vous m'écouter, bouillant jeune homme ? Quant aux cent vingt mille francs, je ne les ai pas ; mais vous les recevrez...

— Monsieur !...

— Vous les recevrez du gouvernement, en commandes que je vous obtiendrai, je vous en donne ma parole d'honneur. Vous voyez, vous allez avoir un atelier au Dépôt des marbres. Exposez quelques belles statues, je vous ferai entrer à l'Institut. On a, en haut lieu, de la bienveillance pour mon frère et pour moi, j'espère donc réussir en demandant pour vous des travaux de sculpture à Versailles pour un quart de la somme. Enfin, vous recevrez quelques commandes de la ville de Paris, vous en aurez de la Chambre des pairs, vous en aurez, mon cher, tant et tant que vous serez obligé de prendre des aides. C'est ainsi que je m'acquitterai. Voyez si la dot ainsi payée vous convient, consultez vos forces...

— Je me sens la force de faire la fortune de ma femme à moi seul, si tout cela manquait ! dit le noble artiste.

— Voilà ce que j'aime ! s'écria le baron, la belle jeunesse ne doutant de rien ! J'aurais culbuté des armées pour une femme ! Allons, dit-il en prenant la main du jeune sculpteur et y frappant, vous avez mon consentement. Dimanche prochain le contrat, et le samedi suivant, à l'autel, c'est le jour de la fête de ma femme !

— Tout va bien, dit la baronne à sa fille collée à la fenêtre, ton futur et ton père s'embrassent.

En rentrant chez lui le soir, Wenceslas eut l'explication de l'énigme que présentait sa délivrance ; il trouva chez le portier un gros paquet cacheté qui contenait le dossier de sa créance avec une quittance régulière, libellée au bas du jugement, et accompagné de la lettre suivante :

« Mon cher Wenceslas,

« Je suis venu te voir ce matin, à dix heures, pour te
« présenter à une altesse royale qui désirait te connaître.
« Là, j'ai su que les Anglais t'avaient emmené dans une de
« leurs petites îles dont la capitale s'appelle *Clichy's*
« *Castle*.

« Je suis aussitôt allé voir Léon de Lora, à qui j'ai dit en
« riant que tu ne pouvais pas quitter la campagne où tu
« étais faute de quatre mille francs, et que tu allais
« compromettre ton avenir, si tu ne te montrais pas à ton
« royal protecteur. Bridau, cet homme de génie qui a
« connu la misère et qui sait ton histoire, était là par

« bonheur. Mon fils, à eux deux, ils ont fait la somme, et je
« suis allé payer pour toi le Bédouin qui a commis un
« crime de lèse-génie en te coffrant. Comme je devais être
« aux Tuileries à midi, je n'ai pas pu te voir humant l'air
« libre. Je te sais gentilhomme, j'ai répondu de toi à mes
« deux amis ; mais va les voir demain.

« Léon et Bridau ne voudront pas de ton argent ; ils te
« demanderont chacun un groupe, et ils auront raison.
« C'est ce que pense celui qui voudrait pouvoir se dire ton
« rival, et qui n'est que

« Ton camarade, STIDMANN. »

P.S. « J'ai dit au prince que tu ne revenais de voyage
« que demain, et il a dit : Eh bien ! demain ! »

Le comte Wenceslas se coucha dans les draps de
pourpre que nous fait, sans un pli de rose, la Faveur, cette
céleste boiteuse, qui, pour les gens de génie, marche plus
lentement encore que la Justice et la Fortune, parce que
Jupiter a voulu qu'elle n'eût pas de bandeau sur les yeux.
Facilement trompée par les étalages des charlatans, attirée par leurs costumes et leurs trompettes, elle dépense à
voir et à payer leurs parades le temps pendant lequel elle
devrait chercher les gens de mérite dans les coins où ils se
cachent.

Maintenant il est nécessaire d'expliquer comment monsieur le baron Hulot était arrivé à grouper les chiffres de
la dot d'Hortense, et à satisfaire aux dépenses effrayantes
du délicieux appartement où devrait s'installer madame
Marneffe. Sa conception financière portait le cachet du
talent qui guide les dissipateurs et les gens passionnés
dans les fondrières, où tant d'accidents les font périr. Rien
ne démontrera mieux la singulière puissance que commu-
niquent les vices, et à laquelle on doit les tours de force
qu'accomplissent de temps en temps les ambitieux, les
voluptueux, enfin tous les sujets du diable.

La veille au matin, un vieillard, Johann Fischer, faute
de payer trente mille francs encaissés par son neveu, se
voyait dans la nécessité de déposer son bilan, si le baron
ne les lui remettait pas.

Ce digne vieillard, en cheveux blancs, âgé de soixante-
dix ans, avait une confiance tellement aveugle en Hulot,
qui, pour ce bonapartiste, était une émanation du soleil

napoléonien, qu'il se promenait tranquillement avec le garçon de la Banque dans l'antichambre du petit rez-de-chaussée de huit cents francs de loyer, où il dirigeait ses diverses entreprises de grains et de fourrages.

— Marguerite est allée prendre les fonds à deux pas d'ici, lui disait-il.

L'homme vêtu de gris et galonné d'argent connaissait si bien la probité du vieil Alsacien, qu'il voulait lui laisser ses trente mille francs de billets ; mais le vieillard le forçait de rester en lui objectant que huit heures n'étaient pas sonnées. Un cabriolet arrêta, le vieillard s'élança dans la rue et tendit la main avec une sublime certitude au baron qui lui donna trente billets de banque.

— Allez à trois portes plus loin, je vous dirai pourquoi, dit le vieux Fischer. — Voici, jeune homme, dit le vieillard en revenant compter le papier au représentant de la banque, qu'il escorta jusqu'à la porte.

Quand l'homme de la Banque fut hors de vue, Fischer fit retourner le cabriolet où attendait son auguste neveu, le bras droit de Napoléon, et lui dit en le ramenant chez lui : — Voulez-vous que l'on sache à la Banque de France que vous m'avez versé les trente mille francs dont vous êtes endosseur ?... C'est déjà beaucoup trop d'y avoir mis la signature d'un homme comme vous !...

— Allons au fond de votre jardinet, père Fischer, dit le haut fonctionnaire. Vous êtes solide, reprit-il en s'asseyant sous un berceau de vigne et toisant le vieillard comme un marchand de chair humaine toise un remplaçant.

— Solide à placer en viager, répondit gaiement le petit vieillard sec, maigre, nerveux et l'œil vif.

— La chaleur vous fait-elle mal ?...

— Au contraire.

— Que dites-vous de l'Afrique ?

— Un joli pays !... Les Français y sont allés avec le petit caporal.

— Il s'agit, pour nous sauver tous, dit le baron, d'aller en Algérie...

— Et mes affaires ?...

— Un employé de la guerre, qui prend sa retraite et qui n'a pas de quoi vivre, vous achète votre maison de commerce.

— Que faire en Algérie ?

— Fournir les vivres de la guerre, grains et fourrages, j'ai votre commission signée. Vous trouverez vos fournitures dans le pays à soixante-dix pour cent au-dessous des prix auxquels nous vous en tiendrons compte.

— Qui me les livrera ?...

— Les razzias, l'achour, les khalifas. Il y a dans l'Algérie (pays encore peu connu, quoique nous y soyons depuis huit ans) énormément de grains et de fourrages. Or, quand ces denrées appartiennent aux Arabes, nous les leur prenons sous une foule de prétextes ; puis, quand elles sont à nous, les Arabes s'efforcent de les reprendre. On combat beaucoup pour le grain ; mais on ne sait jamais au juste les quantités qu'on a volées de part et d'autre. On n'a pas le temps, en rase campagne, de compter les blés par hectolitre comme à la Halle et les foins comme à la rue d'Enfer. Les chefs arabes, aussi bien que nos spahis, préférant l'argent, vendent alors ces denrées à de très-bas prix. L'administration de la guerre, elle, a des besoins fixes ; elle passe des marchés à des prix exorbitants, calculés sur la difficulté de se procurer des vivres, sur les dangers que courent les transports. Voilà l'Algérie au point de vue vivrier. C'est un gâchis tempéré par la bouteille à l'encre de toute administration naissante. Nous ne pouvons pas y voir clair avant une dizaine d'années, nous autres administrateurs, mais les particuliers ont de bons yeux. Donc, je vous envoie y faire votre fortune ; je vous y mets, comme Napoléon mettait un maréchal pauvre à la tête d'un royaume où l'on pouvait protéger secrètement la contrebande. Je suis ruiné, mon cher Fischer. Il me faut cent mille francs dans un an d'ici...

— Je ne vois pas de mal à les prendre aux Bédouins, répliqua tranquillement l'Alsacien. Cela se faisait ainsi sous l'Empire...

— L'acquéreur de votre établissement viendra vous voir ce matin et vous comptera dix mille francs, reprit le baron Hulot. N'est-ce pas tout ce qu'il vous faut pour aller en Afrique ?

Le vieillard fit un signe d'assentiment.

— Quant aux fonds, là-bas, soyez tranquille, reprit le baron. Je toucherai le reste du prix de votre établissement d'ici, j'en ai besoin.

— Tout est à vous, même mon sang, dit le vieillard.

— Oh ! ne craignez rien, reprit le baron en croyant à son oncle plus de perspicacité qu'il n'en avait ; quant à nos affaires d'achour, votre probité n'en souffrira pas, tout dépend de l'autorité ; or, c'est moi qui ai placé là-bas l'autorité, je suis sûr d'elle. Ceci, papa Fischer, est un secret de vie et de mort ; je vous connais, je vous ai parlé sans détours ni circonlocutions.

— On ira, dit le vieillard. Et cela durera ?...

— Deux ans ! Vous aurez cent mille francs à vous pour vivre heureux dans les Vosges.

— Il sera fait comme vous voulez, mon honneur est le vôtre, dit tranquillement le petit vieillard.

— Voilà comment j'aime les hommes. Cependant, vous ne partirez pas sans avoir vu votre petite nièce heureuse et mariée, elle sera comtesse.

L'achour, la razzia des razzias et le prix donné par l'employé pour la maison Fischer ne pouvaient pas fournir immédiatement soixante mille francs pour la dot d'Hortense, y compris le trousseau, qui coûterait environ cinq mille francs, et les quarante mille francs dépensés ou à dépenser pour madame Marneffe. Enfin, où le baron avait-il pris les trente mille francs qu'il venait d'apporter ? Voici comment. Quelques jours auparavant, Hulot était allé se faire assurer pour une somme de cent cinquante mille francs et pour trois ans par deux compagnies d'assurances sur la vie. Muni de la police d'assurance dont la prime était payée, il avait tenu ce langage à monsieur le baron de Nucingen, pair de France, dans la voiture duquel il se trouvait, au sortir d'une séance de la chambre des Pairs, en retournant dîner avec lui.

— Baron, j'ai besoin de soixante-dix mille francs, et je vous les demande. Vous prendrez un prête-nom à qui je déléguerai pour trois ans la quotité engageable de mes appointements, elle monte à vingt-cinq mille francs par an, c'est soixante-quinze mille francs. Vous me direz : — Vous pouvez mourir.

Le baron fit un signe d'assentiment.

— Voici une police d'assurance de cent cinquante mille francs qui vous sera transférée jusqu'à concurrence de quatre-vingt mille francs, répondit le baron en tirant un papier de sa poche.

— *Et si fus êdes tesdidué ?*... dit le baron millionnaire en riant.

L'autre baron, anti-millionnaire, devint soucieux.

— *Rassirez fus, che né fus ai vait l'opjection que bir fus vaire abercevoir que chai quelque méride à fus tonner la somme. Fus êdes tonc pien chêné, gar la Panque à fôdre zignadire.*

— Je marie ma fille, dit le baron Hulot, et je suis sans fortune, comme tous ceux qui continuent à faire de l'administration, par une ingrate époque où jamais cinq cents bourgeois assis sur des banquettes ne sauront récompenser largement les gens dévoués comme le faisait l'Empereur.

— *Allons, fus affez ei Chosépha !* reprit le pair de France, *ce qui egsblique dut ! Endre nus, la tuc t'Hérufille fus a renti ein vier zerfice en fus ôdant cedde zangsie-là te tessis fodre pirse.*

Chai gonni ce malhir, et chi zai gombadir.

ajouta-t-il en croyant réciter un vers français. *Égoudez ein gonzèle t'ami : Vermez fôdre pudique, u fis serez légomé*...

Cette véreuse affaire se fit par l'entremise d'un petit usurier nommé Vauvinet, un de ces *faiseurs* qui se tiennent en avant des grosses maisons de banque, comme ce petit poisson qui semble être le valet du requin. Cet apprenti loup-cervier promit à monsieur le baron Hulot, tant il était jaloux de se concilier la protection de ce grand personnage, de lui négocier trente mille francs de lettres de change, à quatre-vingt-dix jours, en s'engageant à les renouveler quatre fois et à ne pas les mettre en circulation.

Le successeur de Fischer devait donner quarante mille francs pour obtenir cette maison, mais avec la promesse de la fourniture des fourrages dans un département voisin de Paris.

Tel était le dédale effroyable où les passions engageaient un des hommes les plus probes jusqu'alors, un des plus habiles travailleurs de l'administration napoléonienne : la concussion pour solder l'usure, l'usure pour fournir à ses passions et pour marier sa fille. Cette science de prodigalité, tous ces efforts étaient dépensés pour paraître grand à madame Marneffe, pour être le Jupiter de cette Danaé bourgeoise. On ne déploie pas plus d'activité, plus d'intelligence, plus d'audace pour faire honnêtement sa fortune que le baron en déployait pour se plonger la tête la première dans un guêpier : il suffisait aux affaires de sa division, il pressait les tapissiers, il voyait les ouvriers, il vérifiait minutieusement les plus petits détails du ménage de la rue Vanneau. Tout entier à madame Marneffe, il allait encore aux séances des Chambres, il se multipliait, et sa famille ni personne ne s'apercevait de ses préoccupations.

Adeline, stupéfaite de savoir son oncle sauvé, de voir une dot figurée au contrat, éprouvait une sorte d'inquiétude au milieu du bonheur que lui causait le mariage d'Hortense accompli dans des conditions si honorables ; mais la veille du mariage de sa fille, combiné par le baron pour coïncider avec le jour où madame Marneffe prenait possession de son appartement rue Vanneau, Hector fit cesser l'étonnement de sa femme par cette communication ministérielle.

— Adeline, voici notre fille mariée, ainsi toutes nos angoisses à ce sujet sont terminées. Le moment est venu pour nous de nous retirer du monde ; car, maintenant, à peine resterai-je trois années en place, j'achèverai le temps voulu pour prendre ma retraite. Pourquoi continuerions-nous des dépenses désormais inutiles : notre appartement nous coûte six mille francs de loyer, nous avons quatre domestiques, nous mangeons trente mille francs par an. Si tu veux que je remplisse mes engagements, car j'ai délégué mes appointements pour trois années en échange des sommes nécessaires à l'établissement d'Hortense et à l'échéance de ton oncle...

— Ah ! tu as bien fait, mon ami, dit-elle en interrompant son mari et lui baisant les mains.

Cet aveu mettait fin aux craintes d'Adeline.

— J'ai quelques petits sacrifices à te demander, reprit-il en dégageant ses mains et déposant un baiser au front de sa femme. On m'a trouvé, rue Plumet, au premier étage, un fort bel appartement, digne, orné de magnifiques boiseries, qui ne coûte que quinze cents francs, où tu n'auras besoin que d'une femme de chambre pour toi, et où je me contenterai, moi, d'un petit domestique.

— Oui, mon ami.

— En tenant notre maison avec simplicité, tout en conservant les apparences, tu ne dépenseras guère que six mille francs par an, ma dépense particulière exceptée dont je me charge...

La généreuse femme sauta toute heureuse au cou de son mari.

— Quel bonheur ! de pouvoir te montrer de nouveau combien je t'aime ! s'écria-t-elle, et quel homme de ressources tu es !...

— Nous recevrons une fois notre famille par semaine, et je dîne, comme tu sais, rarement chez moi... Tu peux, sans te compromettre, aller dîner deux fois par semaine chez Victorin, et deux fois chez Hortense ; or, comme je crois pouvoir opérer un complet raccommodement entre Crevel et nous, nous dînerons une fois par semaine chez lui, ces cinq dîners et le nôtre rempliront la semaine en supposant quelques invitations en dehors de la famille.

— Je te ferai des économies, dit Adeline.

— Ah ! s'écria-t-il, tu es la perle des femmes.

— Mon bon et divin Hector ! je te bénirai jusqu'à mon dernier soupir, répondit-elle, car tu as bien marié notre chère Hortense.

Ce fut ainsi que commença l'amoindrissement de la maison de la belle madame Hulot, et, disons-le, son abandon solennellement promis à madame Marneffe.

Le gros petit père Crevel, invité naturellement à la signature du contrat de mariage, s'y comporta comme si la scène par laquelle ce récit commence n'avait pas eu lieu, comme s'il n'avait aucun grief contre le baron Hulot. Célestin Crevel fut aimable, il fut toujours un peu trop ancien parfumeur ; mais il commençait à s'élever au majestueux à force d'être chef de bataillon. Il parla de danser à la noce.

— Belle dame, dit-il gracieusement à la baronne Hulot, des gens comme nous savent tout oublier ; ne me bannissez pas de votre intérieur, et daignez embellir quelquefois ma maison en y venant avec vos enfants. Soyez calme, je ne vous dirai jamais rien de ce qui gît au fond de mon cœur. Je m'y suis pris comme un imbécile, car je perdais trop à ne plus vous voir...

— Monsieur, une honnête femme n'a pas d'oreilles

pour les discours auxquels vous faites allusion ; et si vous tenez votre parole, vous ne devez pas douter du plaisir que j'aurai à voir cesser une division toujours affligeante dans les familles...

— Hé bien ! gros boudeur, dit le baron Hulot en emmenant de force Crevel dans le jardin, tu m'évites partout, même dans ma maison. Est-ce que deux vieux amateurs du beau sexe doivent se brouiller pour un jupon ? Allons, vraiment, c'est épicier.

— Monsieur, je ne suis pas aussi bel homme que vous, et mon peu de moyens de séduction m'empêche de réparer mes pertes aussi facilement que vous le faites...

— De l'ironie ! répondit le baron.

— Elle est permise contre les vainqueurs quand on est vaincu.

Commencée sur ce ton, la conversation se termina par une réconciliation complète ; mais Crevel tint à bien constater son droit de prendre une revanche.

Madame Marneffe voulut être invitée au mariage de mademoiselle Hulot. Pour voir sa future maîtresse dans son salon, le Conseiller-d'État fut obligé de prier les employés de sa Division jusqu'aux sous-chefs inclusivement. Un grand bal devint alors nécessaire. En bonne ménagère, la baronne calcula qu'une soirée coûterait moins cher qu'un dîner, et permettrait de recevoir plus de monde. Le mariage d'Hortense fit donc grand tapage.

Le maréchal prince de Wissembourg et le baron de Nucingen du côté de la future, les comtes de Rastignac et Popinot du côté de Steinbock, furent les témoins. Enfin, depuis la célébrité du comte de Steinbock, les plus illustres membres de l'émigration polonaise l'ayant recherché, l'artiste crut devoir les inviter. Le Conseil-d'État, l'Administration dont faisait partie le baron, l'Armée qui voulait honorer le comte de Forzheim, allaient être représentés par leurs sommités. On compta sur deux cents invitations obligées. Qui ne comprendra pas dès lors l'intérêt de la petite madame Marneffe à paraître dans toute sa gloire au milieu d'une pareille assemblée ?

Depuis un mois, la baronne consacrait le prix de ses diamants au ménage de sa fille, après en avoir gardé les plus beaux pour le trousseau. Cette vente produisit quinze mille francs, dont cinq mille furent absorbés par le trousseau d'Hortense. Qu'était-ce que dix mille francs pour meubler l'appartement des jeunes mariés, si l'on songe aux exigences du luxe moderne ? Mais monsieur et madame Hulot jeunes, le père Crevel et le comte de Forzheim firent d'importants cadeaux, car le vieil oncle tenait en réserve une somme pour l'argenterie. Grâce à tant de secours, une Parisienne exigeante eût été satisfaite de l'installation du jeune ménage dans l'appartement qu'il avait choisi, rue Saint-Dominique, près de l'Esplanade des Invalides. Tout y était en harmonie avec leur amour si pur, si franc, si sincère de part et d'autre.

Enfin le grand jour arriva, car ce devait être un aussi grand jour pour le père que pour Hortense et Wenceslas : madame Marneffe avait décidé de pendre la crémaillère chez elle le lendemain de sa faute et du mariage des deux amoureux.

Qui n'a pas, une fois en sa vie, assisté à un bal de noces ? Chacun peut faire un appel à ses souvenirs, et sourira, certes, en évoquant devant soi toutes ces personnes endimanchées, aussi bien par la physionomie que par la toilette de rigueur. Si jamais fait social a prouvé l'influence des milieux, n'est-ce pas celui-là ? En effet, l'*endimanchement* des uns réagit si bien sur les autres, que les gens les plus habitués à porter des habits convenables ont l'air d'appartenir à la catégorie de ceux pour qui la noce est une fête comptée dans leur vie. Enfin, rappelez-vous ces gens graves, ces vieillards, à qui tout est tellement indifférent qu'ils ont gardé leurs habits noirs de tous les jours ; et les vieux mariés dont la figure annonce la triste expérience de la vie que les jeunes commencent, et les plaisirs qui sont là comme le gaz acide carbonique dans le vin de Champagne, et les jeunes filles envieuses, les femmes occupées du succès de leur toilette, et les parents pauvres dont la mise étriquée contraste avec les gens *in fiocchi*, et les gourmands qui ne pensent qu'au souper, et les joueurs à jouer. Tout est là, riches et pauvres, envieux et enviés, les philosophes et les gens à illusions, tous groupés comme les plantes d'une corbeille autour d'une fleur rare, la mariée. Un bal de noces, c'est le monde en raccourci.

Au moment le plus animé, Crevel prit le baron par le

bras et lui dit à l'oreille de l'air le plus naturel du monde :

— Tudieu ! quelle jolie femme que cette petite dame en rose qui te fusille de ses regards...

— Qui ?

— La femme de ce sous-chef que tu pousses, Dieu sait comme ! madame Marneffe.

— Comment sais-tu cela ?

— Tiens, Hulot, je tâcherai de te pardonner tes torts envers moi si tu veux me présenter chez elle, et moi je te recevrai chez Héloïse. Tout le monde demande qui est cette charmante créature ? Es-tu sûr que personne de tes bureaux n'expliquera de quelle façon la nomination de son mari a été signée ?... Oh ! heureux coquin, elle vaut mieux qu'un bureau... Ah ! je passerais bien à son bureau... Voyons, soyons amis, Cinna ?...

— Plus que jamais, dit le baron au parfumeur, et je te promets d'être bon enfant. Dans un mois je te ferai dîner avec ce petit ange-là... Car nous en sommes aux anges, mon vieux camarade. Je te conseille de faire comme moi, de quitter les démons...

La cousine Bette, installée rue Vanneau, dans un joli petit appartement, au troisième étage, quitta le bal à six heures, pour revenir voir les titres des douze cents francs de rente en deux inscriptions ; la nue propriété de l'une appartenait à la comtesse Steinbock, et celle de l'autre à madame Hulot jeune. On comprend alors comment monsieur Crevel avait pu parler à son ami Hulot de madame Marneffe et connaître un secret ignoré de tout le monde ; car, monsieur Marneffe absent, la cousine Bette, le baron et Valérie étaient les seuls à savoir ce mystère.

Le baron avait commis l'imprudence de faire présent à madame Marneffe d'une toilette beaucoup trop luxueuse pour la femme d'un sous-chef ; les autres femmes furent jalouses et de la toilette et de la beauté de Valérie. Il y eut des chuchotements sous les éventails, car la détresse des Marneffe avait occupé la Division ; l'employé sollicitait des secours au moment où le baron s'était amouraché de madame. D'ailleurs, Hector ne sut pas cacher son ivresse en voyant le succès de Valérie qui, décente, pleine de distinction, enviée, fut soumise à cet examen attentif que redoutent tant les femmes en entrant pour la première fois dans un monde nouveau.

Après avoir mis sa femme, sa fille et son gendre en voiture, le baron trouva moyen de s'évader sans être aperçu, laissant à son fils et à sa belle-fille le soin de jouer le rôle des maîtres de la maison. Il monta dans la voiture de madame Marneffe et la reconduisit chez elle ; mais il la trouva muette et songeuse, presque mélancolique.

— Mon bonheur vous rend bien triste, Valérie, dit-il en l'attirant à lui au fond de la voiture.

— Comment, mon ami, ne voulez-vous pas qu'une pauvre femme ne soit pas toujours pensive en commettant sa première faute, même quand l'infamie de son mari lui rend la liberté ?... Croyez-vous que je sois sans âme ? sans croyance, sans religion ? Vous avez eu ce soir la joie la plus indiscrète, et vous m'avez odieusement affichée. Vraiment, un collégien aurait été moins fat que vous. Aussi toutes ces dames m'ont-elles déchirée à grand renfort d'œillades et des mots piquants ! Quelle est la femme qui ne tient pas à sa réputation ? Vous m'avez perdue. Ah ! je suis bien à vous, allez ! et je n'ai plus pour excuser cette faute d'autre ressource que de vous être fidèle. Monstre ! dit-elle en riant et se laissant embrasser, vous saviez bien ce que vous faisiez. Madame Coquet, la femme de notre chef de bureau, est venue s'asseoir près de moi pour admirer mes dentelles. « — C'est de l'Angleterre, a-t-elle dit. Cela vous coûte-t-il cher, madame ? — Je n'en sais rien, lui ai-je répliqué. Ces dentelles me viennent de ma mère, je ne suis pas assez riche pour en acheter de pareilles ! »

Madame Marneffe avait fini, comme on voit, par tellement fasciner le vieux Beau de l'Empire, qu'il croyait lui faire commettre sa première faute, et lui avoir inspiré assez de passion pour lui faire oublier tous ses devoirs. Elle se disait abandonnée par l'infâme Marneffe, après trois jours de mariage, et par d'épouvantables motifs. Depuis, elle était restée la plus sage jeune fille, et très heureuse, car le mariage lui paraissait une horrible chose. De là venait sa tristesse actuelle.

— S'il en était de l'amour comme du mariage ?... dit-elle en pleurant.

Ces coquets mensonges, que débitent presque toutes les femmes dans la situation où se trouvait Valérie, faisaient entrevoir au baron les roses du septième ciel. Aussi,

Valérie fit-elle des façons, tandis que l'amoureux artiste et Hortense attendaient peut-être impatiemment que la baronne eût donné sa dernière bénédiction et son dernier baiser à la jeune fille.

A sept heures du matin, le baron, au comble du bonheur, car il avait trouvé la jeune fille la plus innocente et le diable le plus consommé dans sa Valérie, revint relever monsieur et madame Hulot jeunes de leur corvée. Ces danseurs et ces danseuses, presque étrangers à la maison, et qui finissent par s'emparer du terrain à toutes les noces, se livraient à ces interminables dernières contredanses nommées des cotillons, les joueurs de bouillotte étaient acharnés à leurs tables, le père Crevel gagnait six mille francs.

Les journaux, distribués par les porteurs, contenaient aux Faits-Paris ce petit article :

« La célébration du mariage de monsieur le comte de « Steinbock et de mademoiselle Hortense Hulot, fille du « baron Hulot d'Ervy, Conseiller-d'État et directeur au « Ministère de la guerre, nièce de l'illustre comte de « Forzheim, a eu lieu ce matin à Saint-Thomas-d'Aquin. « Cette solennité avait attiré beaucoup de monde. On « remarquait dans l'assistance quelques-unes de nos célé- « brités artistiques : Léon de Lora, Joseph Bridau, Stid- « mann, Bixiou, les notabilités de l'administration de la « Guerre, du Conseil-d'État, et plusieurs membres des « deux Chambres ; enfin les sommités de l'émigration « polonaise, les comtes Paz, Laginski, etc.

« Monsieur le comte Wenceslas de Steinbock est le « petit-neveu du célèbre général de Charles XII, roi de « Suède. Le jeune comte ayant pris part à l'insurrection « polonaise, est venu chercher un asile en France, où la « juste célébrité de son talent lui a valu des lettres de « petite naturalité. »

Ainsi, malgré la détresse effroyable du baron Hulot d'Ervy, rien de ce qu'exige l'opinion publique ne manqua, pas même la célébrité donnée par les journaux au mariage de sa fille, dont la célébration fut en tout point semblable à celui de Hulot fils avec mademoiselle Crevel. Cette fête atténua les propos qui se tenaient sur la situation financière du directeur, de même que la dot donnée à sa fille expliqua la nécessité où il s'était trouvé de recourir au crédit.

Ici se termine en quelque sorte l'introduction de cette histoire. Ce récit est au drame qui le complète, ce que sont les prémisses à une proposition, ce qu'est toute exposition à toute tragédie classique.

Quand, à Paris, une femme a résolu de faire métier et marchandise de sa beauté, ce n'est pas une raison pour qu'elle fasse fortune. On y rencontre d'admirables créatures, très-spirituelles, dans une affreuse médiocrité, finissant très-mal une vie commencée par les plaisirs. Voici pourquoi : Se destiner à la carrière honteuse des courtisanes, avec l'intention d'en palper les avantages, tout en gardant la robe d'une honnête bourgeoise mariée, ne suffit pas. Le Vice n'obtient pas facilement ses triomphes ; il a cette similitude avec le Génie, qu'ils exigent tous deux un concours de circonstances heureuses pour opérer le cumul de la fortune et du talent. Supprimez les phases étranges de la Révolution, l'Empereur n'existe plus, il n'aurait plus été qu'une seconde édition de Fabert. La beauté vénale sans amateurs, sans célébrité, sans la croix de déshonneur qui lui valent des fortunes dissipées, c'est un Corrège dans un grenier, c'est le Génie expirant dans sa mansarde. Une Laïs à Paris doit donc, avant tout, trouver un homme riche qui se passionne assez pour lui donner son prix. Elle doit surtout conserver une grande élégance qui, pour elle, est une enseigne, avoir d'assez bonnes manières pour flatter l'amour-propre des hommes, posséder cet esprit à la Sophie Arnould, qui réveille l'apathie des riches ; enfin elle doit se faire désirer par les libertins en paraissant être fidèle à un seul, dont le bonheur est alors envié.

Ces conditions, que ces sortes de femmes appellent *la chance*, se réalisent assez difficilement à Paris, quoique ce soit une ville pleine de millionnaires, de désœuvrés, de gens blasés et à fantaisies. La Providence a sans doute protégé fortement en ceci les ménages d'employés et la petite bourgeoisie, pour qui ces obstacles sont au moins doublés par le milieu dans lequel ils accomplissent leurs évolutions. Néanmoins, il se trouve encore assez de madame Marneffe à Paris, pour que Valérie doive figurer comme un type dans cette histoire des mœurs. De ces femmes, les unes obéissent à la fois à des passions vraies et à la nécessité, comme madame Colleville qui fut pendant si long-temps attachée à l'un des plus célèbres orateurs du côté gauche, le banquier Keller ; les autres sont poussées par la vanité, comme madame de la Baudraye, restée à peu près honnête malgré sa fuite avec Lousteau ; celles-ci sont entraînées par les exigences de la toilette, et celles-là par l'impossibilité de faire vivre un ménage avec des appointements évidemment trop faibles. La parcimonie de l'État ou des chambres, si vous voulez, cause bien des malheurs, engendre bien des corruptions. On s'apitoie en ce moment beaucoup sur le sort des classes ouvrières, on les présente comme égorgées par les fabricants ; mais l'État est plus dur cent fois que l'industriel le plus avide ; il pousse, en fait de traitements, l'économie jusqu'au non-sens. Travaillez beaucoup, l'Industrie vous paye en raison de votre travail ; mais que donne l'État à tant d'obscurs et dévoués travailleurs ?

Dévier du sentier de l'honneur, est pour la femme mariée un crime inexcusable ; mais il est des degrés dans cette situation. Quelques femmes, loin d'être dépravées, cachent leurs fautes et demeurent d'honnêtes femmes en apparence, comme les deux dont les aventures viennent d'être rappelées ; tandis que certaines d'entre elles joignent à leurs fautes les ignominies de la spéculation. Madame Marneffe est donc en quelque sorte le type de ces ambitieuses courtisanes mariées qui, de prime abord, acceptent la dépravation dans toutes ses conséquences, et qui sont décidées à faire fortune en s'amusant, sans scrupule sur les moyens ; mais elles ont presque toujours, comme madame Marneffe, leurs maris pour embaucheurs et pour complices. Ces Machiavels en jupon sont les femmes les plus dangereuses ; et, de toutes les mauvaises espèces de Parisiennes, c'est la pire. Une vraie courtisane, comme les Josépha, les Schontz, les Malaga, les Jenny Cadine, etc., porte dans la franchise de sa situation un avertissement aussi lumineux que la lanterne rouge de la Prostitution, ou que les quinquets du Trente-et-Quarante. Un homme sait alors qu'il s'en va là de sa ruine. Mais la doucereuse honnêteté, mais les semblants de vertu, mais les façons hypocrites d'une femme mariée qui ne laisse jamais voir que les besoins vulgaires d'un ménage, et qui se refuse en apparence aux folies, entraîne à des ruines sans éclat, et qui sont d'autant plus singulières qu'on les excuse en ne se les expliquant point. C'est l'ignoble livre de dépense et non la joyeuse fantaisie qui dévore des fortunes. Un père de famille se ruine sans gloire, et la grande consolation de la vanité satisfaite lui manque dans la misère.

Cette tirade ira comme une flèche au cœur de bien des familles. On voit des madame Marneffe à tous les étages de l'État social, et même au milieu des cours ; car Valérie est une triste réalité, moulée sur le vif dans ses plus légers détails. Malheureusement, ce portrait ne corrigera personne de la manie d'aimer des anges au doux sourire, à l'air rêveur, à figures candides, dont le cœur est un coffre-fort.

Environ trois ans après le mariage d'Hortense, en 1841, le baron Hulot d'Ervy passait pour s'être rangé, pour avoir dételé, selon l'expression du premier chirurgien de Louis XV, et madame Marneffe lui coûtait cependant deux fois plus que ne lui avait coûté Josépha. Mais Valérie, quoique toujours bien mise, affectait la simplicité d'une femme mariée à un sous-chef ; elle gardait son luxe pour ses robes de chambre, pour sa tenue à la maison. Elle faisait ainsi le sacrifice de ses vanités de Parisienne à son Hector chéri. Néanmoins, quand elle allait au spectacle, elle s'y montrait toujours avec un joli chapeau, dans une toilette de la dernière élégance, le baron l'y conduisait en voiture, dans une loge choisie.

L'appartement, qui occupait rue Vanneau tout le second étage d'un hôtel moderne sis entre cour et jardin, respirait l'honnêteté. Le luxe consistait en perses tendues, en beaux meubles bien commodes. La chambre à coucher, par exception, offrait les profusions étalées par les Jenny Cadine et les Schontz. C'était des rideaux en dentelle, des cachemires, des portières en brocart, une garniture de cheminée dont les modèles avaient été faits par Stidmann, un petit Dunkerque encombré de merveilles. Hulot n'avait pas voulu voir sa Valérie dans un nid inférieur en magnificence au bourbier d'or et de perles d'une Josépha. Les deux pièces principales, le salon et la salle à manger, avaient été meublées, l'une en damas rouge, et l'autre en bois de chêne sculpté. Mais, entraîné par le désir de mettre tout en harmonie, au bout de six mois, le baron avait ajouté le luxe solide au luxe éphémère, en offrant de grandes valeurs mobilières, comme par exemple une argenterie dont la facture dépassait vingt-quatre mille francs.

La maison de madame Marneffe acquit en deux ans la réputation d'être très-agréable. On y jouait. Valérie, elle-même, fut promptement signalée comme une femme aimable et spirituelle. On répandit le bruit, pour justifier son changement de situation, d'un immense legs que son *père naturel*, le maréchal Montcornet, lui avait transmis par un fidéicommis. Dans une pensée d'avenir, Valérie avait ajouté l'hypocrisie religieuse à son hypocrisie sociale. Exacte aux offices le dimanche, elle eut tous les honneurs de la piété. Elle quêta, devint dame de charité, rendit le pain bénit, et fit quelque bien dans le quartier, le tout aux dépens d'Hector. Tout chez elle se passait donc convenablement. Aussi, beaucoup de gens affirmaient-ils la pureté de ses relations avec le baron, en objectant l'âge du Conseiller-d'État, à qui l'on prêtait un goût platonique pour la gentillesse d'esprit, le charme des manières, la conversation de madame Marneffe, à peu près pareil à celui de feu Louis XVIII pour les billets bien tournés.

Le baron se retirait vers minuit avec tout le monde, et rentrait un quart d'heure après. Le secret de ce secret profond, le voici :

Les portiers de la maison étaient monsieur et madame Olivier, qui, par la protection du baron, ami du propriétaire en quête d'un concierge, avaient passé de leur loge obscure et peu lucrative de la rue du Doyenné dans la productive et magnifique loge de la rue Vanneau. Or, madame Olivier, ancienne lingère de la maison de Charles X, et tombée *de cette position* avec la monarchie légitime, avait trois enfants. L'aîné, déjà petit-clerc de notaire, était l'objet de l'adoration des époux Olivier. Ce Benjamin, menacé d'être soldat pendant six ans, allait voir sa brillante carrière interrompue, lorsque madame Marneffe le fit exempter du service militaire pour un de ces vices de conformation que les conseils de révision savent découvrir quand ils en sont priés à l'oreille par quelque puissance ministérielle. Olivier, ancien piqueur de Charles X, et son épouse, auraient donc remis Jésus en croix pour le baron Hulot, et pour madame Marneffe.

Que pouvait dire le monde à qui l'antécédent du Brésilien, monsieur Montès de Montejanos, était inconnu ? Rien. Le monde est d'ailleurs plein d'indulgence pour la maîtresse d'un salon où l'on s'amuse. Madame Marneffe ajoutait enfin, à tous ses agréments, l'avantage bien prisé d'être une puissance occulte. Ainsi Claude Vignon, devenu secrétaire du maréchal prince de Wissembourg, et qui rêvait d'appartenir au Conseil d'État en qualité de maître des requêtes, était un habitué de ce salon, où vinrent quelques députés bons enfants et joueurs. La société de madame Marneffe s'était composée avec une sage lenteur ; les agrégations ne s'y formaient qu'entre gens d'opinions et de mœurs conformes, intéressés à se soutenir, à proclamer les mérites infinis de la maîtresse de la maison. Le compérage, retenez cet axiome, est la vraie Sainte-Alliance à Paris. Les intérêts finissent toujours par se diviser, les gens vicieux s'entendent toujours.

Dès le troisième mois de son installation rue Vanneau, madame Marneffe avait reçu monsieur Crevel, devenu tout aussitôt maire de son Arrondissement et officier de la Légion-d'Honneur. Crevel hésita longtemps : il s'agissait de quitter ce célèbre uniforme de garde national dans lequel il se pavanait aux Tuileries, en se croyant aussi militaire que l'Empereur ; mais l'ambition, conseillée par madame Marneffe, fut plus forte que la vanité. Monsieur le maire avait jugé ses liaisons avec mademoiselle Héloïse Brisetout comme tout à fait incompatibles avec son attitude politique. Long-temps avant son avènement au trône bourgeois de la mairie, ses galanteries furent enveloppées d'un profond mystère. Mais Crevel, comme on le devine, avait payé le droit de prendre, aussi souvent qu'il le pourrait, sa revanche de l'enlèvement de Josépha, par une inscription de six mille francs de rente, au nom de Valérie Fortin, épouse séparée de biens du sieur Marneffe. Valérie, douée peut-être par sa mère du génie particulier à la femme entretenue, devina d'un seul coup d'œil le caractère de cet adorateur grotesque. Ce mot : « Je n'ai jamais eu de femme du monde ! » dit par Crevel à Lisbeth, et rapporté par Lisbeth à sa chère Valérie, avait été largement escompté dans la transaction à laquelle elle dut ses six mille francs de rente en cinq pour cent. Depuis, elle n'avait jamais laissé diminuer son prestige aux yeux de l'ancien commis-voyageur de César Birotteau.

Crevel avait fait un mariage d'argent en épousant la fille d'un meunier de la Brie, fille unique d'ailleurs et dont les héritages entraient pour les trois quarts dans sa fortune, car les détaillants s'enrichissent, la plupart du temps, moins par les affaires que par l'alliance de la Boutique et de l'Économie rurale. Un grand nombre des fermiers, des meuniers, des nourrisseurs, des cultivateurs aux environs de Paris rêvent pour leurs filles les gloires du comptoir, et voient dans un détaillant, dans un bijoutier, dans un changeur, un gendre beaucoup plus selon leur cœur qu'un notaire ou qu'un avoué dont l'élévation sociale les inquiète ; ils ont peur d'être méprisés plus tard par ces sommités de la Bourgeoisie. Madame Crevel, femme assez laide, très-vulgaire et sotte, morte à temps, n'avait pas donné d'autres plaisirs à son mari que ceux de la paternité. Or, au début de sa carrière commerciale, ce libertin, enchaîné par les devoirs de son état et contenu par l'indigence, avait joué le rôle de Tantale. En rapport, selon son expression, avec les femmes les plus comme il faut de Paris, il les reconduisait avec des salutations de boutiquier en admirant leur grâce, leur façon de porter les modes, et tous les effets innommés de ce qu'on appelle *la race*. S'élever jusqu'à l'une de ces fées de salon, était un désir conçu depuis sa jeunesse et comprimé dans son cœur. *Obtenir les faveurs* de madame Marneffe fut donc non-seulement pour lui l'animation de sa chimère, mais encore une affaire d'orgueil, de vanité, d'amour-propre, comme on l'a vu. Son ambition s'accrut par le succès. Il éprouva d'énormes jouissances de tête, et, lorsque la tête est prise, le cœur s'en ressent, le bonheur décuple. Madame Marneffe présenta d'ailleurs à Crevel des recherches qu'il ne soupçonnait pas, car ni Josépha ni Héloïse ne l'avaient aimé ; tandis que madame Marneffe jugea nécessaire de bien tromper cet homme en qui elle voyait une caisse éternelle. Les tromperies de l'amour vénal sont plus charmantes que la réalité. L'amour vrai comporte des querelles de moineaux où l'on se blesse au vif ; mais la querelle pour rire est, au contraire, une caresse faite à l'amour-propre de la dupe. Ainsi, la rareté des entrevues maintenait chez Crevel le désir à l'état de passion. Il s'y heurtait toujours contre la dureté vertueuse de Valérie qui jouait le remords, qui parlait de ce que son père devait penser d'elle dans le paradis des braves. Il avait à vaincre une espèce de froideur de laquelle la fine commère lui faisait croire qu'il triomphait, elle paraissait céder à la passion folle de ce bourgeois ; mais elle reprenait, comme honteuse, son orgueil de femme décente et ses airs de vertu, ni plus ni moins qu'une Anglaise, et aplatissait toujours son Crevel sous le poids de sa dignité, car Crevel l'avait de prime abord avalée vertueuse. Enfin, Valérie possédait des spécialités de tendresse qui la rendaient indispensable à Crevel aussi bien qu'au baron. En présence du monde, elle offrait la réunion enchanteresse de la candeur pudique et rêveuse, de la décence irréprochable, et de l'esprit rehaussé par la gentillesse, par la grâce, par les manières de la créole ; mais, dans le tête-à-tête, elle dépassait les courtisanes, elle y était drôle, amusante, fertile en inventions nouvelles. Ce contraste plaît énormément à l'individu du genre Crevel ; il est flatté d'être l'unique auteur de cette comédie, il la croit jouée à son seul profit, et il rit de cette délicieuse hypocrisie, en admirant la comédienne.

Valérie s'était admirablement approprié le baron Hulot, elle l'avait obligé à vieillir par une de ces flatteries fines qui peuvent servir à peindre l'esprit diabolique de ces sortes de femmes. Chez les organisations privilégiées, il arrive un moment où, comme une place assiégée qui fait long-temps bonne contenance, la situation vraie se déclare. En prévoyant la dissolution prochaine du Beau de l'Empire, Valérie jugea nécessaire de la hâter. — « Pourquoi te gênes-tu, mon vieux grognard ? lui dit-elle six mois après leur mariage clandestin et doublement adultère. Aurais-tu donc des prétentions ? voudrais-tu m'être infidèle ? Moi, je te trouverai bien mieux si tu ne te fardes plus. Fais-moi le sacrifice de tes grâces postiches. Crois-tu que c'est deux sous de vernis mis à tes bottes, ta ceinture en caoutchouc, ton gilet de force et ton faux toupet que j'aime en toi ? D'ailleurs, plus tu seras vieux, moins j'aurai peur de me voir enlever mon Hulot par une rivale ! » Croyant donc à l'amitié divine autant qu'à l'amour de madame Marneffe avec laquelle il comptait finir sa vie, le Conseiller-d'État avait suivi ce conseil privé en cessant de se teindre les favoris et les cheveux. Après avoir reçu de Valérie cette touchante déclaration, le grand et bel Hector se montra tout blanc un beau matin. Madame Marneffe prouva facilement à son cher Hector qu'elle avait cent fois vu la ligne blanche formée par la pousse des cheveux.

— Les cheveux blancs vont admirablement à votre figure, dit-elle en le voyant, ils l'adoucissent, vous êtes infiniment mieux, vous êtes charmant.

Enfin le baron, une fois lancé dans ce chemin, ôta son gilet de peau, son corset ; il se débarrassa de toutes ses bricoles. Le ventre tomba, l'obésité se déclara. Le chêne devint une tour, et la pesanteur des mouvements fut d'autant plus effrayante, que le baron vieillissait prodigieusement en jouant le rôle de Louis XII. Les sourcils restèrent noirs et rappelèrent vaguement le bel Hulot, comme dans quelques pans de murs féodaux un léger détail de sculpture demeure pour faire apercevoir ce que fut le château dans son beau temps. Cette discordance rendait le regard, vif et jeune encore, d'autant plus singulier dans ce visage bistré que, là où pendant si longtemps fleurirent des tons de chair à la Rubens, on voyait, par certaines meurtrissures et dans le sillon tendu de la ride, les efforts d'une passion en rébellion avec la nature. Hulot fut alors une de ces belles ruines humaines où la virilité ressort par des espèces de buissons aux oreilles, au nez, aux doigts, en produisant l'effet des mousses poussées sur les monuments presque éternels de l'Empire romain.

Comment Valérie avait-elle pu maintenir Crevel et Hulot, côte à côte chez elle, alors que le vindicatif chef de bataillon voulait triompher bruyamment de Hulot ? Sans répondre immédiatement à cette question, qui sera résolue par le drame, on peut faire observer que Lisbeth et Valérie avaient inventé à elles deux une prodigieuse machine dont le jeu puissant aidait à ce résultat. Marneffe, en voyant sa femme embellie par le milieu dans lequel elle trônait, comme le soleil d'un système sidéral, paraissait, aux yeux du monde, avoir senti ses feux se rallumer pour elle, il en était devenu fou. Si cette jalousie faisait du sieur Marneffe un trouble-fête, elle donnait un prix extraordinaire aux faveurs de Valérie. Marneffe témoignait néanmoins une confiance à son directeur, qui dégénérait en une débonnaireté presque ridicule. Le seul personnage qui l'offusquât était précisément Crevel.

153

Marneffe, détruit par ces débauches particulières aux grandes capitales, décrites par les poètes romains, et pour lesquelles notre pudeur moderne n'a point de nom, était devenu hideux comme une figure anatomique en cire. Mais cette maladie ambulante, vêtue de beau drap, balançait ses jambes en échalas dans un élégant pantalon. Cette poitrine desséchée se parfumait de linge blanc, et le musc éteignait les fétides senteurs de la pourriture humaine. Cette laideur du vice expirant et chaussé en talons rouges, car Valérie avait mis Marneffe en harmonie avec sa fortune, avec sa croix, avec sa place, épouvantait Crevel, qui ne soutenait pas facilement le regard des yeux blancs du sous-chef. Marneffe était le cauchemar du maire. En s'apercevant du singulier pouvoir que Lisbeth et sa femme lui avaient conféré, ce mauvais drôle s'en amusait, il en jouait comme d'un instrument ; et, les cartes de salon étant la dernière ressource de cette âme aussi usée que le corps, il plumait Crevel, qui se croyait obligé de *filer doux* avec le respectable fonctionnaire *qu'il trompait* !

En voyant Crevel si petit garçon avec cette hideuse et infâme momie, dont la corruption était pour le maire lettres closes, en le voyant surtout si profondément méprisé par Valérie, qui riait de Crevel comme on rit d'un bouffon, vraisemblablement le baron se croyait tellement à l'abri de toute rivalité, qu'il l'invitait constamment à dîner.

Valérie, protégée par ces deux passions en sentinelle à ses côtés et par un mari jaloux, attirait tous les regards, excitait tous les désirs, dans le cercle où elle rayonnait. Ainsi, tout en gardant les apparences, elle était arrivée, en trois ans environ, à réaliser les conditions les plus difficiles du succès que cherchent les courtisanes, et qu'elles accomplissent si rarement, aidées par le scandale, par leur audace et par l'éclat de leur vie au soleil. Comme un diamant bien taillé que Chanor aurait délicieusement serti, la beauté de Valérie, naguère enfouie dans la mine de la rue du Doyenné, valait plus que sa valeur, elle faisait des malheureux !... Claude Vignon aimait Valérie en secret.

Cette explication rétrospective, assez nécessaire quand on revoit les gens à trois ans d'intervalle, est comme le bilan de Valérie. Voici maintenant celui de son associée Lisbeth.

La cousine Bette occupait dans la maison Marneffe la position d'une parente qui aurait cumulé les fonctions de dame de compagnie et de femme de charge ; mais elle ignorait les doubles humiliations qui, la plupart du temps, affligent les créatures assez malheureuses pour accepter ces positions ambiguës. Lisbeth et Valérie offraient le touchant spectacle d'une de ces amitiés si vives et si peu probables entre femmes, que les Parisiens, toujours trop spirituels, les calomnient aussitôt. Le contraste de la mâle et sèche nature de la Lorraine avec la jolie nature créole de Valérie servit la calomnie. Madame Marneffe avait d'ailleurs, sans le savoir, donné du poids aux commérages par le soin qu'elle prit de son amie, dans un intérêt matrimonial qui devait, comme on va le voir, rendre complète la vengeance de Lisbeth. Une immense révolution s'était accomplie chez la cousine Bette ; Valérie qui voulut l'habiller, en avait tiré le plus grand parti. Cette singulière fille, maintenant soumise au corset, faisait fine taille, consommait de la bandoline pour sa chevelure lissée, acceptait ses robes telles que les lui livrait la couturière, portait des brodequins de choix et des bas de soie gris, d'ailleurs compris par les fournisseurs dans les mémoires de Valérie, et payés par qui de droit. Ainsi restaurée, toujours en cachemire jaune, Bette eût été méconnaissable à qui l'eût revue après ces trois années. Cet autre diamant noir, le plus rare des diamants, taillé par une main habile et monté dans le chaton qui lui convenait, était apprécié par quelques employés ambitieux à toute sa valeur. Qui voyait la Bette pour la première fois, frémissait involontairement à l'aspect de la sauvage poésie que l'habile Valérie avait su mettre en relief en cultivant par la toilette cette Nonne sanglante, en encadrant avec art par des bandeaux épais cette sèche figure olivâtre où brillaient des yeux d'un noir assorti à celui de la chevelure, en faisant valoir cette taille inflexible. Bette, comme une Vierge de Cranach et de Van Eyck, comme une Vierge byzantine, sorties de leurs cadres, gardait la roideur, la correction de ces figures mystérieuses, cousines germaines des Isis et des divinités mises en gaine par les sculpteurs égyptiens. C'était du granit, du basalte, du porphyre qui marchait. A l'abri du besoin pour le reste de ses jours, la Bette était d'une humeur charmante, elle apportait avec elle la gaieté partout où elle allait dîner. Le baron payait d'ailleurs le loyer du petit appartement meublé, comme on le sait, de la défroque du boudoir et de la chambre de son amie Valérie. — « Après avoir commencé, disait-elle, la vie en vraie chèvre affamée, je la finis en lionne. » Elle continuait à confectionner les ouvrages les plus difficiles de la passementerie pour monsieur Rivet, seulement afin, disait-elle, de ne pas perdre son temps. Et cependant sa vie était, comme on va le voir, excessivement occupée ; mais il est dans l'esprit des gens venus de la campagne de ne jamais abandonner le gagne-pain, ils ressemblent aux juifs en ceci.

Tous les matins, la cousine Bette allait elle-même à la grande halle, au petit jour, avec la cuisinière. Dans le plan de la Bette, le livre de dépense, qui ruinait le baron Hulot, devait enrichir sa chère Valérie, et l'enrichissait effectivement.

Quelle est la maîtresse de maison qui n'a pas, depuis 1838, éprouvé les funestes résultats des doctrines antisociales répandues dans les classes inférieures par ces écrivains incendiaires ? Dans tous les ménages, la plaie des domestiques est aujourd'hui la plus vive de toutes les plaies financières. A de très-rares exceptions près, et qui mériteraient le prix Monthyon, un cuisinier et une cuisinière sont des voleurs domestiques, des voleurs gagés, effrontés, de qui le gouvernement s'est complaisamment fait le recéleur, en développant ainsi la pente au vol, presque autorisée chez les cuisinières par l'antique plaisanterie sur *l'anse du panier*. Là où ces femmes cherchaient autrefois quarante sous pour leur mise à la loterie, elles prennent aujourd'hui cinquante francs pour la caisse d'épargne. Et les froids puritains qui s'amusent à faire en France des expériences philanthropiques, croient avoir moralisé le peuple ! Entre la table des maîtres et le marché, les gens ont établi leur octroi secret, et la ville de Paris n'est pas si habile à percevoir ses droits d'entrée, qu'ils le sont à prélever les leurs sur toute chose. Outre les cinquante pour cent dont ils grèvent les provisions de bouche, ils exigent de fortes étrennes des fournisseurs. Les marchands les plus haut placés tremblent devant cette puissance occulte ; ils la soldent sans mot dire, tous :

carrossiers, bijoutiers, tailleurs, etc. A qui tente de les surveiller, les domestiques répondent par des insolences, ou par les bêtises coûteuses d'une feinte maladresse ; ils prennent aujourd'hui des renseignements sur les maîtres, comme autrefois les maîtres en prenaient sur eux. Le mal, arrivé véritablement au comble, et contre lequel les tribunaux commencent à sévir, mais en vain, ne peut disparaître que par une loi qui astreindra les domestiques à gages au livret de l'ouvrier. Le mal cesserait alors comme par enchantement. Tout domestique étant tenu de produire son livret, et les maîtres étant bien obligés d'y consigner les causes du renvoi, la démoralisation rencontrerait certainement un frein puissant. Les gens occupés de la haute politique du moment ignorent jusqu'où va la dépravation des classes inférieures à Paris : elle est égale à la jalousie qui les dévore. La Statistique est muette sur le nombre effrayant d'ouvriers de vingt ans qui épousent des cuisinières de quarante et de cinquante ans enrichies par le vol. On frémit en pensant aux suites d'unions pareilles au triple point de vue de la criminalité, de l'abâtardissement de la race et des mauvais ménages. Quant au mal purement financier produit par les vols domestiques, il est énorme au point de vue politique. La vie ainsi renchérie du double, interdit le superflu dans beaucoup de ménages. Le superflu !... c'est la moitié du commerce des États, comme il est l'élégance de la vie. Les livres, les fleurs sont aussi nécessaires que le pain à beaucoup de gens.

Lisbeth, à qui cette affreuse plaie des maisons parisiennes était connue, pensait à diriger le ménage de Valérie, en lui promettant son appui dans la scène terrible où toutes deux elles s'étaient juré d'être comme des sœurs. Donc elle avait attiré, du fond des Vosges, une parente du côté maternel, ancienne cuisinière de l'évêque de Nancy, vieille fille pieuse et d'une excessive probité. Craignant néanmoins son inexpérience à Paris, et surtout les mauvais conseils, qui gâtent tant de ces loyautés si fragiles, Lisbeth accompagnait Mathurine à la grande Halle, et tâchait de l'habituer à savoir acheter. Connaître le véritable prix des choses pour obtenir le respect du vendeur, manger des mets sans actualité, comme le poisson, par exemple, quand ils ne sont pas chers, être au courant de la valeur des comestibles et en pressentir la hausse pour acheter en baisse, cet esprit de ménagère est, à Paris, le plus nécessaire à l'économie domestique. Comme Mathurine touchait de bons gages, qu'on l'accablait de cadeaux, elle aimait assez la maison pour être heureuse des bons marchés. Aussi depuis quelque temps rivalisait-elle avec Lisbeth, qui la trouvait assez formée, assez sûre, pour ne plus aller à la halle que les jours où Valérie avait du monde, ce qui, par parenthèse, arrivait assez souvent. Voici pourquoi. Le baron avait commencé par garder le plus strict décorum ; mais sa passion pour madame Marneffe était en peu de temps devenue si vive, si avide, qu'il désira la quitter le moins possible. Après y avoir dîné quatre fois par semaine, il trouva charmant d'y manger tous les jours. Six mois après le mariage de sa fille, il donna deux mille francs par mois à titre de pension. Madame Marneffe invitait les personnes que son cher baron désirait traiter. D'ailleurs, le dîner était toujours fait pour six personnes, le baron pouvait en amener trois à l'improviste. Lisbeth réalisa par son économie le problème extraordinaire d'entretenir splendidement cette table pour la somme de mille francs, et donner mille francs par mois à madame Marneffe. La toilette de Valérie étant payée largement par Crevel et par le baron, les deux amies trouvaient encore un billet de mille francs par mois sur cette dépense. Aussi cette femme si pure, si candide, possédait-elle alors environ cent cinquante mille francs d'économies. Elle avait accumulé ses rentes et ses bénéfices mensuels en les capitalisant et les grossissant de gains énormes dus à la générosité avec laquelle Crevel faisait participer le capital de *sa petite duchesse* au bonheur de ses opérations financières. Crevel avait initié Valérie à l'argot et aux spéculations de la Bourse ; et, comme toutes les Parisiennes, elle était promptement devenue plus forte que son maître. Lisbeth, qui ne dépensait pas un liard de ses douze cents francs, dont le loyer et la toilette étaient payés, qui ne sortait pas un sou de sa poche, possédait également un petit capital de cinq à six mille francs que Crevel lui faisait paternellement valoir.

L'amour du baron et celui de Crevel étaient néanmoins une rude charge pour Valérie. Le jour où le récit de ce drame recommence, excitée par l'un de ces événements qui font dans la vie l'office de la cloche aux coups de laquelle s'amassent les essaims, Valérie était montée chez Lisbeth pour s'y livrer à ces bonnes élégies, longuement parlées, espèces de cigarettes fumées à coups de langue, par lesquelles les femmes endorment les petites misères de leur vie.

— Lisbeth, mon amour, ce matin, deux heures de Crevel à faire, c'est bien assommant ! Oh ! comme je voudrais pouvoir t'y envoyer à ma place !

— Malheureusement cela ne se peut pas, dit Lisbeth en souriant. Je mourrai vierge.

— Être à ces deux vieillards ! il y a des moments où j'ai honte de moi ! Ah ! si ma pauvre mère me voyait !

— Tu me prends pour Crevel, répondit Lisbeth.

— Dis-moi, ma chère petite Bette, que tu ne me méprises pas ?...

— Ah ! si j'étais jolie, en aurais-je eu... des aventures ! s'écria Lisbeth. Te voilà justifiée.

— Mais tu n'aurais écouté que ton cœur, dit madame Marneffe en soupirant.

— Bah ! répondit Lisbeth, Marneffe est un mort qu'on a oublié d'enterrer, le baron est comme ton mari, Crevel est ton adorateur ; je te vois, comme toutes les femmes, parfaitement en règle.

— Non, ce n'est pas là, chère adorable fille, d'où vient la douleur, tu ne veux pas m'entendre...

— Oh ! si !... s'écria la Lorraine, car le sous-entendu fait partie de ma vengeance. Que veux-tu ?... j'y travaille.

— Aimer Wenceslas à en maigrir, et ne pouvoir réussir à le voir ! dit Valérie en se détirant les bras ; Hulot lui propose de venir dîner ici, mon artiste refuse ! Il ne se sait pas idolâtré, ce monstre d'homme ! Qu'est-ce que sa femme ? de la jolie chair ! oui ; elle est belle, mais moi, je me sens : je suis pire !

— Sois tranquille, ma petite fille, il viendra, dit Lisbeth du ton dont parlent les nourrices aux enfants qui s'impatientent, je le veux...

— Mais, quand ?

— Peut-être cette semaine.

— Laisse-moi t'embrasser.

Comme on le voit, ces deux femmes n'en faisaient qu'une ; toutes les actions de Valérie, même les plus étourdies, ses plaisirs, ses bouderies se décidaient après de mûres délibérations entre elles.

Lisbeth, étrangement émue de cette vie de courtisane, conseillait Valérie en tout, et poursuivait le cours de ses vengeances avec une impitoyable logique. Elle adorait d'ailleurs Valérie, elle en avait fait sa fille, son amie, son amour ; elle trouvait en elle l'obéissance des créoles, la mollesse de la voluptueuse ; elle babillait avec elle tous les matins avec bien plus de plaisir qu'avec Wenceslas, elles pouvaient rire de leurs communes malices, de la sottise des hommes, et recompter ensemble les intérêts grossissants de leurs trésors respectifs. Lisbeth avait d'ailleurs rencontré, dans son entreprise et dans son amitié nouvelle, une pâture à son activité bien autrement abondante que dans son amour insensé pour Wenceslas. Les jouissances de la haine satisfaite sont les plus ardentes, les plus fortes au cœur. L'amour est en quelque sorte l'or, et la haine est le fer de cette mine à sentiments qui gît en nous. Enfin Valérie offrait, dans toute sa gloire, à Lisbeth, cette beauté qu'elle adorait, comme on adore tout ce qu'on ne possède pas, beauté bien plus maniable que celle de Wenceslas qui, pour elle, avait toujours été froid et insensible.

Après bientôt trois ans, Lisbeth commençait à voir les progrès de la sape souterraine à laquelle elle consumait sa vie et dévouait son intelligence. Lisbeth pensait, madame Marneffe agissait. Madame Marneffe était la hache, Lisbeth était la main qui la manie, et la main démolissait à coups pressés cette famille qui, de jour en jour, lui devenait plus odieuse, car on hait de plus en plus, comme on aime tous les jours davantage, quand on aime. L'amour et la haine sont des sentiments qui s'alimentent par eux-mêmes ; mais, des deux, la haine a la vie la plus longue. L'amour a pour bornes des forces limitées, il tient ses pouvoirs de la vie et de la prodigalité ; la haine ressemble à la mort, à l'avarice, elle est en quelque sorte une abstraction active, au-dessus des êtres et des choses. Lisbeth, entrée dans l'existence qui lui était propre, y déployait toutes ses facultés ; elle régnait à la manière des jésuites, en puissance occulte. Aussi la régénérescence de sa personne était-elle complète. Sa figure resplendissait. Lisbeth rêvait d'être madame la maréchale Hulot.

Cette scène où les deux amies se disaient crûment leurs moindres pensées sans prendre de détours dans l'expression, avait lieu précisément au retour de la Halle, où Lisbeth était allée préparer les éléments d'un dîner fin. Marneffe, qui convoitait la place de monsieur Coquet, le recevait avec la vertueuse madame Coquet, et Valérie espérait faire traiter de la démission du chef de bureau par Hulot le soir même. Lisbeth s'habillait pour se rendre chez la baronne, où elle dînait.

— Tu nous reviendras pour servir le thé, ma Bette ? dit Valérie.

— Je l'espère...

— Comment, tu l'espères ? en serais-tu venue à coucher avec Adeline pour boire ses larmes pendant qu'elle dort ?

— Si cela se pouvait ! répondit Lisbeth en riant, je ne dirais pas non. Elle expie son bonheur, je suis heureuse, je me souviens de mon enfance. Chacun son tour. Elle sera dans la boue, et moi ! je serai comtesse de Forzheim !...

Lisbeth se dirigea vers la rue Plumet, où elle allait depuis quelque temps, comme on va au spectacle, pour s'y repaître d'émotions.

L'appartement choisi par Hulot pour sa femme consistait en une grande et vaste antichambre, un salon et une chambre à coucher avec cabinet de toilette. La salle à manger était latéralement contiguë au salon. Deux chambres de domestique et une cuisine, situées au troisième étage, complétaient ce logement, digne encore d'un Conseiller-d'État, directeur à la Guerre. L'hôtel, la cour et l'escalier étaient majestueux. La baronne, obligée de meubler son salon, sa chambre et la salle à manger avec les reliques de sa splendeur, avait pris le meilleur dans les débris de l'hôtel, rue de l'Université. La pauvre femme aimait d'ailleurs ces muets témoins de son bonheur qui, pour elle, avaient une éloquence quasi-consolante. Elle entrevoyait dans ses souvenirs des fleurs comme elle voyait sur ses tapis des rosaces à peine visibles pour les autres.

En entrant dans la vaste antichambre où douze chaises, un baromètre et un grand poêle, de longs rideaux en calicot blanc bordé de rouge, rappelaient les affreuses antichambres des Ministères, le cœur se serrait ; on pressentait la solitude dans laquelle vivait cette femme. La douleur, de même que le plaisir, se fait une atmosphère. Au premier coup d'œil jeté sur un intérieur, on sait qui y règne de l'amour ou du désespoir. On trouvait Adeline dans une immense chambre à coucher, meublée des beaux meubles de Jacob Desmalters, en acajou moucheté garni des ornements de l'Empire, ces bronzes qui ont trouvé le moyen d'être plus froids que les cuivres de Louis XVI ! Et l'on frissonnait en voyant cette femme assise sur un fauteuil romain, devant les sphinx d'une travailleuse, ayant perdu ses couleurs, affectant une gaieté menteuse, conservant son air impérial, comme elle savait conserver la robe de velours bleu qu'elle mettait chez elle. Cette âme fière soutenait le corps et maintenait la beauté. La baronne, à la fin de la première année de son exil dans cet appartement, avait mesuré le malheur dans toute son étendue. — En me reléguant là, mon Hector m'a fait la vie encore plus belle qu'elle ne devait l'être pour une simple paysanne, se dit-elle. Il me veut ainsi : que sa volonté soit faite ! Je suis la baronne Hulot, la belle-sœur d'un maréchal de France, je n'ai pas commis la moindre faute, mes deux enfants sont établis, je puis attendre la mort, enveloppée dans les voiles immaculés de ma pureté d'épouse, dans le crêpe de mon bonheur évanoui.

Le portrait de Hulot, peint par Robert Lefebvre en 1810, dans l'uniforme de commissaire ordonnateur de la garde impériale, s'étalait au-dessus de la travailleuse, où, à l'annonce d'une visite, Adeline serrait une *Imitation de Jésus-Christ*, sa lecture habituelle. Cette Madeleine irréprochable écoutait aussi la voix de l'Esprit-Saint dans son désert.

— Mariette, ma fille, dit Lisbeth à la cuisinière qui vint lui ouvrir la porte, comment va ma bonne Adeline ?...

— Oh ! bien, en apparence, mademoiselle ; mais, entre nous, si elle persiste dans ses idées, elle se tuera, dit Mariette à l'oreille de Lisbeth. Vraiment vous devriez l'engager à vivre mieux. D'hier, madame m'a dit de lui donner le matin pour deux sous de lait et un petit pain d'un sou ; de lui servir à dîner soit un hareng, soit un peu de veau froid, en en faisant cuire une livre pour la semaine, bien entendu lorsqu'elle dînera seule, ici... Elle veut ne dépenser que dix sous par jour pour sa nourriture. Cela n'est pas raisonnable. Si je parlais de ce beau projet à monsieur le maréchal, il pourrait se brouiller avec monsieur le baron et le déshériter ; au lieu que vous, qui êtes si bonne et si fine, vous saurez arranger les choses...

— Eh bien ! pourquoi ne vous adressez-vous pas à mon cousin ? dit Lisbeth.

— Ah ! ma chère demoiselle, il y a bien environ vingt à vingt-cinq jours qu'il n'est venu, enfin tout le temps que nous sommes restées sans vous voir ! D'ailleurs, madame m'a défendu, sous peine de renvoi, de jamais demander de l'argent à monsieur. Mais quant à de la peine... ah ! la pauvre madame en a eu ! C'est la première fois que monsieur l'oublie si long-temps... Chaque fois qu'on sonnait, elle s'élançait à la fenêtre... mais, depuis cinq jours, elle ne quitte plus son fauteuil. Elle lit ! Chaque fois qu'elle va chez madame la comtesse, elle me dit : « Mariette, qu'elle dit, si monsieur vient, dites que je suis dans la maison, et envoyez-moi le portier ; il aura sa course bien payée ! »

— Pauvre cousine ! dit Bette, cela me fend le cœur. Je parle d'elle à mon cousin tous les jours. Que voulez-vous ? Il dit : « Tu as raison, Bette, je suis un misérable ; ma femme est un ange, et je suis un monstre : j'irai demain... » Et il reste chez madame Marneffe ; cette femme le ruine et il l'adore ; il ne vit que près d'elle. Moi, je fais ce que je peux ! Si je n'étais pas là, si je n'avais pas avec moi Mathurine, le baron aurait dépensé le double ; et, comme il n'a presque plus rien, il se serait déjà peut-être brûlé la cervelle. Eh bien ! Mariette, voyez-vous, Adeline mourrait de la mort de son mari, j'en suis sûre. Au moins je tâche de nouer là les deux bouts, et d'empêcher que mon cousin ne mange trop d'argent...

— Ah ! c'est ce que dit la pauvre madame ; elle connaît bien ses obligations envers vous, répondit Mariette ; elle disait vous avoir pendant long-temps mal jugée...

— Ah ! fit Lisbeth. Elle ne vous a pas dit autre chose ?

— Non, mademoiselle. Si vous voulez lui faire plaisir, parlez-lui de monsieur ; elle vous trouve heureuse de le voir tous les jours.

— Est-elle seule ?

— Faites excuse, le maréchal y est. Oh ! il vient tous les jours, et elle lui dit toujours qu'elle a vu monsieur le matin, qu'il rentre la nuit fort tard.

— Et y a-t-il un bon dîner, aujourd'hui ?... demanda Bette.

Mariette hésitait à répondre, elle soutenait mal le regard de la Lorraine, quand la porte du salon s'ouvrit, et le maréchal Hulot sortit si précipitamment, qu'il salua Bette sans la regarder, et laissa tomber des papiers. Bette ramassa ces papiers et courut dans l'escalier, car il était inutile de crier après un sourd ; mais elle s'y prit de manière à ne pas pouvoir rejoindre le maréchal, elle revint et lut furtivement ce qui suit écrit au crayon :

« Mon cher frère, mon mari m'a donné l'argent de la « dépense pour le trimestre ; mais ma fille Hortense en a « eu si grand besoin, que je lui ai prêté la somme entière, « qui suffisait à peine à sortir d'embarras. Pouvez-vous « me prêter quelques cents francs, car je ne veux pas « redemander de l'argent à Hector ; un reproche de lui me « ferait trop de peine. »

— Ah ! pensa Lisbeth, pour qu'elle ait fait plier à ce point son orgueil, dans quelle extrémité se trouve-t-elle donc ?

Lisbeth entra, surprit Adeline en pleurs et lui sauta au cou.

— Adeline, ma chère enfant, je sais tout ! dit la cousine Bette. Tiens, le maréchal a laissé tomber ce papier, tant il était troublé, car il courait comme un lévrier... Cet affreux Hector ne t'a pas donné d'argent depuis ?...

— Il m'en donne fort exactement, répondit la baronne ; mais Hortense en a eu besoin, et...

— Et tu n'avais pas de quoi nous donner à dîner, dit Bette en interrompant sa cousine. Maintenant je comprends l'air embarrassé de Mariette à qui je parlais de la soupe. Tu fais l'enfant, Adeline ! tiens, laisse-moi te donner mes économies.

— Merci, ma bonne Bette, répondit Adeline en essuyant une larme. Cette petite gêne n'est que momentanée, et j'ai pourvu à l'avenir. Mes dépenses seront désormais de deux mille quatre cents francs par an, y compris le loyer, et je les aurai. Surtout, Bette, pas un mot à Hector. Va-t-il bien ?

— Oh ! comme le Pont-Neuf ! il est gai comme un pinson, il ne pense qu'à sa sorcière de Valérie.

Madame Hulot regardait un grand pin argenté qui se

trouvait dans le champ de sa fenêtre, et Lisbeth ne put rien lire de ce que pouvaient exprimer les yeux de sa cousine.

— Lui as-tu dit que c'était le jour où nous dînions tous ici ?

— Oui, mais bah ! madame Marneffe donne un grand dîner, elle espère traiter de la démission de monsieur Coquet ! et cela passe avant tout ! Tiens, Adeline, écoute-moi : tu connais mon caractère féroce à l'endroit de l'indépendance. Ton mari, ma chère, te ruinera certainement. J'ai cru pouvoir vous être utile à tous chez cette femme, mais c'est une créature d'une dépravation sans bornes, elle obtiendra de ton mari des choses à le mettre dans le cas de vous déshonorer tous.

Adeline fit le mouvement d'une personne qui reçoit un coup de poignard dans le cœur.

— Mais, ma chère Adeline, j'en suis sûre. Il faut bien que j'essaie de t'éclairer. Eh bien ! songeons à l'avenir ! le maréchal est vieux, mais il ira loin, il a un beau traitement, sa veuve, s'il mourait, aurait une pension de six mille francs. Avec cette somme, moi, je me chargerais de vous faire vivre tous ! Use de ton influence sur le bonhomme pour nous marier. Ce n'est pas pour être madame la maréchale, je me soucie de ces sornettes comme de la conscience de madame Marneffe ; mais vous aurez tous du pain. Je vois qu'Hortense en manque, puisque tu lui donnes le tien.

Le maréchal se montra, le vieux soldat avait fait si rapidement la course, qu'il s'essuyait le front avec son foulard.

— J'ai remis deux mille francs à Mariette, dit-il à l'oreille de sa belle-sœur.

Adeline rougit jusque dans la racine de ses cheveux. Deux larmes bordèrent ses cils encore longs, et elle pressa silencieusement la main du vieillard dont la physionomie exprimait le bonheur d'un amant heureux.

— Je voulais, Adeline, vous faire avec cette somme un cadeau, dit-il en continuant ; au lieu de me la rendre, vous vous choisirez vous-même ce qui vous plaira le mieux.

Il vint prendre la main que lui tendit Lisbeth, et il la baisa, tant il était distrait par son plaisir.

— Cela promet, dit Adeline à Lisbeth, en souriant autant qu'elle pouvait sourire.

En ce moment, Hulot jeune et sa femme arrivèrent.

— Mon frère dîne avec nous ? demanda le maréchal d'un ton bref.

Adeline prit un crayon et mit sur un petit carré de papier ces mots :

« Je l'attends, il m'a promis ce matin de dîner ici, mais « s'il ne venait pas, le maréchal l'aurait retenu, car il est « accablé d'affaires. »

Et elle présenta le papier. Elle avait inventé ce mode de conversation pour le maréchal, et une provision de petits carrés de papier était placée avec un crayon sur sa travailleuse.

— Je sais, répondit le maréchal, qu'il est accablé de travail à cause de l'Algérie.

Hortense et Wenceslas entrèrent en ce moment, et, en voyant sa famille autour d'elle, la baronne reporta sur le maréchal un regard dont la signification ne fut comprise que par Lisbeth.

Le bonheur avait considérablement embelli l'artiste adoré par sa femme et cajolé par le monde. Sa figure était devenue presque pleine, sa taille élégante faisait ressortir les avantages que le sang donne à tous les vrais gentilshommes. Sa gloire prématurée, son importance, les éloges trompeurs que le monde jette aux artistes, comme on se dit bonjour ou comme on parle du temps, lui donnaient cette conscience de sa valeur, qui dégénère en fatuité quand le talent s'en va. La croix de la Légiond'Honneur complétait à ses propres yeux, le grand homme qu'il croyait être.

Après trois ans de mariage, Hortense était avec son mari comme un chien avec son maître, elle répondait à tous ses mouvements par un regard qui ressemblait à une interrogation, elle tenait toujours les yeux sur lui, comme un avare sur son trésor, elle attendrissait par son abnégation, admiratrice. On reconnaissait en elle le génie et les conseils de sa mère. Sa beauté, toujours la même, était alors altérée, poétiquement, d'ailleurs, par les ombres douces d'une mélancolie cachée.

En voyant entrer sa cousine, Lisbeth pensa que la plainte contenue pendant long-temps, allait rompre la faible enveloppe de la discrétion. Lisbeth, dès les premiers jours de la lune de miel, avait jugé que le jeune ménage avait de trop petits revenus pour une si grande passion.

Hortense, en embrassant sa mère, échangea de bouche à oreille, et de cœur à cœur, quelques phrases dont le secret fut trahi, pour Bette, par leurs hochements de tête.

— Adeline va, comme moi, travailler pour vivre, pensa la cousine Bette. Je veux qu'elle me mette au courant de ce qu'elle fera... Ces jolis doigts sauront donc enfin comme les miens ce que c'est que le travail forcé.

A six heures, la famille passa dans la salle à manger. Le couvert d'Hector était mis.

— Laissez-le ! dit la baronne à Mariette ; monsieur vient quelquefois tard.

— Oh ! mon père viendra, dit Hulot fils à sa mère ; il me l'a promis à la Chambre en nous quittant.

Lisbeth, de même qu'une araignée au centre de sa toile, observait toutes les physionomies. Après avoir vu naître Hortense et Victorin, leurs figures étaient pour elle comme des glaces à travers lesquelles elle lisait dans ces jeunes âmes. Or, à certains regards jetés à la dérobée par Victorin sur sa mère, elle reconnut quelque malheur près de fondre sur Adeline, et que Victorin hésitait à révéler. Le jeune et célèbre avocat était triste en dedans. Sa profonde vénération pour sa mère éclatait dans la douleur avec laquelle il la contemplait. Hortense, elle, était évidemment occupée de ses propres chagrins ; et, depuis quinze jours, Lisbeth savait qu'elle éprouvait les premières inquiétudes que le manque d'argent cause aux gens probes, aux jeunes femmes à qui la vie a toujours souri et qui déguisent leurs angoisses. Aussi, dès le premier moment, la cousine Bette devina-t-elle que la mère n'avait rien donné à sa fille. La délicate Adeline était donc descendue aux fallacieuses paroles que le besoin suggère aux emprunteurs. La préoccupation d'Hortense, celle de son frère, la profonde mélancolie de la baronne rendirent le dîner triste, surtout si l'on se représente le froid que jetait déjà la surdité du vieux maréchal. Trois personnes animaient la scène, Lisbeth, Célestine et Wenceslas. L'amour d'Hortense avait développé chez l'artiste l'animation polonaise, cette vivacité d'esprit gascon, cette aimable turbulence qui distingue ces Français du Nord. Sa situation d'esprit, sa physionomie disaient assez qu'il croyait en lui-même, et que la pauvre Hortense, fidèle aux conseils de sa mère, lui cachait tous les tourments domestiques.

— Tu dois être bien heureuse, dit Lisbeth à sa petite cousine en sortant de table, ta maman t'a tirée d'affaire en te donnant son argent.

— Maman ! répondit Hortense étonnée. Oh ! pauvre maman, moi qui pour elle voudrais en faire, de l'argent ! Tu ne sais pas, Lisbeth, eh bien ! j'ai le soupçon affreux qu'elle travaille en secret.

On traversait alors le grand salon obscur, sans flambeaux, en suivant Mariette qui portait la lampe de la salle à manger dans la chambre à coucher d'Adeline. En ce moment, Victorin toucha le bras de Lisbeth et d'Hortense, toutes deux comprenant la signification de ce geste laissèrent Wenceslas, Célestine, le maréchal et la baronne aller dans la chambre à coucher, et restèrent groupés à l'embrasure d'une fenêtre.

— Qu'y a-t-il, Victorin ? dit Lisbeth. Je parie que c'est quelque désastre causé par ton père.

— Hélas ! oui, répondit Victorin. Un usurier, nommé Vauvinet, a pour soixante mille francs de lettres de change de mon père, et veut le poursuivre ! J'ai voulu parler de cette déplorable affaire à mon père à la Chambre, il n'a pas voulu me comprendre, il m'a presque évité. Faut-il prévenir notre mère ?

— Non, non, dit Lisbeth, elle a trop de chagrins, tu lui donnerais le coup de la mort, il faut la ménager. Vous ne savez pas où elle en est ; sans votre oncle, vous n'eussiez pas trouvé de dîner ici aujourd'hui.

— Ah ! mon Dieu, Victorin, nous sommes des monstres, dit Hortense à son frère, Lisbeth nous apprend ce que nous aurions dû deviner. Mon dîner m'étouffe !

Hortense n'acheva pas, elle mit son mouchoir sur sa bouche pour prévenir l'éclat d'un sanglot, elle pleurait.

— J'ai dit à ce Vauvinet de venir me voir demain, reprit Victorin en continuant ; mais se contentera-t-il de ma garantie hypothécaire ? Je ne le crois pas. Ces gens-là veulent de l'argent comptant pour en faire suer des escomptes usuraires.

— Vendons notre rente ! dit Lisbeth à Hortense.

— Qu'est-ce que ce serait ? quinze ou seize mille francs, répliqua Victorin, il en faut soixante.

— Chère cousine ! s'écria Hortense en embrassant Lisbeth avec l'enthousiasme d'un cœur pur.

— Non, Lisbeth, gardez votre petite fortune, dit Victorin après avoir serré la main de la Lorraine. Je verrai demain ce que cet homme a dans son sac. Si ma femme y consent, je saurai empêcher, retarder les poursuites ; car, voir attaquer la considération de mon père !... ce serait affreux. Que dirait le ministre de la guerre ? Les appointements de mon père, engagés depuis trois ans, ne seront libres qu'au mois de décembre, on ne peut donc pas les offrir en garantie. Ce Vauvinet a renouvelé onze fois les lettres de change ; ainsi jugez des sommes que mon père a payées en interêts ! il faut fermer ce gouffre.

— Si madame Marneffe pouvait le quitter, dit Hortense avec amertume.

— Ah ! Dieu nous en préserve ! dit Victorin. Mon père irait peut-être ailleurs, et là, les frais les plus dispendieux sont déjà faits.

Quel changement chez ces enfants naguère si respectueux, et que la mère avait maintenus si long-temps dans une adoration absolue de leur père ! ils l'avaient déjà jugé.

— Sans moi, reprit Lisbeth, votre père serait encore plus ruiné qu'il ne l'est.

— Rentrons, dit Hortense, maman est fine, et elle se douterait de quelque chose, et, comme dit notre bonne Lisbeth, cachons-lui tout, soyons gais !

— Victorin, vous ne savez pas où vous conduira votre père avec son goût pour les femmes, dit Lisbeth. Pensez à vous assurer des revenus en me mariant avec le maréchal, vous devriez lui en parler tous ce soir, je partirai de bonne heure exprès.

Victorin entra dans la chambre.

— Eh bien ! ma pauvre petite, dit Lisbeth tout bas à sa petite cousine, et toi, comment feras-tu ?

— Viens dîner avec nous demain, nous causerons, répondit Hortense. Je ne sais où donner de la tête ; toi, tu te connais aux difficultés de la vie, tu me conseilleras.

Pendant que toute la famille réunie essayait de prêcher le mariage au maréchal, et que Lisbeth revenait rue Vanneau, il y arrivait un de ces événements qui stimulent chez les femmes comme madame Marneffe l'énergie du vice en les obligeant à déployer toutes les ressources de la perversité. Reconnaissons au moins ce fait constant : A Paris, la vie est trop occupée pour que les gens vicieux fassent le mal par instinct, ils se défendent à l'aide du vice contre les agressions voilà tout.

Madame Marneffe, dont le salon était rempli de ses fidèles, avait mis les parties de whist en train, lorsque le valet de chambre, un militaire retraité racolé par le baron, annonça : — Monsieur le baron Montès de Monté-janos. Valérie reçut au cœur une violente commotion, mais elle s'élança vivement vers la porte en criant : — Mon cousin !... Et, arrivée au Brésilien, elle lui glissa dans l'oreille ce mot : — Sois mon parent, ou tout est fini entre nous !

— Eh bien ! reprit-elle à haute voix en amenant le Brésilien à la cheminée, Henri, tu n'as donc pas fait naufrage comme on me l'a dit, je t'ai pleuré trois ans...

— Bonjour, mon ami, dit monsieur Marneffe en tendant la main au Brésilien dont la tenue était celle d'un Brésilien millionnaire.

Monsieur le baron Henri Montès de Montéjanos, doué par le climat équatorial du physique et de la couleur que nous prêtons tous à l'Othello du théâtre, effrayait par un air sombre, effet purement plastique ; car son caractère, plein de douceur et de tendresse, le prédestinait à l'exploitation que les faibles femmes pratiquent sur les hommes forts. Le dédain qu'exprimait sa figure, la puissance musculaire dont témoignait sa taille bien prise, toutes ses forces ne se déployaient qu'envers les hommes, flatterie adressée aux femmes et qu'elles savourent avec tant d'ivresse que les gens qui donnent le bras à leurs maîtresses ont tous des airs de matamore tout à fait réjouissants. Superbement dessiné par un habit bleu à boutons en or massif, par son pantalon noir, chaussé de bottes fines d'une vernis irréprochable, ganté selon l'ordonnance, le baron n'avait de brésilien qu'un gros diamant d'environ cent mille francs qui brillait comme une étoile sur une somptueuse cravate de soie bleue, encadrée par un gilet blanc entr'ouvert de manière à laisser voir une chemise de toile d'une finesse fabuleuse. Le front, busqué comme celui d'un satyre, signe d'entêtement dans la passion, était surmonté d'une chevelure de jais, touffue comme une forêt vierge, sous laquelle scintillaient deux yeux clairs, fauves à faire croire que la mère du baron avait eu peur, étant grosse de lui, de quelque jaguar.

Ce magnifique exemplaire de la race portugaise au Brésil, se campa le dos à la cheminée dans une pose qui décelait des habitudes parisiennes ; et, le chapeau d'une main, le bras appuyé sur le velours de la tablette, il se pencha vers madame Marneffe pour causer à voix basse avec elle, en se souciant fort peu des affreux bourgeois qui, dans son idée, encombraient mal à propos le salon.

Cette entrée en scène, cette pose, et l'air du Brésilien déterminèrent deux mouvements de curiosité mêlée d'angoisse, identiquement pareils chez Crevel et chez le baron. Ce fut chez tous deux la même expression, le même pressentiment. Aussi la manœuvre inspirée à ces deux passions réelles, devint-elle si comique par la simultanéité de cette gymnastique, qu'elle fit sourire les gens d'assez d'esprit pour y voir une révélation. Crevel, toujours bourgeois et boutiquier en diable, quoique maire de Paris, resta malheureusement en position plus longtemps que son collaborateur, et le baron put saisir au passage la révélation involontaire de Crevel. Ce fut un trait de plus dans le cœur du vieillard amoureux qui résolut d'avoir une explication avec Valérie.

— Ce soir, se dit également Crevel en arrangeant ses cartes, il faut en finir...

— *Vous avez du cœur !*... lui cria Marneffe, et vous venez d'y renoncer.

— Ah ! pardon, répondit Crevel en voulant reprendre sa carte. Ce baron-là me semble de trop, continuait-il en se parlant à lui-même. Que Valérie vive avec mon baron à moi, c'est ma vengeance, et je sais le moyen de m'en débarrasser ; mais ce cousin-là !... c'est un baron de trop, je ne veux pas être *jobardé*, je veux savoir de quelle manière il est son parent !

Ce soir-là, par un de ces bonheurs qui n'arrivent qu'aux jolies femmes, Valérie était délicieusement mise. Sa blanche poitrine étincelait serrée dans une guipure dont les tons roux faisaient valoir le satin mat de ces belles épaules des Parisiennes, qui savent (par quels procédés, on l'ignore !) avoir de belles chairs et rester sveltes. Vêtue d'une robe de velours noir qui semblait à chaque instant près de quitter ses épaules, elle était coiffée en dentelle mêlée à des fleurs à grappes. Ses bras, à la fois mignons et potelés, sortaient de manches à sabots fourrées de dentelles. Elle ressemblait à ces beaux fruits coquettement arrangés dans une belle assiette et qui donnent des démangeaisons à l'acier du couteau.

— Valérie, disait le Brésilien à l'oreille de la jeune femme, je te reviens fidèle ; mon oncle est mort, et je suis deux fois plus riche que je ne l'étais à mon départ. Je veux vivre et mourir à Paris, près de toi et pour toi.

— Plus bas, Henri ! de grâce !

— Ah ! bah ! dussé-je jeter tout ce monde par la croisée, je veux te parler ce soir, surtout après avoir passé deux jours à te chercher. Je resterai le dernier, n'est-ce pas ?

Valérie sourit à son prétendu cousin et lui dit :

— Songez que vous devez être le fils d'une sœur de ma mère qui, pendant la campagne de Junot en Portugal, aurait épousé votre père.

— Moi, Montès de Montéjanos, arrière-petit-fils d'un des conquérants du Brésil, mentir !

— Plus bas, ou nous ne nous reverrons jamais...

— Et pourquoi ?

— Marneffe a pris, comme les mourants qui chaussent tous un dernier désir, une passion pour moi...

— Ce laquais ?... dit le Brésilien qui connaissait son Marneffe, je le payerai...

— Quelle violence...

— Ah ça ! d'où te vient ce luxe ?... dit le Brésilien qui finit par apercevoir les somptuosités du salon.

Elle se mit à rire.

— Quel mauvais ton, Henri ! dit-elle.

Elle venait de recevoir deux regards enflammés de jalousie qui l'avaient atteinte au point de l'obliger à regarder les deux âmes en peine. Crevel, qui jouait contre le baron et monsieur Coquet, avait pour partner monsieur Marneffe. La partie fut égale à cause des distractions respectives de Crevel et du baron qui accumulèrent fautes sur fautes. Ces deux vieillards amoureux avouèrent, en un moment, la passion que Valérie avait réussi à leur faire cacher depuis trois ans ; mais elle n'avait pas su non plus éteindre dans ses yeux le bonheur de revoir l'homme qui, le premier, lui avait fait battre le cœur, l'objet de son premier amour. Les droits de ces heureux mortels vivent autant que la femme sur laquelle ils les ont pris.

Entre ces trois passions absolues, l'une appuyée sur l'insolence de l'argent, l'autre sur le droit de possession, la dernière sur la jeunesse, la force, la fortune et la primauté, madame Marneffe resta calme et l'esprit libre, comme le fut le général Bonaparte, lorsqu'au siège de Mantoue il eut à répondre à deux armées en voulant continuer le blocus de la place. La jalousie, en jouant dans la figure de Hulot, le rendit aussi terrible que feu le maréchal Montcornet partant pour une charge de cavalerie sur un carré russe. En sa qualité de bel homme, le Conseiller-d'État n'avait jamais connu la jalousie, de même que Murat ignorait le sentiment de la peur. Il s'était toujours cru certain du triomphe. Son échec auprès de Josépha, le premier de sa vie, il l'attribuait à la soif de l'argent ; il se disait vaincu par un million, et non par un avorton, en parlant du duc d'Hérouville. Les philtres et les vertiges que verse à torrents ce sentiment fou venaient de couler dans son cœur en un instant. Il se retournait de sa table de whist vers la cheminée par des mouvements à la Mirabeau, et quand il laissait ses cartes pour embrasser par un regard provocateur le Brésilien et Valérie, les habitués du salon éprouvaient cette crainte mêlée de curiosité qu'inspire une violence menaçant d'éclater de moments en moments. Le faux cousin regardait le Conseiller-d'État comme il eût examiné quelque grosse potiche chinoise. Cette situation ne pouvait durer, sans aboutir à un éclat affreux. Marneffe craignait le baron Hulot, autant que Crevel redoutait Marneffe, car il ne se souciait pas de mourir sous-chef. Les moribonds croient à la vie comme les forçats à la liberté. Cet homme voulait être chef de bureau à tout prix. Justement effrayé de la pantomime de Crevel et du Conseiller-d'État, il se leva, dit un mot à l'oreille de sa femme ; et, au grand étonnement de l'assemblée, Valérie passa dans sa chambre à coucher avec le Brésilien et son mari.

— Madame Marneffe vous a-t-elle jamais parlé de ce cousin-là ? demanda Crevel au baron Hulot.

— Jamais ! répondit le baron en se levant. Assez pour ce soir, ajouta-t-il, je perds deux louis, les voici.

Il jeta deux pièces d'or sur la table et alla s'asseoir sur le divan d'un air que tout le monde interpréta comme un avis de s'en aller. Monsieur et madame Coquet, après avoir échangé deux mots, quittèrent le salon, et Claude Vignon, au désespoir, les imita. Ces deux sorties entraînèrent les personnes inintelligentes qui se virent de trop. Le baron et Crevel restèrent seuls, sans se dire un mot. Hulot, qui finit par ne plus apercevoir Crevel, alla sur la pointe du pied écouter à la porte de la chambre, et il fit un bond prodigieux en arrière, car monsieur Marneffe ouvrit la porte, se montra le front serein et parut étonné de ne trouver que deux personnes.

— Et le thé ! dit-il.

— Où donc est Valérie ? répondit le baron furieux.

— Ma femme, réplique Marneffe ; mais elle est montée chez mademoiselle votre cousine, elle va revenir.

— Et pourquoi nous a-t-elle plantés là pour cette stupide chèvre ?...

— Mais, dit Marneffe, mademoiselle Lisbeth est arrivée de chez madame la baronne votre femme avec une espèce d'indigestion, et Mathurine a demandé du thé à Valérie qui vient d'aller voir ce qu'a mademoiselle votre cousine.

— Et le cousin ?...

— Il est parti !

— Vous croyez cela ? dit le baron.

— Je l'ai mis en voiture ! répondit Marneffe avec un affreux sourire.

Le roulement d'une voiture se fit entendre dans la rue Vanneau. Le baron, comptant Marneffe pour zéro, sortit et monta chez Lisbeth. Il lui passait dans la cervelle une de ces idées qu'y envoie le cœur quand il est incendié par la jalousie. La bassesse de Marneffe lui était si connue, qu'il supposa d'ignobles connivences entre la femme et le mari.

— Que sont donc devenus ces messieurs et ces dames ? demanda Marneffe en se voyant seul avec Crevel.

— Quand le soleil se couche, la basse-cour en fait autant, répondit Crevel ; madame Marneffe a disparu, ses adorateurs sont partis. Je vous propose un piquet, ajouta Crevel qui voulait rester.

Lui aussi, il croyait le Brésilien dans la maison. Monsieur Marneffe accepta. Le maire était aussi fin que le baron ; il pouvait demeurer au logis indéfiniment en jouant avec le mari qui, depuis la suppression des jeux publics, se contentait du jeu rétréci, mesquin, du monde.

Le baron Hulot monta rapidement chez sa cousine Bette ; mais il trouva la porte fermée, et les demandes d'usage à travers la porte employèrent assez de temps pour permettre à des femmes alertes et rusées de disposer le spectacle d'une indigestion gorgée de thé. Lisbeth souffrait tant, qu'elle inspirait les craintes les plus vives à Valérie ; aussi Valérie fit-elle à peine attention à la rageuse entrée du baron. La maladie est un des paravents que les femmes mettent le plus souvent entre elles et l'orage d'une querelle. Hulot regarda partout à la dérobée, et il n'aperçut dans la chambre à coucher de la cousine Bette aucun endroit propre à cacher un Brésilien.

— Ton indigestion, Bette, fait honneur au dîner de ma femme, dit-il en examinant la vieille fille qui se portait à merveille, et qui tâchait d'imiter le râle des convulsions d'estomac en buvant du thé.

— Voyez comme il est heureux que notre chère Bette soit logée dans ma maison ! Sans moi, la pauvre fille expirait... dit madame Marneffe.

— Vous avez l'air de me croire au mieux, reprit Lisbeth en s'adressant au baron, et ce serait une infamie...

— Pourquoi ? demanda le baron, vous savez donc la raison de ma visite ?

Et il guigna la porte d'un cabinet de toilette d'où la clef était retirée.

— Parlez-vous grec ?... répondit madame Marneffe avec une expression déchirante de tendresse et de fidélité méconnues.

— Mais c'est pour vous, mon cher cousin, oui c'est par votre faute que je suis dans l'état où vous me voyez, dit Lisbeth avec énergie.

Ce cri détourna l'attention du baron qui regarda la vieille fille dans un étonnement profond.

— Vous savez si je vous aime, reprit Lisbeth, je suis ici, c'est tout dire. J'y use les dernières forces de ma vie, à veiller à vos intérêts en veillant à ceux de notre chère Valérie. Sa maison lui coûte dix fois moins cher qu'une autre maison qu'on voudrait tenir comme la sienne. Sans moi, mon cousin, au lieu de deux mille francs par mois, vous seriez forcé d'en donner trois ou quatre mille.

— Je sais tout cela, répondit le baron impatienté ; vous nous protégez de bien des manières, ajouta-t-il en revenant auprès de madame Marneffe et la prenant par le cou, n'est-ce pas, ma chère petite belle ?...

— Ma parole, dit Valérie, je vous crois fou !...

— Eh bien ! vous ne doutez pas de mon attachement, reprit Lisbeth ; mais j'aime aussi ma cousine Adeline, et je l'ai trouvée en larmes. Elle ne vous a pas vu depuis un mois. Non, cela n'est pas permis. Vous laissez ma pauvre Adeline sans argent. Votre fille Hortense a failli mourir en apprenant que c'est grâce à votre frère que nous avons pu dîner ! Il n'y avait pas de pain chez vous aujourd'hui. Adeline a pris la résolution héroïque de se suffire à elle-même. Elle m'a dit : « Je ferai comme toi ! » Ce mot m'a si fort serré le cœur, après le dîner, qu'en pensant à ce que ma cousine était en 1811 et ce qu'elle est en 1841 trente ans après ! j'ai eu ma digestion arrêtée... j'ai voulu vaincre le mal ; mais, arrivée ici, j'ai cru mourir...

— Vous voyez, Valérie, dit le baron, jusqu'où me mène mon adoration pour vous !... à commettre des crimes domestiques...

— Oh ! j'ai eu raison de rester fille ! s'écria Lisbeth avec une joie sauvage. Vous êtes un bon et excellent homme, Adeline est un ange, et voilà la récompense d'un dévouement aveugle.

— Un vieil ange ! dit doucement madame Marneffe en jetant un regard moitié tendre, moitié rieur à son Hector, qui la contemplait comme un juge d'instruction examine un prévenu.

— Pauvre femme ! dit le baron. Voilà plus de neuf mois que je ne lui ai remis d'argent, et j'en trouve pour vous, Valérie, et à quel prix ! Vous ne serez jamais aimée ainsi par personne, et quels chagrins vous me donnez en retour !

— Des chagrins ? reprit-elle. Qu'appelez-vous donc le bonheur ?

— Je ne sais pas encore quelles ont été vos relations avec ce prétendu cousin, de qui vous ne m'avez jamais parlé, reprit le baron sans faire attention aux mots jetés par Valérie. Mais, quand il est entré, j'ai reçu comme un coup de canif dans le cœur. Quelque aveuglé que je sois, je ne suis pas aveugle. J'ai lu dans vos yeux et dans les siens.

Enfin, il s'échappait par les paupières de ce singe des étincelles qui rejaillissaient sur vous, dont le regard... Oh ! vous ne m'avez jamais regardé ainsi, jamais ! Quant à ce mystère, Valérie, il se dévoilera... Vous êtes la seule femme qui m'ayez fait connaître le sentiment de la jalousie, ainsi ne vous étonnez pas de ce que je vous dis... Mais un autre mystère qui a crevé son nuage, et qui me semble une infamie...

— Allez, allez ! dit Valérie.

— C'est que Crevel, ce cube de chair et de bêtise, vous aime, et que vous accueillez ses galanteries assez bien pour que ce niais ait laissé voir sa passion à tout le monde...

— Et de trois ! Vous n'en apercevez pas d'autres ? demanda madame Marneffe.

— Peut-être y en a-t-il ? dit le baron.

— Que monsieur Crevel m'aime, il est dans son droit d'homme ; que je sois favorable à sa passion, ce serait le fait d'une coquette ou d'une femme à qui vous laisseriez beaucoup de choses à désirer... Eh bien ! aimez-moi avec mes défauts, ou laissez-moi. Si vous me rendez ma liberté, ni vous, ni monsieur Crevel, vous ne reviendrez ici, je prendrai mon cousin pour ne pas perdre les charmantes habitudes que vous me supposez. Adieu, monsieur le baron Hulot.

Et elle se leva ; mais le Conseiller-d'État la saisit par le bras et la fit asseoir. Le vieillard ne pouvait plus remplacer Valérie, elle était devenue un besoin plus impérieux pour lui que les nécessités de la vie, et il aima mieux rester dans l'incertitude que d'acquérir la plus légère preuve de l'infidélité de Valérie.

— Ma chère Valérie, dit-il, ne vois-tu pas ce que je souffre ? Je ne te demande que de te justifier... donne-moi de bonnes raisons...

— Eh bien ! allez m'attendre en bas, car vous ne voulez pas assister, je crois, aux différentes cérémonies que nécessite l'état de votre cousine.

Hulot se retira lentement.

— Vieux libertin ! s'écria la cousine Bette, vous ne me demandez donc pas des nouvelles de vos enfants ?... Que ferez-vous pour Adeline ? Moi, d'abord, je lui porte demain mes économies.

— On doit au moins le pain de froment à sa femme, dit en souriant madame Marneffe.

Le baron, sans s'offenser du ton de Lisbeth qui le régentait aussi durement que Josépha, s'en alla comme un homme enchanté d'éviter une question importune.

Une fois le verrou mis, le Brésilien quitta le cabinet de toilette où il attendait, et il parut les yeux pleins de larmes, dans un état à faire pitié. Montès avait évidemment tout entendu.

— Tu ne m'aimes plus Henri ! je le vois, dit madame Marneffe en se cachant le front dans son mouchoir et fondant en larmes.

C'était le cri de l'amour vrai. La clameur du désespoir de la femme est si persuasive, qu'elle arrache le pardon qui se trouve au fond du cœur de tous les amoureux, quand la femme est jeune, jolie et décolletée à sortir par le haut de sa robe en costume d'Ève.

— Mais pourquoi ne quittez-vous pas tout pour moi, si vous m'aimez ? demanda le Brésilien.

Ce naturel de l'Amérique, logique comme le sont tous les hommes nés dans la Nature, reprit aussitôt la conversation au point où il l'avait laissée, en reprenant la taille de Valérie.

— Pourquoi ?... dit-elle en relevant la tête et regardant Henri qu'elle domina par un regard chargé d'amour. Mais, mon petit chat, je suis mariée. Mais nous sommes à Paris, et non dans les savanes, dans les pampas, dans les solitudes de l'Amérique. Mon bon Henri, mon premier et mon seul amour, écoute-moi donc. Ce mari, simple sous-chef au ministère de la guerre, veut être chef de bureau et officier de la Légion-d'Honneur, puis-je l'empêcher d'avoir de l'ambition ? or, pour la même raison qu'il nous laissait entièrement libres tous les deux (il y a bientôt quatre ans, t'en souviens-tu, méchant ?), aujourd'hui Marneffe m'impose monsieur Hulot. Je ne puis me défaire de cet affreux administrateur qui souffle comme un phoque, qui a des nageoires dans les narines, qui a soixante-trois ans, qui depuis trois ans s'est vieilli de dix ans à vouloir être jeune, qui m'est odieux, que le lendemain du jour où Marneffe sera chef de bureau et officier de la Légion-d'Honneur...

— Qu'est-ce qu'il aura de plus, ton mari ?

— Mille écus.

— Je les lui donnerai viagèrement, reprit le baron Montès, quittons Paris et allons...

— Où ? dit Valérie en faisant une de ces jolies moues par lesquelles les femmes narguent les hommes dont elles sont sûres. Paris est la seule ville où nous puissions vivre heureux. Je tiens trop à ton amour pour le voir s'affaiblir en nous trouvant seuls dans un désert ; écoute, Henri, tu es le seul homme aimé de moi dans l'Univers, écris cela sur ton crâne de tigre.

Les femmes persuadent toujours aux hommes de qui elles ont fait des moutons qu'ils sont des lions, et qu'ils ont un caractère de fer.

— Maintenant, écoute-moi bien : Monsieur Marneffe n'a pas cinq ans à vivre, il est gangrené jusque dans la moelle de ses os ; sur douze mois de l'année il en passe sept à boire des drogues, des tisanes, il vit dans la flanelle ; enfin, il est, dit le médecin, sous le coup de la faulx à tout moment ; la maladie la plus innocente pour un homme sain, sera mortelle pour lui, le sang est corrompu, la vie est attaquée dans son principe. Depuis cinq ans, je n'ai pas voulu qu'il m'embrassât une seule fois, car, cet homme, c'est la peste ! Un jour, et ce jour n'est pas éloigné, je serai veuve, eh bien ! moi, déjà demandée par un homme qui possède soixante mille francs de rente, moi qui suis maîtresse de cet homme comme de ce morceau de sucre, je te déclare que tu serais pauvre comme Hulot, lépreux comme Marneffe, et que si tu me battais, c'est toi que je veux pour mari, toi seul que j'aime, de qui je veuille porter le nom. Et je suis prête à te donner tous les gages d'amour que tu voudras...

— Eh bien ! ce soir...

— Mais, enfant de Rio, mon beau jaguar sorti pour moi des forêts vierges du Brésil, dit-elle en lui prenant la main et la baisant et le caressant, respecte donc un peu la créature de qui tu veux faire ta femme... Serai-je ta femme, Henri ?...

— Oui, dit le Brésilien vaincu par le bavardage effréné de la passion.

Et il se mit à genoux.

— Voyons, Henri, dit Valérie en lui prenant les deux mains et le regardant au fond des yeux avec fixité, tu me jures ici, en présence de Lisbeth, ma meilleure et ma seule amie, ma sœur, de me prendre pour femme au bout de mon année de veuvage ?...

— Je le jure.

— Ce n'est pas assez ! jure par les cendres et le salut éternel de ta mère, jure-le par la vierge Marie et par tes espérances de catholique !

Valérie savait que le Brésilien tiendrait ce serment, quand même elle serait tombée au fond du plus sale bourbier social. Le Brésilien fit ce serment solennel, le nez presque touchant à la blanche poitrine de Valérie et les yeux fascinés ; il était ivre, comme on est ivre en revoyant une femme aimée, après une traversée de cent vingt jours !

— Eh bien ! maintenant, sois tranquille. Respecte bien dans madame Marneffe, la future baronne de Montéjanos. Ne dépense pas un liard pour moi, je te le défends. Reste ici, dans la première pièce, couché sur le petit canapé, je viendrai moi-même t'avertir quand tu pourras quitter ton poste... Demain matin nous déjeunerons ensemble, et tu t'en iras sur les une heure, comme si tu étais venu me faire une visite à midi. Ne crains rien, les portiers m'appartiennent comme s'ils étaient mon père et ma mère... Je vais descendre chez moi servir le thé.

Elle fit un signe à Lisbeth qui l'accompagna jusque sur le palier. Là, Valérie dit à l'oreille de la vieille fille : — Ce moricaud est venu un an trop tôt ! car je meurs si je ne te venge d'Hortense !...

— Sois tranquille, mon cher gentil petit démon, dit la vieille fille en l'embrassant au front, l'amour et la vengeance, chassant de compagnie, n'auront jamais le dessous. Hortense m'attend demain, elle est dans la misère. Pour avoir mille francs, Wenceslas t'embrassera mille fois.

En quittant Valérie, Hulot était descendu jusqu'à la loge, et s'était montré subitement à madame Olivier.

— Madame Olivier ?...

En entendant cette interrogation impérieuse et voyant le geste par lequel le baron la commenta, madame Olivier sortit de sa loge, et alla jusque dans la cour à l'endroit où le baron l'emmena.

— Vous savez que si quelqu'un peut un jour faciliter à

votre fils l'acquisition d'une étude, c'est moi ; c'est grâce à moi que le voici troisième clerc de notaire, et qu'il achève son Droit.

— Oui, monsieur le baron ; aussi, monsieur le baron peut-il compter sur notre reconnaissance. Il n'y a pas de jour que je ne prie Dieu pour le bonheur de monsieur le baron...

— Pas tant de paroles, ma bonne femme, dit Hulot, mais des preuves...

— Que faut-il faire ? demanda madame Olivier.

— Un homme en équipage est venu ce soir, le connaissez-vous ?

Madame Olivier avait bien reconnu le Montès, comment l'aurait-elle oublié ? Montès lui glissait, rue du Doyenné, cent sous dans la main toutes les fois qu'il sortait, le matin, de la maison, un peu trop tôt. Si le baron s'était adressé à monsieur Olivier, peut-être aurait-il appris tout. Mais Olivier dormait. Dans les classes inférieures, la femme est, non-seulement supérieure à l'homme, mais encore elle le gouverne presque toujours. Depuis long-temps, madame Olivier avait pris son parti dans le cas d'une collision entre ses deux bienfaiteurs, elle regardait madame Marneffe comme la plus forte de ces deux puissances.

— Si je le connais ?... répondit-elle, non. Ma foi, non, je ne l'ai jamais vu !...

— Comment ! le cousin de madame Marneffe ne venait jamais la voir quand elle demeurait rue du Doyenné ?

— Ah ! c'est son cousin !... s'écria madame Olivier. Il est peut-être venu, mais je ne l'ai pas reconnu. La première fois, monsieur, je ferai bien attention...

— Il va descendre, dit Hulot vivement en coupant la parole à madame Olivier...

— Mais il est parti, répliqua madame Olivier qui comprit tout. La voiture n'est plus là...

— Vous l'avez vu partir ?

— Comme je vous vois. Il a dit à son domestique : A l'ambassade !

Ce ton, cette assurance arrachèrent un soupir de bonheur au baron, il prit la main à madame Olivier et la lui serra.

— Merci, ma chère madame Olivier ; mais ce n'est pas tout ! Et monsieur Crevel ?...

— Monsieur Crevel ? que voulez-vous dire ? Je ne comprends pas, dit madame Olivier.

— Écoutez-moi bien ! Il aime madame Marneffe...

— Pas possible ! monsieur le baron, pas possible ! dit-elle en joignant les mains.

— Il aime madame Marneffe ! répéta fort impérativement le baron. Comment font-ils ? je n'en sais rien ; mais je veux le savoir et vous le saurez. Si vous pouvez me mettre sur les traces de cette intrigue, votre fils sera notaire.

— Monsieur le baron, *ne vous mangez pas les sangs* comme ça, reprit madame Olivier. Madame vous aime et n'aime que vous ; sa femme de chambre le sait bien, et nous disons comme cela que vous êtes l'homme le plus heureux de la terre, car vous savez tout ce que vaut madame... Ah ! c'est une perfection... Elle se lève à dix heures tous les jours ; pour lors, elle déjeune, bon. Eh ! bien, elle en a pour une heure à faire sa toilette, et tout ça la mène à deux heures ; pour lors elle va se promener aux Tuileries au vu et n'au su de tout le monde ; elle est toujours rentrée à quatre heures, pour l'heure de votre arrivée... Oh ! c'est réglé comme n'une pendule. Elle n'a pas de secrets pour sa femme de chambre, Reine n'en a pas pour moi, allez ! Reine ne peut pas n'en n'avoir rapport à mon fils, pour qui n'elle a des bontés... Vous voyez bien que si madame avait des rapports avec monsieur Crevel, nous le saurions.

Le baron remonta chez madame Marneffe le visage rayonnant, et convaincu d'être le seul homme aimé de cette affreuse courtisane, aussi décevante, mais aussi belle, aussi gracieuse qu'une sirène.

Crevel et Marneffe commençaient un second piquet. Crevel perdait, comme perdent tous les gens qui ne sont pas à leur jeu. Marneffe, qui savait la cause des distractions du maire, en profitait sans scrupules : il regardait les cartes à prendre, il *écartait* en conséquence ; puis, voyant dans le jeu de son adversaire, il jouait à coup sûr. Le prix de la fiche étant de vingt sous, il avait déjà volé trente francs au maire au moment où le baron rentrait.

— Eh bien, dit le Conseiller-d'État étonné de ne trouver personne, vous êtes seuls ! où sont-ils tous ?

— Votre belle humeur a mis tout le monde en fuite ! répondit Crevel.

— Non, c'est l'arrivée du cousin de ma femme, répliqua Marneffe. Ces dames et ces messieurs ont pensé que Valérie et Henri devaient avoir quelque chose à se dire, après une séparation de trois années, et ils se sont discrètement retirés... Si j'avais été là, je les aurais retenus ; mais, par aventure, j'aurais mal fait, car l'indisposition de Lisbeth, qui sert toujours le thé, sur les dix heures et demie, a mis tout en déroute...

— Lisbeth est donc réellement indisposée ? demanda Crevel furieux.

— On me l'a dit, répliqua Marneffe avec l'immorale insouciance des hommes pour qui les femmes n'existent plus.

Le maire avait regardé la pendule ; et, à cette estime, le baron paraissait avoir passé quarante minutes chez Lisbeth. L'air joyeux de Hulot incriminait gravement Hector, Valérie et Lisbeth.

— Je viens de la voir, elle souffre horriblement, la pauvre fille, dit le baron.

— La souffrance des autres fait donc votre joie, mon cher ami, reprit aigrement Crevel, car vous nous revenez avec une figure où la jubilation rayonne ! Est-ce que Lisbeth est en danger de mort ? Votre fille hérite d'elle, dit-on. Vous ne vous ressemblez plus, vous êtes parti avec la physionomie du More de Venise, et vous revenez avec celle de Saint-Preux !... Je voudrais bien voir la figure de madame Marneffe !

— Qu'entendez-vous par ces paroles ?... demanda monsieur Marneffe à Crevel en rassemblant ses cartes et les posant devant lui.

Les yeux éteints de cet homme décrépit à quarante-sept ans s'animèrent, de pâles couleurs nuancèrent ses joues flasques et froides, il entr'ouvrit sa bouche démeublée aux lèvres noires, sur lesquelles il vint une espèce d'écume blanche comme de la craie, et caséiforme. Cette rage d'un homme impuissant, dont la vie tenait à un fil, et qui, dans un duel, n'eût rien risqué là où Crevel eût eu tout à perdre, effraya le maire.

— Je dis, répondit Crevel, que j'aimerais à voir la figure de madame Marneffe, et j'ai d'autant plus raison, que la vôtre en ce moment est fort désagréable. Parole d'honneur, vous êtes horriblement laid, mon cher Marneffe...

— Savez-vous que vous n'êtes pas poli ?

— Un homme qui gagne trente francs en quarante-cinq minutes ne me paraît jamais beau.

— Ah ! si vous m'aviez vu, reprit le sous-chef, il y a dix-sept ans...

— Vous étiez gentil ? répliqua Crevel.

— C'est ce qui m'a perdu ; si j'avais été comme vous je serais Pair et Maire.

— Oui, dit en souriant Crevel, vous avez trop fait la guerre, et, des deux métaux que l'on gagne à cultiver le dieu du commerce, vous avez pris le mauvais, la drogue !

Et Crevel éclata de rire. Si Marneffe se fâchait à propos de son bonheur en péril, il prenait toujours bien ces vulgaires et ignobles plaisanteries ; elles étaient comme la petite monnaie de la conversation entre Crevel et lui.

— Ève me coûte cher, c'est vrai ; mais, ma foi, courte et bonne, voilà ma devise.

— J'aime mieux longue et heureuse, répliqua Crevel. Madame Marneffe entra, vit son mari jouant avec Crevel, et le baron, tous trois seuls dans le salon ; elle comprit, au seul aspect de la figure du dignitaire municipal, toutes les pensées qui l'avaient agité, son parti fut aussitôt pris.

— Marneffe ! mon chat ! dit-elle en venant s'appuyer sur l'épaule de son mari et passant ses jolis doigts dans des cheveux d'un vilain gris sans pouvoir couvrir la tête en les ramenant, il est bien tard pour toi, tu devrais t'aller coucher. Tu sais que demain il faut te purger, le docteur l'a dit, et Reine te fera prendre du bouillon aux herbes dès sept heures... Si tu veux vivre, laisse là ton piquet...

— Faisons-le en cinq marqués ? demanda Marneffe à Crevel.

— Bien... j'en ai déjà deux, répondit Crevel.

— Combien cela durera-t-il ? demanda Valérie.

— Dix minutes, répliqua Marneffe.

— Il est déjà onze heures, répondit Valérie. Et vraiment, monsieur Crevel, on dirait que vous voulez tuer mon mari. Dépêchez-vous au moins.

Cette rédaction à double sens fit sourire Crevel, Hulot et Marneffe lui-même. Valérie alla causer avec son Hector.

— Sors, mon chéri, dit Valérie à l'oreille d'Hector, promène-toi dans la rue Vanneau, tu reviendras lorsque tu verras sortir Crevel.

— J'aimerais mieux sortir de l'appartement et rentrer dans ta chambre par la porte du cabinet de toilette, tu pourrais dire à Reine de me l'ouvrir.

— Reine est là-haut à soigner Lisbeth.

— Eh bien ! si je remontais chez Lisbeth !

Tout était péril pour Valérie, qui, prévoyant une explication avec Crevel, ne voulait pas Hulot dans sa chambre où il pourrait tout entendre. Et le Brésilien attendait chez Lisbeth.

— Vraiment, vous autres hommes, dit Valérie à Hulot, quand vous avez une fantaisie, vous brûleriez les maisons pour y entrer. Lisbeth est dans un état à ne pas vous recevoir... Craignez-vous d'attraper un rhume dans la rue !... Allez-y... ou bonsoir !...

— Adieu, messieurs, dit le baron à haute voix.

Une fois attaqué dans son amour-propre de vieillard, Hulot tint à prouver qu'il pouvait faire le jeune homme en attendant l'heure du berger dans la rue, et il sortit.

Marneffe dit bonsoir à sa femme, à qui, par une démonstration de tendresse apparente, il prit les mains. Valérie serra d'une façon significative la main de son mari, ce qui voulait dire : — Débarrasse-moi donc de Crevel.

— Bonne nuit, Crevel, dit alors Marneffe, j'espère que vous ne resterez pas long-temps avec Valérie. Ah ! je suis jaloux... ça m'a pris tard, mais ça me tient... et je viendrai voir si vous êtes parti.

— Nous avons à causer d'affaires, mais je ne resterai pas long-temps, dit Crevel.

— Parlez bas ! — que me voulez-vous ? dit Valérie sur deux tons en regardant Crevel avec un air où la hauteur se mêlait au mépris.

En recevant ce regard hautain, Crevel, qui rendait d'immenses services à Valérie et qui voulait s'en targuer, redevint humble et soumis.

— Ce Brésilien...

Crevel, épouvanté par le regard fixe et méprisant de Valérie, s'arrêta.

— Après ?... dit-elle.

— Ce cousin...

— Ce n'est pas mon cousin, reprit-elle. C'est mon cousin pour tout le monde et pour monsieur Marneffe. Ce serait mon amant, que vous n'auriez pas un mot à dire. Un boutiquier qui achète une femme pour se venger d'un homme est au-dessous, dans mon estime, de celui qui l'achète par amour. Vous n'étiez pas épris de moi, vous avez vu en moi la maîtresse de monsieur Hulot, et vous m'avez acquise comme on achète un pistolet pour tuer son adversaire. J'avais faim, j'ai consenti !

— Vous n'avez pas exécuté le marché, répondit Crevel redevenant commerçant.

— Ah ! vous voulez que le baron Hulot sache bien que vous lui prenez sa maîtresse, pour avoir votre revanche de l'enlèvement de Josépha... Rien ne me prouve mieux votre bassesse. Vous dites aimer une femme, vous la traitez de duchesse, et vous voulez la déhonorer ? Tenez, mon cher, vous avez raison : cette femme ne vaut pas Josépha. Cette demoiselle a le courage de son infamie, tandis que moi je suis une hypocrite qui devrais être fouettée en place publique. Hélas ! Josépha se protège par son talent et par sa fortune. Mon seul rempart, à moi, c'est mon honnêteté ; je suis encore une digne et vertueuse bourgeoise mais si vous faites un éclat, que deviendrai-je ? Si j'avais la fortune, encore passe ! Mais j'ai maintenant tout au plus quinze mille francs de rente, n'est-ce pas ?

— Beaucoup plus, dit Crevel ; je vous ai doublé depuis deux mois vos économies dans l'Orléans.

— Eh ! bien, la considération à Paris commence à cinquante mille francs de rente, vous n'avez pas à me donner la monnaie de la position que je perdrai. Que voulais-je ? faire nommer Marneffe Chef de bureau ; il aurait six mille francs d'appointements ; il a vingt-sept ans de service, dans trois ans j'aurais droit à quinze cents francs de pension, s'il mourait. Vous, comblé de bontés par moi, gorgé de bonheur, vous ne savez pas attendre ! Et cela dit aimer ! s'écria-t-elle.

— Si j'ai commencé par un calcul, dit Crevel, depuis je suis devenu votre *toutou*. Vous me mettez les pieds sur le cœur, vous m'écrasez, vous m'abasourdissez, et je vous aime comme je n'ai jamais aimé. Valérie, je vous aime autant que j'aime Célestine ! Pour vous, je suis capable de tout... Tenez ! au lieu de venir deux fois par semaine rue du Dauphin, venez-y trois.

— Rien que cela ! Vous rajeunissez mon cher...

— Laissez-moi renvoyer Hulot, l'humilier, vous en débarrasser, dit Crevel sans répondre à cette insolence, n'admettez plus ce Brésilien, soyez toute à moi, vous ne vous en repentirez pas. D'abord, je vous donnerai une inscription de huit mille francs de rente, mais viagère ; je ne vous en joindrai la nue propriété qu'après cinq ans de constance...

— Toujours des marchés ! les bourgeois n'apprendront jamais à donner ! Vous voulez vous faire des relais d'amour dans la vie avec des inscriptions de rentes ?... Ah ! boutiquier, marchand de pommade ! tu étiquettes tout ! Hector me disait que le duc d'Hérouville avait apporté trente mille livres de rente à Josépha dans un cornet de dragées d'épicier ! je vaux six fois mieux que Josépha ! Ah ! être aimée ! dit-elle en refrisant ses anglaises et allant se regarder dans la glace. Henri m'aime, il vous tuerait comme une mouche à un signe de mes yeux ! Hulot m'aime, il met sa femme sur la paille. Allez, soyez bon père de famille, mon cher. Oh ! vous avez, pour faire vos fredaines, trois cent mille francs en dehors de votre fortune, un magot enfin, et vous ne pensez qu'à l'augmenter...

— Pour toi, Valérie, car je t'en offre la moitié ! dit-il en tombant à genoux.

— Eh ! bien, vous êtes encore là ! s'écria le hideux Marneffe en robe de chambre. Que faites-vous ?

— Il me demande pardon, mon ami, d'une proposition insultante qu'il vient de m'adresser. Ne pouvant rien obtenir de moi, monsieur inventait de m'acheter...

Crevel aurait voulu descendre dans la cave par une trappe, comme cela se fait au théâtre.

— Relevez-vous, mon cher Crevel, dit en souriant Marneffe, vous êtes ridicule. Je vois à l'air de Valérie qu'il n'y a pas de danger pour moi.

— Va te coucher et dors tranquille, dit madame Marneffe.

— Est-elle spirituelle, pensait Crevel, elle est adorable ! elle me sauve !

Quand Marneffe fut rentré chez lui, le maire prit les mains de Valérie et les lui baisa en y laissant la trace de quelques larmes.

— Tout en ton nom ! dit-il.

— Voilà aimer, lui répondit-elle bas à l'oreille. Eh ! bien, amour pour amour. Hulot est en bas, dans la rue. Ce pauvre vieux attend, pour venir ici, que je place une bougie à l'une des fenêtres de ma chambre à coucher ; je vous permets de lui dire que vous êtes le seul aimé ; jamais il ne voudra vous croire, emmenez-le rue du Dauphin, donnez-lui des preuves, accablez-le ; je vous le permets, je vous l'ordonne. Ce phoque m'ennuie, il m'excède. Tenez bien votre homme rue du Dauphin pendant toute la nuit, assassinez-le à petit feu, vengez-vous de l'enlèvement de Josépha. Hulot en mourra peut-être ; mais nous sauverons sa femme et ses enfants d'une ruine effroyable. Madame Hulot travaille pour vivre !...

— Oh ! la pauvre dame ! ma foi, c'est atroce ! s'écria Crevel chez qui les bons sentiments naturels revinrent.

— Si tu m'aimes, Célestin, dit-elle tout bas à l'oreille de Crevel qu'elle effleura de ses lèvres, retiens-le, ou je suis perdue. Marneffe a des soupçons, Hector a la clef de la porte cochère et compte revenir !

Crevel serra madame Marneffe dans ses bras, et sortit au comble du bonheur ; Valérie l'accompagna tendrement jusqu'au palier ; puis, comme une femme magnétisée, elle descendit jusqu'au premier étage, et elle alla jusqu'au bas de la rampe.

— Ma Valérie ! remonte, ne te compromets pas aux yeux des portiers... Va, ma vie et ma fortune, tout est à toi... Rentre, ma duchesse !

— Madame Olivier ! cria doucement Valérie lorsque la porte frappa.

— Comment ! madame, vous ici ! dit madame Olivier stupéfaite.

— Mettez les verrous en haut et en bas à la grande porte, et n'ouvrez plus.

— Bien, madame.

Une fois les verrous tirés, madame Olivier raconta la tentative de corruption que s'était permise le haut fonctionnaire à son égard.

— Vous vous êtes conduite comme un ange, ma chère Olivier ; mais nous causerons de cela demain.

Valérie atteignit le troisième étage avec la rapidité d'une flèche, frappa trois petits coups à la porte de

Lisbeth, et revint chez elle, où elle donna ses ordres à mademoiselle Reine ; car jamais une femme ne manque l'occasion d'un Montès arrivant du Brésil.

— Non ! saperlotte, il n'y a que les femmes du monde pour savoir aimer ainsi ! se disait Crevel. Comme elle descendait l'escalier en l'éclairant de ses regards, je l'entraînais ! Jamais Josépha !... Josépha, c'est de la *gnognote* ! cria l'ancien commis-voyageur. Qu'ai-je dit là ? *gnognote*... Mon Dieu ! je suis capable de lâcher cela quelque jour aux Tuileries... Non, si Valérie ne fait pas mon éducation, je ne puis rien être... Moi qui tiens tant à paraître grand seigneur... Ah ! quelle femme ! elle me remue autant qu'une colique, quand elle me regarde froidement... Quelle grâce ! quel esprit ! Jamais Josépha ne m'a donné de pareilles émotions. Et quelles perfections inconnues ! Ah ! bien, voilà mon homme.

Il apercevait, dans les ténèbres de la rue de Babylone, le grand Hulot, un peu voûté, se glissant le long des planches d'une maison en construction, et il alla droit à lui.

— Bonjour, baron, car il est plus de minuit, mon cher ! Que diable faites-vous là ?... vous vous promenez par une jolie petite pluie fine. A nos âges, c'est mauvais. Voulez-vous que je vous donne un bon conseil ? revenons chacun chez nous ; car, entre nous, vous ne verrez pas de lumière à la croisée...

En entendant cette dernière phrase, le baron sentit qu'il avait soixante-trois ans, et que son manteau était mouillé.

— Qui donc a pu vous dire ?... demanda-t-il.

— Valérie ! parbleu, *notre* Valérie qui veut être uniquement *ma* Valérie. Nous sommes manche à manche, baron, nous jouerons la belle quand vous voudrez. Vous ne pouvez pas vous fâcher, vous savez que le droit de prendre ma revanche a toujours été stipulé, vous avez mis trois mois à m'enlever Josépha, moi je vous ai pris Valérie en... Ne parlons pas de cela, reprit-il. Maintenant, je la veux toute à moi. Mais nous n'en resterons pas moins bons amis.

— Crevel, ne plaisante pas, répondit le baron d'une voix étouffée par la rage, c'est une affaire de vie ou de mort.

— Tiens ! comme vous prenez cela ?... Baron, ne vous

rappelez-vous plus ce que vous m'avez dit le jour du mariage d'Hortense : « Est-ce que deux roquetins comme nous doivent se brouiller pour une jupe ? C'est épicier, c'est petites gens... » Nous sommes, c'est convenu, Régence, Justeaucorps bleu, Pompadour, Dix-huitième siècle, tout ce qu'il y a de plus maréchal de Richelieu, Rocaille, et, j'ose le dire, Liaisons Dangereuses !...

Crevel aurait pu entasser ses mots litteraires pendant long-temps, le baron écoutait comme écoutent les sourds dans le commencement de leur surdité. Voyant, à la lueur du gaz, le visage de son ennemi devenu blanc, le vainqueur s'arrêta. C'était un coup de foudre pour le baron, après les déclarations de madame Olivier, après le dernier regard de Valérie.

— Mon Dieu ! il y avait tant d'autres femmes dans Paris !... s'écria-t-il enfin.

— C'est ce que je t'ai dit quand tu m'as pris Josépha, répliqua Crevel.

— Tenez, Crevel, c'est impossible... Donnez-moi des preuves !... avez-vous une clef comme moi pour entrer ?

Et le baron, arrivé devant la maison, fourra une clef dans la serrure : mais il trouva la porte immobile, et il essaya vainement de l'ébranler.

— Ne faites pas de tapage nocturne, dit tranquillement Crevel. Tenez, baron, j'ai, moi, de bien meilleures clefs que les vôtres.

— Des preuves ! des preuves ! répéta le baron exaspéré par une douleur à devenir fou.

— Venez, je vais vous en donner, répondit Crevel.

Et, selon les instructions de Valérie, il entraîna le baron vers le quai, par la rue Hillerin-Bertin. L'infortuné Conseiller-d'État allait, comme vont les négociants la veille du jour où ils doivent déposer leur bilan ; il se perdait en conjectures sur les raisons de la dépravation cachée au fond du cœur de Valérie, et il se croyait la dupe de quelque mystification. En passant sur le pont Royal, il vit son existence si vide, si bien finie, si embrouillée par ses affaires financières, qu'il fut sur le point de céder à la mauvaise pensée qui lui vint de jeter Crevel à la rivière, et de s'y jeter après lui.

Arrivé rue du Dauphin, qui, dans ce temps, n'était pas encore élargie, Crevel s'arrêta devant une porte bâtarde.

Cette porte ouvrait sur un long corridor pavé en dalles blanches et noires, formant péristyle, et au bout duquel se trouvait un escalier et une loge de concierge éclairés par une petite cour intérieure comme il y en a tant à Paris. Cette cour, mitoyenne avec la propriété voisine, offrait la singulière particularité d'un partage inégal. La petite maison de Crevel, car il en était propriétaire, avait un appendice à toiture vitrée, bâti sur le terrain voisin, et grevé de l'interdiction d'élever cette construction, entièrement cachée à la vue par la loge et par l'encombrement de l'escalier.

Ce local, comme on en voit tant à Paris, avait longtemps servi de magasin, d'arrière-boutique et de cuisine à l'une des deux boutiques situées sur la rue. Crevel avait détaché de la location ces trois pièces du rez-de-chaussée, et Grindot les avait transformées en une petite maison économique. On y pénétrait de deux manières, d'abord par la boutique d'un marchand de meubles à qui Crevel la louait à bas prix et au mois, afin de pouvoir le punir en cas d'indiscrétion, puis par une porte cachée dans le mur du corridor assez habilement pour être presque invisible. Ce petit appartement, composé d'une salle à manger, d'un salon et d'une chambre à coucher, éclairé par en haut, partie chez le voisin, partie chez Crevel, était donc à peu près introuvable. A l'exception du marchand de meubles d'occasion, les locataires ignoraient l'existence de ce petit paradis. La portière, payée pour être la complice de Crevel, était une excellente cuisinière. Monsieur le maire pouvait donc entrer dans sa petite maison économique et en sortir à toute heure de nuit, sans craindre aucun espionnage. Le jour, une femme mise comme se mettent les Parisiennes pour aller faire des emplettes et munie d'une clef, ne risquait rien à venir chez Crevel ; elle observait les marchandises d'occasion, elle en marchandait, elle entrait dans la boutique, et la quittait sans exciter le moindre soupçon si quelqu'un la rencontrait.

Lorsque Crevel eut allumé les candélabres dans le boudoir, le baron fut tout étonné du luxe intelligent et coquet déployé là. L'ancien parfumeur avait donné carte blanche à Grindot, et le vieil architecte s'était distingué par une création du genre Pompadour qui, d'ailleurs, coûtait soixante mille francs. — Je veux, avait dit Crevel à

Grindot, qu'une duchesse entrant là soit surprise... Il avait voulu le plus bel Éden parisien pour y posséder son Ève, sa femme du monde, sa Valérie, sa duchesse.

— Il y a deux lits, dit Crevel à Hulot en montrant un divan d'où l'on tirait un lit comme on tire le tiroir d'une commode. En voici un, l'autre est dans la chambre. Ainsi nous pouvons passer ici la nuit tous les deux.

— Les preuves ! dit le baron.

Crevel prit un bougeoir et mena son ami dans la chambre à coucher, où, sur une causeuse, Hulot vit une robe de chambre magnifique appartenant à Valérie, et qu'elle avait portée rue Vanneau, pour s'en faire honneur avant de l'employer à la petite maison Crevel. Le maire fit jouer le secret d'un joli petit meuble en marqueterie appelé *bonheur du jour*, y fouilla, saisit une lettre et la tendit au baron.

— Tiens, lis.

Le Conseiller-d'État lut ce petit billet écrit au crayon :

« Je t'ai vainement attendu, vieux rat ! Une femme comme moi n'attend jamais un ancien parfumeur. Il n'y avait ni dîner commandé, ni cigarette. Tu me payeras tout cela. »

— Est-ce bien son écriture ?

— Mon Dieu ! dit Hulot en s'asseyant accablé. Je reconnais tout ce qui lui a servi, voilà ses bonnets et ses pantoufles. Ah ! çà, voyons, depuis quand...

Crevel fit signe qu'il comprenait, et empoigna une liasse de mémoires dans le petit secrétaire en marqueterie.

— Vois, mon vieux ! j'ai payé les entrepreneurs en décembre 1838. En octobre, deux mois auparavant, cette délicieuse petite maison était étrennée.

Le Conseiller-d'État baissa la tête.

— Comment diable faites-vous ? car je connais l'emploi de son temps, heure par heure.

— Et la promenade aux Tuileries... dit Crevel en se frottant les mains et jubilant.

— Eh bien ?... reprit Hulot hébété.

— Ta soi-disant maîtresse vient aux Tuileries, elle est censée s'y promener de une heure à quatre heures ; mais crac ! en deux temps elle est ici. Tu connais Molière ? Eh bien ! baron, il n'y a rien d'imaginaire dans ton intitulé.

Hulot, ne pouvant plus douter de rien, resta dans un silence sinistre. Les catastrophes poussent tous les hommes forts et intelligents à la philosophie. Le baron était, moralement, comme un homme qui cherche son chemin la nuit dans une forêt. Ce silence morne, le changement qui se fit sur cette physionomie affaissée, tout inquiéta Crevel qui ne voulait pas la mort de son collaborateur.

— Comme je te disais, mon vieux, nous sommes manche à manche, jouons la belle... Veux-tu jouer la belle, voyons ? au plus fin !

— Pourquoi, se dit Hulot en se parlant à lui-même, sur dix belles femmes, y en a-t-il au moins sept de perverses ?

Le baron était trop en désarroi pour trouver la solution de ce problème. La beauté, c'est le plus grand des pouvoirs humains. Tout pouvoir sans contre-poids, sans entraves, autocratique, mène à l'abus, à la folie. L'arbitraire c'est la démence du pouvoir. Chez la femme, l'arbitraire, c'est la fantaisie.

— Tu n'as pas à te plaindre, mon cher confrère, tu as la plus belle des femmes, et elle est vertueuse.

— Je mérite mon sort, se dit Hulot, j'ai méconnu ma femme, je la fais souffrir, et c'est un ange ! O ma pauvre Adeline, tu es bien vengée ! Elle souffre, seule, en silence, elle est digne d'adoration, elle mérite mon amour, je devrais... car elle est admirable encore, blanche et redevenue jeune fille... Mais a-t-on jamais vu femme plus ignoble, plus infâme, plus scélérate que cette Valérie ?

— C'est une vaurienne, dit Crevel, une coquine à fouetter sur la place du Châtelet ; mais, mon cher Canillac, si nous sommes Justeaucorps bleu, Maréchal de Richelieu, Trumeau, Pompadour, Du Barry, roués et tout ce qu'il y a de plus Dix-huitième siècle, nous n'avons plus de lieutenant de police.

— Comment se faire aimer ?... se demandait Hulot sans écouter Crevel.

— C'est une bêtise à nous autres de vouloir être aimés, mon cher, dit Crevel, nous ne pouvons être que supportés, car madame Marneffe est cent fois plus rouée que Josépha...

— Et avide ! elle me coûte cent quatre-vingt douze mille francs !... s'écria Hulot.

— Et combien de centimes ? demanda Crevel avec l'insolence du financier en trouvant la somme minime.

— On voit bien que tu ne l'aimes pas, dit mélancoliquement le baron.

— Moi, j'en ai assez, répliqua Crevel, car elle a plus de trois cent mille francs à moi !...

— Où est-ce ? où tout cela passe-t-il ? dit le baron en se prenant la tête dans les mains.

— Si nous nous étions entendus, comme ces petits jeunes gens qui se cotisent pour entretenir une lorette de deux sous, elle nous aurait coûté moins cher...

— C'est une idée ! repartit le baron ; mais elle nous tromperait toujours, car, mon gros père, que penses-tu de ce Brésilien ?...

— Ah ! vieux lapin, tu as raison, nous sommes joués comme des... des actionnaires !... dit Crevel. Toutes ces femmes-là sont des commandites !

— C'est donc elle, dit le baron, qui t'a parlé de la lumière sur la fenêtre ?...

— Mon bonhomme, reprit Crevel en se mettant en position, nous sommes *floués* ! Valérie est une... Elle m'a dit de te tenir ici... J'y vois clair... Elle a son Brésilien... Ah ! je renonce à elle, car si vous lui teniez les mains, elle trouverait moyen de vous tromper avec ses pieds ! Tiens, c'est une infâme, une rouée !

— Elle est au-dessous des prostituées, dit le baron. Josépha, Jenny Cadine étaient dans leur droit en nous trompant, elles font métier de leurs charmes, elles !

— Mais elle ! qui fait la sainte, la prude, dit Crevel. Tiens, dit Hulot, retourne à ta femme, car tu n'es pas bien dans tes affaires, on commence à causer de certaines lettres de change souscrites à un petit usurier dont la spécialité consiste à prêter aux lorettes, un certain Vauvinet. Quant à moi, me voilà guéri des femmes comme il faut. D'ailleurs, à nos âges, quel besoin avons-nous de ces drôlesses, qui, je suis franc, ne peuvent pas ne point nous tromper ? Tu as des cheveux blancs, des fausses dents, baron. Moi, j'ai l'air de Silène. Je vais me mettre à amasser. L'argent ne trompe point. Si le Trésor s'ouvre tous les six mois pour tout le monde, il vous donne au moins des intérêts, et cette femme en coûte... Avec toi, mon cher confrère, Gubetta, mon vieux complice, je pour-

194

rais accepter une situation *chocnoso*... non, philoso-
phique ; mais un Brésilien qui, peut-être, apporte de son
pays des denrées coloniales, suspectes...

— La femme, dit Hulot, est un être inexplicable.

— Je l'explique, dit Crevel : nous sommes vieux, le
Brésilien est jeune et beau...

— Oui, c'est vrai, dit Hulot, je l'avoue, nous vieillis-
sons. Mais, mon ami, comment renoncer à voir ces belles
créatures se déshabillant, roulant leurs cheveux, nous
regardant avec un fin sourire à travers leurs doigts quand
elles mettent leurs papillotes, faisant toutes leurs mines,
débitant leurs mensonges, et se disant peu aimées, quand
elles nous voient harassés par les affaires, et nous dis-
trayant malgré tout ?

— Oui, ma foi ! c'est la seule chose agréable de la vie...
s'écria Crevel. Ah ! quand un minois vous sourit, et qu'on
vous dit : « Mon bon chéri, sais-tu combien tu es aimable !
Moi, je suis sans doute autrement faite que les autres
femmes qui se passionnent pour de petits jeunes gens à
barbe de bouc, des drôles qui fument, et grossiers comme
des laquais ! car leur jeunesse leur donne une insolence !...
Enfin, ils viennent, ils vous disent bonjour et ils s'en
vont... Moi, que tu soupçonnes de coquetterie, je préfère à
ces moutards les gens de cinquante ans, on garde ça
long-temps ; c'est dévoué, ça sait qu'une femme se retrouve difficilement, et ils nous apprécient... Voilà pourquoi je t'aime, grand scélérat !... » Et elles accompagnent
ces espèces d'aveux, de minauderies, de gentillesses, de...
Ah ! c'est faux comme des programmes d'Hôtel-de-Ville.

— Le mensonge vaut souvent mieux que la vérité, dit
Hulot en se rappelant quelques scènes charmantes évo-
quées par la pantomime de Crevel qui singeait Valérie.
On est forcé de travailler le Mensonge, de coudre des
paillettes à ses habits de théâtre...

— Et puis enfin, on les a, ces menteuses ! dit brutalement Crevel.

— Valérie est une fée, cria le baron, elle vous métamorphose un vieillard en jeune homme...

— Ah ! oui, reprit Crevel, c'est une anguille qui vous
coule entre les mains ; mais c'est la plus jolie des
anguilles... blanche et douce comme du sucre !... drôle
comme Arnal, et des inventions ! Ah !

— Oh ! oui, elle est bien spirituelle ! s'écria le baron ne pensant plus à sa femme.

Les deux confrères se couchèrent les meilleurs amis du monde, en se rappelant une à une les perfections de Valérie, les intonations de sa voix, ses chatteries, ses gestes, ses drôleries, les saillies de son esprit, celles de son cœur ; car cette artiste en amour avait des élans admirables, comme les ténors qui chantent un air mieux un jour que l'autre. Et tous les deux ils s'endormirent, bercés par ces réminiscences tentatrices et diaboliques, éclairées par les feux de l'enfer.

Le lendemain, à neuf heures, Hulot parla d'aller au Ministère, Crevel avait affaire à la campagne. Ils sortirent ensemble, et Crevel tendit la main au baron en lui disant :
— Sans rancune, n'est-ce pas ? car nous ne pensons plus ni l'un ni l'autre à madame Marneffe.

— Oh ! c'est bien fini ! répondit Hulot en exprimant une sorte d'horreur.

A dix heures et demie, Crevel grimpait quatre à quatre l'escalier de madame Marneffe. Il trouva l'infâme créature, l'adorable enchanteresse, dans le déshabillé le plus coquet du monde, mangeant un joli petit déjeuner fin en compagnie du baron Henri Montès de Montéjanos et de Lisbeth. Malgré le coup que lui porta la vue du Brésilien, Crevel pria madame Marneffe de lui donner deux minutes d'audience. Valérie passa dans le salon avec Crevel.

— Valérie, mon ange, dit l'amoureux Crevel, monsieur Marneffe n'a pas longtemps à vivre ; si tu veux m'être fidèle, à sa mort, nous nous marierons. Songes-y. Je t'ai débarrassée de Hulot... Ainsi, vois si ce Brésilien peut valoir un maire de Paris, un homme qui, pour toi, voudra parvenir aux plus hautes dignités, et qui, déjà, possède quatre-vingt et quelques mille livres de rente.

— On y songera, dit-elle. Je serai rue du Dauphin à deux heures, et nous en causerons, mais, soyez sage ! et n'oubliez pas le transfert que vous m'avez promis hier.

Elle revint dans la salle à manger, suivie de Crevel qui se flattait d'avoir trouvé le moyen de posséder à lui seul Valérie ; mais il aperçut le baron Hulot qui, pendant cette courte conférence, était entré pour réaliser le même dessein. Le Conseiller-d'État demanda, comme Crevel, un moment d'audience. Madame Marneffe se leva pour retourner au salon, en souriant au Brésilien, comme pour lui dire : — Ils sont fous ! Ils ne te voient donc pas ?

— Valérie, dit le Conseiller-d'État, mon enfant, ce cousin est un cousin d'Amérique...

— Oh ! assez ! s'écria-t-elle en interrompant le baron. Marneffe n'a jamais été, ne sera plus, ne peut plus être mon mari. Le premier, le seul homme que j'aie aimé est revenu, sans être attendu... Ce n'est pas ma faute ! Mais regardez bien Henri et regardez-vous. Puis demandez-vous si une femme, surtout quand elle aime, peut hésiter. Mon cher, je ne suis pas une femme entretenue. A compter d'aujourd'hui, je ne veux plus être comme Suzanne entre deux vieillards. Si vous tenez à moi, vous serez, vous et Crevel, nos amis ; mais tout est fini, car j'ai vingt-six ans, je veux être à l'avenir une sainte, une excellente et digne femme... comme la vôtre.

— C'est ainsi ? dit Hulot. Ah ! voilà comment vous m'accueillez, lorsque je venais, comme un pape, les mains pleines d'indulgences !... Eh ! bien, votre mari ne sera jamais chef de bureau ni officier de la Légion-d'Honneur...

— C'est ce que nous verrons ! dit madame Marneffe en regardant Hulot d'une certaine manière.

— Ne nous fâchons pas, reprit Hulot au désespoir, je viendrai ce soir, et nous nous entendrons.

— Chez Lisbeth, oui !...

— Eh ! bien, dit le vieillard amoureux, chez Lisbeth !...

Hulot et Crevel descendirent ensemble sans se dire un mot jusque dans la rue ; mais, sur le trottoir, ils se regardèrent et se mirent à rire tristement.

— Nous sommes deux vieux fous !... dit Crevel.

— Je les ai congédiés, dit madame Marneffe à Lisbeth en se remettant à table. Je n'ai jamais aimé, je n'aime et n'aimerai jamais que mon jaguar, ajouta-t-elle en souriant à Henri Montès. Lisbeth ma fille, tu ne sais pas ?... Henri m'a pardonné les infamies auxquelles la misère m'a réduite.

— C'est ma faute, dit le Brésilien, j'aurais dû t'envoyer cent mille francs...

— Pauvre enfant ! s'écria Valérie, j'aurais dû travailler pour vivre, mais je n'ai pas les doigts faits pour cela... demande à Lisbeth.

Le Brésilien s'en alla l'homme le plus heureux de Paris.

Vers les midi, Valérie et Lisbeth causaient dans la magnifique chambre à coucher où cette dangereuse Parisienne donnait à sa toilette ces dernières façons qu'une femme tient à donner elle-même. Les verrous mis, les portières tirées, Valérie raconta dans leurs moindres détails tous les événements de la soirée, de la nuit et de la matinée.

— Es-tu contente, mon bijou ? dit-elle à Lisbeth en terminant. Que dois-je être un jour, madame Crevel ou madame Montès ? Quel est ton avis ?

— Crevel n'a pas plus de dix ans à vivre, libertin comme il l'est, répondit Lisbeth, et Montès est jeune. Crevel te laissera trente mille francs de rente, environ. Que Montès attende, il sera bien assez heureux en restant le Benjamin. Ainsi, vers trente-trois ans, tu peux, ma chère enfant, en te conservant belle, épouser ton Brésilien et jouer un grand rôle avec soixante mille francs de rente à toi, surtout *protégée* par une maréchale...

— Oui, mais Montès est Brésilien, il n'arrivera jamais à rien, fit observer Valérie.

— Nous sommes, dit Lisbeth, dans un temps de chemins de fer, où les étrangers finissent en France par occuper de grandes positions.

— Nous verrons, reprit Valérie, quand Marneffe sera mort, et il n'a pas long-temps à souffrir.

— Ces maladies qui lui reviennent, dit Lisbeth, sont comme les remords du physique. Allons, je vais chez Hortense.

— Eh bien ! va, mon ange, répondit Valérie, et amène-moi mon artiste ! En trois ans n'avoir pas encore gagné seulement un pouce de terrain ! C'est notre honte à toutes deux ! Wenceslas et Henri, voilà mes deux seules passions. L'un, c'est l'amour ; l'autre, c'est la fantaisie.

— Es-tu belle, ce matin ! dit Lisbeth en venant prendre Valérie par la taille et la baisant au front. Je jouis de tous tes plaisirs, de ta fortune, de ta toilette... Je n'ai vécu que depuis le jour où nous nous sommes faites sœurs...

— Attends ! ma tigresse, dit en riant Valérie, ton châle est de travers... Tu ne sais pas encore porter un châle, malgré mes leçons, au bout de trois ans, et tu veux être madame la maréchale Hulot...

Chaussée de brodequins en prunelle, de bas de soie gris, armée d'une robe en magnifique levantine, les cheveux en bandeau sous une très-jolie capote en velours noir doublée de satin jaune, Lisbeth alla rue Saint-Dominique par le boulevard des Invalides, en se demandant si le découragement d'Hortense lui livrerait enfin cette âme forte, et si l'inconstance sarmate, prise à l'heure où tout est possible à ces caractères, ferait fléchir l'amour de Wenceslas.

Hortense et Wenceslas occupaient le rez-de-chaussée d'une maison située à l'endroit où la rue Saint-Dominique aboutit à l'Esplanade des Invalides. Cet appartement, jadis en harmonie avec la lune de miel, offrait en ce moment un aspect à moitié frais, à moitié fané, qu'il faudrait appeler l'automne du mobilier. Les nouveaux mariés sont gâcheurs, ils gaspillent sans le savoir, sans le vouloir, les choses autour d'eux, comme ils abusent de l'amour. Pleins d'eux-mêmes ils se soucient peu de l'avenir qui, plus tard, préoccupe la mère de famille.

Lisbeth trouva sa cousine Hortense ayant achevé d'habiller elle-même un petit Wenceslas qui venait d'être exporté dans le jardin.

— Bonjour, Bette, dit Hortense qui vint ouvrir elle-même la porte à sa cousine.

La cuisinière était allée au marché, la femme de chambre, à la fois bonne d'enfant, faisait un savonnage.

— Bonjour, ma chère enfant, répondit Lisbeth en embrassant Hortense. Eh bien ! lui dit-elle à l'oreille, Wenceslas est-il à son atelier ?

— Non, il cause avec Stidmann et Chanor dans le salon.

— Pourrions-nous être seules ? demanda Lisbeth.

— Viens dans ma chambre.

Cette chambre, tendue de perse à fleurs roses et à feuillages verts sur un fond blanc, sans cesse frappée par le soleil ainsi que le tapis, avait passé. Depuis long-temps, les rideaux n'avaient pas été blanchis. On y sentait la fumée du cigare de Wenceslas qui, devenu grand seigneur de l'art et né gentilhomme, déposait les cendres du tabac sur les bras des fauteuils, sur les plus jolies choses, en homme aimé de qui l'on souffre tout, en homme riche qui ne prend pas de soins bourgeois.

— Eh bien ! parlons de tes affaires, demanda Lisbeth

en voyant sa belle cousine muette dans le fauteuil où elle s'était plongée. Mais qu'as-tu ? je te trouve pâlotte, ma chère.

— Il a paru deux nouveaux articles où mon pauvre Wenceslas est abîmé ; je les ai lus, je les lui cache, car il se découragerait tout à fait. Le marbre du maréchal Montcornet est regardé comme tout à fait mauvais. On fait grâce aux bas-reliefs pour vanter avec une atroce perfidie le talent d'ornemaniste de Wenceslas, et afin de donner plus de poids à cette opinion que l'*art* sévère nous est interdit ! Stidmann, supplié par moi de dire la vérité, m'a désespérée en m'avouant que son opinion à lui s'accordait avec celle de tous les artistes, des critiques et du public. — « Si Wenceslas, m'a-t-il dit, là, dans le jardin avant le déjeuner, n'expose pas, l'année prochaine, un chef-d'œuvre, il doit abandonner la grande sculpture et s'en tenir aux idylles, aux figurines, aux œuvres de bijouterie et de haute orfèvrerie ! » Cet arrêt m'a causé la plus vive peine, car Wenceslas n'y voudra jamais souscrire, il se sent, il a tant de belles idées...

— Ce n'est pas avec des idées qu'on paye ses fournisseurs, fit observer Lisbeth, je me tuais à lui dire cela... C'est avec de l'argent. L'argent ne s'obtient que par des choses faites, et qui plaisent assez aux bourgeois pour être achetées. Quand il s'agit de vivre, il vaut mieux que le sculpteur ait *sur son établi* le modèle d'un flambeau, d'un garde-cendres, d'une table, qu'un groupe et qu'une statue, car tout le monde a besoin de cela, tandis que l'amateur de groupes et son argent se font attendre pendant des mois entiers...

— Tu as raison, ma bonne Lisbeth ! dis-lui donc cela ; moi, je n'en ai pas le courage... D'ailleurs, comme il le disait à Stidmann, s'il se remet à l'ornement, à la petite sculpture, il faudra renoncer à l'Institut, aux grandes créations de l'art, et nous n'aurons plus les trois cent mille francs de travaux que Versailles, la ville de Paris, le ministère nous tenaient en réserve. Voilà ce que nous ôtent ces affreux articles dictés par des concurrents qui voudraient hériter de nos commandes.

— Et ce n'est pas là ce que tu rêvais, pauvre petite chatte ! dit Bette en baisant Hortense au front, tu voulais un gentilhomme dominant l'art, à la tête des sculpteurs...

Mais c'est de la poésie, vois-tu... Ce rêve exige cinquante mille francs de rente, et vous n'en avez que deux mille quatre cents, tant que je vivrai ; trois mille après ma mort.

Quelques larmes vinrent dans les yeux d'Hortense, et Bette les lapa du regard comme une chatte boit du lait.

Voici l'histoire succincte de cette lune de miel, le récit n'en sera peut-être pas perdu pour les artistes.

Le travail moral, la chasse dans les hautes régions de l'intelligence, est un des plus grands efforts de l'homme. Ce qui doit mériter la gloire dans l'Art, car il faut comprendre sous ce mot toutes les créations de la Pensée, c'est surtout le courage, un courage dont le vulgaire ne se doute pas, et qui peut-être est expliqué pour la première fois ici. Poussé par la terrible pression de la misère, maintenu par Bette dans la situation de ces chevaux à qui l'on met des œillères pour les empêcher de voir à droite et à gauche du chemin, fouetté par cette dure fille, image de la Nécessité, cette espèce de Destin subalterne, Wenceslas, né poëte et rêveur, avait passé de la Conception à l'Exécution, en franchissant sans les mesurer les abîmes qui séparent ces deux hémisphères de l'Art. Penser, rêver, concevoir de belles œuvres, est une occupation délicieuse. C'est fumer des cigares enchantés, c'est mener la vie de la courtisane occupée à sa fantaisie. L'œuvre apparaît alors dans la grâce de l'enfance, dans la joie folle de la génération, avec les couleurs embaumées de la fleur et les sucs rapides du fruit dégusté par avance. Telle est la Conception et ses plaisirs. Celui qui peut dessiner son plan par la parole, passe déjà pour un homme extraordinaire. Cette faculté, tous les artistes et les écrivains la possèdent. Mais produire ! mais accoucher ! mais élever laborieusement l'enfant, le coucher gorgé de lait tous les soirs, l'embrasser tous les matins avec le cœur inépuisé de la mère, le lécher sale, le vêtir cent fois des plus belles jaquettes qu'il déchire incessamment ; mais ne pas se rebuter des convulsions de cette folle vie et en faire le chef-d'œuvre animé qui parle à tous les regards en sculpture, à toutes les intelligences en littérature, à tous les souvenirs en peinture, à tous les cœurs en musique, c'est l'Exécution et ses travaux. La main doit s'avancer à tout moment, prête à tout moment à obéir à la tête. Or, la tête n'a pas plus les dispositions créatrices à commandement, que l'amour n'est continu.

Cette habitude de la création, cet amour infatigable de la Maternité qui fait la mère (ce chef-d'œuvre naturel si bien compris de Raphaël !), enfin, cette maternité cérébrale si difficile à conquérir, se perd avec une facilité prodigieuse. L'Inspiration, c'est l'Occasion du Génie. Elle court non pas sur un rasoir, elle est dans les airs et s'envole avec la défiance des corbeaux, elle n'a pas d'écharpe par où le poète la puisse prendre, sa chevelure est une flamme, elle se sauve comme ces beaux flamants blancs et roses, le désespoir des chasseurs. Aussi le travail est-il une lutte lassante que redoutent et que chérissent les belles et puissantes organisations qui souvent s'y brisent. Un grand poëte de ce temps-ci disait en parlant de ce labeur effrayant : — Je m'y mets avec désespoir et je le quitte avec chagrin. Que les ignorants le sachent ! Si l'artiste ne se précipite pas dans son œuvre, comme Curtius dans le gouffre, comme le soldat dans la redoute, sans réfléchir ; et si, dans ce cratère, il ne travaille pas comme le mineur enfoui sous un éboulement ; s'il contemple enfin les difficultés au lieu de les vaincre une à une, à l'exemple de ces amoureux des féeries, qui, pour obtenir leurs princesses, combattaient des enchantements renaissants, l'œuvre reste inachevée, elle périt au fond de l'atelier, où la production devient impossible, et l'artiste assiste au suicide de son talent. Rossini, ce génie frère de Raphaël, en offre un exemple frappant, dans sa jeunesse indigente superposée à son âge mûr opulent. Telle est la raison de la récompense pareille, du pareil triomphe, du même laurier accordé aux grands poëtes et aux grands généraux.

Wenceslas, nature rêveuse, avait dépensé tant d'énergie à produire, à s'instruire, à travailler sous la direction despotique de Lisbeth, que l'amour et le bonheur amenèrent une réaction. Le vrai caractère reparut. La paresse et la nonchalance, la mollesse du Sarmate revinrent occuper dans son âme les sillons complaisants d'où la verge du maître d'école les avait chassées. L'artiste, pendant les premiers mois, aima sa femme. Hortense et Wenceslas se livrèrent aux adorables enfantillages de la passion légitime, heureuse, insensée. Hortense fut alors la

première à dispenser Wenceslas de tout travail, orgueilleuse de triompher ainsi de sa rivale, la Sculpture. Les
caresses d'une femme, d'ailleurs, font évanouir la Muse,
et fléchir la féroce, la brutale fermeté du travailleur. Six à
sept mois passèrent, les doigts du sculpteur désapprirent
à tenir l'ébauchoir. Quand la nécessité de travailler se fit
sentir, quand le prince de Wissembourg, président du
comité de souscription, voulut voir la statue, Wenceslas
prononça le mot suprême des flâneurs : — Je vais m'y
mettre ! Et il berça sa chère Hortense de fallacieuses
paroles, des magnifiques plans de l'artiste fumeur. Hortense redoubla d'amour pour son poëte, elle entrevoyait
une sublime statue du maréchal Montcornet. Montcornet
devait être l'idéalisation de l'intrépidité, le type de la
cavalerie, le courage à la Murat. Ah bah ! l'on devait, à
l'aspect de cette statue, concevoir toutes les victoires de
l'Empereur. Et quelle exécution ! Le crayon était bien
complaisant, il suivait la parole.
    En fait de statue, il vint un petit Wenceslas ravissant.
    Dès qu'il s'agissait d'aller à l'atelier du Gros-Caillou,
manier la glaise et réaliser la maquette, tantôt la pendule
du prince exigeait la présence de Wenceslas à l'atelier de
Florent et de Chanor, où les figures se ciselaient ; tantôt le
jour était gris et sombre ; aujourd'hui des courses
d'affaires, demain un dîner de famille, sans compter les
malaises du talent et ceux du corps, et enfin les jours où
l'on batifole avec une femme adorée. Le maréchal prince
de Wissembourg fut obligé de se fâcher pour obtenir le
modèle, et de dire qu'il reviendrait sur sa décision. Ce fut
après mille reproches et force grosses paroles que le
comité des souscripteurs put voir le plâtre. Chaque jour
de travail, Steinbock revenait visiblement fatigué, se
plaignant de ce labeur de maçon, de sa faiblesse physique. Durant cette première année, le ménage jouissait
d'une certaine aisance. La comtesse steinbock, folle de
son mari, dans les joies de l'amour satisfait, maudissait le
ministre de la guerre ; elle alla le voir, et lui dit que les
grandes œuvres ne se fabriquaient pas comme des
canons, et que l'État devait être, comme Louis XIV, François Ier et Léon X, aux ordres du génie. La pauvre Hortense, croyant tenir un Phidias dans ses bras, avait pour
son Wenceslas la lâcheté maternelle d'une femme qui

pousse l'amour jusqu'à l'idolâtrie. — Ne te presse pas, dit-elle à son mari, tout notre avenir est dans cette statue, prends ton temps, fais un chef-d'œuvre. Elle venait à l'atelier. Steinbock, amoureux, perdait avec sa femme cinq heures sur sept, à lui décrire sa statue au lieu de la faire. Il mit ainsi dix-huit mois à terminer cette œuvre, pour lui, capitale.

Quand le plâtre fut coulé, que le modèle exista, la pauvre Hortense, après avoir assisté aux énormes efforts de son mari, dont la santé souffrit de ces lassitudes qui brisent le corps, les bras et la main des sculpteurs, Hortense trouva l'œuvre admirable. Son père, ignorant en sculpture, la baronne non moins ignorante, crièrent au chef-d'œuvre ; le ministre de la guerre vint alors amené par eux, et, séduit par eux, il fut content de ce plâtre isolé, mis dans son jour, et bien présenté devant une toile verte. Hélas ! à l'exposition de 1841, le blâme unanime dégénéra dans la bouche des gens irrités d'une idole si promptement élevée sur son piédestal, en huées et en moqueries. Stidmann voulut éclairer son ami Wenceslas, il fut accusé de jalousie. Les articles de journaux furent pour Hortense les cris de l'Envie. Stidmann, ce digne garçon, obtint des articles où les critiques furent combattues, où l'on fit observer que les sculpteurs modifiaient tellement leurs œuvres entre le plâtre et le marbre, qu'on exposait le marbre. « Entre le projet en plâtre et la statue exécutée en marbre, on pouvait, disait Claude Vignon, défigurer un chef-d'œuvre ou faire une grande chose d'une mauvaise. Le plâtre est le manuscrit, le marbre est le livre. »

En deux ans et demi, Steinbock fit une statue et un enfant. L'enfant était sublime de beauté, la statue fut détestable.

La pendule du prince et la statue payèrent les dettes du jeune ménage. Steinbock avait alors contracté l'habitude d'aller dans le monde, au spectacle, aux Italiens ; il parlait admirablement sur l'art, il se maintenait, aux yeux des gens du monde, grand artiste par la parole, par ses explications critiques. Il y a des gens de génie à Paris qui passent leur vie *à se parler*, et qui se contentent d'une espèce de gloire de salon. Steinbock, en imitant ces charmants eunuques, contractait une aversion croissante de jour en jour pour le travail. Il apercevait toutes les difficultés de l'œuvre en voulant la commencer, et le découragement qui s'ensuivait, faisait mollir chez lui la volonté. L'Inspiration, cette folie de la génération intellectuelle, s'enfuyait à tire-d'ailes, à l'aspect de cet amant malade.

La sculpture est comme l'art dramatique, à la fois le plus difficile et le plus facile de tous les arts. Copiez un modèle, et l'œuvre est accomplie ; mais y imprimer une âme, faire un type en représentant un homme ou une femme, c'est le péché de Prométhée. On compte ce succès dans les annales de la sculpture, comme on compte les poëtes dans l'humanité. Michel-Ange, Michel Columb, Jean Goujon, Phidias, Praxitèle, Polyclète, Puget, Canova, Albert Durer sont les frères de Milton, de Virgile, de Dante, de Shakspeare, du Tasse, d'Homère et de Molière. Cette œuvre est si grandiose, qu'une statue suffit à l'immortalité d'un homme, comme celles de Figaro, de Lovelace, de Manon Lescaut suffirent à immortaliser Beaumarchais, Richardson et l'abbé Prévost. Les gens superficiels (les artistes en comptent beaucoup trop dans leur sein) ont dit que la sculpture existait par le nu seulement, qu'elle était morte avec la Grèce et que le vêtement moderne la rendait impossible. D'abord, les anciens ont fait de sublimes statues entièrement voilées, comme la Polymnie, la Julie, etc., et nous n'avons pas trouvé la dixième partie de leurs œuvres. Puis, que les vrais amants de l'art aillent voir à Florence *le Penseur* de Michel-Ange, et dans la cathédrale de Mayence la Vierge d'Albert Durer, qui a fait, en ébène, une femme vivante sous ses triples robes, et la chevelure la plus ondoyante, la plus maniable que jamais femme de chambre ait peignée ; que les ignorants y courent, et tous reconnaîtront que le génie peut imprégner l'habit, l'armure, la robe, d'une pensée et y mettre un corps, tout aussi bien que l'homme imprime son caractère et les habitudes de sa vie à son enveloppe. La sculpture est la réalisation continuelle du fait qui s'est appelé pour la seule et unique fois dans la peinture : Raphaël ! La solution de ce terrible problème ne se trouve que dans un travail constant, soutenu, car les difficultés matérielles doivent être tellement vaincues, la main doit être si châtiée, si prête et obéissante, que le sculpteur puisse lutter âme à âme avec cette insaisissable nature morale qu'il faut transfigurer en la matérialisant. Si Paganini, qui faisait raconter son âme par les cordes de son violon, avait passé trois jours sans étudier, il aurait perdu, selon son expression, le *registre* de son instrument ; il désignait ainsi le mariage existant entre le bois, l'archet, les cordes et lui ; cet accord dissous, il serait devenu soudain un violoniste ordinaire. Le travail constant est la loi de l'art comme celle de la vie ; car l'art, c'est la création idéalisée. Aussi les grands artistes, les poëtes complets n'attendent-ils ni les commandes, ni les chalands, ils enfantent aujourd'hui, demain, toujours. Il en résulte cette habitude du labeur, cette perpétuelle connaissance des difficultés qui les maintient en concubinage avec la Muse, avec ses forces créatrices. Canova vivait dans son atelier, comme Voltaire a vécu dans son cabinet. Homère et Phidias ont dû vivre ainsi.

Wenceslas Steinbock était sur la route aride parcourue par ces grands hommes, et qui mène aux Alpes de la Gloire, quand Lisbeth l'avait enchaîné dans sa mansarde. Le bonheur, sous la figure d'Hortense, avait rendu le poëte à la paresse, état normal de tous les artistes, car leur paresse, à eux, est occupée. C'est le plaisir des pachas au sérail : ils caressent des idées, ils s'enivrent aux sources de l'intelligence. De grands artistes, tels que Steinbock, dévorés par la rêverie, ont été justement nommés des *Rêveurs*. Ces mangeurs d'opium tombent tous dans la misère ; tandis que, maintenus par l'inflexibilité des circonstances, ils eussent été de grands hommes. Ces demi-artistes sont d'ailleurs charmants, les hommes les aiment et les enivrent de louanges, ils paraissent supérieurs aux véritables artistes taxés de personnalité, de sauvagerie, de rébellion aux lois du monde. Voici pourquoi : Les grands hommes appartiennent à leurs œuvres. Leur détachement de toutes choses, leur dévouement au travail, les constituent égoïstes aux yeux des niais, car on les veut vêtus des mêmes habits que le dandy, accomplissant les évolutions sociales, appelées devoirs du monde. On voudrait les lions de l'Atlas peignés et parfumés comme des bichons de marquise. Ces hommes, qui comptent peu de pairs et qui les rencontrent rarement, tombent dans l'exclusivité de la solitude ; ils deviennent inexplicables pour la majorité,

composée, comme on le sait, de sots, d'envieux, d'ignorants et de gens superficiels. Comprenez-vous maintenant
le rôle d'une femme auprès de ces grandioses exceptions ?
Une femme doit être à la fois ce qu'avait été Lisbeth
pendant cinq ans, et offrir de plus l'amour, l'amour
humble, discret, toujours prêt, toujours souriant.

Hortense, éclairée par ses souffrances de mère, pressée
par d'affreuses nécessités, s'apercevait trop tard des
fautes que son excessif amour lui avait fait involontairement commettre ; mais, en digne fille de sa mère, son
cœur se brisait à l'idée de tourmenter Wenceslas, elle
aimait trop pour se faire le bourreau de son cher poëte, et
elle voyait arriver le moment où la misère allait
l'atteindre, elle, son fils et son mari.

— Ah çà ! voyons, ma petite, dit Bette en voyant rouler
des larmes dans les beaux yeux de sa petite cousine, il ne
faut pas désespérer. Un verre plein de tes larmes ne
payerait pas une assiettée de soupe ! Que vous faut-il ?

— Mais cinq à six mille francs.

— Je n'ai que trois mille francs au plus, dit Lisbeth. Et
que fait en ce moment Wenceslas ?

— On lui propose d'entreprendre pour six mille francs,
de compagnie avec Stidmann, un dessert pour le duc
d'Hérouville. Monsieur Chanor se chargerait alors de
payer quatre mille francs dus à messieurs Léon de Lora et
Bridau, une dette d'honneur.

— Comment, vous avez reçu le prix de la statue et des
bas-reliefs du monument élevé au maréchal Montcornet,
et vous n'avez pas payé cela !

— Mais, dit Hortense, depuis trois ans nous dépensons
douze mille francs par an, et j'ai cent louis de revenu. Le
monument du maréchal, tous frais payés, n'a pas donné
plus de seize mille francs. En vérité, si Wenceslas ne
travaille pas, je ne sais ce que nous allons devenir. Ah ! si
je pouvais apprendre à faire des statues, comme je remue-
rais la glaise ! dit-elle en tendant ses beaux bras.

On voyait que la femme tenait les promesses de la jeune
fille. L'œil d'Hortense étincelait ; il coulait dans ses veines
un sang chargé de fer, impétueux ; elle déplorait
d'employer son énergie à tenir son enfant.

— Ah ! ma chère petite bichette, une fille sage ne doit
épouser un artiste qu'au moment où il a sa fortune faite et
non quand elle est à faire.

En ce moment on entendit le bruit des pas et des voix de Stidmann et de Wenceslas qui reconduisaient Chanor ; puis bientôt Wenceslas vint avec Stidmann. Stidmann, artiste lancé dans le monde des journalistes et des illustres actrices, des lorettes célèbres, était un jeune homme élégant que Valérie voulait avoir chez elle, et que Claude Vignon lui avait déjà présenté. Stidmann venait de voir finir ses relations avec la fameuse madame Schontz, mariée depuis quelques mois et partie en province. Valérie et Lisbeth, qui avaient su cette rupture par Claude Vignon, jugèrent nécessaire d'attirer rue Vanneau l'ami de Wenceslas. Comme Stidmann, par discrétion, visitait peu les Steinbock, et que Lisbeth n'avait pas été témoin de sa présentation récente par Claude Vignon, elle le voyait pour la première fois. En examinant ce célèbre artiste, elle surprit quelques regards jetés par lui sur Hortense, qui lui firent entrevoir la possibilité de le donner comme consolation à la comtesse Steinbock, si Wenceslas la trahissait. Stidmann pensait en effet que si Wenceslas n'était pas son camarade, Hortense, cette jeune et magnifique comtesse, ferait une adorable maîtresse ; mais ce désir, contenu par l'honneur, l'éloignait de cette maison. Lisbeth remarqua cet embarras significatif qui gêne les hommes en présence d'une femme avec laquelle ils se sont interdit de coqueter.

— Il est très-bien, ce jeune homme, dit-elle à l'oreille d'Hortense.

— Ah ! tu trouves ? répondit-elle, je ne l'ai jamais remarqué...

— Stidmann, mon brave, dit Wenceslas à l'oreille de son camarade, nous ne nous gênons point entre nous, eh bien ! nous avons à causer d'affaires avec cette vieille fille.

Stidmann salua les deux cousines et partit.

— C'est fini, dit Wenceslas en revenant après avoir reconduit Stidmann ; mais ce travail-là demandera six mois, et il faut pouvoir vivre pendant tout ce temps-là.

— J'ai mes diamants, s'écria la jeune comtesse Steinbock avec le sublime élan des femmes qui aiment.

Une larme vint aux yeux de Wenceslas.

— Oh ! je vais travailler, répondit-il en venant s'asseoir auprès de sa femme qu'il prit sur ses genoux. Je vais faire des *brocantes*, une corbeille de mariage, des groupes en bronze...

— Mais, mes chers enfants, dit Lisbeth, car vous savez que vous êtes mes héritiers, et je vous laisserai, croyez-le, un joli magot, surtout si vous m'aidez à épouser le maréchal ; si nous réussissions promptement, je vous prendrais en pension chez moi, vous et Adeline. Ah ! nous pourrions vivre bien heureux ensemble. Pour le moment, écoutez ma vieille expérience. Ne recourez pas au Mont-de-Piété, c'est la perte de l'emprunteur. J'ai toujours vu les nécessiteux manquant, lors du renouvellement, de l'argent nécessaire au service de l'intérêt, et tout est perdu. Je puis vous faire prêter de l'argent à cinq pour cent seulement sur billet.

— Ah ! nous serions sauvés ! dit Hortense.

— Eh bien ! ma petite, que Wenceslas vienne chez la personne qui l'obligerait à ma prière. C'est madame Marneffe ; en la flattant, car elle est vaniteuse comme une parvenue, elle vous tirera d'embarras de la façon la plus obligeante. Viens dans cette maison-là, ma chère Hortense.

Hortense regarda Wenceslas de l'air que doivent avoir les condamnés à mort en montant à l'échafaud.

— Claude Vignon a présenté là Stidmann, répondit Wenceslas. C'est une maison très-agréable.

Hortense baissa la tête. Ce qu'elle éprouvait, un seul mot peut le faire comprendre : ce n'est pas une douleur, mais une maladie.

— Mais, ma chère Hortense, apprends donc la vie ! s'écria Lisbeth en comprenant l'éloquence du mouvement d'Hortense. Sinon, tu seras comme ta mère, déportée dans une chambre déserte où tu pleureras comme Calypso le départ d'Ulysse, à un âge où il n'y a plus de Télémaque !... ajouta-t-elle en répétant une raillerie de madame Marneffe. Il faut considérer les gens dans le monde comme des ustensiles dont on se sert, qu'on prend, qu'on laisse selon leur utilité. Servez-vous, mes chers enfants, de madame Marneffe, et quittez-la plus tard. As-tu peur que Wenceslas qui t'adore, se prenne de passion pour une femme de quatre ou cinq ans plus âgée que toi, fânée comme une botte de luzerne, et...

— J'aime mieux mettre mes diamants en gage, dit Hortense. Oh ! ne va jamais là, Wenceslas !... c'est l'enfer !

— Hortense a raison ! dit Wenceslas en embrassant sa femme.

— Merci, mon ami, répondit la jeune femme au comble du bonheur. Vois-tu, Lisbeth, mon mari est un ange : il ne joue pas, nous allons partout ensemble, et s'il pouvait se mettre au travail, non, je serais trop heureuse. Pourquoi nous montrer chez la maîtresse de notre père, chez une femme qui le ruine et qui cause les chagrins dont se meurt notre héroïque maman ?...

— Mon enfant, la ruine de ton père ne vient pas de là ; c'est sa cantatrice qui l'a ruiné, puis ton mariage ! répondit la cousine Bette. Mon Dieu ! madame Marneffe lui est bien utile, va !... mais je ne dois rien dire...

— Tu défends tout le monde, chère Bette...

Hortense fut appelée au jardin par les cris de son enfant, et Lisbeth resta seule avec Wenceslas.

— Vous avez un ange pour femme, Wenceslas ! dit la cousine Bette ; aimez-la bien, ne lui faites jamais de chagrin.

— Oui, je l'aime tant, que je lui cache notre situation, répondit Wenceslas ; mais à vous, Lisbeth, je puis vous en parler... Eh ! bien, en mettant les diamants de ma femme au Mont-de-Piété, nous ne serions pas plus avancés.

— Eh ! bien, empruntez à madame Marneffe... dit Lisbeth. Décidez Hortense, Wenceslas, à vous y laisser venir, ou, ma foi, allez-y sans qu'elle s'en doute !

— C'est à quoi je pensais, répondit Wenceslas, au moment où je refusais d'y aller pour ne pas affliger Hortense.

— Écoutez, Wenceslas, je vous aime trop tous les deux pour ne pas vous prévenir du danger. Si vous venez là, tenez votre cœur à deux mains, car cette femme est un démon ; tous ceux qui la voient l'adorent ; elle est si vicieuse, si affriolante !... elle fascine comme un chef-d'œuvre. Empruntez-lui son argent, et ne laissez pas votre âme en gage ! Je ne me consolerais pas si ma cousine devait être trahie. La voici ! s'écria Lisbeth ; ne disons plus rien, j'arrangerai votre affaire.

— Embrasse Lisbeth, mon ange, dit Wenceslas à sa femme, elle nous tirera d'embarras en nous prêtant ses économies.

Et il fit un signe à Lisbeth, que Lisbeth comprit.

— J'espère alors que tu travailleras, mon chérubin ? dit Hortense.

— Ah ! répondit l'artiste, dès demain.

— C'est ce demain qui nous ruine, dit Hortense en lui souriant.

— Ah ! ma chère enfant, dis toi-même si chaque jour il ne s'est pas rencontré des empêchements, des obstacles, des affaires ?

— Oui, tu as raison, mon amour.

— J'ai là, reprit Steinbock en se frappant le front des idées !... oh ! mais je veux étonner tous mes ennemis. Je veux faire un service de table dans le genre allemand du seizième siècle, le genre rêveur ! Je tortillerai des feuilles pleines d'insectes ; j'y coucherai des enfants, j'y mêlerai des chimères nouvelles, de vraies chimères, les corps de nos rêves !... je les tiens ! Ce sera fouillé, léger et touffu tout à la fois. Chanor est sorti tout émerveillé... J'avais besoin d'être encouragé, car le dernier article fait sur le monument de Montcornet m'avait bien effondré.

Pendant un moment de la journée où Lisbeth et Wenceslas furent seuls, l'artiste convint avec la vieille fille de venir le lendemain voir madame Marneffe, car, ou sa femme le lui aurait permis, ou il irait secrètement.

Valérie, instruite le soir même de ce triomphe, exigea du baron Hulot qu'il allât inviter à dîner Stidmann, Claude Vignon et Steinbock ; car elle commençait à le tyranniser comme ces sortes de femmes savent tyranniser les vieillards qui trottent par la ville et vont supplier quiconque est nécessaire aux intérêts, aux vanités de ces dures maîtresses.

Le lendemain, Valérie se mit sous les armes en faisant une de ces toilettes que les Parisiennes inventent quand elles veulent jouir de tous leurs avantages. Elle s'étudia dans cette œuvre, comme un homme qui va se battre repasse ses *feintes* et ses *rompus*. Pas un pli, pas une ride. Valérie avait sa plus belle blancheur, sa mollesse, sa finesse. Enfin ses mouches attiraient insensiblement le regard. On croit les mouches du dix-huitième siècle perdues ou supprimées ; on se trompe. Aujourd'hui les femmes, plus habiles que celles du temps passé, mendient le coup de lorgnette par d'audacieux stratagèmes. Telle découvre, la première, cette cocarde de rubans, au centre de laquelle on met un diamant, et elle accapare les regards pendant toute une soirée ; telle autre ressuscite la résille ou se plante un poignard dans les cheveux pour faire penser à sa jarretière ; celle-ci se met des poignets en velours noir ; celle-là reparaît avec des barbes. Ces sublimes efforts, ces Austerlitz de la Coquetterie ou de l'Amour deviennent alors des modes pour les sphères inférieures, au moment où les heureuses créatrices en cherchent d'autres. Pour cette soirée, où Valérie voulait réussir, elle se posa trois mouches. Elle s'était fait peigner avec une eau qui changea, pour quelques jours, ses cheveux blonds en cheveux cendrés. Madame Steinbock étant d'un blond ardent, elle voulut ne lui ressembler en rien. Cette couleur nouvelle donna quelque chose de piquant et d'étrange à Valérie qui préoccupa ses fidèles à tel point, que Montès lui dit : — « Qu'avez-vous donc ce soir ?... » Puis elle se mit un collier de velours noir assez large qui fit ressortir la blancheur de sa poitrine. La troisième mouche pouvait se comparer à *l'ex-assassine* de nos grand'mères. Valérie se planta le plus joli petit bouton de rose au milieu de son corsage, en haut du busc, dans le creux le plus mignon. C'était à faire baisser les regards de tous les hommes au-dessous de trente ans.

— Je suis à croquer ! se dit-elle en repassant ses attitudes dans la glace, absolument comme une danseuse fait ses *pliés*.

Lisbeth était allée à la Halle, et le dîner devait être un de ces dîners superfins que Mathurine cuisinait pour son évêque quand il traitait le prélat du diocèse voisin.

Stidmann, Claude Vignon et le comte Steinbock arrivèrent presque à la fois, vers six heures. Une femme vulgaire ou naturelle, si vous voulez, serait accourue au nom de l'être si ardemment désiré ; mais Valérie, qui, depuis cinq heures, attendait dans sa chambre, laissa ses trois convives ensemble, certaine d'être l'objet de leur conversation ou de leurs pensées secrètes. Elle-même, en dirigeant l'arrangement de son salon, elle avait mis en évidence ces délicieuses babioles que produit Paris et que nulle autre ville ne pourra produire, qui révèlent la femme et l'annoncent pour ainsi dire : des souvenirs reliés en émail et brodés de perles, des coupes pleines de bagues charmantes, des chefs-d'œuvre de Sèvres ou de Saxe montés avec un goût exquis par Florent et Chanor, enfin des statuettes et des albums, tous ces colifichets qui valent des sommes folles, et que commande aux fabricants la passion dans son premier délire ou pour son dernier raccommodement. Valérie se trouvait d'ailleurs sous le coup de l'ivresse que cause le succès, elle avait promis à Crevel d'être sa femme, si Marneffe mourait. Or, l'amoureux Crevel avait fait opérer au nom de Valérie Fortin le transfert de dix mille francs de rente, somme de ses gains dans les affaires de chemins de fer depuis trois ans, tout ce que lui avait rapporté ce capital de cent mille écus offert à la baronne Hulot. Ainsi Valérie possédait trente-deux mille francs de rente. Crevel venait de lâcher une promesse bien autrement importante que le don de ses profits. Dans le paroxysme de passion où sa duchesse l'avait plongé de deux heures à quatre (il donnait ce surnom à madame *de* Marneffe pour compléter ses illusions), car Valérie s'était surpassée rue du Dauphin, il crut devoir encourager la fidélité promise en offrant la perspective d'un joli petit hôtel qu'un imprudent entrepreneur s'était bâti rue Barbette et qu'on allait vendre. Valérie se voyait dans cette charmante maison entre cour et jardin, avec voiture !

— Quelle est la vie honnête qui peut donner tout cela en si peu de temps et si facilement ? avait-elle dit à Lisbeth en achevant sa toilette.

Lisbeth dînait ce jour-là chez Valérie, afin d'en pouvoir dire à Steinbock ce que personne ne peut dire soi-même de soi. Madame Marneffe, la figure radieuse de bonheur, fit son entrée dans le salon avec une grâce modeste, suivie de Bette, qui, mise tout en noir et jaune, lui servait de repoussoir, en terme d'atelier.

— Bonjour, Claude, dit-elle en tendant la main à l'ancien critique si célèbre.

Claude Vignon était devenu, comme tant d'autres, un homme politique, nouveau mot pris pour désigner un ambitieux à la première étape de son chemin. *L'homme politique* de 1840 est en quelque sorte *l'abbé* du dix-huitième siècle. Aucun salon ne serait complet, sans son homme politique.

— Ma chère, voilà mon petit cousin le comte de Steinbock, dit Lisbeth en présentant Wenceslas que Valérie paraissait ne pas apercevoir.

— J'ai bien reconnu monsieur le comte, répondit Valérie en faisant un gracieux salut de tête à l'artiste. Je vous voyais souvent rue du Doyenné ; j'ai eu le plaisir d'assister à votre mariage. Ma chère, dit-elle à Lisbeth, il est difficile d'oublier ton ex-enfant, ne l'eût-on vu qu'une fois. — Monsieur Stidmann est bien bon, reprit-elle en saluant le sculpteur, d'avoir accepté mon invitation à si court délai ; mais nécessité n'a pas de loi ! Je vous savais l'ami de ces deux messieurs. Rien n'est plus froid, plus maussade, qu'un dîner où les convives sont inconnus les uns aux autres, et je vous ai racolé pour leur compte ; mais vous viendrez une autre fois pour le mien, n'est-ce pas ?... dites : oui !...

Et elle se promena pendant quelques instants avec Stidmann, en paraissant uniquement occupée de lui. On annonça successivement Crevel, le baron Hulot, et un député nommé Beauvisage. Ce personnage, un Crevel de province, un de ces gens mis au monde pour faire foule, votait sous la bannière de Giraud, Conseiller-d'État, et de Victorin Hulot. Ces deux hommes politiques voulaient faire un noyau de Progressistes dans la grande phalange des Conservateurs. Giraud venait quelquefois le soir chez madame Marneffe, qui se flattait d'avoir aussi Victorin Hulot ; mais l'avocat puritain avait jusqu'alors trouvé des prétextes pour résister à son père et à son beau-père. Se montrer chez la femme qui faisait couler les larmes de sa mère, lui paraissait un crime. Victorin Hulot était aux puritains de la politique ce qu'une femme pieuse est aux dévotes. Beauvisage, ancien bonnetier d'Arcis, *voulait prendre le genre de Paris*. Cet homme, une des bornes de la Chambre, se formait chez la délicieuse, la ravissante madame Marneffe, où, séduit par Crevel, il l'avait accepté de Valérie pour modèle et pour maître ; il le consultait en tout, il lui demandait l'adresse de son tailleur, il l'imitait, il essayait de se mettre en position comme lui ; enfin Crevel était son grand homme. Valérie, entourée de ces personnages et des trois artistes, bien accompagnée par Lisbeth, apparut d'autant plus à Wenceslas comme une femme supérieure, que Claude Vignon lui fit l'éloge de madame Marneffe en homme épris.

— C'est madame de Maintenon dans la jupe de Ninon ! dit l'ancien critique. Lui plaire, c'est l'affaire d'une soirée où l'on a de l'esprit ; mais être aimé d'elle, c'est un triomphe qui peut suffire à l'orgueil d'un homme, et en remplir la vie.

Valérie, en apparence froide et insouciante pour son ancien voisin, en attaqua la vanité, sans le savoir d'ailleurs, car elle ignorait le caractère polonais. Il y a chez le Slave un côté enfant, comme chez tous les peuples primitivement sauvages, et qui ont plutôt fait irruption chez les nations civilisées qu'ils ne se sont réellement civilisés. Cette race s'est répandue comme une inondation, et a couvert une immense surface du globe. Elle y habite des déserts où les espaces sont si vastes, qu'elle s'y trouve à l'aise ; on ne s'y coudoie pas, comme en Europe, et la civilisation est impossible sans le frottement continuel des esprits et des intérêts. L'Ukraine, la Russie, les plaines du Danube, le peuple slave enfin, c'est un trait-d'union entre l'Europe et l'Asie, entre la civilisation et la barbarie. Aussi le Polonais, la plus riche fraction du peuple slave, a-t-il dans le caractère les enfantillages et l'inconstance des nations imberbes. Il possède le courage, l'esprit et la force ; mais, frappés d'inconsistance, ce courage et cette force, cet esprit n'ont ni méthode ni esprit, car le Polonais offre une mobilité semblable à celle du vent qui règne sur cette immense plaine coupée de marécages ; s'il a l'impétuosité des Chasse-Neiges, qui tordent et emportent des maisons ; de même que ces terribles avalanches aériennes, il va se perdre dans le premier étang venu, dissous en eau. L'homme prend toujours quelque chose des milieux où il vit. Sans cesse en lutte avec les Turcs, les Polonais en ont reçu le goût des magnificences orientales, ils sacrifient souvent le nécessaire pour briller, ils se parent comme des femmes, et cependant le climat leur a donné la dure constitution des Arabes. Aussi, le Polonais, sublime dans la douleur, a-t-il fatigué les bras de ses oppresseurs à force de se faire assommer, en recommençant ainsi, au dix-neuvième siècle, le spectacle qu'ont offert les premiers chrétiens. Introduisez dix pour cent de sournoiserie anglaise dans le caractère polonais, si franc, si ouvert ; et le généreux aigle blanc régnerait aujourd'hui partout où se glisse l'aigle à deux têtes. Un peu de machiavélisme eût empêché la Pologne de sauver l'Autriche qui l'a partagée, d'emprunter à la Prusse, son usurière, qui l'a minée, et de se diviser au moment du premier partage. Au baptême de la Pologne, une fée Carabosse oubliée par les génies qui dotaient cette séduisante nation des plus brillantes qualités, est sans doute venue dire : « Garde tous les dons que mes sœurs t'ont dispensés, mais tu ne sauras jamais ce que tu voudras ! » Si dans son duel héroïque avec la Russie, la Pologne avait triomphé, les Polonais se battraient entre eux aujourd'hui comme autrefois dans leurs diètes pour s'empêcher les uns les autres d'être roi. Le jour où cette nation, uniquement composée de courages sanguins, aura le bon sens de chercher un Louis XI dans ses entrailles, d'en accepter la tyrannie et la dynastie, elle sera sauvée. Ce que la Pologne fut en politique, la plupart des Polonais le sont dans leur vie privée, surtout lorsque les désastres arrivent. Ainsi, Wenceslas Steinbock, qui depuis trois ans adorait sa femme, et qui se savait un dieu pour elle, fut tellement piqué de se voir à peine remarqué par madame Marneffe, qu'il se fit un point d'honneur en lui-même d'en obtenir quelque attention. En comparant Valérie à sa femme, il donna l'avantage à la première. Hortense était une belle chair comme le disait Valérie à Lisbeth ; mais il y avait en madame Marneffe l'Esprit dans la Forme et le piquant du Vice. Le dévouement d'Hortense est un sentiment qui, pour un mari, lui semble dû ; la conscience de l'immense valeur d'un amour absolu se perd bientôt, comme le débiteur se figure, au bout de quelque temps, que le prêt est à lui. Cette loyauté sublime devient en quelque sorte le pain quotidien de l'âme, et l'infidélité séduit comme une friandise. La femme dédaigneuse, une femme dangereuse surtout irrite la curiosité, comme les épices relèvent la bonne chère. Le mépris, si bien joué par Valérie, était d'ailleurs une nouveauté pour Wenceslas, après trois ans de plaisirs faciles. Hortense fut la femme et Valérie fut la maîtresse. Beaucoup d'hommes veulent avoir ces deux éditions du même ouvrage, quoique ce soit une immense preuve d'infériorité chez un homme que de ne pas savoir faire de sa femme sa maîtresse. La variété dans ce genre est un signe d'impuissance. La constance sera toujours le génie de l'amour, l'indice d'une force immense, celle qui constitue le poète ! On doit avoir toutes les femmes dans la sienne, comme les poètes crottés du dix-septième siècle faisaient de leurs Manons des Iris et des Chloés !

— Eh bien ! dit Lisbeth à son petit cousin au moment où elle le vit fasciné, comment trouvez-vous Valérie ?

— Trop charmante ! répondit Wenceslas.

— Vous n'avez pas voulu m'écouter, repartit la cousine Bette. Ah ! mon petit Wenceslas, si nous étions restés ensemble, vous auriez été l'amant de cette sirène-là, vous l'auriez épousée dès qu'elle serait devenue veuve, et vous auriez eu les quarante mille livres de rente qu'elle a !

— Vraiment !...

— Mais oui, répondit Lisbeth. Allons, prenez garde à vous, je vous ai bien prévenu du danger, ne vous brûlez pas à la bougie ! donnez-moi le bras, l'on a servi.

Aucun discours n'était plus démoralisant que celui-là, car, montrez un précipice à un Polonais, il s'y jette aussitôt. Ce peuple a surtout le génie de la cavalerie, il croit pouvoir enfoncer tous les obstacles et en sortir victorieux. Ce coup d'éperon par lequel Lisbeth labourait la vanité de son cousin fut appuyé par le spectacle de la salle à manger, où brillait une magnifique argenterie, où Steinbock aperçut toutes les délicatesses et les recherches du luxe parisien.

— J'aurais mieux fait, se dit-il en lui-même, d'épouser Célimène.

Pendant ce dîner, Hulot, content de voir là son gendre, et plus satisfait encore de la certitude d'un raccommodement avec Valérie, qu'il se flattait de rendre fidèle par la promesse de la succession Coquet, fut charmant. Stidmann répondit à l'amabilité du baron par les gerbes de la plaisanterie parisienne, et par sa verve d'artiste. Steinbock ne voulut pas se laisser éclipser par son camarade, il déploya son esprit, il eut des saillies, il fit de l'effet, il fut content de lui ; madame Marneffe lui sourit à plusieurs reprises en lui montrant qu'elle le comprenait bien. La bonne chère, les vins capiteux achevèrent de plonger Wenceslas dans ce qu'il faut appeler le bourbier du plaisir. Animé par une pointe de vin, il s'étendit, après le dîner, sur un divan, en proie à un bonheur à la fois physique et spirituel, que madame Marneffe mit au comble en venant se poser près de lui, légère, parfumée, belle à damner les anges. Elle s'inclina vers Wenceslas, elle effleura presque son oreille pour lui parler tout bas.

— Ce n'est pas ce soir que nous pouvons causer

d'affaires, à moins que vous ne vouliez rester le dernier. Entre vous, Lisbeth et moi, nous arrangerions les choses à votre convenance...

— Ah ! vous êtes un ange, madame ! dit Wenceslas en lui répondant de la même manière. J'ai fait une fameuse sottise de ne point écouter Lisbeth...

— Que vous disait-elle ?

— Elle prétendait, rue du Doyenné, que vous m'aimiez !...

Madame Marneffe regarda Wenceslas, eut l'air d'être confuse et se leva brusquement. Une femme, jeune et jolie, n'a jamais impunément éveillé chez un homme l'idée d'un succès immédiat. Ce mouvement de femme vertueuse, réprimant une passion gardée au fond du cœur, était plus éloquent mille fois que la déclaration la plus passionnée.

Aussi le désir fut-il si vivement irrité chez Wenceslas, qu'il redoubla d'attentions pour Valérie. Femme en vue, femme souhaitée ! De là vient la terrible puissance des actrices. Madame Marneffe, se sachant étudiée, se comporta comme une actrice applaudie. Elle fut charmante et obtint un triomphe complet.

— Les folies de mon beau-père ne m'étonnent plus, dit Wenceslas à Lisbeth.

— Si vous parlez ainsi, Wenceslas, répondit la cousine, je me repentirai toute ma vie de vous avoir fait prêter ces dix mille francs. Seriez-vous donc comme eux tous, dit-elle en montrant les convives, amoureux fou de cette créature ? Songez donc que vous seriez le rival de votre beau-père. Enfin pensez à tout le chagrin que vous causeriez à Hortense.

— C'est vrai, dit Wenceslas, Hortense est un ange, je serais un monstre !

— Il y en a bien assez d'un dans la famille, répliqua Lisbeth.

— Les artistes ne devraient jamais se marier ! s'écria Steinbock.

— Ah ! c'est ce que je vous disais rue du Doyenné. Vos enfants à vous, ce sont vos groupes, vos statues, vos chefs-d'œuvre.

— Que dites-vous donc là ! vint demander Valérie en se joignant à Lisbeth. Sers le thé, cousine.

Steinbock, par une fortanterie polonaise, voulut paraître familier avec cette fée du salon. Après avoir insulté Stidmann, Claude Vignon, Crevel, par un regard, il prit Valérie par la main et la força de s'asseoir à côté de lui sur le divan.

— Vous êtes par trop grand seigneur, comte Steinbock ! dit-elle en résistant peu.

Et elle se mit à rire en tombant près de lui, non sans lui montrer le petit bouton de rose qui parait son corsage.

— Hélas ! si j'étais grand seigneur, je ne viendrais pas ici, dit-il, en emprunteur.

— Pauvre enfant ! Je me souviens de vos nuits de travail à la rue du Doyenné. Vous avez été un peu *bêta*. Vous vous êtes marié, comme un affamé se jette sur du pain. Vous ne connaissez point Paris ! Voyez où vous en êtes ? Mais vous avez fait la sourde oreille au dévouement de la Bette comme à l'amour de la Parisienne, qui savait son Paris par cœur.

— Ne me dites plus rien, s'écria Steinbock, je suis bâté.

— Vous aurez vos dix mille francs, mon cher Wenceslas ; mais à une condition, dit-elle en jouant avec ses admirables rouleaux de cheveux.

— Laquelle ?...

— Eh bien ! je ne veux pas d'intérêts...

— Madame !...

— Oh ! ne vous fâchez pas ; vous me les remplacerez par un groupe en bronze. Vous avez commencé l'histoire de Samson, achevez-la... Faites Dalila coupant les cheveux à l'Hercule juif !... Mais vous qui serez, si vous voulez m'écouter, un grand artiste, j'espère que vous comprendrez le sujet. Il s'agit d'exprimer la puissance de la femme. Samson n'est rien, là. C'est le cadavre de la force. Dalila, c'est la passion qui ruine tout. Comme cette *réplique*... Est-ce comme cela que vous dites ?... ajouta-t-elle finement en voyant Claude Vignon et Stidmann qui s'approchèrent d'eux en voyant qu'il s'agissait de sculpture ; comme cette réplique d'Hercule aux pieds d'Omphale est bien plus belle que le mythe grec ! Est-ce là Grèce qui a copié la Judée ? est-ce la Judée qui a pris à la Grèce ce symbole ?

— Ah ! vous soulevez là, madame, une grave question ! celle des époques auxquelles auraient été composés les différents livres de la Bible. Le grand et immortel Spinosa, si niaisement rangé parmi les athées, et qui a mathématiquement prouvé Dieu, prétendait que la Genèse et la partie politique, pour ainsi dire, de la Bible est du temps de Moïse, et il démontrait les interpolations par des preuves philologiques. Aussi a-t-il reçu trois coups de couteau à l'entrée de la synagogue.

— Je ne me savais pas si savante, dit Valérie ennuyée de voir son tête-à-tête interrompu.

— Les femmes savent tout par instinct, répliqua Claude Vignon.

— Eh bien ! me promettez-vous ! dit-elle à Steinbock en lui prenant la main avec une précaution de jeune fille amoureuse.

— Vous êtes assez heureux, mon cher, s'écria Stidmann, pour que madame vous demande quelque chose ?...

— Qu'est-ce ? dit Claude Vignon.

— Un petit groupe en bronze, répondit Steinbock, Dalila coupant les cheveux à Samson.

— C'est difficile, fit observer Claude Vignon, à cause du lit...

— C'est au contraire excessivement facile, répliqua Valérie en souriant.

— Ah ! faites-nous de la sculpture !... dit Stidmann.

— Madame est la chose à sculpter ! répliqua Claude Vignon en jetant un regard fin à Valérie.

— Eh bien ! reprit-elle, voilà comment je comprends la composition. Samson s'est réveillé sans cheveux, comme beaucoup de dandies à faux toupets. Le héros est là sur le bord du lit, vous n'avez donc qu'à en figurer la base, cachée par des linges, par des draperies. Il est là comme Marius sur les ruines de Carthage, les bras croisés, la tête rasée, Napoléon à Sainte-Hélène, quoi ! Dalila est à genoux, à peu près comme la Madeleine de Canova. Quand une fille a ruiné son homme, elle l'adore. Selon moi, la Juive a eu peur de Samson, terrible, puissant, mais elle a dû aimer Samson devenu petit garçon. Donc, Dalila déplore sa faute, elle voudrait rendre à son amant ses cheveux, elle n'ose pas le regarder, et elle le regarde en souriant, car elle aperçoit son pardon dans la faiblesse de Samson. Ce groupe, et celui de la farouche Judith, seraient la femme expliquée. La Vertu coupe la tête, le Vice ne vous coupe pas les cheveux. Prenez garde à vos toupets, messieurs !

Et elle laissa les deux artistes confondus, qui firent, avec la critique, un concert de louanges en son honneur.

— On n'est pas plus délicieuse ! s'écria Stidmann.

— Oh ! c'est, dit Claude Vignon, la femme la plus intelligente et la plus désirable que j'aie vue. Réunir l'esprit et la beauté, c'est si rare !

— Si vous, qui avez eu l'honneur de connaître intimement Camille Maupin, vous lancez de pareils arrêts, répondit Stidmann, que devons-nous penser ?

— Si vous voulez faire de Dalila, mon cher comte, un portrait de Valérie, dit Crevel qui venait de quitter le jeu pour un moment et qui avait tout entendu, je vous paye un exemplaire de ce groupe mille écus. Oh ! oui, sapristi ! mille écus, *je me fends* !

— *Je me fends !* qu'est-ce que cela veut dire ? demanda Beauvisage à Claude Vignon.

— Il faudrait que madame daignât poser... dit Steinbock en montrant Valérie à Crevel. Demandez-lui.

En ce moment, Valérie apportait elle-même à Steinbock une tasse de thé. C'était plus qu'une distinction, c'était une faveur. Il y a, dans la manière dont une femme s'acquitte de cette fonction, tout un langage ; mais les femmes le savent bien ; aussi est-ce une étude curieuse à faire que celle de leurs mouvements, de leurs gestes, de leurs regards, de leur ton, de leur accent, quand elles accomplissent cet acte de politesse en apparence si simple. Depuis la demande : Prenez-vous du thé ? — Voulez-vous du thé ? — Une tasse de thé ? — froidement formulée, et l'ordre d'en apporter donné à la nymphe qui tient l'urne, jusqu'à l'énorme poème de l'Odalisque venant de la table à thé, la tasse à la main, jusqu'au pacha du cœur et la lui présentant d'un air soumis, l'offrant d'une voix caressante, avec un regard plein de promesses voluptueuses, un physiologiste peut observer tous les sentiments féminins, depuis l'aversion, depuis l'indifférence, jusqu'à la déclaration de Phèdre à Hippolyte. Les femmes peuvent là se faire, à volonté, méprisantes jusqu'à l'insulte, humbles jusqu'à l'esclavage de l'Orient. Valérie fut plus qu'une femme, elle fut le serpent fait femme, elle acheva son œuvre diabolique en marchant jusqu'à Steinbock, une tasse de thé à la main.

— Je prendrai, dit l'artiste à l'oreille de Valérie en se levant et effleurant de ses doigts les doigts de Valérie, autant de tasses de thé que vous voudrez m'en offrir, pour me les voir présenter ainsi !...

— Que parlez-vous de poser ? demanda-t-elle sans paraître avoir reçu en plein cœur cette explosion si rageusement attendue.

— Le père Crevel m'achète un exemplaire de votre groupe mille écus.

— Mille écus, lui, un groupe ?

— Oui, si vous voulez poser en Dalila, dit Steinbock.

— Il n'y sera pas, j'espère, reprit-elle, le groupe vaudrait alors plus que sa fortune, car Dalila doit être un peu décolletée...

De même que Crevel se mettait en position, toutes les femmes ont une attitude victorieuse, une pose étudiée, où elles se font irrésistiblement admirer. On en voit qui, dans les salons, passent leur vie à regarder la dentelle de leurs chemisettes et à remettre en place les épaulettes de leurs robes, ou bien à faire jouer les brillants de leur prunelle en contemplant les corniches. Madame Marneffe, elle, ne triomphait pas en face comme toutes les autres. Elle se retourna brusquement pour aller à la table à thé retrouver Lisbeth. Ce mouvement de danseuse agitant sa robe, par lequel elle avait conquis Hulot, fascina Steinbock.

— Ta vengeance est complète, dit Valérie à l'oreille de Lisbeth, Hortense pleurera toutes ses larmes et maudira le jour où elle t'a pris Wenceslas.

— Tant que je ne serai pas madame la maréchale, je n'aurai rien fait, répondit la Lorraine ; mais *ils* commencent à le vouloir tous... Ce matin, je suis allée chez Victorin. J'ai oublié de te raconter cela. Les Hulot jeunes ont racheté les lettres de change du baron à Vauvinet, ils souscrivent demain une obligation de soixante-douze mille francs à cinq pour cent d'intérêt, remboursables en trois ans, avec hypothèque sur leur maison. Voilà les Hulot jeunes dans la gêne pour trois ans, il leur serait impossible de trouver maintenant de l'argent sur cette propriété. Victorin est d'une tristesse affreuse, il a compris son père. Enfin Crevel est capable de ne plus voir ses enfants, tant il sera courroucé de ce dévouement.

— Le baron doit maintenant être sans ressources ? dit Valérie à l'oreille de Lisbeth en souriant à Hulot.

— Je ne lui vois plus rien ; mais il rentre dans son traitement au mois de septembre.

— Et il a sa police d'assurance, il l'a renouvelée ! Allons, il est temps qu'il fasse Marneffe Chef de bureau, je vais l'assassiner ce soir.

— Mon petit cousin, alla dire Lisbeth à Wenceslas, retirez-vous, je vous en prie. Vous êtes ridicule, vous regardez Valérie de façon à la compromettre, et son mari est d'une jalousie effrénée. N'imitez pas votre beau-père, et retournez chez vous, je suis sûre qu'Hortense vous attend...

— Madame Marneffe m'a dit de rester le dernier, pour arranger notre petite affaire entre nous trois, répondit Wenceslas.

— Non, dit Lisbeth, je vais vous remettre les dix mille francs, car son mari a les yeux sur vous, il serait imprudent à vous de rester. Demain, à neuf heures, apportez la lettre de change ; à cette heure-là ce Chinois de Marneffe est à son bureau, Valérie est tranquille... Vous lui avez donc demandé de poser pour un groupe ?... Entrez d'abord chez moi. Ah ! je savais bien, dit Lisbeth en surprenant le regard sur lequel Steinbock salua Valérie, que vous étiez un libertin en herbe. Valérie est bien belle, mais tâchez de ne pas faire de chagrin à Hortense !

Rien n'irrite les gens mariés autant que de rencontrer, à tout propos, leur femme entre eux et un désir, fût-il passager.

Wenceslas revint chez lui vers une heure du matin. Hortense l'attendait depuis environ neuf heures et demie. De neuf heures et demie à dix heures, elle écouta le bruit des voitures, en se disant que jamais Wenceslas, quand il dînait sans elle chez Chanor et Florent, n'était rentré si tard. Elle cousait auprès du berceau de son fils, car elle commençait à épargner la journée d'une ouvrière en faisant elle-même certains raccommodages. De dix heures à dix heures et demie, elle eut une pensée de défiance, elle se demanda : — Mais est-il allé dîner, comme il me l'a dit, chez Chanor et Florent ? Il a voulu, pour s'habiller, sa plus belle cravate, sa plus belle épingle. Il a mis à sa toilette autant de temps qu'une femme qui veut paraître encore mieux qu'elle n'est. Je suis folle ! il m'aime. Le voici d'ailleurs. Au lieu d'arrêter, la voiture, que la jeune femme entendait, passa. De onze heures à minuit, Hortense fut livrée à des terreurs inouïes, causées par la solitude de son quartier. — S'il est revenu à pied, se dit-elle, il peut lui arriver quelque accident !... On se tue en rencontrant un bout de trottoir ou en ne s'attendant pas à des lacunes. Les artistes sont si distraits !... Si des voleurs l'avaient arrêté !... Voici la première fois qu'il me laisse seule ici, pendant six heures et demie. Pourquoi me tourmenter ? il n'aime que moi.

Les hommes devraient être fidèles aux femmes qui les aiment, ne fût-ce qu'à cause des miracles perpétuels produits par le véritable amour dans le monde sublime appelé le *monde spirituel*. Une femme aimante est, par rapport à l'homme aimé, dans la situation d'une somnambule à qui le magnétiseur donnerait le triste pouvoir en cessant d'être le miroir du monde, d'avoir conscience, comme femme, de ce qu'elle aperçoit comme somnambule. La passion fait arriver les forces nerveuses de la femme à cet état extatique où le pressentiment équivaut à la vision des Voyants. Une femme se sait trahie, elle ne s'écoute pas, elle doute, tant elle aime ! et elle dément le cri de sa puissance de pythonisse. Ce paroxysme de l'amour devrait obtenir un culte. Chez les esprits nobles, l'admiration de ce divin phénomène sera toujours une barrière qui les séparera de l'infidélité. Comment ne pas adorer une belle, une spirituelle créature dont l'âme arrive à de pareilles manifestations ?... A une heure du matin, Hortense avait atteint à un tel degré d'angoisse, qu'elle se précipita vers la porte en reconnaissant Wenceslas à sa manière de sonner, elle le prit dans ses bras en l'y serrant maternellement.

— Enfin, te voilà !... dit-elle en recouvrant l'usage de la parole. Mon ami, désormais j'irai partout où tu iras, car je ne veux pas éprouver une seconde fois la torture d'une pareille attente... Je t'ai vu heurtant contre un trottoir et la tête fracassée ! tué par des voleurs !... Non, une autre fois, je sens que je deviendrais folle... Tu t'es donc bien amusé... sans moi ? vilain ?

— Que veux-tu, mon petit bon ange, il y avait là Bixiou qui nous a fait de nouvelles charges, Léon de Lora dont l'esprit n'a pas tari, Claude Vignon à qui je dois le seul article consolant qu'on ait écrit sur le monument du maréchal Montcornet. Il y avait...

— Il n'y avait pas de femmes?... demanda vivement Hortense.

— La respectable madame Florent...

— Tu m'avais dit que c'était au Rocher de Cancale, c'était donc chez eux?

— Oui, chez eux, je me suis trompé...

— Tu n'es pas venu en voiture?

— Non!

— Et tu arrives à pied de la rue des Tournelles?

— Stidmann et Bixiou m'ont reconduit par les boulevards jusqu'à la Madeleine, tout en causant.

— Il fait donc bien sec sur les boulevards, sur la place de la Concorde et la rue de Bourgogne, tu n'es pas crotté, dit Hortense en examinant les bottes vernies de son mari.

Il avait plu; mais de la rue Vanneau à la rue Saint-Dominique, Wenceslas n'avait pu souiller ses bottes.

— Tiens, voilà cinq mille francs que Chanor m'a généreusement prêtés, dit Wenceslas pour couper court à ces interrogations quasi judiciaires.

Il avait fait deux paquets de ses dix billets de mille francs, un pour Hortense et un pour lui-même, car il avait pour cinq mille francs de dettes ignorées d'Hortense. Il devait à son praticien et à ses ouvriers.

— Te voilà sans inquiétudes, ma chère, dit-il en embrassant sa femme. Je vais, dès demain, me mettre à l'ouvrage! Oh! demain, je décampe à huit heures et demie, et je vais à l'atelier. Ainsi, je me couche tout de suite pour être levé de bonne heure, tu me le permets, ma minette?

Le soupçon entré dans le cœur d'Hortense disparut; elle fut à mille lieues de la vérité. Madame Marneffe! elle n'y pensait pas. Elle craignait pour son Wenceslas la société des lorettes. Les noms de Bixiou, de Léon de Lora, deux artistes connus pour leur vie effrénée, l'avaient inquiétée.

Le lendemain, elle vit partir Wenceslas à neuf heures, entièrement rassurée. — Le voilà maintenant à l'ouvrage, se disait-elle en procédant à l'habillement de son enfant. Oh ! je le vois, il est en train ! Eh bien, si nous n'avons pas la gloire de Michel-Ange, nous aurons celle de Benvenuto Cellini ! Bercée elle-même par ses propres espérances, Hortense croyait à un heureux avenir ; et elle parlait à son fils, âgé de vingt mois, ce langage tout en onomatopées qui fait sourire les enfants, quand, vers onze heures, la cuisinière, qui n'avait pas vu sortir Wenceslas, introduisit Stidmann.

— Pardon, madame, dit l'artiste. Comment, Wenceslas est déjà parti ?

— Il est à son atelier.

— Je venais m'entendre avec lui pour nos travaux.

— Je vais l'envoyer chercher, dit Hortense en faisant signe à Stidmann de s'asseoir.

La jeune femme, rendant grâce en elle-même au ciel de ce hasard, voulut garder Stidmann afin d'avoir des détails sur la soirée de la veille. Stidmann s'inclina pour remercier la comtesse de cette faveur. Madame Steinbock sonna, la cuisinière vint, elle lui donna l'ordre d'aller chercher monsieur à l'atelier.

— Vous êtes-vous bien amusé hier ? dit Hortense, car Wenceslas n'est revenu qu'après une heure du matin.

— Amusé ?... pas précisément, répondit l'artiste qui la veille avait voulu *faire* madame Marneffe. On ne s'amuse dans le monde que lorsqu'on y a des intérêts. Cette petite madame Marneffe est excessivement spirituelle, mais elle est coquette...

— Et comment Wenceslas l'a-t-il trouvée ?... demanda la pauvre Hortense en essayant de rester calme, il ne m'en a rien dit.

— Je ne vous en dirai qu'une seule chose, répondit Stidmann, c'est que je la crois bien dangereuse.

Hortense devint pâle comme une accouchée.

— Ainsi, c'est bien... chez madame Marneffe... et non pas... chez Chanor que vous avez dîné... dit-elle, hier... avec Wenceslas, et il...

Stidmann, sans savoir quel malheur il faisait, devina qu'il en causait un. La comtesse n'acheva pas sa phrase, elle s'évanouit complètement. L'artiste sonna, la femme de chambre vint. Quand Louise essaya d'emporter la comtesse Steinbock dans sa chambre, une attaque nerveuse de la plus grande gravité se déclara par d'horribles convulsions. Stidmann, comme tous ceux dont une involontaire indiscrétion détruit l'échafaudage élevé par le mensonge d'un mari dans son intérieur, ne pouvait croire à sa parole une pareille portée ; il pensa que la comtesse se trouvait dans cet état maladif où la plus légère contrariété devient un danger. La cuisinière vint annoncer, malheureusement à haute voix, que monsieur n'était pas dans son atelier. Au milieu de sa crise, la comtesse entendit cette réponse, les convulsions recommencèrent.

— Allez chercher la mère de madame !... dit Louise à la cuisinière ; courez !

— Si je savais où se trouve Wenceslas, j'irais l'avertir, dit Stidmann au désespoir.

— Il est chez cette femme !... cria la pauvre Hortense. Il s'est habillé bien autrement que pour aller à son atelier.

Stidmann courut chez madame Marneffe en reconnaissant la vérité de cet aperçu dû à la *seconde vue* des passions. En ce moment Valérie posait en Dalila. Trop fin pour demander madame Marneffe, Stidmann passa roide devant la loge, monta rapidement au second, en se faisant ce raisonnement : si je demande madame Marneffe, elle n'y sera pas. Si je demande bêtement Steinbock, on me rira au nez... Cassons les vitres ! Au coup de sonnette, Reine arriva.

— Dites à monsieur le comte Steinbock de venir, sa femme se meurt !...

Reine, aussi spirituelle que Stidmann, le regarda d'un air passablement stupide.

— Mais, monsieur, je ne sais pas... ce que vous...

— Je vous dis que mon ami Steinbock est ici, sa femme se meurt, la chose vaut bien la peine que vous dérangiez votre maîtresse.

Et Stidmann s'en alla. — Oh ! il y est, se dit-il. En effet, Stidmann, qui resta quelques instants rue Vanneau, vit sortir Wenceslas, et lui fit signe de venir promptement. Après avoir raconté la tragédie qui se jouait rue Saint-Dominique, Stidmann gronda Steinbock de ne l'avoir pas prévenu de garder le secret sur le dîner de la veille.

— Je suis perdu, lui répondit Wenceslas, mais je te pardonne. J'ai tout à fait oublié notre rendez-vous ce matin, et j'ai commis la faute de ne pas te dire que nous devions avoir dîné chez Florent. Que veux-tu ? Cette Valérie m'a rendu fou ; mais, mon cher, elle vaut la gloire, elle vaut le malheur... Ah ! c'est... Mon Dieu ! me voilà dans un terrible embarras ! Conseille-moi. Que dire ? comment me justifier ?

— Te conseiller ? je ne sais rien, répondit Stidmann. Mais tu es aimé de ta femme, n'est-ce pas ? Eh bien ! elle croira tout. Dis-lui surtout que tu venais chez moi, pendant que j'allais chez toi ; tu sauveras toujours ainsi ta *pose* de ce matin. Adieu !

Au coin de la rue Hillerin-Bertin, Lisbeth avertie par Reine et qui courait après Steinbock, le rejoignit ; car elle craignait sa naïveté polonaise. Ne voulant pas être compromise, elle dit quelques mots à Wenceslas qui, dans sa joie, l'embrassa en pleine rue. Elle avait tendu sans doute à l'artiste une planche pour passer ce détroit de la vie conjugale.

A la vue de sa mère, arrivée en toute hâte, Hortense avait versé des torrents de larmes. Aussi, la crise nerveuse changea fort heureusement d'aspect.

— Trahie ! ma chère maman, lui dit-elle. Wenceslas, après m'avoir donné sa parole d'honneur de ne pas aller chez madame Marneffe, y a dîné hier, et n'est rentré qu'à une heure un quart du matin !... Si tu savais, la veille, nous avions eu, non pas une querelle, mais une explication. Je lui avais dit des choses si touchantes : « J'étais jalouse, une infidélité me ferait mourir ; j'étais ombrageuse, il devait respecter mes faiblesses, puisqu'elles venaient de mon amour pour lui, j'avais dans les veines autant du sang de mon père que du tien ; dans le premier moment d'une trahison, je serais folle à faire des folies, à me venger, à nous déshonorer tous, lui, son fils et moi ; qu'enfin je pourrais le tuer et me tuer après ! » etc. Et il y est allé, et il y est ! Cette femme a entrepris de nous désoler tous ! Hier, mon frère et Célestine se sont engagés pour retirer soixante-douze mille francs de lettres de change souscrites pour cette vaurienne... Oui, maman, on allait poursuivre mon père et le mettre en prison. Cette horrible femme n'a-t-elle pas assez de mon père et de tes larmes ! Pourquoi me prendre Wenceslas !... J'irai chez elle, je la poignarderai !

Madame Hulot, atteinte au cœur par l'affreuse confidence que dans sa rage Hortense lui faisait sans le savoir, dompta sa douleur par un de ces héroïques efforts dont sont capables les grandes mères, et elle prit la tête de sa fille sur son sein pour la couvrir de baisers.

— Attends Wenceslas, mon enfant, et tout s'expliquera. Le mal ne doit pas être aussi grand que tu le penses ! J'ai été trahie aussi, moi ! ma chère Hortense. Tu me trouves belle, je suis vertueuse, et je suis cependant abandonnée depuis vingt-trois ans, pour des Jenny Cadine, des Josépha, des Marneffe !... le savais-tu ?...

— Toi, maman, toi !... tu souffres cela depuis vingt...

Elle s'arrêta devant ses propres idées.

— Imite-moi, mon enfant, reprit la mère. Sois douce et bonne, et tu auras la conscience paisible. Au lit de mort, un homme se dit : « — Ma femme ne m'a jamais causé la moindre peine !... » et Dieu, qui entend ces derniers soupirs-là, nous les compte. Si je m'étais livrée à des fureurs, comme toi, que serait-il arrivé ?... Ton père se serait aigri, peut-être m'aurait-il quittée, et il n'aurait pas été retenu par la crainte de m'affliger ; notre ruine, aujourd'hui consommée, l'eût été dix ans plus tôt, nous aurions offert le spectacle d'un mari et d'une femme vivant chacun de son côté, scandale affreux, désolant, car c'est la mort de la Famille. Ni ton frère, ni toi, vous n'eussiez pu vous établir... Je me suis sacrifiée, et si courageusement que, sans cette dernière liaison de ton père, le monde me croirait encore heureuse. Mon officieux et bien courageux mensonge a jusqu'à présent protégé Hector ; il est encore considéré ; seulement cette passion de vieillard l'entraîne trop loin, je le vois. Sa folie, je le crains, crèvera le paravent que je mettais entre le monde et nous... Mais, je l'ai tenu pendant vingt-trois ans, ce rideau, derrière lequel je pleurais, sans mère, sans confident, sans autre secours que celui de la religion, et j'ai procuré vingt-trois ans d'honneur à la famille.

Hortense écoutait sa mère, les yeux fixes. La voix calme et la résignation de cette suprême douleur fit taire l'irritation de la première blessure chez la jeune femme, les larmes la gagnèrent, elles revinrent à torrents. Dans un accès de piété filiale, écrasée par la sublimité de sa mère, elle se mit à genoux devant elle, saisit le bas de sa robe et la baisa, comme de pieux catholiques baisent les saintes reliques d'un martyr.

— Lève-toi, mon Hortense, dit la baronne, un pareil témoignage de ma fille efface de bien mauvais souvenirs ! Viens sur mon cœur, oppressé de ton chagrin seulement. Le désespoir de ma pauvre petite fille, dont la joie était ma seule joie, a brisé le cachet sépulcral que rien ne devait lever de ma lèvre. Oui, je voulais emporter mes douleurs au tombeau, comme un suaire de plus. Pour calmer ta fureur, j'ai parlé... Dieu me pardonnera ! Oh ! si ma vie devait être ta vie, que ne ferais-je pas !... Les hommes, le monde, le hasard, la nature, Dieu, je crois, nous vendent l'amour au prix des plus cruelles tortures. Je payerai de vingt-quatre années de désespoir, de chagrins incessants, d'amertumes, dix années heureuses...

— Tu as eu dix ans, chère maman, et moi trois ans, seulement !... dit l'égoïste amoureuse.

— Rien n'est perdu, ma petite, attends Wenceslas.

— Ma mère, dit-elle, il a menti ! il m'a trompée... Il m'a dit : « Je n'irai pas », et il y est allé. Et cela, devant le berceau de son enfant !...

— Pour leur plaisir, les hommes, mon ange, commettent les plus grandes lâchetés, des infamies, des crimes ; c'est à ce qu'il paraît dans leur nature. Nous autres femmes, nous sommes vouées au sacrifice. Je croyais mes malheurs achevés, et ils commencent, car je ne m'attendais pas à souffrir doublement en souffrant dans ma fille. Courage et silence !... Mon Hortense, jure-moi de ne parler qu'à moi de tes chagrins, de n'en rien laisser voir devant des tiers... Oh ! sois aussi fière que ta mère !

En ce moment Hortense tressaillit, elle entendit le pas de son mari.

— Il paraît, dit Wenceslas en entrant, que Stidmann est venu pendant que j'étais allé chez lui.

— Vraiment !... s'écria la pauvre Hortense avec la sauvage ironie d'une femme offensée qui se sert de la parole comme d'un poignard.

— Mais oui, nous venons de nous rencontrer, répondit Wenceslas en jouant l'étonnement.

— Mais, hier !... reprit Hortense.

— Eh bien ! je t'ai trompée, mon cher amour, et ta mère va nous juger...

Cette franchise desserra le cœur d'Hortense. Toutes les

femmes vraiment nobles préfèrent la vérité au mensonge. Elles ne veulent pas voir leur idole dégradée, elles veulent être fières de la domination qu'elles acceptent.

Il y a de ce sentiment chez les Russes, à propos de leur Czar.

— Écoutez, chère mère... dit Wenceslas, j'aime tant ma bonne et douce Hortense, que je lui ai caché l'étendue de notre détresse. Que voulez-vous !... elle nourrissait encore, et des chagrins lui auraient fait bien du mal. Vous savez tout ce que risque alors une femme. Sa beauté, sa fraîcheur, sa santé sont en danger. Est-ce un tort ?... Elle croit que nous ne devons que cinq mille francs, mais j'en dois cinq mille autres... Avant-hier, nous étions au désespoir !... Personne au monde ne prête aux artistes. On se défie de nos talents tout autant que de nos fantaisies. J'ai frappé vainement à toutes les portes. Lisbeth nous a offert ses économies.

— Pauvre fille, dit Hortense.

— Pauvre fille ! dit la baronne.

— Mais les deux mille francs de Lisbeth, qu'est-ce ?... tout pour elle, rien pour nous. Alors la cousine nous a parlé, tu sais Hortense, de madame Marneffe, qui, par un amour-propre, devant tant au baron, ne prendrait pas le moindre intérêt... Hortense a voulu mettre ses diamants au Mont-de-Piété. Nous aurions eu quelques milliers de francs, et il nous en fallait dix mille. Ces dix mille francs se trouvaient là, sans intérêt, pour un an !... Je me suis dit : « Hortense n'en saura rien, allons les prendre. » Cette femme m'a fait inviter par mon beau-père à dîner hier, en me donnant à entendre que Lisbeth avait parlé, que j'aurais de l'argent. Entre le désespoir d'Hortense et ce dîner, je n'ai pas hésité. Voilà tout. Comment, Hortense, à vingt-quatre ans, fraîche, pure et vertueuse, elle qui est tout mon bonheur et ma gloire, que je n'ai pas quittée depuis notre mariage, peut-elle imaginer que je lui préférerai, quoi ?... une femme tannée, fanée, *panée*, dit-il en employant une atroce expression de l'argot des ateliers pour faire croire à son mépris par une de ces exagérations qui plaisent aux femmes.

— Ah ! si ton père m'avait parlé comme cela ! s'écria la baronne.

Hortense se jeta gracieusement au cou de son mari.

— Oui, voilà ce que j'aurais fait, dit Adeline. Wenceslas, mon ami, votre femme a failli mourir, reprit-elle gravement. Vous voyez combien elle vous aime. Elle est à vous, hélas ! Et elle soupira profondément. — Il peut en faire une martyre ou une femme heureuse, se dit-elle à elle-même en pensant ce que pensent toutes les mères lors du mariage de leurs filles. — Il me semble, ajouta-t-elle à haute voix, que je souffre assez pour voir mes enfants heureux.

— Soyez tranquille, chère maman, dit Wenceslas au comble du bonheur de voir cette crise heureusement terminée. Dans deux mois, j'aurai rendu l'argent à cette horrible femme. Que voulez-vous ? reprit-il en répétant ce mot essentiellement polonais avec la grâce polonaise, il y a des moments où l'on emprunterait au diable. C'est, après tout, l'argent de la famille. Et une fois invité, l'aurais-je eu, cet argent qui nous coûte si cher, si j'avais répondu par des grossièretés à une politesse ?

— Oh ! maman, quel mal nous fait papa ! s'écria Hortense.

La baronne mit un doigt sur ses lèvres, et Hortense regretta cette plainte, le premier blâme qu'elle laissait échapper sur un père si héroïquement protégé par un sublime silence.

— Adieu, mes enfants, dit madame Hulot, voilà le beau temps revenu. Mais ne vous fâchez plus.

Quand, après avoir reconduit la baronne, Wenceslas et sa femme furent revenus dans leur chambre, Hortense dit à son mari : — Raconte-moi ta soirée ? Et elle épia le visage de Wenceslas pendant ce récit, entrecoupé de ces questions qui se pressent sur les lèvres d'une femme en pareil cas. Ce récit rendit Hortense songeuse, elle entrevoyait les diaboliques amusements que des artistes devaient trouver dans cette vicieuse société.

— Sois franc ! mon Wenceslas ?... il y avait là Stidmann, Claude Vignon, Vernisset, qui encore ?... Enfin tu t'es amusé !...

— Moi ?... je ne pensais qu'à nos dix mille francs, et je me disais : « mon Hortense sera sans inquiétudes ! »

Cet interrogatoire fatiguait énormément le Livonien, et il saisit un moment de gaieté pour dire à Hortense : — Et toi, mon ange, qu'aurais-tu fait, si ton artiste s'était trouvé coupable ?...

— Moi, dit-elle, d'un petit air décidé, j'aurais pris Stidmann, mais sans l'aimer, bien entendu !

— Hortense ! s'écria Steinbock en se levant avec brusquerie et par un mouvement théâtral, tu n'en aurais pas eu le temps, je t'aurais tuée.

Hortense se jeta sur son mari, l'embrassa à l'étouffer, le couvrit de caresses, et lui dit : — Ah ! tu m'aimes ! Wenceslas ! va, je ne crains rien ! Mais plus de Marneffe. Ne te plonge plus jamais dans de semblables bourbiers...

— Je te jure, ma chère Hortense, que je n'y retournerai que pour retirer mon billet...

Elle bouda, mais comme boudent les femmes aimantes qui veulent les bénéfices d'une bouderie. Wenceslas, fatigué d'une pareille matinée, laissa bouder sa femme et partit pour son atelier y faire la maquette du groupe de Samson et Dalila, dont le dessin était dans sa poche. Hortense, inquiète de sa bouderie et croyant Wenceslas fâché, vint à l'atelier au moment où son mari finissait de fouiller sa glaise avec cette rage qui pousse les artistes en puissance de fantaisie. A l'aspect de sa femme, il jeta vivement un linge mouillé sur le groupe ébauché, et prit Hortense dans ses bras en lui disant : — Ah ! nous ne sommes pas fâchés, n'est-ce pas, ma ninette ?

Hortense avait vu le groupe, le linge dessus, elle ne dit rien ; mais avant de quitter l'atelier, elle se retourna, saisit le chiffon, regarda l'esquisse et demanda : — Qu'est-ce que cela ?

— Un groupe dont l'idée m'est venue.

— Et pourquoi me l'as-tu caché ?

— Je voulais ne te le montrer que fini.

— La femme est bien jolie ! dit Hortense.

Et mille soupçons poussèrent dans son âme comme poussent, dans les Indes, ces végétations, grandes et touffues, du jour au lendemain.

Au bout de trois semaines environ, madame Marneffe fut profondément irritée contre Hortense. Les femmes de cette espèce ont leur amour-propre, elles veulent qu'on baise l'ergot du diable, elles ne pardonnent jamais à la Vertu qui ne redoute pas leur puissance ou qui lutte avec elles. Or, Wenceslas n'avait pas fait une seule visite rue Vanneau, pas même celle qu'exigeait la politesse après la pose d'une femme en Dalila. Chaque fois que Lisbeth était allée chez les Steinbock elle n'avait trouvé personne au logis. Monsieur et madame vivaient à l'atelier. Lisbeth, qui relança les deux tourtereaux jusque dans leur nid du Gros-Caillou, vit Wenceslas travaillant avec ardeur, et apprit par la cuisinière que madame ne quittait jamais monsieur. Wenceslas subissait le despotisme de l'amour. Valérie épousa donc pour son compte la haine de Lisbeth envers Hortense. Les femmes tiennent autant aux amants qu'on leur dispute, que les hommes tiennent aux femmes qui sont désirées par plusieurs fats. Aussi, les réflexions faites à propos de madame Marneffe s'appliquent-elles parfaitement aux hommes à bonnes fortunes qui sont des espèces de courtisanes-hommes. Le caprice de Valérie fut une rage, elle voulait avoir surtout son groupe, et elle se proposait, un matin, d'aller à l'atelier voir Wenceslas, quand survint un de ces événements graves qui peuvent s'appeler pour ces sortes de femmes *fructus belli*. Voici comment Valérie donna la nouvelle de ce fait, entièrement personnel. Elle déjeunait avec Lisbeth et monsieur Marneffe.

— Dis donc, Marneffe ? te doutes-tu d'être père pour la seconde fois ?

— Vraiment, tu serais grosse ?... Oh ! laisse-moi t'embrasser...

Il se leva, fit le tour de la table, et sa femme lui tendit le front de manière que le baiser glissât sur les cheveux.

— De ce coup-là, reprit-il, je suis chef de bureau et officier de la Légion-d'Honneur ! Ah çà ! ma petite, je ne veux pas que Stanislas soit ruiné ! Pauvre petit !...

— Pauvre petit ?... s'écria Lisbeth. Il y a sept mois que vous ne l'avez vu ; je passe à la pension pour être sa mère, car je suis la seule de la maison qui s'occupe de lui !...

— Un enfant qui nous coûte cent écus tous les trois mois !... dit Valérie. D'ailleurs, c'est ton enfant, celui-là, Marneffe ! tu devrais bien payer sa pension sur tes appointements. Le nouveau, loin de produire des mémoires de marchands de soupe, nous sauvera de la misère...

— Valérie, répondit Marneffe en imitant Crevel en position, j'espère que monsieur le baron Hulot aura soin de son fils, et qu'il n'en chargera pas un pauvre employé ; je compte me montrer très-exigeant avec lui. Aussi, prenez vos sûretés, madame ? tâchez d'avoir de lui des lettres où il vous parle de son bonheur, car il se fait un peu trop tirer l'oreille pour ma nomination...

Et Marneffe partit pour le ministère, où la précieuse amitié de son directeur lui permettait d'aller à son bureau vers onze heures ; il y faisait d'ailleurs peu de besogne, vu son incapacité notoire et son aversion pour le travail.

Une fois seules, Lisbeth et Valérie se regardèrent pendant un moment comme des augures, et partirent ensemble d'un immense éclat de rire.

— Voyons, Valérie, est-ce vrai ? dit Lisbeth, ou n'est-ce qu'une comédie ?

— C'est une vérité physique ! répondit Valérie. Hortense *m'embête* ! Et, cette nuit, je pensais à lancer cet enfant comme une bombe dans le ménage de Wenceslas.

Valérie rentra dans sa chambre, suivie de Lisbeth, et lui montra tout écrite la lettre suivante :

« Wenceslas, mon ami, je crois encore à ton amour,
« quoique je ne t'aie pas vu depuis bientôt vingt jours.
« Est-ce du dédain ? Dalila ne le saurait penser. N'est-ce
« pas plutôt un effet de la tyrannie d'une femme que tu
« m'as dit ne pouvoir plus aimer ? Wenceslas, tu es un
« trop grand artiste pour te laisser ainsi dominer. Le
« ménage est le tombeau de la gloire... Vois si tu res-
« sembles au Wenceslas de la rue du Doyenné ? Tu as raté
« le monument de mon père ; mais chez toi l'amant est
« bien supérieur à l'artiste, tu es plus heureux avec la
« fille : tu es père, mon adoré Wenceslas. Si tu ne venais
« pas me voir dans l'état où je suis, tu passerais pour bien
« mauvais homme aux yeux de tes amis ; mais, je le sens,
« je t'aime si follement, que je n'aurai jamais la force de te
« maudire. Puis-je me dire toujours

« TA VALÉRIE. »

— Que dis-tu de mon projet d'envoyer cette lettre à l'atelier au moment où notre chère Hortense y sera seule ? demanda Valérie à Lisbeth. Hier au soir, j'ai su par Stidmann que Wenceslas doit l'aller prendre à onze heures pour une affaire chez Chanor ; ainsi cette gaupe d'Hortense sera seule.

— Après un tour semblable, répondit Lisbeth, je ne

pourrai plus rester ostensiblement ton amie, et il faudra que je te donne congé, que je sois censée ne plus te voir, ni même te parler.

— Évidemment, dit Valérie ; mais...

— Oh ! sois tranquille, répondit Lisbeth. Nous nous reverrons quand je serai madame la maréchale ; *ils* le veulent maintenant tous, le baron seul ignore ce projet ; mais tu le décideras.

— Mais, répondit Valérie, il est possible que je sois bientôt en délicatesse avec le baron.

— Madame Olivier est la seule qui puisse se faire bien surprendre la lettre par Hortense, dit Lisbeth, il faut l'envoyer d'abord rue Saint-Dominique avant d'aller à l'atelier.

— Oh ! notre petite bellote sera chez elle, répondit madame Marneffe en sonnant Reine pour faire demander madame Olivier.

Dix minutes après l'envoi de cette fatale lettre, le baron Hulot vint. Madame Marneffe s'élança, par un mouvement de chatte, au cou du vieillard.

— Hector, tu es père ! lui dit-elle à l'oreille. Voilà ce que c'est que de se brouiller et de se raccommoder...

En voyant un certain étonnement que le baron ne dissimula pas assez promptement, Valérie prit un air froid qui désespéra le Conseiller-d'État. Elle se fit arracher les preuves les plus décisives, une à une. Lorsque la Conviction, que la Vanité prit doucement par la main, fut entrée dans l'esprit du vieillard, elle lui parla de la fureur de monsieur Marneffe.

— Mon vieux grognard, lui dit-elle, il t'est bien difficile de ne pas faire nommer ton éditeur responsable, notre gérant, si tu veux, chef de bureau et officier de la Légion-d'Honneur, car tu l'as ruiné, cet homme ; il adore son Stanislas, ce petit *monstrico* qui tient de lui, et que je ne puis souffrir. A moins que tu ne préfères donner une rente de douze cents francs à Stanislas, en nue propriété bien entendu, l'usufruit en mon nom.

— Mais si je fais des rentes, je préfère que ce soit au nom de mon fils, et non au *monstrico* ! dit le baron.

Cette phrase imprudente, où le mot *mon fils* passa gros comme un fleuve débordant, fut transformée, au bout d'une heure de conversation, en une promesse formelle de

236

faire douze cents francs de rente à l'enfant à venir. Puis cette promesse fut sur la langue et la physionomie de Valérie, ce qu'est un tambour entre les mains d'un marmot, elle devait en jouer pendant vingt jours.

Au moment où le baron Hulot, heureux comme le marié d'un an qui désire un héritier, sortait de la rue Vanneau, madame Olivier s'était fait arracher par Hortense, la lettre qu'elle devait remettre à monsieur le comte, en mains propres. La jeune femme paya cette lettre d'une pièce de vingt francs. Le suicide paye son opium, son pistolet, son charbon. Hortense lut la lettre, elle la relut ; elle ne voyait que ce papier blanc bariolé de lignes noires, il n'y avait que ce papier dans la nature, tout était noir autour d'elle. La lueur de l'incendie qui dévorait l'édifice de son bonheur éclairait le papier, car la nuit la plus profonde régnait autour d'elle. Les cris de son petit Wenceslas, qui jouait, parvenaient à son oreille comme s'il eût été dans le fond d'un vallon, et qu'elle eût été sur un sommet. Outragée à vingt-quatre ans, dans tout l'éclat de la beauté, parée d'un amour pur et dévoué, c'était non pas un coup de poignard, mais la mort. La première attaque avait été purement nerveuse, le corps s'était tordu sous l'étreinte de la jalousie ; mais la certitude attaqua l'âme, le corps fut anéanti. Hortense demeura pendant dix minutes environ sous cette oppression. Le fantôme de sa mère lui apparut et lui fit une révolution ; elle devint calme et froide, elle recouvra sa raison. Elle sonna.

— Que Louise, ma chère, dit-elle à la cuisinière, vous aide. Vous allez faire, le plus tôt possible, des paquets de tout ce qui est à moi ici, et de tout ce qui regarde mon fils. Je vous donne une heure. Quand tout sera prêt, allez chercher sur la place une voiture, et prévenez-moi. Pas d'observations ! Je quitte la maison et j'emmène Louise. Vous resterez, vous, avec monsieur ; ayez bien soin de lui...

Elle passa dans sa chambre, se mit à sa table, et écrivit la lettre suivante :

    « Monsieur le comte,

    « La lettre jointe à la mienne vous expliquera la cause
    « de la résolution que j'ai prise.

    « Quand vous lirez ces lignes, j'aurai quitté votre mai-

« son, et je me serai retirée auprès de ma mère, avec notre
« enfant.

« Ne comptez pas que je revienne jamais sur ce parti.
« Ne croyez pas à l'emportement de la jeunesse, à son
« irréflexion, à la vivacité de l'amour jeune offensé, vous
« vous tromperiez étrangement.

« J'ai prodigieusement pensé, depuis quinze jours, à la
« vie, à l'amour, à notre union, à nos devoirs mutuels. J'ai
« connu dans son entier le dévouement de ma mère, elle
« m'a dit ses douleurs ! Elle est héroïque tous les jours,
« depuis vingt-trois ans ; mais je ne me sens pas la force
« de l'imiter, non que je vous aie aimé moins qu'elle aime
« mon père, mais par des raisons tirées de mon caractère.
« Notre intérieur deviendrait un enfer, et je pourrais
« perdre la tête au point de vous déshonorer, de déshono-
« rer notre enfant. Je ne veux pas être une madame
« Marneffe ; et dans cette carrière, une femme de ma
« trempe ne s'arrêterait peut-être pas. Je suis, malheu-
« reusement pour moi, une Hulot et non pas une Fischer.

« Seule et loin du spectacle de vos désordres, je réponds
« de moi, surtout occupée de notre enfant, près de ma
« forte et sublime mère, dont la vie agira sur les mouve-
« ments tumultueux de mon cœur. Là, je puis être une
« bonne mère, bien élever notre fils et vivre. Chez vous, la
« Femme tuerait la Mère, et des querelles incessantes
« aigriraient mon caractère.

« J'accepterais la mort d'un coup ; mais je ne veux pas
« être malade pendant vingt-cinq ans comme ma mère. Si
« vous m'avez trahie après trois ans d'un amour absolu,
« continu, pour la maîtresse de votre beau-père, quelles
« rivales ne me donneriez-vous pas plus tard ? Ah ! mon-
« sieur, vous commencez, bien plus tôt que mon père,
« cette carrière de libertinage, de prodigalité qui désho-
« nore un père de famille, qui diminue le respect des
« enfants, et au bout de laquelle se trouvent la honte et le
« désespoir.

« Je ne suis point implacable. Des sentiments
« inflexibles ne conviennent point à des êtres faibles qui
« vivent sous l'œil de Dieu. Si vous conquérez gloire et
« fortune par des travaux soutenus, si vous renoncez aux
« courtisanes, aux sentiers ignobles et bourbeux, vous
« retrouverez une femme digne de vous.

« Je vous crois trop gentilhomme pour recourir à la loi.
« Vous respecterez ma volonté, monsieur le comte, en me
« laissant chez ma mère ; et, surtout, ne vous y présentez
« jamais. Je vous ai laissé tout l'argent que vous a prêté
« cette odieuse femme. Adieu !

« HORTENSE HULOT. »

Cette lettre fut péniblement écrite, Hortense s'abandonnait aux pleurs, aux cris de la passion égorgée. Elle quittait et reprenait la plume pour exprimer simplement ce que l'amour déclame ordinairement dans ces lettres testamentaires. Le cœur s'exhalait en interjections, en plaintes, en pleurs ; mais la raison dictait.

La jeune femme, avertie par Louise que tout était prêt, parcourut lentement le jardinet, la chambre, le salon, y regarda tout pour la dernière fois. Puis elle fit à la cuisinière les recommandations les plus vives pour qu'elle veillât au bien-être de Monsieur, en lui promettant de la récompenser si elle voulait être honnête. Enfin, elle monta dans la voiture pour se rendre chez sa mère, le cœur brisé, pleurant à faire peine à sa femme de chambre, et couvrant le petit Wenceslas de baisers avec une joie délirante qui trahissait encore bien de l'amour pour le père.

La baronne savait déjà par Lisbeth que le beau-père était pour beaucoup dans la faute de son gendre, elle ne fut pas surprise de voir arriver sa fille, elle l'approuva et consentit à la garder près d'elle. Adeline, en voyant que la douceur et le dévouement n'avaient jamais arrêté son Hector, pour qui son estime commençait à diminuer, trouva que sa fille avait raison de prendre une autre voie. En vingt jours, la pauvre mère venait de recevoir deux blessures dont les souffrances surpassaient toutes ses tortures passées. Le baron avait mis Victorin et sa femme dans la gêne ; puis il était la cause, suivant Lisbeth, du dérangement de Wenceslas, il avait dépravé son gendre. La majesté de ce père de famille, maintenue pendant si long-temps par des sacrifices insensés, était dégradée. Sans regretter leur argent, les Hulot jeunes concevaient à la fois de la défiance et des inquiétudes à l'égard du baron. Ce sentiment assez visible affligeait profondément Adeline, elle pressentait la dissolution de la famille. La baronne logea sa fille dans la salle à manger, qui fut promptement transformée en chambre à coucher, grâce à l'argent du maréchal ; et l'antichambre devint, comme dans beaucoup de ménages, la salle à manger.

Quand Wenceslas revint chez lui, quand il eut achevé de lire les deux lettres, il éprouva comme un sentiment de joie mêlé de tristesse. Gardé pour ainsi dire à vue par sa femme, il s'était intérieurement rebellé contre ce nouvel emprisonnement à la Lisbeth. Gorgé d'amour depuis trois ans, il avait, lui aussi, réfléchi pendant ces derniers quinze jours ; et il trouvait la famille lourde à porter. Il venait de s'entendre féliciter par Stidmann sur la passion qu'il inspirait à Valérie ; car Stidmann, dans une arrière-pensée assez concevable, jugeait à propos de flatter la vanité du mari d'Hortense en espérant consoler la victime. Wenceslas fut donc heureux de pouvoir retourner chez madame Marneffe. Mais il se rappela le bonheur entier et pur dont il avait joui, les perfections d'Hortense, sa sagesse, son innocent et naïf amour, et il la regretta vivement. Il voulut courir chez sa belle-mère y obtenir son pardon, mais il fit comme Hulot et Crevel, il alla voir madame Marneffe à laquelle il apporta la lettre de sa femme pour lui montrer le désastre dont elle était la cause, et, pour ainsi dire, escompter ce malheur, en demandant en retour des plaisirs à sa maîtresse. Il trouva Crevel chez Valérie. Le maire, bouffi d'orgueil, allait et venait dans le salon, comme un homme agité par des sentiments tumultueux. Il se mettait en position comme s'il voulait parler et il n'osait. Sa physionomie resplendissait, et il courait à la croisée tambouriner de ses doigts sur les vitres. Il regardait Valérie d'un air touché, attendri. Heureusement pour Crevel, Lisbeth entra.

— Cousine, lui dit-il à l'oreille, vous savez la nouvelle ? je suis père ! Il me semble que j'aime moins ma pauvre Célestine. Oh ! ce que c'est que d'avoir un enfant d'une femme qu'on idolâtre ! Joindre la paternité du cœur à la paternité du sang ! Oh ! voyez-vous, dites-le à Valérie ! je vais travailler pour cet enfant, je le veux riche ! Elle m'a dit qu'elle croyait, à certains indices, que ce serait un garçon ! Si c'est un garçon, je veux qu'il se nomme Crevel : je consulterai mon notaire.

— Je sais combien elle vous aime, dit Lisbeth ; mais au

nom, de votre avenir et du sien, contenez-vous, ne vous frottez pas les mains à tout moment.

Pendant que Lisbeth faisait cet *à parte* avec Crevel, Valérie avait redemandé sa lettre à Wenceslas, et elle lui tenait à l'oreille des propos qui dissipaient sa tristesse.

— Te voilà libre, mon ami, dit-elle. Est-ce que les grands artistes devraient se marier ? Vous n'existez que par la fantaisie et par la liberté ! Va, je t'aimerai tant, mon cher poëte, que tu ne regretteras jamais ta femme. Mais cependant, si comme beaucoup de gens, tu veux garder le décorum, je me charge de faire revenir Hortense chez toi, dans peu de temps...

— Oh ! si c'était possible ?

— J'en suis sûre, dit Valérie piquée. Ton pauvre beau-père est un homme fini sous tous les rapports, qui par amour-propre veut avoir l'air d'être aimé, veut faire croire qu'il a une maîtresse, et il a tant de vanité sur cet article que je le gouverne entièrement. La baronne aime encore tant son vieil Hector (il me semble toujours parler de l'Iliade), que les deux vieux obtiendront d'Hortense ton raccommodement. Seulement, si tu ne veux pas avoir des orages chez toi, ne reste pas vingt jours sans venir voir ta maîtresse... Je me mourais. Mon petit, on doit des égards, quand on est gentilhomme, à une femme qu'on a compromise au point où je le suis, surtout quand cette femme a bien des ménagements à prendre pour sa réputation... Reste à dîner, mon ange... Et songe que je dois être d'autant plus froide avec toi, que tu es l'auteur de cette trop visible faute.

On annonça le baron Montès, Valérie se leva, courut à sa rencontre, lui parla pendant quelques instants à l'oreille, et fit avec lui les mêmes réserves pour son maintien qu'elle venait de faire avec Wenceslas ; car le Brésilien eut une contenance diplomatique appropriée à la grande nouvelle qui le comblait de joie, il était certain de sa paternité, lui !...

Grâce à cette stratégie basée sur l'amour-propre de l'homme à l'état d'amant, Valérie eut à sa table, tous joyeux, animés, charmés, quatre hommes se croyant adorés, et que Marneffe nomma plaisamment à Lisbeth, en s'y comprenant, les cinq pères de l'Église.

Le baron Hulot seul montra d'abord une figure soucieuse. Voici pourquoi : au moment de quitter son cabinet, il était venu voir le Directeur du personnel, un général, son camarade depuis trente ans, et il lui avait parlé de nommer Marneffe à la place de Coquet, qui consentait à donner sa démission.

— Mon cher ami, lui dit-il, je ne voudrais pas demander cette faveur au maréchal sans que nous soyons d'accord et que j'aie eu votre agrément.

— Mon cher ami, répondit le Directeur du Personnel, permettez-moi de vous faire observer que, pour vous-même, vous ne devriez pas insister sur cette nomination. Je vous ai déjà dit mon opinion. Ce serait un scandale dans les bureaux, où l'on s'occupe déjà beaucoup trop de vous et de madame Marneffe. Ceci, bien entre nous. Je ne veux pas attaquer votre endroit sensible, ni vous désobliger en quoi que ce soit, je vais vous en donner la preuve. Si vous y tenez absolument, si vous voulez demander la place de monsieur Coquet, qui sera vraiment une perte pour les bureaux de la guerre (il y est depuis 1809), je partirai pour quinze jours à la campagne, afin de vous laisser le champ libre auprès du maréchal qui vous aime comme son fils. Je ne serai donc ni pour, ni contre, et je n'aurai rien fait contre ma conscience d'administrateur.

— Je vous remercie, répondit le baron, je réfléchirai à ce que vous venez de me dire.

— Si je me permets cette observation, mon cher ami, c'est qu'il y a beaucoup plus de votre intérêt personnel que de mon affaire ou de mon amour-propre. Le maréchal est le maître, d'abord. Puis, mon cher, on nous reproche tant de choses, qu'une de plus ou de moins ! nous n'en sommes pas à notre virginité en fait de critiques. Sous la Restauration, on a nommé des gens pour leur donner des appointements et sans s'embarrasser du service... Nous sommes de vieux camarades...

— Oui, répondit le baron, et c'est bien pour ne pas altérer notre vieille et précieuse amitié que je...

— Allons, reprit le Directeur du Personnel, en voyant l'embarras peint sur la figure de Hulot, je voyagerai, mon vieux... Mais prenez garde ! vous avez des ennemis, c'est-à-dire des gens qui convoitent votre magnifique traitement, et vous n'êtes amarré que sur une ancre. Ah ! si vous étiez député comme moi, vous ne craindriez rien ; aussi tenez-vous bien...

Ce discours, plein d'amitié, fit une vive impression sur le Conseiller-d'État.

— Mais enfin, Roger, qu'y a-t-il ? Ne faites pas le mystérieux avec moi !

Le personnage que Hulot nommait Roger, regarda Hulot, lui prit la main, la lui serra.

— Nous sommes de trop vieux amis pour que je ne vous donne pas un avis. Si vous voulez rester, il faudrait vous faire votre lit de repos vous-même. Ainsi, dans votre position, au lieu de demander au maréchal la place de monsieur Coquet pour monsieur Marneffe, je le prierais d'user de son influence pour me réserver le Conseil-d'État en service ordinaire, où je mourrais tranquille ; et, comme le castor, j'abandonnerais ma Direction générale aux chasseurs.

— Comment, le maréchal oublierait...

— Mon vieux, le maréchal vous a si bien défendu en plein conseil des ministres, qu'on ne songe plus à vous dégommer ; mais il en a été question !... Ainsi ne donnez pas de prétextes... Je ne veux pas vous en dire davantage. En ce moment, vous pouvez faire vos conditions, être Conseiller-d'État et pair de France. Si vous attendez trop, si vous donnez prise sur vous, je ne réponds de rien... Dois-je voyager ?...

— Attendez, je verrai le maréchal, répondit Hulot, et j'enverrai mon frère sonder le terrain près du patron.

On peut comprendre en quelle humeur revint le baron chez madame Marneffe, il avait presque oublié qu'il était père, car Roger venait de faire acte de vraie et bonne camaraderie, en lui éclairant sa position. Néanmoins, telle était l'influence de Valérie, qu'au milieu du dîner, le baron se mit à l'unisson, et devint d'autant plus gai qu'il avait plus de soucis à étouffer ; mais le malheureux ne se doutait pas que, dans cette soirée, il allait se trouver entre son bonheur et le danger signalé par le Directeur du Personnel, c'est-à-dire forcé d'opter entre madame Marneffe et sa position. Vers onze heures, au moment où la soirée atteignait à son apogée d'animation, car le salon était plein de monde, Valérie prit avec elle Hector dans un coin de son divan.

— Mon bon vieux, lui dit-elle à l'oreille, ta fille s'est si fort irritée de ce que Wenceslas vient ici, qu'elle l'a planté là. C'est une mauvaise tête qu'Hortense. Demande à Wenceslas de voir la lettre que cette petite sotte lui a écrite. Cette séparation de deux amoureux dont on veut que je sois la cause, peut me faire un tort inouï, car voilà la manière dont s'attaquent entre elles les femmes vertueuses. C'est un scandale que de jouer à la victime, pour jeter le blâme sur une femme qui n'a d'autres torts que d'avoir une maison agréable. Si tu m'aimes, tu me disculperas en rapatriant les deux tourtereaux. Je ne tiens pas du tout, d'ailleurs, à recevoir ton gendre, c'est toi qui me l'as amené, remporte-le ? Si tu as de l'autorité dans ta famille, il me semble que tu pourrais bien exiger de ta femme qu'elle fît ce raccommodement. Dis-lui de ma part, à cette bonne vieille, que si l'on me donne injustement le tort d'avoir brouillé un jeune ménage, de troubler l'union d'une famille, et de prendre à la fois le père et le gendre, je mériterai ma réputation en les tracassant à ma façon ! Ne voilà-t-il pas Lisbeth qui parle de me quitter ?... Elle me préfère sa famille, je ne veux pas l'en blâmer. Elle ne reste ici, m'a-t-elle dit, que si les jeunes gens se raccommodent. Nous voilà propres, la dépense sera triplée ici !...

— Oh ! quant à cela, dit le baron en apprenant l'esclandre de sa fille, j'y mettrai bon ordre.

— Eh bien ! reprit Valérie, à autre chose. Et la place de Coquet ?...

— Ceci, répondit Hector en baissant les yeux, est plus difficile, pour ne pas dire impossible !...

— Impossible, mon cher Hector, dit madame Marneffe à l'oreille du baron ; mais tu ne sais pas à quelles extrémités va se porter Marneffe, je suis en son pouvoir ; il est immoral, dans son intérêt, comme la plupart des hommes, mais il est excessivement vindicatif à la façon des petits esprits, des impuissants. Dans la situation où tu m'as mise, je suis à sa discrétion. Obligée de me remettre avec lui pour quelques jours, il est capable de ne plus quitter ma chambre.

Hulot fit un prodigieux haut-le-corps.

— Il me laissait tranquille à la condition d'être chef de bureau. C'est infâme, mais c'est logique.

— Valérie, m'aimes-tu ?...

— Cette question dans l'état où je suis est, mon cher, une injustice de laquais...

— Eh bien ! si je veux tenter, seulement tenter, de demander au maréchal une place pour Marneffe, je ne suis plus rien et Marneffe est destitué.

— Je croyais que le prince et toi, vous étiez deux amis intimes.

— Certes, il me l'a bien prouvé ; mais, mon enfant, au-dessus du maréchal, il y a quelqu'un, et il y a encore tout le conseil des ministres, par exemple... Avec un peu de temps, en louvoyant, nous arriverons. Pour réussir, il faut attendre le moment où l'on me demandera quelque service à moi. Je pourrai dire alors : Je vous passe la casse, passez-moi le séné...

— Si je dis cela, mon pauvre Hector, à Marneffe, il nous jouera quelque méchant tour. Tiens, dis-lui toi-même qu'il faut attendre, je ne m'en charge pas. Oh ! je connais mon sort, il sait comment me punir, il ne quittera pas ma chambre... N'oublie pas les douze cents francs de rente pour le petit.

Hulot prit monsieur Marneffe à part, en se sentant menacé dans son plaisir ; et, pour la première fois, il quitta le ton hautain qu'il avait gardé jusqu'alors, tant il était épouvanté par la perspective de cet agonisant dans la chambre de cette jolie femme.

— Marneffe, mon cher ami, dit-il, il a été question de vous aujourd'hui ! Mais vous ne serez pas chef de bureau d'emblée... Il nous faut du temps.

— Je le serai, monsieur le baron, répliqua nettement Marneffe.

— Mais, mon cher...

— Je le serai, monsieur le baron, répéta froidement Marneffe en regardant alternativement le baron et Valérie. Vous avez mis ma femme dans la nécessité de se raccommoder avec moi, je la garde ; car, *mon cher ami*, elle est charmante, ajouta-t-il avec une épouvantable ironie. Je suis le maître ici, plus que vous ne l'êtes au ministère.

Le baron sentit en lui-même une de ces douleurs qui produisent dans le cœur l'effet d'une rage de dents, et il faillit laisser voir des larmes dans ses yeux. Pendant cette courte scène, Valérie notifiait à l'oreille de Henri Montès la prétendue volonté de Marneffe, et se débarrassait ainsi de lui pour quelque temps.

Des quatre fidèles, Crevel seul, possesseur de sa petite maison économique, était excepté de cette mesure ; aussi montrait-il sur sa physionomie un air de béatitude vraiment insolent, malgré les espèces de réprimandes que lui adressait Valérie par des froncements de sourcils et des mines significatives ; mais sa radieuse paternité se jouait dans tous ses traits. A un mot de reproche que Valérie alla lui jeter à l'oreille, il la saisit par la main et lui répondit :

— Demain, ma duchesse, tu auras ton petit hôtel !... c'est demain l'adjudication définitive.

— Et le mobilier ? répondit-elle en souriant.

— J'ai mille actions de Versailles, rive gauche, achetées à cent vingt-cinq francs, et elles iront à trois cents à cause d'une fusion des deux chemins, dans le secret de laquelle j'ai été mis. Tu seras meublée, comme une reine !... Mais tu ne seras plus qu'à moi, n'est-ce pas ?...

— Oui, gros maire, dit en souriant cette madame de Merteuil bourgeoise ; mais de la tenue ! respecte la future madame Crevel.

— Mon cher cousin, disait Lisbeth au baron, je serai demain chez Adeline de bonne heure, car, vous comprenez, je ne peux décemment rester ici. J'irai tenir le ménage de votre frère le maréchal.

— Je retourne ce soir chez moi, dit le baron.

— Eh bien ! j'y viendrai déjeuner demain, répondit Lisbeth en souriant.

Elle comprit combien sa présence était nécessaire à la scène de famille qui devait avoir lieu, le lendemain. Aussi, dès le matin, alla-t-elle chez Victorin à qui elle apprit la séparation d'Hortense et de Wenceslas.

Lorsque le baron entra chez lui, vers dix heures et demie du soir, Mariette et Louise, dont la journée avait été laborieuse, fermaient la porte de l'appartement, Hulot n'eut donc pas besoin de sonner. Le mari, très contrarié d'être vertueux, alla droit à la chambre de sa femme ; et, par la porte entr'ouverte, il la vit prosternée devant son crucifix, abîmée dans la prière, et dans une de ces poses expressives qui font la gloire des peintres ou des sculpteurs assez heureux pour les bien rendre après les avoir trouvées. Adeline, emportée par l'exaltation, disait à haute voix : « Mon Dieu ! faites-nous la grâce de l'éclairer !... » Ainsi la baronne priait pour son Hector. A ce spectacle, si différent de celui qu'il quittait, en entendant cette phrase dictée par l'événement de cette journée, le baron attendri laissa partir un soupir. Adeline se retourna, le visage couvert de larmes. Elle crut si bien sa prière exaucée qu'elle fit un bond, et saisit son Hector avec la force que donne la passion heureuse. Adeline avait dépouillé tout intérêt de femme, la douleur éteignait jusqu'au souvenir. Il n'y avait plus en elle que maternité, honneur de famille, et l'attachement le plus pur d'une épouse chrétienne pour un mari fourvoyé, cette sainte tendresse qui survit à tout dans le cœur de la femme. Tout cela se devinait.

— Hector ! dit-elle enfin, nous reviendrais-tu ? Dieu prendrait-il en pitié notre famille ?

— Chère Adeline ! reprit le baron en entrant et asseyant sa femme sur un fauteuil à côté de lui, tu es la plus sainte créature que je connaisse, et il y a longtemps que je ne me trouve plus digne de toi.

— Tu aurais peu de chose à faire, mon ami, dit-elle en tenant la main de Hulot et tremblant si fort qu'elle semblait avoir un tic nerveux, bien peu de chose pour rétablir l'ordre...

Elle n'osa poursuivre, elle sentit que chaque mot serait un blâme, et elle ne voulait pas troubler le bonheur que cette entrevue lui versait à torrents dans l'âme.

— Hortense m'amène ici, reprit Hulot. Cette petite fille peut nous faire plus de mal par sa démarche précipitée que ne nous en a fait mon absurde passion pour Valérie. Mais nous causerons de tout cela demain matin. Hortense dort, m'a dit Mariette, laissons-la tranquille.

— Oui, dit madame Hulot envahie soudain par une profonde tristesse.

Elle devina que le baron revenait chez lui, ramené moins par le désir de voir sa famille, que par un intérêt étranger.

— Laissons-la tranquille encore demain, car la pauvre enfant est dans un état déplorable, elle a pleuré pendant toute la journée, dit la baronne.

Le lendemain, à neuf heures du matin, le baron, en attendant sa fille à laquelle il avait fait dire de venir, se promenait dans l'immense salon inhabité, cherchant des raisons à donner pour vaincre l'entêtement le plus difficile à dompter, celui d'une jeune femme offensée et implacable, comme l'est la jeunesse irréprochable, à qui les honteux ménagements du monde sont inconnus, parce qu'elle en ignore les passions et les intérêts.

— Me voici, papa ! dit d'une voix tremblante Hortense que ses souffrances avaient pâlie.

Hulot, assis sur une chaise, prit sa fille par la taille et la força de se mettre sur ses genoux.

— Eh bien ! mon enfant, dit-il en l'embrassant au front, il y a donc de la brouille dans le ménage, et nous avons fait un coup de tête ?... Ce n'est pas d'une fille bien élevée. Mon Hortense ne devait pas prendre à elle seule un parti décisif, comme celui de quitter sa maison, d'abandonner son mari, sans consulter ses parents. Si ma chère Hortense était venue voir sa bonne et excellente mère, elle ne m'aurait pas causé le violent chagrin que je ressens !... Tu ne connais pas le monde, il est bien méchant. On peut dire que c'est ton mari qui t'a renvoyée à tes parents. Les enfants élevés, comme vous, dans le giron maternel, restent plus longtemps enfants que les autres, ils ne savent pas la vie ! La passion naïve et fraîche, comme celle que tu as pour Wenceslas, ne calcule malheureusement rien, elle est toute à ses premiers mouvements. Notre petit cœur part, la tête suit. On brûlerait Paris pour se venger, sans penser à la cour d'assises ! Quand ton vieux père vient te dire que tu n'as pas gardé les convenances, tu peux le croire ; et je ne te parle pas encore de la profonde douleur que j'ai ressentie, elle est bien amère, car tu jettes le blâme sur une femme dont le cœur ne t'est pas connu, dont l'inimitié peut devenir terrible... Hélas ! toi, si pleine de candeur, d'innocence, de pureté, tu ne doutes de rien : tu peux être salie, calomniée. D'ailleurs, mon cher petit ange, tu as pris au sérieux une plaisanterie, et je puis, moi, te garantir l'innocence de ton mari. Madame Marneffe...

Jusque-là le baron, comme un artiste en diplomatie, modulait admirablement bien ses remontrances. Il avait, comme on le voit, supérieurement ménagé l'introduction de ce nom ; mais, en l'entendant, Hortense fit le geste d'une personne blessée au vif.

— Écoute-moi, j'ai de l'expérience et j'ai tout observé, reprit le père en empêchant sa fille de parler. Cette dame traite ton mari très froidement. Oui, tu as été l'objet d'une mystification, je vais t'en donner les preuves. Tiens, hier Wenceslas était à dîner...

— Il y dînait ?... demanda la jeune femme en se dressant sur ses pieds et regardant son père avec l'horreur peinte sur le visage. Hier ! après avoir lu ma lettre ?... Oh ! mon Dieu !... Pourquoi ne suis-je pas entrée dans un couvent, au lieu de me marier ! Ma vie n'est plus à moi, j'ai un enfant ! ajouta-t-elle en sanglotant.

Ces larmes atteignirent madame Hulot au cœur, elle sortit de sa chambre, elle courut à sa fille, la prit dans ses bras, et lui fit de ces questions stupides de douleur, les premières qui viennent sur les lèvres.

— Voilà les larmes !... se disait le baron, tout allait si bien ! Maintenant que faire avec des femmes qui pleurent ?...

— Mon enfant, dit la baronne à Hortense, écoute ton père ? il nous aime, va...

— Voyons, Hortense, ma chère petite fille, ne pleure pas, tu deviens trop laide, dit le baron. Voyons ! un peu de raison. Reviens sagement dans ton ménage, et je te promets que Wenceslas ne mettra jamais les pieds dans cette maison. Je te demande ce sacrifice, si c'est un sacrifice que de pardonner la plus légère des fautes à un mari qu'on aime ! je te le demande par mes cheveux blancs, par l'amour que tu portes à ta mère... Tu ne veux pas remplir mes vieux jours d'amertume et de chagrin ?...

Hortense se jeta, comme une folle, aux pieds de son père par un mouvement si désespéré, que ses cheveux mal attachés se dénouèrent, et elle lui tendit les mains avec un geste où se peignait son désespoir.

— Mon père, vous me demandez ma vie ! dit-elle, prenez-la si vous voulez ; mais au moins prenez-la pure et sans tache, je vous l'abandonnerai certes avec plaisir. Ne me demandez pas de mourir déshonorée, criminelle ! Je ne ressemble pas à ma mère ! je ne dévorerai pas d'outrages ! Si je rentre sous le toit conjugal, je puis étouffer Wenceslas dans un accès de jalousie, ou faire pis encore. N'exigez pas de moi des choses au-dessus de mes forces. Ne me pleurez pas vivante ! car, le moins pour moi, c'est de devenir folle... Je sens la folie à deux pas de moi ! Hier ! hier ! il dînait chez cette femme après avoir lu ma lettre !... Les autres hommes sont-ils ainsi faits ?... Je vous donne ma vie, mais que la mort ne soit pas ignominieuse !... Sa faute ?... légère !... Avoir un enfant de cette femme !

— Un enfant ? dit Hulot en faisant deux pas en arrière. Allons ! c'est bien certainement une plaisanterie.

En ce moment, Victorin et la cousine Bette entrèrent, et restèrent hébétés de ce spectacle. La fille était prosternée aux pieds de son père. La baronne, muette et prise entre le sentiment maternel et le sentiment conjugal, offrait un visage bouleversé, couvert de larmes.

— Lisbeth, dit le baron en saisissant la vieille fille par la main et lui montrant Hortense, tu peux me venir en aide. Ma pauvre Hortense a la tête tournée, elle croit son Wenceslas aimé de madame Marneffe, tandis qu'elle a voulu tout bonnement avoir un groupe de lui.

— Dalila ! cria la jeune femme, la seule chose qu'il ait faite en un moment depuis notre mariage. Ce monsieur ne pouvait pas travailler pour moi, pour son fils, et il a travaillé pour cette vaurienne avec une ardeur... Oh ! achevez-moi, mon père, car chacune de vos paroles est un coup de poignard.

En s'adressant à la baronne et à Victorin, Lisbeth haussa les épaules par un geste de pitié en leur montrant le baron qui ne pouvait pas la voir.

— Écoutez, mon cousin, dit Lisbeth, je ne savais pas ce qu'était madame Marneffe quand vous m'avez priée d'aller me loger au-dessus de chez elle et de tenir sa maison ; mais, en trois ans, on apprend bien des choses. Cette créature est une *fille* ! et une fille d'une dépravation qui ne peut se comparer qu'à celle de son infâme et hideux mari. Vous êtes la dupe, le *Milord Pot-au-Feu* de ces gens-là, vous serez mené par eux plus loin que vous ne le pensez ! Il faut vous parler clairement, car vous êtes au fond d'un abîme.

En entendant parler ainsi Lisbeth, la baronne et sa fille lui jetèrent des regards semblables à ceux des dévots remerciant une madone de leur avoir sauvé la vie.

— Elle a voulu, cette horrible femme, brouiller le ménage de votre gendre, dans quel intérêt ? je n'en sais rien ; car mon intelligence est trop faible pour que je puisse voir clair dans ces ténébreuses intrigues, si perverses, ignobles, infâmes. Votre madame Marneffe n'aime pas votre gendre, mais elle le veut à ses genoux par vengeance. Je viens de traiter cette misérable comme elle le méritait. C'est une courtisane sans pudeur, je lui ai déclaré que je quittais sa maison, que je voulais dégager mon honneur de ce bourbier... Je suis de ma famille avant tout. J'ai su que ma petite cousine avait quitté Wenceslas, et je viens ! Votre Valérie que vous prenez pour une sainte est la cause de cette cruelle séparation ; puis-je rester chez une pareille femme ? Notre petite chère Hortense, dit-elle en touchant le bras au baron d'une manière significative, est peut-être la dupe d'un désir de ces sortes de femmes qui, pour avoir un bijou, sacrifieraient toute une famille. Je ne crois pas Wenceslas coupable, mais je le crois faible et je ne dis pas qu'il ne succomberait point à des coquetteries si raffinées. Ma résolution est prise. Cette femme vous est funeste, elle vous mettra sur la paille. Je ne veux pas avoir l'air de tremper dans la ruine de ma famille ; moi qui ne suis là depuis trois ans que pour l'empêcher. Vous êtes trompé, mon cousin. Dites bien fermement que vous ne vous mêlerez pas de la nomination de cet ignoble monsieur Marneffe, et vous verrez ce qui arrivera ! L'on vous taille de fameuses étrivières pour ce cas-là.

Lisbeth releva sa petite cousine et l'embrassa passionnément.

— Ma chère Hortense, tiens bon, lui dit-elle à l'oreille.

La baronne embrassa sa cousine Bette avec l'enthousiasme d'une femme qui se voit vengée. La famille tout entière gardait un silence profond autour de ce père, assez spirituel pour savoir ce que dénotait ce silence. Une formidable colère passa sur son front et sur son visage en signes évidents ; toutes les veines grossirent, les yeux s'injectèrent de sang, le teint se marbra. Adeline se jeta vivement à genoux devant lui, lui prit les mains : — Mon ami, mon ami, grâce !

— Je vous suis odieux ! dit le baron en laissant échapper le cri de sa conscience.

Nous sommes tous dans le secret de nos torts. Nous supposons presque toujours à nos victimes les sentiments haineux que la vengeance doit leur inspirer ; et, malgré les efforts de l'hypocrisie, notre langage ou notre figure avoue au milieu d'une torture imprévue, comme avouait jadis le criminel entre les mains du bourreau.

— Nos enfants, dit-il pour revenir sur son aveu, finissent par devenir nos ennemis.

— Mon père... dit Victorin.

— Vous interrompez votre père !... reprit d'une voix foudroyante le baron en regardant son fils.

— Mon père, écoutez, dit Victorin d'une voix ferme et nette, la voix d'un député puritain. Je connais trop le respect que je vous dois pour en manquer jamais, et vous aurez certainement toujours en moi le fils le plus soumis et le plus obéissant.

Tous ceux qui assistent aux séances des Chambres reconnaîtront les habitudes de la lutte parlementaire dans ces phrases filandreuses avec lesquelles on calme les irritations en gagnant du temps.

— Nous sommes loin d'être vos ennemis, dit Victorin ; je me suis brouillé avec mon beau-père, monsieur Crevel, pour avoir retiré les soixante mille francs de lettres de change de Vauvinet, et certes, cet argent est dans les mains de madame Marneffe. Oh ! je ne vous blâme point, mon père, ajouta-t-il à un geste du baron ; mais je veux seulement joindre ma voix à celle de la cousine Lisbeth, et vous faire observer que si mon dévouement pour vous est aveugle, mon père, et sans bornes, mon bon père, malheureusement nos ressources pécuniaires sont bornées.

— De l'argent ! dit en tombant sur une chaise le passionné vieillard écrasé par ce raisonnement. Et c'est mon fils ! On vous le rendra, monsieur, votre argent, dit-il en se levant.

Il marcha vers la porte.

— Hector !

Ce cri fit retourner le baron, et il montra soudain un visage inondé de larmes à sa femme, qui l'entoura de ses bras avec la force du désespoir.

— Ne t'en va pas ainsi... ne nous quitte pas en colère. Je ne t'ai rien dit, moi !...

A ce cri sublime les enfants se jetèrent aux genoux de leur père.

— Nous vous aimons tous, dit Hortense.

Lisbeth, immobile comme une statue, observait ce groupe avec un sourire superbe sur les lèvres. En ce moment, le maréchal Hulot entra dans l'antichambre et sa voix se fit entendre. La famille comprit l'importance du secret, et la scène changea subitement d'aspect. Les deux enfants se relevèrent, et chacun essaya de cacher son émotion.

Une querelle s'élevait à la porte entre Mariette et un soldat qui devint si pressant, que la cuisinière entra au salon.

— Monsieur, un fourrier de régiment qui revient de l'*Algère* veut absolument vous parler.

— Qu'il attende.

— Monsieur, dit Mariette à l'oreille de son maître, il m'a dit de vous dire tout bas qu'il s'agissait de monsieur votre oncle.

Le baron tressaillit, il crut à l'envoi des fonds qu'il avait secrètement demandés depuis deux mois pour payer ses lettres de change, il laissa sa famille, et courut dans l'antichambre. Il aperçut une figure alsacienne.

— Est-ce à monsieur *la paron Hilotte* ?

— Oui...

— Lui-même ?

— Lui-même.

Le fourrier, qui fouillait dans la doublure de son képi pendant ce colloque, en tira une lettre que le baron décacheta vivement et il lut ce qui suit :

« Mon neveu, loin de pouvoir vous envoyer les cent « mille francs que vous me demandez, ma position n'est « pas tenable, si vous ne prenez pas des mesures éner- « giques pour me sauver. Nous avons sur le dos un pro- « cureur du roi, qui parle morale et baragouine des « bêtises sur l'administration. Impossible de faire taire ce « pékin-là. Si le ministère de la guerre se laisse manger « dans la main par les habits noirs, je suis mort. Je suis « sûr du porteur, tâchez de l'avancer, car il nous a rendu « service. Ne me laissez pas aux corbeaux ! »

Cette lettre fut un coup de foudre, le baron y voyait éclore les déchirements intestins qui tiraillent encore aujourd'hui le gouvernement de l'Algérie entre le civil et le militaire, et il devait inventer sur-le-champ des pallia- tifs à la plaie qui se déclarait. Il dit au soldat de revenir le lendemain ; et après l'avoir congédié non sans de belles promesses d'avancement, il rentra dans le salon.

— Bonjour, et adieu, mon frère ! dit-il au maréchal. Adieu, mes enfants, adieu, ma bonne Adeline. Et que vas-tu devenir, Lisbeth ? dit-il.

— Moi, je vais tenir le ménage du maréchal, car il faut que j'achève ma carrière en vous rendant toujours service aux uns et aux autres.

— Ne quitte pas Valérie sans que je t'aie vue, dit Hulot à l'oreille de sa cousine. Adieu, Hortense, ma petite insubordonnée, tâche d'être bien raisonnable, il me survient des affaires graves, nous reprendrons la question de ton raccommodement. Penses-y, ma bonne petite chatte, dit-il en l'embrassant.

Il quitta sa femme et ses enfants, si manifestement troublé, qu'ils demeurèrent en proie aux plus vives appréhensions.

— Lisbeth, dit la baronne, il faut savoir ce que peut avoir Hector, jamais je ne l'ai vu dans un pareil état ; reste encore deux ou trois jours chez cette femme ; il lui dit tout, à elle, et nous apprendrons ainsi ce qui l'a si subitement changé. Sois tranquille, nous allons arranger ton mariage avec le maréchal, car ce mariage est bien nécessaire.

— Je n'oublierai jamais le courage que tu as eu dans cette matinée, dit Hortense en embrassant Lisbeth.

— Tu as vengé notre pauvre mère, dit Victorin.

Le maréchal observait d'un air curieux les témoignages d'affection prodigués à Lisbeth, qui revint raconter cette scène à Valérie.

Cette esquisse permet aux âmes innocentes de deviner les différents ravages que les madame Marneffe exercent dans les familles, et par quels moyens elles atteignent de pauvres femmes vertueuses en apparence si loin d'elles. Mais si l'on veut transporter par la pensée ces troubles à l'étage supérieur de la société, près du trône ; en voyant ce que doivent avoir coûté les maîtresses des rois, on mesure l'étendue des obligations du peuple envers ses souverains quand ils donnent l'exemple des bonnes mœurs et de la vie de famille.

A Paris, chaque ministère est une petite ville d'où les femmes sont bannies ; mais il s'y fait des commérages et des noirceurs comme si la population féminine s'y trouvait. Après trois ans, la position de monsieur Marneffe avait été pour ainsi dire éclairée, mise à jour, et l'on se demandait dans les bureaux : Monsieur Marneffe sera-t-il ou ne sera-t-il pas le successeur de monsieur Coquet ? absolument comme à la Chambre on se demandait naguère : La dotation passera-t-elle où ne passera-t-elle pas ? On observait les moindres mouvements à la Direction du Personnel, on scrutait tout dans la Division du baron Hulot. Le fin Conseiller-d'État avait mis dans son parti la victime de la promotion de Marneffe, un travailleur capable, en lui disant que, s'il voulait faire la besogne de Marneffe, il en serait infailliblement le successeur, il le lui avait montré mourant. Cet employé cabalait pour Marneffe.

Quand Hulot traversa son salon d'audience, rempli de visiteurs, il y vit dans un coin la figure blême de Marneffe, et Marneffe fut le premier appelé.

— Qu'avez-vous à me demander, mon cher ? dit le baron en cachant son inquiétude.

— Monsieur le Directeur, on se moque de moi dans les Bureaux, car on vient d'apprendre que monsieur le directeur du Personnel est parti ce matin en congé pour raison de santé, son voyage sera d'environ un mois. Attendre un mois, on sait ce que cela veut dire. Vous me livrez à la risée de mes ennemis, et c'est assez d'être tambouriné d'un côté ; des deux à la fois, monsieur le directeur, la caisse peut crever.

— Mon cher Marneffe, il faut beaucoup de patience pour arriver à son but. Vous ne pouvez pas être chef de bureau, si vous l'êtes jamais, avant deux mois d'ici. Ce n'est pas au moment où je vais être obligé de consolider ma position, que je puis demander un avancement scandaleux.

— Si vous sautez, je ne serai jamais Chef de bureau, dit froidement monsieur Marneffe ; faites-moi nommer, il n'en sera ni plus ni moins.

— Ainsi je dois me sacrifier à vous ? demanda le baron.

— S'il en était autrement, je perdrais bien des illusions sur vous.

— Vous êtes par trop Marneffe, monsieur Marneffe !... dit le baron en se levant et montrant la porte au sous-chef.

— J'ai l'honneur de vous saluer, monsieur le baron, répondit humblement Marneffe.

— Quel infâme drôle ! se dit le baron. Ceci ressemble assez à une sommation de payer dans les vingt-quatre heures, sous peine d'expropriation.

Deux heures après, au moment où le baron achevait d'endoctriner Claude Vignon, qu'il voulait envoyer au ministère de la Justice prendre des renseignements sur les autorités judiciaires dans la circonscription desquelles se trouvait Johann Fischer, Reine ouvrit le cabinet de monsieur le directeur, et vint lui remettre une petite lettre en en demandant la réponse.

— Envoyer Reine ! se dit le baron. Valérie est folle, elle nous compromet tous, et compromet la nomination de cet abominable Marneffe !

Il congédia le secrétaire particulier du ministre et lut ce qui suit :

« Ah ! mon ami, quelle scène je viens de subir ; si tu
« m'as donné le bonheur depuis trois ans, je l'ai bien
« payé ! Il est rentré de son bureau dans un état de fureur
« à faire frissonner. Je le connaissais bien laid, je l'ai vu
« monstrueux. Ses quatre véritables dents tremblaient, et
« il m'a menacée de son odieuse compagnie, si je conti-
« nuais à te recevoir. Mon pauvre chat, hélas ! notre porte
« sera fermée pour toi désormais. Tu vois mes larmes,
« elles tombent sur mon papier, elles le trempent ! pour-
« ras-tu me lire, mon cher Hector ? Ah ! ne plus te voir,
« renoncer à toi, quand j'ai en moi un peu de ta vie comme
« je crois avoir ton cœur, c'est à en mourir. Songe à notre
« petit Hector ! ne m'abandonne pas ; mais ne te désho-
« nore pas pour Marneffe, ne cède pas à ses menaces ! Ah !
« je t'aime comme je n'ai jamais aimé ! Je me suis rappelé
« tous les sacrifices que tu as faits pour ta Valérie, elle
« n'est pas et ne sera jamais ingrate : tu es, tu seras mon
« seul mari. Ne pense plus aux douze cents francs de rente
« que je te demande pour ce cher petit Hector qui viendra
« dans quelques mois... je ne veux plus rien te coûter.
« D'ailleurs, ma fortune sera toujours la tienne.

« Ah ! si tu m'aimais autant que je t'aime, mon Hector,
« tu prendrais ta retraite, nous laisserions là chacun nos
« familles, nos ennuis, nos entourages où il y a tant de
« haine, et nous irions vivre avec Lisbeth dans un joli
« pays, en Bretagne, où tu voudras. Là nous ne verrions

« personne, et nous serions heureux, loin de tout ce
« monde. Ta pension de retraite, et le peu que j'ai, en mon
« nom, nous suffira. Tu deviens jaloux, eh ! bien, tu ver-
« rais ta Valérie occupée uniquement de son Hector, et tu
« n'aurais jamais à faire ta grosse voix comme l'autre
« jour. Je n'aurai jamais qu'un enfant, ce sera le nôtre,
« sois-en bien sûr, mon vieux grognard aimé. Non, tu ne
« peux pas te figurer ma rage, car il faut savoir comment
« il m'a traitée, et les grossièretés qu'il a vomies sur ta
« Valérie ! ces mots-là saliraient ce papier ; mais une
« femme comme moi, la fille de Montcornet, n'aurait
« jamais dû dans toute sa vie en entendre un seul. Oh ! je
« t'aurais voulu là pour le punir par le spectacle de la
« passion insensée qui me prenait pour toi. Mon père
« aurait sabré ce misérable, moi je ne peux que ce que
« peut une femme : t'aimer avec frénésie ! Aussi, mon
« amour, dans l'état d'exaspération où je suis, m'est-il
« impossible de renoncer à te voir. Oui ! je veux te voir en
« secret, tous les jours ! Nous sommes ainsi, nous autres
« femmes : j'épouse ton ressentiment. De grâce, si tu
« m'aimes, ne le fais pas chef de bureau, qu'il crève
« sous-chef !... En ce moment, je n'ai plus la tête à moi,
« j'entends encore ses injures. Bette, qui voulait me quit-
« ter, a eu pitié de moi, elle reste pour quelques jours.

« Mon bon chéri, je ne sais encore que faire. Je ne vois
« que la fuite. J'ai toujours adoré la campagne, la Bre-
« tagne, le Languedoc, tout ce que tu voudras, pourvu que
« je puisse t'aimer en liberté. Pauvre chat, comme je te
« plains ! te voilà forcé de revenir à ta vieille Adeline, à
« cette urne lacrymale, car il a dû te le dire, le monstre, il
« veillera jour et nuit sur moi ; il a parlé de commissaire
« de police ! Ne viens pas ! je comprends qu'il est capable
« de tout, du moment où il faisait de moi la plus ignoble
« des spéculations. Aussi voudrais-je pouvoir te rendre
« tout ce que je tiens de tes générosités. Ah ! mon bon
« Hector, j'ai pu coqueter, te paraître légère, mais tu ne
« connaissais pas ta Valérie ; elle aimait à te tourmenter,
« mais elle te préfère à tout le monde. On ne peut pas
« t'empêcher de venir voir ta cousine, je vais combiner
« avec elle les moyens de nous parler. Mon bon chat,
« écris-moi de grâce un petit mot pour me rassurer, à
« défaut de ta chère présence... (oh ! je donnerais une

« main pour te tenir sur notre divan). Une lettre me fera
« l'effet d'un talisman ; écris-moi quelque chose où soit
« toute ta belle âme ; je te rendrai ta lettre, car il faut être
« prudent, je ne saurais où la cacher, il fouille partout.
« Enfin, rassure ta Valérie, ta femme, la mère de ton
« enfant. Être obligée de t'écrire, moi qui te voyais tous
« les jours. Aussi dis-je à Lisbeth : Je ne connaissais pas
« mon bonheur. Mille caresses, mon chat. Aime bien

« TA VALÉRIE. »

— Et des larmes !... se dit Hulot en achevant cette
lettre, des larmes qui rendent son nom indéchiffrable. —
Comment va-t-elle ? dit-il à Reine.

— Madame est au lit, elle a des convulsions, répondit
Reine. L'attaque de nerfs a tordu madame comme un lien
de fagot, ça l'a prise après avoir écrit. Oh ! c'est d'avoir
pleuré... L'on entendait la voix de monsieur dans les
escaliers.

Le baron, dans son trouble, écrivit la lettre suivante sur
son papier officiel, à têtes imprimées :

« Sois tranquille, mon ange, *il* crèvera sous-chef ! Ton
« idée est excellente, nous nous en irons vivre loin de
« Paris, nous serons heureux avec notre petit Hector ; je
« prendrai ma retraite, je saurai trouver une belle place
« dans quelque chemin de fer. Ah ! mon aimable amie, je
« me sens rajeuni par ta lettre ! Oh ! je recommencerai la
« vie, et je ferai, tu le verras, une fortune à notre cher
« petit. En lisant ta lettre, mille fois plus brûlante que
« celles de la Nouvelle Héloïse, elle a fait un miracle : je
« ne croyais pas que mon amour pour toi pût augmenter.
« Tu verras ce soir chez Lisbeth

« Ton HECTOR pour la vie ! »

Reine emporta cette réponse, la première lettre que le
baron écrivait *à son aimable amie* ! De semblables émotions formaient un contre-poids aux désastres qui gron-
daient à l'horizon ; mais, en ce moment, le baron se
croyant sûr de parer les coups portés à son oncle, Johann
Fischer, ne se préoccupait que du déficit.

Une des particularités du caractère bonapartiste, c'est
la foi dans la puissance du sabre, la certitude de la

prééminence du militaire ! sur le civil. Hulot se moquait du procureur du roi de l'Algérie, où règne le Ministère de la Guerre. L'homme reste ce qu'il a été. Comment les officiers de la garde impériale peuvent-ils oublier d'avoir vu les Maires des bonnes villes de l'Empire, les Préfets de l'Empereur, ces empereurs au petit pied, venant recevoir la garde impériale, la complimenter à la limite des départements qu'elle traversait, et lui rendre enfin des honneurs souverains ?

A quatre heures et demie, le baron alla droit chez madame Marneffe ; le cœur lui battait en montant l'escalier comme à un jeune homme, car il s'adressait cette question mentale : « La verrai-je ? ne la verrai-je pas ? » Comment pouvait-il se souvenir de la scène du matin où sa famille en larmes gisait à ses pieds ? La lettre de Valérie, mise pour toujours dans un mince portefeuille sur son cœur, ne lui prouvait-elle pas qu'il était plus aimé que le plus aimable des jeunes gens ? Après avoir sonné, l'infortuné baron entendit la traînerie des chaussons et l'exécrable tousserie de l'invalide Marneffe. Marneffe ouvrit la porte, mais pour se mettre en position et pour indiquer l'escalier à Hulot par un geste exactement semblable à celui par lequel Hulot lui avait montré la porte de son cabinet.

— Vous êtes par trop Hulot, monsieur Hulot !...

Le baron voulut passer, Marneffe tira un pistolet de sa poche et l'arma.

— Monsieur le Conseiller-d'État, quand un homme est aussi vil que moi, car vous me croyez bien vil, n'est-ce pas ? ce serait le dernier des forçats, s'il n'avait pas tous les bénéfices de son honneur vendu. Vous voulez la guerre, elle sera vive et sans quartier. Ne revenez plus, et n'essayez point de passer : j'ai prévenu le commissaire de police de ma situation envers vous.

Et profitant de la stupéfaction de Hulot, il le poussa dehors et ferma la porte.

— Quel profond scélérat ! se dit Hulot en montant chez Lisbeth. Oh ! je comprends maintenant la lettre. Valérie et moi nous quitterons Paris. Valérie est à moi pour le reste de mes jours ; elle me fermera les yeux.

Lisbeth n'était pas chez elle. Madame Olivier apprit à Hulot qu'elle était allée chez madame la baronne en pensant y trouver monsieur le baron.

— Pauvre fille ! je ne l'aurais pas crue si fine qu'elle l'a été ce matin, se dit le baron qui se rappela la conduite de Lisbeth en faisant le chemin de la rue Vanneau à la rue Plumet. Au détour de la rue Vanneau et de la rue de Babylone, il regarda l'Éden d'où l'Hymen le bannissait l'épée de la Loi à la main. Valérie, à sa fenêtre, suivait Hulot des yeux ; quand il leva la tête, elle agita son mouchoir ; mais l'infâme Marneffe souffleta le bonnet de sa femme, et la retira violemment de la fenêtre. Une larme vint aux yeux du Conseiller-d'État. — Être aimé ainsi ! voir maltraiter une femme, et avoir bientôt soixante-dix ans ! se dit-il.

Lisbeth était venue annoncer à la famille la bonne nouvelle. Adeline et Hortense savaient déjà que le baron, ne voulant pas se déshonorer aux yeux de toute l'Administration en nommant Marneffe chef de bureau, serait congédié par ce mari devenu Hulot-phobe. Aussi l'heureuse Adeline avait-elle commandé son dîner de manière que son Hector le trouvât meilleur que chez Valérie, et la dévouée Lisbeth aida Mariette à obtenir ce difficile résultat. La cousine Bette était à l'état d'idole ; la mère et la fille lui baisèrent les mains, et lui avaient appris avec une joie touchante que le maréchal consentait à faire d'elle sa ménagère.

— Et de là, ma chère, à devenir sa femme, il n'y a qu'un pas, dit Adeline.

— Enfin, il n'a pas dit non, quand Victorin lui en a parlé, ajouta la comtesse de Steinbock.

Le baron fut accueilli dans sa famille avec des témoignages d'affection si gracieux, si touchants et où débordait tant d'amour, qu'il fut obligé de dissimuler son chagrin. Le maréchal vint dîner. Après le dîner, Hulot ne s'en alla pas. Victorin et sa femme vinrent. On fit un whist.

— Il y a long-temps, Hector, dit gravement le maréchal, que tu ne *nous* as donné pareille soirée !..

Ce mot, chez le vieux soldat, qui gâtait son frère et qui le blâmait implicitement ainsi, fit une impression profonde. On y reconnut les larges et longues lésions d'un cœur où toutes les douleurs devinées avaient eu leur écho. A huit heures, le baron voulut reconduire Lisbeth lui-même, en promettant de revenir.

— Eh bien ! Lisbeth, *il* la maltraite ! lui dit-il dans la rue. Ah ! je ne l'ai jamais tant aimée !

— Ah ! je n'aurais pas cru que Valérie vous aimât tant ! répondit Lisbeth. Elle est légère, elle est coquette, elle aime à se voir courtisée, à ce qu'on lui joue la comédie de l'amour, comme elle dit ; mais vous êtes son seul attachement.

— Que t'a-t-elle dit pour moi ?

— Voilà, reprit Lisbeth. Elle a, vous le savez, eu des bontés pour Crevel ; il ne faut pas lui en vouloir, car c'est ce qui l'a mise à l'abri de la misère pour le reste de ses jours ; mais elle le déteste, et c'est à peu près fini. Eh bien ! elle a gardé la clef d'un appartement.

— Rue du Dauphin ! s'écria le bienheureux Hulot. Rien que cela, je lui passerais Crevel... J'y suis allé, je sais...

— Cette clef, la voici, dit Lisbeth, faites-en faire une pareille demain dans la journée, deux si vous pouvez.

— Après ?... dit avidement Hulot.

— Eh bien ! je reviendrai dîner encore demain avec vous, vous me rendrez la clef de Valérie (car le père Crevel peut lui redemander celle qu'il a donnée), et vous irez vous voir après-demain ; là, vous conviendrez de vos faits. Vous serez bien en sûreté, car il existe deux sorties. Si, par hasard, Crevel, qui sans doute a des mœurs de Régence, comme il dit, entrait par l'allée, vous sortiriez par la boutique, et réciproquement. Eh bien ! vieux scélérat, c'est à moi que vous devez cela. Que ferez-vous pour moi ?...

— Tout ce que tu voudras !

— Eh bien ! ne vous opposez pas à mon mariage avec votre frère !

— Toi, la maréchale Hulot ! toi, comtesse de Forzheim ! s'écria Hector surpris.

— Adeline est bien baronne ?... répliqua d'un ton aigre et formidable la Bette. Écoutez, vieux libertin, vous savez où en sont vos affaires ! votre famille peut se voir sans pain et dans la boue...

— C'est ma terreur ! dit Hulot saisi.

— Si votre frère meurt, qui soutiendra votre femme, votre fille ? La veuve d'un maréchal de France peut obtenir au moins six mille francs de pension, n'est-ce pas ? Eh bien ! je ne me marie que pour assurer du pain à votre fille et à votre femme, vieil insensé !

— Je n'apercevais pas ce résultat ! dit le baron. Je prêcherai mon frère, car nous sommes sûrs de toi... Dis à mon ange que ma vie est à *elle* !...

Et le baron, après avoir vu entrer Lisbeth rue Vanneau, revint faire le whist et resta chez lui. La baronne fut au comble du bonheur, son mari paraissait revenir à la vie de famille ; car, pendant quinze jours environ, il alla le matin au Ministère à neuf heures, il était de retour à six heures pour dîner et il demeurait le soir au milieu de sa famille. Il mena deux fois Adeline et Hortense au spectacle. La mère et la fille firent dire trois messes d'actions de grâces, et prièrent Dieu de leur conserver le mari, le père qu'il leur avait rendu. Un soir, Victorin Hulot en voyant son père aller se coucher dit à sa mère : — Eh ! bien, nous sommes heureux, mon père nous est revenu ; aussi ne regretterons-nous pas, ma femme et moi, nos capitaux, si cela tient...

— Votre père a soixante-dix ans bientôt, répondit la baronne, il pense encore à madame Marneffe, je m'en suis aperçue ; mais bientôt il n'y pensera plus : la passion des femmes n'est pas comme le jeu, comme la spéculation, ou comme l'avarice, on y voit un terme.

La belle Adeline, car cette femme était toujours belle en dépit de ses cinquante ans et de ses chagrins, se trompait en ceci. Les libertins, ces gens que la nature a doués de la faculté précieuse d'aimer au-delà des limites qu'elle fixe à l'amour, n'ont presque jamais leur âge. Pendant ce laps de vertu, le baron était allé trois fois rue du Dauphin, et il n'y avait jamais eu soixante-dix ans. La passion ranimée le rajeunissait, et il eût livré son honneur à Valérie, sa famille, tout, sans un regret. Mais Valérie, entièrement changée, ne lui parlait jamais ni d'argent, ni des douze cents francs de rente à faire à leur fils ; au contraire, elle lui offrait de l'or, elle aimait Hulot comme une femme de trente-six ans aime un bel étudiant en droit, bien pauvre, bien poétique, bien amoureux. Et la pauvre Adeline croyait avoir reconquis son cher Hector ! Le quatrième rendez-vous des deux amants avait été pris, au dernier moment du troisième, absolument comme autrefois la Comédie-Italienne annonçait à la fin de la représentation le spectacle du lendemain. L'heure dite était neuf du matin. Au jour de l'échéance de ce bonheur dont l'espérance faisait accepter au passionné vieillard la vie de famille, vers huit heures, Reine fit demander le baron. Hulot, craignant une catastrophe, alla parler à Reine, qui ne voulut pas entrer dans l'appartement. La fidèle femme de chambre remit la lettre suivante au baron :

« Mon vieux grognard, ne va pas rue du Dauphin, notre « cauchemar est malade, et je dois le soigner ; mais sois là « ce soir, à neuf heures. Crevel est à Corbeil, chez mon- « sieur Lebas, je suis certaine qu'il n'amènera pas de « princesse à sa petite maison. Moi je me suis arrangée ici « pour avoir ma nuit, je puis être de retour avant que « Marneffe ne s'éveille. Réponds-moi sur tout cela ; car « peut-être ta grande élégie de femme ne te laisse-t-elle « plus ta liberté comme autrefois. On la dit si belle encore « que tu es capable de me trahir, tu es un si grand « libertin ! Brûle ma lettre, je me défie de tout. »

Hulot écrivit ce petit bout de réponse :

« Mon amour, jamais ma femme, comme je te l'ai dit, « n'a, depuis vingt-cinq ans, gêné mes plaisirs. Je te « sacrifierais cent Adeline ! Je serai ce soir, à neuf heures, « dans le temple Crevel, attendant ma divinité. Puisse le « sous-chef crever bientôt ! nous ne serions plus séparés ; « voilà le plus cher des vœux de

« Ton Hector. »

Le soir, le baron dit à sa femme qu'il irait travailler avec le ministre à Saint-Cloud, qu'il reviendrait à quatre ou cinq heures du matin, et il alla rue du Dauphin. On était alors à la fin du mois de juin.

Peu d'hommes ont éprouvé réellement dans leur vie la sensation terrible d'aller à la mort, ceux qui reviennent de l'échafaud se comptent ; mais quelques rêveurs ont vigou-reusement senti cette agonie en rêve, ils en ont tout ressenti, jusqu'au couteau qui s'applique sur le cou dans le moment où le Réveil arrive avec le Jour pour les délivrer... Eh bien ! la sensation à laquelle le Conseiller-d'État fut en proie à cinq heures du matin, dans le lit élégant et coquet de Crevel, surpassa de beaucoup celle de se sentir appliqué sur la fatale bascule, en présence de dix mille spectateurs qui vous regardent par vingt mille rayons de flamme. Valérie dormait dans une pose charmante. Elle était belle comme sont belles les femmes assez belles pour être belles en dormant. C'est l'art faisant invasion dans la nature, c'est enfin le tableau réalisé. Dans sa position horizontale, le baron avait les yeux à trois pieds du sol ; ses yeux, égarés au hasard, comme ceux de tout homme qui s'éveille et qui rappelle ses idées, tombèrent sur la porte couverte de fleurs peintes par Jan, un artiste qui fait fi de la gloire. Le baron ne vit pas, comme le condamné à mort, vingt mille rayons visuels, il n'en vit qu'un seul dont le regard est véritablement plus poignant que les dix mille de la place publique. Cette sensation, en plein plaisir, beaucoup plus rare que celle des condamnés à mort, certes un grand nombre d'Anglais splénétiques la payeraient fort cher. Le baron resta, toujours horizontalement, exactement baigné dans une sueur froide. Il voulait douter ; mais cet œil assassin babillait ! Un murmure de voix sussurait derrière la porte.

— Si ce n'était que Crevel voulant me faire une plaisanterie ! se dit le baron en ne pouvant plus douter de la présence d'une personne dans le temple.

La porte s'ouvrit. La majestueuse loi française, qui passe sur les affiches après la royauté, se manifesta sous la forme d'un bon petit commissaire de police, accompagné d'un long juge de paix, amenés tous deux par le sieur Marneffe. Le commissaire de police, planté sur des souliers dont les oreilles étaient attachées avec des rubans à nœuds barbotants, se terminait par un crâne jaune, pauvre en cheveux, qui dénotait un matois égrillard, rieur, et pour qui la vie de Paris n'avait plus de secrets. Ses yeux, doublés de lunettes, perçaient le verre par des regards fins et moqueurs. Le juge de paix, ancien avoué, vieil adorateur du beau sexe, enviait le justiciable.

— Veuillez excuser la rigueur de notre ministère, monsieur le baron ! dit le commissaire, nous sommes requis par un plaignant. Monsieur le juge de paix assiste à l'ouverture du domicile, je sais qui vous êtes, et qui est la délinquante.

Valérie ouvrit des yeux étonnés, jeta le cri perçant que les actrices ont inventé pour annoncer la folie au théâtre, elle se tordit en convulsions sur le lit, comme une démoniaque au Moyen Age dans sa chemise de soufre, sur un lit de fagots.

— La mort !... mon cher Hector, mais la police correctionnelle ? oh ! jamais ! Elle bondit, elle passa comme un nuage blanc entre les trois spectateurs et alla se blottir sous le bonheur-du-jour, en se cachant la tête dans ses mains. — Perdue ! morte !... cria-t-elle.

— Monsieur, dit Marneffe à Hulot, si madame Marneffe devenait folle, vous seriez plus qu'un libertin, vous seriez un assassin...

Que peut faire, que peut dire un homme surpris dans un lit qui ne lui appartient pas, même à titre de location, avec une femme qui ne lui appartient pas davantage ? Voici.

— Monsieur le juge de paix, monsieur le commissaire de police, dit le baron avec dignité, veuillez prendre soin de la malheureuse femme dont la raison me semble en danger ?... et vous verbaliserez après. Les portes sont sans doute fermées, vous n'avez pas d'évasion à craindre ni de sa part, ni de la mienne, vu l'état où nous sommes...

Les deux fonctionnaires obtempérèrent à l'injonction du Conseiller-d'État.

— Viens me parler, misérable laquais !... dit Hulot tout bas à Marneffe en lui prenant le bras et l'amenant à lui. — Ce n'est pas moi qui serais l'assassin ! c'est toi ! Tu veux être Chef de bureau et officier de la Légion-d'Honneur ?

— Surtout, mon directeur, répondit Marneffe en inclinant la tête.

— Tu seras tout cela, rassure ta femme, renvoie ces messieurs.

— Nenni, répliqua spirituellement Marneffe. Il faut que ces messieurs dressent le procès-verbal de flagrant délit, car, sans cette pièce, la base de ma plainte, que deviendrais-je ? La haute administration regorge de filouteries. Vous m'avez volé ma femme et ne m'avez pas fait Chef de bureau. Monsieur le baron, je ne vous donne que deux jours pour vous exécuter. Voici des lettres...

— Des lettres !... cria le baron en interrompant Marneffe.

— Oui, des lettres qui prouvent que l'enfant que ma femme porte en ce moment dans son sein est de vous...

Vous comprenez ? vous devrez constituer à mon fils une rente égale à la portion que ce bâtard lui prend. Mais je serai modeste, cela ne me regarde point, je ne suis pas ivre de paternité, moi ! Cent louis de rente suffiront. Je serai demain matin successeur de monsieur Coquet, et porté sur la liste de ceux qui vont être promus officiers, à propos des fêtes de juillet, ou... le procès-verbal sera déposé avec ma plainte au parquet. Je suis bon prince, n'est-ce pas ?

— Mon Dieu ! la jolie femme ! disait le juge de paix au commissaire de police. Quelle perte pour le monde si elle devenait folle !

— Elle n'est point folle, répondit sentencieusement le commissaire de police.

La Police est toujours le Doute incarné.

— Monsieur le baron Hulot a donné dans un piège, ajouta le commissaire de police assez haut pour être entendu de Valérie.

Valérie lança sur le commissaire une œillade qui l'eût tué, si les regards pouvaient communiquer la rage qu'ils expriment. Le commissaire sourit, il avait tendu son piège aussi, la femme y tombait. Marneffe invita sa femme à rentrer dans la chambre et à s'y vêtir décemment, car il s'était entendu sur tous les points avec le baron, qui prit une robe de chambre et revint dans la première pièce.

— Messieurs, dit-il aux deux fonctionnaires, je n'ai pas besoin de vous demander le secret.

Les deux magistrats s'inclinèrent. Le commissaire de police frappa deux petits coups à la porte, son secrétaire entra, s'assit devant le petit bonheur-du-jour, et se mit à écrire sous la dictée du commissaire de police qui lui parlait à voix basse. Valérie continuait de pleurer à chaudes larmes. Quand elle eut fini sa toilette, Hulot passa dans la chambre et s'habilla. Pendant ce temps, le procès-verbal se fit. Marneffe voulut alors emmener sa femme ; mais Hulot, en croyant la voir pour la dernière fois, implora par un geste la faveur de lui parler.

— Monsieur, madame me coûte assez cher pour que vous me permettiez de lui dire adieu, bien entendu, en présence de tous.

Valérie vint, et Hulot lui dit à l'oreille : — Il ne nous reste plus qu'à fuir ; mais comment correspondre ? nous avons été trahis...

— Par Reine ! répondit-elle. Mais, mon bon ami, après cet éclat, nous ne devons plus nous revoir. Je suis déshonorée. D'ailleurs, on te dira des infamies de moi, et tu les croiras... Le baron fit un mouvement de dénégation. — Tu les croiras, et j'en rends grâces au ciel, car tu ne me regretteras peut-être pas.

— *Il ne crèvera pas sous-chef !* dit Marneffe à l'oreille du Conseiller-d'État en revenant prendre sa femme à laquelle il dit brutalement : — Assez, madame, si je suis faible pour vous, je ne veux pas être un sot pour les autres.

Valérie quitta la petite maison Crevel, en jetant au baron un dernier regard si coquin qu'il se crut adoré. Le juge de paix donna galamment la main à madame Marneffe, en la conduisant en voiture. Le baron qui devait signer le procès-verbal, restait là tout hébété, seul avec le commissaire de police. Quand le Conseiller-d'État eut signé, le commissaire de police le regarda d'un air fin, par-dessus ses lunettes.

— Vous aimez beaucoup cette petite dame, monsieur le baron ?...

— Pour mon malheur, vous le voyez...

— Si elle ne vous aimait pas ? reprit le commissaire, si elle vous trompait ?...

— Je l'ai déjà su, là, monsieur, à cette place... Nous nous le sommes dit, monsieur Crevel et moi...

— Ah ! vous savez que vous êtes ici dans la petite maison de monsieur le maire.

— Parfaitement.

Le commissaire souleva légèrement son chapeau pour saluer le vieillard.

— Vous êtes bien amoureux, je me tais, dit-il. Je respecte les passions invétérées, autant que les médecins respectent les maladies invé... J'ai vu monsieur de Nucingen, le banquier, atteint d'une passion de ce genre-là...

— C'est mon ami, reprit le baron. J'ai soupé souvent avec la belle Esther, elle valait les deux millions qu'elle lui a coûté.

— Plus, dit le commissaire. Cette fantaisie du vieux financier a coûté la vie à quatre personnes. Oh ! ces passions-là, c'est comme le choléra...

— Qu'aviez-vous à me dire ? demanda le Conseiller-d'État qui prit mal cet avis indirect.

— Pourquoi vous ôterais-je vos illusions ? répliqua le commissaire de police ; il est si rare d'en conserver à votre âge.

— Débarrassez-m'en ! s'écria le Conseiller-d'État.

— On maudit le médecin plus tard, répondit le commissaire en souriant.

— De grâce, monsieur le commissaire ?...

— Eh bien ! cette femme était d'accord avec son mari...

— Oh !

— Cela, monsieur, arrive deux fois sur dix. Oh ! nous nous y connaissons.

— Quelle preuve avez-vous de cette complicité ?

— Oh ! d'abord le mari !... dit le fin commissaire de police avec le calme d'un chirurgien habitué à débrider des plaies. La spéculation est écrite sur cette plate et atroce figure. Mais, ne deviez-vous pas beaucoup tenir à certaine lettre écrite par cette femme et où il est question de l'enfant...

— Je tiens tant à cette lettre que je la porte toujours sur moi, répondit le baron Hulot au commissaire de police en fouillant dans sa poche de côté pour prendre le petit portefeuille qui ne le quittait jamais.

— Laissez le portefeuille où il est, dit le commissaire foudroyant comme un réquisitoire, voici la lettre. Je sais maintenant tout ce que je voulais savoir. Madame Marneffe devait être dans la confidence de ce que contenait ce portefeuille.

— Elle seule au monde.

— C'est ce que je pensais... Maintenant voici la preuve que vous me demandez de la complicité de cette petite femme.

— Voyons ! dit le baron encore incrédule.

— Quand nous sommes arrivés, monsieur le baron, reprit le commissaire, ce misérable Marneffe a passé le premier, et il a pris cette lettre que sa femme avait sans doute posée sur ce meuble, dit-il en montrant le bonheur-du-jour. Évidemment cette place avait été convenue entre la femme et le mari, si toutefois elle parvenait à vous dérober la lettre pendant votre sommeil ; car la lettre que cette dame vous a écrite est, avec celles que vous lui avez adressées, décisive au procès correctionnel.

Le commissaire fit valoir à Hulot la lettre que le baron avait reçue par Reine dans son cabinet au ministère.

— Elle fait partie du dossier, dit le commissaire, rendez-la-moi, monsieur.

— Eh bien! monsieur, dit Hulot dont la figure se décomposa, cette femme, c'est le libertinage en coupes réglées, je suis certain maintenant qu'elle a trois amants!

— Ça se voit, dit le commissaire de police. Ah! elles ne sont pas toutes sur le trottoir. Quand on fait ce métier-là, monsieur le baron, en équipages, dans les salons, ou dans son ménage, il ne s'agit plus de francs ni de centimes. Mademoiselle Esther, dont vous parlez, et qui s'est empoisonnée, a dévoré des millions... Si vous m'en croyez, vous détellerez, monsieur le baron. Cette dernière partie vous coûtera cher. Ce gredin de mari a pour lui la loi... Enfin, sans moi, la petite femme vous repinçait!

— Merci, monsieur, dit le Conseiller-d'État qui tâcha de garder une contenance digne.

— Monsieur, nous allons fermer l'appartement, la farce est jouée, et vous remettrez la clef à monsieur le maire.

Hulot revint chez lui dans un état d'abattement voisin de la défaillance, et perdu dans les pensées les plus sombres. Il réveilla sa noble, sa sainte et pure femme et il lui jeta l'histoire de ces trois années dans le cœur, en sanglotant comme un enfant à qui l'on ôte un jouet. Cette confession d'un vieillard jeune de cœur, cette affreuse et navrante épopée, tout en attendrissant intérieurement Adeline, lui causa la joie intérieure la plus vive, elle remercia le ciel de ce dernier coup, car elle vit son mari fixé pour toujours au sein de la famille.

— Lisbeth avait raison! dit madame Hulot d'une voix douce et sans faire de remontrances inutiles, elle nous a dit cela d'avance.

— Oui! Ah! si je l'avais écoutée, au lieu de me mettre en colère, le jour où je voulais que la pauvre Hortense rentrât dans son ménage pour ne pas compromettre la réputation de cette... Oh! chère Adeline, il faut sauver Wenceslas! il est dans cette fange jusqu'au menton!

— Mon pauvre ami, la petite bourgeoise ne t'a pas mieux réussi que les actrices, dit Adeline en souriant.

La baronne était effrayée du changement que présentait son Hector; quand elle le voyait malheureux, souffrant, courbé sous le poids des peines, elle était tout cœur, tout pitié, tout amour, elle eût donné son sang pour rendre Hulot heureux.

— Reste avec nous, mon cher Hector. Dis-moi comment elles font, ces femmes, pour t'attacher ainsi ; je tâcherai... pourquoi ne m'as-tu pas formée à ton usage ? est-ce que je manque d'intelligence ? on me trouve encore assez belle pour me faire la cour.

Beaucoup de femmes mariées, attachées à leurs devoirs et à leurs maris, pourront ici se demander pourquoi ces hommes si forts et si bons, si pitoyables à des madame Marneffe, ne prennent pas leurs femmes, surtout quand elles ressemblent à la baronne Adeline Hulot, pour l'objet de leur fantaisie et de leurs passions. Ceci tient aux plus profonds mystères de l'organisation humaine. L'amour, cette immense débauche de la raison, ce mâle et sévère plaisir des grandes âmes, et le plaisir, cette vulgarité vendue sur la place, sont deux faces différentes d'un même fait. La femme qui satisfait ces deux vastes appétits des deux natures, est aussi rare, dans le sexe, que le grand général, le grand écrivain, le grand artiste, le grand inventeur, le sont dans une nation. L'homme supérieur comme l'imbécile, un Hulot comme un Crevel, ressentent également le besoin de l'idéal et celui du plaisir ; tous vont cherchant ce mystérieux androgyne, cette rareté, qui, la plupart du temps, se trouve être un ouvrage en deux volumes. Cette recherche est une dépravation due à la société. Certes, le mariage doit être accepté comme une tâche, il est la vie avec ses travaux et ses durs sacrifices également faits des deux côtés. Les libertins, ces chercheurs de trésors, sont aussi coupables que d'autres malfaiteurs plus sévèrement punis qu'eux. Cette réflexion n'est pas un placage de morale, elle donne la raison de bien des malheurs incompris. Cette Scène porte d'ailleurs avec elle ses moralités qui sont de plus d'un genre.

Le baron alla promptement chez le maréchal prince de Wissembourg, dont la haute protection était sa dernière ressource. Protégé par le vieux guerrier depuis trente-cinq ans, il avait les entrées grandes et petites, il put pénétrer dans les appartements à l'heure du lever.

— Eh ! bonjour, mon cher Hector, dit ce grand et bon capitaine. Qu'avez-vous ? vous paraissez soucieux. La session est finie, cependant. Encore une de passée ! je

parle de cela maintenant, comme autrefois de nos campagnes. Je crois, ma foi, que les journaux appellent aussi
les sessions, des campagnes parlementaires.

— Nous avons eu du mal, en effet, maréchal ; mais c'est
la misère du temps ! dit Hulot. Que voulez-vous ? le
monde est ainsi fait. Chaque époque a ses inconvénients.
Le plus grand malheur de l'an 1841, c'est que ni la
royauté ni les ministres ne sont libres dans leur action
comme l'était l'Empereur.

Le maréchal jeta sur Hulot un de ces regards d'aigle
dont la fierté, la lucidité, la perspicacité montraient que,
malgré les années, cette grande âme restait toujours
ferme et vigoureuse.

— Tu veux quelque chose de moi ? dit-il en prenant un
air enjoué.

— Je me trouve dans la nécessité de vous demander,
comme une grâce personnelle, la promotion d'un de mes
sous-chefs au grade du Chef de bureau, et sa nomination
d'officier dans la Légion...

— Comment se nomme-t-il ? dit le maréchal en lançant
au baron un regard qui fut comme un éclair.

— Marneffe !

— Il a une jolie femme, je l'ai vue au mariage de ta
fille... Si Roger... mais Roger n'est plus ici. Hector, mon
fils, il s'agit de ton plaisir. Comment ! tu t'en donnes
encore. Ah ! tu fais honneur à la Garde impériale ! voilà ce
que c'est que d'avoir appartenu à l'intendance, tu as des
réserves !... Laisse là cette affaire, mon cher garçon, elle
est trop galante pour devenir administrative.

— Non, maréchal, c'est une mauvaise affaire, car il
s'agit de la police correctionnelle ; voulez-vous m'y voir ?

— Ah ! diantre, s'écria le maréchal devenant soucieux.
Continue.

— Mais vous me voyez dans l'état d'un renard pris au
piège... Vous avez toujours été si bon pour moi, que vous
daignerez me tirer de la situation honteuse où je suis.

Hulot raconta le plus spirituellement et le plus gaiement possible sa mésaventure.

— Voulez-vous, prince, dit-il en terminant, faire mourir de chagrin mon frère que vous aimez tant, et laisser
déshonorer un de vos directeurs, un Conseiller-d'État ?
Mon Marneffe est un misérable, nous le mettrons à la
retraite dans deux ou trois ans.

— Comme tu parles de deux ou trois ans, mon cher ami !... dit le maréchal.

— Mais, prince, la Garde impériale est immortelle.

— Je suis maintenant le seul maréchal de la première promotion, dit le ministre. Écoute, Hector. Tu ne sais pas à quel point je te suis attaché ! tu vas le voir ! Le jour où je quitterai le ministère, nous le quitterons ensemble. Ah ! tu n'es pas député, mon ami. Beaucoup de gens veulent ta place ; et, sans moi, tu n'y serais plus. Oui, j'ai rompu bien des lances pour te garder... Eh bien ! je t'accorde tes deux requêtes, car il serait par trop dur de te voir assis sur la sellette à ton âge et dans la position que tu occupes. Mais tu fais trop de brèches à ton crédit. Si cette nomination donne lieu à quelque tapage, on nous en voudra. Moi, je m'en moque, mais c'est une épine de plus sous ton pied. A la prochaine session, tu sauteras. Ta succession est présentée comme un appât à cinq ou six personnes influentes, et tu n'as été conservé que par la subtilité de mon raisonnement. J'ai dit que le jour où tu prendrais ta retraite, et que ta place serait donnée, nous aurions cinq mécontents et un heureux ; tandis qu'en te laissant *branlant dans le manche* pendant deux ou trois ans, nous aurions nos six voix. On s'est mis à rire au conseil, et l'on a trouvé que le *vieux de la veille*, comme on dit, devenait assez fort en tactique parlementaire... Je te dis cela nettement. D'ailleurs, tu grisonnes... Es-tu heureux de pouvoir encore te mettre dans des embarras pareils ! Où est le temps où le sous-lieutenant Cottin avait des maîtresses ! Le maréchal sonna. — Il faut faire déchirer ce procès-verbal ! ajouta-t-il.

— Vous agissez, monseigneur, comme un père ! je n'osais vous parler de mon anxiété.

— Je veux toujours que Roger soit ici, s'écria le maréchal en voyant entrer Mitouflet, son huissier, et j'allais le faire demander. Allez-vous-en, Mitouflet. Et toi, va, mon vieux camarade, va faire préparer cette nomination, je la signerai. Mais cet infâme intrigant ne jouira pas pendant longtemps du fruit de ses crimes, il sera surveillé, et cassé en tête de la compagnie, à la moindre faute. Maintenant que te voilà sauvé, mon cher Hector, prends garde à toi. Ne lasse pas tes amis, on t'enverra ta nomination ce matin, et ton homme sera officier !... Quel âge as-tu maintenant ?

— Soixante-dix ans, dans trois mois.

— Quel gaillard tu fais ! dit le maréchal en souriant. C'est toi qui mériterais une promotion, mais mille boulets ! nous ne sommes pas sous Louis XV !

Tel est l'effet de la camaraderie qui lie entre eux les glorieux restes de la phalange napoléonienne, ils se croient toujours au bivouac, obligés de se protéger envers et contre tous.

— Encore une faveur comme celle-là, se dit Hulot en traversant la cour, et je suis perdu.

Le malheureux fonctionnaire alla chez le baron de Nucingen auquel il ne devait plus qu'une somme insignifiante, il réussit à lui emprunter quarante mille francs en engageant son traitement pour deux années de plus ; mais le baron stipula que, dans le cas de la mise à la retraite de Hulot, la quotité saisissable de sa pension serait affectée au remboursement de cette somme, jusqu'à épuisement des intérêts et du capital. Cette nouvelle affaire fut faite, comme la première, sous le nom de Vauvinet, à qui le baron souscrivit pour douze mille francs de lettres de change. Le lendemain, le fatal procès-verbal, la plainte du mari, les lettres, tout fut anéanti. Les scandaleuses promotions du sieur Marneffe, à peine remarquées dans le mouvement des fêtes de juillet, ne donnèrent lieu à aucun article de journal.

Lisbeth, en apparence brouillée avec madame Marneffe, s'installa chez le maréchal Hulot. Dix jours après ces événements, on publia le premier ban du mariage de la vieille fille avec l'illustre vieillard à qui, pour obtenir un consentement, Adeline raconta la catastrophe financière arrivée à son Hector en le priant de ne jamais en parler au baron qui, dit-elle, était sombre, très-abattu, tout affaissé... — Hélas ! il a son âge ! ajouta-t-elle. Lisbeth triomphait donc ! Elle allait atteindre au but de son ambition, elle allait voir son plan accompli, sa haine satisfaite. Elle jouissait par avance du bonheur de régner sur la famille qui l'avait si long-temps méprisée. Elle se promettait d'être la protectrice de ses protecteurs, l'ange sauveur qui ferait vivre la famille ruinée, elle s'appelait elle-même *madame la comtesse* ou *madame la maréchale* ! en se saluant dans la glace. Adeline et Hortense achèveraient leurs jours dans la détresse, en combattant la misère, tandis que la cousiné Bette, admise aux Tuileries, trônerait dans le monde.

Un événement terrible renversa la vieille fille du sommet social où elle se posait si fièrement.

Le jour même où ce premier ban fut publié, le baron reçut un autre message d'Afrique. Un second Alsacien se présenta, remit une lettre en s'assurant qu'il la donnait au baron Hulot, et après lui avoir laissé l'adresse de son logement, il quitta le haut fonctionnaire qu'il laissa foudroyé à la lecture des premières lignes de cette lettre.

« Mon neveu, vous recevrez cette lettre, d'après mon « calcul, le sept août. En supposant que vous employiez « trois jours pour nous envoyer le secours que nous récla-« mons, et qu'il mette quinze jours à venir ici, nous « atteignons au premier septembre.

« Si l'exécution répond à ces délais, vous aurez sauvé « l'honneur et la vie à votre dévoué Johann Fischer.

« Voici ce que demande l'employé que vous m'avez « donné pour complice ; car je suis, à ce qu'il paraît, « susceptible d'aller en cour d'assises ou devant un « conseil de guerre. Vous comprenez que jamais on ne « traînera Johann Fischer devant aucun tribunal, il ira de « lui-même à celui de Dieu.

« Votre employé me semble être un mauvais gars, « très-capable de vous compromettre ; mais il est intel-« ligent comme un fripon. Il prétend que vous devez crier « plus fort que les autres, et nous envoyer un inspecteur, « un commissaire spécial chargé de découvrir les cou-« pables, de chercher les abus, de sévir enfin ; mais qui « s'interposera d'abord entre nous et les tribunaux, en « élevant un conflit.

« Si votre commissaire arrive ici le premier septembre « et qu'il ait de vous le mot d'ordre, si vous nous envoyez « deux cent mille francs pour rétablir en magasin les « quantités que nous disons avoir dans les localités éloi-« gnées, nous serons regardés comme des comptables « purs et sans tache.

« Vous pouvez confier au soldat qui vous remettra cette « lettre, un mandat à mon ordre sur une maison d'Alger. « C'est un homme solide, un parent, incapable de cher-« cher à savoir ce qu'il porte. J'ai pris des mesures pour

« assurer le retour de ce garçon. Si vous ne pouvez rien, je
« mourrai volontiers pour celui à qui nous devons le
« bonheur de notre Adeline. »

Les angoisses et les plaisirs de la passion, la catastrophe
qui venait de terminer sa carrière galante avaient empêché le baron Hulot de penser au pauvre Johann Fischer,
dont la première lettre annonçait cependant positivement
le danger, devenu maintenant si pressant. Le baron quitta
la salle à manger dans un tel trouble, qu'il se laissa
tomber sur le canapé du salon. Il était anéanti, perdu
dans l'engourdissement que cause une chute violente. Il
regardait fixement une rosace du tapis sans s'apercevoir
qu'il tenait à la main la fatale lettre de Johann. Adeline
entendit de sa chambre son mari se jetant sur le canapé
comme une masse. Ce bruit fut si singulier qu'elle crut à
quelque attaque d'apoplexie. Elle regarda par la porte
dans la glace, en proie à cette peur qui coupe la respiration, qui fait rester immobile, et elle vit son Hector dans la
posture d'un homme terrassé. La baronne vint sur la
pointe du pied, Hector n'entendit rien, elle put s'appro-
cher, elle aperçut la lettre, elle la prit, la lut, et trembla de
tous ses membres. Elle éprouva l'une de ces révolutions
nerveuses si violentes que le corps en garde éternellement
la trace. Elle devint, quelques jours après, sujette à un
tressaillement continuel ; car, ce premier moment passé,
la nécessité d'agir lui donna cette force qui ne se prend
qu'aux sources mêmes de la puissance vitale.

— Hector ! viens dans ma chambre, dit-elle d'une voix
qui ressemblait à un souffle. Que ta fille ne te voie pas
ainsi ! viens, mon ami, viens.

— Où trouver deux cent mille francs ? je puis obtenir
l'envoi de Claude Vignon comme commissaire. C'est un
garçon spirituel, intelligent... C'est l'affaire de deux
jours... Mais deux cent mille francs, mon fils ne les a pas,
sa maison est grevée de trois cent mille francs, d'hypothèques. Mon frère a tout au plus trente mille francs
d'économies. Nucingen se moquerait de moi !... Vauvinet ?..., il m'a peu gracieusement accordé dix mille francs
pour compléter la somme donnée pour le fils de l'infâme
Marneffe. Non, tout est dit, il faut que j'aille me jeter aux
pieds du maréchal, lui avouer l'état des choses,

m'entendre dire que je suis une canaille, accepter sa bordée afin de sombrer décemment.

— Mais Hector ! ce n'est plus seulement la ruine, c'est le déshonneur, dit Adeline. Mon pauvre oncle se tuera. Ne tue que nous, tu en as le droit, mais ne sois pas un assassin ! Reprends courage, il y a de la ressource.

— Aucune ! dit le baron. Personne dans le gouvernement ne peut trouver deux cent mille francs, quand même il s'agirait de sauver un ministère ! Oh ! Napoléon, où es-tu ?

— Mon oncle ! pauvre homme ! Hector, on ne peut pas le laisser se tuer déshonoré !

— Il y aurait bien une ressource, dit-il ; mais... c'est bien chanceux... Oui, Crevel est à couteaux tirés avec sa fille... Ah ! il a bien de l'argent, lui seul pourrait...

— Tiens, Hector, il vaut mieux que ta femme périsse que de laisser périr notre oncle, ton frère, et l'honneur de la famille ! dit la baronne frappée d'un trait de lumière. Oui, je puis vous sauver tous... Oh ! mon Dieu ! quelle ignoble pensée ! comment a-t-elle pu me venir ?

Elle joignit les mains, tomba sur ses genoux, et fit une prière. En se relevant, elle vit une si folle expression de joie sur la figure de son mari, que la pensée diabolique revint, et alors Adeline tomba dans la tristesse des idiots.

— Va, mon ami, cours au ministère, s'écria-t-elle en se réveillant de cette torpeur, tâche d'envoyer un commissaire, il le faut. *Entortille le maréchal !* et à ton retour, à cinq heures, tu trouveras peut-être... oui ! tu trouveras deux cent mille francs. Ta famille, ton honneur d'homme, de Conseiller-d'État, d'administrateur, ta probité, ton fils, tout sera sauvé ; mais ton Adeline sera perdue, et tu ne la reverras jamais. Hector, mon ami, dit-elle en s'agenouillant, lui serrant la main et la baisant, bénis-moi, dis-moi adieu !

Ce fut si déchirant qu'en prenant sa femme, la relevant et l'embrassant, Hulot lui dit : — Je ne te comprends pas !

— Si tu comprenais, reprit-elle, je mourrais de honte, ou je n'aurais plus la force d'accomplir ce dernier sacrifice.

— Madame est servie, vint dire Mariette.

Hortense vint souhaiter le bonjour à son père et à sa mère. Il fallut aller déjeuner et montrer des visages menteurs.

— Allez déjeuner sans moi, je vous rejoindrai ! dit la baronne.

Elle se mit à sa table et écrivit la lettre suivante :

« Mon cher monsieur Crevel, j'ai un service à vous
« demander, je vous attends ce matin, et je compte sur
« votre galanterie, qui m'est connue, pour que vous ne
« fassiez pas attendre trop longtemps

« Votre dévouée servante,
« ADELINE HULOT. »

— Louise, dit-elle à la femme de chambre de sa fille qui servait, descendez cette lettre au concierge, dites-lui de la porter sur-le-champ à son adresse et de demander une réponse.

Le baron, qui lisait les journaux, tendit un journal républicain à sa femme en lui désignant un article et lui disant : — Sera-t-il temps ? Voici l'article, un de ces terribles entre-filets avec lesquels les journaux nuancent leurs tartines politiques.

Un de nos correspondants nous écrit d'Alger qu'il s'est révélé de tels abus dans le service des vivres de la province d'Oran, que la justice informe. Les malversations sont évidentes, les coupables sont connus. Si la répression n'est pas sévère, nous continuerons à perdre plus d'hommes par le fait des concussions qui frappent sur leur nourriture que par le fer des Arabes et le feu du climat. Nous attendrons de nouveaux renseignements, avant de continuer ce déplorable sujet.

Nous ne nous étonnons plus de la peur que cause l'établissement en Algérie de la Presse comme l'a entendue la Charte de 1830.

— Je vais m'habiller et aller au ministère, dit le baron en quittant la table, le temps est trop précieux, il y a la vie d'un homme dans chaque minute.

— Oh ! maman, je n'ai plus d'espoir, dit Hortense.

Et, sans pouvoir retenir ses larmes, elle tendit à sa mère une Revue des Beaux-Arts. Madame Hulot aperçut une gravure du groupe de Dalila par le comte de Steinbock, dessous laquelle était imprimé : *Appartenant à madame*

Marneffe. Dès les premières lignes, l'article signé d'un V révélait le talent et la complaisance de Claude Vignon.

— Pauvre petite... dit la baronne.

Effrayée de l'accent presque indifférent de sa mère, Hortense la regarda, reconnut l'expression d'une douleur auprès de laquelle la sienne devait pâlir, et elle vint embrasser sa mère à qui elle dit : — Qu'as-tu, maman ? qu'arrive-t-il, pouvons-nous être plus malheureuses que nous ne le sommes ?

— Mon enfant, il me semble en comparaison de ce que je souffre aujourd'hui que mes horribles souffrances passées ne sont rien. Quand ne souffrirai-je plus ?

— Au ciel, ma mère ! dit gravement Hortense.

— Viens, mon ange, tu m'aideras à m'habiller... mais non... Je ne veux pas que tu t'occupes de cette toilette. Envoie-moi Louise.

Adeline, rentrée dans sa chambre, alla s'examiner au miroir. Elle se contempla tristement et curieusement en se demandant à elle-même :

— Suis-je encore belle ?... peut-on me désirer encore ?... Ai-je des rides ?...

Elle souleva ses beaux cheveux blonds et se découvrit les tempes ! Là tout était frais comme chez une jeune fille. Adeline alla plus loin, elle se découvrit les épaules et fut satisfaite, elle eut un mouvement d'orgueil. La beauté des épaules qui sont belles, est celle qui s'en va la dernière chez la femme, surtout quand la vie a été pure. Adeline choisit avec soin les éléments de sa toilette ; mais la femme pieuse et chaste resta chastement mise, malgré ses petites inventions de coquetterie. A quoi bon des bas de soie gris tout neufs, des souliers en satin à cothurnes, puisqu'elle ignorait totalement l'art d'avancer, au moment décisif, un joli pied en le faisant dépasser de quelques lignes une robe à demi soulevée pour ouvrir des horizons au désir ! Elle mit bien sa plus jolie robe de mousseline à fleurs peintes, décolletée et à manches courtes ; mais, épouvantée de ses nudités, elle couvrit ses beaux bras de manches en gaze claire, elle voila sa poitrine et ses épaules d'un fichu brodé. Sa coiffure à l'anglaise lui parut être trop significative, elle en éteignit l'entrain par un très-joli bonnet ; mais, avec ou sans bonnet, eût-elle su jouer avec ses rouleaux dorés pour exhiber, pour faire admirer ses mains en fuseau ?... Voici quel fut son fard. La certitude de sa criminalité, les préparatifs d'une faute délibérée causèrent à cette sainte femme une violente fièvre qui lui rendit l'éclat de la jeunesse pour un moment. Ses yeux brillèrent, son teint resplendit. Au lieu de se donner un air séduisant, elle se vit en quelque sorte un air dévergondé qui lui fit horreur. Lisbeth avait, à la prière d'Adeline, raconté les circonstances de l'infidélité de Wenceslas, et la baronne avait alors appris, à son grand étonnement, qu'en une soirée, en un moment, madame Marneffe s'était rendue maîtresse de l'artiste ensorcelé. — Comment font ces femmes ? avait demandé la baronne à Lisbeth. Rien n'égale la curiosité des femmes vertueuses à ce sujet, elles voudraient posséder les séductions du Vice et rester pures. — Mais, elles séduisent, c'est leur état, avait répondu la cousine Bette. Valérie était, ce soir-là, vois-tu, ma chère, à faire damner un ange. — Raconte-moi donc comment elle s'y est prise ? — Il n'y a pas de théorie, il n'y a que la pratique dans ce métier, avait dit railleusement Lisbeth. La baronne, en se rappelant cette conversation, aurait voulu consulter la cousine Bette ; mais le temps manquait. La pauvre Adeline, incapable d'inventer une mouche, de se poser un bouton de rose dans le beau milieu du corsage, de trouver les stratagèmes de toilette destinés à réveiller chez les hommes des désirs amortis, ne fut que soigneusement habillée. N'est pas courtisane qui veut ! La femme est le potage de l'homme, a dit plaisamment Molière par la bouche du judicieux Gros-René. Cette comparaison suppose une sorte de science culinaire en amour. La femme vertueuse et digne serait alors le repas homérique, la chair jetée sur les charbons ardents. La courtisane, au contraire, serait l'œuvre de Carême avec ses condiments, avec ses épices et ses recherches. La baronne ne pouvait pas, ne savait pas *servir* sa blanche poitrine dans un magnifique plat de guipure, à l'instar de madame Marneffe. Elle ignorait le secret de certaines attitudes, l'effet de certains regards. Enfin, elle n'avait pas sa botte secrète. La noble femme se serait bien retournée cent fois, elle n'aurait rien su offrir à l'œil savant du libertin. Être une honnête et *prude* femme pour le monde, et se faire courtisane pour son mari, c'est être une femme de génie, et il y en a peu. Là est le secret des longs attachements, inexplicables pour les femmes qui sont déshéritées de ces doubles et magnifiques facultés. Supposez madame Marneffe vertueuse !... vous avez la marquise de Pescaire ! Ces grandes et illustres femmes, ces belles Diane de Poitiers vertueuses, on les compte.

La scène par laquelle commence cette sérieuse et terrible Étude de mœurs parisiennes allait donc se reproduire avec cette singulière différence que les misères prophétisées par le capitaine de la milice bourgeoise y changeaient les rôles. Madame Hulot attendait Crevel dans les intentions qui le faisaient venir en souriant aux Parisiens du haut de son milord, trois ans auparavant. Enfin, chose étrange ! la baronne était fidèle à elle-même, à son amour, en se livrant à la plus grossière des infidélités, celles que l'entraînement d'une passion ne justifie pas aux yeux de certains juges. — Comment faire pour être une madame Marneffe ! se dit-elle en entendant sonner. Elle comprima ses larmes, la fièvre anima ses traits, elle se promit d'être bien courtisane, la pauvre et noble créature !

— Que diable me veut cette brave baronne Hulot ? se disait Crevel en montant le grand escalier. Ah ! bah ! elle va me parler de ma querelle avec Célestine et Victorin, mais je ne plierai pas !... En entrant dans le salon, où il suivait Louise, il se dit en regardant la nudité *du local* (style Crevel) : — Pauvre femme !... la voilà comme ces beaux tableaux mis au grenier par un homme qui ne se connaît pas en peinture. Crevel, qui voyait le comte Popinot, ministre du commerce, achetant des tableaux et des statues, voulait se rendre célèbre parmi les Mécènes parisiens dont l'amour pour les arts consiste à chercher des pièces de vingt francs pour des pièces de vingt sous. Adeline sourit gracieusement à Crevel en lui montrant une chaise devant elle.

— Me voici, belle dame, à vos ordres, dit Crevel.

Monsieur le maire, devenu homme politique, avait adopté le drap noir. Sa figure apparaissait au-dessus de ce vêtement comme une pleine lune dominant un rideau de nuages bruns. Sa chemise, étoilée de trois grosses perles de cinq cents francs chacune, donnait une haute idée de ses capacités... thoraciques, et il disait : — « On voit en moi le futur athlète de la tribune ! » Ses larges mains roturières portaient le gant jaune dès le matin. Ses bottes vernies accusaient le petit coupé brun à un cheval qui l'avait amené. Depuis trois ans, l'ambition avait modifié la pose de Crevel. Comme les grands peintres, il en était à sa seconde manière. Dans le grand monde, quand il allait chez le prince de Wissembourg, à la Préfecture, chez le comte Popinot, etc., il gardait son chapeau à la main d'une façon dégagée que Valérie lui avait apprise, et il insérait le pouce de l'autre main dans l'entournure de son gilet d'un air coquet, en minaudant de la tête et des yeux. Cette autre *mise en position* était due à la railleuse Valérie, qui sous prétexte de rajeunir son maire, l'avait doté d'un ridicule de plus.

— Je vous ai prié de venir, mon bon et cher monsieur Crevel, dit la baronne d'une voix troublée, pour une affaire de la plus haute importance...

— Je la devine, madame, dit Crevel d'un air fin ; mais vous demandez l'impossible... Oh ! je ne suis pas un père barbare, un homme, selon le mot de Napoléon, *carré de base comme de hauteur* dans son avarice. Écoutez-moi, belle dame. Si mes enfants se ruinaient pour eux, je viendrais à leur secours ; mais garantir votre mari, madame ?... c'est vouloir remplir le tonneau des Danaïdes ! Une maison hypothéquée de trois cent mille francs pour un père incorrigible ! Ils n'ont plus rien, les misérables ! et ils ne se sont pas amusés ! Ils auront maintenant pour vivre ce que gagnera Victorin au Palais. Qu'il *jabote*, monsieur votre fils !... Ah ! il devait être ministre, ce petit docteur ! notre espérance à tous. Joli remorqueur qui s'engrave bêtement, car, s'il empruntait pour parvenir, s'il s'endettait pour avoir festoyé des députés, pour obtenir des voix et augmenter son influence, je lui dirais : — Voilà ma bourse, puise, mon ami ! Mais payer les folies du papa, des folies que je vous ai prédites ! Ah ! son père l'a rejeté loin du pouvoir... C'est moi qui serai ministre...

— Hélas ! *cher Crevel*, il ne s'agit pas de nos enfants, pauvres dévoués !... Si votre cœur se ferme pour Victorin et Célestine, je les aimerai tant, que peut-être pourrai-je adoucir l'amertume que met dans leurs belles âmes votre colère. Vous punissez vos enfants d'une bonne action !

— Oui, d'une bonne action mal faite ! C'est un demi-crime ! dit Crevel très-content de ce mot.

— Faire le bien, mon cher Crevel, reprit la baronne, ce n'est pas prendre l'argent dans une bourse qui en regorge ! c'est endurer des privations à cause de sa générosité, c'est souffrir de son bienfait ! c'est s'attendre à l'ingratitude ! La charité qui ne coûte rien, le ciel l'ignore...

— Il est permis, madame, aux saints d'aller à l'hôpital, ils savent que c'est, pour eux, la porte du ciel. Moi, je suis un mondain, je crains Dieu, mais je crains encore plus l'enfer de la misère. Être sans le sou, c'est le dernier degré du malheur dans notre ordre social actuel. Je suis de mon temps, j'honore l'argent !...

— Vous avez raison, dit Adeline, au point de vue du monde.

Elle se trouvait à cent lieues de la question, et elle se sentait, comme saint Laurent, sur un gril, en pensant à son oncle ; car elle le voyait se tirant un coup de pistolet ! Elle baissa les yeux, puis elle les releva sur Crevel pleins d'une angélique douceur, et non de cette provocante luxure, si spirituelle chez Valérie. Trois ans auparavant, elle eût fasciné Crevel par cet adorable regard.

— Je vous ai connu, dit-elle, plus généreux... vous parliez de trois cent mille francs comme en parlent les grands seigneurs...

Crevel regarda madame Hulot, il la vit comme un lis sur la fin de sa floraison, il eut de vagues idées ; mais il honorait tant cette sainte créature qu'il refoula ces soupçons dans le côté libertin de son cœur.

— Madame, je suis toujours le même, mais un ancien négociant est et doit être grand seigneur avec méthode, avec économie, il porte en tout ses idées d'ordre. On ouvre un compte aux fredaines, on les crédite, on consacre à ce chapitre certains bénéfices, mais entamer son capital !... ce serait une folie. Mes enfants auront tout leur bien, celui de leur mère et le mien ; mais ils ne veulent sans doute pas que leur père s'ennuie, se moinifie et se momifie !... Ma vie est joyeuse ! Je descends gaiement le fleuve. Je remplis tous les devoirs que m'imposent la loi, le cœur et la famille, de même que j'acquittais scrupuleusement mes billets à l'échéance. Que mes enfants se comportent comme moi dans mon ménage, je serai content ; et, quant au présent, pourvu que mes folies, car j'en fais, ne coûtent rien à personne qu'aux *gogos*... (pardon ! vous ne connaissez pas ce mot de Bourse) ils n'auront rien à me reprocher, et trouveront encore une belle fortune, à ma mort. Vos enfants n'en diront pas autant de leur père, qui carambole en ruinant son fils et ma fille...

Plus elle allait, plus la baronne s'éloignait de son but...

— Vous en voulez beaucoup à mon mari, mon cher Crevel, et vous seriez cependant son meilleur ami, si vous aviez trouvé sa femme faible...

Elle lança sur Crevel une œillade brûlante. Mais alors elle fit comme Dubois qui donnait trop de coups de pied au Régent, elle se déguisa trop, et les idées libertines revinrent si bien au parfumeur-régence qu'il se dit : — Voudrait-elle se venger de Hulot ?... Me trouverait-elle mieux en maire qu'en garde national ?... Les femmes sont si bizarres ! Et il se mit en position dans sa seconde manière en regardant la baronne d'un air Régence.

— On dirait, dit-elle en continuant, que vous vous vengez sur lui d'une vertu qui vous a résisté, d'une femme que vous aimiez assez... pour... l'acheter, ajouta-t-elle tout bas.

— D'une femme divine, reprit Crevel en souriant significativement à la baronne qui baissait les yeux et dont les cils se mouillèrent ; car, en avez-vous avalé des couleuvres !... depuis trois ans... hein ? ma belle ?

— Ne parlons pas de mes souffrances, *cher Crevel*, elles sont au-dessus des forces de la créature. Ah ! si vous m'aimiez encore, vous pourriez me retirer du gouffre où je suis ! Oui, je suis dans l'enfer ! Les régicides qu'on tenaillait, qu'on tirait à quatre chevaux, étaient sur des roses, comparés à moi, car on ne leur démembrait que le corps, et j'ai le cœur tiré à quatre chevaux !...

La main de Crevel quitta l'entournure du gilet, il posa son chapeau sur la travailleuse, il rompit sa position, il souriait ! Ce sourire fut si niais que la baronne s'y méprit, elle crut à une expression de bonté.

— Vous voyez une femme, non pas au désespoir, mais à l'agonie de l'honneur, et déterminée à tout, *mon ami*, pour empêcher des crimes... Craignant qu'Hortense ne vînt, elle poussa le verrou de sa porte ; puis, par le même élan, elle se mit aux pieds de Crevel, lui prit la main et la lui baisa. — Soyez, dit-elle, mon sauveur ! Elle supposa des fibres généreuses dans ce cœur de négociant, et fut saisie par un espoir, qui brilla soudain, d'obtenir les deux cent mille francs sans se déshonorer. — Achetez une âme, vous qui vouliez acheter une vertu !... reprit-elle en lui jetant un regard fou. Fiez-vous à ma probité de femme, à mon honneur, dont la solidité vous est connue ! Soyez mon ami ! Sauvez une famille entière de la ruine, de la honte, du désespoir, empêchez-la de rouler dans un bourbier où la fange se fera avec du sang ? Oh ! ne me demandez pas d'explication !... fit-elle à un mouvement de Crevel qui voulut parler. Surtout, ne me dites pas : — « Je vous l'avais prédit ! » comme les amis heureux d'un malheur. Voyons !... obéissez à celle que vous aimiez, à une femme dont l'abaissement à vos pieds est peut-être le comble de la noblesse ; ne lui demandez rien, attendez tout de sa reconnaissance !... Non, ne donnez rien ; mais prêtez-moi, prêtez à celle que vous nommiez Adeline !...

Ici les larmes arrivèrent avec une telle abondance, Adeline sanglota tellement qu'elle en mouilla les gants de Crevel. Ces mots : — Il me faut deux cent mille francs !... furent à peine distinctibles dans le torrent de pleurs, de même que les pierres, quelque grosses qu'elles soient, ne marquent point dans les cascades alpestres enflées à la fonte des neiges.

Telle est l'inexpérience de la Vertu ! le Vice ne demande rien, comme on l'a vu par madame Marneffe, il se fait tout offrir. Ces sortes de femmes ne deviennent exigeantes qu'au moment où elles se sont rendues indispensables, ou quand il s'agit d'exploiter un homme, comme on *exploite* une carrière où le plâtre devient rare, *en ruine*, disent les carriers. En entendant ces mots : « Deux cent mille francs ! » Crevel comprit tout. Il releva galamment la baronne en lui disant cette insolente phrase : — Allons, soyons calme, *ma petite mère*, que dans son égarement Adeline n'entendit pas. La scène changeait de face, Crevel devenait, selon son mot, maître de la position. L'énormité de la somme agit si fortement sur Crevel, que sa vive émotion, en voyant à ses pieds cette belle femme en pleurs, se dissipa. Puis, quelque angélique et sainte que soit une femme, quand elle pleure à chaudes larmes, sa beauté disparaît. Les madame Marneffe, comme on l'a vu, pleurnichent quelquefois, laissent une larme glisser le long de leurs joues ; mais fondre en larmes, se rougir les yeux et le nez !... elles ne commettent jamais cette faute.

— Voyons, *mon enfant*, du calme, sapristi ! reprit Crevel en prenant les mains de la belle madame Hulot dans ses mains et les y tapotant. Pourquoi me demandez-vous deux cent mille francs ? qu'en voulez-vous faire ? pour qui est-ce ?

— N'exigez de moi, répondit-elle aucune explication, donnez-les-moi !... Vous aurez sauvé la vie à trois personnes et l'honneur à vos enfants.

— Et vous croyez, ma petite mère, dit Crevel, que vous trouverez dans Paris un homme qui, sur la parole d'une femme à peu près folle, ira chercher, *hic et nunc*, dans un tiroir, n'importe où, deux cent mille francs qui mijotent là, tout doucement, en attendant qu'elle daigne les écumer ? Voilà comment vous connaissez la vie ! les affaires, ma belle ?... Vos gens sont bien malades, envoyez-leur les sacrements ; car personne dans Paris, excepté Son Altesse Divine Madame la Banque, l'illustre Nucingen ou des avares insensés amoureux de l'or, comme nous autres nous le sommes d'une femme, ne peut accomplir un pareil miracle ! La Liste Civile, quelque civile qu'elle soit, la Liste Civile elle-même vous prierait de repasser demain. Tout le monde fait valoir son argent et le tripote de son mieux. Vous vous abusez, cher ange, si vous croyez que c'est le roi Louis-Philippe qui règne, et il ne s'abuse pas là-dessus. Il sait comme nous tous, qu'au-dessus de la Charte, il y a la sainte, la vénérée, la solide, l'aimable, la gracieuse, la belle, la noble, la jeune, la toute-puissante pièce de cent sous ! Or, mon bel ange, l'argent exige des intérêts, et il est toujours occupé à les percevoir ! Dieu des Juifs, tu l'emportes ! a dit le grand Racine. Enfin, l'éternelle allégorie du veau d'or !... Du temps de Moïse, on agiotait dans le désert ! Nous sommes revenus aux temps bibliques ! Le veau d'or a été le premier grand-livre connu, reprit-il. Vous vivez par trop, mon Adeline, rue Plumet ! Les Égyptiens devaient des emprunts énormes aux Hébreux, et ils ne couraient pas après le peuple de Dieu, mais après des capitaux. Il regarda la baronne d'un air qui voulait dire : — Ai-je de l'esprit ! — Vous ignorez l'amour de tous les citoyens pour leur Saint-Frusquin ? reprit-il après cette pause. Pardon. Écoutez-moi bien ! Saisissez ce raisonnement. Vous voulez deux cent mille francs ?... personne ne peut les donner sans changer des placements faits. Comptez !... Pour avoir deux cent mille francs d'*argent vivant*, il faut vendre environ sept mille francs de rentes trois pour cent ! Eh bien ! vous n'avez votre argent qu'au bout de deux jours. Voilà la voie la plus prompte. Pour décider quelqu'un à se dessaisir d'une fortune, car c'est toute la fortune de bien des gens, deux cent mille francs ! encore doit-on lui dire où tout cela va, pour quel motif...

— Il s'agit, mon bon et cher Crevel, de la vie de deux hommes, dont l'un mourra de chagrin, dont l'autre se tuera ! Enfin, il s'agit de moi qui deviendra folle ! Ne le suis-je pas un peu déjà ?

— Pas si folle ! dit-il en prenant madame Hulot par les genoux, le père Crevel a son prix, puisque tu as daigné penser à lui, mon ange.

— Il paraît qu'il faut se laisser prendre les genoux ! pensa la sainte et noble femme en se cachant la figure dans les mains. Vous m'offriez jadis une fortune ! dit-elle en rougissant.

— Ah ! ma petite mère, il y a trois ans ! reprit Crevel. Oh ! vous êtes plus belle que je ne vous ai jamais vue !... s'écria-t-il en saisissant le bras de la baronne et le serrant contre son cœur. Vous avez de la mémoire, chère enfant, sapristi !... Eh bien ! voyez comme vous avez eu tort de faire la bégueule ! car les trois cent mille francs que vous avez noblement refusés sont dans l'escarcelle d'une autre. Je vous aimais et je vous aime encore ; mais reportons-nous à trois ans d'ici. Quand je vous disais : « Je vous aurai ! » quel était mon dessein ? Je voulais me venger de ce scélérat de Hulot. Or, votre mari, ma belle, a pris pour maîtresse un bijou de femme, une perle, une petite finaude alors âgée de vingt-trois ans, car elle en a vingt-six aujourd'hui. J'ai trouvé plus drôle, plus complet, plus Louis XV, plus maréchal de Richelieu, plus corsé de lui souffler cette charmante créature, qui d'ailleurs n'a jamais aimé Hulot, et qui depuis trois ans est folle de votre serviteur...

En disant cela, Crevel, des mains de qui la baronne

avait retiré ses mains, s'était remis en position. Il tenait ses entournures et battait son torse de ses deux mains, comme par deux ailes, en croyant se rendre désirable et charmant. Il semblait dire : — Voilà l'homme que vous avez mis à la porte !

— Voilà, ma chère enfant, je suis vengé, votre mari l'a su ! Je lui ai catégoriquement démontré qu'il était *dindonné*, ce que nous appelons *refait au même*... Madame Marneffe est *ma* maîtresse, et si le sieur Marneffe crève, elle sera ma femme...

Madame Hulot regardait Crevel d'un œil fixe et presque égaré.

— Hector a su cela ! dit-elle.

— Et il y est retourné ! répondit Crevel, et je l'ai souffert, parce que Valérie voulait être la femme d'un chef de bureau ; mais elle m'a juré d'arranger les choses de manière à ce que notre baron fût si bien *roulé*, qu'il ne reparût plus. Et ma petite duchesse (car elle est née duchesse, cette femme-là, parole d'honneur !) a tenu parole. Elle vous a rendu, madame, comme elle le dit si spirituellement, votre Hector *vertueux à perpétuité* !... La leçon a été bonne, allez ! le baron en a vu de sévères ; il n'entretiendra plus ni danseuses, ni femmes comme il faut ; il est guéri radicalement, car il est rincé comme un verre à bière. Si vous aviez écouté Crevel au lieu de l'humilier, de le jeter à la porte, vous auriez quatre cent mille francs, car ma vengeance me coûte bien cette somme-là. Mais je retrouverai ma monnaie, je l'espère, à la mort de Marneffe... J'ai placé sur ma future. C'est là le secret de mes prodigalités. J'ai résolu le problème d'être grand seigneur à bon marché.

— Vous donnerez une pareille belle-mère à votre fille ?... s'écria madame Hulot.

— Vous ne connaissez pas Valérie, madame, reprit gravement Crevel, qui se mit en position dans sa première manière. C'est à la fois une femme bien née, une femme comme il faut et une femme qui jouit de la plus haute considération. Tenez, hier, le vicaire de la paroisse dînait chez elle. Nous avons donné, car elle est pieuse, un superbe ostensoir à l'église. Oh ! elle est habile, elle est spirituelle, elle est délicieuse, instruite, elle a tout pour elle. Quant à moi, chère Adeline, je dois tout à cette charmante femme ; elle a dégourdi mon esprit, épuré, comme vous voyez, mon langage ; elle corrige mes saillies, elle me donne des mots et des idées. Je ne dis plus rien d'inconvenant. On voit de grands changements en moi, vous devez les avoir remarqués. Enfin, elle a réveillé mon ambition. Je serais député, je ne ferais point de *boulettes*, car je consulterais mon Égérie dans les moindres choses. Ces grands politiques, Numa, notre illustre ministre actuel, ont tous eu leur Sibylle d'*écume*. Valérie reçoit une vingtaine de députés, elle devient très-influente, et maintenant qu'elle va se trouver dans un charmant hôtel avec voiture, elle sera l'une des souveraines occultes de Paris. C'est une fière locomotive qu'une pareille femme ! Ah ! je vous ai bien souvent remerciée de votre rigueur !...

— Ceci ferait douter de la vertu de Dieu, dit Adeline chez qui l'indignation avait séché les larmes. Mais non, la justice divine doit planer sur cette tête-là !...

— Vous ignorez le monde, belle dame, reprit le grand politique Crevel profondément blessé. Le monde, mon Adeline, aime le succès ! Voyons ! Vient-il chercher votre sublime vertu dont le tarif est de deux cent mille francs ?

Ce mot fit frissonner madame Hulot, qui fut reprise de son tremblement nerveux. Elle comprit que le parfumeur retiré se vengeait d'elle ignoblement, comme il s'était vengé de Hulot ; le dégoût lui souleva le cœur, et le lui crispa si bien qu'elle eut le gosier serré à ne pouvoir parler.

— L'argent !... toujours l'argent !... dit-elle enfin.

— Vous m'avez bien ému, reprit Crevel ramené par ce mot à l'abaissement de cette femme, quand je vous ai vue là pleurant à mes pieds !... Tenez, vous ne me croirez peut-être pas ? eh ! bien, si j'avais eu mon portefeuille, il était à vous. Voyons, il vous faut cette somme ?...

En entendant cette phrase grosse de deux cent mille francs, Adeline oublia les abominables injures de ce grand seigneur à bon marché, devant cet allèchement du succès si machiavéliquement présenté par Crevel, qui voulait seulement pénétrer les secrets d'Adeline pour en rire avec Valérie.

— Ah ! je ferai tout ! s'écria la malheureuse femme. Monsieur, je me vendrai, je deviendrai, s'il le faut, une Valérie.

— Cela vous serait difficile, répondit Crevel. Valérie est le sublime du genre. Ma petite mère, vingt-cinq ans de vertu, ça repousse toujours, comme une maladie mal soignée. Et votre vertu a bien moisi ici, ma chère enfant. Mais vous allez voir à quel point je vous aime. Je vais vous faire avoir vos deux cent mille francs.

Adeline saisit la main de Crevel, la prit, la mit sur son cœur, sans pouvoir articuler un mot, et une larme de joie mouilla ses paupières.

— Oh ! attendez ! il y aura du tirage ! Moi, je suis un bon vivant, un bon enfant, sans préjugés, et je vais vous dire tout bonifacement les choses. Vous voulez faire comme Valérie, bon. Cela ne suffit pas, il faut un Gogo, un actionnaire, un Hulot. Je connais un gros épicier retiré, c'est même un bonnetier. C'est lourd, épais, sans idées, je le forme, et je ne sais pas quand il pourra me faire honneur. Mon homme est député, bête et vaniteux, conservé par la tyrannie d'une espèce de femme à turban, au fond de la province, dans une entière virginité sous le rapport du luxe et des plaisirs de la vie parisienne ; mais Beauvisage (il se nomme Beauvisage) est millionnaire, et il donnerait comme moi, ma chère petite, il y a trois ans, cent mille écus pour être aimé d'une femme comme il faut... Oui, dit-il en croyant avoir bien interprété le geste que fit Adeline, il est jaloux de moi, voyez-vous !... oui, jaloux de mon bonheur avec madame Marneffe, et le gars est homme à vendre une propriété pour être propriétaire d'une...

— Assez ! monsieur Crevel, dit madame Hulot en ne déguisant plus son dégoût et laissant paraître toute sa honte sur son visage. Je suis punie maintenant au-delà de mon péché. Ma conscience, si violemment contenue par la main de fer de la nécessité, me crie à cette dernière insulte que de tels sacrifices sont impossibles. Je n'ai plus de fierté, je ne me courrouce point comme jadis, je ne vous dirai pas : — « Sortez ! » après avoir reçu ce coup mortel. J'en ai perdu le droit : je me suis offerte à vous, comme une prostituée... Oui, reprit-elle en répondant à un geste de dénégation, j'ai sali ma vie, jusqu'ici pure, par une intention ignoble ; et... je suis sans excuse, je le savais !... Je mérite toutes les injures dont vous m'accablez ! Que la volonté de Dieu s'accomplisse ! S'il veut la mort de deux êtres dignes d'aller à lui, qu'ils meurent, je les pleurerai, je prierai pour eux ! S'il veut l'humiliation de notre famille, courbons-nous sous l'épée vengeresse, et baisons-la, chrétiens que nous sommes ! Je sais comment expier cette honte d'un moment qui sera le tourment de tous mes derniers jours. Ce n'est plus madame Hulot, monsieur, qui vous parle, c'est la pauvre, l'humble pécheresse, la chrétienne dont le cœur n'aura plus qu'un seul sentiment, le repentir, et qui sera toute à la prière et à la charité. Je ne puis être que la dernière des femmes et la première des repenties par la puissance de ma faute. Vous avez été l'instrument de mon retour à la raison, à la voix de Dieu qui maintenant parle en moi, je vous remercie !...

Elle tremblait de ce tremblement qui, depuis ce moment, ne la quitta plus. Sa voix pleine de douceur contrastait avec la fiévreuse parole de la femme décidée au déshonneur pour sauver une famille. Le sang abandonna ses joues, elle devint blanche, et ses yeux furent secs.

— Je jouais, d'ailleurs, bien mal mon rôle, n'est-ce pas ? reprit-elle en regardant Crevel avec la douceur que les martyrs devaient mettre en jetant les yeux sur le proconsul. L'amour vrai, l'amour saint et dévoué d'une femme a d'autres plaisirs que ceux qui s'achètent au marché de la prostitution !... Pourquoi ces paroles ? dit-elle en faisant un retour sur elle-même et un pas de plus dans la voie de la perfection, elles ressemblent à de l'ironie, et je n'en ai point ! pardonnez-les-moi. D'ailleurs, monsieur, peut-être n'est-ce que moi que j'ai voulu blesser...

La majesté de la vertu, sa céleste lumière avait balayé l'impureté passagère de cette femme, qui, resplendissante de la beauté qui lui était propre, parut grandie à Crevel. Adeline fut en ce moment sublime comme ces figures de la Religion, soutenues par une croix, que les vieux Vénitiens ont peintes ; mais elle exprimait toute la grandeur de son infortune et celle de l'Église catholique où elle se réfugiait par un vol de colombe blessée. Crevel fut ébloui, abasourdi.

— Madame, je suis à vous sans condition ! dit-il dans un élan de générosité. Nous allons examiner l'affaire, et... que voulez-vous ?... tenez ! l'impossible ?... je le ferai. Je déposerai des rentes à la Banque, et, dans deux heures, vous aurez votre argent...

— Mon Dieu ! quel miracle ! dit la pauvre Adeline en se jetant à genoux.

Elle récita une prière avec une onction qui toucha si profondément Crevel, que madame Hulot lui vit des larmes aux yeux, quand elle se releva, sa prière finie.

— Soyez mon ami, monsieur !... lui dit-elle. Vous avez l'âme meilleure que la conduite et que la parole. Dieu vous a donné votre âme, et vous tenez vos idées du monde et de vos passions ! Oh ! je vous aimerai bien ! s'écriat-elle avec une ardeur angélique dont l'expression contrastait singulièrement avec ses méchantes petites coquetteries.

— Ne tremblez plus ainsi, dit Crevel.

— Est-ce que je tremble ? demanda la baronne qui ne s'apercevait pas de cette infirmité si rapidement venue.

— Oui, tenez, voyez, dit Crevel en prenant le bras d'Adeline et lui démontrant qu'elle avait un tremblement nerveux. Allons, madame, reprit-il avec respect, calmezvous, je vais à la Banque...

— Revenez promptement ! Songez, mon ami, dit-elle en livrant ses secrets, qu'il s'agit d'empêcher le suicide de mon pauvre oncle Fischer, compromis par mon mari, car j'ai confiance en vous maintenant, et je vous dis tout ! Ah ! si nous n'arrivons pas à temps, je connais le maréchal, il a l'âme si délicate, qu'il mourrait en quelques jours.

— Je pars alors, dit Crevel en baisant la main de la baronne. Mais qu'a donc fait ce pauvre Hulot ?

— Il a volé l'État !

— Ah ! mon Dieu !... je cours, madame, je vous comprends, je vous admire.

Crevel fléchit un genou, baisa la robe de madame Hulot, et disparut en disant : A bientôt. Malheureusement, de la rue Plumet, pour aller chez lui prendre des inscriptions, Crevel passa par la rue Vanneau ; et il ne put résister au plaisir d'aller voir sa petite duchesse. Il arriva la figure encore bouleversée. Il entra dans la chambre de Valérie, qu'il trouva se faisant coiffer. Elle examina Crevel dans la glace, et fut, comme toutes ces sortes de femmes, choquée, sans rien savoir encore, de lui voir une émotion forte, de laquelle elle n'était pas la cause.

— Qu'as-tu, ma biche ? dit-elle à Crevel. Est-ce qu'on entre ainsi chez sa petite duchesse ? Je ne serais plus une duchesse pour vous, monsieur, que je suis toujours ta *petite louloutte*, vieux monstre !

Crevel répondit par un sourire triste, et montra Reine.

— Reine, ma fille, assez pour aujourd'hui, j'achèverai ma coiffure moi-même ! donne-moi ma robe de chambre en étoffe chinoise, car *mon monsieur* me paraît joliment *chinoisé*...

Reine, fille dont la figure était trouée comme une écumoire et qui semblait avoir été faite exprès pour Valérie, échangea un sourire avec sa maîtresse, et apporta la robe de chambre. Valérie ôta son peignoir, elle était en chemise, elle se trouva dans sa robe de chambre comme une couleuvre sous sa touffe d'herbe.

— Madame n'y est pour personne ?

— Cette question ! dit Valérie. Allons, dis, mon gros minet, la rive gauche a baissé ?

— Non.

— L'hôtel est frappé de surenchère ?

— Non.

— Tu ne te crois pas le père de ton petit Crevel ?

— C'te bêtise ! répliqua l'homme sûr d'être aimé.

— Ma foi, je n'y suis plus, dit madame Marneffe. Quand je dois tirer les peines d'un ami comme on tire les bouchons aux bouteilles de vin de Champagne, je laisse tout là... Va-t'en, tu m'em...

— Ce n'est rien, dit Crevel. Il me faut deux cent mille francs dans deux heures...

— Oh ! tu les trouveras ? Tiens je n'ai pas employé les cinquante mille francs du procès-verbal Hulot et je puis demander cinquante mille francs à Henri !

— Henri ! toujours Henri !... s'écria Crevel.

— Crois-tu, gros Machiavel en herbe, que je congédierai Henri ! La France désarme-t-elle sa flotte ?... Henri ; mais c'est le poignard pendu dans sa gaine à un clou. Ce garçon, dit-elle, me sert à savoir si tu m'aimes. Et tu ne m'aimes pas ce matin.

— Je ne t'aime pas, Valérie ! dit Crevel, je t'aime comme un million !

— Ce n'est pas assez !... reprit-elle en sautant sur les genoux de Crevel et lui passant ses deux bras au cou comme autour d'une patère pour s'y accrocher. Je veux être aimée comme dix millions, comme tout l'or de la terre, et plus que cela. Jamais Henri ne resterait cinq minutes sans me dire ce qu'il a sur le cœur! Voyons, qu'as-tu, gros chéri? Faisons notre petit déballage... Disons tout et vivement à notre petite louloutte! Et elle frôla le visage de Crevel avec ses cheveux en lui tortillant le nez. — Peut-on avoir un nez comme ça, reprit-elle, et garder un secret pour sa Vava-lélé-ririe!... *Vava*, le nez allait à droite, *lélé*, il était à gauche, *ririe*, elle le remit en place.

— Eh bien! je viens de voir... Crevel s'interrompit, regarda madame Marneffe. — Valérie, mon bijou, tu me promets sur ton honneur... tu sais, le nôtre, de ne pas répéter un mot de ce que je vais te dire...

— Connu, maire! on lève la main, tiens!... et le pied!

Elle se posa de manière à rendre Crevel, comme a dit Rabelais, déchaussé de sa cervelle jusqu'aux talons, tant elle fut drôle et sublime de nu visible à travers le brouillard de la batiste.

— Je viens de voir le désespoir de la Vertu!...

— Ça a de la vertu, le désespoir? dit-elle en hochant la tête et se croisant les bras à la Napoléon.

— C'est la pauvre madame Hulot, il lui faut deux cent mille francs! Sinon le maréchal et le père Fischer se brûlent la cervelle, et comme tu es un peu la cause de tout cela, ma petite duchesse, je vais réparer le mal. Oh! c'est une sainte femme, je la connais, elle me rendra tout.

Au mot Hulot, et aux deux cent mille francs, Valérie eut un regard qui passa, comme la lueur du canon dans sa fumée, entre ses longues paupières.

— Qu'a-t-elle donc fait pour t'apitoyer, la vieille! elle t'a montré, quoi? sa... sa religion!...

— Ne te moque pas d'elle, mon cœur, c'est une bien sainte, une bien noble et pieuse femme, digne de respect!...

— Je ne suis donc pas digne de respect, moi! dit Valérie en regardant Crevel d'un air sinistre.

— Je ne dis pas cela, répondit Crevel en comprenant combien l'éloge de la vertu devait blesser madame Marneffe.

— Moi aussi je suis pieuse, dit Valérie en allant

s'asseoir sur un fauteuil ; mais je ne fais pas métier de ma religion, je me cache pour aller à l'église.

Elle resta silencieuse et ne fit plus attention à Crevel. Crevel, excessivement inquiet, vint se poser devant le fauteuil où s'était plongée Valérie et la trouva perdue dans les pensées qu'il avait si niaisement réveillées.

— Valérie, mon petit ange ?...

Profond silence. Une larme assez problématique fut essuyée furtivement.

— Un mot, ma loulloutte...

— Monsieur !

— A quoi penses-tu, mon amour ?

— Ah ! monsieur Crevel, je pense au jour de la première communion ! Étais-je belle ! Étais-je pure ! Étais-je sainte !... immaculée !... Ah ! si quelqu'un était venu dire à ma mère : — « Votre fille sera *une traînée*, elle trompera son mari. Un jour, un commissaire de police la trouvera dans une petite maison, elle se vendra à un Crevel pour trahir un Hulot, deux atroces vieillards... » Pouah !... fi ! Elle serait morte avant la fin de la phrase, tant elle m'aimait, la pauvre femme !

— Calme-toi !

— Tu ne sais pas combien il faut aimer un homme pour imposer silence à ces remords qui viennent vous pincer le cœur d'une femme adultère. Je suis fâchée que Reine soit partie ; elle t'aurait dit que, ce matin elle m'a trouvée les larmes aux yeux et priant Dieu. Moi, voyez-vous, monsieur Crevel, je ne me moque point de la religion. M'avez-vous jamais entendue dire un mot de mal à ce sujet ?...

Crevel fit un geste d'approbation.

— Je défends qu'on en parle devant moi... Je blague sur tout ce qu'on voudra : les rois, la politique, la finance, tout ce qu'il y a de sacré pour le monde, les juges, le mariage, l'amour, les jeunes filles, les vieillards !.. Mais l'Église... mais Dieu !... Oh ! là, moi, je m'arrête ! Je sais bien que je fais mal, que je vous sacrifie mon avenir... Et vous ne vous doutez pas de l'étendue de mon amour !

Crevel joignit les mains.

— Ah ! il faudrait pénétrer dans mon cœur, y mesurer l'étendue de mes convictions pour savoir tout ce que je vous sacrifie !... Je sens en moi l'étoffe d'une Madeleine. Aussi voyez de quel respect j'entoure les prêtres ! Comptez les présents que je fais à l'église ! Ma mère m'a élevée dans la foi catholique, et je comprends Dieu ! C'est à nous autres perverties qu'il parle le plus terriblement.

Valérie essuya deux larmes qui roulèrent sur ses joues. Crevel fut épouvanté, madame Marneffe se leva, s'exalta.

— Calme-toi, ma louloutte !... tu m'effraies !

Madame Marneffe tomba sur ses genoux.

— Mon Dieu ! je ne suis pas mauvaise ! dit-elle en joignant les mains. Daignez ramasser votre brebis égarée, frappez-la, meurtrissez-la, pour la reprendre aux mains qui la font infâme et adultère, elle se blottira joyeusement sur votre épaule ! elle reviendra tout heureuse au bercail !

Elle se leva, regarda Crevel, et Crevel eut peur des yeux blancs de Valérie.

— Et puis, Crevel, sais-tu ? Moi, j'ai peur, par moments... La justice de Dieu s'exerce aussi bien dans ce bas monde que dans l'autre. Qu'est-ce que je peux attendre de bon de Dieu ? Sa vengeance fond sur la coupable de toutes les manières, elle emprunte tous les caractères du malheur. Tous les malheurs que ne s'expliquent pas les imbéciles, sont des expiations. Voilà ce que me disait ma mère à son lit de mort en me parlant de sa vieillesse. Et si je te perdais !... ajouta-t-elle en saisissant Crevel par une étreinte d'une sauvage énergie... Ah ! j'en mourrais !

Madame Marneffe lâcha Crevel, s'agenouilla de nouveau devant son fauteuil, joignit les mains (et dans quelle pose ravissante !), et dit avec une incroyable onction la prière suivante : — Et vous, sainte Valérie, ma bonne patronne, pourquoi ne visitez-vous pas plus souvent le chevet de celle qui vous est confiée ? Oh ! venez ce soir, comme vous êtes venue ce matin, m'inspirer de bonnes pensées et je quitterai le mauvais sentier, je renoncerai, comme Madeleine, aux joies trompeuses, à l'éclat menteur du monde, même à celui que j'aime tant !

— Ma louloutte ! dit Crevel.

— Il n'y a plus de louloutte, monsieur ! Elle se retourna fière comme une femme vertueuse, et, les yeux humides de larmes, elle se montra digne, froide, indifférente.

— Laissez-moi, dit-elle en repoussant Crevel. Quel est mon devoir ?... d'être à mon mari. Cet homme est mourant et que fais-je ? je le trompe au bord de la tombe. Il croit votre fils à lui... Je vais lui dire la vérité, commencer par acheter son pardon, avant de demander celui de Dieu. Quittons-nous !... Adieu, monsieur Crevel !... reprit-elle debout en tendant à Crevel une main glacée. Adieu, mon ami, nous ne nous verrons plus que dans un monde meilleur... Vous m'avez dû quelques plaisirs, bien criminels, maintenant je veux... oui, j'aurai votre estime...

Crevel pleurait à chaudes larmes.

— Gros cornichon ! s'écria-t-elle en poussant un infernal éclat de rire, voilà la manière dont les femmes pieuses s'y prennent pour vous tirer une carotte de deux cent mille francs ! Et toi, qui parles du maréchal de Richelieu, cet original de Lovelace, tu te laisses prendre à ce poncif-là ! comme dit Steinbock. Je t'en arracherais des deux cent mille francs, moi, si je voulais, grand imbécile !... Garde donc ton argent ! Si tu en as de trop, ce trop m'appartient ! Si tu donnes deux sous à cette femme respectable qui fait de la piété parce qu'elle a cinquante-sept ans, nous ne nous reverrons jamais, et tu la prendras pour maîtresse ; tu me reviendras le lendemain tout meurtri de ses caresses anguleuses et soûl de ses larmes, de ses petits bonnets *guinguets*, de ses pleurnicheries qui doivent faire de ses faveurs des averses !...

— Le fait est, dit Crevel, que deux cent mille francs, c'est de l'argent.

— Elles ont bon appétit, les femmes pieuses !... ah ! microscope ! elles vendent mieux leurs sermons que nous ne vendons ce qu'il y a de plus rare et de plus certain sur la terre, le plaisir... Et elles font des romans ! Non... ah ! je les connais, j'en ai vu chez ma mère ! Elles se croient tout permis pour l'église, pour... Tiens, tu devrais être honteux, ma biche ! toi, si peu donnant... car tu ne m'as pas donné deux cent mille francs en tout, à moi !

— Ah ! si, reprit Crevel, rien que le petit hôtel coûtera cela...

— Tu as donc alors quatre cent mille francs ? dit-elle d'un air rêveur.

— Non.

— Eh bien ! monsieur, vous vouliez prêter à cette vieille horreur les deux cent mille francs de mon hôtel ? en voilà un crime de lèse-louloutte !...

— Mais écoute-moi donc !

— Si tu donnais cet argent à quelque bête d'invention philanthropique, tu passerais pour être un homme d'avenir, dit-elle en s'animant, et je serais la première à te le conseiller, car tu as trop d'innocence pour écrire de gros livres politiques qui vous font une réputation ; tu n'as pas assez de style pour tartiner des brochures ; tu pourrais te poser comme tous ceux qui sont dans ton cas, et qui dorent de gloire leur nom en se mettant à la tête d'une chose sociale, morale, nationale ou générale. On t'a volé la Bienfaisance, elle est maintenant trop mal portée... Les petits repris de justice, à qui l'on fait un sort meilleur que celui des pauvres diables honnêtes, c'est usé. Je te voudrais voir inventer, pour deux cent mille francs, une chose plus difficile, une chose vraiment utile. On parlerait de toi, comme d'un *petit manteau bleu*, d'un Montyon, et je serais fière de toi ! Mais jeter deux cent mille francs dans un bénitier, les prêter à une dévote abandonnée de son mari par une raison quelconque, va ! il y a toujours une raison (me quitte-t-on, moi ?), c'est une stupidité qui, dans notre époque ne peut germer que dans le crâne d'un ancien parfumeur ! Cela sent son comptoir. Tu n'oserais plus, deux jours après, te regarder dans ton miroir ! Va déposer ton prix à la caisse d'amortissement, cours, car je ne te reçois plus sans le récépissé de la somme. Va ! et vite et tôt !

Et elle poussa Crevel par les épaules hors de sa chambre, en voyant sur sa figure l'avarice refleurie. Quand la porte de l'appartement se ferma, elle dit : — Voilà Lisbeth outre-vengée !... Quel dommage qu'elle soit chez son vieux maréchal, aurions-nous ri ! Ah ! la vieille veut m'ôter le pain de la bouche !... je vais te la secouer, moi !

Obligé de prendre un appartement en harmonie avec la première dignité militaire, le maréchal Hulot s'était logé dans un magnifique hôtel, situé rue du Mont-Parnasse, où il se trouve deux ou trois maisons princières. Quoiqu'il eût loué tout l'hôtel il n'en occupait que le rez-de-chaussée. Lorsque Lisbeth vint tenir la maison, elle voulut aussitôt sous-louer le premier étage qui, disait-elle, payerait toute la location, le comte serait alors logé pour presque rien ; mais le vieux soldat s'y refusa. Depuis quelques mois, le maréchal était travaillé par de tristes pensées. Il avait deviné la gêne de sa belle-sœur, il en soupçonnait les malheurs sans en pénétrer la cause. Ce vieillard d'une sérénité si joyeuse, devenait taciturne, il pensait qu'un jour sa maison serait l'asile de la baronne Hulot et de sa fille, et il leur réservait ce premier étage. La médiocrité de fortune du comte de Forzheim était si connue, que le ministre de la guerre, le prince de Wissembourg, avait exigé de son vieux camarade qu'il acceptât une indemnité d'installation. Hulot employa cette indemnité à meubler le rez-de-chaussée, où tout était convenable, car il ne voulait pas, selon son expression, du bâton de maréchal pour le porter à pied. L'hôtel ayant appartenu sous l'Empire à un sénateur, les salons du rez-de-chaussée avaient été établis avec une grande magnificence, tous blanc et or, sculptés, et se trouvaient bien conservés. Le maréchal y avait mis de beaux vieux meubles analogues. Il gardait sous la remise une voiture, où sur les panneaux étaient peints les deux bâtons en sautoir, et il louait des chevaux quand il devait aller *in fiocchi*, soit au ministère, soit au château, dans une cérémonie ou à quelque fête. Ayant pour domestique, depuis trente ans, un ancien soldat âgé de soixante ans, dont la sœur était sa cuisinière, il pouvait économiser une dizaine de mille francs qu'il joignait à un petit trésor destiné à Hortense. Tous les jours le vieillard venait à pied de la rue du Mont-Parnasse à la rue Plumet par le boulevard ; chaque invalide, en le voyant venir, ne manquait jamais à se mettre en ligne, à le saluer, et le maréchal récompensait le vieux soldat par un sourire.

— Qu'est-ce que c'est que celui-là pour qui vous vous alignez ? disait un jour un jeune ouvrier à un vieux capitaine des Invalides. — Je vais te le dire, gamin, répondit l'officier. Le gamin se posa comme un homme qui se résigne à écouter un bavard. — En 1809, dit l'invalide, nous protégions le flanc de la Grande-Armée, commandée par l'empereur, qui marchait sur Vienne. Nous arrivons à un pont défendu par une triple batterie de canons étagés sur une manière de rocher, trois redoutes l'une sur l'autre, et qui enfilaient le pont. Nous étions sous les ordres du maréchal Masséna. Celui que tu vois était alors colonel des grenadiers de la garde, et je marchais avec... Nos colonnes occupaient un côté du fleuve, les redoutes étaient de l'autre. On a trois fois attaqué le pont, et trois fois on a boudé. « Qu'on aille chercher Hulot ! a dit le maréchal, il n'y a que lui et ses hommes qui puissent avaler ce morceau-là. » Nous arrivons. Le dernier général qui se retirait de devant ce pont, arrête Hulot sous le feu pour lui dire la manière de s'y prendre, et il embarrassait le chemin. — « Il ne me faut pas de conseils, mais de la place pour passer », a dit tranquillement le général en franchissant le pont en tête de sa colonne. Et puis, rrrran ! une décharge de trente canons sur nous. — Ah ! nom d'un petit bonhomme ! s'écria l'ouvrier, ça a dû en faire de ces béquilles ! — Si tu avais entendu dire paisiblement ce mot-là, comme moi, petit, tu saluerais cet homme jusqu'à terre ! Ce n'est pas si connu que le pont d'Arcole, c'est peut-être plus beau. Et nous sommes arrivés avec Hulot à la course dans les batteries. Honneur à ceux qui y sont restés ! fit l'officier en ôtant son chapeau. Les *Kaiserlicks* ont été étourdis du coup. Aussi l'Empereur a-t-il nommé comte le vieux que tu vois ; il nous a honorés tous dans notre chef, et ceux-ci ont eu grandement raison de le faire maréchal. — Vive le maréchal ! dit l'ouvrier. — Oh ! tu peux crier, va, le maréchal est sourd à force d'avoir entendu le canon.

Cette anecdote peut donner la mesure du respect avec lequel les invalides traitaient le maréchal Hulot, à qui ses opinions républicaines invariables conciliaient les sympathies populaires dans tout le quartier.

L'affliction, entrée dans cette âme si calme, si pure, si noble, était un spectacle désolant. La baronne ne pouvait que mentir et cacher à son beau-frère, avec l'adresse des femmes, toute l'affreuse vérité. Pendant cette désastreuse matinée, le maréchal, qui dormait peu comme tous les vieillards, avait obtenu de Lisbeth des aveux sur la situation de son frère, en lui promettant de l'épouser pour prix de son indiscrétion. Chacun comprendra le plaisir qu'eut la vieille fille à se laisser arracher des confidences que, depuis son entrée au logis, elle voulait faire à son futur ; car elle consolidait ainsi son mariage.

— Votre frère est incurable ! criait Lisbeth dans la bonne oreille du maréchal.

La voix forte et claire de la Lorraine lui permettait de causer avec le vieillard. Elle fatiguait ses poumons, tant elle tenait à démontrer à son futur qu'il ne serait jamais sourd avec elle.

— Il a eu trois maîtresses, disait le vieillard, et il avait une Adeline ! Pauvre Adeline !...

— Si vous voulez m'écouter, cria Lisbeth, vous profiterez de votre influence auprès du prince de Wissembourg pour obtenir à ma cousine une place honorable ; elle en aura besoin, car le traitement du baron est engagé pour trois ans.

— Je vais aller au Ministère, répondit-il, voir le maréchal, savoir ce qu'il pense de mon frère, et lui demander son active protection pour ma sœur. Trouvez une place digne d'elle...

— Les dames de charité de Paris ont formé des associations de bienfaisance d'accord avec l'archevêque ; elles ont besoin d'inspectrices honorablement rétribuées, employées à reconnaître les vrais besoins. De telles fonctions conviendraient à ma chère Adeline, elles seraient selon son cœur.

— Envoyez demander les chevaux ! dit le maréchal, je vais m'habiller. J'irai, s'il le faut, à Neuilly !

— Comme il l'aime ! Je la trouverai donc toujours, et partout, dit la Lorraine.

Lisbeth trônait dans la maison, mais loin des regards du maréchal. Elle avait imprimé la crainte aux trois serviteurs. Elle s'était donné une femme de chambre et déployait son activité de vieille fille en se faisant rendre compte de tout, examinant tout, et cherchant, en toute chose, le bien-être de son cher maréchal. Aussi républicaine que son futur, Lisbeth lui plaisait beaucoup par ses côtés démocratiques, elle le flattait d'ailleurs avec une habileté prodigieuse ; et, depuis deux semaines, le maréchal, qui vivait mieux, qui se trouvait soigné comme l'est un enfant par sa mère, avait fini par apercevoir en Lisbeth une partie de son rêve.

— Mon cher maréchal ! cria-t-elle en l'accompagnant au perron, levez les glaces, ne vous mettez pas entre deux airs, faites cela pour moi !...

Le maréchal, ce vieux garçon, qui n'avait jamais été dorloté, partit en souriant à Lisbeth, quoiqu'il eût le cœur navré.

En ce moment même, le baron Hulot quittait les

bureaux de la Guerre et se rendait au cabinet du maréchal, prince de Wissembourg, qui l'avait fait demander. Quoiqu'il n'y eût rien d'extraordinaire à ce que le ministre mandât un de ses Directeurs généraux, la conscience de Hulot était si malade, qu'il trouva je ne sais quoi de sinistre et de froid dans la figure de Mitouflet.

— Mitouflet, comment va le prince ? demanda-t-il en fermant son cabinet et rejoignant l'huissier qui s'en allait en avant.

— Il doit avoir une dent contre vous, monsieur le baron, répondit l'huissier, car sa voix, son regard, sa figure sont à l'orage...

Hulot devint blême et garda le silence, il traversa l'antichambre, les salons, et arriva, les pulsations du cœur troublées, à la porte du cabinet. Le maréchal, alors âgé de soixante et dix ans, les cheveux entièrement blancs, la figure tannée comme celle des vieillards de cet âge, se recommandait par un front d'une ampleur telle, que l'imagination y voyait un champ de bataille. Sous cette coupole grise, chargée de neige, brillaient, assombris par la saillie très-prononcée des deux arcades sourcilières, des yeux d'un bleu napoléonien, ordinairement tristes, pleins de pensées amères et de regrets. Ce rival de Bernadotte avait espéré se reposer sur un trône. Mais ces yeux devenaient deux formidables éclairs lorsqu'un grand sentiment s'y peignait. La voix, presque toujours caverneuse, jetait alors des éclats stridents. En colère, le prince redevenait soldat, il parlait le langage du sous-lieutenant Cottin, il ne ménageait plus rien. Hulot d'Ervy aperçut ce vieux lion, les cheveux épars comme une crinière, debout à la cheminée, les sourcils contractés, le dos appuyé au chambranle et les yeux distraits en apparence.

— Me voici à l'ordre, mon prince ! dit Hulot gracieusement et d'un air dégagé.

Le maréchal regarda fixement le directeur sans mot dire pendant tout le temps qu'il mit à venir du seuil de la porte à quelques pas de lui. Ce regard de plomb fut comme le regard de Dieu, Hulot ne le supporta pas, il baissa les yeux d'un air confus. — Il sait tout, pensa-t-il.

— Votre conscience ne vous dit-elle rien ? demanda le maréchal de sa voix sourde et grave.

— Elle me dit, mon prince, que j'ai probablement tort de faire, sans vous en parler, des razzias en Algérie. A mon âge, et avec mes goûts, après quarante-cinq ans de services, je suis sans fortune. Vous connaissez les principes des quatre cents élus de la France. Ces messieurs envient toutes les positions, ils ont rogné le traitement des ministres, c'est tout dire !... allez donc leur demander de l'argent pour un vieux serviteur !... Qu'attendre de gens qui payent aussi mal qu'elle l'est la magistrature ? qui donnent trente sous par jour aux ouvriers du port de Toulon, quand il y a impossibilité matérielle d'y vivre à moins de quarante sous pour une famille ? qui ne réfléchissent pas à l'atrocité des traitements d'employés à six cents, à mille et à douze cents francs dans Paris, et qui pour eux veulent nos places quand les appointements sont de quarante mille francs ?... enfin, qui refusent à la Couronne un bien de la Couronne confisqué en 1830 à la Couronne, et un acquêt fait des deniers de Louis XVI encore ! quand on le leur demandait pour un prince pauvre !... Si vous n'aviez pas de fortune, on vous laisserait très bien, mon prince, comme mon frère, avec votre traitement tout sec, sans se souvenir que vous avez sauvé la Grande-Armée, avec moi, dans les plaines marécageuses de la Pologne.

— Vous avez volé l'État, vous vous êtes mis dans le cas d'aller en Cour d'Assises, dit le maréchal, comme ce caissier du Trésor, et vous prenez cela, monsieur, avec cette légèreté ?...

— Quelle différence, monseigneur ! s'écria le baron Hulot. Ai-je plongé les mains dans une caisse qui m'était confiée ?...

— Quand on commet de pareilles infamies, dit le maréchal, on est deux fois coupable, dans votre position, de faire les choses avec maladresse. Vous avez compromis ignoblement notre haute administration, qui jusqu'à présent est la plus pure de l'Europe !... Et cela, monsieur, pour deux cent mille francs et pour une gueuse !... dit le maréchal d'une voix terrible. Vous êtes Conseiller-d'État, et l'on punit de mort le simple soldat qui vend les effets du régiment. Voici ce que m'a dit un jour le colonel Pourin, du deuxième lancier. A Saverne, un de ses hommes aimait une petite Alsacienne qui désirait un châle ; la drôlesse fit tant, que ce pauvre diable de lancier, qui devait être promu maréchal-des-logis-chef, après vingt ans de services, l'honneur du régiment, a vendu, pour donner ce châle, des effets de sa compagnie. Savez-vous ce qu'il a fait, le lancier, baron d'Ervy ? il a mangé les vitres d'une fenêtre après les avoir pilées, et il est mort de maladie, en onze heures, à l'hôpital... Tâchez, vous, de mourir d'une apoplexie pour que nous puissions vous sauver l'honneur...

Le baron regarda le vieux guerrier d'un œil hagard, et le maréchal, voyant cette expression qui révélait un lâche, eut quelque rougeur aux joues, ses yeux s'allumèrent.

— M'abandonneriez-vous ?... dit Hulot en balbutiant.

En ce moment, le maréchal Hulot, ayant appris que son frère et le ministre étaient seuls, se permit d'entrer ; et il alla, comme les sourds, droit au prince.

— Oh ! cria le héros de la campagne de Pologne, je sais ce que tu viens faire, mon vieux camarade !... Mais tout est inutile...

— Inutile ?... répéta le maréchal Hulot qui n'entendit que ce mot.

— Oui, tu viens me parler pour ton frère ; mais sais-tu ce qu'est ton frère ?...

— Mon frère ?... demanda le sourd.

— Eh bien ! cria le maréchal, c'est un j...f... indigne de toi !...

Et la colère du maréchal lui fit jeter par les yeux ces regards fulgurants qui, semblables à ceux de Napoléon, brisaient les volontés et les cerveaux.

— Tu en as menti, Cottin ! répliqua le maréchal Hulot devenu blême. Jette ton bâton comme je jette le mien !... je suis à tes ordres.

Le prince alla droit à son vieux camarade, le regarda fixement, et lui dit dans l'oreille en lui serrant la main : — Es-tu un homme ?

— Tu le verras...

— Eh bien ! tiens-toi ferme ! il s'agit de porter le plus grand malheur qui pût t'arriver.

Le prince se retourna, prit sur sa table un dossier, le mit entre les mains du maréchal Hulot en lui criant : — Lis !

Le comte de Forzheim lut la lettre suivante, qui se trouvait sur le dossier.

Alger le...

« Mon cher prince, nous avons sur les bras une bien
« mauvaise affaire, comme vous le verrez par la procé-
« dure que je vous envoie.

« En résumé, le baron Hulot d'Ervy a envoyé dans la
« province d'O... un de ses oncles pour tripoter sur les
« grains et sur les fourrages, en lui donnant pour
« complice un garde-magasin. Ce garde-magasin a fait
« des aveux pour se rendre intéressant, et a fini par
« s'évader. Le procureur du roi a mené rudement l'affaire,
« en ne voyant que deux subalternes en cause ; mais
« Johann Fischer, oncle de votre Directeur général, se
« voyant sur le point d'être traduit en cour d'assises, s'est
« poignardé dans sa prison avec un clou.

« Tout aurait été fini là, si ce digne et honnête homme,
« trompé vraisemblablement et par son complice et par
« son neveu, ne s'était pas avisé d'écrire au baron Hulot.
« Cette lettre, saisie par le parquet, a tellement étonné le
« procureur du roi qu'il est venu me voir. Ce serait un
« coup si terrible que l'arrestation et la mise en accusa-
« tion d'un Conseiller-d'État, d'un Directeur général qui
« compte tant de bons et loyaux services, car il nous a
« sauvés tous après la Bérésina en réorganisant l'adminis-
« tration, que je me suis fait communiquer les pièces.

« Faut-il que l'affaire suive son cours ? faut-il, le princi-
« pal coupable visible étant mort, étouffer ce procès en
« faisant condamner le garde-magasin par contumace ?

« Le procureur-général consent à ce que les pièces vous
« soient transmises ; et le baron d'Ervy étant domicilié à
« Paris, le procès sera du ressort de votre Cour royale.
« Nous avons trouvé ce moyen, assez louche, de nous
« débarrasser momentanément de la difficulté.

« Seulement, mon cher maréchal, prenez un parti
« promptement. On parle déjà beaucoup trop de cette
« déplorable affaire qui nous ferait autant de mal qu'elle
« en causera, si la complicité du grand coupable, qui n'est
« encore connue que du procureur du roi, du juge d'ins-
« truction, du procureur général et de moi, venait à
« s'ébruiter. »

Là, ce papier tomba des mains du maréchal Hulot, il regarda son frère, il vit qu'il était inutile de compulser le dossier ; mais il chercha la lettre de Johann Fischer, et la lui tendit après l'avoir lue en deux regards.

« De la prison d'O...

« Mon neveu, quand vous lirez cette lettre, je n'existerai « plus.

« Soyez tranquille, on ne trouvera pas de preuves « contre vous. Moi, mort, votre jésuite de Chardin en « fuite, le procès s'arrêtera. La figure de notre Adeline, si « heureuse par vous, m'a rendu la mort très-douce. Vous « n'avez plus besoin d'envoyer les deux cent mille francs. « Adieu.

« Cette lettre vous sera remise par un détenu sur qui je « crois pouvoir compter.

« JOHANN FISCHER. »

— Je vous demande pardon, dit avec une touchante fierté le maréchal Hulot au prince de Wissembourg.

— Allons, tutoie-moi, toujours, Hulot ? répliqua le ministre en serrant la main de son vieil ami. — Le pauvre lancier n'a tué que lui, dit-il en foudroyant Hulot d'Ervy d'un regard.

— Combien avez-vous pris ? dit sévèrement le comte de Forzheim à son frère.

— Deux cent mille francs.

— Mon cher ami, dit le comte en s'adressant au ministre, vous aurez les deux cent mille francs sous quarante-huit heures. On ne pourra jamais dire qu'un homme portant le nom de Hulot a fait tort d'un denier à la chose publique...

— Quel enfantillage ! dit le maréchal. Je sais où sont les deux cent mille francs et je vais les faire restituer. Donnez vos démissions et demandez votre retraite ! reprit-il en faisant voler une double feuille de papier tellière jusqu'à l'endroit où s'était assis à la table le Conseiller-d'État dont les jambes flageolaient. Ce serait une honte pour nous tous que votre procès ; aussi ai-je obtenu du conseil des ministres la liberté d'agir comme je le fais. Puisque vous acceptez la vie sans l'honneur, sans mon estime, une vie dégradée, vous aurez la retraite qui vous est due. Seulement faites-vous bien oublier.

Le maréchal sonna.

— L'employé Marneffe est-il là ?

— Oui, monseigneur, dit l'huissier.

— Qu'il entre.

— Vous, s'écria le ministre en voyant Marneffe, et votre femme, vous avez sciemment ruiné le baron d'Ervy que voici.

— Monsieur le ministre, je vous demande pardon, nous sommes très-pauvres, je n'ai que ma place pour vivre, et j'ai deux enfants, dont le petit dernier aura été mis dans ma famille par monsieur le baron.

— Quelle figure de coquin ! dit le prince en montrant Marneffe au maréchal Hulot. Trêve de discours à la Sganarelle, reprit-il, vous rendrez deux cent mille francs, ou vous irez en Algérie.

— Mais, *monsieur le ministre*, vous ne connaissez pas ma femme, elle a tout mangé. Monsieur le baron invitait tous les jours six personnes à dîner... On dépensait chez moi cinquante mille francs par an.

— Retirez-vous, dit le ministre de la voix formidable qui sonnait la charge au fort des batailles, vous recevrez avis de votre changement dans deux heures... allez.

— Je préfère donner ma démission, dit insolemment Marneffe ; car c'est trop d'être ce que je suis, et battu : je ne serais pas content, moi !

Et il sortit.

— Quel impudent drôle, dit le prince.

Le maréchal Hulot, qui pendant cette scène était resté debout, immobile, pâle comme un cadavre, examinant son frère à la dérobée, alla prendre la main du prince et lui répéta : — Dans quarante-huit heures le tort matériel sera réparé ; mais l'honneur ! Adieu, maréchal ! c'est le dernier coup qui tue... Oui, j'en mourrai, lui dit-il à l'oreille.

— Pourquoi diantre es-tu venu ce matin ? répondit le prince ému.

— Je venais pour sa femme, répliqua le comte en montrant Hector ; elle est sans pain ! surtout maintenant.

— Il a sa retraite !

— Elle est engagée !

— Il faut avoir le diable au corps ! dit le prince en haussant les épaules. Quel philtre vous font donc avaler ces femmes-là pour vous ôter l'esprit ? demanda-t-il à Hulot d'Ervy. Comment pouviez-vous, vous qui connaissez la minutieuse exactitude avec laquelle l'administration française écrit tout, verbalise sur tout, consomme des rames de papier pour constater l'entrée et la sortie de quelques centimes, vous qui déploriez qu'il fallût des centaines de signatures pour des riens, pour libérer un soldat, pour acheter des étrilles, comment pouviez-vous donc espérer de cacher un vol pendant longtemps ? Et les journaux ! et les envieux ! et les gens qui voudraient voler ! Ces femmes-là vous ôtent donc le bon sens ? elles vous mettent donc des coquilles de noix sur les yeux ? ou vous êtes donc fait autrement que nous autres ? Il fallait quitter l'Administration du moment où vous n'étiez plus un homme, mais un tempérament ! Si vous avez joint tant de sottises à votre crime, vous finirez... je ne veux pas vous dire où...

— Promets-moi de t'occuper d'elle, Cottin ?... demanda le comte de Forzheim qui n'entendait rien et qui ne pensait qu'à sa belle-sœur.

— Sois tranquille ! dit le ministre.

— Eh bien ! merci, et adieu ! — Venez, monsieur ? dit-il à son frère.

Le prince regarda d'un œil en apparence calme les deux frères, si différents d'attitude, de conformation et de caractère, le brave et le lâche, le voluptueux et le rigide, l'honnête et le concussionnaire, et il se dit : — Ce lâche ne saura pas mourir ! et mon pauvre Hulot, si probe, a la mort dans son sac, lui ! Il s'assit dans son fauteuil et reprit la lecture des dépêches d'Afrique par un mouvement qui peignait à la fois le sang-froid du capitaine et la pitié profonde que donne le spectacle des champs de bataille ! car il n'y a rien de plus humain en réalité que les militaires, si rudes en apparence, et à qui l'habitude de la guerre communique cet absolu glacial, si nécessaire sur les champs de bataille.

Le lendemain, quelques journaux contenaient, sous des rubriques différentes, ces différents articles :

M. le baron Hulot d'Ervy vient de demander sa retraite. Les désordres de la comptabilité de l'administration algérienne qui ont été signalés par la mort et par la fuite de deux employés ont influé sur la détermination prise par ce haut fonctionnaire. En apprenant les fautes commises par des employés, en qui malheureusement il avait placé sa confiance, M. le baron Hulot a éprouvé dans le cabinet même du ministre une attaque de paralysie.

M. Hulot d'Ervy, frère du maréchal, compte quarante-cinq ans de services. Cette résolution, vainement combattue, a été vue avec regret par tous ceux qui connaissent M. Hulot, dont les qualités privées égalent les talents administratifs. Personne n'a oublié le dévouement de l'ordonnateur en chef de la garde impériale à Varsovie, ni l'activité merveilleuse avec laquelle il a su organiser les différents services de l'armée improvisée en 1815 par Napoléon.

C'est encore une des gloires de l'époque impériale qui va quitter la scène. Depuis 1830, M. le baron Hulot n'a cessé d'être une des lumières nécessaires au Conseil-d'État et au ministère de la guerre.

ALGER. — L'affaire dite des fourrages, à laquelle quelques journaux ont donné des proportions ridicules, est terminée par la mort du principal coupable. Le sieur Johann Wisch s'est tué dans sa prison et son complice est en fuite ; mais il sera jugé par contumace.

Wisch, ancien fournisseur des armées, était un honnête homme, très-estimé, qui n'a pas supporté l'idée d'avoir été la dupe du sieur Chardin, le garde-magasin en fuite.

Et aux faits-Paris, on lisait ceci :

« M. le maréchal ministre de la guerre, pour éviter à l'avenir tout désordre, a résolu de créer un bureau des subsistances en Afrique. On désigne un chef de bureau, M. Marneffe, comme devant être chargé de cette organisation. »

La succession du baron Hulot excite toutes les ambitions. Cette direction est, dit-on, promise à M. le comte Martial de La Roche-Hugon, député, beau-frère de M. le comte de Rastignac. M. Massol, maître des requêtes, serait nommé Conseiller-d'État, et M. Claude Vignon maître des requêtes.

De toutes les espèces de *canards*, la plus dangereuse

pour les journaux de l'Opposition, c'est le canard officiel. Quelque rusés que soient les journalistes, ils sont parfois les dupes volontaires ou involontaires de l'habileté de ceux d'entre eux qui, de la Presse, ont passé, comme Claude Vignon, dans les hautes régions du Pouvoir. Le journal ne peut être vaincu que par le journaliste. Aussi doit-on se dire, en travestissant Voltaire :

Le fait-Paris n'est pas ce qu'un vain peuple pense.

Le maréchal Hulot ramena son frère, qui se tint sur le devant de la voiture, en laissant respectueusement son aîné dans le fond. Les deux frères n'échangèrent pas une parole. Hector était anéanti. Le maréchal resta concentré, comme un homme qui rassemble ses forces et qui les bande pour soutenir un poids écrasant. Rentré dans son hôtel, il amena, sans dire un mot et par des gestes impératifs, son frère dans son cabinet. Le comte avait reçu de l'empereur Napoléon une magnifique paire de pistolets de la manufacture de Versailles ; il tira la boîte, sur laquelle était gravée l'inscription : *Donnée par l'Empereur Napoléon au général Hulot,* du secrétaire où il la mettait, et la montrant à son frère, il lui dit : — Voilà ton médecin.

Lisbeth, qui regardait par la porte entrebâillée courut à la voiture, et donna l'ordre d'aller au grand trot rue Plumet. En vingt minutes à peu près, elle amena la baronne instruite de la menace du maréchal à son frère.

Le comte, sans regarder son frère, sonna pour demander son factotum, le vieux soldat qui le servait depuis trente ans.

— Beaupied, lui dit-il, amène-moi mon notaire, le comte Steinbock, ma nièce Hortense et l'agent de change du Trésor. Il est dix heures et demie, il me faut tout ce monde à midi. Prends des voitures... Et va *plus vite que ça !*... dit-il en retrouvant une locution républicaine qu'il avait souvent à la bouche jadis. Et il fit la moue terrible qui rendait ses soldats attentifs quand il examinait les genêts de la Bretagne en 1799. (Voir Les Chouans.)

— Vous serez obéi, maréchal, dit Beaupied en mettant le revers de sa main à son front.

Sans s'occuper de son frère, le vieillard revint dans son cabinet, prit une clef cachée dans un secrétaire, et ouvrit une cassette en malachite plaquée sur acier, présent de l'empereur Alexandre. Par ordre de l'empereur Napoléon, il était venu rendre à l'empereur russe des effets particuliers pris à la bataille de Dresde, et contre lesquels Napoléon espérait obtenir Vandamme. Le Czar récompensa magnifiquement le général Hulot en lui donnant cette cassette, et lui dit qu'il espérait pouvoir un jour avoir la même courtoisie pour l'empereur des Français ; mais il garda Vandamme. Les armes impériales de Russie étaient en or sur le couvercle de cette boîte garnie tout en or. Le maréchal compta les billets de banque et l'or qui s'y trouvaient ; il possédait cent cinquante-deux mille francs ! Il laissa échapper un mouvement de satisfaction. En ce moment, madame Hulot entra dans un état à attendrir des juges politiques. Elle se jeta sur Hector, en regardant la boîte de pistolets, et le maréchal, alternativement, d'un air fou.

— Qu'avez-vous contre votre frère ? Que vous a fait mon mari ? dit-elle d'une voix si vibrante que le maréchal l'entendit.

— Il nous a déshonorés tous ! répondit le vieux soldat de la République qui rouvrit par cet effort une de ses blessures. Il a volé l'État ! Il m'a rendu mon nom odieux ; il me fait souhaiter de mourir, il m'a tué... Je n'ai de force que pour accomplir la restitution !... J'ai été humilié devant le Condé de la République, devant l'homme que j'estime le plus, et à qui j'ai donné injustement un démenti, le prince de Wissembourg !... Est-ce rien, cela ? Voilà son compte avec la Patrie !

Il essuya une larme.

— A sa famille maintenant ! reprit-il. Il vous arrache le pain que je vous gardais, le fruit de trente ans d'économies, le trésor des privations du vieux soldat ! Voilà ce que je vous destinais ! dit-il en montrant les billets de banque. Il a tué son oncle Fischer, noble et digne enfant de l'Alsace, qui n'a pas, comme lui, pu soutenir l'idée d'une tache à son nom de paysan. Enfin, Dieu, par une clémence adorable, lui avait permis de choisir un ange entre toutes les femmes ! il a eu le bonheur inouï de prendre pour épouse une Adeline ! et il l'a trahie, il la abreuvée de chagrins, il l'a quittée pour des catins, pour des gourgandines, pour des sauteuses, des actrices, des Cadine, des

Josépha, des Marneffe... Et voilà l'homme de qui j'ai fait mon enfant, mon orgueil... Va, malheureux, si tu acceptes la vie infâme que tu t'es faite, sors ! Moi ! je n'ai pas la force de maudire un frère que j'ai tant aimé ; je suis aussi faible pour lui que vous l'êtes, Adeline ; mais qu'il ne reparaisse plus devant moi. Je lui défends d'assister à mon convoi, de suivre mon cercueil. Qu'il ait la pudeur du crime, s'il n'en a pas le remords...

Le maréchal, devenu blême, se laissa tomber sur le divan de son cabinet, épuisé par ces solennelles paroles. Et pour la première fois de sa vie peut-être, deux larmes roulèrent de ses yeux et sillonnèrent ses joues.

— Mon pauvre oncle Fischer ! s'écria Lisbeth qui se mit un mouchoir sur les yeux.

— Mon frère ! dit Adeline en venant s'agenouiller devant le maréchal, vivez pour moi ! Aidez-moi dans l'œuvre que j'entreprendrai de réconcilier Hector avec la vie, de lui faire racheter ses fautes !...

— Lui ! dit le maréchal, s'il vit il n'est pas au bout de ses crimes ! Un homme qui a méconnu une Adeline, et qui a éteint en lui les sentiments du vrai républicain, cet amour du Pays, de la Famille et du Pauvre que je m'efforçais de lui inculquer, cet homme est un monstre, un pourceau... Emmenez-le, si vous l'aimez encore, car je sens en moi une voix qui me crie de charger mes pistolets et de lui faire sauter la cervelle ! En le tuant, je vous sauverais tous, et je le sauverais de lui-même.

Le vieux maréchal se leva par un mouvement si redoutable, que la pauvre Adeline s'écria : — Viens, Hector ! Elle saisit son mari, l'emmena, quitta la maison, entraînant le baron, si défait, qu'elle fut obligée de le mettre en voiture pour le transporter rue Plumet, où il prit le lit. Cet homme quasi-dissous, y resta plusieurs jours, refusant toute nourriture sans dire un mot. Adeline obtenait à force de larmes qu'il avalât des bouillons ; elle le gardait, assise à son chevet, et ne sentant plus, de tous les sentiments qui naguère lui remplissaient le cœur, qu'une pitié profonde.

A midi et demi, Lisbeth introduisit dans le cabinet de son cher maréchal, qu'elle ne quittait pas, tant elle fut effrayée des changements qui s'opéraient en lui, le notaire et le comte Steinbock.

— Monsieur le comte, dit le maréchal, je vous prie de signer l'autorisation nécessaire à ma nièce, votre femme, pour vendre une inscription de rentes dont elle ne possède encore que la nue propriété. Mademoiselle Fischer, vous acquiescerez à cette vente en abandonnant votre usufruit.

— Oui, cher comte, dit Lisbeth sans hésiter.

— Bien, ma chère, répondit le vieux soldat. J'espère vivre assez pour vous récompenser. Je ne doutais pas de vous : vous êtes une vraie républicaine, une fille du peuple.

Il prit la main de la vieille fille et y mit un baiser.

— Monsieur Hannequin, dit-il au notaire, faites l'acte nécessaire sous forme de procuration, que je l'aie d'ici à deux heures, afin de pouvoir vendre la rente à la Bourse d'aujourd'hui. Ma nièce, la comtesse, a le titre ; elle va venir, elle signera l'acte quand vous l'apporterez, ainsi que mademoiselle. Monsieur le comte vous accompagnera chez vous pour vous donner sa signature.

L'artiste, sur un signe de Lisbeth, salua respectueusement le maréchal et sortit.

Le lendemain, à dix heures du matin, le comte de Forzheim se fit annoncer chez le prince de Wissembourg et fut aussitôt admis.

— Eh bien ! mon cher Hulot, dit le maréchal Cottin en présentant les journaux à son vieil ami, nous avons, vous le voyez, sauvé les apparences... Lisez.

Le maréchal Hulot posa les journaux sur le bureau de son vieux camarade et lui tendit deux cent mille francs.

— Voici ce que mon frère a pris à l'État, dit-il.

— Quelle folie ! s'écria le ministre. Il nous est impossible, ajouta-t-il en prenant le cornet que lui présenta le maréchal et lui parlant dans l'oreille, d'opérer cette restitution. Nous serions obligés d'avouer les concussions de votre frère, et nous avons tout fait pour les cacher...

— Faites-en ce que vous voudrez ; mais je ne veux pas qu'il y ait dans la fortune de la famille Hulot un liard de volé dans les deniers de l'État, dit le comte.

— Je prendrai les ordres du roi à ce sujet. N'en parlons plus, répondit le ministre en reconnaissant l'impossibilité de vaincre le sublime entêtement du vieillard.

— Adieu, Cottin, dit le vieillard en prenant la main du prince de Wissembourg, je me sens l'âme gelée... Puis, après avoir fait un pas, il se retourna, regarda le prince qu'il vit ému fortement, il ouvrit les bras pour l'y serrer, et le prince embrassa le maréchal. — Il me semble que je dis adieu, dit-il, à toute la Grande-Armée en ta personne...

— Adieu donc, mon bon et vieux camarade ! dit le ministre.

— Oui, adieu, car je vais où sont tous ceux de nos soldats que nous avons pleurés...

En ce moment, Claude Vignon entra. Les deux vieux débris des phalanges napoléoniennes se saluèrent gravement en faisant disparaître toute trace d'émotion.

— Vous avez dû, mon prince, être content des journaux ? dit le futur maître des requêtes. J'ai manœuvré de manière à faire croire aux feuilles de l'Opposition qu'elles publiaient nos secrets...

— Malheureusement, tout est inutile, répliqua le ministre qui regarda le maréchal s'en allant par le salon. Je viens de dire un dernier adieu qui m'a fait bien du mal. Le maréchal Hulot n'a pas trois jours à vivre, je l'ai bien vu d'ailleurs, hier. Cet homme, une de ces probités divines, un soldat respecté par les boulets malgré sa bravoure... tenez... là, sur ce fauteuil !... a reçu le coup mortel, et de ma main, par un papier !... Sonnez et demandez ma voiture. Je vais à Neuilly, dit-il en serrant les deux cent mille francs dans son portefeuille ministériel.

Malgré les soins de Lisbeth, trois jours après, le maréchal Hulot était mort. De tels hommes sont l'honneur des partis qu'ils ont embrassés. Pour les républicains, le maréchal était l'idéal du patriotisme ; aussi se trouvèrent-ils tous à son convoi, qui fut suivi d'une foule immense. L'Armée, l'Administration, la Cour, le Peuple, tout le monde vint rendre hommage a cette haute vertu, à cette intacte probité, à cette gloire si pure. N'a pas, qui veut, le peuple à son convoi. Ces obsèques furent marquées par un de ces témoignages pleins de délicatesse, de bon goût et de cœur, qui, de loin en loin, rappellent tes mérites et la gloire de la Noblesse française. Derrière le cercueil du maréchal on vit le vieux marquis de Montauran, le frère de celui qui, dans la levée de boucliers des Chouans en 1799, avait été l'adversaire et l'adversaire malheureux de Hulot. Le marquis, en mourant sous les balles des Bleus, avait confié les intérêts de son jeune frère au soldat de la République. (Voir *Les Chouans*.) Hulot avait si bien accepté le testament verbal du noble, qu'il réussit à sauver les biens de ce jeune homme, alors émigré. Ainsi, l'hommage de la vieille noblesse française ne manqua pas au soldat qui, neuf ans auparavant, avait vaincu Madame.

Cette mort, arrivée quatre jours avant la dernière publication de son mariage, fut pour Lisbeth le coup de foudre qui brûle la moisson engrangée avec la grange. La Lorraine, comme il arrive souvent, avait trop réussi. Le maréchal était mort des coups portés à cette famille, par elle et par madame Marneffe. La haine de la vieille fille, qui semblait assouvie par le succès, s'accrut de toutes ses espérances trompées. Lisbeth alla pleurer de rage chez madame Marneffe ; car elle fut sans domicile, le maréchal ayant subordonné la durée de son bail à celle de sa vie. Crevel, pour consoler l'amie de sa Valérie, en prit les économies, les doubla largement, et plaça ce capital en cinq pour cent, en lui donnant l'usufruit et mettant la propriété au nom de Célestine. Grâce à cette opération, Lisbeth posséda deux mille francs de rentes viagères. On trouva, lors de l'inventaire, un mot du maréchal à sa belle-sœur, à sa nièce Hortense, et à son neveu Victorin, qui les chargeait de payer, à eux trois, douze cents francs de rentes viagères à celle qui devait être sa femme, mademoiselle Lisbeth Fischer.

Adeline, voyant le baron entre la vie et la mort réussit à lui cacher pendant quelques jours le décès du maréchal ; mais Lisbeth vint en deuil et la fatale vérité lui fut révélée onze jours après les funérailles. Ce coup terrible rendit de l'énergie au malade, il se leva, trouva toute sa famille réunie au salon, habillée en noir, et elle devint silencieuse à son aspect. En quinze jours, Hulot, devenu maigre comme un spectre, offrit à sa famille une ombre de lui-même.

— Il faut prendre un parti, dit-il d'une voix éteinte en s'asseyant sur un fauteuil et regardant cette réunion où manquaient Crevel et Steinbock.

— Nous ne pouvons plus rester ici, faisait observer Hortense au moment où son père se montra, le loyer est trop cher...

— Quant à la question du logement, dit Victorin en rompant ce pénible silence, j'offre à *ma mère*...

En entendant ces mots, qui semblaient l'exclure, le baron releva sa tête inclinée vers le tapis où il contemplait les fleurs sans les voir, et jeta sur l'avocat un déplorable regard. Les droits du père sont toujours si sacrés, même lorsqu'il est infâme et dépouillé d'honneur, que Victorin s'arrêta.

— A votre mère... reprit le baron. Vous avez raison, mon fils !

— L'appartement au-dessus du nôtre, dans notre pavillon, dit Célestine achevant la phrase de son mari.

— Je vous gêne, mes enfants ?... dit le baron avec la douceur des gens qui se sont condamnés eux-mêmes. Oh ! soyez sans inquiétude pour l'avenir, vous n'aurez plus à vous plaindre de votre père, et vous ne le reverrez qu'au moment où vous n'aurez plus à rougir de lui.

Il alla prendre Hortense et la baisa au front. Il ouvrit ses bras à son fils qui s'y jeta désespérément en devinant les intentions de son père. Le baron fit un signe à Lisbeth, qui vint, et il l'embrassa au front. Puis, il se retira dans sa chambre où Adeline, dont l'inquiétude était poignante, le suivit.

— Mon frère avait raison, Adeline, lui dit-il en la prenant par la main. Je suis indigne de la vie de famille. Je n'ai pas osé bénir autrement que dans mon cœur mes pauvres enfants, dont la conduite a été sublime ; dis-leur que je n'ai pu que les embrasser ; car, d'un homme infâme, d'un père qui devient l'assassin, le fléau de la famille au lieu d'en être le protecteur et la gloire, une bénédiction pourrait être funeste ; mais je les bénirai de loin, tous les jours. Quant à toi, Dieu seul, car il est tout-puissant, peut te donner des récompenses proportionnées à tes mérites !... Je te demande pardon, dit-il en s'agenouillant devant sa femme, lui prenant les mains et les mouillant de larmes.

— Hector ! Hector ! tes fautes sont grandes ; mais la miséricorde divine est infinie, et tu peux tout réparer en restant avec moi... Relève-toi dans des sentiments chrétiens, mon ami... Je suis ta femme et non ton juge. Je suis ta chose, fais de moi tout ce que tu voudras, mène-moi où tu iras, je me sens la force de te consoler, de te rendre la

vie supportable, à force d'amour, de soins et de respect !...
Nos enfants sont établis, ils n'ont plus besoin de moi.
Laisse-moi tâcher d'être ton amusement, ta distraction.
Permets-moi de partager les peines de ton exil, de ta
misère, pour les adoucir. Je te serai toujours bonne à
quelque chose, ne fût-ce qu'à t'épargner la dépense d'une
servante...

— Me pardonnes-tu, ma chère et bien-aimée Adeline ?

— Oui ; mais, mon ami, relève-toi !

— Eh bien ! avec ce pardon, je pourrai vivre ! reprit-il
en se relevant. Je suis rentré dans notre chambre pour que
nos enfants ne fussent pas témoins de l'abaissement de
leur père. Ah ! voir tous les jours devant soi un père,
criminel comme je le suis, il y a quelque chose d'épouvantable qui ravale le pouvoir paternel et qui dissout la
famille. Je ne puis donc rester au milieu de vous, je vous
quitte pour vous épargner l'odieux spectacle d'un père
sans dignité. Ne t'oppose pas à ma fuite, Adeline. Ce serait
armer toi-même le pistolet avec lequel je me ferais sauter
la cervelle... Enfin ! ne me suis pas dans ma retraite, tu me
priverais de la seule force qui me reste, celle du remords.

L'énergie d'Hector imposa silence à la mourante Adeline. Cette femme, si grande au milieu de tant de ruines,
puisait son courage dans son intime union avec son mari ;
car elle le voyait à elle, elle apercevait la mission sublime
de le consoler, de le rendre à la vie de famille, et de le
réconcilier avec lui-même.

— Hector, tu veux donc me laisser mourir de désespoir,
d'anxiétés, d'inquiétudes !... dit-elle en se voyant enlever
le principe de sa force.

— Je te reviendrai, ange descendu du ciel, je crois,
exprès pour moi ; je vous reviendrai, sinon riche, du
moins dans l'aisance. Écoute, ma bonne Adeline, je ne
puis rester ici par une foule de raisons. D'abord, ma
pension qui sera de six mille francs est engagée pour
quatre ans, je n'ai donc rien. Ce n'est pas tout ! je vais être
sous le coup de la contrainte par corps dans quelques
jours, à cause des lettres de change souscrites à Vauvinet... Ainsi je dois m'absenter, jusqu'à ce que mon fils, à
qui je vais laisser des instructions précises, ait racheté ces
titres. Ma disparition aidera puissamment cette opération. Lorsque ma pension de retraite sera libre, lorsque

Vauvinet sera payé, je vous reviendrai... Tu décèlerais le secret de mon exil. Sois tranquille, ne pleure pas, Adeline... Il ne s'agit que d'un mois...

— Où iras-tu ? que feras-tu ? que deviendras-tu ? qui te soignera, toi qui n'es plus jeune ? Laisse-moi disparaître avec toi, nous irons à l'étranger, dit-elle.

— Eh bien ! nous allons voir, répondit-il.

Le baron sonna, donna l'ordre à Mariette de rassembler tous ses effets, de les mettre secrètement et promptement dans des malles. Puis, il pria sa femme, après l'avoir embrassée avec une effusion de tendresse à laquelle elle n'était pas habituée, de le laisser un moment seul pour écrire les instructions dont avait besoin Victorin, en lui promettant de ne quitter la maison qu'à la nuit et avec elle. Dès que la baronne fut rentrée au salon, le fin vieillard passa par le cabinet de toilette, gagna l'antichambre et sortit en remettant à Mariette un carré de papier, sur lequel il avait écrit : « Adressez mes malles par le chemin de fer de Corbeil, à monsieur Hector, bureau restant, à Corbeil. » Le baron, monté dans un fiacre, courait déjà dans Paris, lorsque Mariette vint montrer à la baronne ce mot, en lui disant que monsieur venait de sortir. Adeline s'élança dans la chambre en tremblant plus fortement que jamais ; ses enfants, effrayés, l'y suivirent en entendant un cri perçant. On releva la baronne évanouie, il fallut la mettre au lit, car elle fut prise d'une fièvre nerveuse qui la tint entre la vie et la mort pendant un mois.

— Où est-il ? était la seule parole qu'on obtenait d'elle.

Les recherches de Victorin furent infructueuses. Voici pourquoi. Le baron s'était fait conduire à la place du Palais-Royal. Là, cet homme qui retrouva tout son esprit pour accomplir un dessein prémédité pendant les jours où il était resté dans son lit anéanti de douleur et de chagrin, traversa le Palais-Royal, et alla prendre une magnifique voiture de remise, rue Joquelet. D'après l'ordre reçu, le cocher entra rue de la Ville-l'Évêque, au fond de l'hôtel Josépha, dont les portes s'ouvrirent, au cri du cocher, pour cette splendide voiture. Josépha vint, amenée par la curiosité ; son valet de chambre lui avait dit qu'un vieillard impotent, incapable de quitter sa voiture, la priait de descendre pour un instant.

— Josépha! c'est moi!...

L'illustre cantatrice ne reconnut son Hulot qu'à la voix.

— Comment, c'est toi! mon pauvre vieux?... Ma parole d'honneur, tu ressembles aux pièces de vingt francs que les juifs d'Allemagne ont lavées et que les changeurs refusent.

— Hélas! oui, répondit Hulot, je sors des bras de la Mort! Mais tu es toujours belle, toi! seras-tu bonne?

— C'est selon, tout est relatif! dit-elle.

— Écoute-moi, reprit Hulot. Peux-tu me loger dans une chambre de domestique, sous les toits, pendant quelques jours? Je suis sans un liard, sans espérance, sans pain, sans pension, sans femme, sans enfants, sans asile, sans honneur, sans courage, sans ami, et, pis que cela! sous le coup de lettres de change...

— Pauvre vieux! c'est bien des sans! Es-tu aussi sans-culotte?

— Tu ris, je suis perdu! s'écria le baron. Je comptais cependant sur toi, comme Gourville sur Ninon.

— C'est, m'a-t-on dit, demanda Josépha, une femme du monde qui t'a mis dans cet état-là? Les farceuses s'entendent mieux que nous à la plumaison du dinde!... Oh! te voilà comme une carcasse abandonnée par les corbeaux... on voit le jour à travers!

— Le temps presse! Josépha!

— Entre, mon vieux! je suis seule, et mes gens ne te connaissent pas. Renvoie ta voiture. Est-elle payée?

— Oui, dit le baron en descendant appuyé sur le bras de Josépha.

— Tu passeras, si tu veux, pour mon père, dit la cantatrice prise de pitié.

Elle fit asseoir Hulot dans le magnifique salon où il l'avait vue la dernière fois.

— Est-ce vrai, vieux, reprit-elle, que tu as tué ton frère et ton oncle, ruiné ta famille, surhypothéqué la maison de tes enfants et mangé la grenouille du gouvernement en Afrique avec la princesse?

Le baron inclina tristement la tête.

— Eh bien! j'aime cela! s'écria Josépha, qui se leva pleine d'enthousiasme. C'est un *brûlage* général! C'est sardanapale! c'est grand! c'est complet! On est une canaille, mais on a du cœur. Eh bien! moi, j'aime mieux un mange-tout, passionné comme toi pour les femmes, que ces froids banquiers sans âme qu'on dit vertueux et qui ruinent des milliers de familles avec leurs rails qui sont de l'or pour eux et du fer pour les *Gogos* ! Toi ! tu n'as ruiné que les tiens, tu n'as disposé que de toi ! et puis tu as une excuse, et physique et morale...

Elle se posa tragiquement et dit :

  C'est Vénus tout entière à sa proie attachée

— Et voilà ! ajouta-t-elle en pirouettant.

Hulot se trouvait absous par le Vice, le Vice lui souriait au milieu de son luxe effréné. La grandeur des crimes était là, comme pour les jurés, une circonstance atténuante.

— Est-elle jolie ta femme du monde, au moins ? demanda la cantatrice en essayant pour première aumône de distraire Hulot dont la douleur la navrait.

— Ma foi, presque autant que toi ! répondit finalement le baron.

— Et... bien farce ? m'a-t-on dit. Que te faisait-elle donc ? Est-elle plus drôle que moi ?

— N'en parlons plus, dit Hulot.

— On dit qu'elle a *enguirlandé* mon Crevel, le petit Steinbock et un magnifique Brésilien.

— C'est bien possible...

— Elle est dans un hôtel aussi joli que celui-ci, donné par Crevel. Cette gueuse-là, c'est mon prévôt, elle achève les gens que j'ai entamés ! Voilà, vieux, pourquoi je suis si curieuse de savoir comment elle est, je l'ai entrevue en calèche au Bois, mais de loin... C'est, m'a dit Carabine, *une voleuse finie* ! Elle essaie de manger Crevel ! mais elle ne pourra que le grignoter. Crevel est un *rat* ! un rat bonhomme qui dit toujours *oui*, et qui n'en fait qu'à sa tête. Il est vaniteux, il est passionné, mais son argent est froid. On n'a rien de ces cadets-là que mille ou trois mille francs par mois, et ils s'arrêtent devant la grosse dépense, comme des ânes devant une rivière. Ce n'est pas comme toi, mon vieux, tu es un homme à passions, on te ferait vendre ta patrie ! Aussi, vois-tu, je suis prête à tout faire pour toi ! Tu es mon père, tu m'as lancée ! c'est sacré. Que te faut-il ? Veux-tu cent mille francs ? on s'exterminera le tempérament pour te les gagner. Quant à te donner la pâtée et la niche, ce n'est rien. Tu auras ton couvert mis ici tous les jours, tu peux prendre une belle chambre au second, et tu auras cent écus par mois pour ta poche.

Le baron, touché de cette réception, eut un dernier accès de noblesse.

— Non, ma petite, non, je ne suis pas venu pour me faire entretenir, dit-il.

— A ton âge, c'est un fier triomphe ! dit-elle.

— Voici ce que je désire, mon enfant. Ton duc d'Hérouville a d'immenses propriétés en Normandie, et je voudrais être son régisseur sous le nom de Thoul. J'ai la capacité, l'honnêteté, car on prend à son gouvernement, on ne vole pas pour cela dans une caisse...

— Hé ! hé ! fit Josépha, qui a bu, boira !

— Enfin, je ne demande qu'à vivre inconnu pendant trois ans...

— Ça, c'est l'affaire d'un instant, ce soir, après-dîner, dit Josépha, je n'ai qu'à parler. Le duc m'épouserait si je le voulais ; mais j'ai sa fortune, je veux plus !... son estime. C'est un duc de la haute école. C'est noble, c'est distingué, c'est grand comme Louis XIV et comme Napoléon mis l'un sur l'autre, quoique nain. Et puis, j'ai fait comme la Schontz avec Rochefide : par mes conseils, il vient de gagner deux millions. Mais écoute-moi, mon vieux pistolet !... Je te connais, tu aimes les femmes, et tu courras là-bas après les petites Normandes qui sont des filles superbes ; tu te feras casser les os par les gars ou par les pères, et le duc sera forcé de te dégommer. Est-ce que je ne vois pas à la manière dont tu me regardes que *le jeune homme* n'est pas encore tué chez toi, comme a dit Fénelon ! Cette régie n'est pas ton affaire. On ne rompt pas comme on veut, vois-tu, vieux, avec Paris, avec nous autres ! Tu crèverais d'ennui à Hérouville !

— Que devenir ? demanda le baron, car je ne veux rester chez toi que le temps de prendre un parti.

— Voyons, veux-tu que je te case à mon idée ? Écoute, vieux chauffeur !... — Il te faut des femmes. Ça console de tout. Écoute-moi bien. Au bas de la Courtille, rue Saint-Maur-du-Temple, je connais une pauvre famille qui possède un trésor : une petite fille, plus jolie que je ne l'étais à seize ans !... Ah ! ton œil flambe déjà ! Ça travaille seize heures par jour à broder des étoffes précieuses pour les marchands de soieries et ça gagne seize sous par jour, un sou par heure, une misère !... Et ça mange comme les Irlandais des pommes de terre, mais frites dans de la graisse de rat, du pain cinq fois la semaine, ça boit de l'eau de l'Ourcq aux tuyaux de la Ville, parce que l'eau de la Seine est trop chère ; et ça ne peut pas avoir d'établissement à son compte, faute de six ou sept mille francs. Ça ferait les *cent* horreurs pour avoir sept ou huit mille francs. Ta famille et ta femme t'embêtent, n'est-ce pas ?... D'ailleurs, on ne peut pas se voir rien là où l'on était dieu. Un père sans argent et sans honneur, ça s'empaille et ça se met derrière un vitrage...

Le baron ne put s'empêcher de sourire à ces atroces plaisanteries.

— Eh bien ! la petite Bijou vient demain m'apporter une robe de chambre brodée, un amour, ils y ont passé six mois, personne n'aura pareille étoffe ! Bijou m'aime, car je lui donne des friandises et mes vieilles robes. Puis j'envoie des bons de pain, des bons de bois et de viande à la famille, qui casserait pour moi les deux tibias à un premier sujet si je le voulais. Je tâche de faire un peu de bien ! Ah ! je sais ce que j'ai souffert quand j'avais faim ! Bijou m'a versé dans le cœur ses petites confidences. Il y a chez cette petite fille l'étoffe d'une figurante de l'Ambigu-Comique. Bijou rêve de porter de belles robes comme les miennes, et surtout d'aller en voiture. Je lui dirai : — « Ma petite, veux-tu d'un monsieur de... — *Qu'éque-t'as* ?... demanda-t-elle en s'interrogeant, soixante-douze...

— Je n'ai plus d'âge !

— « Veux-tu, lui dirai-je, d'un monsieur de soixante-douze ans, bien propret, qui ne prend pas de tabac, sain comme mon œil, qui vaut un jeune homme ? tu te marie-ras avec lui au Treizième, il vivra bien gentiment avec vous, il vous donnera sept mille francs pour être à votre compte, il te meublera un appartement tout en acajou ; puis, si tu es sage, il te mènera quelquefois au spectacle. Il te donnera cent francs par mois pour toi, et cinquante francs pour la dépense ! » Je connais Bijou, c'est moi-même à quatorze ans ! J'ai sauté de joie quand cet abomi-nable Crevel m'a fait ces atroces propositions-là ! Eh bien ! vieux, tu seras emballé là pour trois ans. C'est sage, c'est honnête, et ça aura d'ailleurs des illusions pour trois ou quatre ans, pas plus.

Hulot n'hésitait pas, son parti de refuser était pris ; mais, pour remercier la bonne et excellente cantatrice qui faisait le bien à sa manière, il eut l'air de balancer entre le Vice et la Vertu.

— Ah ça ! tu restes froid comme un pavé en décembre ! reprit-elle étonnée. Voyons ! tu fais le bonheur d'une famille composée d'un grand-père qui trotte, d'une mère qui s'use à travailler, et de deux sœurs, dont une fort laide, qui gagnent à elles deux trente-deux sous en se tuant les yeux. Ça compense le malheur dont tu es la cause chez toi, tu rachètes tes fautes en t'amusant comme une lorette à Mabille.

Hulot, pour mettre un terme à cette séduction, fit le geste de compter de l'argent.

— Sois tranquille sur les voies et moyens, reprit Josépha. Mon duc te prêtera dix mille francs : sept mille pour un établissement de broderie au nom de Bijou, trois mille pour te meubler, et tous les trois mois, tu trouveras six cent cinquante francs ici sur un billet. Quand tu recouvreras ta pension, tu rendras au duc ces dix-sept mille francs-là. En attendant, tu seras heureux comme un coq en pâte, et perdu dans un trou à ne pas pouvoir être trouvé par la police ! Tu te mettras en grosse redingote de castorine, tu auras l'air d'être un propriétaire aisé du quartier. Nomme-toi Thoul, si c'est ta fantaisie. Moi, je te donne à Bijou comme un de mes oncles venu d'Allemagne en faillite, et tu seras chouchouté comme un dieu. Voilà, papa !... Qui sait ? Peut-être ne regretteras-tu rien ? Si par hasard tu t'ennuyais, garde une de tes belles pelures, tu viendras ici me demander à dîner et passer la soirée.

— Moi, qui voulais devenir vertueux, rangé !... Tiens, fais-moi prêter vingt mille francs, et je pars faire fortune en Amérique, à l'exemple de mon ami d'Aiglemont quand Nucingen l'a ruiné...

— Toi ! s'écria Josépha, laisse donc les mœurs aux épiciers, aux simples tourloureux, aux citoyens frrrrançais, qui n'ont que la vertu pour se faire valoir ! Toi ! tu es né pour être autre chose qu'un jobard, tu es en homme ce que je suis en femme : un génie *gouapeur* !

— La nuit porte conseil, nous causerons de tout cela demain.

— Tu vas dîner avec le duc. Mon d'Hérouville te recevra poliment, comme si tu avais sauvé l'État ! et demain tu prendras un parti. Allons, de la gaieté, mon vieux ? La vie est un vêtement : quand il est sale, on le brosse ! quand il est troué, on le raccommode, mais on reste vêtu tant qu'on peut !

Cette philosophie du vice et son entrain dissipèrent les chagrins de Hulot.

Le lendemain à midi, après un succulent déjeuner, Hulot vit entrer un de ces vivants chefs-d'œuvre que Paris, seul au monde, peut fabriquer à cause de l'incessant concubinage du Luxe et de la Misère, du Vice et de l'Honnêteté, du Désir réprimé et de la Tentation renaissante, qui rend cette ville l'héritière des Ninive, des Babylone et de la Rome impériale. Mademoiselle Olympe Bijou, petite fille de seize ans, montra le visage sublime que Raphaël a trouvé pour ses vierges, des yeux d'une innocence attristée par des travaux excessifs, des yeux noirs rêveurs, armés de longs cils, et dont l'humidité se desséchait sous le feu de la Nuit laborieuse, des yeux assombris par la fatigue ; mais un teint de porcelaine et presque maladif ; mais une bouche comme une grenade entr'ouverte, un sein tumultueux, des formes pleines, de jolies mains, des dents d'un émail distingué, des cheveux noirs abondants, le tout ficelé d'indienne à soixante-quinze centimes le mètre, orné d'une collerette brodée, monté sur des souliers de peau sans clous, et décoré de gants à vingt-neuf sous. L'enfant, qui ne connaissait pas sa valeur, avait fait sa plus belle toilette pour venir chez la grande dame. Le baron, repris par la main griffue de la Volupté, sentit toute sa vie s'échapper par ses yeux. Il oublia tout devant cette sublime créature. Il fut comme le chasseur apercevant le gibier : devant un empereur, on le met en joue !

— Et, lui dit Josépha dans l'oreille, c'est garanti neuf, c'est honnête ! et pas de pain. Voilà Paris ! J'ai été ça !

— C'est dit, répliqua le vieillard en se levant et se frottant les mains.

Quand Olympe Bijou fut partie, Josépha regarda le baron d'un air malicieux.

— Si tu ne veux pas avoir du désagrément, papa, dit-elle, sois sévère comme un procureur-général sur son siège. Tiens la petite en bride, sois Bartholo ! Gare aux Auguste, aux Hippolyte, aux Nestor, aux Victor, à tous les *or* ! Dame ! une fois que ça sera vêtu, nourri, si ça lève la tête, tu seras mené comme un Russe... Je vais voir à t'emménager. Le duc fait bien les choses ; il te prête, c'est-à-dire il te donne dix mille francs, et il en met huit chez son notaire qui sera chargé de te compter six cents francs tous les trimestres, car je te crains. Suis-je gentille ?...

— Adorable !

Dix jours après avoir abandonné sa famille, au moment où, tout en larmes, elle était groupée autour du lit d'Adeline mourante, et qui disait d'une voix faible : « Que fait-il ? » Hector, sous le nom de Thoul, rue Saint-Maur, se trouvait avec Olympe à la tête d'un établissement de broderie, sous la déraison sociale Thoul et Bijou.

Victorin Hulot reçut, du malheur acharné sur sa famille, cette dernière façon qui perfectionne ou qui démoralise l'homme. Il devint parfait. Dans les grandes tempêtes de la vie, on imite les capitaines qui, par les ouragans, allègent le navire des grosses marchandises. L'avocat perdit son orgueil intérieur, son assurance visible, sa morgue d'orateur et ses prétentions politiques. Enfin il fut en homme ce que sa mère était en femme. Il résolut d'accepter sa Célestine, qui, certes, ne réalisait pas son rêve ; et jugea sainement la vie en voyant que la loi commune oblige à se contenter en toutes choses d'*à peu près*. Il se jura donc à lui-même d'accomplir ses devoirs, tant la conduite de son père lui fit horreur. Ces sentiments se fortifièrent au chevet du lit de sa mère, le jour où elle fut sauvée. Ce premier bonheur ne vint pas seul. Claude Vignon, qui, tous les jours, prenait de la part du prince de Wissembourg le bulletin de la santé de madame Hulot, pria le député réélu de l'accompagner chez le ministre. — Son Excellence, lui dit-il, désire avoir une conférence avec vous sur vos affaires de famille. Victorin Hulot et le ministre se connaissaient depuis long-temps ; aussi le maréchal le reçut-il avec une affabilité caractéristique et de bon augure.

— Mon ami, dit le vieux guerrier, j'ai juré, dans ce

cabinet, à votre oncle le maréchal, de prendre soin de votre mère. Cette sainte femme va recouvrer la santé, m'a-t-on dit, le moment est venu de panser vos plaies. J'ai là deux cent mille francs pour vous, je vais vous les remettre.

L'avocat fit un geste digne de son oncle le maréchal.

— Rassurez-vous, dit le prince en souriant. C'est un fidéicommis. Mes jours sont comptés, je ne serai pas toujours là, prenez donc cette somme, et remplacez-moi dans le sein de votre famille. Vous pouvez vous servir de cet argent pour payer les hypothèques qui grèvent votre maison. Ces deux cent mille francs appartiennent à votre mère et à votre sœur. Si je donnais cette somme à madame Hulot, son dévouement à son mari me ferait craindre de la voir dissipée ; et l'intention de ceux qui la rendent est que ce soit le pain de madame Hulot et celui de sa fille, la comtesse de Steinbock. Vous êtes un homme sage, le digne fils de votre noble mère, le vrai neveu de mon ami le maréchal, vous êtes bien apprécié ici, mon cher ami, comme ailleurs. Soyez donc l'ange tutélaire de votre famille, acceptez le legs de votre oncle et le mien.

— Monseigneur, dit Hulot en prenant la main du ministre et la lui serrant, des hommes comme vous savent que les remerciements en paroles ne signifient rien, la reconnaissance se prouve.

— Prouvez-moi la vôtre ! dit le vieux soldat.

— Que faut-il faire ?

— Accepter mes propositions, dit le ministre. On veut vous nommer avocat du Contentieux de la Guerre, qui, dans la partie du Génie, se trouve surchargée d'affaires litigieuses à cause des fortifications de Paris ; puis avocat consultant de la préfecture de police, et conseil de la liste civile. Ces trois fonctions vous constitueront dix-huit mille francs de traitement et ne vous enlèveront point votre indépendance. Vous voterez à la Chambre selon vos opinions politiques et votre conscience... Agissez en toute liberté, allez ! nous serions bien embarrassés si nous n'avions pas une Opposition nationale ! Enfin, un mot de votre oncle, écrit quelques heures avant qu'il ne rendît le dernier soupir, m'a tracé ma conduite envers votre mère, que le maréchal aimait bien !... Mesdames Popinot, de Rastignac, de Navarreins, d'Espard, de Grandlieu, de

Carigliano, de Lenoncourt et de La Bâtie ont créé pour votre chère mère une place d'inspectrice de bienfaisance. Ces présidentes de Sociétés de bonnes œuvres ne peuvent pas tout faire, elles ont besoin d'une dame probe qui puisse les suppléer activement, aller visiter les malheureux, savoir si la charité n'est pas trompée, vérifier si les secours sont bien remis à ceux qui les ont demandés, pénétrer chez les pauvres honteux, etc. Votre mère remplira la mission d'un ange, elle n'aura de rapports qu'avec messieurs les curés et les dames de charité ; on lui donnera six mille francs par an, et ses voitures seront payées. Vous voyez, jeune homme, que, du fond de son tombeau, l'homme pur, l'homme noblement vertueux protège encore sa famille. Des noms tels que celui de votre oncle sont et doivent être une égide contre le malheur dans les sociétés bien organisées. Suivez donc les traces de votre oncle, persistez-y, car vous y êtes ! je le sais.

— Tant de délicatesse, prince, ne m'étonne pas chez l'ami de mon oncle, dit Victorin. Je tâcherai de répondre à toutes vos espérances.

— Allez promptement consoler votre famille !... Ah ! dites-moi, reprit le prince en échangeant une poignée de main avec Victorin, votre père a disparu ?

— Hélas ! oui.

— Tant mieux. Ce malheureux a eu, ce qui ne lui manque pas d'ailleurs, de l'esprit.

— Il a des lettres de change à craindre.

— Ah ! vous recevrez, dit le Maréchal, six mois d'honoraires de vos trois places. Ce payement anticipé vous aidera sans doute à retirer ces titres des mains de l'usurier. Je verrai d'ailleurs Nucingen, et peut-être pourrai-je dégager la pension de votre père, sans qu'il en coûte un liard ni à vous ni à mon ministère. Le pair de France n'a pas tué le banquier, Nucingen est insatiable, et il demande une concession de je ne sais quoi...

A son retour, rue Plumet, Victorin put donc accomplir son projet de prendre chez lui sa mère et sa sœur.

Le jeune et célèbre avocat possédait, pour toute fortune, un des plus beaux immeubles de Paris, une maison achetée en 1834, en prévision de son mariage, et située sur le boulevard, entre la rue de la Paix et la rue Louis-le-Grand. Un spéculateur avait bâti sur la rue et sur le boulevard deux maisons, au milieu desquelles se trouvait, entre deux jardinets et des cours, un magnifique pavillon, débris des splendeurs du grand hôtel de Verneuil. Hulot fils, sûr de la dot de mademoiselle Crevel, acheta pour un million, aux criées, cette superbe propriété, sur laquelle il paya cinq cent mille francs. Il se logea dans le rez-de-chaussée du pavillon, en croyant pouvoir achever le payement de son prix avec les loyers ; mais si les spéculations en maisons à Paris sont sûres, elles sont lentes ou capricieuses, car elles dépendent de circonstances imprévisibles. Ainsi que les flâneurs parisiens ont pu le remarquer, le boulevard entre la rue Louis-le-Grand et la rue de la Paix fructifia tardivement ; il se nettoya, s'embellit avec tant de peine, que le Commerce ne vint étaler là qu'en 1840 ses splendides devantures, l'or des changeurs, les féeries de la mode et le luxe effréné de ses boutiques. Malgré deux cent mille francs offerts à sa fille par Crevel dans le temps où son amour-propre était flatté de ce mariage et lorsque le baron ne lui avait pas encore pris Josépha ; malgré deux cent mille francs payés par Victorin en sept ans, la dette qui pesait sur l'immeuble s'élevait encore à cinq cent mille francs, à cause du dévouement du fils pour le père. Heureusement l'élévation continue des loyers, la beauté de la situation, donnaient en ce moment toute leur valeur aux deux maisons. La spéculation se réalisait à huit ans d'échéance pendant lesquels l'avocat s'était épuisé à payer des intérêts et des sommes insignifiantes sur le capital dû. Les marchands proposaient eux-mêmes des loyers avantageux pour les boutiques, à condition de porter les baux à dix-huit années de jouissance. Les appartements acquéraient du prix par le changement du centre des affaires, qui se fixait alors entre la Bourse et la Madeleine, désormais le siège du pouvoir politique et de la finance à Paris. La somme remise par le ministre, jointe à l'année payée d'avance et aux pots-de-vin consentis par les locataires, allaient réduire la dette de Victorin à deux cent mille francs. Les deux immeubles de produit entièrement loués devaient donner cent mille francs par an. Encore deux années, pendant lesquelles Hulot fils allait vivre de ses honoraires doublés par les places du maréchal, il se trouverait dans une position superbe. C'était la manne tombée du ciel. Victorin pouvait donner à sa mère tout le premier étage du pavillon, et à sa sœur le deuxième, où Lisbeth aurait deux chambres. Enfin, tenue par la cousine Bette, cette triple maison supporterait toutes ses charges et présenterait une surface honorable, comme il convenait au célèbre avocat. Les astres du Palais s'éclipsaient rapidement ; et Hulot fils, doué d'une parole sage, d'une probité sévère, était écouté par les juges et par les conseillers ; il étudiait ses affaires, il ne disait rien qu'il ne pût prouver, il ne plaidait pas indifféremment toutes les causes, il faisait enfin honneur au barreau.

Son habitation, rue Plumet, était tellement odieuse à la baronne, qu'elle se laissa transporter rue Louis-le-Grand. Par les soins de son fils, Adeline occupa donc un magnifique appartement ; on lui sauva tous les détails matériels de l'existence, car Lisbeth accepta la charge de recommencer les tours de force économique accomplis chez madame Marneffe, en voyant un moyen de faire peser sa sourde vengeance sur ces trois si nobles existences, objet d'une haine attisée par le renversement de toutes ses espérances. Une fois par mois, elle alla voir Valérie, chez qui elle fut envoyée par Hortense qui voulait avoir des nouvelles de Wenceslas, et par Célestine excessivement inquiète de la liaison avouée et reconnue de son père avec une femme à qui sa belle-mère et sa belle-sœur devaient leur ruine et leur malheur. Comme on le suppose, Lisbeth profita de cette curiosité pour voir Valérie aussi souvent qu'elle le voulait.

Vingt mois environ se passèrent, pendant lesquels la santé de la baronne se raffermit, sans que néanmoins son tremblement nerveux cessât. Elle se mit au courant de ses fonctions, qui présentaient de nobles distractions à sa douleur et un aliment aux divines facultés de son âme. Elle y vit d'ailleurs un moyen de retrouver son mari, par suite des hasards qui la conduisaient dans tous les quartiers de Paris. Pendant ce temps, les lettres de change de Vauvinet furent payées, et la pension de six mille francs, liquidée au profit du baron Hulot, fut presque libérée. Victorin acquittait toutes les dépenses de sa mère, ainsi que celles d'Hortense, avec les dix mille francs d'intérêt du capital remis par le maréchal en fidéicommis. Or, les appointements d'Adeline étant de six mille francs, cette somme, jointe aux six mille francs de la pension du baron, devait bientôt produire un revenu de douze mille francs par an, quittes de toute charge, à la mère et à la fille. La pauvre femme aurait eu presque le bonheur, sans ses perpétuelles inquiétudes sur le sort du baron, qu'elle aurait voulu faire jouir de la fortune qui commençait à sourire à la famille, sans le spectacle de sa fille abandonnée, et sans les coups terribles que lui portait *innocemment* Lisbeth, dont le caractère infernal se donnait pleine carrière.

Une scène qui se passa dans le commencement du mois de mars 1843 va d'ailleurs expliquer les effets produits par la haine persistante et latente de Lisbeth, toujours aidée par madame Marneffe. Deux grands événements s'étaient accomplis chez madame Marneffe. D'abord, elle avait mis au monde un enfant non viable, dont le cercueil lui valait deux mille francs de rente. Puis, quant au sieur Marneffe, onze mois auparavant, voici la nouvelle que Lisbeth avait donnée à la famille au retour d'une exploration à l'hôtel Marneffe. — « Ce matin, cette affreuse Valérie, avait-elle dit, a fait demander le docteur Bianchon pour savoir si les médecins, qui, la veille, ont condamné son mari, ne se trompaient point. Ce docteur a dit que cette nuit même cet homme immonde appartiendrait à l'enfer qui l'attend. Le père Crevel et madame Marneffe ont reconduit le médecin à qui votre père, ma chère Célestine, a donné cinq pièces d'or pour cette bonne nouvelle. Rentré dans le Salon, Crevel a battu des entrechats comme un danseur ; il a embrassé cette femme, et il criait : « Tu seras donc enfin madame Crevel !... » Et à moi, quand elle nous a laissés seuls en allant reprendre sa place au chevet de son mari qui râlait, votre honorable père m'a dit : — « Avec Valérie pour femme, je deviendrai pair de France ! J'achète une terre que je guette, la terre de Presles, que veut vendre madame de Serizy. Je serai Crevel de Presles, je deviendrai membre du Conseil général de Seine-et-Oise et député. J'aurai un fils ! Je serai tout ce que je voudrai être. — Eh bien ! lui ai-je dit, et votre fille ? Bah ! c'est une fille, a-t-il répondu, et elle est devenue par trop une Hulot, et Valérie a ces gens-là en horreur... Mon gendre n'a jamais voulu venir ici, pourquoi fait-il le Mentor, le Spartiate, le puritain, le philanthrope ? D'ailleurs, j'ai rendu mes comptes à ma fille, et elle a reçu toute la fortune de sa mère et deux cent mille francs de plus ! Aussi suis-je maître de me conduire à ma guise. Je jugerai mon gendre et ma fille lors de mon mariage ; comme ils feront, je ferai. S'ils sont bons pour leur belle-mère, je verrai ! Je suis un homme, moi ! » Enfin toutes ses bêtises ! et il se posait comme Napoléon sur la colonne ! » Les dix mois du veuvage officiel, ordonnés par le Code Napoléon, étaient expirés depuis quelques jours. La terre de Presles avait été achetée. Victorin et Célestine avaient envoyé le matin même Lisbeth chercher des nouvelles chez madame Marneffe sur le mariage de cette charmante veuve avec le maire de Paris, devenu membre du Conseil général de Seine-et-Oise.

Célestine et Hortense, dont les liens d'affection s'étaient resserrés par l'habitation sous le même toit, vivaient presque ensemble. La baronne, entraînée par un sentiment de probité qui lui faisait exagérer les devoirs de sa place, se sacrifiait aux œuvres de bienfaisance dont elle était l'intermédiaire, elle sortait presque tous les jours de onze heures à cinq heures. Les deux belles-sœurs, réunies par les soins à donner à leurs enfants, qu'elles surveillaient en commun, restaient et travaillaient donc ensemble au logis. Elles en étaient arrivées à penser tout haut, en offrant le touchant accord de deux sœurs, l'une heureuse, l'autre mélancolique. Belle, pleine de vie débordant, animée, rieuse et spirituelle, la sœur malheureuse semblait démentir sa situation réelle par son extérieur : de même que la mélancolique, douce et calme, égale comme la raison, habituellement pensive et réfléchie, eût fait croire à des peines secrètes. Peut-être ce contraste contribuait-il à leur vive amitié. Ces deux femmes se prêtaient l'une à l'autre ce qui leur manquait. Assises dans un petit kiosque au milieu du jardinet que la truelle de la spéculation avait respecté par un caprice de constructeur, qui croyait conserver ces cent pieds carrés pour lui-même, elles jouissaient de ces premières pousses des lilas, fête printanière qui n'est savourée dans toute son étendue qu'à Paris, où, durant six mois, les Parisiens ont vécu dans l'oubli de la végétation, entre les falaises de pierre où s'agite leur océan humain.

— Célestine, disait Hortense en répondant à une observation de sa belle-sœur qui se plaignait de savoir son mari par un si beau temps à la Chambre, je trouve que tu n'apprécies pas assez ton bonheur. Victorin est un ange, et tu le tourmentes parfois.

— Ma chère, les hommes aiment à être tourmentés ! Certaines tracasseries sont une preuve d'affection. Si ta pauvre mère avait été non pas exigeante, mais toujours près de l'être, vous n'eussiez sans doute pas eu tant de malheurs à déplorer.

— Lisbeth ne revient pas ! Je vais chanter la chanson de Marlborough ! dit Hortense. Comme il me tarde d'avoir des nouvelles de Wenceslas... De quoi vit-il ? il n'a rien fait depuis deux ans.

— Victorin l'a, m'a-t-il dit, aperçu l'autre jour avec cette odieuse femme, et il suppose qu'elle l'entretient dans la paresse... Ah ! si tu voulais, chère sœur, tu pourrais encore ramener ton mari.

Hortense fit un signe de tête négatif.

— Crois-moi, ta situation deviendra bientôt intolérable, dit Célestine en continuant. Dans le premier moment, la colère et le désespoir, l'indignation t'ont prêté des forces. Les malheurs inouïs qui depuis ont accablé notre famille : deux morts, la ruine, la catastrophe du baron Hulot, ont occupé ton esprit et ton cœur ; mais, maintenant que tu vis dans le calme et le silence, tu ne supporteras pas facilement le vide de ta vie ; et, comme tu ne peux pas, que tu ne veux pas sortir du sentier de l'honneur, il faudra bien se réconcilier avec Wenceslas. Victorin, qui t'aime tant, est de cet avis. Il y a quelque chose de plus fort que nos sentiments, c'est la nature !

— Un homme si lâche ! s'écria la fière Hortense. Il aime cette femme parce qu'elle le nourrit... Elle a donc payé ses dettes ? elle !... Mon Dieu ! je pense nuit et jour à la situation de cet homme ! Il est le père de mon enfant, et il se déshonore...

— Vois ta mère, ma petite... reprit Célestine.

Célestine appartenait à ce genre de femmes qui lorsqu'on leur a donné des raisons assez fortes pour convaincre des paysans bretons, recommencent pour la centième fois leur raisonnement primitif. Le caractère de sa figure un peu plate, froide et commune, ses cheveux châtain-clair disposés en bandeaux roides, la couleur de son teint, tout indiquait en elle la femme raisonnable, sans charme, mais aussi sans faiblesse.

— La baronne voudrait bien être près de son mari déshonoré, le consoler, le cacher dans son cœur à tous les regards, dit Célestine en continuant. Elle a fait arranger là-haut la chambre de monsieur Hulot, comme si, d'un jour à l'autre, elle allait le retrouver et l'y installer.

— Oh! ma mère est sublime! répondit Hortense, elle est sublime, à chaque instant, tous les jours, depuis vingt-six ans; mais je n'ai pas ce tempérament-là... Que veux-tu? je m'emporte quelquefois contre moi-même. Ah! tu ne sais pas ce que c'est, Célestine, que d'avoir à pactiser avec l'infamie!

— Et mon père!... reprit tranquillement Célestine. Il est certainement dans la voie où le tien a péri! Mon père a dix ans de moins que le baron, il a été commerçant, c'est vrai; mais comment cela finira-t-il? Cette madame Marneffe a fait de mon père son chien, elle dispose de sa fortune, de ses idées, et rien ne peut éclairer mon père. Enfin, je tremble d'apprendre que les bans de son mariage sont publiés! Mon mari tente un effort, il regarde comme un devoir de venger la société, la famille, et de demander compte à cette femme de tous ses crimes. Ah! chère Hortense, de nobles esprits comme celui de Victorin, des cœurs comme les nôtres comprennent trop tard le monde et ses moyens! Ceci, chère sœur, est un secret, je te le confie, car il t'intéresse; mais que pas une parole, pas un geste ne le révèle ni à Lisbeth, ni à ta mère, à personne, car...

— Voici Lisbeth! dit Hortense. Eh bien! cousine, comment va l'enfer de la rue Barbet?

— Mal pour vous, mes enfants. Ton mari, ma bonne Hortense, est plus ivre que jamais de cette femme, qui, j'en conviens, éprouve pour lui une passion folle. Votre père, chère Célestine, est d'un aveuglement royal. Ceci n'est rien, c'est ce que je vais observer tous les quinze jours, et vraiment je suis heureuse de n'avoir jamais su ce qu'est un homme... C'est de vrais animaux! Dans cinq jours d'ici, Victorin et vous, chère petite, vous aurez perdu la fortune de votre père!

— Les bans sont publiés?... dit Célestine.

— Oui, répondit Lisbeth. Je viens de plaider votre

cause. J'ai dit à ce monstre, qui marche sur les traces de l'autre, que, s'il voulait vous sortir de l'embarras où vous étiez, en libérant votre maison, vous en seriez reconnaissants, que vous recevriez votre belle-mère...

Hortense fit un geste d'effroi.

— Victorin avisera... répondit Célestine froidement.

— Savez-vous ce que monsieur le maire m'a répondu ? reprit Lisbeth : — « Je veux les laisser dans l'embarras, on ne dompte les chevaux que par la faim, le défaut de sommeil et le sucre ! » Le baron Hulot valait mieux que monsieur Crevel. Ainsi, mes pauvres enfants, faites votre deuil de la succession. Et quelle fortune ! Votre père a payé les trois millions de la terre de Presles, et il lui reste trente mille francs de rente ! Oh ! il n'a pas de secrets pour moi ! Il parle d'acheter l'hôtel de Navarreins, rue du Bac. Madame Marneffe possède, elle, quarante mille francs de rente. — Ah ! voilà notre ange gardien, voici ta mère !... s'écria-t-elle en entendant le roulement d'une voiture.

La baronne, en effet, descendit bientôt le perron et vint se joindre au groupe de la famille. A cinquante-cinq ans, éprouvée par tant de douleurs, tressaillant sans cesse comme si elle était saisie d'un frisson de fièvre, Adeline, devenue pâle et ridée, conservait une belle taille, des lignes magnifiques et sa noblesse naturelle. On disait en la voyant : — Elle a dû être bien belle ! Dévorée par le chagrin d'ignorer le sort de son mari, de ne pouvoir lui faire partager dans cette oasis parisienne, dont la retraite et le silence, le bien-être dont sa famille allait jouir, elle offrait la suave majesté des ruines. A chaque lueur d'espoir évanouie, à chaque recherche inutile, Adeline tombait dans des mélancolies noires qui désespéraient ses enfants. La baronne, partie le matin avec une espérance, était impatiemment attendue. Un intendant-général, l'obligé de Hulot, à qui ce fonctionnaire devait sa fortune administrative, disait avoir aperçu le baron dans une loge au théâtre de l'Ambigu-Comique avec une femme d'une beauté splendide. Adeline était allée chez le baron Vernier. Ce haut fonctionnaire, tout en affirmant avoir vu son vieux protecteur, et prétendant que sa manière d'être avec cette femme pendant la représentation accusait un mariage clandestin, venait de dire à madame Hulot que son mari, pour éviter de le rencontrer, était sorti bien avant la fin du spectacle. — Il était comme un homme en famille, et sa mise annonçait une gêne cachée, ajouta-t-il en terminant.

— Eh bien ? dirent les trois femmes à la baronne.

— Eh bien ! monsieur Hulot est à Paris ; et c'est déjà pour moi, répondit Adeline, un éclair de bonheur que de le savoir près de nous.

— Il ne paraît pas s'être amendé ! dit Lisbeth quand Adeline eut fini de raconter son entrevue avec le baron Vernier, il se sera mis avec une petite ouvrière. Mais où peut-il prendre de l'argent ? Je parie qu'il en demande à ses anciennes maîtresses, à mademoiselle Jenny Cadine ou à Josépha.

La baronne eut un redoublement dans le jeu constant de ses nerfs, elle essuya les larmes qui lui vinrent aux yeux, et les leva douloureusement vers le ciel.

— Je ne crois pas qu'un grand-officier de la Légion-d'Honneur soit descendu si bas, dit-elle.

— Pour son plaisir, reprit Lisbeth, que ne ferait-il pas ? il a volé l'État, il volera les particuliers, il assassinera peut-être.

— Oh ! Lisbeth ! s'écria la baronne, garde ces pensées-là pour toi.

En ce moment, Louise vint jusqu'au groupe formé par la famille, auquel s'étaient joints les deux petits Hulot et le petit Wenceslas pour voir si les poches de leur grand'mère contenaient des friandises.

— Qu'y a-t-il, Louise ?... demanda-t-on.

— C'est un homme qui demande mademoiselle Fischer.

— Quel homme est-ce ? dit Lisbeth.

— Mademoiselle, il est en haillons, il a du duvet sur lui comme un matelassier, il a le nez rouge, il sent le vin et l'eau-de-vie... C'est un de ces ouvriers qui travaillent à peine la moitié de la semaine.

Cette description peu engageante eut pour effet de faire aller vivement Lisbeth dans la cour de la maison de la rue Louis-le-Grand, où elle trouva l'homme fumant une pipe dont le culotage annonçait un artiste en fumerie.

— Pourquoi venez-vous ici, père Chardin ? lui dit-elle. Il est convenu que vous serez tous les premiers samedis de chaque mois à la porte de l'hôtel Marneffe, rue Barbet-de-

Jouy ; j'en arrive après y être restée cinq heures, et vous n'y êtes pas venu ?...

— J'y suit-été ma respectable et charitable demoiselle ! répondit le matelassier ; maiz-i-le y avait une poule d'honneur au café des Savants, rue du Cœur-Volant, et chacun a ses passions. Moi c'est le billard. Sans le billard, je mangerais dans l'argent ; car, saisissez bien ceci ! dit-il en cherchant un papier dans le gousset de son pantalon déchiré, le billard entraîne le petit verre et la prune à l'eau-de-vie... C'est ruineux, comme toutes les belles choses, par les accessoires. Je connais la consigne, mais le vieux est dans un si grand embarras, que je suis venu sur le terrain défendu... Si notre crin était tout crin, on se laisserait dormir dessus ; mais il a du mélange ! Dieu n'est pas pour tout le monde, comme on dit, il a des préférences ; c'est son droit. Voici l'écriture de votre parent estimable et très-ami du matelas... C'est là son opinion politique.

Le père Chardin essaya de tracer dans l'atmosphère des zigzags avec l'index de sa main droite.

Lisbeth, sans écouter, lisait ces deux lignes :

« Chère cousine, soyez ma providence ! Donnez-moi « trois cents francs aujourd'hui.

« HECTOR. »

— Pourquoi veut-il tant d'argent ?

— Le *propriétaire* ! dit le père Chardin qui tâchait toujours de dessiner des arabesques. Et puis, mon fils est revenu de l'Algérie par l'Espagne, Bayonne et... il n'a rien pris, contre son habitude ; car, c'est un *guerdin* fini, sous votre respect, mon fils. Que voulez-vous ? il a faim ; mais il va vous rendre ce que nous lui prêterons, car il veut faire une *comme on dite ;* il a des idées qui peuvent le mener loin...

— En police correctionnelle ! reprit Lisbeth. C'est l'assassin de mon oncle ! je ne l'oublierai pas.

— Lui, saigner un poulet ! il ne le pourrait pas !... respectable demoiselle.

— Tenez ! voilà trois cents francs, dit Lisbeth en tirant quinze pièces d'or de sa bourse. Allez-vous-en, et ne revenez jamais ici...

Elle accompagna le père du garde-magasin des vivres d'Oran jusqu'à la porte, où elle désigna le vieillard ivre au concierge.

— Toutes les fois que cet homme-là viendra, si, par hasard il vient, vous ne laisserez pas entrer, et vous lui direz que je n'y suis pas. S'il cherchait à savoir si monsieur Hulot fils, si madame la baronne Hulot demeurent ici, vous lui répondriez que vous ne connaissez pas ces personnes-là...

— C'est bien, mademoiselle.

— Il y va de votre place, en cas d'une sottise, même involontaire, dit la vieille fille à l'oreille de la portière.

— Mon cousin, dit-elle à l'avocat qui rentrait, vous êtes menacé d'un grand malheur.

— Lequel ?

— Votre femme aura, dans quelques jours d'ici, madame Marneffe pour belle-mère.

— C'est ce que nous verrons ! répondit Victorin.

Depuis six mois, Lisbeth payait exactement une petite pension à son protecteur, le baron Hulot, de qui elle était la protectrice ; elle connaissait le secret de sa demeure, et elle savourait les larmes d'Adeline à qui, lorsqu'elle la voyait gaie et pleine d'espoir, elle disait, comme on vient de le voir : — Attendez-vous à lire quelque jour le nom de mon pauvre cousin à l'article Tribunaux. En ceci, comme précédemment, elle allait trop loin dans sa vengeance. Elle avait éveillé la prudence de Victorin. Victorin avait résolu d'en finir avec cette épée de Damoclès, incessamment montrée par Lisbeth, et avec le démon femelle à qui sa mère et la famille devaient tant de malheurs. Le prince de Wissembourg, qui connaissait la conduite de madame Marneffe, appuyait l'entreprise secrète de l'avocat, il lui avait promis, comme promet un président du conseil, l'intervention cachée de la police pour éclairer Crevel, et pour sauver toute une fortune des griffes de la diabolique courtisane à laquelle il ne pardonnait ni la mort du maréchal Hulot, ni la ruine totale du Conseiller-d'État.

Ces mots : — « Il en demande à ses anciennes maîtresses ! » dits par Lisbeth, occupèrent pendant toute la nuit la baronne. Semblable aux malades condamnés qui se livrent aux charlatans, semblable aux gens arrivés dans la dernière sphère dantesque du désespoir, ou aux noyés qui prennent des bâtons flottants pour des amarres, elle finit par croire la bassesse dont le seul soupçon l'avait indignée, et elle eut l'idée d'appeler à son secours une de ces odieuses femmes. Le lendemain matin, sans consulter ses enfants, sans dire un mot à personne, elle alla chez mademoiselle Josépha Mirah, prima donna de l'Académie royale de Musique, y chercher ou y perdre l'espoir qui venait de luire comme un feu follet. A midi, la femme de chambre de la célèbre cantatrice lui remettait la carte de la baronne Hulot, en lui disant que cette personne attendait à sa porte après avoir fait demander si mademoiselle pouvait la recevoir.

— L'appartement est-il fait ?

— Oui, mademoiselle.

— Les fleurs sont-elles renouvelées ?

— Oui, mademoiselle.

— Dis à Jean d'y donner un coup d'œil, que rien n'y cloche, avant d'y introduire cette dame, et qu'on ait pour elle les plus grands respects. Va, reviens m'habiller, car je veux être crânement belle ! Elle alla se regarder dans sa psyché. — Ficelons-nous ! se dit-elle. Il faut que le Vice soit sous les armes devant la Vertu ! Pauvre femme ! que me veut-elle ?... Ça me trouble, moi ! de voir.

Du malheur auguste victime !...

Elle achevait de chanter cet air célèbre, quand sa femme de chambre rentra.

— Madame, dit la femme de chambre, cette dame est prise d'un tremblement nerveux...

— Offrez de la fleur d'oranger, du rhum, un potage !...

— C'est fait, mademoiselle, mais elle a tout refusé, en disant que c'était une petite infirmité, des nerfs agacés...

— Où l'avez-vous fait entrer ?...

— Dans le grand salon.

— Dépêche-toi, ma fille ! Allons, mes plus belles pantoufles, ma robe de chambre en fleurs par Bijou, tout le tremblement des dentelles. Fais-moi une coiffure à étonner une femme... Cette femme tient le rôle opposé au mien ! Et qu'on dise à cette dame... (Car c'est une grande dame, ma fille ! c'est encore mieux, c'est ce que tu ne seras jamais : une femme dont les prières délivrent des âmes de votre purgatoire.) Qu'on lui dise que je suis au lit, que j'ai joué hier, que je me lève...

La baronne introduite dans le grand salon de l'appartement de Josépha, ne s'aperçut pas du temps qu'elle y passa, quoiqu'elle y attendît une grande demi-heure. Ce salon, déjà renouvelé depuis l'installation de Josépha dans ce petit hôtel, était en soieries couleur *massaca* et or. Le luxe que jadis les grands seigneurs déployaient dans leurs petites maisons et dont tant de restes magnifiques témoignent de ces *folies* qui justifiaient si bien leur nom, éclatait avec la perfection due aux moyens modernes, dans les quatre pièces ouvertes, dont la température douce était entretenue par un calorifère à bouches invisibles. La baronne étourdie examinait chaque objet d'art dans un étonnement profond. Elle y trouvait l'explication de ces fortunes fondues au creuset sous lequel le Plaisir et la Vanité attisent un feu dévorant. Cette femme qui, depuis vingt-six ans, vivait au milieu des froides reliques du luxe impérial, dont les yeux contemplaient des tapis à fleurs éteintes, des bronzes dédorés, des soieries flétries comme son cœur, entrevit la puissance des séductions du Vice en en voyant les résultats. On ne pouvait point ne pas envier ces belles choses, ces admirables créations auxquelles les grands artistes inconnus qui font le Paris actuel et sa production européenne avaient tous contribué. Là, tout surprenait par la perfection de la chose unique. Les modèles étant brisés, les formes, les figurines, les sculptures étaient toutes originales. C'est là le dernier mot du luxe aujourd'hui. Posséder des choses qui ne soient pas vulgarisées par deux mille bourgeois opulents qui se croient luxueux quand ils étalent des richesses dont sont encombrés les magasins, c'est le cachet du vrai luxe, le luxe des grands seigneurs modernes, étoiles éphémères du firmament parisien. En examinant des jardinières pleines de fleurs exotiques les plus rares, garnies de bronzes ciselés et faits dans le genre dit de Boule, la baronne fut effrayée de ce que cet appartement contenait de richesses. Nécessairement ce sentiment dut réagir sur la personne autour de qui ces profusions ruisselaient. Adeline pensa que Josépha Mirah, dont le portrait dû au pinceau de Joseph Bridau, brillait dans le boudoir voisin, était une cantatrice de génie, une Malibran, et elle s'attendit à voir une vraie lionne. Elle regretta d'être venue. Mais elle était poussée par un sentiment si puissant, si naturel, par un dévouement si peu calculateur, qu'elle rassembla son courage pour soutenir cette entrevue. Puis, elle allait satisfaire cette curiosité, qui la poignait, d'étudier le charme que possédaient ces sortes de femmes, pour extraire tant d'or des gisements avares du sol parisien. La baronne se regarda pour savoir si elle ne faisait pas tache dans ce luxe ; mais elle portait bien sa robe de velours à guimpe, sur laquelle s'étalait une belle collerette en magnifique dentelle ; son chapeau de velours en même couleur lui séyait. En se voyant encore imposante comme une reine, toujours reine même quand elle est détruite, elle pensa que la noblesse du malheur valait la noblesse du talent. Après avoir entendu ouvrir et fermer des portes, elle aperçut enfin Josépha. La cantatrice ressemblait à la Judith d'Alloris, gravée dans le souvenir de tous ceux qui l'ont vue dans le palais Pitti, auprès de la porte d'un grand salon : même fierté de pose, même visage sublime, des cheveux noirs tordus sans apprêt, et une robe de chambre jaune à mille fleurs brodées, absolument semblable au brocart dont est habillée l'immortelle homicide créée par le neveu du Bronzino.

— Madame la baronne, vous me voyez confondue de l'honneur que vous me faites en venant ici, dit la cantatrice qui s'était promis de bien jouer son rôle de grande dame.

Elle avança elle-même un fauteuil ganache à la baronne, et prit pour elle un pliant. Elle reconnut la beauté disparue de cette femme, et fut saisie d'une pitié profonde en la voyant agitée par ce tremblement nerveux que la moindre émotion rendait convulsif. Elle lut d'un seul regard cette vie sainte que jadis Hulot et Crevel lui dépeignaient ; et non-seulement elle perdit alors l'idée de lutter avec cette femme, mais encore elle s'humilia devant cette grandeur qu'elle comprit. La sublime artiste admira ce dont se moquait la courtisane.

— Mademoiselle, je viens amenée par le désespoir qui fait recourir à tous les moyens...

Un geste de Josépha fit comprendre à la baronne qu'elle venait de blesser celle de qui elle attendait tant, et elle regarda l'artiste. Ce regard plein de supplication éteignit la flamme des yeux de Josépha qui finit par sourire. Ce fut entre ces deux femmes un jeu muet d'une horrible éloquence.

— Voici deux ans et demi que monsieur Hulot a quitté sa famille, et j'ignore où il est, quoique je sache qu'il habite Paris, reprit la baronne d'une voix émue. Un rêve m'a donné l'idée, absurde peut-être, que vous avez dû vous intéresser à monsieur Hulot. Si vous pouviez me mettre à même de revoir monsieur Hulot, ah ! mademoiselle, je prierais Dieu pour vous, tous les jours, pendant le temps que je resterai sur cette terre...

Deux grosses larmes qui roulèrent dans les yeux de la cantatrice en annoncèrent la réponse.

— Madame, dit-elle avec l'accent d'une profonde humilité, je vous ai fait du mal sans vous connaître ; mais maintenant que j'ai le bonheur, en vous voyant, d'avoir entrevu la plus grande image de la Vertu sur la terre, croyez que je sens la portée de ma faute, j'en conçois un sincère repentir ; aussi, comptez que je suis capable de tout pour la réparer !...

Elle prit la main de la baronne, sans que la baronne eût pu s'opposer à ce mouvement, elle la baisa de la façon la plus respectueuse, et alla jusqu'à l'abaissement en pliant un genou. Puis elle se releva fière comme lorsqu'elle entrait en scène dans le rôle de Mathilde, et sonna.

— Allez, dit-elle à son valet de chambre, allez à cheval, et crevez-le s'il le faut, trouvez-moi la petite Bijou, rue Saint-Maur-du-Temple, amenez-la-moi, faites-la monter en voiture, et payez le cocher pour qu'il arrive au galop. Ne perdez pas une minute... ou je vous renvoie. — Madame, dit-elle en revenant à la baronne et lui parlant d'une voix pleine de respect, vous devez me pardonner. Aussitôt que j'ai eu le duc d'Hérouville pour protecteur, je vous ai renvoyé le baron, en apprenant qu'il ruinait pour moi sa famille. Que pouvais-je faire de plus ? Dans la carrière du théâtre, une protection nous est nécessaire à toutes au moment où nous y débutons. Nos appointements ne soldent pas la moitié de nos dépenses, nous nous donnons donc des maris temporaires... Je ne tenais pas à monsieur Hulot, qui m'a fait quitter un homme riche, une bête vaniteuse. Le père Crevel m'aurait certainement épousée...

— Il me l'a dit, fit la baronne en interrompant la cantatrice.

— Eh bien ! voyez-vous, madame ! je serais une honnête femme aujourd'hui, n'ayant eu qu'un mari légal !

— Vous avez des excuses, mademoiselle, dit la baronne, Dieu les appréciera. Mais moi, loin de vous faire des reproches, je suis venue au contraire contracter envers vous une dette de reconnaissance.

— Madame, j'ai pourvu, voici bientôt trois ans, aux besoins de monsieur le baron...

— Vous, s'écria la baronne à qui des larmes vinrent aux yeux. Ah ! que puis-je pour vous ? je ne puis que prier...

— Moi ! et monsieur le duc d'Hérouville, reprit la cantatrice, un noble cœur, un vrai gentilhomme...

Et Josépha raconta l'emménagement et le mariage du père Thoul.

— Ainsi, mademoiselle, dit la baronne, mon mari, grâce à vous, n'a manqué de rien ?

— Nous avons tout fait pour cela, madame.

— Et où se trouve-t-il ?

— Monsieur le duc m'a dit, il y a six mois environ, que le baron, connu de son notaire sous le nom de Thoul, avait épuisé les huit mille francs qui devaient n'être remis que par parties égales de trois en trois mois, répondit Josépha. Ni moi ni monsieur d'Hérouville nous n'avons entendu parler du baron. Notre vie, à nous autres, est si occupée, si remplie, que je n'ai pu courir après le père Thoul. Par aventure, depuis six mois, Bijou, ma brodeuse, sa... comment dirais-je ?

— Sa maîtresse, dit madame Hulot.

— Sa maîtresse, répéta Josépha, n'est pas venue ici. Mademoiselle Olympe Bijou pourrait fort bien avoir divorcé. Le divorce est fréquent dans notre arrondissement.

Josépha se leva, fourragea les fleurs rares de ses jardinières, et fit un charmant, un délicieux bouquet pour la baronne, dont l'attente était, disons-le, entièrement trompée. Semblable à ces bons bourgeois qui prennent les gens de génie pour des espèces de monstres mangeant, buvant, marchant, parlant, tout autrement que les autres hommes, la baronne espérait voir Josépha la fascinatrice,

Josépha la cantatrice, la courtisane spirituelle et amoureuse ; et elle trouvait une femme calme et posée, ayant la noblesse de son talent, la simplicité d'une actrice qui se sait reine le soir, et enfin, mieux que cela, une fille qui rendait par ses regards, par son attitude et ses façons, un plein et entier hommage à la femme vertueuse, à la *Mater dolorosa* de l'hymne saint, et qui en fleurissait les plaies, comme en Italie on fleurit la Madone.

— Madame, vint dire le valet revenu au bout d'une demi-heure, la mère Bijou est en route ; mais il ne faut pas compter sur la petite Olympe. La brodeuse de madame est devenue bourgeoise, elle est mariée...

— En détrempe ?... demanda Josépha.

— Non, madame, vraiment mariée. Elle est à la tête d'un magnifique établissement, elle a épousé le propriétaire d'un grand magasin de nouveautés où l'on a dépensé des millions, sur le boulevard des Italiens, et elle a laissé son établissement de broderie à ses sœurs et à sa mère. Elle est madame Grenouville. Ce gros négociant...

— Un Crevel !

— Oui, madame, dit le valet. Il a reconnu trente mille francs de rente au contrat de mademoiselle Bijou. Sa sœur aînée va, dit-on, aussi épouser un riche boucher.

— Votre affaire me semble aller bien mal, dit la cantatrice à la baronne. Monsieur le baron n'est plus où je l'avais casé.

Dix minutes après, on annonça madame Bijou. Josépha, par prudence, fit passer la baronne dans son boudoir, en en tirant la portière.

— Vous l'intimideriez, dit-elle à la baronne, elle ne lâcherait rien en devinant que vous êtes intéressée à ses confidences, laissez-moi la confesser ! Cachez-vous là, vous entendrez tout. Cette scène se joue aussi souvent dans la vie qu'au théâtre.

— Eh bien ! mère Bijou, dit la cantatrice à une vieille femme enveloppée d'étoffe dite *tartan*, et qui ressemblait à une portière endimanchée, vous voilà tous heureux ? votre fille a eu de la chance !

— Oh ! heureuse... ma fille nous donne cent francs par mois, et elle va en voiture, et elle mange dans de l'argent, elle est *miyonaire*. Olympe aurait bien pu me mettre hors de peine. A mon âge, travailler !... Est-ce un bienfait ?

— Elle a tort d'être ingrate, car elle vous doit sa beauté, reprit Josépha ; mais pourquoi n'est-elle pas venue me voir ? C'est moi qui l'ai tirée de peine en la mariant à mon oncle...

— Oui, madame, le père Thoul !... Mais il est ben vieux, ben cassé...

— Qu'en avez-vous donc fait ? Est-il chez vous ?... Elle a eu bien tort de s'en séparer, le voilà riche à millions...

— Ah ! Dieu de Dieu, fit la mère Bijou... c'est ce qu'on lui disait quand elle se comportait mal avec lui qu'était la douceur même, pauvre vieux ! Ah ! le faisait-elle *trimer* ! Olympe a été pervertie, madame !

— Et comment !

— Elle a connu, sous votre respect, madame, un claqueur, petit-neveu d'un vieux matelassier du faubourg Saint-Marceau. Ce *faigniant*, comme tous les jolis garçons, un *souteneur* de pièces, quoi ! est la coqueluche du boulevard du Temple où il travaille aux pièces nouvelles, et *soigne les entrées* des actrices, comme il dit. Dans la matinée, il déjeune ; avant le spectacle, il dîne pour se monter la tête ; enfin il aime les liqueurs et le billard de naissance. — « C'est pas un état cela ! » que je disais à Olympe.

— C'est malheureusement un état, dit Josépha.

— Enfin, Olympe avait la tête perdue pour ce gars-là, qui, madame, ne voyait pas bonne compagnie, à preuve qu'il a failli être arrêté dans l'estaminet où sont les voleurs ; mais, pour lors, monsieur Braulard, le chef de la claque, l'a réclamé. Ça porte des boucles d'oreilles en or, et ça vit de ne rien faire, aux crochets des femmes qui sont folles de ces bels hommes-là ! Il a mangé tout l'argent que monsieur Thoul donnait à la petite. L'établissement allait fort mal. Ce qui venait de la broderie allait au billard. Pour lors, ce gars-là, madame, avait une sœur jolie, qui faisait le même état que son frère, une pas grand'chose, dans le quartier des étudiants.

— Une lorette de la Chaumière, dit Josépha.

— Oui, madame, dit la mère Bijou. Donc, Idamore, il se nomme Idamore, c'est son nom de guerre, car il s'appelle Chardin, Idamore a supposé que votre oncle devait avoir bien plus d'argent qu'il ne le disait, et il a trouvé moyen d'envoyer, sans que ma fille s'en doutât, Élodie, sa sœur (il lui a donné un nom de théâtre), chez nous, comme ouvrière ; Dieu de Dieu ! qu'elle y a mis tout cen dessus-dessous, elle a débauché toutes ces pauvres filles qui sont devenues indécrottables, sous votre respect... Et elle a tant fait, qu'elle a pris pour elle le père Thoul, et elle l'a emmené, que nous ne savons pas où, que ça nous a mis dans un embarras, rapport à tous les billets. Nous sommes encore aujor-d'ojord'hui sans pouvoir payer, mais ma fille qu'est là-dedans veille aux échéances... Quand Idamore a évu le vieux à lui, rapport à sa sœur, il a laissé là ma pauvre fille, et il est maintenant avec une jeune première des Funambules... Et de là, le mariage de ma fille, comme vous allez voir...

— Mais vous savez où demeure le matelassier ?... demanda Josépha.

— Le vieux père Chardin ? Est-ce que ça demeure ça !... Il est ivre de six heures du matin, il fait un matelas tous les mois il est toute la journée dans les estaminets borgnes, il fait les poules...

— Comment, il fait les poules ?... c'est un fier coq !

— Vous ne comprenez pas, madame, c'est la poule au billard, il en gagne trois ou quatre tous les jours, et il boit...

— Des laits de poule ! dit Josépha. Mais Idamore fonctionne au Boulevard, et en s'adressant à mon ami Braulard, on le trouvera...

— Je ne sais pas, madame, vu que ces événements-là se sont passés il y a six mois. Idamore est un de ces gens qui doivent aller à la Correctionnelle, de là à Melun, et puis... dame !...

— Au pré ! dit Josépha.

— Ah ! madame sait tout, dit en souriant la mère Bijou. Si ma fille n'avait pas connu cet être-là, elle, elle serait... Mais elle a eu bien de la chance, tout de même, vous me direz ; car monsieur Grenouville en est devenu amoureux au point qu'il l'a épousée...

— Et comment ce mariage-là s'est-il fait ?...

— Par le désespoir d'Olympe, madame. Quand elle s'est vue abandonnée pour la jeune première à qui elle a trempé une soupe ! ah ! l'a-t-elle *giroflettée* !... et qu'elle a eu perdu le père Thoul qui l'adorait, elle a voulu renoncer aux hommes. Pour lors, monsieur Grenouville, qui venait acheter beaucoup chez nous, deux cents écharpes de Chine brodées par trimestre, l'a voulu consoler ; mais, vrai ou non, elle n'a voulu entendre à rien qu'avec la mairie et l'église. — « Je veux être honnête !... disait-elle toujours, ou je me péris ! » Et elle a tenu bon. Monsieur Grenouville a consenti à l'épouser, à la condition qu'elle renoncerait à nous, et nous avons consenti...

— Moyennant finance ?... dit la perspicace Josépha.

— Oui, madame, dix mille francs, et une rente à mon père qui ne peut plus travailler...

— J'avais prié votre fille de rendre le père Thoul heureux, et elle me l'a jeté dans la crotte ! Ce n'est pas bien. Je ne m'intéresserai plus à personne ! Voilà ce que c'est que de se livrer à la Bienfaisance !... La Bienfaisance n'est décidément bonne que comme spéculation. Olympe devait au moins m'avertir de ce tripotage-là ! Si vous retrouvez le père Thoul, d'ici à quinze jours, je vous donnerai mille francs...

— C'est bien difficile, ma bonne dame, mais il y a bien des pièces de cent sous dans mille francs, et je vais tâcher de gagner votre argent...

— Adieu, madame Bijou.

En entrant dans son boudoir, la cantatrice y trouva madame Hulot complètement évanouie ; mais, malgré la perte de ses sens, son tremblement nerveux la faisait toujours tressaillir, de même que les tronçons d'une couleuvre coupée s'agitent encore. Des sels violents, de l'eau fraîche, tous les moyens ordinaires prodigués rappelèrent la baronne à la vie, ou, si l'on veut, au sentiment de ses douleurs.

— Ah ! mademoiselle ! jusqu'où est-il tombé !... dit-elle en reconnaissant la cantatrice et se voyant seule avec elle.

— Ayez du courage, madame, répondit Josépha qui s'était mise sur un coussin aux pieds de la baronne et qui lui baisait les mains, nous le retrouverons ; et, s'il est dans la fange, eh bien ! il se lavera. Croyez-moi, pour les personnes bien élevées, c'est une question d'habits... Laissez-moi réparer mes torts envers vous, car je vois combien vous êtes attachée à votre mari, malgré sa conduite, puisque vous êtes ici !... Dame ! ce pauvre homme ! il aime les femmes... eh ! bien, si vous aviez eu, voyez-vous, un peu de notre *chique*, vous l'auriez empêché de courailler ; car vous auriez été ce que nous savons être : *toutes les femmes* pour un homme. Le gouvernement devrait créer une école de gymnastique pour les honnêtes femmes ! Mais les gouvernements sont si bégueules !... ils sont menés par les hommes que nous menons ! Moi, je plains les peuples !... Mais il s'agit de travailler pour vous, et non de rire... Eh bien ! soyez tranquille, madame, rentrez chez vous, ne vous tourmentez plus. Je vous ramènerai votre Hector, comme il était il y a trente ans.

— Oh ! mademoiselle, allons chez cette madame Grenouville ! dit la baronne ; elle doit savoir quelque chose, peut-être verrai-je monsieur Hulot aujourd'hui, et pourrai-je l'arracher immédiatement à la misère, à la honte...

— Madame, je vous témoignerai par avance la reconnaissance profonde que je vous garderai de l'honneur que vous m'avez fait, en ne montrant pas la cantatrice Josépha, la maîtresse du duc d'Hérouville, à côté de la plus belle, de la plus sainte image de la Vertu. Je vous respecte trop pour me faire voir auprès de vous. Ce n'est pas une humilité de comédienne, c'est un hommage que je vous rends. Vous me faites regretter, madame, de ne pas suivre votre sentier, malgré les épines qui vous ensanglantent les pieds et les mains ! Mais, que voulez-vous ! j'appartiens à l'Art comme vous appartenez à la Vertu...

— Pauvre fille ! dit la baronne émue au milieu de ses douleurs par un singulier sentiment de sympathie commisérative, je prierai Dieu pour vous, car vous êtes la victime de la Société, qui a besoin de spectacles. Quand la vieillesse viendra, faites pénitence... vous serez exaucée, si Dieu daigne entendre les prières d'une...

— D'une martyre, madame, dit Josépha qui baisa respectueusement la robe de la baronne.

Mais Adeline prit la main de la cantatrice, l'attira vers elle et la baisa au front. Rouge de plaisir, la cantatrice reconduisit Adeline jusqu'à sa voiture, avec les démonstrations les plus serviles.

— C'est quelque dame de charité, dit le valet de chambre à la femme de chambre, car *elle* n'est ainsi pour personne, pas même pour sa bonne amie, madame Jenny Cadine !

— Attendez quelques jours, dit-elle, madame, et vous *le* verrez, ou je renierai le dieu de mes pères ; et, pour une juive, voyez-vous, c'est promettre la réussite.

Au moment où la baronne entrait chez Josépha, Victorin recevait dans son cabinet une vieille femme âgée de soixante-quinze ans environ, qui, pour parvenir jusqu'à l'avocat célèbre, mit en avant le nom terrible du chef de la police de sûreté. Le valet de chambre annonça : — Madame de Saint-Estève !

— J'ai pris un de mes noms de guerre, dit-elle en s'asseyant.

Victorin fut saisi d'un frisson intérieur, pour ainsi dire, à l'aspect de cette affreuse vieille. Quoique richement mise, elle épouvantait par les signes de méchanceté froide que présentait sa plate figure horriblement ridée, blanche et musculeuse. Marat, en femme et à cet âge, eût été, comme la Saint-Estève, une image vivante de la Terreur. Cette vieille sinistre offrait dans ses petits yeux clairs la cupidité sanguinaire des tigres. Son nez épaté, dont les narines agrandies en trous ovales souffraient le feu de l'enfer, rappelait le bec des plus mauvais oiseaux de proie. Le génie de l'intrigue siégeait sur son front bas et cruel. Ses longs poils de barbe poussés au hasard dans tous les creux de son visage, annonçaient la virilité de ses projets. Quiconque eût vu cette femme, aurait pensé que tous les peintres avaient manqué la figure de Méphisto-phélès...

— Mon cher monsieur, dit-elle d'un ton de protection, je ne me mêle plus de rien depuis long-temps. Ce que je vais faire pour vous, c'est par considération pour mon cher neveu, que j'aime mieux que je n'aimerais mon fils... Or, le préfet de police, à qui le président du conseil a dit deux mots dans le tuyau de l'oreille, rapport à vous, en conférant avec monsieur Chapuzot, a pensé que la police ne devait paraître en rien dans une affaire de ce genre-là. L'on a donné carte blanche à mon neveu ; mais mon neveu ne sera là-dedans que pour le conseil, il ne doit pas se compromettre...

— Vous êtes la tante de...

— Vous y êtes, et j'en suis un peu orgueilleuse, répondit-elle en coupant la parole à l'avocat, car il est mon élève, un élève devenu promptement le maître... Nous avons étudié votre affaire, et nous avons *jaugé* ça ! Donnez-vous trente mille francs si l'on vous débarrasse de tout ceci ? je vous liquide la chose ! et vous ne payez que l'affaire faite...

— Vous connaissez les personnes.

— Non, mon cher monsieur, j'attends vos renseignements. On nous a dit : Il y a un benêt de vieillard qui est entre les mains d'une veuve. Cette veuve de vingt-neuf ans a si bien fait son métier de *voleuse* qu'elle a quarante mille francs de rentes prises à deux pères de famille. Elle est sur le point d'engloutir quatre-vingt mille francs de rente en épousant un bonhomme de soixante et un ans ; elle ruinera toute une honnête famille, et donnera cette immense fortune à l'enfant de quelque amant, en se débarrassant promptement de son vieux mari... Voilà le problème.

— C'est exact ! dit Victorin. Mon beau-père, monsieur Crevel...

— Ancien parfumeur, un maire ; je suis dans son arrondissement sous le nom de *mame* Nourrisson, répondit-elle.

— L'autre personne est madame Marneffe.

— Je ne la connais pas, dit madame Saint-Estève ; mais, en trois jours, je serai à même de compter ses chemises.

— Pourriez-vous empêcher le mariage ?... demanda l'avocat.

— Où en est-il ?

— A la seconde publication.

— Il faudrait enlever la femme. Nous sommes aujourd'hui dimanche, il n'y a que trois jours, car ils se marieront mercredi, c'est impossible ! Mais on peut vous la tuer...

Victorin Hulot fit un bond d'honnête homme en entendant ces six mots dits de sang-froid.

— Assassiner !... dit-il. Et comment ferez-vous ?

— Voici quarante ans, monsieur, que nous remplaçons le Destin, répondit-elle avec un orgueil formidable, et que nous faisons tout ce que nous voulons dans Paris. Plus d'une famille, et du faubourg Saint-Germain, m'a dit ses secrets, allez ! J'ai conclu, rompu bien des mariages, j'ai déchiré bien des testaments, j'ai sauvé bien des honneurs ! Je parque là, dit-elle en montrant sa tête, un troupeau de secrets qui me vaut trente-six mille francs de rente ; et, vous, vous serez un de mes agneaux, quoi ! Une femme comme moi serait-elle ce que je suis, si elle parlait de ses moyens ! J'agis ! Tout ce qui se fera, mon cher maître, sera l'œuvre du hasard, et vous n'aurez pas le plus léger remords. Vous serez comme les gens guéris par les somnambules, ils croient au bout d'un mois que la nature a tout fait.

Victorin eut une sueur froide. L'aspect du bourreau l'aurait moins ému que cette sœur sentencieuse et prétentieuse du Bagne ; en voyant sa robe lie-de-vin, il la crut vêtue de sang.

— Madame, je n'accepte pas le secours de votre expérience et de votre activité, si le succès doit coûter la vie à quelqu'un, et si le moindre fait criminel s'ensuit.

— Vous êtes un grand enfant, monsieur ! répondit madame Saint-Estève. Vous voulez rester probe à vos propres yeux, tout en souhaitant que votre ennemi succombe.

Victorin fit un signe de dénégation.

— Oui, reprit-elle, vous voulez que cette madame Marneffe abandonne la proie qu'elle a dans la gueule ! Et comment feriez-vous lâcher à un tigre son morceau de bœuf ? Est-ce en lui passant la main sur le dos et lui disant : *minet !... minet !...* Vous n'êtes pas logique. Vous ordonnez un combat, et vous n'y voulez pas de blessures ! Eh bien ! je vais vous faire cadeau de cette innocence qui vous tient au cœur. J'ai toujours vu dans l'honnêteté de l'étoffe à hypocrisie ! Un jour, dans trois mois, un pauvre prêtre viendra vous demander quarante mille francs pour une œuvre pie, un couvent ruiné dans le Levant, dans le désert ! Si vous êtes content de votre sort, donnez les quarante mille francs au bonhomme ! vous en verserez bien d'autres au fisc ! Ce sera peu de chose, allez ! en comparaison de ce que vous récolterez.

Elle se dressa sur ses larges pieds à peine contenus dans des souliers de satin que la chair débordait, elle sourit en saluant et se retira.

— Le diable a une sœur, dit Victorin en se levant.

Il reconduisit cette horrible inconnue, évoquée des antres de l'espionnage, comme du troisième dessous de l'Opéra se dresse un monstre au coup de baguette d'une fée dans un ballet-féerie. Après avoir fini ses affaires au Palais, il alla chez monsieur Chapuzot, le chef d'un des plus importants services à la Préfecture de police, pour y prendre des renseignements sur cette inconnue. En voyant monsieur Chapuzot seul dans son cabinet, Victorin Hulot le remercia de son assistance.

— Vous m'avez envoyé, dit-il, une vieille qui pourrait servir à personnifier Paris, vu du côté criminel.

Monsieur Chapuzot déposa ses lunettes sur ses papiers, et regarda l'avocat d'un air étonné.

— Je ne me serais pas permis de vous adresser qui que ce soit sans vous en avoir prévenu, sans donner un mot d'introduction, répondit-il.

— Ce sera donc monsieur le préfet...

— Je ne le pense pas, dit Chapuzot. La dernière fois que le prince de Wissembourg a dîné chez le ministre de l'intérieur, il a vu monsieur le préfet, et il lui a parlé de la situation où vous étiez, une situation déplorable, en lui demandant si l'on pouvait aimablement venir à votre secours. Monsieur le préfet, vivement intéressé par la peine que Son Excellence a montrée au sujet de cette affaire de famille, a eu la complaisance de me consulter à ce sujet. Depuis que monsieur le préfet a pris les rênes de cette administration, si calomniée et si utile, il s'est, de prime abord, interdit de pénétrer dans la Famille. Il a eu raison et en principe et comme morale ; mais il a eu tort en fait. La police, depuis quarante-cinq ans que j'y suis, a rendu d'immenses services aux familles, de 1799 à 1815. Depuis 1820 la Presse et le Gouvernement constitutionnel ont totalement changé les conditions de notre existence. Aussi, mon avis a-t-il été de ne pas s'occuper d'une semblable affaire, et monsieur le préfet a eu la bonté de se rendre à mes observations. Le chef de la police de sûreté a reçu devant moi l'ordre de ne pas s'avancer ; et si, par hasard, vous avez reçu quelqu'un de sa part, je le réprimanderai. Ce serait un cas de destitution. On a bientôt dit : La police fera cela ! La police ! la police ! Mais, mon cher maître, le maréchal, le conseil des ministres ignorent ce que c'est que la police. Il n'y a que la police qui se connaisse elle-même. Les Rois, Napoléon, Louis XVIII savaient les affaires de la leur ; mais la nôtre, il n'y a eu que Fouché, que monsieur Lenoir, monsieur de Sartines et quelques préfets, hommes d'esprit, qui s'en sont douté... Aujourd'hui tout est changé. Nous sommes amoindris, désarmés ! J'ai vu germer bien des malheurs privés que j'aurais empêchés avec cinq scrupules d'arbitraire !... Nous serons regrettés par ceux-là mêmes qui nous ont démolis quand ils seront, comme vous, devant certaines monstruosités morales qu'il faudrait pouvoir enlever comme nous enlevons les boues ! En politique, la police est tenue de tout prévenir, quand il s'agit du salut public ; mais la Famille, c'est sacré. Je ferais tout pour découvrir et empêcher un attentat contre les jours du Roi ! je rendrais les murs d'une maison transparents ; mais aller mettre nos griffes dans les ménages, dans les intérêts privés !... jamais, tant que je siégerai dans ce cabinet, car j'ai peur...

— De quoi ?

— De la Presse ! monsieur le député du centre gauche.

— Que dois-je faire ? dit Hulot fils après une pause.

— Eh ! vous vous appelez la Famille ! reprit le Chef de Division, tout est dit, agissez comme vous l'entendrez ; mais vous venir en aide, mais faire de la police un instrument des passions et des intérêts privés, est-ce possible ?... Là, voyez-vous, est le secret de la persécution nécessaire, que les magistrats ont trouvée illégale, dirigée contre le prédécesseur de notre chef actuel de la Sûreté. Bibi-Lupin faisait la police pour le compte des particuliers. Ceci cachait un immense danger social ! Avec les moyens dont il disposait, cet homme eût été formidable, il eût été une *Sous-fatalité*...

— Mais à ma place ? dit Hulot.

— Oh ! vous me demandez une consultation, vous qui en vendez ! répliqua monsieur Chapuzot. Allons donc, mon cher maître, vous vous moquez de moi.

Hulot salua le Chef de Division, et s'en alla sans voir l'imperceptible mouvement d'épaules qui échappa au fonctionnaire, quand il se leva pour le reconduire. — Et ça veut être un homme d'État !... se dit monsieur Chapuzot en reprenant ses rapports.

Victorin revint chez lui, gardant ses perplexités, et ne pouvant les communiquer à personne. A dîner, la baronne annonça joyeusement à ses enfants que, sous un mois, leur père pourrait partager leur aisance et achever paisiblement ses jours en famille.

— Ah ! je donnerais bien mes trois mille six cents francs de rente pour voir le baron ici ! s'écria Lisbeth. Mais, ma bonne Adeline, ne conçois pas de pareilles joies par avance !... je t'en prie.

— Lisbeth a raison, dit Célestine. Ma chère mère, attendez l'événement.

La baronne, tout cœur, tout espérance, raconta sa visite à Josépha, trouva ces pauvres filles malheureuses dans leur bonheur, et parla de Chardin, le matelassier, le père du garde-magasin d'Oran, en montrant ainsi qu'elle ne se livrait pas à un faux espoir.

Lisbeth, le lendemain matin, était à sept heures, dans un fiacre, sur le quai de la Tournelle, où elle fit arrêter à l'angle de la rue de Poissy.

— Allez, dit-elle au cocher, rue des Bernardins, au numéro sept, c'est une maison à allée, et sans portier. Vous monterez au quatrième étage, vous sonnerez à la porte de gauche, sur laquelle d'ailleurs vous lirez : « Mademoiselle Chardin, repriseuse de dentelles et de cachemires. » On viendra. Vous demanderez *le chevalier.* On vous répondra : « Il est sorti. » Vous direz : « Je le sais bien, mais trouvez-le, car *sa bonne* est là sur le quai, dans un fiacre, et veut le voir... »

Vingt minutes après, un vieillard, qui paraissait âgé de quatre-vingts ans, aux cheveux entièrement blancs, le nez rougi par le froid dans une figure pâle et ridée comme celle d'une vieille femme, allant d'un pas traînant, les pieds dans des pantoufles de lisière, le dos voûté, vêtu d'une redingote d'alpaga chauve, ne portant pas de décoration, laissant passer à ses poignets les manches d'un gilet tricoté, et la chemise d'un jaune inquiétant, se montra timidement, regarda le fiacre, reconnut Lisbeth, et vint à la portière.

— Ah ! mon cher cousin, dit-elle, dans quel état vous êtes !

— Élodie prend tout pour elle ! dit le baron Hulot. Ces Chardin sont des canailles puantes...

— Voulez-vous revenir avec nous ?

— Oh ! non, non, dit le vieillard, je voudrais passer en Amérique...

— Adeline est sur vos traces...

— Ah ! si l'on pouvait payer mes dettes, demanda le baron d'un air défiant, car Samanon me poursuit.

— Nous n'avons pas encore payé votre arriéré, votre fils doit encore cent mille francs...

— Pauvre garçon !

— Et votre pension ne sera libre que dans sept à huit mois... Si vous voulez attendre, j'ai là deux mille francs !

Le baron tendit la main par un geste avide, effrayant.

— Donne, Lisbeth ! Que Dieu te récompense ! Donne ! je sais où aller !

— Mais vous me le direz, vieux monstre ?

— Oui. Je puis attendre ces huit mois, car j'ai découvert un petit ange, une bonne créature, une innocente et qui n'est pas assez âgée pour être encore dépravée.

— Songez à la cour d'assises, dit Lisbeth qui se flattait d'y voir un jour Hulot.

— Eh ! c'est rue de Charonne ! dit le baron Hulot, un quartier où tout arrive sans esclandre. Va, l'on ne me trouvera jamais. Je me suis déguisé, Lisbeth, en père Thorec, on me prendra pour un ancien ébéniste, la petite m'aime, et je ne me laisserai plus manger la laine sur le dos.

— Non, c'est fait ! dit Lisbeth en regardant la redingote. Si je vous y conduisais, cousin ?...

Le baron Hulot monta dans la voiture, en abandonnant mademoiselle Élodie sans lui dire adieu, comme on jette un roman lu.

En une demi-heure pendant laquelle le baron Hulot ne parla que de la petite Atala Judici à Lisbeth, car il était arrivé par degrés aux affreuses passions qui ruinent les vieillards, sa cousine le déposa, muni de deux mille francs, rue de Charonne, dans le faubourg Saint-Antoine, à la porte d'une maison à façade suspecte et menaçante.

— Adieu, cousin, tu seras maintenant le *père Thorec*, n'est-ce pas ? Ne m'envoie que des commissionnaires, et en les prenant toujours à des endroits différents.

— C'est dit. Oh ! je suis bien heureux ! dit le baron dont la figure fut éclairée par la joie d'un futur et tout nouveau bonheur.

— On ne le trouvera pas là, se dit Lisbeth qui fit arrêter son fiacre au boulevard Beaumarchais, d'où elle revint, en omnibus, rue Louis-le-Grand.

Le lendemain, Crevel fut annoncé chez ses enfants, au moment où toute la famille était réunie au salon, après le déjeuner. Célestine courut se jeter au cou de son père, et se conduisit comme s'il était venu la veille, quoique, depuis deux ans, ce fût sa première visite.

— Bonjour, mon père ! dit Victorin en lui tendant la main.

— Bonjour, mes enfants ! dit l'important Crevel. Madame la baronne, je mets mes hommages à vos pieds. Dieu ! comme ces enfants grandissent ! ça nous chasse ! ça nous dit : — Grand-papa, je veux ma place au soleil ! — Madame la comtesse, vous êtes toujours admirablement belle ! ajouta-t-il en regardant Hortense. — Et voilà le reste de nos écus ! ma cousine Bette, la vierge sage. Mais vous êtes tous très-bien ici... dit-il après avoir distribué ces phrases à chacun et en les accompagnant de gros rires qui remuaient difficilement les masses rubicondes de sa large figure.

Et il regarda le salon de sa fille avec une sorte de dédain.

— Ma chère Célestine, je te donne tout mon mobilier de la rue des Saussayes, il fera très-bien ici. Ton salon a besoin d'être renouvelé... Ah ! voilà ce petit drôle de Wenceslas ! Eh bien ! sommes-nous sages, mes petits enfants ? il faut avoir des mœurs.

— Pour ceux qui n'en ont pas, dit Lisbeth.

— Ce sarcasme, ma chère Lisbeth, ne me concerne plus. Je vais, mes enfants, mettre un terme à la fausse position où je me trouvais depuis si long-temps ; et, en bon père de famille, je viens vous annoncer mon mariage, là, tout bonifacement.

— Vous avez le droit de vous marier, dit Victorin, et, pour mon compte je vous rends la parole que vous m'avez donnée en m'accordant la main de ma chère Célestine...

— Quelle parole ? demanda Crevel.

— Celle de ne pas vous marier, répondit l'avocat. Vous me rendrez la justice d'avouer que je ne vous demandais pas cet engagement, que vous l'avez bien volontairement pris malgré moi, car je vous ai, dans ce temps, fait observer que vous ne deviez pas vous lier ainsi.

— Oui, je m'en souviens, mon cher ami, dit Crevel honteux. Et, ma foi, tenez !... mes chers enfants, si vous vouliez bien vivre avec madame Crevel, vous n'auriez pas à vous repentir... Votre délicatesse, Victorin, me touche... On n'est pas impunément généreux avec moi... Voyons, sapristi ! accueillez bien votre belle-mère, venez à mon mariage !...

— Vous ne nous dites pas, mon père, quelle est votre fiancée ? dit Célestine.

— Mais c'est le secret de la comédie, reprit Crevel... Ne jouons pas à cache-cache ! Lisbeth a dû vous dire...

— Mon cher monsieur Crevel, répliqua la Lorraine, il est des noms qu'on ne prononce pas ici...

— Eh bien ! c'est madame Marneffe !

— Monsieur Crevel, répondit sévèrement l'avocat, ni moi ni ma femme nous n'assisterons à ce mariage, non par des motifs d'intérêt, car je vous ai parlé tout à l'heure avec sincérité. Oui, je serais très-heureux de savoir que vous trouverez le bonheur dans cette union ; mais je suis mû par des considérations d'honneur et de délicatesse que vous devez comprendre, et que je ne puis exprimer, car elles raviveraient des blessures encore saignantes ici...

La baronne fit un signe à la comtesse, qui prenant son enfant dans ses bras, lui dit : — Allons, viens prendre ton bain, Wenceslas ! — Adieu, monsieur Crevel.

La baronne salua Crevel en silence, et Crevel ne put s'empêcher de sourire en voyant l'étonnement de l'enfant quand il se vit menacé de ce bain improvisé.

— Vous épousez, monsieur, s'écria l'avocat, quand il se trouva seul avec Lisbeth, avec sa femme et son beau-père, une femme chargée des dépouilles de mon père, et qui l'a froidement conduit où il est ; une femme qui vit avec le gendre, après avoir ruiné le beau-père ; qui cause les chagrins mortels de ma sœur... Et vous croyez qu'on nous verra sanctionnant votre folie par ma présence ? Je vous plains sincèrement, mon cher monsieur Crevel ! vous n'avez pas le sens de la famille, vous ne comprenez pas la solidarité d'honneur qui en lie les différents membres. On ne raisonne pas (je l'ai trop su malheureusement !) les passions. Les gens passionnés sont sourds comme ils sont aveugles. Votre fille Célestine a trop le sentiment de ses devoirs pour vous dire un seul mot de blâme.

— Ce serait joli ! dit Crevel qui tenta de couper court à cette mercuriale.

— Célestine ne serait pas ma femme, si elle vous faisait une seule observation, reprit l'avocat ; mais moi, je puis essayer de vous arrêter avant que vous ne mettiez le pied dans le gouffre, surtout après vous avoir donné la preuve de mon désintéressement. Ce n'est certes pas votre fortune, c'est vous-même dont je me préoccupe... Et pour vous éclairer sur mes sentiments, je puis ajouter, ne fût-ce que pour vous tranquilliser relativement à votre futur contrat de mariage, que ma situation de fortune est telle que nous n'avons rien à désirer...

— Grâce à moi ! s'écria Crevel dont la figure était devenue violette.

— Grâce à la fortune de Célestine, répondit l'avocat ; et si vous regrettez d'avoir donné, comme une dot venant de vous, à votre fille des sommes qui ne représentent pas la moitié de ce que lui a laissé sa mère, nous sommes prêts à vous les rendre...

— Savez-vous, monsieur mon gendre, dit Crevel qui se mit en position, qu'en couvrant de mon nom madame Marneffe, elle ne doit plus répondre au monde de sa conduite qu'en qualité de madame Crevel.

— C'est peut-être très-gentilhomme, dit l'avocat, c'est généreux quant aux choses de cœur, aux écarts de la passion ; mais je ne connais pas de nom, ni de lois, ni de titre qui puissent couvrir le vol des trois cent mille francs ignoblement arrachés à mon père !... Je vous dis nettement, mon cher beau-père, que votre future est indigne de vous, qu'elle vous trompe et qu'elle est amoureuse folle de mon beau-frère Steinbock, elle en a payé les dettes...

— C'est moi qui les ai payées...

— Bien, reprit l'avocat, j'en suis bien aise pour le comte Steinbock qui pourra s'acquitter un jour ; mais il est aimé, très-aimé, souvent aimé...

— Il est aimé !... dit Crevel dont la figure annonçait un bouleversement général. C'est lâche, c'est sale, et petit, et commun de calomnier une femme !... Quand on avance ces sortes de choses-là, monsieur, on les prouve...

— Je vous donnerai des preuves...

— Je les attends...

— Après-demain, mon cher monsieur Crevel, je vous dirai le jour et l'heure, le moment où je serai en mesure de dévoiler l'épouvantable dépravation de votre future épouse...

— Très-bien, je serai charmé, dit Crevel qui reprit son sang-froid. Adieu, mes enfants, au revoir. Adieu Lisbeth...

— Suis-je donc, Lisbeth, dit Célestine à l'oreille de la cousine Bette.

— Eh bien ! voilà comme vous vous en allez ?... cria Lisbeth à Crevel.

— Ah ! lui dit Crevel, il est devenu très-fort, mon gendre, il s'est formé. Le Palais, la Chambre, la rouerie judiciaire et la rouerie politique en font un gaillard. Ah ! ah ! il sait que je me marie mercredi prochain, et dimanche, ce monsieur me propose de me dire, dans trois jours, l'époque à laquelle il me démontrera que ma femme est indigne de moi... Ce n'est pas maladroit... Je retourne signer le contrat. Allons, viens avec moi, Lisbeth, viens !... Ils n'en sauront rien ! Je voulais laisser quarante mille francs de rente à Célestine ; mais Hulot vient de se conduire de manière à s'aliéner mon cœur à tout jamais.

— Donnez-moi dix minutes, père Crevel, attendez-moi dans votre voiture à la porte, je vais trouver un prétexte pour sortir.

— Eh bien ! c'est convenu...

— Mes amis, dit Lisbeth qui retrouva la famille au salon, je vais avec Crevel, on signe le contrat ce soir et je pourrai vous en dire les dispositions. Ce sera probablement ma dernière visite à cette femme. Votre père est furieux. Il va vous déshériter...

— Sa vanité l'en empêchera, répondit l'avocat. Il a voulu posséder la terre de Presles, il la gardera, je le connais. Eût-il des enfants, Célestine recueillera toujours la moitié de ce qu'il laissera, la loi l'empêche de donner toute sa fortune... Mais ces questions ne sont rien pour moi, je ne pense qu'à notre honneur... Allez, cousine, dit-il en serrant la main de Lisbeth, écoutez bien le contrat.

Vingt minutes après, Lisbeth et Crevel entraient à l'hôtel de la rue Barbet, où madame Marneffe attendait dans une douce impatience le résultat de la démarche qu'elle avait ordonnée. Valérie avait été prise, à la longue, pour Wenceslas de ce prodigieux amour qui, une fois dans la vie, étreint le cœur des femmes. Cet artiste manqué devint, entre les mains de madame Marneffe, un amant si parfait, qu'il était pour elle ce qu'elle avait été pour le baron Hulot. Valérie tenait des pantoufles d'une main, et l'autre était à Steinbock, sur l'épaule de qui elle reposait la tête. Il en est de la conversation à propos interrompus dans laquelle ils s'étaient lancés depuis le départ de Crevel, comme de ces longues œuvres littéraires de notre temps, au fronton desquelles on lit : *La reproduction en est interdite.* Ce chef-d'œuvre de poésie intime amena naturellement sur les lèvres de l'artiste un regret qu'il exprima, non sans amertume.

— Ah ! quel malheur que je me sois marié, dit Wenceslas, car si j'avais attendu, comme le disait Lisbeth, aujourd'hui je pourrais t'épouser.

— Il faut être Polonais pour souhaiter faire sa femme d'une maîtresse dévouée ! s'écria Valérie. Échanger l'amour contre le devoir ! le plaisir contre l'ennui !

— Je te connais si capricieuse ! répondit Steinbock. Ne t'ai-je pas entendue causant avec Lisbeth du baron Montès, ce Brésilien ?...

— Veux-tu m'en débarrasser ? dit Valérie.

— Ce serait, répondit l'ex-sculpteur, le seul moyen de t'empêcher de le voir.

— Apprends, mon chéri, répondit Valérie, que je le ménageais pour en faire un mari, car je te dis tout à toi !... Les promesses que j'ai faites à ce Brésilien... (Oh ! bien avant de te connaître, dit-elle en répondant à un geste de Wenceslas.) Eh bien ! ces promesses dont il s'arme pour me tourmenter, m'obligent à me marier presque secrètement ; car s'il apprend que j'épouse Crevel, il est homme à... à me tuer !...

— Oh ! quant à cette crainte !... dit Steinbock en faisant un geste de dédain qui signifiait que ce danger-là devait être insignifiant pour une femme aimée par un Polonais.

— Remarquez qu'en fait de bravoure, il n'y a plus la moindre forfanterie chez les Polonais, tant ils sont réellement et sérieusement braves.

— Et cet imbécile de Crevel qui veut donner une fête, et qui se livre à ses goûts de faste économique à propos de mon mariage, me met dans un embarras d'où je ne sais comment sortir.

Valérie pouvait-elle avouer à celui qu'elle adorait que le baron Henri Montès avait, depuis le renvoi du baron Hulot, hérité du privilège de venir chez elle à toute heure de nuit, et que, malgré son adresse, elle en était encore à trouver une cause de brouille où le Brésilien croirait avoir tous les torts ? Elle connaissait trop bien le caractère quasi-sauvage du baron, qui se rapprochait beaucoup de celui de Lisbeth, pour ne pas trembler en pensant à ce

More de Rio de Janeiro. Au roulement de la voiture, Steinbock quitta Valérie, qu'il tenait par la taille, et il prit un journal dans la lecture duquel on le trouva tout absorbé. Valérie brodait, avec une attention minutieuse, des pantoufles à son futur.

— Comme on *la* calomnie ! dit Lisbeth à l'oreille de Crevel sur le seuil de la porte en lui montrant ce tableau... Voyez sa coiffure ! est-elle dérangée ? A entendre Victorin, vous auriez pu surprendre deux tourtereaux au nid.

— Ma chère Lisbeth, répondit Crevel en position, vois-tu, pour faire d'une Aspasie une Lucrèce, il suffit de lui inspirer une passion !...

— Ne vous ai-je pas toujours dit, reprit Lisbeth, que les femmes aiment les gros libertins comme vous ?

— Elle serait d'ailleurs bien ingrate, reprit Crevel, car combien d'argent ai-je mis ici ? Grindot et moi seuls nous le savons !

Et il montrait l'escalier. Dans l'arrangement de cet hôtel que Crevel regardait comme le sien, Grindot avait essayé de lutter avec Cleretti, l'architecte à la mode, à qui le duc d'Hérouville avait confié la maison de Josépha. Mais Crevel, incapable de comprendre les arts, avait voulu, comme tous les bourgeois, dépenser une somme fixe, connue à l'avance. Maintenu par un devis, il fut impossible à Grindot de réaliser son rêve d'architecte. La différence qui distinguait l'hôtel de Josépha de celui de la rue Barbet, était celle qui se trouve entre la personnalité des choses et leur vulgarité. Ce qu'on admirait chez Josépha ne se voyait nulle part ; ce qui reluisait chez Crevel pouvait s'acheter partout. Ces deux luxes sont séparés l'un de l'autre par le fleuve du million. Un miroir unique vaut six mille francs, le miroir inventé par un fabricant qui l'exploite coûte cinq cents francs. Un lustre authentique de Boule monte en vente publique à trois mille francs ; le même lustre surmoulé pourra être fabriqué pour mille ou douze cents francs, l'un est en Archéologie ce qu'un tableau de Raphaël est en peinture, l'autre en est la copie. Qu'estimez-vous une copie de Raphaël ? L'hôtel de Crevel était donc un magnifique spécimen du luxe des sots, comme l'hôtel de Josépha le plus beau modèle d'une habitation d'artiste.

— Nous avons la guerre, dit Crevel en allant vers sa future.

Madame Marneffe sonna.

— Allez chercher monsieur Berthier, dit-elle au valet de chambre, et ne revenez pas sans lui. Si tu avais réussi, dit-elle en enlaçant Crevel, mon petit père, nous aurions retardé mon bonheur, et nous aurions donné une fête à étourdir ; mais, quand toute une famille s'oppose à un mariage, mon ami la décence veut qu'il se fasse sans éclat, surtout lorsque la mariée est veuve.

— Moi, je veux au contraire afficher un luxe à la Louis XIV, dit Crevel qui depuis quelque temps trouvait le dix-huitième siècle petit. J'ai commandé des voitures neuves ; il y a la voiture de monsieur et celle de madame, deux jolis coupés, une calèche, une berline d'apparat avec un siège superbe qui tressaille comme madame Hulot.

— Ah ! *je veux* ?... Tu ne serais donc plus mon agneau ? Non, non. Ma biche, tu feras à ma volonté. Nous allons signer notre contrat entre nous, ce soir. Puis, mercredi, nous nous marierons officiellement, comme on se marie réellement, *en catimini*, selon le mot de ma pauvre mère. Nous irons à pied vêtus simplement à l'église, où nous aurons une messe basse. Nos témoins sont Stidmann Steinbock, Vignon et Massol, tous gens d'esprit qui se trouveront à la mairie comme par hasard, et qui nous ferons le sacrifice d'entendre une messe. Ton collègue nous mariera, par exception, à neuf heures du matin. La messe est à dix heures, nous serons ici à déjeuner à onze heures et demie. J'ai promis à nos convives que l'on ne se lèverait de table que le soir... Nous aurons Bixiou, ton ancien camarade de Birotterie du Tillet, Lousteau, Vernisset, Léon de Lora, Vernou, la fleur des gens d'esprit, qui ne nous sauront pas mariés, nous les mystifierons, nous nous griserons un petit brin, et Lisbeth en sera ; je veux qu'elle apprenne le mariage, Bixiou doit lui faire des propositions et la... la déniaiser.

Pendant deux heures, madame Marneffe débita des folies qui firent faire à Crevel cette réflexion judicieuse :

— Comment une femme si gaie pourrait-elle être dépravée ? Folichonne, oui ! mais perverse... allons donc !

— Qu'est-ce que tes enfants ont dit de moi ? demanda Valérie à Crevel dans un moment où elle le tint près d'elle sur sa causeuse, bien des horreurs !

— Ils prétendent, répondit Crevel, que tu aimes Wenceslas d'une façon criminelle, toi ! la vertu même !

— Je crois bien que je l'aime, mon petit Wenceslas ! s'écria Valérie en appelant l'artiste, le prenant par la tête et l'embrassant au front. Pauvre garçon sans appui, sans fortune ! dédaigné par une girafe couleur carotte ! Que veux-tu, Crevel ? Wenceslas, c'est mon poëte, et je l'aime au grand jour comme si c'était mon enfant ! Ces femmes vertueuses, ça voit du mal partout et en tout. Ah ! çà ! elles ne pourraient donc pas rester sans mal faire auprès d'un homme ? Moi, je suis comme les enfants gâtés à qui l'on n'a jamais rien refusé : les bonbons ne me causent plus aucune émotion. Pauvres femmes, je les plains !... Et qu'est-ce qui me détériorait comme cela ?

— Victorin, dit Crevel.

— Eh bien ! pourquoi ne lui as-tu pas fermé le bec, à ce perroquet judiciaire, avec les deux cent mille francs de *la maman* ?

— Ah ! la baronne avait fui, dit Lisbeth.

— Qu'ils y prennent garde ! Lisbeth, dit madame Marneffe en fronçant les sourcils, ou ils me recevront chez eux, et très-bien, et viendront chez leur belle-mère, tous ! ou je les logerai (dis-leur de ma part) plus bas que ne se trouve le baron... Je veux devenir méchante, à la fin ! Ma parole d'honneur, je crois que le Mal est à la faux avec laquelle on met le Bien en coupe.

A trois heures, maître Berthier, successeur de Cardot, lut le contrat de mariage, après une courte conférence entre Crevel et lui, car certains articles dépendaient de la résolution que prendraient monsieur et madame Hulot jeunes. Crevel reconnaissait à sa future épouse une fortune composée : 1° de quarante mille francs de rente dont les titres étaient désignés ; 2° de l'hôtel et de tout le mobilier qu'il contenait, et 3° de trois millions en argent. En outre, il faisait à sa future épouse toutes les donations permises par la loi ; il la dispensait de tout inventaire ; et dans le cas où, lors de leur décès, les conjoints se trouveraient sans enfants, ils se donnaient respectivement l'un à l'autre l'universalité de leurs biens, meubles et immeubles. Ce contrat réduisait la fortune de Crevel à deux millions de capital. S'il avait des enfants de sa nouvelle femme, il restreignait la part de Célestine à cinq cent mille francs, à cause de l'usufruit de sa fortune accordé à Valérie. C'était la neuvième partie environ de sa fortune actuelle.

Lisbeth revint dîner rue Louis-le-Grand, le désespoir peint sur la figure. Elle expliqua, commenta le contrat de mariage, et trouva Célestine insensible autant que Victorin à cette désastreuse nouvelle.

— Vous avez irrité votre père, mes enfants ! Madame Marneffe a juré que vous recevriez chez vous la femme de monsieur Crevel, et que vous viendriez chez elle, dit-elle.

— Jamais ! dit Hulot.

— Jamais ! dit Célestine.

— Jamais ! s'écria Hortense.

Lisbeth fut saisie du désir de vaincre l'attitude superbe de tous les Hulot.

— Elle paraît avoir des armes contre vous !... répondit-elle. Je ne sais pas encore de quoi il s'agit, mais je le saurai... Elle a parlé vaguement d'une histoire de deux cent mille francs qui regarde Adeline.

La baronne Hulot se renversa doucement sur le divan où elle se trouvait, et d'affreuses convulsions se déclarèrent.

— Allez-y, mes enfants !... cria la baronne. Recevez cette femme ! Monsieur Crevel est un homme infâme ! il mérite le dernier supplice... Obéissez à cette femme... Ah ! c'est un monstre ! *elle sait tout !*

Après ces mots mêlés à des larmes, à des sanglots, madame Hulot trouva la force de monter chez elle, appuyée sur le bras de sa fille et sur celui de Célestine.

— Qu'est-ce que tout ceci veut dire ? s'écria Lisbeth restée seule avec Victorin.

L'avocat, planté sur ses jambes, dans une stupéfaction très-convenable, n'entendit pas Lisbeth.

— Qu'as-tu, mon Victorin ?

— Je suis épouvanté ! dit l'avocat, dont la figure devint menaçante. Malheur à qui touche à ma mère, je n'ai plus alors de scrupules ! Si je le pouvais, j'écraserais cette femme comme on écrase une vipère !... Ah ! elle attaque la vie et l'honneur de ma mère !...

— Elle a dit, ne répète pas ceci, mon cher Victorin, elle a dit qu'elle vous logerait tous encore plus bas que votre père... Elle a reproché vertement à Crevel de ne pas vous avoir fermé la bouche avec ce secret qui paraît tant épouvanter Adeline.

On envoya chercher un médecin, car l'état de la

baronne empirait. Le médecin ordonna une potion pleine d'opium, et Adeline tomba, la potion prise, dans un profond sommeil ; mais toute cette famille était en proie à la plus vive terreur. Le lendemain, l'avocat partit de bonne heure pour le Palais, et il passa par la préfecture de police, où il supplia Vautrin le chef de la sûreté de lui envoyer madame de Saint-Estève.

— On nous a défendu, monsieur, de nous occuper de vous, mais madame de Saint-Estève est marchande, elle est à vos ordres, répondit le célèbre Chef.

De retour chez lui, le pauvre avocat apprit que l'on craignait pour la raison de sa mère. Le docteur Bianchon, le docteur Larabit, le professeur Angard, réunis en consultation, venaient de décider l'emploi des moyens héroïques pour détourner le sang qui se portait à la tête. Au moment où Victorin écoutait le docteur Bianchon, qui lui détaillait les raisons qu'il avait d'espérer l'apaisement de cette crise, quoique ses confrères en désespérassent, le valet de chambre vint annoncer à l'avocat sa cliente, madame de Saint-Estève. Victorin laissa Bianchon au milieu d'une période et descendit l'escalier avec une rapidité de fou.

— Y aurait-il dans la maison un principe de folie contagieux ? dit Bianchon en se retournant vers Larabit.

Les médecins s'en allèrent en laissant un interne chargé par eux de veiller madame Hulot.

— Toute une vie de vertu !... était la seule phrase que la malade prononçât depuis la catastrophe. Lisbeth ne quittait pas le chevet d'Adeline, elle l'avait veillée ; elle était admirée par les deux jeunes femmes.

— Eh bien ! ma chère madame Saint-Estève ! dit l'avocat en introduisant l'horrible vieille dans son cabinet et en fermant soigneusement les portes, où en sommes-nous ?

— Eh bien ! mon cher ami, dit-elle en regardant Victorin d'un œil froidement ironique, vous avez fait vos petites réflexions ?...

— Avez-vous agi ?...

— Donnez-vous cinquante mille francs ?...

— Oui, répondit Hulot fils, car il faut marcher. Savez-vous que, par une seule phrase, cette femme a mis la vie et la raison de ma mère en danger ? Ainsi, marchez !

— On a marché ! répliqua la vieille.

— Eh bien ?... dit Victorin convulsivement.

— Eh bien ! vous n'arrêtez pas les frais ?

— Au contraire.

— C'est qu'il y a déjà vingt-trois mille francs de frais.

Hulot fils regarda la Saint-Estève d'un air imbécile.

— Ah ! çà, seriez-vous un jobard, vous l'une des lumières du Palais ? dit la vieille. Nous avons pour cette somme une conscience de femme de chambre et un tableau de Raphaël, ce n'est pas cher...

Hulot restait stupide, il ouvrait de grands yeux.

— Eh bien ! reprit la Saint-Estève, nous avons acheté mademoiselle Reine Tonsard, celle pour qui madame Marneffe n'a pas de secrets...

— Je comprends...

— Mais si vous lésinez, dites-le ?...

— Je payerai de confiance, répondit-il, allez. Ma mère m'a dit que ces gens-là méritaient les plus grands supplices...

— On ne roue plus, dit la vieille.

— Vous me répondez du succès ?

— Laissez-moi faire, répondit la Saint-Estève. Votre vengeance mijote.

Elle regarda la pendule, la pendule marquait six heures.

— Votre vengeance s'habille, les fourneaux du Rocher-de-Cancale sont allumés, les chevaux des voitures piaffent, mes fers chauffent. Ah ! je sais votre madame Marneffe par cœur. Tout est paré, quoi ! Il y a des boulettes dans la ratière, je vous dirai demain si la souris s'empoisonnera. Je le crois ! Adieu, mon fils.

— Adieu, madame.

— Savez-vous l'anglais ?

— Oui.

— Avez-vous vu jouer *Macbeth*, en anglais ?

— Oui.

— Eh bien ! mon fils, tu seras roi ! c'est-à-dire tu hériteras ! dit cette affreuse sorcière devinée par Shakspeare et qui paraissait connaître Shakspeare. Elle laissa Hulot hébété sur le seuil de son cabinet. — N'oubliez pas que le référé est pour demain ! dit-elle gracieusement en plaideuse consommée. Elle voyait venir deux personnes, et voulait passer à leurs yeux pour une comtesse Pimbèche.

— Quel aplomb ! se dit Hulot en saluant sa prétendue cliente.

Le baron Montès de Montéjanos était un lion, mais un lion inexpliqué. Le Paris de la fashion, celui du turf et des lorettes admiraient les gilets ineffables de ce seigneur étranger, ses bottes d'un vernis irréprochable, ses sticks incomparables, ses chevaux enviés, sa voiture menée par des nègres parfaitement esclaves et très-bien battus. Sa fortune était connue, il avait un crédit de sept cent mille francs chez le célèbre banquier du Tillet ; mais on le voyait toujours seul. S'il allait aux premières représentations, il était dans une stalle d'orchestre. Il ne hantait aucun salon. Il n'avait jamais donné le bras à une lorette ! On ne pouvait unir son nom à celui d'aucune jolie femme du monde. Pour passe-temps, il jouait au whist au Jockey-Club. On en était réduit à calomnier ses mœurs, ou, ce qui paraissait infiniment plus drôle, sa personne : on l'appelait Combabus ! Bixiou, Léon de Lora, Lousteau, Florine, mademoiselle Héloïse Brisetout et Nathan, soupant un soir chez l'illustre Carabine avec beaucoup de lions et de lionnes, avaient inventé cette explication, excessivement burlesque. Massol, en sa qualité de Conseiller-d'État, Claude Vignon, en sa qualité d'ancien professeur de grec, avaient raconté aux ignorantes lorettes la fameuse anecdote, rapportée dans l'Histoire ancienne de Rollin, concernant Combabus, cet Abélard volontaire chargé de garder la femme d'un roi d'Assyrie, de Perse, Bactriane, Mésopotamie et autres départements de la géographie particulière au vieux professeur du Bocage qui continua d'Anville, le créateur de l'ancien Orient. Ce surnom, qui fit rire pendant un quart d'heure les convives de Carabine, fut le sujet d'une foule de plaisanteries trop lestes dans un ouvrage auquel l'Académie pourrait ne pas donner le prix Montyon, mais parmi lesquelles on remarqua le nom qui resta sur la crinière touffue du beau baron, que Josépha nommait un *magnifique Brésilien*, comme on dit un magnifique *Catoxantha* ! Carabine, la plus illustre des lorettes, celle dont la beauté fine et les saillies avaient arraché le sceptre du Treizième arrondissement aux mains de mademoiselle Turquet, plus connue sous le nom de *Malaga*, mademoiselle Séraphine Sinet (tel était son vrai nom) était au banquier du Tillet ce que Josépha Mirah était au duc d'Hérouville.

Or, le matin même du jour où la Saint-Estève prophétisait le succès à Victorin, Carabine avait dit à du Tillet, sur les sept heures du matin : — Si tu étais gentil, tu me donnerais à dîner au *Rocher de Cancale*, et tu m'amènerais Combabus ; nous voulons savoir enfin s'il a une maîtresse... j'ai parié pour... je veux gagner...

— Il est toujours à l'hôtel des Princes, j'y passerai, répondit du Tillet ; nous nous amuserons. Aie tous nos *gars* : le *gars* Bixiou, le *gars* Lora ! Enfin toute notre séquelle !

A sept heures et demie, dans le plus beau salon de l'établissement où l'Europe entière a dîné, brillait sur la table un magnifique service d'argenterie fait exprès pour les dîners où la Vanité soldait l'addition en billets de banque. Des torrents de lumière produisaient des cascades au bord des ciselures. Des garçons, qu'un provincial aurait pris pour des diplomates, n'était l'âge, se tenaient sérieux comme des gens qui se savent ultra-payés.

Cinq personnes arrivées en attendaient neuf autres. C'était d'abord Bixiou, le sel de toute cuisine intellectuelle, encore debout en 1843, avec une armure de plaisanteries toujours neuves, phénomène aussi rare à Paris que la vertu. Puis, Léon de Lora, le plus grand peintre de paysage et de marine existant, qui gardait sur tous ses rivaux l'avantage de ne jamais se trouver au-dessous de ses débuts. Les Lorettes ne pouvaient pas se passer de ces deux rois du bon mot. Pas de souper, pas de dîner, pas de partie sans eux. Séraphine Sinet, dite Carabine, en sa qualité de maîtresse en titre de l'amphitryon, était venue l'une des premières, et faisait resplendir sous les nappes de lumière ses épaules sans rivales à Paris, un cou tourné comme par un tourneur, sans un pli ! son visage mutin et sa robe de satin broché, bleu sur bleu, ornée de dentelles d'Angleterre en quantité suffisante à nourrir un village pendant un mois. La jolie Jenny Cadine, qui ne jouait pas à son théâtre, et dont le portrait est trop connu pour en dire quoi que ce soit, arriva dans une toilette d'une richesse fabuleuse. Une partie est toujours pour ces dames un Longchamps de toilettes, où chacune d'elles veut faire obtenir le prix à son millionnaire, en disant à ses rivales : — Voilà le prix que je vaux !

Une troisième femme, sans doute au début de la carrière, regardait, presque honteuse, le luxe des deux commères posées et riches. Simplement habillée en cachemire blanc orné de passementeries bleues, elle avait été coiffée en fleurs, par un coiffeur du Genre *Merlan* dont la main malhabile avait donné, sans le savoir, les grâces de la niaiserie à des cheveux blonds adorables. Encore gênée dans sa robe, *elle avait la timidité,* selon la phrase consacrée, *inséparable d'un premier début.* Elle arrivait de Valognes pour placer à Paris une fraîcheur désespérante, une candeur à irriter le désir chez un mourant, et une beauté digne de toutes celles que la Normandie a déjà fournies aux différents théâtres de la capitale. Les lignes de cette figure intacte offraient l'idéal de la pureté des anges. Sa blancheur lactée renvoyait si bien la lumière, que vous eussiez dit d'un miroir. Ses couleurs fines avaient été mises sur les joues comme avec un pinceau. Elle se nommait Cydalise. C'était comme on va le voir, un pion nécessaire dans la partie que jouait *mame* Nourrisson contre madame Marneffe.

— Tu n'as pas le bras de ton nom, ma petite, avait dit Jenny Cadine à qui Carabine avait présenté ce chef-d'œuvre âgé de seize ans et amené par elle.

Cydalise, en effet, offrait à l'admiration publique de beaux bras d'un tissu serré, grenu, mais rougi par un sang magnifique.

— Combien vaut-elle ? demanda Jenny Cadine tout bas à Carabine.

— Un héritage.

— Qu'en veux-tu faire ?

— Tiens, madame Combabus !...

— Et l'on te donne, pour faire ce métier-là ?...

— Devine !

— Une belle argenterie ?

— J'en ai trois !

— Des diamants ?

— J'en vends.

— Un singe vert !

— Non, un tableau de Raphaël !

— Quel rat te passe dans la cervelle ?

— Josépha me scie l'omoplate avec ses tableaux, répondit Carabine, et j'en veux avoir de plus beaux que les siens...

Du Tillet amena le héros du dîner, le Brésilien ; le duc

d'Hérouville les suivait avec Josépha. La cantatrice avait mis une simple robe de velours. Mais autour de son cou brillait un collier de cent vingt mille francs, des perles à peine distinctibles sur sa peau de camélia blanc. Elle s'était fourré dans ses nattes noires un seul camélia rouge (une mouche !) d'un effet étourdissant et elle s'était amusée à étager onze bracelets de perles sur chacun de ses bras. Elle vint serrer les bras de Jenny Cadine, qui lui dit :

— Prête-moi donc tes mitaines ?... Josépha détacha ses bracelets et les offrit, sur une assiette, à son amie.

— Quel genre ! dit Carabine, faut être duchesse ! Plus que cela de perles ! Vous avez dévalisé la mer pour orner la fille, monsieur le duc ? ajouta-t-elle en se tournant vers le petit duc d'Hérouville.

L'actrice prit un seul bracelet, rattacha les vingt autres aux beaux bras de la cantatrice et y mit un baiser.

Lousteau, le pique-assiette littéraire, La Palférine et Malaga, Massol et Vauvinet, Théodore Gaillard, l'un des propriétaires d'un des plus importants journaux politiques, complétaient les invités. Le duc d'Hérouville, poli comme un grand seigneur avec tout le monde, eut pour le comte de La Palférine ce salut particulier qui, sans accuser l'estime ou l'intimité, dit à tout le monde : — « Nous sommes de la même famille, de la même race, nous nous valons ! » Ce salut, le *sihboleth* de l'aristocratie, a été créé pour le désespoir des gens d'esprit de la haute bourgeoisie.

Carabine prit Combabus à sa gauche et le duc d'Hérouville à sa droite. Cydalise flanqua le Brésilien, et Bixiou fut mis à côté de la Normande. Malaga prit place à côté du duc.

A sept heures, on attaqua les huîtres. A huit heures, entre les deux services, on dégusta le punch glacé. Tout le monde connaît le menu de ces festins. A neuf heures, on babillait comme on babille après quarante-deux bouteilles de différents vins, bues entre quatorze personnes. Le dessert, cet affreux dessert du mois d'avril, était servi. Cette atmosphère capiteuse n'avait grisé que la Normande, qui chantonnait un Noël. Cette pauvre fille exceptée, personne n'avait perdu la raison, les buveurs, les femmes étaient l'élite de Paris soupant. Les esprits riaient, les yeux, quoique brillantés, restaient pleins d'intelligence, mais les lèvres tournaient à la satire, à l'anecdote, à l'indiscrétion. La conversation, qui jusqu'alors avait roulé dans le cercle vicieux des courses et des chevaux, des exécutions à la Bourse, des différents mérites des lions comparés les uns aux autres, et les histoires scandaleuses connues, menaçait de devenir intime, de se fractionner par groupes de deux cœurs.

Ce fut en ce moment que, sur des œillades distribuées par Carabine à Léon de Lora, Bixiou, La Palférine et du Tillet, on parla d'amour.

— Les médecins comme il faut ne parlent jamais médecine, les vrais nobles ne parlent jamais ancêtres, les gens de talent ne parlent pas de leurs œuvres, dit Josépha, pourquoi parler de notre état... J'ai fait faire relâche à l'Opéra pour venir, ce n'est pas certes pour *travailler* ici. Ainsi ne *posons* point, mes chères amies.

— On te parle du véritable amour, ma petite ! dit Malaga, de cet amour qui fait qu'on s'enfonce ! qu'on enfonce père et mère, qu'on vend femmes et enfants, et qu'on va *dà* Clichy...

— Causez, alors ! reprit la cantatrice. Connais pas !

Connais pas !... Ce mot, passé de l'argot des gamins de Paris dans le vocabulaire de la lorette, est, à l'aide des yeux et de la physionomie de ces femmes, tout un poème sur leurs lèvres.

— Je ne vous aime donc point, Josépha ? dit tout bas le duc.

— Vous pouvez m'aimer véritablement, dit à l'oreille du duc la cantatrice en souriant ; mais moi je ne vous aime pas de l'amour dont on parle, de cet amour qui fait que l'univers est tout noir sans l'homme aimé. Vous m'êtes agréable, utile, mais vous ne m'êtes pas indispensable ; et, si demain vous m'abandonniez, j'aurais trois ducs pour un...

— Est-ce que l'amour existe à Paris ? dit Léon de Lora. Personne n'y a le temps de faire sa fortune, comment se livrerait-on à l'amour vrai qui s'empare d'un homme comme l'eau s'empare du sucre ? Il faut être excessivement riche pour aimer, car l'amour annule un homme, à peu près comme notre cher baron brésilien que voilà. Il y a longtemps que je l'ai déjà dit, *les extrêmes se bouchent !* Un véritable amoureux ressemble à un eunuque, car il n'y a plus de femmes pour lui sur la terre ! Il est mystérieux, il est comme le vrai chrétien, solitaire dans sa thébaïde ! Voyez-moi ce brave Brésilien !... Toute la table examina Henri Montès de Montéjanos qui fut honteux de se trouver le centre de tous les regards. — Il pâture là depuis une heure, sans plus savoir que ne le saurait un bœuf, qu'il a pour voisine la femme la plus... je ne dirai pas ici la plus belle, mais la plus fraîche de Paris.

— Tout est frais ici, même le poisson, c'est la renommée de la maison, dit Carabine.

Le baron Montès de Montéjanos regarda le paysagiste d'un air aimable et dit : — Très-bien ! je bois à vous ! Et il salua Léon de Lora d'un signe de tête, inclina son verre plein de vin de Porto et but magistralement.

— Vous aimez donc ? dit Carabine à son voisin en interprétant ainsi le toast.

Le baron brésilien fit encore remplir son verre, salua Carabine, et répéta le toast.

— A la santé de madame, dit alors la lorette d'un ton si plaisant que le paysagiste, du Tillet et Bixiou partirent d'un éclat de rire.

Le Brésilien resta grave comme un homme de bronze. Ce sang-froid irrita Carabine. Elle savait parfaitement que Montès aimait madame Marneffe ; mais elle ne s'attendait pas à cette foi brutale, à ce silence obstiné de l'homme convaincu. On juge aussi souvent une femme d'après l'attitude de son amant, qu'on juge un amant sur le maintien de sa maîtresse. Fier d'aimer Valérie et d'être aimé d'elle, le sourire du baron offrait à ses connaisseurs émérites une teinte d'ironie, et il était d'ailleurs superbe à voir : les vins n'avaient pas altéré sa coloration, et ses yeux brillant de l'éclat particulier à l'or bruni, gardaient les secrets de l'âme. Aussi Carabine se dit-elle en elle-même : — Quelle femme ! comme elle vous a cacheté ce cœur-là !

— C'est un roc ! dit à demi-voix Bixiou, qui ne voyait là qu'une charge et qui ne soupçonnait pas l'importance attachée par Carabine à la démolition de cette forteresse.

Pendant que ces discours, en apparence si frivoles, se disaient à la droite de Carabine, la discussion sur l'amour continuait à sa gauche entre le duc d'Hérouville, Lousteau, Josépha, Jenny Cadine et Massol. On en était à chercher si ces rares phénomènes étaient produits par la passion, par l'entêtement ou par l'amour. Josépha, très-ennuyée de ces théories, voulut changer de conversation.

— Vous parlez de ce que vous ignorez complètement ! Y a-t-il un de vous qui ait assez aimé une femme, et une femme indigne de lui, pour manger sa fortune, celle de ses enfants, pour vendre son avenir, pour ternir son passé, pour encourir les galères en volant l'État, pour tuer un oncle et un frère, pour se laisser si bien bander les yeux qu'il n'ait pas pensé qu'on les lui bouchait afin de l'empêcher de voir le gouffre où, pour dernière plaisanterie, on l'a lancé ! Du Tillet a sous la mamelle gauche une caisse, Léon de Lora y a son esprit, Bixiou rirait de lui-même s'il aimait une autre personne que lui, Massol a un portefeuille ministériel à la place d'un cœur, Lousteau n'a là qu'un viscère, lui qui a pu se laisser quitter par madame de La Baudraye, monsieur le duc est trop riche pour pouvoir prouver son amour par sa ruine, Vauvinet ne compte pas, je retranche l'escompteur du genre humain. Ainsi, vous n'avez jamais aimé, ni moi non plus, ni Jenny, ni Carabine... Quant à moi, je n'ai vu qu'une seule fois le phénomène que je viens de décrire. C'est, dit-elle à Jenny Cadine, notre pauvre baron Hulot, que je vais faire afficher comme un chien perdu, car je veux le retrouver.

— Ah çà ! se dit en elle-même Carabine en regardant Josépha d'une certaine manière, madame Nourrisson a donc deux tableaux de Raphaël, que Josépha joue mon jeu ?

— Pauvre homme ! dit Vauvinet, il était bien grand, bien magnifique. Quel style ! quelle tournure ! Il avait l'air de François Ier ! Quel volcan ! et quelle habileté, quel génie il déployait pour trouver de l'argent ! Là où il est, il en cherche, et il doit en extraire de ces murs faits avec des os qu'on voit dans les faubourgs de Paris, près des barrières, où sans doute il s'est caché...

— Et cela, dit Bixiou, pour cette petite madame Marneffe ! En voilà-t-il une rouée !

— Elle épouse mon ami Crevel ! ajouta du Tillet.

— Et elle est folle de mon ami Steinbock ! dit Léon de Lora.

Ces trois phrases furent trois coups de pistolet que Montès reçut en pleine poitrine. Il devint blême et souffrit tant qu'il se leva péniblement.

— Vous êtes des canailles ! dit-il. Vous ne devriez pas mêler le nom d'une honnête femme aux noms de toutes vos femmes perdues ! ni surtout en faire une cible pour vos lazzis.

Montès fut interrompu par des bravos et des applaudissements unanimes. Bixiou, Léon de Lora, Vauvinet, du Tillet, Massol donnèrent le signal. Ce fut un chœur.

— Vive l'empereur ! dit Bixiou.

— Qu'on le couronne ! s'écria Vauvinet.

— *Un grognement* pour Médor, *hurrah* pour le Brésil ! cria Lousteau.

— Ah ! baron cuivré, tu aimes notre Valérie ? dit Léon de Lora, tu n'es pas dégoûté !

— Ce n'est pas parlementaire, ce qu'il a dit ; mais c'est magnifique !... fit observer Massol.

— Mais, mon amour de client, tu m'es recommandé, je suis ton banquier, ton innocence va me faire du tort.

— Ah ! dites-moi, vous qui êtes un homme sérieux, demanda le Brésilien à du Tillet.

— Merci, pour nous tous, fit Bixiou qui salua.

— Dites-moi quelque chose de positif !... ajouta Montès sans prendre garde au mot de Bixiou.

— Ah çà ! reprit du Tillet, j'ai l'honneur de te dire que je suis invité à la noce de Crevel.

— Ah ! Combabus prend la défense de madame Marneffe ! dit Josépha qui se leva solennellement. Elle alla d'un air tragique jusqu'à Montès, elle lui donna sur la tête une petite tape amicale, elle le regarda pendant un instant en laissant voir sur sa figure une admiration comique, et hocha la tête. — Hulot est le premier exemple de l'amour *quand même*, voilà le second, dit-elle ; mais il ne devrait pas compter, car il vient des Tropiques !

Au moment où Josépha frappa doucement le front du Brésilien, Montès retomba sur sa chaise, et s'adressa, par un regard, à du Tillet : — Si je suis le jouet d'une de vos plaisanteries parisiennes, lui dit-il, si vous avez voulu m'arracher mon secret... Et il enveloppa la table entière d'une ceinture de feu embrassant tous les convives d'un coup d'œil où flamba le soleil du Brésil. — Par grâce, avouez-le-moi, reprit-il d'un air suppliant et presque enfantin ; mais ne calomniez pas une femme que j'aime...

— Ah çà ! lui répondit Carabine à l'oreille, mais si vous

étiez indignement trahi, trompé, joué par Valérie, et que je vous en donnasse les preuves, dans une heure, chez moi, que feriez-vous ?

— Je ne puis pas vous le dire ici, devant tous ces Iagos... dit le baron brésilien.

Carabine entendit *magots* !

— Eh bien ! taisez-vous ! lui répondit-elle en souriant, ne prêtez pas à rire aux hommes les plus spirituels de Paris, et venez chez moi, nous causerons...

Montès était anéanti...

— Des preuves !... dit-il en balbutiant, songez !...

— Tu en auras trop, répondit Carabine, et puisque le soupçon te porte autant à la tête, j'ai peur pour ta raison...

— Est-il entêté cet être-là, c'est pis que feu le roi de Hollande. Voyons ? Lousteau, Bixiou, Massol, ohé ! les autres ? n'êtes-vous pas invités tous à déjeuner par madame Marneffe, après-demain ? demanda Léon de Lora.

— *Ya*, répondit du Tillet. J'ai l'honneur de vous répéter, baron, que si vous aviez, par hasard, l'intention d'épouser madame Marneffe, vous êtes rejeté comme un projet de loi par une boule du nom de Crevel. Mon ami, mon ancien camarade Crevel a quatre-vingt mille livres de rente, et vous n'en avez pas probablement fait voir autant, car alors vous eussiez été, je le crois, préféré...

Montès écouta d'un air à demi rêveur, à demi souriant, qui parut terrible à tout le monde. Le premier garçon vint dire en ce moment à l'oreille de Carabine qu'une de ses parentes était dans le salon et désirait lui parler. La lorette se leva, sortit, et trouva madame Nourrisson sous voiles de dentelle noire.

— Eh bien ! dois-je aller chez toi, ma fille ? A-t-il mordu ?

— Oui, ma petite mère, le pistolet est si bien chargé que j'ai peur qu'il n'éclate, répondit Carabine.

Une heure après, Montès, Cydalise et Carabine, revenus du *Rocher de Cancale*, entraient rue Saint-Georges, dans le petit salon de Carabine. La lorette vit madame Nourrisson assise sur une bergère, au coin du feu.

— Tiens ! voilà ma respectable tante ! dit-elle.

— Oui, ma fille, c'est moi qui viens chercher moi-même ma petite rente. Tu m'oublierais, quoique tu aies bon cœur, et j'ai demain des billets à payer. Une marchande à la toilette, c'est toujours gêné. Qu'est-ce que tu traînes donc après toi ?... Ce monsieur a l'air d'avoir bien du désagrément...

L'affreuse madame Nourrisson, dont en ce moment la métamorphose était complète, et qui semblait être une bonne vieille femme, se leva pour embrasser Carabine, une des cent et quelques lorettes qu'elle avait lancées dans l'horrible carrière du vice.

— C'est un Othello qui ne se trompe pas, et que j'ai l'honneur de te présenter : monsieur le baron Montès de Montéjanos...

— Oh ! je connais monsieur pour en avoir beaucoup entendu parler ; on vous appelle Combabus parce que vous n'aimez qu'une femme ; c'est, à Paris, comme si l'on n'en avait pas du tout. Eh bien ! s'agirait-il par hasard de votre objet ? de madame Marneffe, la femme à Crevel... Tenez, mon cher monsieur, bénissez votre sort au *lieur* de l'accuser... C'est une rien du tout, cette petite femme-là. Je connais ses allures !...

— Ah bah ! dit Carabine à qui madame Nourrisson avait glissé dans la main une lettre en l'embrassant, tu ne connais pas les Brésiliens. C'est des crânes qui tiennent à s'empaler par le cœur !... Tant plus ils sont jaloux, tant plus ils veulent l'être. Môsieur parle de tout massacrer, et il ne massacrera rien, parce qu'il aime ! Enfin, je ramène ici monsieur le baron pour lui donner les preuves de son malheur que j'ai obtenues de ce petit Steinbock.

Montès était ivre, il écoutait comme s'il ne s'agissait pas de lui-même. Carabine alla se débarrasser de son crispin en velours, et lut le *fac-simile* du billet suivant :

« Mon chat, *il* va ce soir dîner chez Popinot, et viendra
« me chercher à l'Opéra sur les onze heures. Je partirai
« sur les cinq heures et demie, et compte te trouver à notre
« paradis, où tu feras venir à dîner de la Maison d'Or.
« Habille-toi de manière à pouvoir me ramener à l'Opéra.
« Nous aurons quatre heures à nous. Tu me rendras ce
« petit mot, non pas que ta Valérie se défie de toi, je te
« donnerais ma vie, ma fortune et mon honneur ; mais je
« crains les farces du hasard. »

— Tiens, baron, voilà le poulet envoyé ce matin au comte de Steinbock, lis l'adresse ! L'original vient d'être brûlé.

Montès tourna, retourna le papier, reconnut l'écriture, et fut frappé d'une idée juste, ce qui prouve combien sa tête était dérangée.

— Ah çà ! dans quel intérêt me déchirez-vous le cœur, car vous avez acheté bien cher le droit d'avoir ce billet pendant quelque temps entre les mains pour le faire lithographier ? dit-il en regardant Carabine.

— Grand imbécile ! dit Carabine à un signe de madame Nourrisson, ne vois-tu pas cette pauvre Cydalise... une enfant de seize ans qui t'aime depuis trois mois à en perdre le boire et le manger, et qui se désole de n'avoir pas encore obtenu le plus distrait de tes regards ? (Cydalise se mit un mouchoir sur les yeux, et eut l'air de pleurer.) — Elle est furieuse, malgré son air de sainte-nitouche, de voir que l'homme dont elle est folle est la dupe d'une scélérate, dit Carabine en poursuivant, et elle tuerait Valérie...

— Oh ! ça, dit le Brésilien, ça me regarde !

— Tuer ?... toi ! mon petit, dit la Nourrisson, ça ne se fait plus ici.

— Oh ! reprit Montès, je ne suis pas de ce pays-ci, moi ! Je vis dans une capitainerie où je me moque de vos lois, et si vous me donnez des preuves...

— Ah çà ! ce billet ce n'est donc rien ?...

— Non, dit le Brésilien. Je ne crois pas à l'écriture, je veux voir...

— Oh ! voir ! dit Carabine qui comprit à merveille un nouveau geste de sa fausse tante ; mais on te fera tout voir, mon cher tigre, à une condition...

— Laquelle ?

— Regardez Cydalise.

Sur un signe de madame Nourrisson, Cydalise regarda tendrement le Brésilien.

— L'aimeras-tu ? lui feras-tu son sort ?... demanda Carabine. Une femme de cette beauté-là, ça vaut un hôtel et un équipage ! Ce serait une monstruosité que de la laisser à pied. Et elle a... des dettes. Que dois-tu ? fit Carabine en pinçant le bras de Cydalise.

— Elle vaut ce qu'elle vaut, dit la Nourrisson. Suffit qu'il y a marchand !

— Écoutez ! s'écria Montès en apercevant enfin cet admirable chef-d'œuvre féminin, vous me ferez voir Valérie ?...

— Et le comte de Steinbock, parbleu ! dit madame Nourrisson.

Depuis dix minutes, la vieille observait le Brésilien, elle vit en lui l'instrument monté au diapason du meurtre dont elle avait besoin, elle le vit surtout assez aveuglé pour ne plus prendre garde à ceux qui le menaient, et elle intervint.

— Cydalise, mon chéri du Brésil, est ma nièce, et l'affaire me regarde un peu. Toute cette débâcle, c'est l'affaire de dix minutes ; car c'est une de mes amies qui loue au comte de Steinbock la chambre garnie où ta Valérie prend en ce moment son café, un drôle de café, mais elle appelle cela son café. Donc, entendons-nous, Brésil ! J'aime le Brésil, c'est un pays chaud. Quel sera le sort de ma nièce ?

— Vieille autruche ! dit Montès frappé des plumes que la Nourrisson avait sur son chapeau, tu m'as interrompu. Si tu me fais voir... voir Valérie et cet artiste ensemble...

— Comme tu voudrais être avec elle, dit Carabine, c'est entendu.

— Eh bien ! je prends cette Normande, et l'emmène...

— Où ?... demanda Carabine.

— Au Brésil ! répondit le baron, j'en ferai ma femme. Mon oncle m'a laissé dix lieues carrées de pays invendables, voilà pourquoi je possède encore cette habitation ; j'y ai cent nègres, rien que des nègres, des négresses et des négrillons achetés par mon oncle...

— Le neveu d'un négrier !... dit Carabine en faisant la moue, c'est à considérer. Cydalise, mon enfant, es-tu négrophile ?

— Ah çà ! *ne blaguons* plus, Carabine, dit la Nourrisson. Que diable ! nous sommes en affaires, monsieur et moi.

— Si je me redonne une Française, je la veux toute à moi, reprit le Brésilien. Je vous en préviens, mademoiselle, je suis un roi, mais pas un roi constitutionnel, je suis un czar, j'ai acheté tous les sujets, et personne ne sort de mon royaume, qui se trouve à cent lieues de toute habitation, il est bordé de Sauvages du côté de l'intérieur, et séparé de la côte par un désert grand comme votre France...

— J'aime mieux une mansarde ici ! dit Carabine...

— C'est ce que je pensais, répliqua le Brésilien, puisque

j'ai vendu toutes mes terres, et tout ce que je possédais à Rio de Janeiro pour venir retrouver madame Marneffe.

— On ne fait pas ces voyages-là pour rien, dit madame Nourrisson. Vous avez le droit d'être aimé pour vous-même, étant surtout très-beau... Oh ! il est beau, dit-elle à Carabine.

— Très-beau ! plus beau que le postillon de Lonjumeau, répondit la lorette.

Cydalise prit la main du Brésilien, qui se débarrassa d'elle le plus honnêtement possible.

— J'étais revenu pour enlever madame Marneffe ! reprit le Brésilien en reprenant son argumentation, et vous ne savez pas pourquoi j'ai mis trois ans à revenir ?

— Non, Sauvage, dit Carabine.

— Eh bien ! elle m'avait tant dit qu'elle voulait vivre avec moi, seule, dans un désert !...

— Ce n'est plus un Sauvage, dit Carabine en partant d'un éclat de rire, il est de la tribu des Jobards civilisés.

— Elle me l'avait tant dit, reprit le baron insensible aux railleries de la lorette, que j'ai fait arranger une habitation délicieuse au centre de cette immense propriété. Je reviens en France chercher Valérie, et la nuit où je l'ai revue...

— Revue est décent, dit Carabine, je retiens le mot !

— Elle m'a dit d'attendre la mort de ce misérable Marneffe, et j'ai consenti, tout en lui pardonnant d'avoir accepté les hommages de Hulot. Je ne sais pas si le diable a pris des jupes, mais cette femme, depuis ce moment, a satisfait à tous mes caprices, à toutes mes exigences ; enfin, elle ne m'a pas donné lieu de la suspecter pendant une minute !...

— Ça ! c'est très-fort ! dit Carabine à madame Nourrisson.

Madame Nourrisson hocha la tête en signe d'assentiment.

— Ma foi en cette femme, dit Montès en laissant couler ses larmes, égale mon amour. J'ai failli souffleter tout ce monde à table, tout à l'heure...

— Je l'ai bien vu ! dit Carabine.

— Si je suis trompé, si elle se marie, et si elle est en ce moment dans les bras de Steinbock, cette femme a mérité mille morts, et je la tuerai comme on écrase une mouche...

— Et les gendarmes, mon petit... dit madame Nourrisson avec un sourire de vieille qui donnait chair de poule.

— Et le commissaire de police et les juges, et la cour d'assises et tout le tremblement !... dit Carabine.

— Vous êtes un fat ! mon cher, reprit madame Nourrisson qui voulait connaître les projets de vengeance du Brésilien.

— Je la tuerai ! répéta froidement le Brésilien. Ah çà ! vous m'avez appelé Sauvage !... Est-ce que vous croyez que je vais imiter la sottise de vos compatriotes qui vont acheter du poison chez les pharmaciens ?... J'ai pensé, pendant le temps que vous avez mis à venir chez vous, à ma vengeance, dans le cas où vous auriez raison contre Valérie. L'un de mes nègres porte avec lui le plus sûr des poisons animaux, une terrible maladie qui vaut mieux qu'un poison végétal et qui ne se guérit qu'au Brésil, je la fais prendre à Cydalise, qui me la donnera ; puis, quand la mort sera dans les veines de Crevel et de sa femme, je serai par delà les Açores avec votre cousine que je ferai guérir et que je prendrai pour femme. Nous autres Sauvages, nous avons nos procédés !... Cydalise, dit-il en regardant la Normande, est la bête qu'il me faut. Que doit-elle ?...

— Cent mille francs ! dit Cydalise.

— Elle parle peu, mais bien, dit à voix basse Carabine à madame Nourrisson.

— Je deviens fou ! s'écria d'une voix creuse le Brésilien en retombant sur une causeuse. J'en mourrai ! Mais je veux voir, car c'est impossible ! Un billet lithographié !... qui me dit que ce n'est pas l'œuvre d'un faussaire ?... Le baron Hulot aimer Valérie !... dit-il en se rappelant le discours de Josépha ; mais la preuve qu'il ne l'aimait pas, c'est qu'elle existe !... Moi je ne la laisserai vivante à personne, si elle n'est pas toute à moi !...

Montès était effrayant à voir, et plus effrayant à entendre ! Il rugissait, il se tordait, tout ce qu'il touchait était brisé, le bois de palissandre semblait être du verre.

— Comme il casse ! dit Carabine en regardant Nourrisson. — Mon petit, reprit-elle en donnant une tape au Brésilien, Roland furieux fait très-bien dans un poëme ; mais, dans un appartement, c'est prosaïque et cher.

— Mon fils ! dit la Nourrisson en se levant et allant se

poser en face du Brésilien abattu, je suis de ta religion. Quand on aime d'une certaine façon qu'on s'est *agrafé à mort*, la vie répond de l'amour. Celui qui s'en va arrache tout, quoi ! c'est une démolition générale. Tu as mon estime, mon admiration, mon consentement, surtout pour ton procédé qui va me rendre négrophile. Mais tu aimes ! tu reculeras !...

— Moi !... si c'est une infâme, je...

— Voyons, tu causes trop à la fin des fins ! reprit la Nourrisson redevenant elle-même. Un homme qui veut se venger et qui se dit Sauvage à procédés se conduit autrement. Pour qu'on te fasse voir ton objet dans son paradis, il faut prendre Cydalise et avoir l'air d'entrer là, par suite d'une erreur de bonne, avec ta particulière, mais pas d'esclandre ! Si tu veux te venger, il faut caponer, avoir l'air d'être au désespoir et te faire rouler par ta maîtresse ! ça y est-il ? dit madame Nourrisson en voyant le Brésilien surpris d'une machination si subtile.

— Allons ! l'Autruche, répondit-il, allons... je comprends.

— Adieu, mon bichon, dit madame Nourrisson à Carabine.

Elle fit signe à Cydalise de descendre avec Montès, et resta seule avec Carabine.

— Maintenant ma mignonne, je n'ai peur que d'une chose, c'est qu'il l'étrangle ! Je serais dans de mauvais draps, il ne nous faut que des affaires *en douceur*. Oh ! je crois que tu as gagné ton tableau de Raphaël, mais on dit que c'est un Mignard. Sois tranquille. C'est beaucoup plus beau ; l'on m'a dit que les Raphaël étaient tout noirs, tandis que celui-là, c'est gentil comme un Girodet.

— Je ne tiens qu'à l'emporter sur Josépha ! s'écria Carabine, et ça m'est égal que ça soit avec un Mignard ou avec un Raphaël. Non, cette voleuse avait des perles, ce soir... on se damnerait pour !

Cydalise, Montès et madame Nourrisson montèrent dans un fiacre qui stationnait à la porte de Carabine. Madame Nourrisson indiqua tout bas au cocher une maison du pâté des Italiens, où l'on serait arrivé dans quelques instants, car, de la rue Saint-Georges, la distance est de sept à huit minutes ; mais madame Nourrisson ordonna de prendre par la rue Lepelletier, et d'aller très-lentement, de manière à passer en revue les équipages stationnés.

— Brésilien ! dit la Nourrisson, vois à reconnaître les gens et la voiture de ton ange.

Le baron montra du doigt l'équipage de Valérie au moment où le fiacre passa devant.

— Elle a dit à ses gens de venir à dix heures, et elle s'est fait conduire en fiacre à la maison où elle est avec le comte Steinbock ; elle y a dîné, et elle viendra dans une demi-heure à l'Opéra. C'est bien travaillé ! dit madame Nourrisson. Cela t'explique comment elle peut t'avoir attrapé si long-temps.

Le Brésilien ne répondit pas. Métamorphosé en tigre, il avait repris le sang-froid imperturbable tant admiré pendant le dîner. Enfin, il était calme comme un failli, le lendemain du bilan déposé.

A la porte de la fatale maison, stationnait une citadine à deux chevaux, de celles qui s'appellent *Compagnie générale,* du nom de l'entreprise.

— Reste dans ta boîte, dit madame Nourrisson à Montès. On n'entre pas ici comme dans un estaminet, on viendra vous chercher.

Le paradis de madame Marneffe et de Wenceslas ne ressemblait guère à la petite maison Crevel, que Crevel avait vendue au comte Maxime de Trailles ; car, dans son opinion, elle devenait inutile. Ce paradis, le paradis de bien du monde, consistait en une chambre située au quatrième étage, et donnant sur l'escalier, dans une maison sise au pâté des Italiens. A chaque étage, il se trouvait dans cette maison, sur chaque palier, une chambre, autrefois disposée pour servir de cuisine à chaque appartement. Mais la maison étant devenue une espèce d'auberge louée aux amours clandestins à des prix exorbitants, la principale locataire, la vraie madame Nourrisson, marchande à la toilette rue Neuve-Saint-Marc, avait jugé sainement de la valeur immense de ces cuisines, en en faisant des espèces de salles à manger. Chacune de ces pièces, flanquée de deux gros murs mitoyens, éclairée sur la rue, se trouvait totalement isolée, au moyen de portes battantes très-épaisses qui faisaient une double fermeture sur le palier. On pouvait donc causer de secrets importants en dînant sans courir le risque d'être entendu. Pour plus de sûreté, les fenêtres étaient pourvues de persiennes au dehors et de volets en dedans. Ces chambres, à cause de cette particularité, coûtaient trois cents francs par mois. Cette maison, grosse de paradis et de mystères, était louée vingt-quatre mille francs à madame Nourrisson Ire, qui en gagnait vingt mille, bon an, mal an, sa gérante (madame Nourrisson IIe) payée, car elle n'administrait point par elle-même.

Le paradis loué au comte Steinbock avait été tapissé de perse. La froideur et la dureté d'un ignoble carreau rougi d'encaustique ne se sentait plus aux pieds sous un moelleux tapis. Le mobilier consistait en deux jolies chaises et un lit dans une alcôve, alors à demi caché par une table chargée des restes d'un dîner fin, et où deux bouteilles à longs bouchons et une bouteille de vin de Champagne éteinte dans sa glace jalonnaient les champs de Bacchus cultivés par Vénus. On voyait, envoyés sans doute par Valérie, un bon fauteuil-ganache à côté d'une chauffeuse, et une jolie commode en bois de rose avec sa glace bien encadrée en style Pompadour. Une lampe au plafond donnait un demi-jour accru par les bougies de la table et par celles qui décoraient la cheminée.

Ce croquis peindra, *urbi et orbi*, l'amour clandestin dans les mesquines proportions qu'y imprime le Paris de 1840. A quelle distance est-on, hélas ! de l'amour adultère symbolisé par les filets de Vulcain, il y a trois mille ans.

Au moment où Cydalise et le baron montaient, Valérie debout devant la cheminée, où brûlait une falourde, se faisait lacer par Wenceslas. C'est le moment où la femme qui n'est ni trop grasse ni trop maigre, comme était la fine, l'élégante Valérie, offre des beautés surnaturelles. La chair rosée, à teintes moites, sollicite un regard des yeux les plus endormis. Les lignes du corps, alors si peu voilé, sont si nettement accusées par les plis éclatants du jupon, et par le basin du corset, que la femme est irrésistible, comme tout ce qu'on est obligé de quitter. Le visage heureux et souriant dans le miroir, le pied qui s'impatiente, la main qui va réparant le désordre des boucles de la coiffure mal reconstruite, les yeux où déborde la reconnaissance ; puis le feu du contentement qui, semblable à un coucher de soleil, embrase les plus menus détails de la physionomie, tout de cette heure en fait une mine à souvenirs !... Certes, quiconque jetant un regard sur les premières erreurs de sa vie y reprendra quelques-uns de ces délicieux détails, comprendra peut-être, sans les excuser, les folies des Hulot et des Crevel. Les femmes connaissent si bien leur puissance en ce moment qu'elles y trouvent toujours ce qu'on peut appeler le regain du rendez-vous.

— Allons donc ! après deux ans, tu ne sais pas encore lacer une femme ! tu es aussi par trop Polonais ! Voilà dix heures, mon Wences...las ! dit Valérie en riant.

En ce moment, une méchante bonne fit adroitement sauter avec la lame d'un couteau le crochet de la porte battante qui faisait toute la sécurité d'Adam et d'Ève. Elle ouvrit brusquement la porte, car les locataires de ces Éden ont tous peu de temps à eux, et découvrit un de ces charmants tableaux de genre, si souvent exposés au Salon, d'après Gavarni.

— Ici, madame ! dit la fille.

Et Cydalise entra suivie du baron Montès.

— Mais il y a du monde !... Excusez, madame, dit la Normande effrayée.

— Comment ! mais c'est Valérie ! s'écria Montès qui ferma la porte violemment.

Madame Marneffe, en proie à une émotion trop vive pour être dissimulée, se laissa tomber sur une chauffeuse au coin de la cheminée. Deux larmes roulèrent dans ses yeux et se séchèrent aussitôt. Elle regarda Montès, aperçut la Normande et partit d'un éclat de rire forcé. La dignité de la femme offensée effaça l'incorrection de sa toilette inachevée, elle vint au Brésilien, et le regarda si fièrement que ses yeux étincelèrent comme des armes.

— Voilà donc, dit-elle en venant se poser devant le Brésilien et lui montrant Cydalise, de quoi est doublée votre fidélité ? Vous ! qui m'avez fait des promesses à convaincre une athée en amour ! vous pour qui je faisais tant de choses et même des crimes !... Vous avez raison, monsieur, je ne suis rien auprès d'une fille de cet âge et de cette beauté !... Je sais ce que vous allez me dire, reprit-elle en montrant Wenceslas dont le désordre était une preuve trop évidente pour être niée. Ceci me regarde. Si je pouvais vous aimer, après cette trahison infâme, car vous m'avez espionnée, vous avez acheté chaque marche de cet escalier, et la maîtresse de la maison, et la servante, et

Reine peut-être... Oh ! que tout cela est beau ! Si j'avais un reste d'affection pour un homme si lâche, je lui donnerais des raisons de nature à redoubler l'amour !... Mais je vous laisse, monsieur, avec tous vos doutes qui deviendront des remords... Wenceslas, ma robe.

Elle prit sa robe, la passa, s'examina dans le miroir, et acheva tranquillement de s'habiller sans regarder le Brésilien, absolument comme si elle était seule.

— Wenceslas ? êtes-vous prêt ? allez devant.

Elle avait du coin de l'œil et dans la glace espionné la physionomie de Montès, elle crut retrouver dans sa pâleur les indices de cette faiblesse qui livre ces hommes si forts à la fascination de la femme, elle le prit par la main en s'approchant assez près de lui pour qu'il pût respirer ces terribles parfums aimés dont se grisent les amoureux ; et, le sentant palpiter, elle le regarda d'un air de reproche : — Je vous permets d'aller raconter votre expédition à monsieur Crevel, il ne vous croira jamais, aussi ai-je le droit de l'épouser ; il sera mon mari après-demain !... et je le rendrai bien heureux !... Adieu ! tâchez de m'oublier...

— Ah ! Valérie ! s'écria Montès en la serrant dans ses bras, c'est impossible ! Viens au Brésil ?

Valérie regarda le baron et retrouva son esclave.

— Ah ! si tu m'aimais toujours, Henri ! dans deux ans, je serais ta femme ; mais ta figure en ce moment me paraît bien sournoise.

— Je te jure qu'on m'a grisé, que de faux amis m'ont jeté cette femme sur les bras, et que tout ceci est l'œuvre du hasard ! dit Montès.

— Je pourrais donc encore te pardonner ? dit-elle en souriant.

— Et te marieras-tu toujours ? demanda le baron en proie à une navrante anxiété.

— Quatre-vingt mille francs de rente ! dit-elle avec un enthousiasme à demi comique. Et Crevel m'aime tant, qu'il en mourra !

— Ah ! je te comprends, dit le Brésilien.

— Eh bien !... dans quelques jours, nous nous entendrons, dit-elle.

Et elle descendit triomphante.

— Je n'ai plus de scrupules, pensa le baron, qui resta

planté sur ses jambes pendant un moment. Comment ! cette femme pense à se servir de son amour pour se débarrasser de cet imbécile, comme elle comptait sur la destruction de Marneffe !... Je serai l'instrument de la colère divine !

Deux jours après, ceux des convives de du Tillet, qui déchiraient madame Marneffe à belles dents, se trouvaient attablés chez elle, une heure après qu'elle venait de faire peau neuve en changeant son nom pour le glorieux nom d'un maire de Paris. Cette trahison de la langue est une des légèretés les plus ordinaires de la vie parisienne. Valérie avait eu le plaisir de voir à l'église le baron brésilien, que Crevel, devenu mari complet, invita par forfanterie. La présence de Montès au déjeuner n'étonna personne. Tous ces gens d'esprit étaient depuis longtemps familiarisés avec les lâchetés de la passion, avec les transactions du plaisir. La profonde mélancolie de Steinbock, qui commençait à mépriser celle dont il avait fait un ange, parut être d'excellent goût. Le Polonais semblait dire ainsi que tout était fini entre Valérie et lui. Lisbeth vint embrasser sa chère madame Crevel, en s'excusant de ne pas assister au déjeuner, sur le douloureux état de santé d'Adeline.

— Sois tranquille, dit-elle à Valérie en la quittant, ils te recevront chez eux et tu les recevras chez toi. Pour avoir seulement entendu ces quatre mots : *Deux cent mille francs,* la baronne est à la mort. Oh ! tu les tiens tous par cette histoire ; mais tu me la diras ?...

Un mois après son mariage, Valérie en était à sa dixième querelle avec Steinbock, qui voulait d'elle des explications sur Henri Montès, qui lui rappelait ses phrases pendant la scène du paradis, et qui non content de flétrir Valérie par des termes de mépris, la surveillait tellement qu'elle ne trouvait plus un instant de liberté, tant elle était pressée entre la jalousie de Wenceslas et l'empressement de Crevel. N'ayant plus auprès d'elle Lisbeth, qui la conseillait admirablement bien, elle s'emporta jusqu'à reprocher durement à Wenceslas l'argent qu'elle lui prêtait. La fierté de Steinbock se réveilla si bien qu'il ne revint plus à l'hôtel Crevel. Valérie avait atteint à son but, elle voulait éloigner Wenceslas pendant quelque temps pour recouvrer sa liberté. Valérie attendit un voyage à la campagne que Crevel devait faire chez le comte Popinot afin d'y négocier la présentation de madame Crevel, et put ainsi donner un rendez-vous au baron, qu'elle désirait avoir toute une journée à elle pour lui donner des raisons qui devaient redoubler l'amour du Brésilien. Le matin de ce jour-là, Reine, jugeant de son crime par la grosseur de la somme reçue, essaya d'avertir sa maîtresse, à qui naturellement elle s'intéressait plus qu'à des inconnus ; mais, comme on l'avait menacée de la rendre folle et de l'enfermer à la Salpêtrière, en cas d'indiscrétion, elle fut timide.

— Madame est si heureuse maintenant, dit-elle, pourquoi s'embarrasserait-elle encore de ce Brésilien !... Je m'en défie, moi !

— C'est vrai, Reine ! répondit-elle ; aussi vais-je le congédier.

— Ah ! madame, j'en suis bien aise, il m'effraie, ce moricaud ! Je le crois capable de tout...

— Es-tu sotte ! c'est pour lui qu'il faut craindre quand il est avec moi.

En ce moment Lisbeth entra.

— Ma chère gentille chevrette ! il y a longtemps que nous ne nous sommes vues ! dit Valérie, je suis bien malheureuse. Crevel m'assomme, et je n'ai plus de Wenceslas ; nous sommes brouillés.

— Je le sais, reprit Lisbeth, et c'est à cause de lui que je viens : Victorin l'a rencontré sur les cinq heures du soir, au moment où il entrait dans un restaurant à vingt-cinq sous, rue de Valois ; il l'a pris à jeun par les sentiments et l'a ramené rue Louis-le-Grand... Hortense, en revoyant Wenceslas maigre, souffrant, mal vêtu, lui a tendu la main. Voilà comment tu me trahis !

— Monsieur Henri, madame ! vint dire le valet de chambre à l'oreille de Valérie.

— Laisse-moi, Lisbeth, je t'expliquerai tout cela demain !...

Mais, comme on va le voir, Valérie ne devait bientôt plus pouvoir rien expliquer à personne.

Vers la fin du mois de mai, la pension du baron Hulot fut entièrement dégagée par les payements que Victorin avait successivement faits au baron de Nucingen. Chacun sait que les semestres des pensions ne sont acquittés que sur la présentation d'un certificat de vie, et comme on ignorait la demeure du baron Hulot, les semestres frappés d'opposition au profit de Vauvinet restaient accumulés au Trésor. Vauvinet ayant signé sa mainlevée, désormais il était indispensable de trouver le titulaire pour toucher l'arriéré. La baronne avait, grâce aux soins du docteur Bianchon, recouvré la santé. La bonne Josépha contribua par une lettre, dont l'orthographe trahissait la collaboration du duc d'Hérouville, à l'entier rétablissement d'Adeline. Voici ce que la cantatrice écrivit à la baronne, après quarante jours de recherches actives :

« Madame la baronne,

« Monsieur Hulot vivait, il y a deux mois, rue des « Bernardins, avec Élodie Chardin, la repriseuse de den- « telle, qui l'avait enlevé à mademoiselle Bijou ; mais il « est parti, laissant là tout ce qu'il possédait, sans dire un « mot, sans qu'on puisse savoir où il est allé. Je ne me suis « pas découragée, et j'ai mis à sa poursuite un homme qui « déjà croit l'avoir rencontré sur le boulevard Bourdon.

« La pauvre juive tiendra la promesse faite à la chré- « tienne. Que l'ange pris pour le démon ! c'est ce qui doit « arriver quelquefois dans le ciel.

« Je suis, avec un profond respect et pour toujours, « votre humble servante,

« JOSÉPHA MIRAH. »

Maître Hulot d'Ervy n'entendant plus parler de la terrible madame Nourrisson, voyant son beau-père marié, ayant reconquis son beau-frère, revenu sous le toit de la famille, n'éprouvant aucune contrariété de sa nouvelle belle-mère, et trouvant sa mère mieux de jour en jour, se laissait aller à ses travaux politiques et judiciaires, emporté par le courant rapide de la vie parisienne, où les heures comptent pour des journées. Chargé d'un rapport à la Chambre des Députés, il fut obligé, vers la fin de la session, de passer toute une nuit à travailler. Rentré dans son cabinet vers neuf heures, il attendait que son valet de chambre apportât ses flambeaux garnis d'abat-jour, et il pensait à son père. Il se reprochait de laisser la cantatrice occupée de cette recherche, et il se proposait de voir à ce sujet le lendemain monsieur Chapuzot, lorsqu'il aperçut à sa fenêtre, dans la lueur du crépuscule, une sublime tête de vieillard, à crâne jaune, bordé de cheveux blancs.

— Dites, mon cher monsieur, qu'on laisse arriver jusqu'à vous un pauvre ermite venu du désert et chargé de quêter pour la reconstruction d'un saint asile.

Cette vision, qui prenait une voix et qui rappela soudain à l'avocat une prophétie de l'horrible Nourrisson, le fit tressaillir.

— Introduisez ce vieillard, dit-il à son valet de chambre.

— Il empestera le cabinet de monsieur, répondit le domestique, il porte une robe brune qu'il n'a pas renouvelée depuis son départ de Syrie, et il n'a pas de chemise...

— Introduisez ce vieillard, répéta l'avocat.

Le vieillard entra, Victorin examina d'un œil défiant ce soi-disant ermite en pèlerinage, et vit un superbe modèle de ces moines napolitains dont les robes sont sœurs des guenilles du lazzarône, dont les sandales sont les haillons du cuir, comme le moine est lui-même un haillon humain. C'était d'une vérité si complète que, tout en gardant sa défiance, l'avocat se gourmanda d'avoir cru aux sortilèges de madame Nourrisson.

— Que me demandez-vous ?

— Ce que vous croyez devoir me donner.

Victorin prit cent sous à une pile d'écus et tendit la pièce à l'étranger.

— A compte de cinquante mille francs, c'est peu, dit le mendiant du désert.

Cette phrase dissipa toutes les incertitudes de Victorin.

— Et le ciel a-t-il tenu ses promesses ? dit l'avocat en fronçant le sourcil.

— Le doute est une offense, mon fils ! répliqua le solitaire. Si vous voulez ne payer qu'après les pompes funèbres accomplies, vous êtes dans votre droit, je reviendrai dans huit jours.

— Les pompes funèbres ! s'écria l'avocat en se levant.

— On a marché, dit le vieillard en se retirant, et les morts vont vite à Paris !

Quand Hulot, qui baissa la tête, voulut répondre, l'agile vieillard avait disparu.

— Je n'y comprends pas un mot, se dit Hulot fils à lui-même... Mais dans huit jours, je lui redemanderai mon père, si nous ne l'avons pas trouvé. Où madame Nourrisson (oui, elle se nomme ainsi) prend-elle de pareils acteurs ?

Le lendemain, le docteur Bianchon permit à la baronne de descendre au jardin, après avoir examiné Lisbeth qui, depuis un mois, était obligée par une légère maladie des bronches de garder la chambre. Le savant docteur, qui n'osa dire toute sa pensée sur Lisbeth avant d'avoir observé des symptômes décisifs, accompagna la baronne au jardin pour étudier, après deux mois de réclusion, l'effet du plein air sur le tressaillement nerveux dont il s'occupait. La guérison de cette névrose affriolait le génie de Bianchon. En voyant ce grand et célèbre médecin assis et leur accordant quelques instants, la baronne et ses enfants eurent une conversation de politesse avec lui.

— Vous avez une vie bien occupée, et bien tristement ! dit la baronne. Je sais ce que c'est que d'employer ses journées à voir des misères ou des douleurs physiques.

— Madame, répondit le médecin, je n'ignore pas les spectacles que la charité vous oblige à contempler ; mais vous vous y ferez à la longue, comme nous nous y faisons tous. C'est la loi sociale. Le confesseur, le magistrat, l'avoué seraient impossibles si *l'esprit de l'état* ne domptait pas *le cœur de l'homme*. Vivrait-on sans l'accomplissement de ce phénomène ? Le militaire, en temps de guerre, n'est-il pas également réservé à des spectacles encore plus cruels que ne le sont les nôtres ? et tous les militaires qui ont vu le feu sont bons. Nous, nous avons le plaisir d'une cure qui réussit, comme vous avez, vous, la jouissance de sauver une famille des horreurs de la faim, de la dépravation, de la misère, en la rendant au travail, à la vie sociale ; mais comment se consolent le magistrat, le commissaire de police et l'avoué qui passent leur vie à fouiller les plus scélérates combinaisons de l'intérêt, ce monstre social qui connaît le regret de ne pas avoir réussi, mais que le repentir ne visitera jamais ? La moitié de la société passe sa vie à observer l'autre. J'ai pour ami depuis bien long-temps un avoué, maintenant retiré, qui me disait que, depuis quinze ans, les notaires, les avoués se défient autant de leurs clients que des adversaires de leurs clients. Monsieur votre fils est avocat, n'a-t-il jamais été compromis par celui dont il entreprenait la défense ?

— Oh ! souvent ! dit en souriant Victorin.

— D'où vient ce mal profond ? demanda la baronne.

— Du manque de religion, répondit le médecin, et de l'envahissement de la finance, qui n'est autre chose que l'égoïsme solidifié. L'argent autrefois n'était pas tout, on admettait des supériorités qui le primaient. Il y avait la noblesse, le talent, les services rendus à l'État ; mais aujourd'hui la loi fait de l'argent un étalon général, elle l'a pris pour base de la capacité politique ! Certains magistrats ne sont pas éligibles, Jean-Jacques Rousseau ne serait pas éligible ! Les héritages perpétuellement divisés obligent chacun à penser à soi dès l'âge de vingt ans. Eh bien ! entre la nécessité de faire fortune et la dépravation des combinaisons, il n'y a pas d'obstacle, car le sentiment religieux manque en France, malgré les louables efforts de ceux qui tentent une restauration catholique. Voilà ce que se disent tous ceux qui contemplent, comme moi, la société dans ses entrailles.

— Vous avez peu de plaisirs, dit Hortense.

— Le vrai médecin, répondit Bianchon, se passionne pour la science. Il se soutient par ce sentiment autant que par la certitude de son utilité sociale. Tenez, en ce moment, vous me voyez dans une espèce de joie scientifique, et bien des gens superficiels me prendraient pour un homme sans cœur. Je vais annoncer demain à l'Académie de Médecine une trouvaille. J'observe en ce moment une maladie perdue. Une maladie mortelle, d'ailleurs, et contre laquelle nous sommes sans armes, dans les climats tempérés, car elle est guérissable aux Indes. Une maladie qui régnait au Moyen Age. C'est une belle lutte que celle du médecin contre un pareil sujet. Depuis dix jours, je pense à toute heure à mes malades, car ils sont deux, la femme et le mari ! Ne vous sont-ils pas alliés, car, madame, vous êtes la fille de monsieur Crevel, dit-il en s'adressant à Célestine.

— Quoi ! votre malade serait mon père ?... dit Célestine. Demeure-t-il rue Barbet-de-Jouy ?

— C'est bien cela, répondit Bianchon.

— Et la maladie est mortelle ? répéta Victorin épouvanté.

— Je vais chez mon père ! s'écria Célestine en se levant.

— Je vous le défends bien positivement, madame, répondit tranquillement Bianchon. Cette maladie est contagieuse.

— Vous y allez bien, monsieur, répliqua la jeune femme. Croyez-vous que les devoirs de la fille ne soient pas supérieurs à ceux du médecin ?

— Madame, un médecin sait comment se préserver de la contagion, et l'irréflexion de votre dévouement me prouve que vous ne pourriez pas avoir ma prudence.

Célestine se leva, retourna chez elle, où elle s'habilla pour sortir.

— Monsieur, dit Victorin à Bianchon, espérez-vous sauver monsieur et madame Crevel ?

— Je l'espère sans le croire, répondit Bianchon. Le fait est inexplicable pour moi... Cette maladie est une maladie propre aux nègres et aux peuplades américaines, dont le système cutané diffère de celui des races blanches. Or, je ne peux établir aucune communication entre les noirs, les cuivrés, les métis et monsieur ou madame Crevel. Si c'est d'ailleurs une maladie fort belle pour nous, elle est affreuse pour tout le monde. La pauvre créature, qui, dit-on, était jolie, est bien punie par où elle a péché, car elle est aujourd'hui d'une ignoble laideur, si toutefois elle est quelque chose !... ses dents et ses cheveux tombent, elle a l'aspect des lépreux, elle se fait horreur à elle-même ; ses mains, épouvantables à voir, sont enflées et couvertes de pustules verdâtres ; les ongles déchaussés restent dans les plaies qu'elle gratte ; enfin toutes les extrémités se détruisent dans la sanie qui les ronge.

— Mais la cause de ces désordres ? demanda l'avocat.

— Oh ! dit Bianchon, la cause est dans une altération rapide du sang, il se décompose avec une effrayante rapidité. J'espère attaquer le sang, je l'ai fait analyser ; je rentre prendre chez moi le résultat du travail de mon ami le professeur Duval, le fameux chimiste, pour entreprendre un de ces coups désespérés que nous jouons quelquefois contre la mort.

— Le doigt de Dieu est là ! dit la baronne d'une voix profondément émue. Quoique cette femme m'ait causé des maux qui m'ont fait appeler, dans des moments de folie, la justice divine sur sa tête, je souhaite, mon Dieu ! que vous réussissiez, monsieur le docteur.

Hulot fils avait le vertige, il regardait sa mère, sa sœur et le docteur alternativement, en tremblant qu'on ne devinât ses pensées. Il se considérait comme un assassin. Hortense, elle, trouvait Dieu très juste. Célestine reparut pour prier son mari de l'accompagner.

— Si vous y allez, madame, et vous, monsieur, restez à un pied de distance du lit des malades, voilà toute la précaution. Ni vous ni votre femme ne vous avisez d'embrasser le moribond ! Aussi devez-vous accompagner votre femme, monsieur Hulot, pour l'empêcher de transgresser cette ordonnance.

Adeline et Hortense, restées seules, allèrent tenir compagnie à Lisbeth. La haine d'Hortense contre Valérie était si violente, qu'elle ne put en contenir l'explosion.

— Cousine ! ma mère et moi nous sommes vengées !... s'écria-t-elle. Cette venimeuse créature se sera mordue, elle est en décomposition !

— Hortense, dit la baronne, tu n'es pas chrétienne en ce moment. Tu devrais prier Dieu de daigner inspirer le repentir à cette malheureuse.

— Que dites-vous ? s'écria la Bette en se levant de sa chaise, parlez-vous de Valérie ?

— Oui, répondit Adeline, elle est condamnée, elle va mourir d'une horrible maladie, dont la description seule donne le frisson.

Les dents de la cousine Bette claquèrent, elle fut prise d'une sueur froide, elle eut une secousse terrible qui révéla la profondeur de son amitié passionnée pour Valérie.

— J'y vais, dit-elle.

— Mais le docteur t'a défendu de sortir !

— N'importe ! j'y vais. Ce pauvre Crevel, dans quel état il doit être, car il aime sa femme...

— Il meurt aussi, répliqua la comtesse Steinbock. Ah ! tous nos ennemis sont entre les mains du diable...

— De Dieu !... ma fille...

Lisbeth s'habilla, prit son fameux cachemire jaune, sa capote de velours noir, mit ses brodequins ; et, rebelle aux remontrances d'Adeline et d'Hortense, elle partit comme poussée par une force despotique. Arrivée rue Barbet quelques instants après monsieur et madame Hulot, Lisbeth trouva sept médecins que Bianchon avait mandés pour observer ce cas unique, et auxquels il venait de se joindre. Ces docteurs, debout dans le salon, discutaient sur la maladie : tantôt l'un tantôt l'autre allait soit dans la chambre de Valérie, soit dans celle de Crevel, pour observer, et revenait avec un argument basé sur cette rapide observation.

Deux graves opinions partageaient ces princes de la science. L'un, seul de son opinion, tenait pour un empoisonnement et parlait de vengeance particulière en niant qu'on eût retrouvé la maladie décrite au Moyen Age. Trois autres voulaient voir une décomposition de la lymphe et des humeurs. Le second parti, celui de Bianchon, soutenait que cette maladie était causée par une viciation du sang que corrompait un principe morbifique inconnu. Bianchon apportait le résultat de l'analyse du sang faite par le professeur Duval. Les moyens curatifs quoique désespérés et tout à fait empiriques dépendaient de la solution de ce problème médical.

Lisbeth resta pétrifiée à trois pas du lit où mourait Valérie, en voyant un vicaire de Saint-Thomas-d'Aquin au chevet de son amie, et une sœur de charité la soignant. La Religion trouvait une âme à sauver dans un amas de pourriture qui, des cinq sens de la créature, n'avait gardé que la vue. La sœur de charité, qui seule avait accepté la tâche de garder Valérie, se tenait à distance. Ainsi l'Église catholique, ce corps divin, toujours animé par l'inspiration du sacrifice en toute chose, assistait, sous sa double forme d'esprit et de chair, cette infâme et infecte moribonde en lui prodiguant sa mansuétude infinie et ses inépuisables trésors de miséricorde.

Les domestiques épouvantés refusaient d'entrer dans la chambre de monsieur ou de madame ; ils ne songeaient qu'à eux et trouvaient leurs maîtres justement frappés. L'infection était si grande que, malgré les fenêtres ouvertes et les plus puissants parfums, personne ne pouvait rester longtemps dans la chambre de Valérie. La

Religieuse seule y veillait. Comment une femme, d'un esprit aussi supérieur que Valérie, ne se serait-elle pas demandé quel intérêt faisait rester là ces deux représentants de l'Église ? Aussi la mourante avait-elle écouté la voix du prêtre. Le repentir avait entamé cette âme perverse en proportion des ravages que la dévorante maladie faisait à la beauté. La délicate Valérie avait offert à la maladie beaucoup moins de résistance que Crevel, et elle devait mourir la première, ayant été d'ailleurs la première attaquée.

— Si je n'avais pas été malade, je serais venue te soigner, dit enfin Lisbeth après avoir échangé un regard avec les yeux abattus de son amie. Voici quinze ou vingt jours que je garde la chambre, mais en apprenant ta situation par le docteur, je suis accourue.

— Pauvre Lisbeth, tu m'aimes encore, toi ! je le vois, dit Valérie. Écoute ! je n'ai plus qu'un jour ou deux à penser, car je ne puis pas dire *vivre*. Tu le vois ? je n'ai plus de corps, je suis un tas de boue. On ne me permet pas de me regarder dans un miroir... Je n'ai que ce que je mérite. Ah ! je voudrais, pour être reçue à merci, réparer tout le mal que j'ai fait.

— Oh ! dit Lisbeth, si tu parles ainsi, tu es bien morte !

— N'empêchez pas cette femme de se repentir, laissez-la dans ses pensées chrétiennes, dit le prêtre.

— Plus rien ! se dit Lisbeth épouvantée. Je ne reconnais ni ses yeux, ni sa bouche ! Il ne reste pas un seul trait d'elle ! Et l'esprit a déménagé ! Oh ! c'est effrayant !...

— Tu ne sais pas, reprit Valérie, ce que c'est que la mort, ce que c'est que de penser forcément au lendemain de son dernier jour, à ce que l'on doit trouver dans le cercueil : des vers pour le corps, mais quoi pour l'âme ?... Ah ! Lisbeth, je sens qu'il y a une autre vie !... et je suis toute à une terreur qui m'empêche de sentir les douleurs de ma chair décomposée !... Moi qui disais en riant à Crevel, en me moquant d'une sainte, que la vengeance de Dieu prenait toutes les formes du malheur... Eh bien ! j'étais prophète !... Ne joue pas avec les choses sacrées, Lisbeth ! Si tu m'aimes, imite-moi, repens-toi !

— Moi ! dit la Lorraine, j'ai vu la vengeance partout dans la nature, les insectes périssent pour satisfaire le besoin de se venger quand on les attaque ! Et ces messieurs, dit-elle en montrant le prêtre, ne nous disent-ils pas que Dieu se venge, et que sa vengeance dure l'éternité !...

Le prêtre jeta sur Lisbeth un regard plein de douceur et lui dit : — Vous êtes athée, madame.

— Mais vois donc où j'en suis !... lui dit Valérie.

— Et d'où te vient cette gangrène ? demanda la vieille fille qui resta dans son incrédulité villageoise.

— Oh ! j'ai reçu de Henri un billet qui ne me laisse aucun doute sur mon sort... Il m'a tuée. Mourir au moment où je voulais vivre honnêtement, et mourir un objet d'horreur... Lisbeth, abandonne toute idée de vengeance ! Sois bonne pour cette famille, à qui j'ai déjà, par un testament, donné tout ce dont la loi me permet de disposer ! Va, ma fille, quoique tu sois le seul être aujourd'hui qui ne s'éloigne pas de moi avec horreur, je t'en supplie, va-t'en, laisse-moi... je n'ai plus que le temps de me livrer à Dieu !...

— Elle bat la campagne, se dit Lisbeth sur le seuil de la chambre.

Le sentiment le plus violent que l'on connaisse, l'amitié d'une femme pour une femme, n'eut pas l'héroïque constance de l'Église. Lisbeth, suffoquée par les miasmes délétères, quitta la chambre. Elle vit les médecins continuant à discuter. Mais l'opinion de Bianchon l'emportait et l'on ne débattait plus que la manière d'entreprendre l'expérience...

— Ce sera toujours une magnifique autopsie, disait un des opposants, et nous aurons deux sujets pour pouvoir établir des comparaisons.

Lisbeth accompagna Bianchon, qui vint au lit de la malade, sans avoir l'air de s'apercevoir de la fétidité qui s'en exhalait.

— Madame, dit-il, nous allons essayer sur vous une médication puissante et qui peut vous sauver...

— Si vous me sauvez, dit-elle, serai-je belle comme auparavant ?...

— Peut-être ! dit le savant médecin.

— Votre peut-être est connu ! dit Valérie. Je serais comme ces femmes tombées dans le feu ! Laissez-moi toute à l'Église ! je ne puis maintenant plaire qu'à Dieu ! je vais tâcher de me réconcilier avec lui, ce sera ma dernière coquetterie ! Oui, il faut que je *fasse le bon Dieu !*

— Voilà le dernier mot de ma pauvre Valérie, je la retrouve ! dit Lisbeth en pleurant.

La Lorraine crut devoir passer dans la chambre de Crevel, où elle trouva Victorin et sa femme assis à trois pieds de distance du lit du pestiféré.

— Lisbeth, dit-il, on me cache l'état dans lequel est ma femme, tu viens de la voir, comment va-t-elle ?

— Elle est mieux, elle se dit sauvée ! répondit Lisbeth en se permettant ce calembour afin de tranquilliser Crevel.

— Ah ! bon, reprit le maire, car j'avais peur d'être la cause de sa maladie... On n'a pas été commis-voyageur pour la parfumerie impunément. Je me fais des reproches. Si je la perdais, que deviendrais-je ! Ma parole d'honneur, mes enfants, j'adore cette femme-là.

Crevel essaya de se mettre en position, en se remettant sur son séant.

— Oh ! papa, dit Célestine, si vous pouviez être bien portant, je recevrais ma belle-mère, j'en fais le vœu !

— Pauvre petite Célestine ! reprit Crevel, viens m'embrasser !...

Victorin retint sa femme qui s'élançait.

— Vous ignorez, monsieur, dit avec douceur l'avocat, que votre maladie est contagieuse...

— C'est vrai, répondit Crevel, les médecins s'applaudissent d'avoir retrouvé sur moi je ne sais quelle peste du Moyen Age qu'on croyait perdue, et qu'ils faisaient tambouriner dans leurs Facultés... C'est fort drôle !

— Papa, dit Célestine, soyez courageux et vous triompherez de cette maladie.

— Soyez calmes, mes enfants, la mort regarde à deux fois avant de frapper un maire de Paris ! dit-il avec un sang-froid comique. Et puis, si mon arrondissement est assez malheureux pour se voir enlever l'homme qu'il a deux fois honoré de ses suffrages... (Hein ! voyez comme je m'exprime avec facilité !) Eh bien ! je saurai faire mes paquets. Je suis un ancien commis-voyageur, j'ai l'habitude des départs. Ah ! mes enfants, je suis un esprit fort.

— Papa, promets-moi de laisser venir l'Église à ton chevet.

— Jamais, répondit Crevel. Que voulez-vous, j'ai sucé

le lait de la révolution, je n'ai pas l'esprit du baron d'Holbach, mais j'ai sa force d'âme. Je suis plus que jamais Régence, Mousquetaire gris, abbé Dubois, et maréchal de Richelieu ! sacrebleu ! Ma pauvre femme, qui perd la tête, vient de m'envoyer un homme à soutane, à moi, l'admirateur de Béranger, l'ami de Lisette, l'enfant de Voltaire et de Rousseau... Le médecin m'a dit, pour me tâter, pour savoir si la maladie m'abattait : — Vous avez vu monsieur l'abbé ?... Eh bien ! j'ai imité le grand Montesquieu. Oui, j'ai regardé le médecin, tenez, comme cela, fit-il en se mettant de trois quarts comme dans son portrait et tendant la main avec autorité, et j'ai dit :

> ... Cet esclave est venu,
> Il a montré son ordre, et n'a rien obtenu.

Son Ordre est un joli calembour, qui prouve qu'à l'agonie monsieur le président de Montesquieu conservait toute la grâce de son génie, car on lui avait envoyé un Jésuite !... J'aime ce passage... on ne peut pas dire de sa vie, mais de sa mort. Ah ! le passage ! encore un calembour ! Le Passage Montesquieu.

Hulot fils contemplait tristement son beau-père, en se demandant si la bêtise et la vanité ne possédaient pas une force égale à celle de la vraie grandeur d'âme. Les causes qui font mouvoir les ressorts de l'âme semblent être tout à fait étrangères aux résultats. La force que déploie un grand criminel serait-elle donc la même que celle dont s'enorgueillit un Champcenetz allant au supplice ?

A la fin de la semaine, madame Crevel était enterrée, après des souffrances inouïes, et Crevel suivit sa femme à deux jours de distance. Ainsi, les effets du contrat de mariage furent annulés, et Crevel hérita de Valérie.

Le lendemain même de l'enterrement, l'avocat revit le vieux moine, et il le reçut sans mot dire. Le moine tendit silencieusement la main, et silencieusement aussi, maître Victorin Hulot lui remit quatre-vingts billets de banque de mille francs, pris sur la somme que l'on trouva dans le secrétaire de Crevel. Madame Hulot jeune hérita de la terre de Presles et de trente mille francs de rente. Madame Crevel avait légué trois cent mille francs au baron Hulot.

Le scrofuleux Stanislas devait avoir, à sa majorité, l'hôtel Crevel et vingt-quatre mille francs de rente.

Parmi les nombreuses et sublimes associations instituées par la charité catholique dans Paris, il en est une, fondée par madame de La Chanterie, dont le but est de marier civilement et religieusement les gens du peuple qui se sont unis de bonne volonté. Les législateurs, qui tiennent beaucoup aux produits de l'Enregistrement, la Bourgeoisie régnante, qui tient aux honoraires du Notariat, feignent d'ignorer que les trois quarts des gens du peuple ne peuvent pas payer quinze francs pour leur contrat de mariage. La chambre des notaires est au-dessous, en ceci, de la chambre des avoués de Paris. Les avoués de Paris, compagnie assez calomniée, entreprennent gratuitement la poursuite des procès des indigents, tandis que les notaires n'ont pas encore décidé de faire gratis les contrats de mariage des pauvres gens. Quant au Fisc, il faudrait remuer toute la machine gouvernementale pour obtenir qu'il se relâchât de sa rigueur à cet égard. L'Enregistrement est sourd et muet. L'Église de son côté, perçoit des droits sur les mariages. L'Église est, en France, excessivement fiscale ; elle se livre, dans la maison de Dieu, à d'ignobles trafics de petits bancs et de chaises dont s'indignent les Étrangers, quoiqu'elle ne puisse avoir oublié la colère du Sauveur chassant les vendeurs du Temple. Si l'Église se relâche difficilement de ses droits, il faut croire que ses droits, dits de fabrique, constituent aujourd'hui l'une de ses ressources, et la faute des Églises serait alors celle de l'État. La réunion de ces circonstances, par un temps où l'on s'inquiète beaucoup trop des nègres, des petits condamnés de la police correctionnelle, pour s'occuper des honnêtes gens qui souffrent, fait que beaucoup de ménages honnêtes restent dans le concubinage, faute de trente francs, dernier prix auquel le Notariat, l'Enregistrement, la Mairie et l'Église puissent unir deux Parisiens. L'institution de madame de La Chanterie, fondée pour remettre les pauvres ménages dans la voie religieuse et légale, est à la poursuite de ces couples, qu'elle trouve d'autant mieux qu'elle les secourt comme indigents, avant de vérifier leur état civil.

Lorsque madame la baronne Hulot fut tout à fait rétablie, elle reprit ses occupations. Ce fut alors que la respectable madame de La Chanterie vint prier Adeline de joindre la légalisation des mariages naturels aux bonnes œuvres dont elle était l'intermédiaire.

Une des premières tentatives de la baronne en ce genre eut lieu dans le quartier sinistre nommé autrefois la *Petite Pologne*, et que circonscrivent la rue du Rocher, la rue de la Pépinière et la rue de Miroménil. Il existe là comme une succursale du faubourg Saint-Marceau. Pour peindre ce quartier, il suffira de dire que les propriétaires de certaines maisons habitées par des industriels sans industries, par de dangereux ferrailleurs, par des indigents livrés à des métiers périlleux, n'osent pas y réclamer leurs loyers, et ne trouvent pas d'huissiers qui veuillent expulser les locataires insolvables. En ce moment, la Spéculation, qui tend à changer la face de ce coin de Paris et à bâtir l'espace en friche qui sépare la rue d'Amsterdam de la rue du Faubourg-du-Roule, en modifiera sans doute la population, car la truelle est, à Paris, plus civilisatrice qu'on ne le pense ! En bâtissant de belles et d'élégantes maisons à concierges, les bordant de trottoirs et y pratiquant des boutiques, la Spéculation écarte, par le prix du loyer, les gens sans aveu, les ménages sans mobilier et les mauvais locataires. Ainsi les quartiers se débarrassent de ces populations sinistres et de ces bouges où la police ne met le pied que quand la justice l'ordonne.

En juin 1844, l'aspect de la place Delaborde et de ses environs était encore peu rassurant. Le fantassin élégant qui, de la rue de la Pépinière, remontait par hasard dans ces rues épouvantables, s'étonnait de voir l'aristocratie coudoyée là par une infime Bohême. Dans ces quartiers, où végètent l'indigence ignorante et la misère aux abois, florissent les derniers écrivains publics qui se voient dans Paris. Là où vous voyez écrits ces deux mots : *Écrivain public*, en grosse coulée, sur un papier blanc affiché à la vitre de quelque entresol ou d'un fangeux rez-de-chaussée, vous pouvez hardiment penser que le quartier recèle beaucoup de gens ignares, et partant des malheurs, des vices et des criminels. L'ignorance est la mère de tous les crimes. Un crime est, avant tout, un manque de raisonnement.

Or, pendant la maladie de la baronne, ce quartier, pour lequel elle était une seconde Providence avait acquis un écrivain public établi dans le passage du Soleil, dont le nom est une de ces antithèses familières aux Parisiens, car ce passage est doublement obscur. Cet écrivain soupçonné d'être Allemand, se nommait Vyder, et vivait maritalement avec une jeune fille, de laquelle il était si jaloux, qu'il ne la laissait aller que chez d'honnêtes fumistes de la rue Saint-Lazare, Italiens, comme tous les fumistes, et à Paris depuis de longues années. Ces fumistes avaient été sauvés d'une faillite inévitable, et qui les aurait réduits à la misère, par la baronne Hulot, agissant pour le compte de madame de La Chanterie. En quelques mois, l'aisance avait remplacé la misère, et la religion était entrée en des cœurs qui naguère maudissaient la Providence, avec l'énergie particulière aux Italiens fumistes. Une des premières visites de la baronne fut donc pour cette famille. Elle fut heureuse du spectacle qui s'offrit à ses regards, au fond de la maison où demeuraient ces braves gens, rue Saint-Lazare, auprès de la rue du Rocher. Au-dessus des magasins et de l'atelier, maintenant bien fournis, et où grouillaient des apprentis et des ouvriers, tous Italiens de la vallée de Domodossola, la famille occupait un petit appartement où le travail avait apporté l'abondance. La baronne fut reçue comme si c'eût été la Sainte-Vierge apparue. Après un quart d'heure d'examen, forcée d'attendre le mari pour savoir comment allaient les affaires, Adeline s'acquitta de son saint espionnage en s'enquérant des malheureux que pouvait connaître la famille du fumiste.

— Ah ! ma bonne dame, vous qui sauveriez les damnés de l'enfer, dit l'Italienne, il y a bien près d'ici une jeune fille à retirer de la perdition.

— La connaissez-vous bien ? demanda la baronne.

— C'est la petite-fille d'un ancien patron de mon mari, venu en France dès la révolution, en 1798, nommé Judici. Le père Judici a été, sous l'empereur Napoléon, l'un des premiers fumistes de Paris ; il est mort en 1819, laissant une belle fortune à son fils. Mais le fils Judici a tout mangé avec de mauvaises femmes, et il a fini par en épouser une plus rusée que les autres, celle dont il a eu cette pauvre petite fille, qui sort d'avoir quinze ans.

— Que lui est-il arrivé ? dit la baronne vivement impressionnée par la ressemblance du caractère de ce Judici avec celui de son mari.

— Eh bien ! madame, cette petite, nommée Atala, a

quitté père et mère pour venir vivre ici à côté, avec un vieil Allemand de quatre-vingts ans, au moins, nommé Vyder, qui fait toutes les affaires des gens qui ne savent ni lire ni écrire. Si au moins ce vieux libertin, qui, dit-on, aurait acheté la petite à sa mère pour quinze cents francs, épousait cette jeunesse, comme il a sans doute peu de temps à vivre, et qu'on le dit susceptible d'avoir quelques milliers de francs de rente, eh bien! la pauvre enfant, qui est un petit ange, échapperait au mal, et surtout à la misère, qui la pervertira.

— Je vous remercie de m'avoir indiqué cette bonne action à faire, dit Adeline; mais il faut agir avec prudence. Quel est ce vieillard?

— Oh! madame, c'est un brave homme, il rend la petite heureuse, et il ne manque pas de bon sens; car, voyez-vous, il a quitté le quartier des Judici, je crois, pour sauver cette enfant des griffes de sa mère. La mère était jalouse de sa fille, et peut-être rêvait-elle de tirer parti de cette beauté, de faire de cette enfant *une demoiselle!*... Atala s'est souvenue de nous, elle a conseillé à *son monsieur* de s'établir auprès de notre maison; et, comme le bonhomme a vu qui nous étions, il la laisse venir ici; mais mariez-le, madame, et vous ferez une action bien digne de vous... Une fois mariée, la petite sera libre, elle échappera par ce moyen à sa mère, qui la guette et qui voudrait, pour tirer parti d'elle, la voir au théâtre ou réussir dans l'affreuse carrière où elle l'a lancée.

— Pourquoi ce vieillard ne l'a-t-il pas épousée?...

— Ce n'était pas nécessaire, dit l'Italienne, et quoique le bonhomme Vyder ne soit pas un homme absolument méchant, je crois qu'il est assez rusé pour vouloir être maître de la petite, tandis que marié, dame! il craint, ce pauvre vieux, ce qui pend au nez de tous les vieux...

— Pouvez-vous envoyer chercher la jeune fille? dit la baronne, je la verrais ici, je saurais s'il y a de la ressource...

La femme du fumiste fit un signe à sa fille aînée, qui partit aussitôt. Dix minutes après, cette jeune personne revint, tenant par la main une fille de quinze ans et demi, d'une beauté tout italienne.

Mademoiselle Judici tenait du sang paternel cette peau jaunâtre au jour, qui le soir, aux lumières, devient d'une blancheur éclatante, des yeux d'une grandeur, d'une forme, d'un éclat oriental, des cils fournis et recourbés qui ressemblaient à de petites plumes noires, une chevelure d'ébène, et cette majesté native de la Lombardie qui fait croire à l'étranger, quand il se promène le dimanche à Milan, que les filles des portiers sont autant de reines. Atala, prévenue par la fille du fumiste de la visite de cette grande dame dont elle avait entendu parler, avait mis à la hâte une jolie robe de soie, des brodequins et un mantelet élégant. Un bonnet à rubans couleur cerise décuplait l'effet de la tête. Cette petite se tenait dans une pose de curiosité naïve, en examinant du coin de l'œil la baronne, dont le tremblement nerveux l'étonnait beaucoup. La baronne poussa un profond soupir en voyant ce chef-d'œuvre féminin dans la boue de la prostitution, et jura de la ramener à la Vertu.

— Comment te nommes-tu, mon enfant ?

— Atala, madame.

— Sais-tu lire, écrire ?...

— Non, madame ; mais cela ne fait rien, puisque monsieur le sait...

— Tes parents t'ont-ils menée à l'église ? As-tu fait ta première communion ? Sais-tu ton catéchisme ?

— Madame, papa voulait me faire faire des choses qui ressemblent à ce que vous dites, mais maman s'y est opposée...

— Ta mère !... s'écria la baronne. Elle est donc bien méchante, ta mère ?...

— Elle me battait toujours ! Je ne sais pourquoi, mais j'étais le sujet de disputes continuelles entre mon père et ma mère...

— On ne t'a donc jamais parlé de Dieu ?... s'écria la baronne.

L'enfant ouvrit de grands yeux.

— Ah ! maman et papa disaient souvent : S... n... de Dieu ! Tonnerre de Dieu ! Sacre-Dieu !... dit-elle avec une délicieuse naïveté.

— N'as-tu jamais vu d'église ? ne t'est-il pas venu à l'idée d'y entrer ?

— Des églises ?... Ah ! Notre-Dame, le Panthéon, j'ai vu cela de loin, quand papa m'emmenait dans Paris ; mais cela n'arrivait pas souvent. Il n'y a pas de ces églises-là dans le faubourg.

— Dans quel faubourg étiez-vous ?

— Dans le faubourg...

— Quel faubourg.

— Mais rue de Charonne, madame...

Les gens du faubourg Saint-Antoine n'appellent jamais autrement ce quartier célèbre que le *faubourg*. C'est pour eux le faubourg par excellence, le souverain faubourg, et les fabricants eux-mêmes entendent par ce mot spécialement le faubourg Saint-Antoine.

— On ne t'a jamais dit ce qui était bien, ce qui était mal ?

— Maman me battait quand je ne faisais pas les choses à son idée...

— Mais ne savais-tu pas que tu commettais une mauvaise action en quittant ton père et ta mère pour aller vivre avec un vieillard ?

Atala Judici regarda d'un air superbe la baronne, et ne lui répondit pas.

— C'est une fille tout à fait sauvage !... se dit Adeline.

— Oh ! madame, il y en a beaucoup comme elle au faubourg ! dit la femme du fumiste.

— Mais elle ignore tout, même le mal, mon Dieu ! Pourquoi ne me réponds-tu pas ?... demanda la baronne en essayant de prendre Atala par la main.

Atala courroucée recula d'un pas.

— Vous êtes une vieille folle ! dit-elle. Mon père et ma mère étaient à jeun depuis une semaine ! Ma mère voulait faire de moi quelque chose de bien mauvais, puisque mon père l'a battue en l'appelant voleuse ! Pour lors, monsieur Vyder a payé toutes les dettes de mon père et de ma mère et leur a donné de l'argent... oh ! plein un sac !... Et il m'a emmenée, que mon pauvre papa pleurait... Mais il fallait nous quitter !... Eh bien ! est-ce mal ? demanda-t-elle.

— Et aimez-vous bien ce monsieur Vyder ?...

— Si je l'aime ?... dit-elle. Je crois bien, madame ! il me raconte de belles histoires tous les soirs !... Et il m'a donné de belles robes, du linge, un châle. Mais, c'est que je suis nippée comme une princesse, et je ne porte plus de sabots ! Enfin, depuis deux mois, je ne sais plus ce que c'est que d'avoir faim. Je ne mange plus de pommes de terre ! Il m'apporte des bonbons, des pralines ! Oh ! que c'est bon, le chocolat praliné !... Je fais tout ce qu'il veut pour un sac de chocolat ! Et puis, mon gros père Vyder est bien bon, il me soigne si bien, si gentiment, que ça me fait voir comment aurait dû être ma mère... Il va prendre une vieille bonne pour me soigner, car il ne veut pas que je me salisse les mains à faire la cuisine. Depuis un mois, il commence à gagner pas mal d'argent, il m'apporte trois francs tous les soirs... que je mets dans une tirelire ! Seulement, il ne veut pas que je sorte, excepté pour venir ici... C'est ça un amour d'homme ; aussi, fait-il de moi ce qu'il veut... Il m'appelle sa petite chatte ! et ma mère ne m'appelait que petite B..., ou bien f... p....! voleuse, vermine ! Est-ce que je sais !

— Eh bien ! pourquoi, mon enfant, ne ferais-tu pas ton mari du père Vyder ?...

— Mais, c'est fait, madame ! dit la jeune fille en regardant la baronne d'un air plein de fierté, sans rougir, le front pur, les yeux calmes. Il m'a dit que j'étais sa petite femme, mais c'est bien embêtant d'être la femme d'un homme !... Allez ! sans les pralines !...

— Mon Dieu ! se dit à voix basse la baronne, quel est le monstre qui a pu abuser d'une si complète et si sainte innocence ? Remettre cette enfant dans le bon sentier, n'est-ce pas racheter bien des fautes ! Moi je savais ce que je faisais ! se dit-elle en pensant à sa scène avec Crevel. Elle ! elle ignore tout !

— Connaissez-vous monsieur Samanon ?... demanda la petite Atala d'un air câlin.

— Non, ma petite ; mais pourquoi me demandes-tu cela ?

— Bien vrai ? dit l'innocente créature.

— Ne crains rien de madame, Atala ?... dit la femme du fumiste, c'est un ange !

— C'est que mon gros chat a peur d'être trouvé par ce Samanon, il se cache... et que je voudrais bien qu'il pût être libre...

— Et pourquoi ?...

— Dame ! il me mènerait à Bobino ! peut-être à l'Ambigu !

— Quelle ravissante créature ! dit la baronne en embrassant cette petite fille.

— Êtes-vous riche ?... demanda Atala qui jouait avec les manchettes de la baronne.

— Oui et non, répondit la baronne. Je suis riche pour les bonnes petites filles comme toi, quand elles veulent se laisser instruire des devoirs du chrétien par un prêtre, et aller dans le bon chemin.

— Dans quel chemin ? dit Atala. Je vais bien sur mes jambes.

— Le chemin de la vertu !

Atala regarda la baronne d'un air matois et rieur.

— Vois madame, elle est heureuse depuis qu'elle est rentrée dans le sein de l'Église ?... dit la baronne en montrant la femme du fumiste. Tu t'es mariée comme les bêtes s'accouplent.

— Moi ! reprit Atala, mais si vous voulez me donner ce que me donne le père Vyder, je serai bien contente de ne pas me marier. C'est une scie ! savez-vous ce que c'est ?...

— Une fois qu'on s'est unie à un homme, comme toi, reprit la baronne, la vertu veut qu'on lui soit fidèle.

— Jusqu'à ce qu'il meure ?... dit Atala d'un air fin, je n'en aurai pas pour longtemps. Si vous saviez comme le père Vyder tousse et souffle ! Peuh ! peuh ! fit-elle en imitant le vieillard.

— La vertu, la morale veulent, reprit la baronne, que l'Église qui représente Dieu, et la mairie qui représente la loi, consacrent votre mariage. Vois, madame, elle s'est mariée légitimement...

— Est-ce que ça sera plus amusant ? demanda l'enfant.

— Tu seras plus heureuse, dit la baronne, car personne ne pourra te reprocher ce mariage. Tu plairas à Dieu ! Demande à madame si elle s'est mariée sans avoir reçu le sacrement du mariage ?

Atala regarda la femme du fumiste.

— Qu'a-t-elle plus que moi ? demanda-t-elle. Je suis plus jolie qu'elle.

— Oui, mais je suis une honnête femme, et toi, l'on peut te donner un vilain nom...

— Comment veux-tu que Dieu te protège, si tu foules aux pieds les lois divines et humaines ? dit la baronne. Sais-tu que Dieu tient en réserve un paradis pour ceux qui suivent les commandements de son Église ?

— Quéqu'il y a dans le paradis ? Y a-t-il des spectacles ? dit Atala.

— Oh ! le paradis, c'est, dit la baronne, toutes les jouissances que tu peux imaginer. Il est plein d'anges, dont les ailes sont blanches. On y voit Dieu dans sa gloire, on partage sa puissance, on est heureux à tout moment et dans l'éternité !...

Atala Judici écoutait la baronne comme elle eût écouté de la musique ; et, la voyant hors d'état de comprendre, Adeline pensa qu'il fallait prendre une autre voie en s'adressant au vieillard.

— Retourne chez toi, ma petite, et j'irai parler à ce monsieur Vyder. Est-il Français ?...

— Il est Alsacien, madame ; mais il sera riche, allez ! Si vous vouliez payer ce qu'il doit à ce vilain Samanon, il vous rendrait votre argent ! car il aura dans quelques mois, dit-il, six mille francs de rente, et nous irons vivre à la campagne, bien loin, dans les Vosges...

Ce mot *les Vosges* fit tomber la baronne dans une rêverie profonde. Elle revit son village ! La baronne fut tirée de cette douloureuse méditation par les salutations du fumiste qui venait lui donner les preuves de sa prospérité.

— Dans un an, madame, je pourrai vous rendre les sommes que vous nous avez prêtées, car c'est l'argent du bon Dieu ! c'est celui des pauvres et des malheureux ! Si je fais fortune, vous puiserez un jour dans notre bourse, je rendrai par vos mains aux autres le secours que vous nous avez apporté.

— En ce moment, dit la baronne, je ne vous demande pas d'argent, je vous demande votre coopération à une bonne œuvre. Je viens de voir la petite Judici qui vit avec un vieillard, et je veux les marier religieusement, légalement.

— Ah ! le père Vyder ! c'est un bien brave et digne homme, il est de bon conseil. Ce pauvre vieux s'est déjà fait des amis dans le quartier, depuis deux mois qu'il y est venu. Il me met mes mémoires au net. C'est un brave colonel, je crois, qui a bien servi l'Empereur... Ah ! comme il aime Napoléon ! Il est décoré, mais il ne porte jamais de décorations. Il attend qu'il se soit refait, car il a des dettes, le pauvre cher homme !... je crois même qu'il se cache, il est sous le coup des huissiers...

— Dites que je payerai ses dettes, s'il veut épouser la petite...

— Ah bien ! ce sera bientôt fait. Tenez, madame, allons-y... c'est à deux pas, dans le passage du Soleil !

La baronne et le fumiste sortirent pour aller au passage du Soleil.

— Par ici, madame, dit le fumiste en montrant la rue de la Pépinière.

Le passage du Soleil est en effet au commencement de la rue de la Pépinière et débouche rue du Rocher. Au milieu de ce passage de création récente, et dont les boutiques sont d'un prix très modique, la baronne aperçut, au-dessus d'un vitrage garni de taffetas vert, à une hauteur qui ne permettait pas aux passants de jeter des regards indiscrets : ÉCRIVAIN PUBLIC, et sur la porte :

CABINET D'AFFAIRES.
Ici l'on rédige les pétitions,
on met les mémoires au net, etc.
Discrétion, célérité.

L'intérieur ressemblait à ces bureaux de transit où les omnibus de Paris font attendre les places de correspondance aux voyageurs. Un escalier intérieur menait sans doute à l'appartement en entresol éclairé par la galerie et qui dépendait de la boutique. La baronne aperçut un bureau de bois blanc noirci, des cartons, et un ignoble fauteuil acheté d'occasion. Une casquette et un abat-jour en taffetas vert à fil d'archal tout crasseux annonçaient soit des précautions prises pour se déguiser, soit une faiblesse d'yeux assez concevable chez un vieillard.

— Il est là-haut, dit le fumiste, je vais monter le prévenir et le faire descendre.

La baronne baissa son voile et s'assit. Un pas pesant ébranla le petit escalier de bois, et Adeline ne put retenir un cri perçant en voyant son mari, le baron Hulot, en veste grise tricotée, en pantalon de vieux molleton gris et en pantoufles.

— Que voulez-vous, madame ? dit Hulot galamment.

Adeline se leva, saisit Hulot, et lui dit d'une voix brisée par l'émotion : — Enfin, je te retrouve !...

— Adeline !... s'écria le baron stupéfait qui ferma la porte de la boutique. Joseph ! cria-t-il au fumiste, allez-vous-en par l'allée.

— Mon ami, dit-elle oubliant tout dans l'excès de sa joie, tu peux revenir au sein de ta famille, nous sommes riches ! ton fils a cent soixante mille francs de rente ! ta pension est libre, tu as un arriéré de quinze mille francs à toucher sur ton simple certificat de vie ! Valérie est morte en te léguant trois cent mille francs. On a bien oublié ton nom, va ! tu peux rentrer dans le monde, et tu trouveras d'abord chez ton fils une fortune. Viens, notre bonheur sera complet. Voici bientôt trois ans que je te cherche, et j'espérais si bien te rencontrer, que tu as un appartement tout prêt à te recevoir. Oh ! sors d'ici, sors de l'affreuse situation où je te vois !

— Je le veux bien, dit le baron étourdi ; *mais pourrai-je emmener la petite ?*

— Hector, renonce à elle ! fais cela pour ton Adeline qui ne t'a jamais demandé le moindre sacrifice ! je te promets de doter cette enfant, de la bien marier, de la faire instruire. Qu'il soit dit qu'une de celles qui t'ont rendu heureux soit heureuse, et ne tombe plus ni dans le vice, ni dans la fange !

— C'est donc toi, reprit le baron avec un sourire, qui voulais me marier ?... Reste un instant là, dit-il, je vais aller m'habiller là-haut, où j'ai dans une malle des vêtements convenables...

Quand Adeline fut seule, et qu'elle regarda de nouveau cette affreuse boutique, elle fondit en larmes. — Il vivait là, se dit-elle, et nous sommes dans l'opulence !... Pauvre homme ! a-t-il été puni, lui qui était l'élégance même ! Le fumiste vint saluer sa bienfaitrice, qui lui dit de faire avancer une voiture. Quand le fumiste revint, la baronne le pria de prendre chez lui la petite Atala Judici, de l'emmener sur-le-champ.

— Vous lui direz, ajouta-t-elle, que si elle veut se mettre sous la direction de monsieur le curé de la Madeleine, le jour où elle fera sa première communion je lui donnerai trente mille francs de dot et un bon mari, quelque brave jeune homme !

— Mon fils aîné, madame ! il a vingt-deux ans, et il adore cette enfant !

Le baron descendit en ce moment, il avait les yeux humides.

— Tu me fais quitter, dit-il à l'oreille de sa femme, la seule créature qui ait approché de l'amour que tu as pour moi ! Cette petite fond en larmes, et je ne puis pas l'abandonner ainsi...

— Sois tranquille, Hector ! elle va se trouver au milieu d'une honnête famille, et je réponds de ses mœurs.

— Ah ! je puis te suivre alors, dit le baron en conduisant sa femme à la citadine.

Hector, redevenu baron d'Ervy, avait mis un pantalon et une redingote en drap bleu, un gilet blanc, une cravate noire et des gants. Lorsque la baronne fut assise au fond de la voiture, Atala s'y fourra par un mouvement de couleuvre.

— Ah ! madame, dit-elle, laissez-moi vous accompagner et aller avec vous... Tenez, je serai bien gentille, bien obéissante, je ferai tout ce que vous voudrez ; mais ne me séparez pas du père Vyder, de mon bienfaiteur qui me donne de si bonnes choses. Je vais être battue !...

— Allons, Atala, dit le baron, cette dame est ma femme, et il faut nous quitter...

— Elle ! si vieille que ça ! répondit l'innocente, et qui tremble comme une feuille ! Oh ! c'te tête !

Et elle imita railleusement le tressaillement de la baronne.

Le fumiste, qui courait après la petite Judici, vint à la portière de la voiture.

— Emportez-la ! dit la baronne.

Le fumiste prit Atala dans ses bras et l'emmena chez lui de force.

— Merci de ce sacrifice, mon ami ! dit Adeline en prenant la main du baron et la serrant avec une joie délirante. Es-tu changé ! Comme tu dois avoir souffert ! Quelle surprise pour ta fille, pour ton fils !

Adeline parlait comme parlent les amants qui se revoient après une longue absence, de mille choses à la fois. En dix minutes, le baron et sa femme arrivèrent rue Louis-le-Grand, où Adeline trouva la lettre suivante :

« Madame la baronne,

Monsieur le baron d'Ervy est resté un mois rue de « Charonne, sous le nom de Thorec, anagramme d'Hec- « tor. Il est maintenant passage du Soleil, sous le nom de « Vyder. Il se dit Alsacien, fait des écritures, et vit avec « une jeune fille nommée Atala Judici. Prenez bien des « précautions, madame, car on cherche activement le « baron, je ne sais dans quel intérêt.

La comédienne a tenu sa parole, et se dit, comme
« toujours,
« Madame la baronne,

« Votre humble servante, J.M. »

Le retour du baron excita des transports de joie qui le convertirent à la vie de famille. Il oublia la petite Atala Judici, car les excès de la passion l'avaient fait arriver à la mobilité de sensations qui distingue l'enfance. Le bonheur de la famille fut troublé par le changement survenu chez le baron. Après avoir quitté ses enfants encore valide, il revenait presque centenaire, cassé, voûté, la physionomie dégradée. Un dîner splendide, improvisé par Célestine, rappela les dîners de la cantatrice au vieillard qui fut étourdi des splendeurs de sa famille.

— Vous fêtez le retour du père prodigue ! dit-il à l'oreille d'Adeline.

— Chut !... tout est oublié, répondit-elle.

— Et Lisbeth ? demanda le baron qui ne vit pas la vieille fille.

— Hélas ! répondit Hortense, elle est au lit, elle ne se lève plus, et nous aurons le chagrin de la perdre bientôt. Elle compte te voir après dîner.

Le lendemain matin, au lever du soleil, Hulot fils fut averti par son concierge que des soldats de la garde municipale cernaient toute sa propriété. Des gens de justice cherchaient le baron Hulot. Le garde du commerce, qui suivait la portière, présenta des jugements en règle à l'avocat, en lui demandant s'il voulait payer pour son père. Il s'agissait de dix mille francs de lettres de change souscrites au profit d'un usurier nommé Samanon, et qui probablement avait donné deux ou trois mille francs au baron d'Ervy. Hulot fils pria le garde du commerce de renvoyer son monde, et il paya. — Sera-ce là tout ? se dit-il avec inquiétude.

Lisbeth, déjà bien malheureuse du bonheur qui luisait sur la famille, ne put soutenir cet événement heureux. Elle empira si bien, qu'elle fut condamnée par Bianchon à mourir une semaine après, vaincue au bout de cette longue lutte marquée pour elle par tant de victoires. Elle garda le secret de sa haine au milieu de l'affreuse agonie d'une phthisie pulmonaire. Elle eut d'ailleurs la satisfaction suprême de voir Adeline, Hortense, Hulot, Victorin, Steinbock, Célestine et leurs enfants tous en larmes autour de son lit, et la regrettant comme l'ange de la famille. Le baron Hulot, mis à un régime substantiel qu'il ignorait depuis bientôt trois ans, reprit de la force et il se ressembla presque à lui-même. Cette restauration rendit Adeline heureuse à un tel point que l'intensité de son tressaillement nerveux diminua. — Elle finira par être heureuse ! se dit Lisbeth la veille de sa mort en voyant l'espèce de vénération que le baron témoignait à sa femme dont les souffrances lui avaient été racontées par Hortense et par Victorin. Ce sentiment hâta la fin de la cousine Bette, dont le convoi fut mené par toute une famille en larmes.

Le baron et la baronne Hulot, se voyant arrivés à l'âge du repos absolu, donnèrent au comte et à la comtesse Steinbock les magnifiques appartements du premier étage, et se logèrent au second. Le baron, par les soins de son fils, obtint une place dans un chemin de fer, au commencement de l'année 1845, avec six mille francs d'appointements, qui, joints aux six mille francs de pension de sa retraite et à la fortune léguée par madame Crevel, lui composèrent vingt-quatre mille francs de rente. Hortense, ayant été séparée de biens avec son mari pendant les trois années de brouille, Victorin n'hésita plus à placer au nom de sa sœur les deux cent mille francs du fidéicommis, et il fit à Hortense une pension de douze mille francs. Wenceslas, mari d'une femme riche, ne lui faisait aucune infidélité ; mais il flânait, sans pouvoir se résoudre à entreprendre une œuvre, si petite qu'elle fût. Redevenu artiste *in partibus*, il avait beaucoup de succès dans les salons, il était consulté par beaucoup d'amateurs ; enfin il passa critique, comme tous les impuissants qui mentent à leurs débuts. Chacun de ces ménages jouissait donc d'une fortune particulière, quoique vivant en famille. Éclairée par tant de malheurs, la baronne laissait à son fils le soin de gérer les affaires, et réduisait ainsi le baron à ses appointements, espérant que l'exiguïté de ce revenu l'empêcherait de retomber dans ses anciennes erreurs. Mais, par un bonheur étrange, et sur lequel ni la mère ni le fils ne comptaient, le baron semblait avoir renoncé au beau sexe. Sa tranquillité, mise sur le compte de la nature, avait fini par tellement rassurer la famille, qu'on jouissait entièrement de l'amabilité reve-

nue et des charmantes qualités du baron d'Ervy. Plein
d'attention pour sa femme et pour ses enfants, il les
accompagnait au spectacle, dans le monde où il reparut,
et il faisait avec une grâce exquise les honneurs du salon
de son fils. Enfin, ce père prodigue reconquis donnait la
plus grande satisfaction à sa famille. C'était un agréable
vieillard, complètement détruit, mais spirituel, n'ayant
gardé de son vice que ce qui pouvait en faire une vertu
sociale. On arriva naturellement à une sécurité complète.
Les enfants et la baronne portaient aux nues le père de
famille, en oubliant la mort des deux oncles ! la vie ne va
pas sans de grands oublis !

Madame Victorin, qui menait avec un grand talent de
ménagère, dû d'ailleurs aux leçons de Lisbeth, cette maison énorme, avait été forcée de prendre un cuisinier. Le
cuisinier rendit nécessaire une fille de cuisine. Les filles
de cuisine sont aujourd'hui des créatures ambitieuses,
occupées à surprendre les secrets du chef, et qui
deviennent des cuisinières dès qu'elles savent faire tourner les sauces. Donc on change très souvent de filles de
cuisine. Au commencement du mois de décembre 1845,
Célestine prit pour fille de cuisine, une grosse Normande
d'Isigny, à taille courte, à bons bras rouges, munie d'un
visage commun, bête comme une pièce de circonstance,
et qui se décida difficilement à quitter le bonnet de coton
classique dont se coiffent les filles de la Basse-Norman-
die. Cette fille, douée d'un embonpoint de nourrice, semblait près de faire éclater la cotonnade dont elle entourait
son corsage. On eût dit que sa figure rougeaude avait été
taillée dans du caillou, tant les jaunes contours en étaient
fermes. On ne fit naturellement aucune attention dans la
maison, à l'entrée de cette fille appelée Agathe, la vraie
fille délurée que la province envoie journellement à Paris.
Agathe tenta médiocrement le cuisinier, tant elle était
grossière dans son langage, car elle avait servi les rou-
liers, elle sortait d'une auberge de faubourg, et au lieu de
faire la conquête du chef et d'obtenir de lui qu'il lui
montrât le grand art de la cuisine, elle fut l'objet de son
mépris. Le cuisinier courtisait Louise, la femme de
chambre de la comtesse Steinbock. Aussi la Normande, se
voyant maltraitée, se plaignit-elle de son sort ; elle était
toujours envoyée dehors, sous un prétexte quelconque,

quand le chef finissait un plat ou parachevait une sauce.
— Décidément, je n'ai pas de chance, disait-elle, j'irai
dans une autre maison. Néanmoins, elle resta, quoiqu'elle
eût demandé déjà deux fois à sortir.

Une nuit, Adeline, réveillée par un bruit étrange, ne
trouva plus Hector dans le lit qu'il occupait auprès du
sien, car ils couchaient dans des lits jumeaux, ainsi qu'il
convient à des vieillards. Elle attendit une heure sans voir
revenir le baron. Prise de peur, croyant à une catastrophe
tragique, à l'apoplexie, elle monta d'abord à l'étage supérieur occupé par les mansardes où couchaient les domestiques, et fut attirée vers la chambre d'Agathe, autant par
la vive lumière qui sortait par la porte, entrebâillée, que
par le murmure de deux voix. Elle s'arrêta tout épouvantée en reconnaissant la voix du baron, qui, séduit par les
charmes d'Agathe, en était arrivé par la résistance cal-
culée de cette atroce maritorne, à lui dire ces odieuses
paroles : — Ma femme n'a pas longtemps à vivre, et si tu
veux tu pourras être baronne. Adeline jeta un cri, laissa
tomber son bougeoir et s'enfuit.

Trois jours après, la baronne, administrée la veille,
était à l'agonie et se voyait entourée de sa famille en
larmes. Un moment avant d'expirer, elle prit la main de
son mari, la pressa et lui dit à l'oreille : — Mon ami, je
n'avais plus que ma vie à te donner : dans un moment tu
seras libre, et tu pourras faire une baronne Hulot.

Et l'on vit, ce qui doit être rare, des larmes sortir des
yeux d'une morte. La férocité du Vice avait vaincu la
patience de l'ange, à qui, sur le bord de l'Éternité, il
échappa le seul mot de reproche qu'elle eût fait entendre
de toute sa vie.

Le baron Hulot quitta Paris trois jours après l'enterrement de sa femme. Onze mois après, Victorin apprit
indirectement le mariage de son père avec mademoiselle
Agathe Piquetard, qui s'était célébré à Isigny, le premier
février mil huit cent quarante-six.

— Les ancêtres peuvent s'opposer au mariage de leurs
enfants, mais les enfants ne peuvent pas empêcher les
folies des ancêtres en enfance, dit maître Hulot à maître
Popinot, le second fils de l'ancien ministre du commerce,
qui lui parlait de ce mariage.

IMPRIMÉ EN FRANCE PAR BRODARD ET TAUPIN
6558H-5 Usine de La Flèche (Sarthe), le 04-10-1993
B/066-93 – Dépôt légal, octobre 1993
ISBN : 287714-154-3

DISTRIBUTION

ALLEMAGNE

SWAN BUCH-VERTRIEB GMBH
Goldscheuerstrasse 16
D-77694 Kehl/Rhein

BELGIQUE

UITGEVERIJ EN BOEKHANDEL
VAN GENNEP BV
Spuistraat 283
1012 VR Amsterdam
Pays-Bas

CANADA

EDILIVRE INC.
DIFFUSION SOUSSAN
5518 Ferrier
Mont-Royal, QC H4P 1M2

ESPAGNE

RIBERA LIBRERIA
Dr Areilza 19
48011 Bilbao

ÉTATS-UNIS

POWELL'S BOOKSTORE
1501 East 57th Street
Chicago, Illinois 60637

TEXAS BOOKMAN
8650 Denton Drive
75235 Dallas, Texas

FRANCE

BOOKKING INTERNATIONAL
16 rue des Grands Augustins
75006 Paris

GRANDE-BRETAGNE

SANDPIPER BOOKS LTD
22 a Langroyd Road
London SW17 7PL

ITALIE

MAGIS BOOKS s.r.l.
Vicolo Trivelli 6
42100 Reggio Emilia

LIBAN

LA PHENICIE
BP 50291
Furn El Chebback
Beyrouth

MAROC

LIBRAIRIE DES ÉCOLES
12 av. Hassan II
Casablanca

PAYS-BAS

UITGEVERIJ EN BOEKHANDEL
VAN GENNEP BV
Spuistraat 283
1012 VR Amsterdam

SUISSE

MEDEA DIFFUSION
Z.I. 3 Corminboeuf
Case Postale 559
1701 Fribourg

TAIWAN

POINT FRANCE LIVRE
Diffusion de l'édition française
Han Yang Bd. 7 F
374 Pa Teh Rd.
Section 2 - Taipei